백 치 I

도스토예프스키

일신서적출판사

차 례

제 1 편

1

11월의 끝 무렵, 유달리 포근한 어느 날 아침 9시쯤. 페체르부르그——바르샤바 구간을 운행하는 열차가 달리고 있었다. 공기는 축축하고 안개가 짙게 낀 날이었기 때문에, 이제야 겨우 날이 밝아 오는 듯싶었다. 그러나 차창을 통해서는 아직 선로의 좌우 열 걸음 안팎까지밖에 아무것도 분간할 수 없었다. 승객들 가운데는 외국에서 돌아오는 사람도 있었지만, 그리 멀지 않은 데서 탄 신분이 낮은 장사꾼들이 많았는데, 특히 그들이 많이 타고 있는 3등 객실은 훨씬 더 북적거리고 있었다. 이런 경우 흔히 그러듯이, 승객들은 모두 지칠 대로 지친 나머지 하룻밤 사이에 부석해진 눈을 흐리멍덩하게 뜨고, 뱃속까지 얼어붙은 듯 하나같이 꼼짝을 않고 앉아 있었다. 어느 얼굴이나 안개처럼 창백하고 누렇게 떠 있었다.

그 3등 객실의 창문 가에는 날이 밝을 무렵부터 마주앉아 있는 두 승객이 있었다. 두 사람이 다 청년이었으며 짐다운 짐도 가지고 있지 않았고, 가벼운 옷차림을 하고 있었다. 그리고 두 사람 다 상당히 눈에 띄는 용모였는데, 어딘지 서로가 말을 붙여 보고 싶은 듯한 표정을 하고 있었다. 만일 이 두 사람이 이 순간, 무엇 때문에 그들이 남의 시선을 끌었는지를 알았다면 그들은 자신들을 페체르부르그——바르샤바 정기 열차의 3등석에 마주앉게 한 운명의 장난에 크게 놀랐을 것이다. 한 사람은 키가 별로 크지 않은 27세 가량의 청년이었는데, 머리카락은 거의 새까맣다고 해도 좋은 고수머리였고 잿빛 눈은 작았지만 타오르는 불처럼 이글거리고 있었다. 코는 납작한데다 광대뼈가 불거져 나와 있었으며 얇은 입술은 어쩐지 남을 얕보는 듯한 거만스러움과 매서워 보이는 엷은 웃음을 띠고 있었다. 그리고 미끈하고 아름답게 가다듬어진 그의 이마가 천한 인상을 주는 얼굴의 하반부를 어느 정도 보완하고 있었다. 그의 얼굴에서 특히 눈에 띄는 것은 죽은 사람처럼 파리한 얼굴빛이었다. 그것은 청년의 다부진 체격에 어울리지 않게 초췌한 느낌을 풍겨 주고 있었다. 그러나 한편으로는 남을 깔보는 듯한 웃음이며 자만에 찬 날카로운 시선과는 어울리지 않는 고뇌에 가까운 정열적인 그 무엇도 느끼게 했다. 그는 풍신한 검은 양피 외투를 입었기 때문에 어젯밤의 추위에도 떨지 않은 것 같았지만, 맞은편 승객은 러시아의 축축한 11월 밤의 냉기를 그 떨리는 등으로 참고 견뎌야 했던 성싶다. 아마 그는 이러한 추위를 전혀 예기하지 못했던 모양이다. 그는 모자가 달린 품이 큰 두툼한 망토를 입고 있었는데 그것은 어느 먼 나라, 이를테면 스위스라든가 북부 이탈리아 등지에서 겨울 여행 때 흔히 입는 것 같은 모양이었다. 이것을 보아 추측하건대 그는 오이드쿠넨(당시 러시아와 프러시아의 국경에 있던 프러시아의 정거장 이름)에서 페체르부르그까지의 긴 여행을 계산에 넣지 않았음이 분명하다. 사실, 이탈리아에서 아무리 편리하고 유용한 것이라고 할지라도 러시아에서는 그것이 별로 소용되지 않는 경우가 있는 것이다.

모자가 달린 망토의 주인도 역시 스물예닐곱 살 정도의 청년으로 중간이 약간 넘는 키에 밝은 금발의 머리카락은 숱이 많았고, 홀쭉한 볼 밑에는 끝이 뾰족한, 순백에 가까운 턱수염을 기르고 있었다. 그 큼직한 푸른빛의 눈동자는 멍청히 허공을 응시하고 있었고 그 시선에는 조용하기는 하지만 괴로운 빛이 감돌고 있어, 보는 사람에 따라서는 첫눈에 상대방이 간질병을 가지고 있다는 것을 알 수 있는 그런 기묘한 표정이 깃들어 있었다. 그러나 이 청년의 갸름한 얼굴은 인상이 좋고, 이목구비가 반듯하였으며 그 생기 없는 살갗은 추위에 얼어 자줏빛으로 보였다. 그는 빛이 바랜 낡은 비단 보자기의 보따리를 하나 들고 있었다. 그 속에 그의 행장이 모두 들어 있는 것 같았다. 그리고 그는 창이 두꺼운 편상화(編上靴)를 신고 있었다. 하나에서 열까지 러시아식 차림이 아니었다. 양피 외투를 입은 까만머리의 사나이는 심심풀이삼아 이런 것들을 모두 뜯어 보고 나자, 남의 실패를 보고 즐거울 때에 사람들이 무의식적으로 짓는 무례하고도 뻔뻔스런 냉소를 띠면서 상대방에게 말을 걸었다.

「추우십니까?」

이렇게 물은 그는 어깨를 움츠려 보였다.

「네, 아주 춥군요.」 상대방은 선뜻 대답했다. 「그래도 푸근하다는 날이 이 정도니, 정말 날씨가 추웠더라면 큰일날 뻔했습니다. 나는 모국이 이렇게까지 추우리라곤 상상도 못 했어요. 완전히 잊어버리고 있었습니다.」

「외국에서 돌아오는 모양이군요?」

「네, 스위스에서.」

「휴우! 그렇습니까?」

검정머리의 사나이는 휘파람을 불고 큰 소리로 껄껄 웃었다.

대화는 이렇게 시작되었다. 스위스풍 망토를 입은 금발의 청년이 가무잡잡한 얼굴의 사내가 묻는 말에 대답하는 그 천연스런 태도는 정말 놀라운 것으로, 상대방의 물음이 무례하고 엉뚱하며 그저 심심파적으로 던져지고 있다는 것을 전혀 알아채지 못하는 것 같았다. 여러 가지 물음에 대답하면서 그는 다음과 같은 이야기를 들려 주었다. 실제로 자기는 오랫동안, 즉 4년 이상이나 어떤 병을 고치기 위해서 러시아를 떠나 외국에 머물러 있었는데, 그것은 일종의 신경병으로, 몸을 떨며 경련을 일으키는 간질병이나 몽유병 같은, 일종의 이상스러운 정신병이라는 것이었다. 가무잡잡한 얼굴의 사나이는 상대편의 말을 들으면서 여러 번 빙글거리며 웃었다. 특히 그가, 그래서 이젠 아주 완쾌했는가요? 하고 물은 데 대해서 금발의 사나이가 「아뇨, 완전히 고쳐지지는 않더구먼요.」 하고 대답했을 때는, 거침없이 웃음을 터뜨리고 말았다.

「아니, 그럼 돈만 엄청나게 써버렸단 말이군요. 우리 러시아 사람은 돈의 가치를 알고 있다던데.」 가무잡잡한 얼굴의 사나이는 조롱조로 말했다.

「정말 그렇습니다!」 마흔 살쯤 되어 보이는 초라한 몰골의 사내가 옆에 앉아 있다가 얼른 그의 말을 받았다. 기껏해야 관청의 서기 정도로 출세길이 막혀 버린 듯한 주변머리 없는 관리로밖에 보이지 않는 사내였는데, 단단한 체격에 코는 붉었고, 얼굴은 온통 부스럼투성이었다. 「아니, 정말 그 말씀이 맞아요. 러시아의 힘은 모두 헛되이 쓰일 뿐이에요!」

「아닙니다, 내 경우는 그렇게 단정할 수 없는 것이었습니다.」 스위스에서 온 환자는 상대방을 타이르듯 조용히 말했다. 「그야, 나도 물론 다른 사람들의 경우를 일일이 다 알고 있는 것은 아니니까 끝내 고집할 수는 없습니다만, 나를 치료해 주던 의사는 넉넉하지 못한 처지에서도 2년 동안이나 친절하게 나를 맡아 돌보아 주었을 뿐만 아니라, 이번에 내가 귀국할 때 여비까지 대주었으니까요.」

「그래요? 그렇다면 뭡니까, 아무도 돈을 대줄 사람이 없었단 말이로군요?」가무잡잡한 얼굴의 사내가 물었다.

「네, 전에 내 뒤를 보아 주고 있던 파블리시체프 씨가 2년 전에 돌아가셨습니다. 그 뒤, 먼 친척뻘 되는 예판친 장군 부인에게 편지를 했는데도 아무런 답장이 없더군요. 그래서 이렇게 돌아오는 길입니다.」

「그럼 도대체 어디로 가는 길인가요?」

「말하자면 어디에 묵을 작정이냔 말이지요? 글쎄요, 아직 모르겠습니다. 실은…… 그래서…….」

「아직 정하지 못했군요?」

그의 말을 듣고 있던 두 사람은 다시 한 번 껄껄 웃었다.

「그건 그렇고……, 그 보따리 속에 당신의 전 재산이 들어 있는 것 같은데……. 어때요?」가무잡잡한 얼굴의 사내가 다시 물었다.

「그야, 뻔하죠, 내기를 해도 좋습니다.」교만스러운 표정으로 붉은 코의 관리가 말했다. 「수하물 차에 부칠 짐이 없다는 것은, 그야 물론 가난은 쇠가 아니라고는 합니다만, 그래도 역시 남의 눈에 띄거든요.」

그들의 얘기가 사실임이 밝혀졌다. 금발의 청년은 곧 드물게 보는 성급함으로써 그것을 고백한 것이다.

「아니, 그렇지만 당신의 그 보따리는 무엇인가 사연이 있는 것 같군요.」관리는 실컷 웃고 나서 다시 계속했다. 재미있게도 보따리의 주인은 두 사람을 보고 있다가 드디어 웃음을 터뜨리고 말았고, 그것이 또한 상대방의 흥을 더욱 북돋아 주었다. 「물론 그 속에 나폴레옹 금화라든가, 프리드리히 금화라든가, 약간 낮추어 네덜란드의 아라브라든가 하는 외국 금화 꾸러미가 들어 있지 않다는 것은 틀림없습니다. 그것은 당신의 그 외국제 구두에 덮여 있는 각반만 보아도 짐작이 갑니다. 하지만…… 그 보따리와, 예판친 장군 부인 같은 당신의 친척을 관련시켜 생각해 보면 약간 다른 의미를 지니게 되는 것 같군요. 물론 이것은 당신이 무엇인가 착각을 하고 있지 않을 경우, 즉 예판친 장군 부인이 정말로 당신의 친척인 경우에 한해서만 하는 말입니다만……. 뭐 인간에겐 그런 일이 흔히 있을 수 있으니까요. 이를테면 상상의 과잉에서 오는 착각이라고나 할까요…….」

「아, 그것도 당신의 말이 옳습니다.」금발의 청년은 상대방의 말을 받았다. 「당신의 말처럼 나는 거의 착각을 했던 것입니다. 하기야 친척이랄 수도 없는 사이입니다. 거기에 있을 때 답장을 받지 못했지만, 나 자신은 조금도 이상하게 여기지 않았습니다. 처음부터 그러리라고 예기하고 있었던 일입니다.」

「결국 공연히 우표 값만 없앤 셈이군요. 어쨌든 당신은 순박하고 성실한 분이군요. 그것만으로도 정말 감탄할 만해요! 음…… 예판친 장군이라면 나도 알고 있죠. 하기는 세상에 널리 알려져 있는 분이니까. 그리고 당신이 스위스에 계실 때 뒤를 돌봐 주었다는, 돌아가신 파블리시체프 씨도 알고 있습니다. 만일 그분이 니콜라이 안드레예비치 파블리시체프 씨라면……. 파블리시체프 씨에겐 사촌이 두 분 있었읍죠. 다른 한 분은 지금도 클리미아에 살고 계십니다. 돌아가신 니콜라이 안드레예비치 씨는 교제가 넓은, 모든 사람에게서 존경을 받던 분으로 한때는 4천 명이나 되는 농노(農奴)를 거느리고 있었죠……. 」

「틀림없습니다, 그분의 존함이 니콜라이 안드레예비치 파블리시체프였으니까.」 이렇게 대답하고 청년은 이 사나이의 얼굴을 찬찬히 더듬듯이 바라보았다.

이런 사람, 즉 세상을 잘 아는 신사는 간혹, 아니 간혹이라기보다는 흔히 사회의 어떤 계층에서 만날 수 있다. 그들은 그야말로 모르는 것이 없다. 현대의 사상가의 말을 빌린다면 왕성한 그들의 탐구심은 인생의 보다 중요한 흥미와 관찰이 결여된 오직 한 방향으로만 집중되어 있는 것이다. 그러나 『모르는 것이 없다』는 말의 뜻은 상당히 제한된 것이라고 보아야 할 것이다. 누구는 어디에 근무하고 있으며, 누구와 가깝다든가, 어느 정도 재산이 있고, 어느 현(縣)의 지사로 있었다든가, 누구와 결혼하여 지참금을 얼마나 받았다든가, 누구와는 사촌이고 또 누구와는 육촌이라든가 하는, 모두 이런 종류의 것들이다. 이렇게 세상 일을 잘 아는 사람의 대부분은 팔꿈치가 해진 옷을 입고 다니며, 17루블의 월급을 받고 있을 것이다. 물론 자기의 비밀이 들통난 장본인들은 어떤 종류의 흥미가 이런 종류의 사람들을 지배하고 있는지는 전혀 짐작조차 할 수 없다. 그런데 그들의 대부분은 하나의 학문과도 비길 수 있는 정도의 지식에 의하여 스스로 위안을 발견하고 자존심을 고무하고, 심지어는 상당한 정신적 만족까지 얻고 있는 것이다. 그리고 또 그것은 꽤 유혹적인 학문이기도 하다. 필자는 학자나 작가, 시인, 정치가 들 중에도, 이러한 학문 속에서 높은 의미의 타협과 목적을 발견할 뿐만 아니라 오직 그것만으로 출세한 인사들이 있음을 알고 있다.

　대화가 오가는 동안 가무잡잡한 얼굴의 청년은 하품을 하기도 하고, 멍청히 창 밖을 바라보기도 하면서 여행이 끝나기를 초조하게 기다리고 있었다. 그는 무슨 걱정이 있는지 여간 안절부절못하는 것이 아니었다. 그 꼴은 옆에서 보기에도 이상스러울 정도였다. 때로는 상대방의 말을 듣고 있으면서도 알아듣지 못하는 듯했고, 무엇을 보고 있으면서도 무얼 보고 있는지 모르는 듯했다. 어쩌다 소리를 내어 웃으면서도 무엇이 우스워 웃었는지 금방 잊어버리는가 하면 영영 생각이 나지 않는 모양이었다.

　「그런데 실례지만, 당신의 성함은?」부스럼투성이의 사내가 불쑥 금발의 청년에게 물었다.

　「레프 니콜라예비치 뮈시킨 공작입니다.」하고 청년은 서슴지 않고 대답했다.

　「뮈시킨 공작? 레프 니콜라예비치라는 말씀이죠? 들어 본 일조차 없는 것 같군요.」관리는 무슨 생각에 잠기는 듯한 얼굴로 말했다. 「즉 그건, 내가 이름만 가지고 하는 말은 아닙니다. 이름만은 상당히 유서가 깊은 것이니까요. 카람진의(러시아 역사가)에내가 말하는 건 이름이 아니라 사람이에요. 뮈시킨 공작 집안 사람들은 어떻게 됐는지 지금은 아무데도 없는 것 같더군요. 이젠 소문도 전혀 들을 수 없게 되었으니까요.」

　「그야 당연합니다!」하고 공작은 재빨리 대답했다. 「지금은 뮈시킨이라는 성을 가진 사람은 나 한 사람밖에 없으니까요. 아마 내가 마지막 사람일 겁니다. 우리 조상은 모두 소지주였습니다. 하지만 우리 아버지는 견습 사관 출신의 육군 소위였습니다. 그런데 한 가지 모를 것은 어떻게 되어 예판친 장군 부인이 뮈시킨 혈통을 잇고 있는데다가 역시 우리 집안의 마지막 사람이 되어 있는가 하는 점입니다……」

　「히, 히, 히! 일가의 마지막 사람이란 말이죠!(러시아 말에서 '마지막 사람'이 란 '가장 못난 사람'도 뜻한다) 히, 히! 당신도 재치 있는 말을 곧잘 하시는군요.」하고 관리는 히히덕거리며 천하게 웃었다.

　검정머리의 사내도 역시 씩 웃었다. 금발의 사내는 자기가 한 말이 뜻하지 않은 서툰 재담이 된 것에 적이 놀랐다.

　「아니, 이거 정말로 무심코 한 말이었습니다.」

　그는 마침내 자기 자신도 놀란 얼굴로 변명했다.

「뭐, 말씀하시지 않아도 다 알고 있습니다. 잘 알고 있어요.」하고 관리
는 유쾌한 표정으로 그의 말을 가로막았다.

「그럼 공작, 당신은 거기서 학문을 하고 오는 것인가, 교수에게서?」가
무잡잡한 사내가 불쑥 이렇게 물었다.

「네…… 그렇습니다.」

「그래요? 그런데 난 학문이라곤 지금까지 하나도 배운 것이 없습니다.」

「뭐, 나도 겉만 좀 핥았을 따름입니다.」하고 공작은 용서를 빌기라도 하
는 투로 덧붙였다. 「나는 신병 때문에 체계적인 교육을 받을 수가 없었으
니까요.」

「혹시 로고진네 사람들을 알고 있소?」하고 가무잡잡한 얼굴의 사내가
다그쳐 물었다.

「전혀 모르겠군요, 난 러시아에 아는 사람이라곤 별로 없어서요. 그런데
당신이 로고진 씨입니까?」

「그렇소, 내가 바로 로고진 집안의 파르펜이오.」

「파르펜이라구요? 그럼 당신이 바로 그 로고진 집안의…….」하고 관리
는 갑자기 신중해지면서 입을 열었다.

「그래, 바로 그 로고진이야.」가무잡잡한 얼굴의 사내는 자못 못마땅한
듯한 퉁명스런 어조로 얼른 관리의 말을 가로막았다. 그는 한 번도 부스럼
투성이의 관리에게 얼굴을 돌리지 않고 처음부터 공작 한 사람만을 상대하
고 있었던 것이다.

「아니…… 이거, 어떻게 된 노릇인가?」관리는 멍청하게 어리둥절해서
꼼짝도 못 하고 눈알이 튀어나올 정도로 깜짝 놀랐다. 그의 얼굴은 갑자기
공손한, 비굴할 만큼 두려움에 떠는 듯한 표정으로 일변했다. 「그럼 그 한
달 전에 2백50만 루블의 유산을 남겨 놓고 돌아가신 세습 명예 시민(世襲名
譽市民) 세묜 파르페노비치 로고진 씨의?」

「여보! 그런 소리 어디서 들었어? 뭐, 아버지가 현금으로 2백50만의 유
산을 남겨 놓았다구?」이번에도 관리에겐 눈도 주지 않고 가무잡잡한 얼굴
의 청년은 말을 계속했다. 「저봐요, 어때!」그는 공작에게 관리를 눈짓해
보였다. 「이런 사람들은 금방 귀찮게 아첨을 하기 시작하는데, 도대체 그
게 자기들한테 무슨 소용이 있는 것일까? 내 아버지가 돌아가신 것은 사실
이지만 난 프스코프에서 한 달 후에야 겨우 돌아가셨다는 것을 알고 지금 허

둥지둥 집으로 돌아가는 길이야. 동생놈도 어머니도 돈은 고사하고 기별조차 하지 않고 있었으니까. 사람을 개새끼만도 못 하게 취급한다니까! 난 프스코프에서 꼭 한 달 동안이나 열병을 앓고 누워 있었는데. 아, 글쎄!」

「하지만 이제 곧 일시에 백만 루블이라는 거액이 수중에 굴러 들어올 게 아닙니까? 아무리 적게 잡아도 말입니다. 그런 횡재가 또 어디 있겠어요?」하고 관리는 손뼉을 치며 말했다.

「그게 이 사람과 무슨 관계가 있다는 것인지 모르겠군!」로고진은 험상궂게 관리를 가리키며 말했다. 「내 앞에서 물구나무를 서서 걸어 봐도 아마 땡전 한 푼 자네한테 돌아가지 않을걸.」

「아니, 걷겠습니다. 물구나무를 서서 걸어 보이겠습니다.」

「흥, 뭐라고! 한 주일 동안에 계속해서 춤을 추어 봐라, 누가 주나!」

「주시지 않아도 좋습니다. 괜찮습니다! 하지만 난 당신 앞에서 춤을 추겠습니다. 마누라건 자식이건 다 팽개치고 당신 앞에서 춤을 출 테니까요. 그저 칭찬의 말만 한 마디 던져 주시면 그것으로 족합니다.」

「뭐, 이런 사람이 다 있어!」하고 가무잡잡한 사나이는 침을 퉤 뱉었다. 「5주일 전에 나도 역시.」하고 그는 다시 공작에게 이야기를 시작했다. 「당신처럼 보따리 한 개를 들고 프스코프에 계신 큰어머니를 찾아 집을 뛰쳐나왔지. 그런데 내가 열병에 걸려 드러누워 있는 동안에 아버지가 갑자기 뇌일혈로 돌아가셨단 말이야. 아, 부디 편안히 잠드시옵소서! 아니, 그건 하여간에 내가 아버지 손에 죽을 뻔한 일이 있었거든. 공작, 당신은 곧이든지 않을는지 모르지만 이건 정말이야! 만일 그때 도망쳐 나오지 않았더라면 난 아마 틀림없이 맞아 죽었을 거야.」

「어찌 아버님의 노여움을 샀던가요?」공작은 일종의 야릇한 호기심으로 모피 외투를 걸친 그 백만장자를 찬찬히 바라보며 이렇게 물었다. 하긴 백만 루불이라는 거액의 돈이라든가 유산 상속이라든가 하는 것이 특히 관심을 끌었는지도 모를 일이지만, 그러나 그와는 다른 그 무엇이 공작을 놀라게 했고 또 그의 흥미를 끌었던 것이다. 그리고 로고진 자신도 웬일인지 공작을 상대로 이야기하기를 특히 좋아하는 눈치였다. 그러나 이야기를 하는 상대자가 필요했던 것은 정신적이라기보다는 오히려 기계적인 욕구에 지나지 않는 것 같았다. 즉, 솔직하고 개방적인 그 성격 때문이라기보다는 초조한 기분탓으로 불안과 흥분을 견디지 못하고 그저 아무라도 좋으니 남의 얼굴을 바라보며 아무 얘기로나 혀를 놀려 대고 싶다는 욕구가 강한 듯했다. 그는 지금도 역시 열병으로, 아니 적어도 오한으로 괴로워하고 있는 것 같았다. 한편 옆자리의 관리는 로고진 쪽으로 잔뜩 몸을 구부리고 숨소리를 죽여 가면서 마치 다이아몬드라도 찾듯이 그의 한마디 한마디를 세밀하게 감정하고 있었다.

「아버지가 무척 노하셨던 건 사실인데, 노하시는 게 오히려 당연했는지도 몰라.」하고 로고진은 대답했다. 「그러나 나한테 누구보다도 못되게 군 건 동생놈이었어. 어머니에게 대해선 별로 이러쿵저러쿵할 것도 없어. 노파들과 함께 앉아서 성인전이나 읽고 있는 구식 여자여서, 센카(^{세몬의}_{애칭}) 놈이 하자는 대로 하는 형편이었으니까. 아니, 그렇지만 어째서 그녀석은 곧 나한테 알려 주지를 않았느냔 말이야! 하긴 뻔하지만 말이야! 내가 그때 정신없이 앓아 누워 있었던 건 사실이야. 전보도 치긴 쳤다더군. 전보가 큰어머니에게 오긴 했다는데, 그 큰어머니라는 사람은 과부가 된 지 30년이나 되는 노인인데다 날마다 아침부터 저녁때까지 하느님한테 미쳐 버린 인간들과 함께 자기 방에 틀어박혀 계셨던 거야. 그러니까 따지고 보면 수녀는 아니지만 수녀보다 더한 여자야. 전보를 받은 큰어머니는 깜짝 놀라서 뜯어 보지도 않고 곧장 경찰서에 가져다 줬다는 거야. 그래서 지금까지 그냥 거기 처박혀 있는 거지. 다행히 바실리 바실리이치 코뇨프가 자세한 걸 서신으로 통지해 주어 비로소 아버지가 돌아가셨다는 걸 알게 되었지. 듣자니, 동생인 센카란 놈은 어느 날 밤, 아버지의 관을 덮은 금란(金襴)의 금실 술을 자르며 『이런 것에 공연한 헛돈을 들인다.』고 투덜거렸다는 거야. 이것만으로도, 내가 마음만 먹는다면 얼마든지 그놈을 시베리아로 쫓아 버릴 수 있는 거야. 이건 완전한 성물 모독(聖物冒瀆)이거든. 이봐, 허수아비 같은 작자!」하고 그는 관리에게 얼굴을 돌렸다. 「법률에 의하면 어떻게 되나? 역시 성물 모독죄겠지?」

「물론이죠, 그건 틀림없는 성물 모독죄예요!」하고 관리는 이내 맞장구를 쳤다.

「그럼 시베리아 유형인가?」

「네, 시베리아 유형. 시베리아 유형이구말구요. 당장에 시베리아 유형입니다.」

「녀석들은 아직도 내가 앓고 있다고 생각하고 있을 거야.」로고진은 공작

에게 말을 계속했다. 「하지만 나는 아무 소리 없이 몰래 기차를 타고, 아
직 건강을 완전히 회복하지는 못했지만 지금 이렇게 기차로 돌아가고 있는
중이야. 『야, 세묘노비치 문 열어!』하고 호통을 칠 판이야. 그놈이 아버
지한테 나를 철저히 중상했다는 걸 난 잘 알고 있어. 하긴 그때 내가 나스
타샤 필립포브나와의 관계 때문에 아버지의 노여움을 샀던 것은 사실이고,
그 경우는 어디까지나 나 자신이 나빴지.」
　「나스타샤 필립포브나와의 관계라뇨?」관리는 어렴풋이 생각나는 것이
있는 듯 비굴한 어조로 이렇게 물었다.
　「자네는 몰라도 돼!」로고진은 귀찮다는 듯이 버럭 고함을 쳤다.
　「그 여자는 저도 알고 있는걸요.」하고 관리는 의기양양하게 대답했다.
　「아니, 뭐라고! 나스타샤 필립포브나라는 이름은 세상에 얼마든지 있어.
아무튼 자네는 유들유들한 자야. 자네 같은 놈을 바로 무용자라고 하는 거
야. 하긴 나도 이런 친구가 곧 추근추근 달라붙을 것이라는 생각은 하고 있
었지만…….」하고 그는 공작에게 눈길을 돌리며 말했다.
　「내가 알고 있는 여자가 바로 그 여자일 겁니다.」하고 관리는 짓궂게 끼
여 들었다. 「이 레베제프는 모르는 게 없거든요. 당신은 나한테 핀잔을 주
시지만 만일 내가 그것을 증명한다면 어떡하시겠어요? 내가 말하는 사람
은, 당신이 아버님의 지팡이에 쫓겨 도망친 원인이 된 바로 그 나스타샤 필
립포브나지요. 성은 바라시코바, 이른바 명문 출신으로 공작의 영애라고 불
러도 좋을 만한 여자인데 토스키인가 하는 사람과 특별한 관계가 있다더군
요. 대지주이고 자본가이며 여러 회사와 단체의 역원으로 있는 사람으로서,
그래서 예판친 장군과도 교분이 두터운 아파나시 이바노비치 말입니다만….」
　「허, 별난 작자를 다 보겠군.」일이 이쯤 되자 로고진은 정말 놀라지 않
을 수가 없었다.
　「그러고 보니 그야말로 모르는 게 없군그래.」
　「그렇구말구요, 이 레베제프는 무엇이든지 죄다 알고 있답니다. 나는 말
입니다, 아버지가 죽은 후에 리하쵸프 알렉사시카와 함께 두 달 동안에 걸
쳐 여행을 했기 때문에, 이제는 페체르부르그는 구석구석까지 환히 꿰뚫고
있습니다. 그래서 이 레베제프가 없으면 제대로 되는 일이 하나도 없단 말
이에요. 지금은 그 사람도 채무 감옥(債務監獄)에 들어가 있지만 그때는 아
르만스니, 코랄리야니, 파스카야 공작 부인이니, 아니 나스타샤 필립포브나

니 하는 분과도 가까이 사귈 기회가 있었으니까요. 그리고 또 그 외에도 많은 분과 사귈 기회가 있었던 거죠.」

「나스타샤 필립포브나와? 설마 그 여자가 리하쵸프 따위와⋯⋯.」로고진은 짜증스럽게 그를 바라보았다. 입술까지 새파랗게 질려 파르르 떨었다.

「아, 아니, 아, 아무것도 아닙니다. 정말 아무것도 아닙니다.」관리는 눈치를 채고 당황하기 시작했다. 「리하쵸프가 아무리 돈을 많이 쌓아 놓는다 해도 그 여자와 어림도 없죠! 그 여자는 아르만스 따위와는 격이 다르니까요. 그 여자에겐 토스키 한 사람밖엔 없어요. 저녁에 볼쇼이 극장이나 프랑스 극장 특별석에 곧잘 앉아 있었죠. 그럴 때 젊은 장교들은 제각기 모두 열을 올리는 일이 흔히 있었는데, 『여보게, 저기 앉아 있는 게 바로 그 나스타샤 필립포브나야.』하고 자기네끼리 수군거리는 것이 고작이었고, 감히 그 여자에게 접근하지는 못했었죠. 접근해 봐야 아무 소용도 없다는 걸 알고 있었으니까요.」

「아니 그건 사실이야.」하고 로고진은 미간을 잔뜩 찌푸리고 우울한 얼굴로 고개를 끄덕였다. 「그때 잘료제프도 역시 나한테 그런 말을 하더군. 공작, 나는 말이야, 그때 아버지한테 물려받은 넝마 같은 외투를 걸치고 네프스키 거리를 걸어가다 우연히 저쪽을 보니 나스타샤가 상점에서 나와 마차에 오르고 있지 않겠어? 순간 나는 온몸에 불이 확 붙어 오르는 것 같더군. 마침 거기서 잘료제프를 만났는데, 나 같은 건 발밑에도 가지 못할 만큼 아주 말쑥한 차림을 하고 있었어. 이발소의 지배인 같은 걸음걸이에다 로르네트(손잡이가 달린 안경)까지 끼고서 말이야. 한데 나는 아직도 백수건달인데다가 구두약을 잔뜩 칠한 다 해진 구두를 신고 고기도 넣지 않은 양배추 국물을 홀짝거리고 있는 판이었으니까, 이만저만한 차이가 아니었지. 그가 이렇게 말하는 거야. 『저 여잔 너 같은 건 거들떠보지도 않아. 나스타샤 필립포브나라고 하는데 어엿한 공작 부인이란 말이야. 성은 바라시코바라고 하며, 지금 토스키와 함께 살고 있지. 그러나 토스키는 저 여자를 떼어 버리지 못해서 속을 태우고 있거든. 그는 나이가 쉰다섯이나 되는 주젠데도 페체르부르그에서 으뜸가는 미인한테 새로 장가들려는 속셈이야.』그 자는 이렇게 말하고 나서 나한테 볼쇼이 극장에 가면 나스타샤를 볼 수 있다, 아래층 특별석에서 발레를 구경하고 있을 것이라고 귀띔을 해주더군. 그렇지만 우리 집에서는 내가 구경을 간다면 당장에 날벼락이 떨어질 게 뻔했거든. 하

지만 나는 몰래 집을 빠져 나와 또 한 번 나스타샤 필립포브나를 보고 돌아
왔지. 그날 밤은 한잠도 자지 못했어. 이튿날 아침에 아버지가 5천 루블짜
리 5부(分) 이자 채권 두 장을 나한테 주며, 『가서 이것을 팔아 오너라. 그
중에서 7천5백 루블은 안드레예프네 사무실에 가져다 주고 나머지는 곧장
집으로 가지고 오너라, 기다리고 있을 테니.』하시지 않았어? 나는 채권을
팔아서 돈을 받았지만 안드레예프네 사무실에는 들르지도 않고 그 길로 곧
장 영국인이 차린 보석상으로 달려가서 가지고 있던 돈을 몽땅 털어놓고는
귀걸이를 한 쌍 골랐지. 호도알만한 다이아몬드가 양쪽에 달려 있는 것이었
어. 4백 루블이나 모자랐지만 이름을 댔더니 믿고 내주더군. 나는 귀걸이를
들고 잘료제프한테로 달려갔지. 그리고 자초지종을 얘기하고 나서 같이 나
스타샤 필립포브나한테 가자고 졸랐더니 가주더군. 나는 그때 정신이 없어
발밑에 무엇이 있었고, 눈앞에 무엇이 있었고, 좌우엔 무엇이 있었는지 하
나도 기억에 없어. 거기에 도착해서 곧장 그 여자가 있는 홀로 들어갔더니
마침 그 여자가 나오더군. 난 그때 내 입으로 직접 말하지 못해, 잘료제프
가 『파르펜 로고진의 심부름으로 왔습니다.』하고 거짓말을 했어. 『어제
만난 기념으로 받아 주시기 바란답니다.』하고 말이야. 여자는 꾸러미를 열
어 속을 들여다보더니 생긋 웃으며 『선물을 보내 주어 대단히 감사하다고
친구 로고진 씨에게 전해 주세요.』하고 인사를 하고는 그냥 들어가 버리지
않겠어? 아아, 어째서 나는 거기서 아주 죽어 버리지 않았는지! 그 여자
를 찾아갈 때는 어차피 살아서 돌아오지는 못할 테니까 하는 각오가 있었는
데 말이야. 그리고 또 무엇보다도 부아가 났던 점은 잘료제프란 놈이 제 생
색을 냈다는 것이었어. 나는 키가 작은데다가 옷차림도 하인 같았고 묵묵히
선 채 상대방의 얼굴만 뚫어지게 쳐다보고 있었어. 아무튼 부끄러워서 말
이야. 그런데 잘료제프란 놈은 머리에서 발끝까지 유행을 따른 옷차림에다
가 머리는 기름을 발라 곱슬곱슬하게 지지고 연방 알랑거리며 굽실거리고
있더란 말이야. 그러니 그 여자는 필시 그놈을 로고진으로 잘못 알았을 거
야. 그래 밖으로 나오자 나는 그놈에게 이렇게 말했지. 『이봐, 혹시 딴 생
각을 품으면 재미 없을 줄 알아!』하고. 그러자 그놈은 껄껄 웃으면서 『그
보다도 넌 네 아버지한테 뭐라고 둘러댈 참이냐?』하고 묻지 않겠어? 그
때 나는 정말 집으로 돌아가는 대신 물 속에라도 뛰어들고 싶은 심정이었
어. 하지만 이젠 될 대로 되는 거다, 하는 생각이 들어 풀이 죽은 채 집으

로 돌아갔지.」

「원! 저런!」하고 관리는 상을 찌푸리곤 부르르 몸을 떨면서, 「고인께선 1만 루블은 고사하고 단돈 10루블만 어떻게 했어도 그냥 살려 두지 않을 어른이었으니까.」하고 그는 공작에게 고개를 끄덕여 보였다.

공작은 호기심에 가득 찬 눈으로 로고진을 바라보았다. 그 순간 로고진의 얼굴은 그때까지보다 한결 더 창백해진 것처럼 보였다.

「살려 두지 않았을 것이라구?」하고 로고진은 상대편의 말을 되씹었다. 「자네가 뭘 안다고 잔소리야!」그는 다시 공작에게 말을 계속했다. 「물론 당장에 모든 것이 들통나고 말았지. 게다가 또 잘료제프란 놈이 만나는 사람마다 입을 놀렸단 말이야. 아버지는 나를 2층에다 가두어 놓고 한 시간 동안이나 설교를 하더니『이놈, 이건 아직 시작이야! 이따가 밤에 다시 와서 아주 결판을 내고 말 테니 기다리고 있어.』하시더군. 그리고는 어떻게 했는지 알아? 머리가 희끗희끗한 아버지는 나스타샤 필립포브나를 찾아가, 코가 땅에 닿도록 빌며 울었다지 않겠어? 마침내 그 여자는 귀걸이가 든 상자를 가지고 와서 아버지 앞에 내던지며, 『이봐요, 텁석부리 영감! 이게 당신의 귀걸이예요. 그 아드님인 파르펜 영감님의 무서운 벼락을 각오하고 사왔다는 걸 알고 나니, 그 귀걸이가 몇십 배나 더 값진 것 같군요. 파르펜 세묘노비치한테 감사하다는 말이나 전해 주세요.』하고 말했다는 거야. 하지만 나는 그 사이에 어머니의 승낙을 받고 세료시카 프로투신한테 20루블을 빌려 가지고 기차로 프스코프를 향해 떠났는데, 거기 도착했을 때는 몸이 으스스 추운 게 아무래도 이상하더란 말야. 노파들이 나를 위하여 성경을 읽어 주었는데, 나는 술에 취해 그저 멍청히 앉아 있었지. 그러고 나서 몇 푼 남지 않은 돈을 쥐고 선술집을 모조리 돌아다니며 실컷 술을 들이켜고는 밤새도록 한길에 그냥 정신없이 쓰러져 있었단 말이야. 아침이 되자 마구 열이 나지 뭐야. 게다가 또 밤중에 개들이 와서 물어뜯었다네. 그래서 겨우 정신이 들었지.」

「흠, 그럴 수밖에 없었겠지요. 그렇지만 이번엔 나스타샤 필립포브나도 전과는 태도가 좀 달라질 게 아니겠습니까?」관리는 손을 비비며 비굴하게 웃었다. 「그리고 말입니다. 나리, 이번엔 그런 귀걸이쯤은 문제가 안 돼요. 이번엔 아주 굉장한 귀걸이를 선사하십시오!」

「이봐, 만일 앞으로 네놈이 나스타샤에 대해서 쓸데없는 소리를 한 마디

라도 하면 말이야, 그땐 네놈을 사정없이 패줄 테니 그리 알아. 네가, 아무
리 리하쵸프와 어울려 돌아다녔다고 허풍을 떨어 봐야 소용 없어……」로
고진은 관리의 팔을 꽉 움켜잡고 호통을 쳤다.

「사정없이 패겠다고요? 그럼 나를 쫓아 버리는 건 아니로군요. 그럼 얻
어맞겠습니다. 당신한테 얻어맞으면 그만큼 당신과 인연이 맺어지는 셈이
니까. 오히려 나한테는 다행한 일입니다……. 그건 그렇고 이제 다 왔습
니다!」

아닌게 아니라 기차는 정거장으로 들어서고 있었다. 로고진은 몰래 떠나
온 것처럼 얘기했었지만 정거장에는 이미 몇 사람이 나와서 그를 기다리고
있었다. 그들은 고함을 치며 그에게 모자를 흔들었다.

「제기랄, 잘료제프란 녀석도 나와 있군!」로고진은 그쪽을 바라보고 의
기양양하다기보다는 오히려 독기를 머금은 미소를 띠며 중얼거렸다. 그리
고는 갑자기 공작에게 얼굴을 돌리며「공작, 어쩐지 난 당신이 마음에 들었
어. 그건 이런 때에 당신을 만났기 때문인지도 모르지만, 그러나 이 자와
도──그는 레베제프를 가리켰다──한자리에서 만났지만 이 자는 도무
지 마음에 들지 않는단 말이야. 공작, 나한테 찾아오시오, 그 얄궂은 각반
을 벗기고 좋은 수달피 외투를 입혀 줄 테니. 연미복도 최고급으로 맞춰 주
고 조끼도 흰 것이든 어떤 것이든 마음에 드는 걸로 입혀 주겠어. 호주머니
에는 돈을 가득 채워 주고, 그리고 함께 나스타샤 필립포브나한테 찾아가자
구! 어때, 오겠어?」

「자, 레프 니콜라예비치 공작님!」꾀는 듯한, 거드름을 피우는 듯한 어조
로 레베제프가 말했다. 「이런 기회를 놓쳐서는 안 됩니다. 아시겠어요?
절대로 놓치지 않도록 하십시오!」

공작은 자리에서 일어나 겸손하게 손을 내밀며 대답했다.

「기꺼이 찾아 뵙겠습니다. 그리고 내가 마음에 드셨다는 데 대해 진심으
로 감사를 드립니다. 시간이 허락하면 오늘 안으로라도 찾아가게 되는지 모
르겠습니다. 실은, 솔직히 말하자면 나도 당신이 무척 마음에 들었어요. 특
히 다이아몬드 귀걸이 얘기를 했을 때…… 아니, 귀걸이 얘기가 나오기 전
에도 우울한 얼굴을 하고 계시는 분이라고 생각은 했었지만 역시 호감을 느
꼈습니다. 그리고 주시겠다는 옷과 모피 외투도 감사히 받기로 하겠습니
다. 옷과 모피 외투는 당장 나한테 필요한 것이니까요. 사실 지금 내 수

중에는 땡전 한 푼 없답니다.」

「돈이라면 우습지. 저녁때까지는 될 테니 나를 찾아와요.」

「아무렴, 되구말구요.」하고 관리가 계속해서 맞장구를 쳤다. 「저녁때까지, 해질 무렵이 되기 전까지는 틀림없이 됩니다.」

「그런데 공작, 당신은 여자를 좋아하오? 우선 그것부터 알아두어야겠어.」

「아, 아닙니다. 하지만 나는…… 당신도 짐작이 가셨겠지만 원래 타고난 병 때문에 여자라는 걸 전혀 모르고 살아왔습니다.」

「그래 만일 그렇다면.」하고 로고진은 외쳤다.「공작, 당신은 유로드(예언을 할 수 있는 그리스도교의 광신자)와 다를 게 없는 사람이군. 하느님은 당신 같은 사람을 귀여워해!」

「확실히 하느님은 그런 사람을 귀여워하시죠.」하고 관리는 맞장구를 쳤다.

「이봐, 자넨 내 뒤를 따라와.」하고 로고진은 레베제프에게 말했다. 그들은 기차에서 내렸다.

레베제프는 기어이 목적을 달성했다. 이윽고 로고진은 와자지껄 떠들면서 보즈네센스키 대로 쪽으로 사라져 갔다. 공작은 리체이나야 거리 쪽으로 가야 했다. 눅눅하게 습기찬 아침이었다. 공작은 지나가는 사람을 붙들고 물어 보았다. 목적지까지는 3베르스타나 된다는 말을 들은 그는 삯마차를 잡아타기로 하였다.

2

예판친 장군은 리체이나야 거리에서 변용 그리스도 교회 쪽으로 조금 들어간 곳에 있는 자기 소유의 집에서 살고 있었다. 그 집의 6분의 5는 남에게 세를 놓고 있었다. 이렇게 엄청나게 큰 이 집 말고도 예판친 장군은 사도바야 거리에 큰 집을 또 한 채 가지고 있었는데, 거기서도 역시 많은 수입이 있었다. 이 두 채의 건물 이외에 페체르부르그 근교에 수입이 많기로 이름난 훌륭한 소유지가 있었고, 그리고 또 페체르부르그 군에 공장도 하나 가지고 있었다. 예판친 장군이 전에는 농산물 매점에 관계하고 있었다는 것은 널리 알려져 있었지만, 지금은 몇몇 주식 회사에 관계하고 있으며 상당한 발언권도 가지고 있었다. 그러한 그는 돈 많고 일 많고 교제가 넓은 사람으로 통하고 있었다. 장소에 따라서는, 그 중에서도 특히 자기의 근무처에서는 절대로 없어서는 안 될 사람이라는 말을 들을 수 있을 만한 위치를 점하고 있었지만, 한편으로 이반 표도로비치 예판친은 군인의 아들로 태어나 교육이라고는 거의 받아 보지 못한 인간이라는 것도 온 세상이 다 아는 사실이었다. 군인의 아들로 태어났다는 것은 오히려 그에게는 명예가 될 만한 것이었으나 아무리 현명한 예판친 장군이라도 역시 다소의, 그리 탓할 만한 것은 아니지만, 결점은 가지고 있었기 때문에 남이 그런 얘기를 끄집어 내는 것을 무엇보다 싫어했다. 어쨌든 그가 총명하고 빈틈없는 인간이라는 것만은 틀림없는 사실이었다.

이를테면 그는 자기가 나설 데가 아닐 경우에는 절대로 나서지 않는다는 원칙을 지키고 있었다. 그래서 많은 사람들은 그의 이 담담한 점, 즉 자신의 분수를 알고 있는 사람이라는 점에서 그의 가치를 인정하고 있었다. 그런데 자기의 분수를 아는 예판친 장군의 심중에 이따금 어떤 현상이 일어나는지, 그러한 평가를 내리는 사람들에게 보여 주고 싶은 것이 있다. 사실 그는 체세의 경험도 풍부했고 어떤 면에서는 뛰어난 재능도 가지고 있었다. 그러나 그는 자기 머릿속에 명령자를 가지는 인간으로서가 아니라 타인의 사상을 실행하는 사람으로서, 아첨이 아니라 충성하는 러시아적이기까지한 정직한 인간으로서 자기 자신을 즐겨 나타내려 했다. 아니, 시대적 변화라는 것은 무서운 것이다! 이 점에 관해서는 몇 가지 우스운 에피소드까지 전해지고 있다. 그러나 아무리 우스꽝스러운 실수를 저질렀을 때라도 그는 결코 풀이 죽는 법이 없었고, 트럼프를 해도 오히려 그는 운이 좋았다. 그는 언제나 굉장한 거금을 걸곤 했는데, 이 대수롭지 않은 결점——이것은 그에게 끊을 수 없는 관계가 되어 있었지만, 대부분의 경우 그에게 막대한 이득을 주곤 했다——을 일부러 숨기려고 하기는커녕 오히려 그것을 자랑삼아 떠벌리는 것이었다. 예판친 장군이 관계하고 있는 사회는 온갖 종류의 인간들의 혼합체라 할 수 있었다. 물론 그들은 한결같이 일류에 속하는 인사들뿐이었다. 그러나 아직까지는 앞날의 터전을 닦는 데 지나지 않았다. 그는 끈기 있게 때가 오기를 기다렸다. 모든 것을 꾹 참고 끈기 있게 기다렸다. 그러니까 이제부터는 그에게도 때가 와야 할 게 아닌가. 사실 예판친 장군은 나이로 보아서는 지금이 한창 때였다. 즉 올해 쉰여섯이면 절대로 늙었다고 할 수 없었다. 오히려 이제부터 정말 인생이 시작되는 나이다. 건강, 얼굴빛, 검기는 하지만 튼튼한 이, 보기좋게 살이 찐 늠름한 체격, 아침에 일자리에 나왔을 때의 눈치 빠른 표정, 저녁에 트럼프 판에 앉았을 때나 혹은 각하에게 인사를 하러 들어갔을 때의 그 명랑한 표정, 이러한 모든 것이 현재와 미래의 성공을 돕고 그의 생애를 장미꽃으로 장식하고 있는 것이었다.

장군은 또 만발한 꽃과 같이 행복한 가정을 가지고 있었다. 물론 다 장미꽃 같다고만 할 수는 없으나 그대신 이미 오래 전부터 장군의 중요한 희망과 목적의 대상이 되어 있던 것도 결코 적지 않다. 사실 이 세상에서 부모가 자식에게 품는 희망과 기대보다 더 중요하고도 신성한 것이 과연 있을 수 있을까? 가정이라는 것 이외에 인간들을 건실하게 서로 결합시키는 것이 또 어디 있을까? 장군의 가정은 그의 부인과 과년한 딸 셋으로 이루어져 있었다. 장군이 결혼한 때는 아주 옛날, 그가 중위였던 때였다. 신부는 그와 나이가 비슷한 처녀였는데 출중하게 예쁘달 것도 없고 교육을 많이 받은 것도 아니었다. 다만 지참금으로 50명의 농노가 딸려 있었을 뿐이었다. 하기는 이것이 그에게 있어서는 행운의 기초가 되었던 것이지만……. 그러니 장군은 이 날 이때까지 한 번도 자기의 조혼을 후회하거나 그것을 철없는 시절의 과실이었다고 생각한 적이 없었을 뿐만 아니라 오히려 부인을 존경한 나머지 때로는 두려워했으며, 마침내는 사랑을 느끼게 되었다. 장군 부인은 공작의 집안에서 태어난 사람이었다. 그 집안은 그리 화려하지는 못했지만 꽤 유서깊은 집안이었으므로, 그녀는 그것을 굉장한 자랑거리로 삼고 있었다. 그 당시의 유력한 그녀의 후견인 중 하나가——후견인이라고해야 아무것도 보살펴 준 것은 없었지만——젊은 공작 영애의 결혼을 주선해 주는 데 동의했다.

그 사람이 젊은 장교에게 문을 열어 주고 또 뒤에서 밀어 준 셈이었다. 그러나 젊은 장교로서는 그렇게까지 적극적으로 알선할 필요는 없었다. 그에게는 다만 상대방이 눈짓만 한 번 해주는 것으로 충분했던 것이다. 알면서 헛수고를 할 것은 없었던 것이다. 불과 몇 번 안 되는 예외적인 경우를 제외한다면 그들 부부는 오랜 결혼 생활을 화목하게 지내 왔다. 나이가 젊었을 시절부터 장군 부인은 공작 집안의 영애로서, 그리고 자기 가문의 마지막 한 사람으로서, 아니 어쩌면 타고난 성질 때문이었는지도 모르긴 하지만, 아주 지체가 높은 귀부인 몇 사람을 자기의 후견인으로 가지고 있었다.

그러나 그 뒤 재산이 생기고 남편의 지위가 높아짐에 따라 그러한 상류사회 사람들 사이에 끼어서도 어느 정도 떳떳하게 행동하게 되었다.

요 몇 년 동안 장군의 세 딸, 알렉산드라·아젤라이다·아글라야는 모두 나이가 차서 완전히 성숙한 여성이 되었다. 물론 셋이 다 예판친 장군의 딸임에는 틀림없지만, 외가 쪽으로 말한다면 공작 집안의 혈통을 이어받았고 지참금도 적지 않으며 아버지는 언젠가는 더욱 높은 지위로 승진할 야심을 품고 있었고, 또 이것은 상당히 중요한 일인데, 벌써 25세 된 맏딸 알렉산드라를 포함해서 셋이 다 보기드문 미인이었다. 다음 둘째딸이 스물넷, 막내딸인 아글라야는 갓 스물이 된 처녀였다. 이 막내딸은 유달리 뛰어난 미인으로 사교계에서 크게 주목을 받기 시작했다. 그러나 이것만으로 아직 다 말한 것은 아니다. 셋이 모두 교육, 지식, 재능에 있어서도 뛰어났기 때문이다. 또한 세 사람이 서로 사랑하며 서로 도와 주고 있다는 것은 널리 알려져 있었다. 두 언니가 자기 집안의 우상이나 다름없는 막내둥이를 위해 어떤 면에서는 희생이 되고 있다는 것까지 세상에 널리 알려져 있었다. 세 사람 다 사교계에는 별로 얼굴을 나타내지 않았으며 오히려 지나치게 신중하다는 말을 들을 정도였다. 물론 아무도 거만하고 건방지다고 그들을 나무라진 않았지만, 그녀들이 자기 자신의 가치를 인식하고 강한 자부심을 가지고 있다는 것은 누구나 부인할 수 없는 사실이었다. 맏딸은 음악에 능했고 둘째딸은 훌륭한 화가였는데, 이것은 오랫동안 거의 아무도 모르고 지내 오다가 요즘에 와서야 비로소 어떤 우연한 기회에 세상에 알려지게 되었던 것이다. 한마디로 말해 그녀들에 대한 칭찬은 일일이 늘어 놓을 수 없을 만큼 많았다. 그러나 한편으로는 그녀들에게 반감을 품고 있는 사람도 없지 않았다. 이들은 그녀들이 읽은 책의 양이 무척 많다는 것을 마치 무서운 일인 듯 말하기도 했다. 그녀들은 결혼을 서두르지 않았다. 또 사교계의 어느 그룹을 존경하고는 있었지만 그리 대수롭잖게 여기고 있었다. 이것은 모든 사람이 그녀들의 아버지인 예판친 장군의 경향·성격·목적·희망 등을 잘 알고 있었기 때문에 한층 깊은 의미를 띠게 되는 것이었다.

뮈시킨 공작이 장군 집에 도착하여 벨을 울렸을 때는 이미 11시쯤 되어 있었다. 장군은 건물 2층에 되도록 검소하면서도 자기 지위에 어울리는 거실을 꾸며 쓰고 있었다. 제복을 입은 하인이 뮈시킨에게 현관문을 열어 주고는, 의심쩍게 손님의 모습과 그 손에 들려진 보따리를 번갈아 훑어 보았다. 공작은 이 사람과의 입씨름으로 꽤 많은 시간을 허비했다. 그러나 마침내 몇 번을 되물어도 자기는 틀림없는 뮈시킨 공작이며, 급한 볼일이 있어 꼭 장군을 만나야겠다고 대답하므로, 하인은 하는 수 없이 서재 바로 옆에 있는 조그만 문간방으로 공작을 안내한 다음, 아침마다 그 문간방을 지키고 앉아 장군에게 온 손님 접대를 하는 하인에게 그를 인계했다. 그는 연미복을 입은 딱딱한 표정을 한 마흔 남짓한 남자로, 각하 서재의 전속 하인이지만 손님 접대도 아울러 맡고 있기에 제법 거드름을 피우고 있었다.

「응접실에서 기다려 주십시오. 그리고 그 보따리는 여기 맡겨 주시구요.」

거드름을 피우면서 천천히 자기 소파에 앉다가 뮈시킨이 보따리를 든 채 바로 옆에 앉는 것을 보고 그는 놀라움을 얼굴에 나타내며 이렇게 말했다. 「여기에 계시면 안 됩니다. 응접실로 가십시오.」

「아니, 괜찮다면.」 하고 뮈시킨은 말했다. 「나는 여기 자네와 함께 있는 편이 좋겠는데. 저런 데서 혼자 멍청히 앉아 있기도 뭣하니까.」

「하지만 이렇게 문간방에 계시면 안 됩니다. 당신은 어디까지나 방문객, 즉 손님이니까요. 그래 직접 장군께 볼일이 있으십니까?」

하인은 아무래도 이런 손님을 안으로 들여보낼 마음이 나지 않는 듯 다시 한 번 물어 보기로 결심한 모양이었다.

「응, 좀 만나 뵈올 일이…….」

「용건이 무엇인지 묻고 있는 게 아닙니다. 저의 역할은 다만 손님을 안내하는 것이니까요. 그러나 방금 말씀드린 것처럼 비서 어른이 나오실 때까지는 각하께 말씀드릴 수가 없습니다.」

이 하인의 의심은 더욱 짙어져 가는 것 같았다. 공작의 풍모가 날마다 찾아오는 손님들의 부류와는 너무 차이가 있었기 때문이다. 장군은 자주, 아니 매일같이 일정한 시간이 되면 아주 잡다한 손님들을 만나곤 했는데 특히 용무가 있다고 찾아오는 사람들 중에 그런 사람이 많았다. 하지만 그러한 습관이나 상당히 관대한 주인의 분부에도 불구하고 하인은 공작을 지나치게 의심했다. 그는 아무래도 비서와 의논해야만 하겠다고 생각했던 것이다.

「그런데 당신은 틀림없이…… 외국에서 돌아오셨죠?」 마침내 그는 무심결에 이렇게 물었으나 이내 말끝을 얼버무려 버리고 말았다. 아마 그는 「그런데 댁은 틀림없는 뮈시킨 공작이십니까?」라고 물어 보고 싶었을 것이리라.

「맞네, 방금 기차에서 내렸으니까. 하지만 자네는 내가 틀림없는 뮈시킨 공작인지 아닌지를 물으려던 것 같은데?」

「음……」 깜짝 놀란 하인은 신음 소리를 냈다.

「뭐 걱정할 건 없어, 나는 자네한테 거짓말을 하고 있는 게 아니니까. 나 때문에 자네가 책임을 져야 할 일은 없을 거야. 그리고 내가 이런 옷차림에 이런 보따리를 들고 있는 것을 보고 별로 놀랄 것 없어. 지금 나는 경제적 형편이 말이 아닌 상태이니까.」

「으음, 저는 뭐 그런 것을 걱정하고 있는 것은 아닙니다. 안내를 하는 게 제 역할이니까요. 또 비서님도 곧 나오실 거구요. 그리고 혹시 당신은 저 그, 이런 말씀을 드리는 것은 실례가 되겠습니다마는, 혹시 당신은 각하께 돈을 얻으러 오신 건 아니신지?」

「천만의 말씀! 그것 때문이라면 조금도 염려할 게 없네. 나는 전혀 다른 일로 온 것이니까.」

「아, 이거 실례했습니다. 저는 당신의 모습만 보고 그만……. 그러면 비서님이 오실 때까지 잠시 기다려 주셔야겠습니다. 각하께서는 지금 대령님과 면담중이셔서요. 이제 곧 비서님이 오실 겁니다……. 회사 관계의 분입니다.」

「혹시 오래 기다리게 될 것 같으면 자네한테 한 가지 청할 일이 있는데. 어디 담배 피울 만한 곳이 없을까? 파이프와 담배는 나한테 있는데.」

「담배라고요?」 마치 자기의 귀를 의심하는 듯 하인은 경멸과 의혹이 담긴 표정으로 홀깃 공작에게 눈을 주었다. 「담배를 피우시겠다는 말씀이죠? 안 됩니다. 여기서는 담배를 피우시지 못합니다. 그런 생각을 하시는 것만으로도 수치라는 걸 아셔야 합니다. 이건 정말 놀랐는걸요.」

「아니 나는 뭐 이 방에서 피우겠다는 건 아냐. 그것쯤은 나도 알고 있어. 나는 다만 자네가 가르쳐 주는 곳으로 나가려 했던 것뿐이니까. 이젠 담배를 끊을 수가 없게 되어 버려서 말이야, 벌써 세 시간이나 피우지 못했거든. 하지만 안 된다면 하는 수 없지. 왜 이런 속담이 있지 않아. 그 고을에 들어서거든 그 고을 풍습에 따르라고…….」

「그렇지만 당신 같은 분을 뭐라고 각하께 말씀드려야 할지 모르겠군요!」 하고 하인은 계속해서 중얼거렸다. 「첫째 당신은 이런 곳에 계셔서는 안 됩니다. 응접실에 앉아서 기다리시는 게 옳습니다. 당신은 어디까지나 방문

24

객, 즉 손님이니까요. 손님을 이렇게 대하는 것은 제 책임이 돼버립니다. 그래, 당신은 이 집에 오래 머무르실 작정인가요?」그는 다시 한 번 곁눈질로 공작의 보따리를 바라보았다. 아까부터 그 보따리가 아무래도 무척 그의 마음에 걸리는 모양이었다.

「아니, 여기서 묵을 생각은 없어. 설사 그렇게 하라는 권유를 받는 일이 있다 해도 사양할 작정이니까. 나는 다만 인사를 드리고 가까이 사귀고 싶어서 찾아온 것뿐이란 말일세.」

「뭐라고요? 가까이 사귀려구요?」하인은 아까보다 세 갑절이나 의심쩍어하는 얼굴로 놀라며 물었다. 「그런데 왜 아까는 볼일이 있어 찾아왔다고 하셨죠?」

「아니, 뭐 볼일이라고 할 것까지도 없겠지. 그렇지만 볼일이 전혀 없다고 할 수도 없으니까. 장군께 조언을 좀 들을 일이 있어서 왔으니 말야. 그러나 중요한 목적은 역시 인사를 드리려는 데 있다네. 그 이유는, 나는 뮈시킨 공작이며 예판친 장군 부인 역시 뮈시킨 공작 가문의 출신인데, 지금 우리 가문에는 부인과 나 두 사람밖에는 남아 있는 사람이 없다는 사실일세.」

「그, 그렇다면 당신은 각하와 인척이 되시는 분이란 말씀인가요?」하인은 깜짝 놀라서 몸을 부르르 떨었다.

「뭐, 인척이라고 할 것까지는 없을지도 모르겠군. 물론 억지로 갖다 붙인다면 인척임에는 틀림없겠지만, 실은 촌수가 너무 멀어서 그렇다고 말하기가 어려워. 외국에 있을 때도 한 번 부인께 편지를 보낸 적이 있는데 답장은 받지 못했지. 그러나 귀국하면 꼭 가까이 사귀고 싶다고 생각했었네. 자네에게 이렇게 설명하는 것은 자네가 아직도 나를 의심하고 있는 것 같아서 더 이상 의심하지 말라는 뜻에서야. 자, 뮈시킨 공작이 왔다고 전해 주시지. 그러면 내가 찾아온 까닭은 자연히 알 수 있을 테니까. 만나 주신다면…… 좋고, 만나 주시지 않는다면 그것도 또 어쩌면 매우 좋은 일이 될는지도 모르지. 아마 만나지 않겠다고 하시지는 않을 거야. 장군 부인께서도 자기 집안의 유일한 대표자를 만나 보고 싶어하실 테고……. 내가 들은 바로는, 그 분은 자기의 집안을 매우 자랑으로 삼고 있다더군.」

공작의 말이 아주 가식이 없는 순수한 것이라고 생각되었는지도 모른다. 그러나 순수하면 순수할수록 이 경우에 있어서는 더욱더 우스꽝스럽게 들리는 것이었다. 그래서 이 상황이 하인들끼리의 일이라면 극히 당연하게 받아들이겠지만, 손님과 하인의 사이에서는 어딘지 어울리지 않는 그 무엇인가가 있는 것을 경험 많은 하인은 느끼지 않을 수 없었다. 하인이란 대체로 그 주인들이 생각하고 있는 것보다는 훨씬 영리한 법이어서, 이 하인의 머릿속에도 문득 이런 생각이 떠올랐다. 이 공작이란 사람은 돈을 뜯으러 온 일종의 부랑자이거나 그렇지 않으면 그런 야심 같은 건 전혀 없는 단순한 바보이거나, 이 두 가지 중의 하나다. 왜냐하면 야심이 있는 영리한 공작이라면 문간방 같은 데 걸터앉아서 하인 따위를 상대로 자기의 용건을 나불댈 리가 없다. 어쨌든 하인인 자기가 나중에 책임을 추궁당할 염려는 없을 것이다.

「아무튼, 응접실에서 기다려 주셨으면 고맙겠습니다.」하고 그는 짓궂은 어조로 주의를 주었다.

「그렇지만 내가 거기에 들어가 앉았더라면 이렇게 자네한테 모든 것을 설명할 수 없었을 것 아냐.」하고 뮈시킨은 유쾌한 듯이 웃었다. 「그리고 자네는 언제까지나 나의 이 망토와 보따리를 보고 은근히 걱정을 하고 있어야만 했을 거고. 그러나 이제는 비서를 기다릴 것도 없을 거야. 자네가 직접 말씀드려도 무방할 것 같은데.」

「저로서는 당신 같은 손님을 비서님과 의논하지 않고 안으로 들여보낼 수가 없습니다. 그리고 조금 전에, 대령님이 계신 동안은 누가 와도 들여보내지 말라는 장군님의 분부가 계셨으니까요. 제가 말씀드리지 않더라도 비서인 가브릴라 아르달리오노비치 님이 곧 오실 겁니다.」

「관리인가?」

「가브릴라 아르달리오노비치 님 말씀입니까? 아닙니다. 회사 일을 보는 분입니다. 자, 그 보따리만이라도 여기 놓아 두십시오.」

「나도 그렇게 생각하고 있었네. 만일 괜찮다면 이 망토도 벗었으면 하는데.」

「물론 벗으셔도 좋습니다. 망토를 입은 채 각하를 만나 뵈올 수는 없는 일이니까요.」

뮈시킨은 의자에서 일어나 얼른 망토를 벗었다. 그러자 공작의 옷차림은, 상당히 오래된 것이기는 했지만 제법 훌륭한 솜씨로 만들어진 신사복 차림으로 변했다. 조끼에는 강철로 만든 쇠줄이 늘어져 있었고 그 쇠줄에는 주네브제(製) 은시계가 달려 있었다.

설혹 공작이 바보 같은 사나이라 할지라도——하인은 벌써 이렇게 단정해 버린 것이다——하인으로서 방문객과 더 이상 얘기를 주고받고 한다는 것은, 설사 상대방이 자기 나름대로 마음에 드는 인물일지라도, 결코 예의가 아니라고 장군의 하인은 생각하였다. 그러나 한편으로 공작은 하인의 마음에 상당히 거센 분노를 불러일으켰다.

「그건 그렇고, 부인의 면회 시간은 언젠가?」공작은 다시 의자에 걸터앉으며 물었다.

「그런 건 제가 알 바 아닙니다. 손님에 따라 일정하지 않으니까요. 모자가게 여자는 11시라도 들어오게 하고, 가브릴라 아르달리오노비치 님도 역시 누구보다도 먼저 불러들이십니다. 아침 일찍 조반 때라도 불러들이는 수가 있으니까요.」

「러시아에서는 겨울에도 방안이 따뜻하군. 외국의 방안보다 훨씬 따뜻해.」하고 공작은 다시 입을 열었다. 「그대신 바깥 기온은 외국이 더 따뜻해. 하지만 겨울에는 거기의 주택 구조에 익숙지 못한 러시아 사람은 정말 견디기 어렵다네.」

「난로를 피우지 않습니까?」

「응, 그리고 원래 주택의 구조가, 즉 창문이라든가 페치카 같은 것이 러시아와는 아주 다르니까.」

「그래요, 당신은 오랫동안 외국을 여행하셨습니까?」

「4년쯤. 하지만 나는, 거의 한 곳에만 머물러 있었어. 줄곧 시골에 틀어박혀 있었으니까.」

「우리 습관을 모두 잊으셨겠군요?」

「그래, 나 자신이 생각해도 러시아 말을 잊어버리지 않은 것이 이상할 지경이라네. 이렇게 자네와 얘기를 하면서도 곧잘 지껄이는구나 하고 속으로 생각하지. 내가 이토록 말을 많이 하는 것도 그 때문인지 몰라. 아니, 정말로 어제부턴 러시아 말을 하고 싶어서 못 견딜 지경이었어.」

「호오, 그래, 페체르부르그에는 전에 계신 적이 있었습니까?」하인은 아무리 자제하려 해도, 이처럼 점잖고 공손한 대화를 해본 적이 없는지라 계속하지 않을 수 없었던 것이다.

「페체르부르그에? 거의 없어. 지나는 길에 들렀을 뿐이니까. 전에도 이곳 물정에는 익숙하지 못했지만, 듣자니까 요즘은 새로운 일들이 너무나 많이 생겨서 전에 알고 있던 사람들도 다시 되풀이해서 공부하고 있다더군. 요즘 여기서는 재판에 대해 말이 많은 모양이던데.」

「흠……! 재판 말입니까? 사실 재판에 대해 여러 가지로 말이 많습니다. 그런데 어떻습니까? 거기에서는 재판이 공정한가요?」

「잘 모르겠어. 그러나 우리 러시아의 재판 제도에 대해서는 좋게들 말하고 있지. 첫째, 러시아에는 사형이라는 게 없으니까.」

「거기에는 있습니까?」

「있지. 나는 프랑스에서 보았다네. 리용에서……. 시네이제르 선생이 나를 데리고 갔었지.」

「목을 달아맵니까?」

「아니, 프랑스에서는 모두 목을 자르지.」

「어떻습니까, 비명을 지릅니까?」

「천만의 말씀. 한 순간 일인걸 뭐. 사형수를 끌어다 놓으면, 이런 널따란 길이 기계 장치로 떨어져 내리지. 길로틴이라는 북직하고 힘센 것인데…… 눈 깜짝할 새에 모가지가 달아나 버린다구. 하지만 그때까지가 괴로울 테지. 판결문이 낭독되고 여러 가지 준비가 있고, 그 다음에 결박을 당하여 사형대로 끌려 올라간다네. 이것이 무서운 거야. 사람들이 모여들지. 여자들까지 말이야. 하지만 거기서는 여자들이 구경하는 걸 좋아하지 않아.」

「여자들이 그런 끔찍한 꼴을 볼 것은 없죠.」

「물론이지. 물론이구말구! 그처럼 처참한 꼴을! 내가 본 사형수는 영리하고 대담한 억센 중년 남자였는데, 성은 레그로였지. 그런데 말이네, 이건 곧이듣건 말건 상관없지만, 그 남자는 사형대에 올라가자 얼굴이 백지장처럼 하얗게 질리더니, 갑자기 울음을 터뜨리지 않겠나. 참말이지 이럴 수 있겠어? 얼마나 무서운 일인가? 두려움 때문에 울음을 터뜨리는 사람이 어디 있겠나? 어린애라면 또 몰라도, 마흔다섯 살이나 된 어른이, 여태껏 한번도 울어 본 적이 없는 어른이 말이야, 두려움 때문에 울다니, 나로선 정말로 꿈에도 생각하지 못했던 일이야. 그 순간 그 사내의 넋은 어떠했을까, 틀림없이 무서운 경련을 일으켰을 거야. 그것은 넋에 대한 모독이야. 그 이외의 아무것도 아냐! 『죽이지 말라』는 말은 성서에도 씌어 있어. 사람이 사람을 죽였다고 해서 반드시 그 사람을 죽여야 할까? 아냐, 그것은 안 될 일이지. 내가 그것을 본 지는 벌써 한 달이 넘었지만, 지금도 그때의 광경이 내 눈앞에 선하네. 꿈에 나타난 것만 해도 대여섯 번은 되는걸.」

　이렇게 이야기를 하는 동안 공작은 열기를 띠기까지 했다. 그의 어조는 여전히 조용했으나 창백한 그 얼굴에는 엷은 홍조가 나타났다. 하인은 공감에 찬 흥미있는 표정으로 공작의 말에 끌려 들어가고 있었다. 어쩌면 이 하인도 역시 상상력이 풍부한, 사상적인 것을 좋아하는 사나이였는지 모른다.

　「그렇다면,」하고 그는 입을 열었다. 「목이 달아날 때 고통을 덜 느끼는 점만은 그래도 나은 편이 아닐까요?」

　「아니, 뭐라구?」하고 공작은 흥분한 어조로 말을 받았다. 「자네도 그것을 알아챘군그래. 누구나 다 그렇게 생각하고 있다네. 그렇기 때문에 길로틴이라는 기계가 발명된 거야. 하지만 그때 나는 문득 이러한 생각이 들더군. 어쩌면 이것이 더 나쁠는지도 모른다고 말일세. 우습지? 아니, 자네에게는 잔인하게 들릴는지도 모르겠네. 하지만 곰곰히 생각해 보면 그런 생각이 든단 말이야. 고문이라는 걸 한 번 생각해 보라구. 고문을 당하면 몸에 온통 상처가 생기고 그 괴로움이란 이루 말할 수 없을 것 아냐. 그러나 그것은 육체의 고통이니까 오히려 넋의 고통을 잊게 해주네. 따라서 죽을 때까지 다만 상처의 고통만을 느낄 뿐이지. 고문에 의한 상처로 느끼는 고통이 제일 혹독한 고통은 아닐 테니까. 앞으로 한 시간 후에는, 10분 후에는, 30초 후에는 넋이 육체에서 떠나, 자기는 이미 인간이 아닌 것이 되어 버린다는 것을 확실히 아는 바로 그것, 이『확실히』라는 점이 무엇보다 큰 고통일 것이라는 말일세. 목을 칼날 바로 밑에 놓고 그 칼날이 미끄러져 내려오는 소리를 듣는 그 4분의 1초 동안이 무엇보다 무섭단 말이야. 이건 나의 공상만이 아니라 많은 사람들한테서 들은 견해야. 나는 그걸 굳게 믿고 있기 때문에 자네한테 솔직히 내 견해를 밝히는 걸세. 살인죄로 사람을 죽이는 것은 강도가 살인하는 것과 비교도 되지 않을 만큼 무서운 짓이라구. 밤중에 숲속 같은 데서 강도의 칼에 죽는 사람은 반드시 최후의 순간까지 구원을 받을 수 있을지도 모른다는 희망을 잃지 않는 법이야. 그런 예는 흔히 있잖아. 이미 목에 칼이 꽂혔어도 희망을 잃지 않고 도망을 치거나 구원을 청하거나 하거든. 이 최후의 희망이 있으면 열 갑절이나 편하게 죽을 수 있는 것을, 그것을 사형집행에서는『확실히』빼앗아 버린단 말일세. 선고가 있으면 이제는 도저히 죽음을 면할 수 없다는 바로 거기에 무서운 고통이 있는 거야. 이보다 더 강한 고통이 세상에 어디 있나. 전쟁터에서 병사를 끌어 내다가 포 앞에 세워 놓고 그를 겨누어 쏘아 본다면 말이야, 병사는 역시 최후까지 한 오라기의 희망은 계속 잃지 않을 것이네. 그러나 그 병사에게 사형 선고를 『확실히』 낭독해서 죽음을 알린다면 그는 아마 미쳐 버리든가 울음을 터뜨리고 말 것인네. 인간의 본성이 발광하지 않고 그것을 견디어 낼 수 있다고 말한 사람은 도대체 누구인가? 무엇 때문에 그처럼 잔인하고 불필요한 말을 지껄였나? 혹, 사형 선고를 받고 나서 온갖 고통을 다 겪은 다음 『용서한다, 잘 가거라.』 하는 말을 듣고 풀려 나온 사람이 있을지도 몰라. 이 고통, 이 두려움에 대해서는 그리스도께서도 말씀하고 계시네. 어쨌든 인간을 그렇게 다룬다는 건 절대로 있을 수 없는 일이야!」

하인은 비록 이러한 모든 것을 뮈시킨처럼 표현할 수는 없었지만, 그러나 전부는 아니라 하더라도 대체적인 요점은 충분히 알아듣는 것 같았다. 그것은 그의 감동한 듯한 표정에 나타나 있었다.

「정 그렇게 담배를 피우고 싶으시거든,」 하고 그는 말했다. 「피우셔도 괜찮습니다. 하지만 빨리 피우셔야 합니다. 혹시 안으로 모시라는 분부가 있을 때 당신이 계시지 않으면 곤란하니까요. 저기 저 층층대 밑에 문이 있죠, 그 문으로 들어가면 조그만 방이 있습니다. 거기서라면 무방합니다. 통풍구만은 열어 놓으십시오. 그러지 않으면 건강에 좋지 않으니까요……」

그러나 뮈시킨은 담배를 피우러 갈 겨를이 없었다. 그때 갑자기 서류를 든 젊은 남자가 문간방으로 들어왔던 것이다.

하인은 얼른 그의 등 뒤로 돌아가서 그가 털외투를 벗는 것을 도왔다. 청년은 흘긋 뮈시킨을 바라보았다.

「가브릴라 아르달리오노비치 님!」 하고 하인은 상대방을 신임하는 듯한 아주 친숙한 어조로 말했다. 「이 분은 마님의 친척인 뮈시킨 공작이시랍니다. 방금 외국에서 기차로 돌아오시는 길이어서 보따리를 들고 오셨는데, 다만 저……」

그 다음은 하인이 속삭였기 때문에 뮈시킨의 귀에는 들리지 않았다.

가브릴라 아르달리오노비치는 조심스럽게 귀를 기울이며 호기심에 가득 찬 눈으로 공작을 흘끔흘끔 바라보고 있다가, 하인의 말이 끝나기도 전에 더 이상 말을 들을 필요가 없다는 듯이 공작에게로 다가갔다.

「당신이 뮈시킨 공작이십니까?」 그는 지극히 상냥하고 정중하게 물었다. 그는 28세 가량 되어 보이는 미남자였다. 날씬한 금발에 중키의 청년으로 나폴레옹식의 조그만 턱수염을 길렀으며 총명하면서도 아주 잘생긴 얼굴을 하고 있었다. 다만 웃는 얼굴이 몹시 상냥하긴 했지만 어쩐지 지나치게 섬세한 느낌을 주었고, 웃을 때마다 보이는 이는 마치 진주알처럼 아름답고 가지런했다. 그리고 그 시선은 쾌활하고도 솔직하게 보이기는 하였지만 어쩐지 남의 속을 꿰뚫어 보려는 듯이 한 군데에만 고정되어 있었다.

『이 사람은 필경, 혼자 있을 때는 얼굴 표정이 딴판으로 바뀔 것이다. 어쩌면 미소를 짓는 일조차 없을지도 모른다.』

뮈시킨은 웬지 이런 생각이 들었다.

공작은 자기가 할 수 있는 모든 설명, 즉 아까 하인에게, 그리고 그보다 전에 로고진에게 한 것과 거의 같은 설명을 짧게 간추려 다시 한 번 되풀이했다. 그의 설명을 듣는 동안 가브릴라 아르달리오노비치는 무엇인가 생각나는 것이 있는 모양이었다.

「그럼 그게 당신이었단 말씀이군요.」하고 그는 물었다. 「거의 1년 전에, 어쩌면 그렇게 오래 되지는 않았을지도 모르겠습니다만, 스위스에선가 어디에서 마님인 리자베타 프로코피예브나에게 편지를 보내신 분이?」

「그렇습니다.」

「그렇다면 아마 당신을 기억하고 계실 겁니다. 그럼, 각하를 만나 보시겠습니까? 곧 들어가서 말씀드리겠습니다…… 인제 손님이 돌아가실 것입니다. 그러나 당신은 그 동안 응접실에서 기다려 주셨으면 좋겠습니다. 그런데 왜 이런 데 계셨습니까?」그는 엄한 얼굴로 하인을 돌아보았다.

「그렇게 말씀드렸는데도 그냥 여기 계시겠다고 하셔서…….」

바로 그때 갑자기 서재의 문이 열리더니 손가방을 든 군인이 큰 소리로 인사를 하고 나왔다.

「가냐(가브릴라 의 애칭), 자네 거기 있었나?」서재 안에서 누군가가 소리쳤다. 「이리 좀 들어와 주게!」

가브릴라 아르달리오노비치는 공작에게 고개를 끄덕여 보이고 급히 서재로 들어갔다.

2분 가량 지난 뒤에 다시 문이 열리더니 가브릴라 아르달리오노비치의 맑고 상냥한 목소리가 들려 왔다.

「공작님, 들어오십시오!」

3

이반 표도로비치 예판친 장군은 자기 서재 한가운데 서서 대단한 호기심을 가지고 방으로 들어오는 공작의 모습을 바라보고 있었다. 심지어는 몇 발짝 그에게로 가까이 내딛기까지 했다. 그에게 다가선 공작은 자기 소개를 했다.

「레프 니콜라예비치 뮈시킨입니다.」

「오호, 그렇습니까?」하고 장군은 말했다. 「그래, 무슨 일로 오셨지요?」

「뭐 이렇다할 용무는 없습니다. 제가 찾아온 목적은, 다만 앞으로 당신과 가까이 사귀었으면 하는 것뿐입니다. 면회일이 언제인지, 그리고 당신의 사정이 어떠신지 알 수 없기 때문에 귀찮으실 줄은 알면서도 이렇게…… . 하지만 저는 지금 막 스위스에서 기차로 돌아오는 길이어서…… .」

장군은 자칫 웃음을 터뜨릴 뻔했다. 그러나 그 웃음을 억제하고 얼굴을 찌푸리면서 자기 앞에 선 손님을 머리 꼭대기에서 발끝까지 또 한 번 훑어보았다. 그리고는 서둘러 그에게 의자를 권하고 나서 자기는 약간 비스듬히 앉으며 매우 궁금한 태도로 공작에게 얼굴을 돌렸다. 가냐는 한쪽 구석의 사무용 책상 앞에 서서 서류를 분류하고 있었다.

「글쎄 나는 대체로 누구와 교제를 할 만한 시간적 여유가 없는 사람입니다만,」하고 장군은 말했다. 「그러나 당신은 물론 무슨 특별한 목적이 있어서 나를 찾아오셨을 텐데, 그것은…… .」

「저도 장군께서 그렇게 생각하시리라 짐작하고 있었습니다.」하고 뮈시킨은 그의 말을 가로챘다. 「제가 찾아온 것에 대해서 무슨 특별한 목적이 있는 줄로 생각하실 거라고 말입니다. 그러나 정말로 나는 교제를 허락해 주시기만 한다면 그것으로 만족하며, 그 이외에는 아무런 목적도 없습니다.」

「만족이라, 물론 그것은 나도 마찬가집니다. 그렇지만 언제나 즐거운 일만 있는 건 아니니까요. 때로는 해야 할 일도 생기게 되고…… . 게다가 또 나는 아직 우리들 서로의 공통점이라고 할까…… 다시 말해서 우리들이 서로 사귈 인연 같은 것을 발견하지 못하고 있기 때문에…… .」

「물론 인연이라고 할 만한 것은 없습니다. 또한 별로 공통된 점이 없다는 것도 사실입니다. 설사 제가 뮈시킨 공작이고 당신의 부인께서 우리 가문의 출신이라 하더라도 그것은 물론 인연이 아닙니다. 그러나 제가 여기를 찾아온 동기는 전적으로 이 점에 있습니다. 저는 4년 이상이나 러시아를 떠나 있었습니다. 게다가 또 외국으로 나갈 때의 저는 거의 온전한 정신 상태에 있지 않았습니다. 그래서 그때도 아무것도 몰랐습니다만 지금은 더욱 그렇습니다. 따라서 지금은 그저 좋은 사람을 사귀고 싶은 욕망뿐입니다. 그리고 또 하나의 용무가 있습니다만, 어디로 누구를 찾아가서 의논하면 좋을는지 알 수가 없어서요. 그래서 저는 베를린에 있을 때부터, 따지고 보면 그 사람들은 친척이나 다름없는 사람들이니까 우선 그들부터 만나기로 하자, 어쩌면 그 분들은 나를 위해, 그리고 나는 그 분들을 위해 서로 도움이 될는지도 모른다, 다만 그 분들이 좋은 분들이라면…… 이렇게 생각했던 겁니다. 그런데 마침 당신들이 무척 좋은 분이란 말을 듣고 이렇게…….」

「그렇게 생각하셨다니 고맙습니다.」 말은 이렇게 했지만 장군은 어이가 없다는 표정을 지었다. 「그런데 실례지만 어디다 숙소를 정하셨습니까?」

「아직 아무데도 정한 곳이 없습니다.」

「그렇다면 기차에서 곧장 내 집으로 오셨단 말씀이로군? 그럼…… 짐도 같이?」

「네, 짐이라고 해야 속옷가지가 든 조그만 보따리 한 개밖에는 없습니다. 간단하니까 언제나 들고 다닙니다. 숙소는 이따 저녁에라도 정할 수 있을 테니까요.」

「그럼 역시 숙소는 정할 작정이군요?」

「아, 그야 물론입니다.」

「나는 당신이 하는 말을 듣고, 혹시 우리 집에서 묵으려고 찾아온 거나 아닌가 생각했지요.」

「그건 그렇게 되는지도 모릅니다. 물론 당신이 그렇게 하라고 권하시는 경우에 한합니다만. 하지만 솔직히 말씀드린다면, 설사 당신이 그렇게 권하신다 하더라도 묵지 않을 것입니다. 뭐 이렇다할 이유가 있는 것은 아니지만 이것은……, 저의 성격적인 탓으로…….」

「아하, 그러고 보니 내가 그렇게 권하지 않았던 것이, 아니 지금도 권하지 않는 것이 아주 잘한 일이로군요. 실례지만 공작, 모든 것을 분명히 하기 위해 다시 한 번 말하겠습니다. 지금 말한 것처럼 당신과 친척 관계가 된다는 것은 나도 물론 매우 기쁘게 생각합니다만, 그렇다고 새삼스레 부인할 것은 없겠지요. 즉 그런 이유에서……」

「네에, 그런 이유에서 나는 일어나서 가야 한다는 말씀이지요?」하며 뮈시킨은 의자에서 일어났다. 그리고 자기의 입장이 난처하게 되어 있음에도 불구하고 오히려 재미있다는 듯이 껄껄거리고 웃었다. 「실은 장군, 나는 이곳의 습관이나 생활 양식, 풍습 같은 것에 대해서 정말 하나도 아는 것이 없습니다만, 이런 결과가 되리라는 것은 처음부터 짐작하고 있었습니다. 그러나 이것은 어쩔 수 없는 일이겠지요. 어쩌면 이런 결과는 당연한 것인지도 모릅니다. 전에도 제 편지에 대한 회답을 주시지 않았으니까요……. 그럼 안녕히 계십시오. 실례가 많았습니다.」

이 순간까지도 뮈시킨의 눈길은 아주 부드러웠고, 그가 지은 미소에서 어떤 감춰진 불쾌감 같은 것을 전혀 찾아 볼 수 없었기 때문에 장군은 갑자기 걸음을 멈추고 순식간에 부드러워진 시선으로 손님을 다시 바라보았다. 이러한 그의 시선의 변화는 참으로 순간적으로 일어난 것이었다.

「저, 공작.」하고 그는 조금 전과는 전혀 다른 목소리로 말했다. 「나는 아직도 당신이 어떤 사람인지 모르지만, 어쩌면 리자베타 프로코피예브나가 동성인 당신을 만나 보고 싶어할는지 모르니까…… 조금만 기다리시오, 만일 시간적인 여유가 있으면.」

「네, 시간적 여유는 있습니다. 지금 시간은 완전히 제 것이니까요.」뮈시킨은 곧 자기의 중절모자를 탁자 위에 올려 놓았다. 「솔직히 말씀드리겠는데, 실은 리자베타 프로코피예브나 부인이 그 편지를 기억하고 계실지도 모른다는 그런 기대를 은근히 하고 있었습니다. 아까 저쪽에서 기다리고 있을 때도 댁의 하인이 저를 보고 무엇인가 돈이나 얻으러 온 것이 아닌가 의심하고 있었는데, 저는 그것을 곧 눈치 챘습니다. 댁에서는 필시 그 점에 관해 하인들에게 엄격한 지시를 내리고 계시겠지요. 그러나 저는 결코 그런 목적으로 온 것이 아닙니다. 다만 여러 사람들과 사귀고 싶다는 목적 그 한 가지뿐입니다. 그런데 단 하나 약간 마음에 걸리는 것은 제가 당신에게 폐를 끼치지 않았나 하는 점입니다.」

「한데 공작,」하고 장군은 유쾌한 미소를 띠며 말했다. 「만일 당신이 정말로 겉보기와 같은 사람이라면 당신과 사귄다는 것은 틀림없이 유쾌한 일일 것 같습니다. 하지만 보다시피 나는 분주한 몸이 돼서 이제부터 또 책상 앞에 앉아 여러 가지 서류를 훑어 본 뒤 서명을 하고, 그 다음 각하한테 갔다가 다시 근무처로 나가 봐야 합니다. 그래서 사람들과…… 좋은 사람들과 이야기하기를 좋아하는 하면서도, 그, 즉…… 한데…… 당신은 물론 훌륭한 교육을 받으셨을 줄 믿습니다만……. 그런데 공작, 올해 몇입니까?」

「스물여섯입니다.」

「호오! 나는 훨씬 앳되게 보았는데요.」

「네, 남들도 제 얼굴이 앳되어 보인다고들 말합니다. 그런데 앞으로는 당신에게 폐가 되지 않도록 조심하겠습니다. 곧 그렇게 될 겁니다. 저는 남에게 폐를 끼치는 것을 아주 싫어하니까요……. 그리고 기왕 말이 나왔으니 말입니다만, 당신과 저는 겉으로 보기에는 전혀 부류가 다른 인간입니다. 여러 가지 면에서 말입니다. 따라서 우리들 사이에는 공통점 같은 것은 별로 없을 것같이 생각될지도 모릅니다. 그러나 저 자신은 이러한 생각을 믿지 않습니다. 왜냐하면 공통점이 없다고 생각되는 경우라도 사실상 많은 공통점이 있는 법이니까요. ……이런 것은 인간의 게으름에서 생겨나는 것입니다. 인간이란 서로 겉보기에 의해서 여러 가지로 분류되어 버려 중요한 것은 아무것도 발견하지 못하는 수가 많습니다. 그렇지만 이런 말은 매우 따분하실 것이고, 당신은 어쩐지…….」

「몇 마디 묻고 싶은데, 당신은 재산을 얼마만큼 가지고 있습니까? 아니면 무슨 직업이라도 가지려는 생각입니까? 이렇게 물어서 실례입니다만, 나는 다만…….」

「천만에요, 저는 당신의 질문을 존중하며 또한 이해합니다. 재산이라고는 하나도 없습니다. 그리고 아직 직업도 없구요. 하기는 직업이 필요하다고 생각은 하고 있습니다만……. 지금까지는 타인에게서 얻은 돈이 있습니다. 제 병의 치료와 교육을 맡아 주셨던 스위스의 시네이제르 교수한테서 여비로 얻은 것인데, 그리 넉넉한 돈이 아니었기 때문에 지금 수중에는 겨우 몇 코페이카가 남아 있을 뿐입니다. 실은 용건이 좀 있어서 당신의 조언을 들으러 왔습니다만…….」

「그러면 당분간 어떻게 살아갈 생각인지, 무슨 계획이라도 세워져 있습니까?」 하고 장군은 말을 가로챘다.

「아무 일이라도 해서 살아 볼 작정입니다.」

「하아, 당신은 철학자다운 분이로군. 그렇지만…… 무슨 재능이라든가 기술이라든가 그런 것을 가지고 계신지, 즉 그날 그날의 식사 문제를 해결해 줄 그런 재간 같은 거 말입니다. 이거 실례가 될 말을 또 해서…….」

「원, 실례라뇨? 천만의 말씀입니다. 제게는 아무런 재주도 없거니와 이렇다할 특기도 없는 것 같습니다. 오히려 정반대랄까요. 저는 어릴 때부터 병 때문에 정상 교육을 받지 못했으니까요. 그러나 식생활 문제에 관해서 저는 어떻게…….」

장군은 또다시 그의 말을 가로채고는 이런 저런 얘기를 미주알고주알 캐묻기 시작했다. 공작은 앞서 말한 것을 또 한 번 되풀이했다. 그러자 장군은 고인인 파블리시체프에 대한 소문을 들은 적이 있을 뿐만 아니라, 서로 안면까지 있다고 하였다. 무엇 때문에 파블리시체프가 공작의 교육에 관심을 가지고 있었는가 하는 것은 공작 자신도 설명할 수 없었다. 어쩌면 단순히 공작 선친과의 묵은 정 때문이었을는지도 모른다. 뮈시킨은 양친이 세상을 떠나자 아무데도 의지할 데가 없는 고아가 되어 버렸고, 그 후 시골에서 여러 마을을 전전하며 자랐다. 그의 건강 상태가 전원의 신선한 공기를 필요로 했기 때문이다. 파블리시체프는 아직 나이 어린 공작을 자기 친척인 늙은 여지주에게 맡겼다. 그를 위해서 처음에는 여자 가정교사가, 다음에는 남자 가정교사가 고용되었다. 뮈시킨의 말에 의하면 그는 모든 것을 기억하고 있기는 하지만, 그 무렵은 사물을 잘 이해하지 못했기 때문에 지금 그때의 상황을 충분히 납득되도록 설명할 수가 없다는 것이었다. 그는 지병인 발작이 자꾸 일어나곤 해서 거의 백치나 다름없이 되어 버렸다――뮈시킨 자신의 입에서 백치라는 말이 나왔다. 언젠가 파블리시체프는 베를린에서 스위스 인인 시네이제르 교수를 만났는데, 그 교수는 마침 스위스의 발레스 현(縣)에서 개업을 하고 이러한 병을 전문적으로 연구하면서 독특한 냉수요법, 체조요법으로 백치(白痴)와 정신착란을 치료하는 한편 적당한 교육까지 실시하여 전체적인 정신 발육에도 애쓰고 있는 사람이었다. 그래서 파블리시체프는 약 5년 전에 공작을 스위스의 이 사람에게 보냈던 것인데, 그 파블리시체프가 2년 전에 갑작스런 병으로 유언도 남기지 못한 채 세상을 뜨고 말았다. 시네이제르는 그 후에도 또 2년쯤 그를 맡아서 치료를 계속한 결과 완치되지는 않았지만 건강 상태가 퍽 좋아졌으므로, 이번에 공작 자신의 희망도 있고 자기에게도 어떤 사정이 생기고 해서, 그는 공작을 러시아로 돌려보내기로 했다. 이상과 같은 것을 마침내 하나도 빼놓지 않고 공작은 이야기했다.

장군은 크게 놀랐다. 「그럼 러시아에는 당신이 아는 사람이 아무도 없습니까. 단 한 사람도?」하고 그는 물었다.

「지금으로서는 아무도 없습니다……. 그러나 그 동안에 어떻게 되겠지요……. 그리고 또 저는, 편지를 한 통 받은 것이 있기 때문에…….」

「그렇더라도,」장군은 편지에 대한 말은 들으려 하지 않고 그의 말을 막았다. 「당신은 무슨 공부를 하였습니까? 병 때문에 일하는 데 지장은 없을는지……. 이를테면 관청 같은 데서 그리 힘들지 않는 일을 하는 데 지장이 되는 일은 없겠지요?」

「네, 지장 없을 겁니다. 저도 그런 일자리라면 매우 바라고 있는 형편입니다. 저 자신이 어떤 데 재능이 있는지 알고 싶습니다. 저는 4년 동안 쉬지 않고 공부했습니다. 하기는 선생님의 독특한 교과 과정에 의한 것이 있었지만, 아무래도 정규적인 교육과 같지는 않겠지요. 러시아의 책도 꽤 많이 읽을 기회가 있었습니다.」

「러시아 책을? 그럼 읽고 쓸 줄도 알겠군요. 그러면 문장을 오류 없이 엮을 수도 있습니까?」

「네, 할 수 있습니다.」

「그건 참 좋은 일입니다. 그럼 글씨는?」

「글씨라면 나무랄 데 없습니다. 아마 여기에 저의 재능이 있지 않나 생각합니다. 저 자신은 달필로 자처하고 있으니까요. 시험삼아 무엇이든 써보여 드리겠습니다.」공작은 열띤 어조로 말했다.

「그럼 어디 한 번 봅시다. 이건 오히려 필요한 일일 테니까……. 그리고 나는 당신의 그 담백하고 소탈한 점이 마음에 들었습니다. 공작, 당신은 참으로 명랑한 사람이군요.」

「댁의 문구(文具)는 참으로 훌륭하군요. 웬 연필과 펜이 저렇게도 많습니까? 그리고 또 종이도 훌륭하군요. 그리고 서재 또한 훌륭합니다. 아, 이 풍경화는 저도 잘 압니다. 이것은 스위스의 경치입니다. 아마 이것은 화가가 현지에서 직접 스케치한 그림임에 틀림없습니다. 저도 여기에 가본 일이 있어요. 우리 현(縣)의…….」

「이것은 여기서 사들인 것이긴 하지만 어쩌면 그럴는지도 모르겠군요. 가냐, 공작에게 종이를 드리게. 자, 여기 펜과 종이, 이 책상으로 오시오. 그

건 뭐야?」하고 장군은 가냐에게 얼굴을 돌렸다. 이때 가냐는 자기의 손가
방에서 대형 사진을 꺼내어 장군에게 주었던 것이다. 「오, 나스타샤로군.
이걸 그 여자가 직접 자네한테 보내 주었나, 직접?」그는 갑자기 활기를
띠면서 큰 관심을 가지고 가냐에게 물었다.

「조금 전에 제가 축하 인사를 하러 갔더니 이걸 주더군요. 벌써 오래 전
에 부탁해 놓았던 것입니다. 그러나 어쩌면 이 사진을 저에게 준 것은 제가
오늘 같은 날, 아무런 선물도 들지 않고 빈손으로 찾아간 데 대한 빈정거림
인지도 모르겠어요.」가냐는 불쾌하게 엷은 웃음을 띠면서 이렇게 덧붙
였다.

「아니, 그건 아니야.」장군은 잘라 말했다. 「아무래도 자네 머리가 어떻
게 잘못된 모양이군 ! 그 여자가 빈정거릴 리가 없어……. 그 여자는 절대
로 욕심꾸러기가 아니야. 그래, 자네는 그 여자한테 무엇을 선사할 셈인
가? 선물을 하려면 아무래도 몇천 루블은 있어야 할 게 아닌가? 그렇다고
사진을 줄 수는 없잖겠어? 아, 그렇군, 사진 얘기가 나왔으니 말이지만,
그 여자가 자네한테 사진을 달라는 것은 아닌가?」

「아니에요, 그런 말은 없었습니다. 어쩌면 앞으로도 그런 말은 하지 않을
는지 모릅니다. 그런데 이반 표도로비치 각하, 오늘 밤에 야회가 있다는 걸
기억하고 계시겠지요? 각하께서는 특별히 초대된 분 중의 한 분이십니다.」

「아, 알고 있어, 잘 알고말고. 꼭 참석해야지, 스물다섯번째 생일이라는
데! 음! 그런데 가냐, 나는 말이야, 자네한테 숨김 없이 얘기하겠는데 말
이야, 정신을 바짝 차리고 있어야 해. 오늘 밤에는 가부간 확답을 하겠다
고, 그녀가 나와 아파나시 이바노비치한테 약속을 했으니까. 그러니까 단단
히 정신을 차리고 있으란 말이야, 내 말을 알겠나?」

가냐는 얼굴빛이 창백해질 만큼 당황했다.

「그 여자가 분명히 그렇게 말했습니까?」이렇게 묻는 그의 목소리는 웬
지 가늘게 떨리고 있었다.

「그저께 우리한테 약속했어. 우리 둘이서 귀찮게 눌러붙어 간신히 그 약
속을 받아 냈지. 자네한테만은 미리 말하지 말아 달라더군.」

장군은 가냐의 얼굴을 뚫어지게 바라보았다. 가냐의 당황한 꼴이 마음에
꺼림칙한 모양이었다.

「그렇지만 이반 표도로비치 각하, 각하께서도 기억하고 계시겠지만.」하

고 가냐는 불안한 듯이 더듬더듬 입을 열었다. 「그 여자는 자기가 결정을 내리기 전에 나에게 우선 결정의 절대적 자유를 주겠다고 말했습니다. 그리고 또 설사 그때가 됐다고 하더라도 역시 최후의 결심은 어디까지나 저의 자유니까…….」

「그럼 자네는……, 그럼 자네는 설마…….」 갑자기 장군은 놀란 듯이 이렇게 소리쳤다.

「저는 아무것도 아닙니다.」

「이것 봐, 도대체 자네는 우리를 어떻게 하려는 거야?」

「제가 거절한다는 말은 아니지 않습니까? 혹시 표현이 나빴는지는 모르겠습니다만…….」

「물론 자네가 거절한대서야 말이 되나!」 장군은 못마땅한 듯이 말했다. 그리고 그 못마땅해 하는 표정을 감추려고 하지 않았다. 「이것 보게나, 이젠 이미 자네가 거절하지 않는다는 데에 문제가 있는 것이 아니란 말이야, 문제는 자네가 그 여자의 승낙을 받았을 때의 마음의 준비라든가 만족이라든가 기쁨이라든가 하는 데 있는 거야……. 그래 자네 집에서는 어떻게 되어 있나?」

「집에서는 어떻게고 뭐고 없습니다. 집에서는 제 의사가 절대적이니까요. 다만 아버지가 여전히 어리석은 일만 하고 계십니다만, 이제는 완전히 타락해 버린 사람이어서 저는 아버지와는 말도 안 합니다. 그래도 고삐는 제가 단단히 잡고 있습니다만, 정말 어머님만 안 계신다면 당장 집에서 쫓아 내고 말았을 겁니다. 물론 어머니는 밤낮 울고만 계시고 누이동생이라는 건 노상 짜증만 부리고 있지요. 그래서 저는 그 두 사람에게 딱 잘라서 말했습니다. 나는 내 운명의 지배자니까 집에서도 모두 내 말을 들어 달라고. 적어도 누이동생에게는 어머니가 동석하신 자리에서 분명히 못을 박아 놓았습니다.」

「그런데 여보게, 나는 아직도 한 가지 이해하지 못할 점이 있는데…….」 장군은 약간 어깨를 움츠리고 두 손을 벌리면서 생각에 잠긴 표정으로 말했다. 「요전에 니나 알렉산드로브나(자네의 어머니)가 다녀가신 일이 있지. 기억하고 있겠지? 그때 그녀는 연방 한숨을 쉬며 신음 소리를 내고 있었지. 그래서 『왜 그러십니까?』하고 물어 보았지. 아무래도 그 분들은 이 일을 무슨 『불명예』스런 것처럼 생각하고 있는 모양이야. 도대체 무엇이 불명예인지

모르겠어. 아니 누가 나스타샤 필립포브나를 욕하고 손가락질할 수 있느
냐 말이야. 혹시 토스키 씨와 함께 있었다는 걸 가지고 그럴는지 모르지만
그런 건 말도 되지 않는 소리야! 더욱이 그런 특별한 사정이 있었지 않았
느냐 말이야! 『그런 여자는 절대로 따님들과 가까이 하게 해서는 안 돼
요.』라고 하지 않겠어? 첫 무슨 소리! 니나 알렉산드로브나에게는 정말
놀랐어. 도대체 어째서 그걸 모를까, 어째서 모르는가 말야…….」

「자기의 입장을 말씀인가요?」하고 가냐는 다음 말을 찾느라고 애쓰고
있는 장군에게 속삭였다. 「뭐 잘 알고 있어요. 어머니에게 너무 화를 내지
말아 주십시오. 어쨌든 어머니한테는 제가 그때 단단히 일러 놓았습니다.
남의 일에 너무 간섭하지 말라고. 그런데 아직 제가 마지막 한 마디를 하지
않고 있기 때문에 집안이 유지되고 있습니다만, 머지않아 반드시 폭풍이 일
고야 말 것입니다. 그러니까 오늘이라도 제가 마지막 말을 한다면 결국 모
든 것이 죄다 밝혀지게 되겠죠.」

뮈시킨은 한쪽 구석에 앉아 글씨를 끄적이며 두 사람의 대화를 나 듣고
있었다. 이윽고 그는 테이블로 다가가서 자기가 쓴 낙서를 내놓았다.

「이것이 그 나스타샤 필립포브나입니까?」그는 주의 깊게 호기심으로 눈
을 번득이면서 사진을 들여다보며 중얼거렸다. 「굉장한 미인이군요!」그
는 이렇게 진지한 어조로 덧붙였다.

사진에는 참으로 놀랄 만큼 아름다운 여자의 모습이 들어 있었다. 사진
속의 여자는 퍽 단순하면서도 우아한 디자인의 검은 비단옷을 입고 있었다.
짙은 금발인 듯한 머리는 평소의 헤어 스타일로 자연스럽게 잡아매어져 있
고 눈은 어둡고 깊숙하며 이마는 사색적이었다. 얼굴의 표정은 정열적이면
서도 어딘지 거만한 듯한 인상을 주는 데가 있었다. 얼굴은 약간 여위어 보
였고 안색도 창백한 것같이 보였다.

가냐와 장군은 깜짝 놀라 뮈시킨을 쳐다보았다.

「나스타샤 필립포브나가 아니냐구요? 당신이 어떻게 나스타샤 필립포브
나를 알고 있습니까?」하고 장군은 물었다.

「네, 러시아에 온 지 하루밖엔 안 되지만 벌써 이런 절세의 미인을 알게
됐습니다.」하고 뮈시킨은 대답했다. 이어서 그는 로고진과 만났던 일, 그
리고 그에게서 들은 말을 모조리 털어놓았다.

「이거 뜻밖의 뉴스인걸!」공작의 말에 주의 깊게 귀를 기울이고 있던 장

군은 또다시 불안한 표정을 지으며, 흘긋 가냐의 눈치를 살폈다.

「틀림없이 그저 추태만 부리고 말 겁니다.」 가냐도 역시 당황하여 이렇게 중얼거렸다. 「장사치의 아들이 바람을 피우는 거니까요. 저도 그 사람에 대해서 조금 들은 일이 있습니다.」

「그래, 나도 들었어.」 하고 장군은 말을 받았다. 「그 귀걸이 사건이 있은 뒤에 나스타샤 필립포브나가 제 입으로 그 얘기를 들려 주더군. 하지만 이제는 문제가 달라졌어. 이번에는 백만 루블이라는 거액의 돈이 기다리고 있을지도 모르는 일이니까. 게다가 그녀석은 어쩐지 집착이 강한 것 같아. 설사 비열한 집착이라고는 하더라도 어쨌든 그러한 냄새가 나고 있어. 이런 자가 미치는 날이면 그야말로 물불을 가리지 않을 거란 말야…… 흠! 다시는 어떤 추태도 벌어져서는 안 될 텐데.」

「백만 루블이란 돈이 그렇게도 두렵습니까?」 하고 가냐는 피식 웃었다.

「물론 자네는 두렵지 않겠지?」

「그런데 공작, 당신 눈에는 어떻게 보였습니까?」 하고 가냐는 갑자기 뮈시킨을 돌아다보았다. 「그 사람은 무엇인가 진지한 데가 있는 인간이던가요, 그렇지 않으면 단순한 건달이던가요? 당신의 의견은 어떻습니까?」

이러한 질문을 던졌을 때 가냐의 심중에는 일종의 특이한 생각이 일어났다. 말하자면 그 어떤 새롭고 특이한 상념이 머릿속에 타올라 그의 두 눈에서 초조하게 빛나기 시작한 것처럼 보였다. 진심으로 걱정하고 있는 장군도 역시 곁눈질로 공작을 바라보았으나 그 대답에는 별로 기대를 걸고 있는 것 같지 않았다.

「글쎄요, 뭐라고 말하면 좋을까요?」 하고 뮈시킨은 대답했다. 「저로서는, 다만 그 사람에게는 무서운 정욕이, 거의 병적인 정욕이 숨어 있는 것 같이 느껴졌습니다. 그리고 그 사람 자신도 병적인 사람 같아요. 어쩌면 페체르부르그에 온 지 며칠도 되기 전에 다시 병석에 눕게 되는지도 모릅니다. 폭주라도 하는 날에는 틀림없이 그렇게 될 겁니다.」

「그래요? 그렇게 보였습니까?」 장군은 그 의견에 매달렸다.

「네, 그렇게 보였습니다.」

「그러나 그런 소동이라면 며칠은 고사하고 당장 오늘 밤에라도 일어날지 모릅니다. 무엇인가 엉뚱한 일이 일어날지도 몰라요.」 가냐는 장군을 향해 빙그레 웃어 보였다.

「음……! 물론…… 그럴지도 모르지. 그렇게 된다면 이 문제의 모든 결정은 그녀의 머리에 어떤 생각이 떠오르느냐에 달려 있을 거야.」하고 장군은 말했다.

「하지만, 그 여자가 이따금 어떻게 되는지 각하께서도 알고 계시지 않습니까?」

「뭐가 어째?」완전히 어리둥절해진 장군은 또다시 버럭 고함을 쳤다. 「이것 봐, 가냐. 자네는 오늘 밤에 그 여자의 마음을 너무 거스르지 않도록 해야 해. 그리고 되도록이면 말야, 즉 그…… 말하자면 상대편의 마음에 들도록 하란 말야. 음……. 아니, 입은 왜 그렇게 일그러뜨리지? 이것 봐, 가브릴라 아르달리오노비치, 마침 잘됐어. 기왕 말이 나온 김에 지금 말해 두겠어. 도대체 우리가 무엇 때문에 이렇게 바삐 서두르고 있는 줄 아나? 이번 문제에 관련된 나 자신의 이익은 이미 보증되어 있는 거야. 나는 어떤 방법으로든지 자신에게 이롭게 일을 결정지을 거야. 토스키 씨도 이미 굳게 결심하고 있으니까 나는 조금도 의심을 품고 있지 않아. 따라서 지금 내가 무엇인가를 바라고 있다면 그것은 다른 것이 아니야. 오직 자네의 이익뿐이란 말이야. 잘 생각해 보게. 혹시 자네는 날 못 믿겠다는 건가? 그뿐만 아니야, 자네는…… 그…… 그…… 말하자면 자네는 영리한 인간이기 때문에 나도 자네한테 기대를 걸고 있었던 거야……. 그래서 그것이 지금의 경우…… 그것이…… 그것이…….」

「그것이 중요하겠지요.」하고 가냐는 또다시 말이 막힌 장군을 대신하여 말끝을 맺고는 입을 오므리며 잔인한 미소를 띠었는데, 이제 그는 그런 표정을 감추려고도 하지 않았다.

그는 사뭇 불꽃이 튀는 듯 이글거리는 눈으로 장군의 얼굴을 빠안히 바라다보았다. 마치, 이 눈에서 내가 생각하는 것을 죄다 읽어 주십시오라고나 하는 것처럼. 벌컥 화가 치민 장군의 얼굴은 푸르락붉으락했다.

「물론 분별이라는 것은 중요한 거야!」그는 날카로운 시선으로 가냐를 쳐다보며 맞장구를 쳤다. 「그렇지만 가브릴라 아르달리오노비치, 자네는 정말 우스운 인간이야. 자네는 그 장사치의 아들이 나타난 것을 마치 도망칠 구멍이라도 생긴 것처럼 좋아하고 있지 않느냔 말이야. 아니 나는 알고 있어. 아니 정말로 이 경우는 처음부터 분별을 근거로 해야 했어. 즉 잘 이해하고 그리고…… 쌍방에서 서로 공명정대하게 행동하여…… 그 뭔가,

남의 명예를 훼손하지 않도록 미리 알려 두어야 하는 거야. 그럴 만한 시일
은 충분히 있었으니까. 아니, 지금도 아직 시간은 충분히 있어——장군은
의미심장하게 눈썹을 치켜올렸다   저녁까지 불과 몇 시간밖에는 없지만
자네 알아들었나? 알아들었어? 도대체 자네는 바라는 거야, 바라지
않는 거야? 바라지 않으면 바라지 않는다고 말해. 주저할 건 없어. 아무도
자네에게 강요하고 있는 것은 아니니까. 가브릴라 아르달리오노비치, 아무
도 강제로 자네한테 올가미를 씌우려는 사람은 없어. 만일 자네가 무슨 함
정 같은 것이 있는 게 아닌가 하고 생각하고 있을까 봐서 말이지만.」

「저는 바라고 있습니다.」 가냐는 나직한 목소리였지만 야무지게 대답하고
는 눈을 내리뜨며 침울한 얼굴로 입을 다물고 말았다.

장군은 대단히 만족했다. 그는 약간 노하고 있었으나 이젠 자기의 말이
지나쳤음을 후회하고 있는 듯한 눈치였다. 그는 무심코 공작에게 얼굴을 돌
렸다. 갑자기 불안한 그림자가 그의 얼굴을 스치고 지나갔다. 뮈시킨이 옆
에 있었으니 틀림없이 자기들의 대화를 들었을 것이라고 생각했기 때문
이다. 그러나 장군은 이내 안심했다. 뮈시킨을 돌아보고 나서는 완전히 안
심할 수 있었던 것이다.

「호오!」 뮈시킨이 내놓은 낙서를 보면서 장군은 크게 소리쳤다. 「이것
은 글씨본이나 다름없잖아! 그것도 보기드문 글씨본이야! 가냐, 이걸 좀
보게. 굉장한 솜씨인걸!」

공작은 두꺼운 독피지(犢皮紙)에 중세기 러시아의 서체로 다음과 같은 구
절을 썼던 것이다.

〈수도원장 파프누치가 여기에 자서(自署)함.〉

「말하자면 이것은,」 뮈시킨은 더없는 만족과 활기를 띤 목소리로 이렇게
설명했다. 「이것은 수도원장 파프누치의 친필 서명을 14세기경의 사본을
보고 모사한 것입니다. 옛날 러시아의 수도원장이니 대주교니 하는 사람들
의 서명은 어느 것이나 모두 훌륭한 것이었어요. 그리고 또 뭐라고 말할 수
없는 취미와 애쓴 흔적이 나타나 있습니다! 어떻습니까, 장군. 혹시 댁에
포고진 판(版)의 것이라도 한 권 가지고 계시지 않습니까? 그리고 여기,
여기에 다른 서체로 써보았습니다. 이건 18세기 프랑스의 둥글고 대범한 서
체입니다. 어떤 글자는 아주 색다르게 씌어져 있습니다. 이를테면 대중적인
서체로서 일반 서예가들의 필법인데 저한테 견본이 한 권 있었기 때문에 흥

내를 내보았습니다. 어떻습니까, 볼 만한 가치가 전혀 없는 건 아니죠? 이 둥글둥글한 a와 e를 보십시오. 저는 프랑스식 서체를 러시아 글자에 옮겨 보았습니다. 상당히 어려운 일이었지만 그런 대로 된 것 같군요. 그리고 이것도 역시 기발한 서체입니다. 『노력은 모든 것을 이겨 낸다』는 글귀인데 이 서체는 러시아의 서기 혹은 육군 행정 요원의 서체라고 할까요. 일반적으로 고위층에 있는 사람들에게 보내는 공문서 따위가 이런 서체입니다. 이것도 역시 둥글둥글하고 아름다운, 그러면서도 획이 굵은 서체인데, 참으로 아치가 넘칩니다. 서예가들은 혹시 이 변체(變體)를, 변체라기보다는 변체를 만들려고 한 시도 따위를, 인정하지 않을는지 모르겠습니다. 이 꼬리의 삐침을 절반으로 그친 것이라든가……. 하지만 전체로 보아 이것이 하나의 특색을 이루고 있지요. 이 속에 육군 행정 요원의 넋이 훌륭히 표현되어 있습니다. 재기가 뻗치고 있지만 군복 옷깃이 그것을 답답하게 졸라매고 있는 형상입니다. 군기라는 것이 서체에까지 나타난 것입니다. 대단하지요. 최근에 저는 우연히 글씨본을 하나 발견하고 아주 감탄한 적이 있습니다. 더욱이 그것을 어디서 발견한지 아십니까? 스위스예요! 그런데 이것은 단순하고 평범한 순 영국식 서체인데, 우아함도 이보다 더한 것은 아마 없을 겁니다. 어느 것이나 모두 훌륭합니다. 수정입니다. 이건 그 변형입니다. 즉 프랑스식으로 바꿔 놓은 것이죠. 이것은 제가 프랑스의 어느 지방 순회 판매원(地方巡廻販賣員)한테서 빌려온 필적입니다. 역시 영국식인데, 검은 선이 영국식보다는 약간 검고 굵습니다. 그래서 광선의 균형이 깨져 버렸습니다. 그리고 보십시오, 이 타원형이 좀 색다르죠. 좀더 둥근 맛이 있는데다가 변체까지 응용하고 있습니다. 그러나 이 변체가 가장 위험한 것입니다. 그야말로 특별한 아치를 필요로 하니까요. 그대신 잘되어 균형이 잡히기만 하면 그 글씨는 무엇과도 비교가 되지 않습니다. 정말 반할 정도지요.」

「호오! 당신은 굉장히 상세한 점까지 연구했군요.」 하고 장군은 웃었다. 「그쯤 되면 당신은 달필이라기보다 예술가요. 그렇지 않은가, 가냐?」

「정말 놀랍습니다.」 하고 가냐는 말했다. 「게다가 또 자기의 천직까지 자각하고 계시고.」 그는 빈정거리듯 웃으며 이렇게 덧붙였다.

「웃으려면 웃게. 하지만, 이건 훌륭한 출세의 수단이 된단 말야.」 하고 장군은 말했다. 「그럼 공작, 이제부터 어떤 훌륭한 분에게 편지를 좀 써주시겠소? 아니, 당신은 첫달부터 한 달에 35루블은 받을 수 있어요. 아, 벌써 12시 반이로군.」하고 그는 시계를 들여다보며 중얼거렸다. 「그럼 공작, 우리 용무를 해치웁시다. 어쩌면 오늘은 또 못 만나게 되는지도 모르니까. 거기 좀 앉으시오. 아까도 말한 것처럼 나는 자주 당신과 만날 시간은 없지만, 조금이나마 내 힘이 미치는 데까진 당신을 돕고 싶다고 생각하고 있습니다. 물론 아주 약소한 것이어서 솔직히 말하면 겨우 침식을 해결할 정도밖에는 안 되는 것이니까⋯⋯. 그 이상의 것은 당신의 생각에 맡깁니다. 관청 같은 데 적당한 자리를 하나 찾아 봅시다. 그리 따분하지는 않지만 시간만은 엄중합니다. 그리고 이번에는 앞으로의 문제인데, 바로 이 사람은 내 젊은 벗인 가브릴라 아르달리오노비치 이볼긴입니다. 앞으로는 이 사람과 서로 가깝게 지내시기 바라겠소. 이 사람의 집에서, 즉 자택에서, 어머니와 누이동생이 가구가 딸린 방을 두서너 개 비워서 믿을 만한 소개인이 있는 사람에게만 빌려주고 있습니다. 식사와 하녀도 제공하고 말이지요. 니나 알렉산드로브나도 내가 소개한다면 거절하지는 않을 거요. 이 집은 당신에게는 안성맞춤이오. 첫째 이 집에 계시면 당신은 가정의 따뜻한 품속에 안긴 것 같아 고독이라는 걸 느끼지 않게 될 겁니다. 내가 보기에는 당신이 페체르부르그 같은 도시에 처음부터 혼자 뛰어든다는 건 아무래도 좋지 않을 것 같으니 말이오. 어머니인 니나 알렉산드로브나와 누이동생인 바르바라 아르달리오노브나, 이 두 분은 내가 무척 존경하고 있는 분들입니다. 니나 알렉산드로브나는 퇴역 장군인 아르달리온 알렉산드로비치 이볼긴의 부인입니다. 장군은 내가 입대할 당시부터의 친구인데 현재는 약간 사정이 있어서 교제를 끊고 있기는 하지만, 지금도 나는 그 분에 대해서는 어떤 의미의 존경을 잃지 않고 있습니다. 이런 말을 길게 늘어 놓는 것은 내가 당신을 직접 소개하고 있다는 것, 따라서 내가 당신의 보증인이 된다는 것을 당신이 이해하시도록 하기 위해서입니다. 하숙비는 그리 비싸지 않으니까 가까운 장래에 월급만으로도 충당하게 되리라고 생각합니다. 사람은 누구나 약간이라도 용돈은 있어야 하는 것이지만, 이렇게 말한다고 노하지는 마시오. 당신은 되도록 용돈이라는 것을, 아니 대체로 돈이라는 것을 호주머니에 넣고 다니지 않는 게 좋을 것 같군요. 어쩐지 내가 보기엔 그렇습니다. 그러나 지금 당신의 지갑이 텅텅 비었다고 하니 실례지만 우선 급한 용돈으로 이 25루블을 받아 두십시오. 물론 후에 갚아 주어야 합니다. 당신이 정말 제 생각대로 진실하고 착실한 분이라면 앞으로 우리들 사이에 까다로운 일이 일어날 염려는 전혀 없을 것입니다. 내가 이렇게까지 당신의 뒤를 보아 주는 것은 당신에 대해서 어떤 목적이라고도 할 만한 것이 있기 때문인데, 그것은 차차 알게 될 겁니다. 공작, 나는 당신에게 허물없이 말하고 있습니다. 가냐, 공작께서 자네 집에 하숙하는 데 대해 자네도 반대는 않겠지?」

「원 반대라뇨! 어머니도 무척 반가워하실 겁니다…….」하고 가냐는 공손한 어조로 말했다.

「자네 집에 현재 사람이 들어 있는 방은 하나뿐인 것으로 아는데, 그 뭐라더라……. 페르드…… 페르…….」

「페르드이시첸코입니다.」

「아, 그래, 나는 그 페르드이시첸코가 마음에 들지 않아. 어딘지 치근치근한 광대 같은 사나이란 말야. 무엇 때문에 나스타샤 필립포브나가 그런 녀석을 추켜세우고 있는지 도대체 이해가 가지 않는단 말야. 녀석이 그녀의 친척이 된다는 게 사실인가?」

「웬걸, 그렇지 않습니다. 그건 다 괜한 소립니다! 친척 따위라곤 한 사람도 없습니다.」

「흥, 그까짓 녀석이야 아무렇든 무슨 상관이야. 그런데 공작, 당신은 어떻습니까. 만족하시는지, 그렇지 않으면?」

「고맙습니다, 장군님. 사실 웬만큼 친숙한 분이 아니고는 이렇게까지 돌봐 주시지 못할 겁니다. 더욱이 제가 부탁도 드리지 않았는데 이처럼 염려해 주시니 고맙기 그지없습니다. 저는 뭐 자존심에서 이렇게 말하는 게 아닙니다. 저는 정말 어다다 몸을 의지해야 할지 모르고 있었으니까요. 하기는 아까 로고진이 자기한테 오라고는 했습니다만.」

「로고진이? 아니, 그건 안 돼요. 나는 당신의 아버지와 같은 입장에서…… 아니, 이렇게 말하는 것이 싫다면 친구로서 충고합니다. 로고진에 대한 것은 깨끗이 잊도록 해요. 그리고 한마디로 말해서, 이번에 당신이 들어가는 가정에 의지하시도록 저는 권합니다.」

「그처럼 친절하게 해주신다면,」하고 공작은 입을 열었다. 「한 가지 부탁이 있습니다. 실은 이런 통지를 받았습니다만…….」

「실례지만,」하고 장군은 그의 말을 가로챘다. 「이제 1분의 여유도 없습니다. 지금 곧 리자베타 프로코피예브나에게 당신에 관한 말을 전하겠습니다. 만일 내 아내가 당신을 당장 만나고 싶어하면——될 수 있는 대로 그렇게 되도록 당신을 소개하겠습니다——그 기회를 이용하여 내 아내의 마음에 들도록 하시오. 리자베타 프로코피예브나도 당신에게 많은 도움이 될는지 모르니까. 아무튼 우린 한집안이 아니오. 만일 싫다고 하면 억지로 만날 생각은 말고 다음 기회로 미루시오. 그리고 가냐, 이 계산서를 좀 보아 주게. 아까 페도세예프와 둘이서 애를 먹었단 말야. 이것도 잊지 말고 적어 놓고.」

장군은 이렇게 말하고는 방을 나갔다. 결국 뮈시킨은 벌써 네 번이나 꺼내려던 용건을 끝내 말하지 못하고 말았다. 가냐는 담배를 붙여 물고 뮈시킨에게도 한 대 권했다. 그것을 받았으나 그는 방해가 되지 않으려고 아무 말도 하지 않고 서재를 둘러 보기 시작했다. 그러나 가냐는 장군에게서 받은 숫자가 가득 적힌 종이에는 눈도 돌리지 않았다. 그는 어쩐지 안절부절 못하고 있었다. 이렇게 단둘이 남게 되자 뮈시킨에게는 가냐의 미소와 시선, 그리고 그 침울한 얼굴이 더 한층 못 견디게 느껴졌다. 그러자 갑자기 가냐가 공작에게로 다가왔는데, 뮈시킨은 그때 또다시 나스타샤의 사진이 놓인 탁자 옆에 서서 그것을 열심히 들여다보고 있었다.

「그런 여자를 좋아하십니까, 공작께선?」 뮈시킨의 얼굴을 뚫어지게 바라보며 가냐는 이렇게 물었다. 그것은 마치 무슨 심상치 않은 목적이 있는 것 같은 어조였다.

「대단한 미모로군요!」 하고 공작은 대답했다. 「나는 이 여자의 운명이 평범하지 않을 거라고 믿습니다. 얼굴 표정은 명랑하게 보이지만 실제로는 무척 고생을 했을 겁니다. 어때요? 무엇보다도 이 눈이 그것을 말해 주고 있습니다. 그리고 양쪽의 조그만 광대뼈……, 눈 밑의 볼 위에 보이는 이 두 광대뼈만 보아도 알 수 있습니다. 이 얼굴에는 자존심이 넘쳐 있습니다, 대단한 자존심이 말이오. 그렇지만 착한 사람인지 어떤지는 모르겠군요. 아아, 정말 착한 사람이라면 좋으련만! 그렇다면 구원을 받으련만!」

「어쨌든 당신 같으면 이런 여자와 결혼하겠습니까?」 가냐는 이글이글 타오르는 눈을 공작의 얼굴에 못박은 채 거푸 질문을 던졌다.

「나는 누구와도 결혼할 수가 없습니다. 건강한 몸이 아니거든요.」 공작은 이렇게 대답했다.

「그럼 로고진이라면 결혼할까요? 어떻게 생각합니까?」

「글쎄요, 결혼만 하는 거라면, 내일이라도 할는지 모릅니다. 그러나 내 생각으로는 결혼한 후 1주일도 못 가서 죽이고 말 것 같습니다.」

이러한 뮈시킨의 말이 미처 끝나기도 전에 가냐는 별안간 심하게 몸을 떨었다. 뮈시킨은 하마터면 소리를 지를 뻔했다.

「아니, 왜 그러십니까?」하고 그는 상대방의 팔을 잡으며 물었다.

「저, 손님, 각하께서 당신을 마님한테 모시라는 분부십니다.」이때 하인이 문간에 나타나서 이렇게 알렸다.

뮈시킨은 곧 하인의 뒤를 따라갔다.

<u>**4**</u>

예판친 댁 세 딸들은 다 건강하고 발랄하며 키가 컸다. 잘 발달된 어깨며 터질 듯이 팽창한 앞가슴, 그리고 손은 사내들처럼 억세어 보였다. 이러한 체력과 건강을 유지하기 위해서인지 때로는 무척 잘 먹어 댔다. 그리고 그것을 숨기려고도 하지 않았다. 어머니인 장군 부인 리자베타 프로코피예브나는 이따금 딸들의 노골적인 식욕을 꾸짖듯이 눈을 흘기곤 할 때도 있었으나, 딸들의 표면적인 공손한 태도에도 불구하고 실제로 부인의 의견은 전과 같은 절대적인 권위를 딸들 사이에서 잃었을 뿐더러 딸 삼형제가 공동으로 조직하고 있는 비밀 회의의 세력이 점점 커지는 바람에 드디어는 부인 자신의 위신을 지키기 위해서 딸들과 다툴 것이 아니라 양보하는 편이 상책이라고 깨닫게 되었다. 그러나 인간의 성격이라는 것은 합리적인 이성의 결정에 복종하려 들지 않는 경우가 흔히 있다. 리자베타 프로코피예브나도 나이를 먹을수록 점점 참을성이 없어지고 변덕이 심해져서 이제는 거의 기인이 되어 버렸다. 그러나 다행히 온순하게 길들여진 남편이 옆에 남아 있어서 쌓이고 쌓인 그녀의 울분은 종종 그 남편의 머리 위에 퍼부어지곤 했다. 그러고 나면 또다시 가정의 조화가 회복되어 만사는 더할 나위 없이 순조롭게 되어졌다.

그렇지만 장군 부인도 아직 식욕을 잃은 것은 아니었다. 대개 12시 반쯤에 딸들과 함께 거의 오찬이나 다름없는 조반 식탁에 앉았다. 딸들은 그 전에, 10시 정각에 잠이 깨어 잠자리 속에서 커피를 한 잔씩 마신다. 딸들은 그러기를 좋아하여 이제는 그것이 아주 일과의 하나로 정해져 버렸다. 12시 반이 되면 어머니의 방에서 가까운 조그만 식당에 식탁이 차려진다. 만일 시간이 허락하면 장군 자신도 이 가정적인 단란한 조반에 가끔 나타나곤 했다. 홍차·커피·꿀·버터, 장군 부인이 좋아하는 일종의 독특한 팬 케이크, 커틀릿 들이 나오고 진하고 뜨거운 콩소메 수프까지 나오는 것이었다. 이 이야기가 시작된 날 아침에도 온 가족은 식당에 모여 12시 반까지 오겠다고 약속한 장군을 기다리며 앉아 있었다. 만일 장군이 1분이라도 늦으면 당장에 하인을 보내려던 참이었는데, 그는 약속한 시간에 정확히 나타났다. 인사겸 아내의 손에 키스를 하려고 다가선 장군은, 아내의 얼굴에 여느 때와는 다른 심상치 않은 그 무엇이 나타나 있음을 재빨리 눈치 챘다. 그러나 그 전날 밤부터 장군은 이미 그『애니크도우트(사건)』──이것은 그의 입버릇이었다── 때문에 이렇게 되리라 예감하고 잠자리에서도 줄곧 그것만을 걱정하고 있었다. 그러나 막상 아내의 얼굴을 대하고 보니 겁이 났다. 딸들이 다가와서 그에게 키스했다. 그녀들의 얼굴에는 별로 화가 난 기색은 없었으나 아무래도 무엇인가 심상치 않은 것이 담겨져 있었다. 하기는 장군도 여러 가지 사정으로 아무것도 아닌 일까지 의심하게 된 것만은 사실이었다. 그러나 그는 수완 좋고 경험 있는 아버지였고 남편이었다. 장군은 즉석에서 자기가 취해야 할 방법을 궁리했다.

여기서 잠시 붓을 멈추고 예판친 장군의 가정이 어떤 상황과 어떤 관계에 놓여 있는가에 대해 간단히 설명하는 것은 이야기의 선명한 흐름을 별로 해치지 않으리라 믿는다. 앞에서도 말한 것처럼 장군은 별로 많은 교육을 받지 못한 사람으로, 장군 자신의 말을 빌린다면 일개『독학자』에 지나지 않는 인물이었다. 그럼에도 불구하고 그는 경험 있는 남편, 훌륭한 아버지임에 틀림없었다. 그는 딸들의 결혼을 서두르지 않겠다, 즉 딸들의 마음속까지 간섭하지 않겠다, 그리고 아버이로서 딸들의 행복을 지나치게 염려한 나머지 오히려 딸들을 불안하게 하지는 않겠다는 방침을 취하고 있었다. 이것은 과년한 딸들이 있는 가정에서는 아무리 분별이 있어도 좀처럼 실행할 수 없는 그런 파격적인 것이라고 할 수 있다. 그는 리자베타 프로코피예브나까지도 자기의 방침에 동의하게 하는 데 성공했다. 물론 그것은 수월한 일이 아니었다. 워낙 부자연스러운 일이기 때문이다. 그러나 장군의 논증은 비근한 예에 근거를 둔 것이어서 결코 이치에 어긋난 것은 아니었다. 게다가 또

혼기에 처한 딸들로서도 자기들의 모든 행동이 자신들의 자유로운 의사 판단에 의해서 결정되는 이상, 그렇게 언제까지나 변덕을 부리든가 쓸데없이 까다롭게 굴 수는 없는 것이기 때문에 어쩔 수 없이 자신의 이성에 의거해서 매사에 신중히 대처할 것이다. 그렇게만 된다면 구태여 걱정할 것은 없다. 부모는 다만 끈기 있게, 그리고 되도록 눈치 채이지 않게 딸들을 감시하여 지나치게 괴이한 선택이라든가 부자연스러운 탈선 같은 게 생기지 않도록 주의하고 있다가 적당한 기회를 보아 전심전력을 다해 딸들을 밀어 주고 온갖 감화력을 발휘하여 올바른 방향으로 그녀들을 이끌어 주면 되는 것이다. 마지막으로 또 한 가지 다행한 일은 집안의 재산과 사회적 지위가 해를 거듭할수록 기하급수적으로 성장해 가고 있는 일이었다. 즉, 날이 가면 갈수록 장군의 영애들도 신부 후보자로서 더욱더 유리한 위치를 차지하게 되는 셈이었다.

그러나 이러한 움직일 수 없는 모든 사실 속에 또 하나의 사실이 나타났다. 어느새 미처 깨닫지 못하는 사이——이런 일은 흔히 있는 법이지만——맏딸인 알렉산드라가 25세를 넘기고 말았다. 거의 이와 때를 같이하여 큰 부자이며 훌륭한 연줄을 가지고 있는 아파나시 이바노비치 토스키라는 상류사회의 신사가 알렉산드라와 결혼을 하고 싶다는, 자기의 오래 전부터의 희망을 또다시 표명한 것이다. 이 사람은 올해 55세, 우아한 성품과 남달리 세련된 취미를 가진 멋쟁이였다. 그는 무엇보다도 상대방의 인물을 중요시하는 인간이라 결혼 조건도 상당히 까다로웠다. 언제부터인지 그는 예판친 장군과 매우 친밀한 사이가 돼 있었는데, 그 후 공동으로 여러 가지 금융 사업에 관계함에 따라 그들의 우의도 더욱더 깊어졌다. 그래서 언젠가 그는 예판친 장군에게 장군의 딸들 중의 하나와 자기의 결혼을 상상하는 것이 과연 가능한가 어떤가 물으며 친구로서의 의견과 지도를 청했다. 예판친 장군 댁 가정 생활의 평온하고 아름다운 흐름에는 그래서 분명한 어떤 변화가 일어났던 것이다.

세 딸 중에서도 뛰어나게 아름다운 것은 앞에서도 말한 것처럼 막내딸인 아글라야였다. 그러나 지극히 이기적인 토스키도 아글라야는 자기의 선택 범위 밖에 두었다. 아글라야는 도저히 자기의 아내가 될 사람이 아니라는 것을 알고 있었다. 어쩌면 얼마만큼 맹목적인 언니들의 애정과 지나치게 열렬한 그녀들의 우애가 사태를 과장시키고 있었는지는 모르지만, 아글라야의 운명은 결코 단순한 운명이 아니라 실현될 가망이 있는 이 세상의 낙원의 이상으로서, 가장 훌륭한 본보기와 같은 것으로서 그녀들 사이에서 생각되어 왔던 것이다. 아글라야의 미래의 남편은 모든 것에 있어서 완전한 성공의 소유자라야 했다. 부가 있어야 한다는 것은 말할 것도 없었다. 유난스레 입에 올리지는 않았지만, 언니들은 만일 필요하다면 아글라야를 위해 자기 자신을 희생시켜도 좋다고 생각하고 있었다.

아글라야의 지참금으로는 막대한 금액이 할당되어 있었다. 장군 부처는 그녀의 언니들의 심중을 알고 있었으므로, 토스키의 상의를 받았을 때도 두 딸 중의 어느 하나가 부모의 희망을 저버리지는 않으리라는 점에 대해서 거의 조금도 의심하지 않았다. 더욱이 토스키가 지참금을 가지고 이러쿵저러쿵할 염려는 조금도 없었다. 토스키의 청혼은 장군 자신도 그 나름의 처세관에 의하여 지극히 만족한 것으로 생각하고 있었다. 그러나 토스키 자신은 여러 가지 특별한 사정으로 지금은 한걸음 한걸음 조심스럽게 관찰만을 계속하고 있으므로 장군 부처도 아직 그럴싸한 가능성의 형태로밖에는 딸들과 상의할 수 없었다. 여기에 대한 딸들의 대답은 역시 막연한 것이기는 했지만 적어도 부모를 안심시킬 만한 의향을 밝혔다. 즉 맏딸인 알렉산드라가 아마 싫다고는 하지 않으리라는 것이었다. 그녀는 꿋꿋하고 대기 센 성격의 처녀였으나, 마음씨가 곱고 분별이 있는데다가 누구에게나 무척 상냥했으므로 토스키한테라도 기꺼이 시집을 갈 것 같았다. 게다가 일단 약속한 것은 성실히 이행하는 성품이었다. 지나치게 화려한 것은 싫어하고 또 까다로운 것을 들고 나오거나 갑자기 심경의 변화를 일으키거나 할 염려도 없었으며, 오히려 주어진 생활을 조용하고 원만하게 꾸려 나갈 능력도 있었다. 용모도 아주 뛰어난 매력은 없었지만 역시 보기드물 만큼 아름다웠다. 토스키로서 더 이상 무엇을 바랄 것이 있으랴.

그러나 이 혼담은 여전히 탐색전 같은 상태로 진행되고 있었다. 장군과 토스키 사이에는 서로 벗으로서 허물없이, 일정한 시기가 올 때까지, 나중에 돌이키지 못할 형식적인 일체의 짓은 피하기로 약속이 되어 있었으므로 장군 부처는 아직 딸들에게 분명하게 말하지 않고 있었다.

그런데 언제부턴지 그 어떤 불화가 느껴지기 시작했다. 한 집안의 어머니인 예판친 장군 부인도 어째선지 불만을 느끼게 되었다. 이것은 매우 곤란한 일이었다. 그것은 여기에 모든 것을 방해하는 하나의 사정이 생겼기 때문이다. 그것 때문에 모든 것이 무산될는지도 모르는 복잡미묘한 뜻밖의 사건이 일어났던 것이다.

이 복잡미묘한 우연의 사건——이것은 토스키 자신의 표현이다——은 따지고 보면 약 18년 전에 시작되었다.

러시아의 중부 지방에 있는 아파나시 이바노비치의 소유지 이웃에 가난한 소지주가 살고 있었는데, 그는 거듭되는 불행으로 몹시 피폐해 있었다. 그는 줄곧 사람들의 입에 오르내릴 만큼 실패에 실패를 거듭한 사람으로 유명한 인물이었다. 그러나 본래는 어떤 내력 있는 귀족 출신인 퇴역 장교로서, 이 점에 있어서는 토스키보다 훨씬 가문이 좋았다. 필립 알렉산드로비치 바라시코프가 그의 이름이었다. 그는 가지고 있는 재산 전부를 저당잡히고 산더미 같은 빚에 쪼들리고 있었는데, 몇 해 동안 고역이나 다름없는 농부 같은 노동을 계속하여 간신히 숨을 돌릴 만큼 자기의 작은 살림을 겨우 정리했다. 대수로운 것은 아니었지만 그는 이 성공에 완전히 원기를 회복했다. 원기와 희망을 얻은 그는 주요 채권자의 한 사람과 만나서 될 수 있으면 마지막 담판을 지어 버리려고 며칠 예정으로 군청 소재지인 읍으로 들어갔다. 그가 읍에 들어간 지 사흘째 되는 날, 볼에 화상을 입고 수염까지 태운 그의 관리인이 마을에서 말을 타고 달려와서 그 전날 정오경에 대대로 내려온 집이 불타 버렸으며, 그때 마님도 불에 타서 돌아가시고 따님들만이 무사히 살아 남았다고 보고했다.

이 뜻밖의 재난에는 모진 운명의 채찍에 길든 바라시코프도 도저히 견디어 낼 수 없었다. 드디어 그는 정신 이상을 일으켜 한 달 후에 열병으로 세상을 떠나고 말았다. 불에 타서 황폐해진 소유지는 집을 잃고 헤매는 농노들과 함께 빚을 청산하기 위하여 팔리게 되었다. 여섯 살과 일곱 살 난 두 어린 딸은, 아파나시 이바노비치 토스키가 의협심을 발휘해서 맡아 기르기로 했다. 고아들은 퇴직 관리로 많은 권속을 거느리고 있는 아파나시 이바노비치의 관리인의 자녀들 속에 섞여서 자라게 되었다. 얼마 후에 밑의 아이는 백일해로 죽고 나스타샤라는 계집애가 외톨로 살아 남았다. 토스키는 주로 외국에 체재하고 있었기 때문에 이 고아들에 대해서는 까맣게 잊어버리고 있었다. 5년이 지난 후 아파나시 이바노비치 토스키는 언젠가 지나는 길에 자기 소유지에 들러 보기로 했다. 그는 뜻밖에도 자기 마을의 집에서, 귀여운 어린애 하나가 독일 사람 관리인의 가족 속에 섞여 있는 것을 보았다. 나이는 12세쯤, 활발하고 총명하고 귀여운, 장래 미인이 될 성싶은 소녀였다. 이런 면에서 아파나시 이바노비치 토스키는 확실히 잘못 보는 일이 없는 안목의 소유자였다. 그는 사오 일밖에는 소유지에 머무르지 않았지만 여러 가지 지시를 상세하게 해 놓고 떠났다. 그리하여 이 소녀의 양육에는 현저한 변화가 일어났던 것이다. 교양이 있고 남에게 존경을 받고 있는 나이가 지긋한 스위스 부인이 가정교사로 초빙되었다. 그녀는 여자 고등 교육의 경험이 있었으므로 프랑스 어 이외에도 소녀에게 여러 가지 학과를 가르쳤다. 가정교사가 마을의 집에 와서 살게 되고 나서부터 어린 나스타샤의 교육은 아주 충실한 것이 되었다.

이 교육은 만 4년으로 끝나고 가정교사도 떠났다. 그 후 토스키 씨의 소유지 ── 그러나 이것은 멀리 떨어진 다른 현에 있었다 ── 의 이웃인 여지주가 아파나시 이바노비치 토스키의 지시와 위임을 받고 찾아와서 나스타샤를 데려 갔다. 이 조그만 소유지에도 새로 세운 자그마한 목조건물이 있었다. 이 집은 아주 아름답게 꾸며져 있었다. 마을의 이름 역시 일부러 지은 것처럼 『오트라드노예(즐거운)』 마을이라고 불리고 있었다. 여지주는 나스타샤를 곧장 이 한적한 집으로 데려 갔다. 자기도 1베르스타쯤 떨어진 곳에서 남편도 자식도 없이 홀로 지내고 있었으므로 이 집에 나스타샤와 함께 옮겨 살기로 했다. 나스차(나스타샤 필립포브나의 애칭)에게는 늙은 가정부와 동작이 민첩한 젊은 하녀가 딸리게 되었다. 그리고 집 안에는 여러 가지 악기, 아담한 소녀 도서실, 그림, 동판화, 연필, 화필, 물감, 귀여운 사냥개 등이 갖추어졌다. 두 주일 후에는 아파나시 이바노비치 자신이 그곳을 찾아왔다. 그때부터 그는 어째선지 이 광야의 벽촌을 특히 사랑하게 되어, 해마다 여름이면 이곳을 찾아와서는 두서너 달씩 머무르게 되었다. 이리하여 꽤 긴 세월이…… 근 4년 동안의 평온하고 행복하고 정취 있는 아름다운 세월이 흘러갔다.

그러던 어느 해 초겨울 다음과 같은 일이 일어났다. 오트라드노예에서 2주일 정도 머무르다 돌아간 후 4개월쯤 지났을 때의 일로서, 아파나시 이바노비치 토스키가 페체르부르그에서 어느 명문 재산가의 딸과 결혼하려 한다는, 즉 정식으로 호화로운 결혼을 하려 한다는 소문이 퍼졌다. 아니 그렇다기보다는 이 소문이 우연히 나스타샤 필립포브나의 귀에 들어갔던 것이다. 이 소문은 모두 정확한 것이 아니었음이 나중에 판명되었다. 결혼은 아직도 계획에 불과했으므로 모든 것이 막연한 상태에 있었지만 나스타샤 필립포브나의 운명에는 이때부터 커다란 변화가 일어났다. 그녀는 갑자기 비범한 결단력과 전혀 뜻밖의 성격을 드러냈던 것이다. 그녀는 깊이 생각하려고도 하지 않고 집을 뛰쳐나와서 단신으로 페체르부르그의 토스키 앞에 나타났다. 상대는 깜짝 놀라서 무슨 말을 하려고 했는데, 첫마디부터 목소리나 말씨, 지금까지 그처럼 유효하게 써오던 유쾌하고 우아한 대화의 제목이나 논리를 이제는 무엇이고 모두 다 변경시켜야 한다는 생각이 그 말을 막았다. 그의 눈앞에는 전혀 다른 여자가 앉아 있었다. 그가 오늘까지 알고 있었고 바로 지난 7월에 오트라드노예 마을에서 헤어진 그 처녀와는 조금도 닮지 않은 전혀 다른 여자가 앉아 있었던 것이다.

첫째로, 이 새로운 여인은 놀랄 만큼 많을 것을 알고 있었고, 또 이해하고 있었다. 도대체 그 여자가 어디서 그런 지식을 터득할 수 있었는지, 그리고 어떻게 그런 정확한 이해력을 기를 수 있었는지 정말 놀랄 수밖에 없었다. 과연 그 소녀 도서실에서 얻은 것일까.

뿐만 아니라 그녀는 법률상의 것에 관해서도 많이 알고 있었고 세상 그 자체라고까지는 할 수 없겠지만, 적어도 이 세상에서 어떤 종류의 일들이 어떻게 행해지고 있는가에 대해서 확고한 지식을 가지고 있었다. 그리고 둘째로는, 성격이 아주 달라졌다는 사실이다. 전에는 어딘지 수줍어했고 여학생처럼 요령이 없었으며, 때로는 아주 색다른 장난을 치는가 하면 순진한 말을 하기도 해서 어딘지 귀여운, 그런가 하면 때로는 침울하고 깊은 생각에 잠기어 의심 많고 눈물 많은 불안한 처녀였는데, 지금의 그녀는 그런 옛날의 모습과는 전혀 다른 분위기였다.

그렇다, 지금 그의 앞에는 꿈에도 생각지 못했던 야릇한 여자가 깔깔거리고 웃으면서 독기에 찬 익살로 그의 마음을 괴롭히고 있는 것이었다. 이 새로운 여성은 지금까지 자기의 마음속에는 모멸감, 최초의 놀라움 뒤에 곧 끓어오른 모멸감 이외에는 어떠한 감정도 그에게 품어 본 적이 없었노라고 명확히 선언했다. 그리고 솔직히 말해서 그가 지금 누구와 결혼하든 말든 그까짓 것은 아무래도 좋지만 자기는 다만 그의 결혼을 방해하려고, 그가 미워서라도 한사코 그의 혼담을 깨뜨려 버리려고 온 것이다, 그 까닭은 그저 그렇게 하고 싶기 때문이며 그렇게 하고 싶다는 것은 곧 그렇게 해야 한다는 것이 되기 때문이라고 선언했다.

「아무튼 난 다만 당신을 실컷 비웃기 위해서 왔어요. 왜냐하면 이젠 나도 기필코 남을 비웃고 싶어졌거든요.」

　최소한 그녀는 이렇게 제 감정을 표현했다. 어쩌면 이 정도만으로는 가슴
속에 있는 것을 죄다 털어놓았다고 할 수는 없었을는지도 모른다. 그러나
새로운 나스타샤가 큰 소리로 웃어 대며 이런 말을 하고 있는 동안, 아파나
시 이바노비치는 마음속으로 이 사건에 대해 궁리를 거듭하며 다소 어지러
워진 자기의 생각을 정리하고 있었다. 이 심사숙고는 꽤 오랫동안 계속
됐다. 그는 이 문제에 골몰하여 근 2주일 동안이나 고민하며 최종적인 단안
을 내리려고 고심했다. 두 주일이 지나자, 마침내 그는 단언을 내렸다. 그
것은 다음과 같았다. 그 당시 그는 이미 50세 가까이 되어 있었고 사회적
평가가 확고한 무척 야무진 인물이었다. 일반 사회와 사교계에 있어서의 지
위도 공고한 기반 위에 틀이 잡혀 있었다. 그래서 상류사회의 신사로서는
당연한 노릇이기는 하지만, 그도 역시 자기 자신과 자기 생활의 편안, 그리
고 쾌락을 무엇보다도 사랑했고 또 존중하고 있었다. 지금까지 전 생애에
걸쳐 완성시키고 이러한 아름다운 형식으로 뭉뚱그린 모든 것이 비록 조금
이라도 흔들거리거나 무너지거나 하는 것은 도저히 참을 수 없는 일이었다.
그리고 한편으로는 오랜 경험과 사물에 대한 심각한 안목이 신속하고도 놀
랄 만큼 정확하게 토스키에게 여러 가지 것을 조언해 주었던 것이다. 그것
은, 지금 그가 상대하고 있는 여자는 절대로 보통 여자가 아니다, 그 여자
는 입으로만 으름장을 놓는 것이 아니라 반드시 그것을 실행에 옮기고야 말
것이다, 그리고 가장 무서운 것은 무슨 일이건 결코 주저하지 않는 그녀의
성미다, 더더구나 이 세상에 무엇 하나 존중하는 것이 없는 여자니까 따라
서 그녀를 회유한다는 것도 결코 불가능하다는 것이었다. 아무래도 거기에
는 분명히 전과는 다른 그 무엇이 있었다. 무엇인가 정신적으로 응어리진
것 같은 느낌이 들었다. 즉 일종의 낭만적인 분노와——그러나 누구에 대
한 무슨 원한인지는 몰랐다——이제 완전히 상궤(常軌)를 벗어나 버린 무
엇으로도 고칠 수 없는 모멸감, 한마디로 말하면 이것은 질서 있는 사회에
서는 용납되지 않는 우스꽝스러운 것으로, 그런 것에 부딪히는 일은 지체
있는 사람들로서는 천벌이라고 할 수밖에 없는 것이었다. 물론 토스키 정도
의 재산과 연줄이 있다면, 이 불쾌함을 모면하기 위해서 그리 대단치 않은
죄 없는 음모를 꾀하는 것쯤은 손쉬운 일이었다. 또한 다른 한편으로 나스
타샤 필립포브나 자신도 무엇인가, 이를테면 법적인 면에서 그에게 해를 끼

칠 수는 없을 것이고 또 그런 추태도 부리지 못할 것이다. 왜냐하면 그녀의
행동을 억누르는 것쯤은 사실 아무것도 아니기 때문이었다. 그러나 이것은
어디까지나 나스타샤 필립포브나가 보통 사람들이 이런 경우에 취하는, 상
식을 벗어난 행동을 취하지 않는다고 하는 그런 가정에 한해서였다. 토스키
는 거기서도 자기 견해의 정확성이 도움이 되었던 것이다. 나스타샤 필립포
브나 자신도 법적인 면에서는 그에게 아무런 해를 끼칠 수 없음을 잘 알고
있었다. 그녀는 전혀 딴것을 그 가슴속에…… 그 반짝이는 두 눈 속에 숨
기고 있는 것이었다. 아무것도, 특히 자신까지도 존중하지 않는 나스타샤
필립포브나는——그녀가 아주 옛날부터 자기 자신을 존중하지 않게 돼버
린 것을 알거나 그 감정의 진지함을 믿는다는 것은, 토스키 같은 회의파이
자 견유파(犬儒派)에게는 어려운 노릇으로, 그러려면 적지 않은 지혜와 통
찰력을 필요로 하는 것이다——시베리아로 가게 되든 징역을 살게 되든
수단 방법을 가리지 않고 결정적으로 스스로를 파멸시켜 버릴 각오였다. 다
만 그녀는, 끝없이 잔인한 혐오를 느끼고 있는 그 사내에게 실컷 모욕을 줄
수만 있다면 그것으로 좋았다.

　아파나시 이바노비치는 자기가 얼마만큼 소심하다는 것을, 아니 좋게 말
해 극도로 보수적임을 굳이 감추려 하지 않았다. 이를 테면 누가 자기를 결
혼식 석상에서 죽이려 하는 따위의 난폭하고 우스꽝스러운, 상류사회에서
는 허용되지 않는 사건이 일어나리라는 것을 미리 알고 있었다면 물론 그는
깜짝 놀랄 수밖에 없을 것이다. 그러나 그 경우라도 자기가 상처를 입고 피
투성이가 되어 죽는다든가 혹은 대중 앞에서 자기 얼굴에 침을 뱉는다든가
하는 것이 두려운 것이 아니라, 그가 두려워하는 것은 이러한 사건이 더할
나위 없이 부자연스럽고 불쾌한 형태로 일어난다는 것이었다. 나스타샤 필
립포브나도 비록 아직 말을 하진 않았지만 바로 이 점을 예고한 것이 아닐
까. 그녀는 그라는 인물을 완전히 이해하고 연구하고 있었기 때문에 그의
약점이 무엇인가 하는 것도 그녀는 환히 알고 있었다. 이것은 토스키 자신
도 잘 안다. 그리고 결혼은 실제로 아직 단순한 계획에 지나지 않았으므로
아파나시 이바노비치는 나스타샤 필립포브나에게 양보하고 화해했던 것이
었다.

　그가 이렇게 결심한 데는 또 한 가지 다른 사정이 있었다. 새로운 나스타
샤 필립포브나의 용모가 전 날의 그녀에 비해 얼마나 달라졌는가 하는 것은

상상할 수 없을 정도였다. 전에는 다만 보면 볼수록 귀엽기만 한 소녀에 지나지 않던 것이 지금은 어떤가……. 토스키는 4년 동안이나 보아 왔으면서도 끝내 그 참된 모습을 간파하지 못했던 자기를 오랫동안 스스로 책망하고 있었다. 그러나 이 변화가 양쪽에서 내면적으로 급작스레 일어났다는 것은 매우 의미심장한 것이었다. 하기는 그 전에도 종종 그녀의 두 눈을 바라보고 있노라면 문득 괴이한 생각이 떠오를 때가 없지 않았다. 이를테면 그 눈을 통해서 깊고도 신비로운 어둠이 예감되어질 때가 있었다. 그리고 그 시선은 마치 수수께끼를 던지고 있기라도 하듯 상대를 뚫어지게 바라보는 것이었다. 최근 2년 동안 그는 나스타샤 필립포브나의 안색의 변화에 대해 자주 놀라곤 했다. 때로 그녀는 무서울 만큼 창백해지곤 했는데 야릇하게도 그것이 그녀를 한층 더 아름답게 하는 것이었다. 젊을 때 방탕한 생활을 한 신사들 중 누구나가 다 그렇듯이 토스키도 처음에는 이 때묻지 않은 넋이 얼마나 싼 값으로 자기 손에 들어왔는가를 생각할 때마다, 그녀를 멸시의 눈으로 바라보았으나, 나중에는 이러한 자기의 견해에 어느 정도 회의를 품기 시작했다. 어쨌든 그는 작년 봄부터 자기 혼자 단단히 결심한 바가 있었다. 그것은 재능도 있고 사회적 지위도 있는 다른 현의 관리한테 지참금을 붙여서 나스타샤 필립포브나를 정식으로 출가시키려는 것이었다. 지금 이 일을 나스타샤 필립포브나가 알게 된다면 얼마나 무섭게 그리고 얼마나 앙칼지게 그를 비난할까? 그러나 지금 그녀의 새로운 면에 매혹된 아파나시 이바노비치는 또다시 이 여자를 이용하고 향락을 즐길 수 있을는지 모른다고 생각했던 것이다.

그는 나스타샤 필립포브나를 페체르부르그에서 살게 하며 호화로운 생활을 누리게 해주기로 결심했다. 즉 이것이 안 된다면 저것이라도 할 심산이었다. 나스타샤 필립포브나 정도의 여자라면 어떤 사람들 앞에 내놓아도 결코 손색이 없을 것이다. 아니, 어느 그룹의 사람들 사이에서는 크게 명성을 떨칠 것이다. 사실 아파나시 이바노비치는 이 방면에서의 명성을 상당히 존중하고 있었던 것이다.

페체르부르그 생활도 그로부터 벌써 5년이 지났다. 물론 그 동안에 여러 가지 관계가 확실해졌다. 그러나 아파나시 이바노비치의 입장은 그리 신통한 것이 아니었다. 무엇보다도 신통치 않았던 것은, 한 번 주눅이 든 뒤로는 도무지 마음을 놓을 수 없다는 점이었다. 그는 그저 무조건 나스타샤 필립포브나가 두렵기만 했다. 그 이유는 자신도 몰랐다. 처음 2년쯤은 나스타샤 필립포브나가 자기와 결혼하고 싶으면서도 극도의 자존심 때문에 말을 못 하고 남자 쪽에서 먼저 청혼하기를 끈기 있게 기다리고 있는 것이 아닌가 하고 생각했었다. 자만심이란 참 괴상한 것이어서, 아파나시 이바노비치는 눈살을 잔뜩 찌푸리고 이렇게 생각해 버렸던 것이다. 그런데 우연한 기회에 문득 자기가 청혼을 한다고 해도 그녀가 절대로 받아들이지 않을 것이라는 점을 확인하고 한편으로는 크게 놀랐고, 다른 한편으로는 약간 서운한 생각까지 들었다. 『인정이란 이런 것이다!』그는 오랫동안 그녀가 그렇게 나오는 까닭을 이해하지 못했는데 결국 『모욕을 당한 변덕스러운 여자』의 거드름이 극단적인 흥분 상태에 도달하여 영구히 자기의 지위를 굳히고, 보통 사람이 얻지 못하는 영화를 누리기보다는 오히려 단 한 마디의 거절로 자기의 모멸을 내뱉는 것에 더 큰 쾌감을 느끼기에 이르렀다는 것이 단 하나의 가능한 설명인 것처럼 생각되었다.

　무엇보다도 곤란한 것은 나스타샤 필립포브나가 한 수 더 뜨고 나오는 일이었다. 재물 같은 것에는 비록 그것이 막대한 금액일지라도 좀처럼 굴복하려 들지 않았다. 자기에게 제공되는 대로의 안락한 생활을 하고 있었지만 지나치게 사치에 흐르는 일도 없었고, 그러면서도 지난 5년 동안에 그녀가 자기 앞으로 모아 놓은 재산이라고는 거의 아무것도 없었다. 아파나시 이바노비치는 또 자기의 질곡(桎梏)을 부수기 위해 극히 교활한 수법을 써보았다. 그는 여러 가지로 이상적인 유혹의 힘을 빌려, 교묘하게 눈치 채지 못하는 범위 내에서 그녀를 유혹하기 시작했다. 그러나 이러한 이상의 화신이라고도 할, 공작이라든가 경기병(輕騎兵)이라든가 대사관의 비서라든가 시인이라든가 소설가라든가 심지어는 사회주의자라든가 하는 사람들까지도 나스타샤 필립포브나에게는 아무런 감동을 주지 못했다. 마치 그녀의 가슴 속에는 심장 대신에 돌덩이가 들어앉아 있어서 감정은 시들대로 시들어 영구히 말라 죽어 버리기라도 한 것 같았다. 그녀는 집에 혼자 틀어박혀 있는 시간이 많았고 『연구』라는 말을 써야 할 만큼 책을 열심히 읽었으며 또 음악을 좋아했다. 교제는 별로 없었으나, 언제나 시시껄렁하고 가난한 관리의 아내들과 곧잘 어울리곤 했다. 그밖에 사귀는 사람이 있다면 어떤 여배우 두 사람과 노파가 몇 사람, 모두가 이런 사람들뿐이었다. 그리고 대가족을 거느린 어느 점잖은 교원과도 무척 가까웠다. 그 집에서도 그녀를 좋아하고 언제나 반갑게 맞아들이곤 했다. 저녁에는 친지들이 모일 때도 많았으나 고작해야 대여섯 명을 넘지 못했다. 토스키는 거의 날마다 꼬박꼬박 찾아오곤 했다.

최근에는 예판친 장군도 애를 쓴 보람이 있어 나스타샤 필립포브나와 사귀게 되었다. 그와 때를 같이하여 페르드이시첸코라는 한 젊은 관리가 별로 이렇다할 힘도 들이지 않고 쉬이 그녀와 친해졌다. 이 젊은 관리는 예모가 없고 치근치근하며, 쾌활한 사람임을 자처하고 있는 술꾼이었다. 그리고 또 프치스인이라는 성의 이상한 청년도 역시 그녀와 가까이 지내고 있었다. 온순하고 착실하며 외모가 단정한 사내였다. 그는 원래 거지나 다름없는 가난뱅이였으나 지금은 큰돈을 모아 고리대금업을 하고 있다는 것이었다. 마지막으로 가브릴라 아르달리오노비치도 한몫 끼게 되었다. 그러자 결국 나스타샤 필립포브나에 관한 이상한 소문이 퍼져 버렸다. 그녀의 미모에 대해서는 누구나가 다 인정하는 바지만 그저 그것뿐, 누구도 그녀를 자랑거리로 삼지 않을 뿐더러 그와 비슷한 이야기조차도 하지 않으려는 것이었다. 이러한 소문과 그녀의 교양, 그녀의 재치와 우아한 몸가짐 들은 아파나시 이바노비치에게 처음 생각한 계획을 실행에 옮길 결의를 굳히게 했다. 예판친 장군 자신이 이 문제에 적극적으로 개입하게 된 것은 바로 이때부터의 일이었다.

토스키는 장군의 딸 하나를 얻고 싶은 마음에 장군에게 점잖게 친구로서의 충고를 구하면서 그 자리에서 고상하고 결백한 태도로 모든 사정을 솔직히 고백했던 것이다. 그리고 자기의 자유를 얻기 위해서는 어떠한 방법도 주저하지 않겠다, 설사 나스타샤 필립포브나가 앞으로 그의 편안한 생활을 방해하지 않겠다고 제 입으로 말하더라도 자기는 절대로 안심하지 못한다, 구두 약속 따위로는 충분하지 않다, 가장 완전한 보증이 필요하다, 그는 이렇게 자기의 속마음을 털어놓았던 것이다.

여러 가지로 의논한 결과 두 사람이 힘을 합해 문제를 해결하기로 했다. 우선은 되도록 온건한 방법을 취하기로 하고 이른바 마음의 금선(琴線)을 움직여 보기로 했다. 두 사람은 나스타샤 필립포브나를 찾아갔다. 토스키는 조금도 주저함이 없이 자기의 처지가 얼마나 불안하고 참을 수 없는 것인가를 그녀에게 호소했다. 그리고 모든 책임은 자신에게 있다고 했다. 그러나 그녀에 대한 최초의 행위만은 아무래도 후회하지 않겠다, 왜냐하면 자기는 고질적인 호색꾼이어서 자기 스스로를 억누르기란 불가능한 일이었기 때문이다, 그리고 지금 결혼을 하려 하는데 이 지극히 점잖은 상류사회의 결혼은 전적으로 그녀에게 성패가 달려 있다, 한마디로 말하면 자기는 그녀의 고결한 심정에 모든 희망을 걸고 있다, 이상과 같은 말을 토스키는 하나도 숨김 없이 모조리 그녀에게 털어놓았다. 그 다음에 예판친 장군이 토스키의 장인이 될 사람의 자격으로 조리 있게 타이르기 시작했다. 그는 감정적인 말을 피하면서, 다만 그녀가 아파나시 이바노비치의 운명을 결정할 권리를 가졌음을 전적으로 시인한다고 말하며 또한 자기 딸의 운명도, 경우에 따라서는 나머지 두 딸의 운명까지도 그녀의 결심 하나에 달려 있다고 덧붙인 다음, 자기도 어떤 점에서는 아예 단념하다시피 하고 있노라고 겸손을 부렸다.

「그래 저더러 어떡하란 말씀인가요?」 나스타샤 필립포브나가 이렇게 물었을 때 토스키는 여전히 숨김 없는 솔직한 태도로 다음과 같이 고백했다. 자기는 5년 전에 너무나 크게 놀랐기 때문에 나스타샤 필립포브나가 누구와 결혼을 하기 전에는 절대 마음을 놓을 수 없다고 말한 다음 그는 이내 이렇게 덧붙였다. 만일 자기가 그 어떤 확실한 근거도 없이 이런 말을 한다면 그것은 한낱 우스꽝스러운 것에 지나지 않을 것이나 자기는 분명히 확신하는 바가 있기 때문에 하는 말이다, 훌륭한 집안의 출신으로 현재도 그 가족들과 함께 살고 있는 착실한 청년, 그것은 그녀도 잘 알고 있을 뿐만 아니라 그녀의 집에도 자주 드나들고 있는 가브릴라 아르달리오노비치 이볼긴을 가리키는 것이지만, 그는 지금 온 정열을 기울여 그녀를 사랑하고 있으며 그녀의 호감을 사려는 한 가지 희망만으로도 목숨의 절반쯤은 아낌없이 내던질 용의가 있다, 이것은 벌써 오래 전에 가브릴라 아르달리오노비치가 직접 자기한테, 즉 아파나시 이바노비치한테 청년다운 순수한 심정으로 고백한 것이며 그를 촉망하고 있는 이반 표도로비치도 벌써부터 잘 알고 있는 일이다, 그리고 자기의 관찰이 틀리지 않는다면 이 청년의 사랑은 이미 오래 전부터 당자인 나스타샤 필립포브나에게 알려져 있을 뿐만 아니라 그녀 자신도 상당히 겸허한 마음으로 그것을 바라보고 있는 것 같다, 물론 이런 말을 하는 것은 누구보다도 자기에게는 괴롭기 짝이 없는 일이다, 하나 만일 나스타샤 필립포브나가 자기의, 즉 토스키의 심중에서 이기주의라든가 자기 생애를 행복하게 꾸미려는 희망이라든가 하는 것 이외에 그녀의 행복을 염려하는 심정을 다소나마 찾아 낼 수 있다면 그녀의 고독한 생활을 바라보는 자기의 심정이 얼마나 기묘하고 괴로운 것인가를 그녀도 깨달을 수 있을 것이다, 나스타샤 필립포브나의 생활 속에는 그저 막연한 어둠과, 그녀를 애정과 가정 속에서 소생시켜 그녀에게 새로운 삶의 목적을 부여할는지도 모를 생활의 갱신에 대한 깊은 회의와, 그것에 따르는 눈부실 것 같은 재능의 파멸과 일부러 자신을 우수와 고민 속으로 몰아 넣는 비뚤어진 마음, 예컨대 뒤틀린 심정이, 즉 나스타샤 필립포브나와 같은 건전한 이지와 고상한 심성에는 어울리지 않는 일종의 로맨티시즘이 잠재해 있다, 이런 말을 하는 것이 누구보다도 자기에게는 괴롭기 짝이 없는 일이지만, 하고 다시 되풀이하여 강조하고 나서 그는 이렇게 말을 맺었다. 자기는 그녀의 장래를 보장하기 위해 7만 5천 루블을 그녀에게 제공하려 생각하고 있는데, 나스타샤 필립포브나도 이런 자기의 성의를 무시하지는 않으리라고 믿는다.

그리고는 또 말을 이어서, 이 금액은 자기의 유언장에도 이미 써놓은 것인 바 결코 무슨 보상의 뜻을 지닌 것은 아니다. 다만 어떻게 해서든지 양심의 가책을 덜어 보려는 희망에서 나온 것이니 제발 거절하지 않기를 바란다 하고 덧붙여 설명했다. 이런 경우에 누구나가 할 수 있음직한 말을 늘어 놓았다. 아파나시 이바노비치는 한참 동안 이렇게 거침없이 늘어 놓고 나서 특히 한 가지 호기심을 끌 만한 말을 덧붙였다. 즉 이 7만 5천 루블에 대해서는 이제야 처음으로 말하는 것이기 때문에 바로 옆에 앉아 있는 이반 표도로비치도 전혀 모르고 있고 따라서 이것을 아는 사람은 아무도 없다는 것이었다.

나스타샤 필립포브나의 대답은 그들 두 벗을 놀라게 했다. 그녀의 태도에는 전과 같은 냉소와 적의, 그리고 토스키가 생각만 해도 등에 찬물이 끼얹어지는 듯한 느낌이 들었던 이전의 그 방자한 웃음소리 따위가 조금도 보이지 않았을 뿐만 아니라 그 상대자가 누구이든 간에 이렇게 모든 것을 털어 놓고 솔직히 이야기할 기회가 온 것을 오히려 반가워하는 기색이었다. 그녀는 자기도 오래 전부터 격의 없는 조언을 듣고 싶었으나 자존심이 그것을 허락하지 않았었다, 그러나 일단 이처럼 털어놓고 말하게 되었으니 이보다 다행한 일은 없다고 자기의 심중을 토로했다. 처음에는 어두운 미소를 띠고 있었으나 나중에는 명랑하게 사뭇 소리를 내어 웃으며 그녀는 이렇게 말하

는 것이었다. 이제는 전과 같은 폭풍은 일어날 리가 없다, 자기는 사물을
보는 눈이 달라진 지가 이미 오래다, 그리고 가슴속은 조금도 달라지지 않
았을는지 모르지만 웬만한 일은 모두 기왕의 사실로서 인정할 수 있게 되
었다, 지나간 일은 어디까지나 지나간 일로 생각하고 있으므로 아파나시 이
바노비치가 언제까지나 겁을 먹고 있는 것이 오히려 스스로는 이상하게 생
각될 정도라고 고백하는 것이었다. 그리고 그녀는 이반 표도로비치에게 깊
은 존경의 뜻을 표시하면서, 자기는 장군의 영애에 대한 말을 들은 바가 있
고 지금은 그 분들을 진심으로 존경하고 있다, 따라서 자기가 그 분들은 위
해서 무엇인가 도움이 된다고 생각만 해도 자기는 행복하며 또 그것을 자랑
으로 여길 것이다 하고 말했다. 자기는 지금 참으로 괴롭고 적적하다, 참
으로 쓸쓸하다, 그것은 사실이다, 아파나시 이바노비치는 내 가슴속에 그려
져 있는 공상을 간파했다, 그녀는 어떤 새로운 목적을 자각하고 사랑이라는
것에 희망이 없다면 하다못해 가정 속에서나마 자신을 소생시켜 보려고 생
각하고 있다, 그러나 가브릴라 아르달리오노비치에 대해서는 자기로서는
무엇이라 대답할 수 없다, 그가 자기를 사랑한다는 것은 사실인 것 같다,
또 자기로서도 그의 사랑이 진실이라는 것을 확인할 수 있으면 자기도 그에
게 사랑을 느꼈을지도 모른다, 그러나 설사 그가 성심성의껏 자기를 사랑하
고 있다고 하더라도 너무나 나이가 젊다는 것이 내 결심을 방해하고 있다,
그러나 그가 자기 한 사람의 노동으로 온 가족을 부양하고 있다는 것은 무
엇보다도 자기의 마음에 들었다, 그가 정력과 긍지가 있는 사람으로 장래의
성공을 위해 온갖 고난을 극복하고 노력하고 있다는 말도 듣고 있다, 또한
가브릴라 아르달리오노비치의 어머니 니나 알렉산드로브나 이볼기나는 세
상 사람들의 존경을 받고 있는 훌륭한 부인이라는 것과 그의 누이동생 바르
바라 역시 훌륭하고도 정력적인 처녀라는 것도 프치스인한테 들어서 잘 알
고 있다, 그리고 자기는 그들 모녀가 거듭되는 불행을 이겨 내고 굳세게 살
아가고 있다는 말을 듣고 진심으로 그녀들과 가까이 사귀고 싶다고 생각한
적도 있었으나 다만 저쪽에서 기꺼이 자기를 받아들여 줄 것인지 어떤지가
의문이다, 아무튼 자기로선 이 결혼이 무조건 불가능하다고는 생각하지 않
지만 좀더 생각해 보아야 하겠으니 너무 대답을 재촉하지 말아 달라고 부탁
하였다. 게다가 그녀는 7만 5천 루블에 대한 얘기를 꺼낸 것에 대해 아파나
시 이바노비치가 그다지 신경을 쓸 것은 없다고 하였다. 자기도 돈의 가치

는 충분히 알고 있으므로 물론 받아들이겠다고 대답하고 이 얘기를 가브릴라 아르달리오노비치에게뿐만 아니라 장군에게까지도 알리지 않은 아파나시 이바노비치의 주도한 배려에 감사했다. 그렇지만 그한테 그것을 미리 알린다고 해서 나쁠 것은 없지 않느냐, 만일 자기가 그들의 가정으로 들어간다면 그 돈을 부끄럽게 여겨야 할 아무런 까닭도 없지 않느냐. 아니 어떻든 자기는 누구한테 용서를 빌 일은 없으니 이 점은 미리 알아 주었으면 좋겠다. 어떻게 되었거나 자기로서는, 그나 그의 가족들이 자기에 대해서 무슨 석연치 않은 생각을 품고 있지 않다는 것을 확인하기 전에는 절대로 가브릴라 아르달리오노비치와 결혼하지 않겠다. 그것이 무엇이건 자기는 절대로 자기가 나쁘다고는 생각하고 있지 않으므로, 자기가 어떤 환경 속에서 5년을 살아왔는가, 아파나시 이바노비치와는 어떠한 관계에 있는가, 재산은 많이 모았는가 어떤가 하는 것을 가브릴라 아르달리오노비치에게 알게 해 주었으면 좋겠다. 끝으로 그녀는 자기가 돈을 받는 것은 자기에게는 조금도 잘못이 없는 더럽혀진 처녀의 순결 때문이 아니라 다만 일그러뜨려진 자기의 운명에 대한 보상으로 받는 데 지나지 않는다고 말을 맺었다.

이렇게 자기의 의사를 털어놓고 말하면서 그녀는 몹시 흥분하고 초조해하는 표정을 보였기 때문에——그것은 지극히 당연한 일이었다——예판친 장군은 몹시 만족하여 이것으로 문제는 결말을 보았다고 생각했다. 그러나 한 번 놀란 토스키는 이번에도 완전히 믿지 못하고 혹시 꽃그늘 속에 뱀이 숨어 있지나 않을까 하여 오랫동안 마음을 놓지 못하였다. 그러나 정작 교섭이 시작되고 두 친구의 온갖 음모의 기본이 되어 있는 가장 중요한 점, 즉 나스타샤 필립포브나의 마음을 가냐에게 쏠리게 할 수 있느냐 없느냐 하는 것이 차차 분명해지기 시작하자 토스키 자신도 이따금 성공의 가능성을 믿기 시작했다. 그 동안에도 나스타샤 필립포브나는 가냐와 직접 만나서 얘기를 나눴다. 그러나 그녀는 너무나 말수가 적었으므로 어쩐지 그녀의 처녀다운 수치심이 그때 일종의 고통을 느꼈던 것이 아닌가 여겨졌다. 어쨌든 그녀는 자기의 자유를 제한당하는 것이 싫다고 못을 박아 놓고 결혼 직전까지는——만일 결혼이 성립된다면——최후의 순간까지도 거부할 수 있는 권리를 갖겠다고 하였다. 얼마 후에 가냐의 가족들이 모두 이 결혼에 대하여, 특히 나스타샤 필립포브나라는 인물에 대하여, 좋지 못한 감정을 품고 있으므로 노상 말다툼이 일어나곤 한다는 얘기가 상세하게 나스타샤 필립포브나의 귀에 들어가 버렸다. 그래서 그는 날마다 그 얘기를 꺼내지 않나 기다리고 있었으나 그녀의 입에서는 그와 그것에 대한 말은 한 마디도 나오지 않았다.

그밖에 얘기하자면 끝이 없지만 우리는 너무나 이야기를 서둘렀던 것 같다. 더구나 지금 이야기한 것 중에서 어떤 것은 막연한 풍설에 지나지 않는 것도 있다. 이를테면 나스타샤 필립포브나가 예판친 씨네 딸들과 남의 눈을 피해 가며 어떤 불가해한 교제를 시작했다는 것을 토스키가 어디선가 알아 냈다는 따위는 전혀 근거도 없는 헛소문이다. 그러나 또 하나 다른 소문만은 그도 본의는 아니지만 믿지 않을 수 없었고, 무슨 흉악한 꿈이라도 꾼 것처럼 두려워하고 있었다. 즉 가냐는 오직 돈이 탐나서 결혼을 하려 하며, 가냐는 속이 검고 욕심이 많으며 성깔이 마른 선망가일 뿐더러 말할 수 없을 정도로 자존심이 강하다. 가냐도 처음엔 나스타샤 필립포브나에게 미치다시피하여 그녀를 자기 것으로 만들려고 애를 태우고 있었으나, 두 친구가 양편에서 불타오르기 시작한 열정을 이용하여 나스타샤 필립포브나를 정식 아내로 떠맡기려고 가냐를 매수하려 들자, 이번에는 가냐가 그녀를 무슨 악몽에서 만난 사람처럼 증오하기 시작했다는 것을 나스타샤 필립포브나가 다 간파하고 있다는 것이었다. 그의 마음속에는 연정과 증오가 괴이하게 얽혀 있는 듯싶었다. 그래서 그는 여러 가지로 번민한 결과 마침내 이 『지긋지긋한 여자』와 결혼하는 데 동의했지만 그대신 속으로 나중에 이 여자를 혼내 줄 터이다——이것은 가냐 자신이 한 말이라고 한다——하고 맹세했다는 것이다. 이러한 경위를 낱낱이 알고 있는 나스타샤 필립포브나도 비밀리에 이에 대한 대책을 강구하고 있다는 것이었다. 토스키는 완전히 기가 죽어 이제는 예판친 장군에게조차 자기 심중의 불안을 말하지 않게 되었다. 그러나 약자란 으레 그렇듯 갑자기 되살아난 것처럼 기운을 회복할 때도 있었다. 이를테면 나스타샤 필립포브나가 두 친구에게 이번 생일 날 밤에 최종적인 확답을 하겠다고 말했을 때 그는 완전히 원기를 회복했던 것이다. 그런데 다름 아닌 존경할 만한 이반 표도로비치에 관한, 도저히 믿어지지 않는 이 괴이한 소문은 유감스럽게도 차차 사실이라는 것이 판명되기 시작하였다.

그것은 얼핏 보기에는 그야말로 터무니없는 말처럼 여겨졌다. 남에게 존경을 받을 만한 나이가 되어 뛰어난 분별력도 있고 산전수전 다 겪은 이반 표도로비치 같은 사람이 스스로 나스타샤 필립포브나에게 유혹당한데다가 그것이 일시적인 들뜬 마음에서가 아니라 진실한 정열에 가까운 것이었다는 말은 도무지 믿을 수가 없는 소문이었다. 이 경우 그의 목적이 무엇인가는 전혀 짐작이 가지 않았다. 어쩌면 그는 가냐 자신의 협력까지도 기대하고 있었는지 모른다. 토스키의 눈에는 적어도 그러한 사정이 있어 장군과 가냐 사이에 일종의 묵계가 성립되어 있는 것같이 보였다. 그러나 이성에게 완전히 홀려 버린 인간은, 특히 그것이 중년 이상인 경우는, 마치 눈먼 사람같이 되어 절대로 있을 수 없는 것에 희망을 걸어 볼 뿐만 아니라 이성 (理性)이라는 것을 잃고, 비록 솔로몬에 못지않은 지혜를 가진 사람일지라도 철 모르는 어린애와 같은 짓을 하는 법이다. 장군은 나스타샤 필립포브나의 생일 선물로 막대한 돈을 들여 훌륭한 진주 목걸이를 마련해 놓고, 나스타샤 필립포브나가 욕심 없는 여자라는 것을 잘 알고 있으면서도 그 결과에 비상한 관심을 가지고 있었는데, 그것 또한 주위의 사람들에게는 이미 알려져 있는 사실이었다. 나스타샤 필립포브나의 생일 전날 그는 흡사 열병에 걸린 사람 같았으나 교묘하게 그것을 감추고 있었다. 그런데 진주 목걸이를 준비했다는 사실이 어쩌다 장군 부인의 귀에까지 들어가고 말았다. 사실 리자베타 프로코피예브나는 이미 오래 전부터 남편이 바람을 피운다는 것을 알아채고 있었으므로 이젠 어느 정도 만성이 되어 있었다. 그러나 이번만은 도저히 눈감아 줄 수가 없었다. 진주 목걸이에 대한 소문이 그녀의 호기심을 크게 자극했던 것이다. 장군은 또 장군대로 그러한 낌새를 재빨리 알아챘다. 이미 전날에도 몇 마디 짓궂은 말을 들었으므로 틀림없이 시끄럽게 따지고 들 것이라 생각되자 그것이 못 견디게 두려웠다. 그래서 우리의 이야기가 시작된 그 날 아침에도 장군은 집안 식구들과 함께 식사하기를 몹시 꺼리고 있었던 것이다. 그는 공작이 찾아오기 전까지만 해도 일이 바쁘다는 것을 핑계삼아 식사 시간을 피해 보려는 속셈이 있었다. 그가 피한다는 것은 때로는 도망친다는 말과 같은 뜻이 되는 수가 많았다. 그는 오늘 하루만이라도, 특히 오늘 하룻밤만이라도 불쾌한 일 없이 무사히 넘기고 싶었다. 이런 판국에 마치 때를 맞추기라도 한 듯이 불쑥 공작이 나타난 것이다.

『마치 신이 보내 주신 것 같군!』하고 장군은 부인한테 들어가면서 속으로 생각했다.

5

장군 부인은 자기 가문을 소중히 여기고 있었다. 따라서 한 집안에서 마지막으로 살아 남은 뮈시킨 공작이, 가엾은 백치이자 거지나 다름없는 인간으로 남의 동정을 살 만큼 불쌍한 사람이라는 말을 들었을 때 그녀의 마음이 어떠했는지는 상상하고도 남음이 있을 것이다. 맨 처음 그와 나눈 몇 마디의 말은 과연 부인의 흥미를 불러일으켜, 그녀의 주의를 딴데로 돌려서 진주 목걸이 문제를 어물어물 넘겨 버리려던 장군의 계략이 완전히 성공했던 것이다.

장군 부인에게는, 크게 놀랐을 경우 눈을 크게 뜨고 상체를 약간 뒤로 젖히면서 입을 굳게 다문 채 멍하니 앞을 바라보는 버릇이 있었다. 남편과 동갑인 그녀는 키가 크고, 검은 빛깔의 머리는 벌써 흰머리가 꽤 눈에 뜨이기는 했지만 숱이 많았고, 몸은 마른 편이며 매부리코에다 푹 꺼진 누런 볼, 안으로 오므라든 엷은 입술을 하고 있었다. 이마는 높았지만 좁은 편이었고, 꽤 커다란 잿빛 눈은 이따금 전혀 예기치 않은 표정을 띠는 수가 있었다. 옛날에 그녀는 자기의 눈이 무척 매력적이라고 믿고 있었고 지금도 역시 이 자신만은 버리지 못하고 있었다.

「만나 보라구요? 그런 사람과 만나란 말씀이시군요? 지금 당장?」

이렇게 말하고 부인은 눈을 휘둥그렇게 뜨고 자기 앞에서 우물쭈물하고 서 있는 이반 표도로비치를 쳐다보았다.

「심각하게 생각할 건 없어. 난 단순히 당신이 만나고 싶으면 한 번 만나 보라는 것뿐이야.」 장군은 황급히 변명했다. 「아니, 어린애나 다름없는 사람이야. 어린애라도 가련한 어린애. 어떤 병의 발작이 있는 모양이야. 방금 스위스에서 돌아와 기차에서 내린 길이어서 괴상한 독일식 옷차림을 하고 있어. 돈이라곤 그야말로 무일푼, 울상을 하고 있는 꼴이 보기에 딱해서 내가 우선 25루블을 주었지. 앞으로 관청의 서기 자리라도 하나 알선해 줄 생각이야. 『아가씨!』 너희들은 그 사람한테 식사라도 대접하렴. 몹시 배가 고픈 모양이던데……」

「정말 당신은 사람을 놀라게 하시는군요.」 하고 부인은 어리둥절한 표정으로 말했다. 「굶고 있다, 발작을 일으킨다, 도대체 무슨 발작이지요?」

「오, 그것을 자주 일으키는 건 아니야. 게다가 또 아직 어린애나 다름없으니까. 그러나 충분한 교육을 받은 어린애야. 그런데 아가씨들.」하고 그는 다시 딸들을 돌아보며 말했다. 「너희들이 그 사람을 한 번 시험해 주었으면 싶은데. 어느 방면에 재능이 있는지 알아둘 필요가 있으니까.」

「시험을?」부인은 한음절 한음절 길게 끌며 이렇게 말하고는 또다시 소스라치게 놀란 얼굴을 했다. 그리고는 크게 뜬 눈으로 남편과 딸들을 번갈아 바라보았다.

「아니, 그렇게 거창하게 생각할 건 없어……. 어떻든 당신 좋을 대로 해요. 나는 다만 그 사람을 위해서 우리 친구로 들여 놓고 싶었을 뿐이야. 그렇게 해서 나쁠 건 없잖아?」

「우리 친구로 들여 놓는다고요? 일부러 스위스에서 온 사람을?」

「스위스라고 해서 꺼릴 건 없잖아? 그러나 거듭 말하지만 당신 좋을 대로 해. 그러나 내 생각으로는, 첫째 당신과 같은 성을 가진 사람이어서 어쩌면 친척이 되는지도 모르고, 둘째로는 아무데도 의지할 곳이 없는 사람이니까 좀 돌봐 주고 싶어서 그러는 거야. 나는 같은 성이라는 것만으로도 당신이 흥미를 가지리라고 생각했던 거야.」

「그래요 엄마, 허물없이 대할 수 있는 사람이라지 않아요. 더욱이 여행에서 돌아오는 길이라니까 뭘 좀 먹고 싶을 거예요. 올데갈데없는 사람이라면 뭐, 식사쯤 대접하지 못할 것은 없잖아요?」하고 맏딸인 알렉산드라가 말했다.

「게다가 또 아주 순진한 어린애니까 함께 술래잡기를 하고 놀아도 무방할 거야.」

「술래잡기를 한다고요? 아니 어떻게요?」

「아이 참 엄마두, 거드름 좀 부리지 마세요.」아글라야가 불만스럽게 가로막았다.

둘째딸 아젤라이다는 원래가 곧잘 웃는 성미여서 더 이상 참지를 못하고 웃음을 터뜨렸다.

「아빠, 불러들이세요. 어머니는 좋다고 하시니까.」하고 아글라야가 제멋대로 결정해 버렸다. 장군은 벨을 울려 공작을 불러 오라고 명령했다.

「하지만 그 사람이 식탁에 앉을 때는 반드시 냅킨을 목에 걸도록 일러 주세요.」하고 장군 부인은 말했다. 「그리고 표도르나 마브라를 불러다가 식사를 할 때 뒤에 지켜 서 있도록 해야겠군요. 그건 그렇고 발작이 일어날 때는 얌전하게 앉아 있을까요? 무슨 이상한 손짓 같은 건 하지 않을까요?」

「오히려 그 반대야. 그런 면에서는 귀여울 정도로 교육이 잘 되어 있어. 몸가짐도 아주 훌륭한 편이고. 다만 좀 지나치게 순진한 데가 있어서……. 아, 저기 들어오는군! 자, 소개하지. 이 사람은 뮈시킨 공작, 이 집안에서는 이 사람 하나밖에는 남아 있지 않다는군. 당신과 같은 성이니까 어쩌면 먼 친척이 될는지 몰라. 아무튼 허물없이 대해 주어요. 그럼 공작, 이제 곧 조반을 먹으러 갈 테니까 잘 사귀시도록 하오. 나는 시간이 늦어서 실례지만, 약간 서둘러야겠어요…….」

「어딜 가려고 그렇게 서두르는지 난 다 알고 있어요.」 하고 장군 부인은 위엄 있게 말했다.

「정말 급히 서둘러야 해. 시간이 너무 늦었어! 아, 그리고『아가씨들!』 너희들은 공작에게 앨범에다 뭘 좀 써달래라. 대단한 능필이야. 아주 희한하더군. 아까 서재에서 〈수도원장 파프누치가 여기에 자서함〉이라고 옛날 서체로 써주었는데 말이야……. 공작, 그럼 또 봅시다.」

「파프누치? 수도원장이라고요? 아니, 여보! 좀 잠깐만 기다려요. 당신 지금 어디로 가시는 거예요? 그리고 파프누치가 도대체 뭐예요?」 장군 부인은 어이가 없다는 표정을 얼굴에 나타내며, 거의 불안스럽게 허겁지겁 달아나는 남편의 등 뒤를 향해 소리쳤다.

「뭐 아무것도 아냐. 옛날에 그런 이름을 가진 수도원장이 있었어……. 하지만 나는 백작한테 가봐야 해. 벌써부터 기다리고 계실 테니까……. 더욱이 오늘은 백작 자신이 시간을 정해 주셨기 때문에……. 그럼 공작, 난 실례하겠소!」

장군은 바쁜 걸음으로 나갔다.

「어떤 백작네 집에 가시는지 난 다 알고 있어요.」 하고 리자베타 프로코피예브나는 날카롭게 쏘아붙이고는 성난 눈을 공작에게로 돌렸다. 「아, 참 뭐라더라!」 하고 그녀는 갑자기 생각난 듯이 퉁명스럽게 물었다. 「지금 뭐라고 하셨더라! 아 그렇지, 수도원장이 도대체 뭐예요?」

「엄마!」 하고 알렉산드라가 입을 열었다. 아글라야는 발을 구르기까지 했다.

「알렉산드라 이바노브나(딸에게 부칭을 붙이는 것은 진중한 태도를 보이기 위한 것임), 어른이 하는 말에 끼여 드는 게 아냐.」 하고 장군 부인은 위엄 있게 말했다. 「나도 좀 알고 싶어서야. 공작, 거기 앉으세요. 그 안락의자에, 내 맞은편의, 아니, 좀더 이리. 햇빛이 드는 쪽으로, 내가 잘 볼 수 있게. 되도록 밝은 쪽으로 앉아요. 그래 어떤 수도원장이에요?」

「파프누치라는 수도원장 말입니다.」 하고 공작은 조심스럽게 대답했다.

「파프누치? 그거 참 재미있겠군요, 그래 그 사람이 어쨌다는 거예요?」

장군 부인은 공작의 얼굴에서 한시도 눈을 떼지 않고 날카로운 어조로 성급히 물었다. 그리고 공작이 대답하기 시작하자 그의 말 한마디 한마디를 뒤쫓듯 천천히 고개를 끄덕이는 것이었다.

「수도원장 파프누치는 14세기 사람으로,」 하고 공작은 설명하기 시작했다. 「지금은 코스트로마 현인 볼가 강변의 수도원을 관리하고 있었습니다. 숭고하고 청렴한 생활로 이름난 사람이며 타타르의 흠찰한국(欽察汗國)에 가서 여러 가지 국사를 돕고 있습니다. 바로 그 사람이 국서(國書)에 서명한 것을 사진으로 보았는데 그 필적이 하도 마음에 들어서 저는 그 글씨를 익혀 버렸습니다. 아까 장군께서 저에게 일자리를 주선해 주겠으니 글씨를 써보라고 하셔서 몇 개의 글귀를 여러 가지 서체로 써보았는데 그 속에 〈수도원장 파프누치가 여기서 자서함〉이라는 것을, 파프누치의 필적을 모방해서 썼습니다. 그랬더니 그것이 장군의 마음에 무척 들었던지 여기서 다시 그 말을 꺼내신 것입니다.」

「아글라야,」 하고 부인은 말했다. 「잘 기억해 두어, 파프누치야. 어디다 적어 두는 편이 좋겠다. 난 무엇이든지 잘 잊어버려서. 하지만 난 좀더 재미있는 얘기일 줄 알았어요. 그래 당신이 쓰셨다는 건 어디 있죠?」

「장군의 서재 책상 위에 있을 겁니다.」

「그럼 지금 곧 가지러 보내죠.」

「한데 뭣하면 또 한 번 써서 보여 드리죠.」

「그래요, 엄마.」 하고 알렉산드라가 끼여 들었다. 「그리고 지금은 식사를 하는 게 좋겠어요. 저희들은 배가 고파서.」

「그것도 그렇겠군.」 장군 부인은 찬성했다. 「공작, 그럼 식당으로 가십시다. 몹시 시장하시죠?」

「네, 지금 몹시 배가 고파 오기 시작했습니다. 정말로 감사합니다.」

「당신은 공손하시니까 좋군요. 그리고 내가 보기에는 다른 사람들이 말하는 것 같은 그런 기인은 아니신 것 같구면요. 자 갑시다. 이쪽으로 오세요. 저쪽 내 맞은편에 앉으세요.」식당에 들어가서 부인은 공작을 자리에 앉히면서 그를 위해 여러 가지로 마음을 썼다. 「당신의 얼굴을 바라보며 있고 싶어요. 그리고 알렉산드라와 아젤라이다는 둘이서 공작의 시중을 들어 드리렴. 그런데 너희들은 어떠냐, 공작이 전혀 그런…… 환자는 아닌 것 같지? 아마 냅킨도 필요 없을 거야……. 그렇지 않아요, 공작? 당신은 식사 때 냅킨을 하고 식사했습니까?」

「전에 일곱 살 때까지는 냅킨을 하고 식사를 했습니다만, 지금은 늘 무릎 위에 놓고 식사를 합니다.」

「그래야겠죠. 그럼 발작은?」

「발작?」공작은 적잖이 놀란 모양이었다. 「발작은 어쩌다 한 번씩 일어날 뿐입니다. 하지만 이곳의 기후는 내 몸에 좋지 않다고들 하니까 어떨는지 모르겠습니다.」

「이 분은 말하는 태도가 아주 훌륭하구나.」공작이 말하는 동안 그 한마디 한마디에 고개를 끄덕이고 있던 장군 부인은 딸들에게 얼굴을 돌리며 이렇게 말했다. 「이처럼 멀쩡하리라곤 미처 생각하지 못했어. 그러니 보니 그 양반이 한 말은 언제나처럼 죄다 실없는 소리였군. 하긴 언제나 허튼 소리만 하는 양반이니까. 자, 공작, 어서 드세요. 그리고 어디서 나서 어디서 자라셨는지 얘기해 보세요. 당신에 대해서 자세히 알고 싶으니까. 아무튼 당신은 참 재미있는 분이에요.」

공작은 감사하다는 말을 하고 나서 맛있게 식사를 하면서, 오늘 아침부터 벌써 몇 번이나 한 얘기를 다시 한 번 되풀이했다. 부인의 얼굴에는 점점 만족한 빛이 떠올랐다. 딸들도 역시 공작의 얘기에 주의 깊게 귀를 기울이고 있었다. 친척 관계도 따져 보았다. 그 결과 공작이 상당히 상세하게 자기 집안의 계보를 알고 있다는 것은 판명되었으나, 아무리 갖다 맞춰 보아도 그와 장군 부인 사이는 거의 조금도 친척 관계가 아니라는 것이 드러났다. 다만 양쪽의 조부모 사이에 원척 관계가 있을 뿐이었다. 이 무미건조한 이야기는 유달리 부인의 마음에 들었다. 왜냐하면 장군 부인은 항상 자기의 계보에 대해 이야기를 하고 싶었지만 여태까지 그럴 기회가 한 번도 없었기 때문이다. 그래서 그녀는 흥분하면서 식탁에서 일어났다.

「자, 그럼 이제 미팅 룸으로 가실까요? 커피는 그리로 가져오게 할 테니까. 우리 집에는 식구들이 같이 쓰는 방이 있어요.」하고 부인은 공작을 안내하며 말했다. 「내 자그마한 객실 같은 것인데요, 영감이 집에 계시지 않을 때는 언제나 딸들과 함께 그 방에 모여 앉아서 제각기 자기 일들을 해요. 이 애가 우리 집 맏딸인 알렉산드라예요. 이 애는 피아노를 치기도 하고 책을 읽기도 하고 때로는 수를 놓기도 해요. 한쪽에서는 아젤라이다가 풍경화나 초상화를 그립니다. 하지만 그림을 완성시켜 본 적은 한 번도 없답니다. 그리고 아글라야는 아무것도 하지 않고 그저 앉아 있기만 하지요. 나도 어쩐지 일이 손에 잡히지를 않아서 거의 아무것도 하지 않고 있어요. 자, 다 왔습니다. 공작, 좀더 이쪽으로, 난로 쪽으로 다가앉아서 애기를 들려 주세요. 나는 당신이 말씀하시는 여러 가지 이야기를 들어 보고 싶군요. 그리고 당신에 관한 모든 것을 자세히 알아두었다가 이번에 벨로콘스카야 공작 부인을 만나면 죄다 얘기하겠어요. 나는, 내가 아는 모든 분들이 당신한테 흥미를 느끼게 되기를 바라고 있으니까요. 자, 그럼 이야기해 보세요.」

「엄마, 그렇게 말씀하시면 공작께서 이야기하시기가 거북하지 않아요.」하고 아젤라이다가 한 마디했다. 그녀는 아까부터 화가(畫架)를 고쳐 놓고 화필과 팔레트를 들고서 오래 전에 착수한 풍경화를 동판화에서 모사(模寫)하기 시작하고 있었다. 알렉산드라와 아글라야는 조그만 소파에 나란히 앉아서 팔짱을 끼고 이야기 들을 자세를 취하고 있었다.

「그런 명령조로 말하시면, 나 같으면 아무런 얘기도 하고 싶지 않을 거예요.」하고 아글라야도 말했다.

「왜? 거북하긴 뭐가 거북해? 어째서 이 분이 얘기를 못 하신다는 거냐? 혀가 있는데. 나는 공작이 얼마나 이야기를 잘할 수 있는지 그걸 알고 싶어서 그러는 거야. 자, 어서 무슨 얘기든 들려 주세요. 스위스는 마음에 들던가요? 그리고 처음 받은 인상은? 자, 두고 봐라, 이제 곧 시작하실 테니. 아주 훌륭히 얘기를 해주실 거다.」

「인상은 참으로 강렬한 것이었습니다……」하고 공작은 입을 열었다.

「그것 봐,」하고 리자베타 프로코피예브나는 딸들을 돌아보며 성급하게 말했다. 「시작하셨지.」

「엄마두 참, 말씀하시는 데 방해가 되잖아요.」하고 알렉산드라가 또다시 가로막았다. 그리고는 아글라야의 귀에다 대고 소곤거렸다. 「저 공작은 어쩌면 바보가 아니라 굉장한 악당일는지는 몰라.」

「아마 틀림없을 거야, 나도 아까부터 그렇게 생각하고 있었어.」하고 아글라야는 대답했다. 「일부러 능청을 부리다니 비열하잖아. 하지만 어쩌자는 걸까? 무슨 목적으로 그러는 걸까?」

「아니, 첫인상은 참으로 강렬한 것이었습니다.」하고 공작은 아까 꺼낸 말의 허두를 되풀이했다. 「러시아를 떠나서 독일의 여러 도시를 지날 때 나는 그저 묵묵히 바라보고 있을 뿐이었습니다. 지금도 기억하고 있습니다만 그때 당시 나는 남에게 무엇 하나를 물어 보려고도 하지 않았습니다. 그때는 병이 악화되어 격렬한 괴로운 발작이 연거푸 일어난 다음이었으니까요. 나는 병세가 악화되어 발작이 몇 번이나 연거푸 일어날 때는 언제나 두뇌의 활동이 둔해져 기억력을 완전히 잃어버립니다. 그래도 두뇌는 활동을 계속하고 있지만, 사상의 논리적 흐름은 중단하곤 하는 모양이었습니다. 둘이나 셋 이상의 관념을 순서 있게 연결시킬 수도 없었으니까요. 아무튼 그런 상태였다고 생각합니다. 그러나 발작이 가라앉으면 다시 정상적인 건강과 원기를 회복하곤 했습니다. 지금도 기억하고 있습니다만 그때 나는 못견디게 우울했습니다. 정말 울고 싶을 정도였습니다. 나는 언제나 불안을 느꼈고 사소한 일에도 깜짝 놀라곤 했습니다. 낯선 이국의 모든 것이 내 신경에 무섭게 작용하였던 것입니다. 나도 그것은 알았습니다. 처음 보는 모든 것이 나를 괴롭혔던 것입니다. 이 암흑 상태에서 내가 완전히 정신을 차린 것은 스위스의 입구에 있는 바젤 시(市)에 들어갔을 때였습니다. 마침 저녁 무렵이었는데 시장에 있던 당나귀 울음소리가 나의 정신을 번쩍 들게 해주었던 것입니다. 그 당나귀 울음소리가 나를 감동시켜서인지 나는 그 당나귀가 아주 마음에 들었습니다. 그러자 갑자기 희미하던 머릿속이 환히 갠 것 같은 기분이 되었습니다.」

「당나귀라뇨? 그거 참 이상하군요.」하고 부인이 말했다. 「하지만 별로 이상할 것도 없겠군요. 우리 집의 누군가는 당나귀한테 홀딱 반해 버린 사람도 있으니까.」하며 그녀는 낄낄 웃고 있는 딸들을 노엽게 흘기면서 주의를 주었다. 「이것은 신화 가운데도 있었던 일이에요. 그럼 공작, 다음을 계속하세요.」

「그러고 나서 나는 당나귀가 무척 좋아졌습니다. 그것은 내게 있어 일종의 독특한 공감이라고 해도 좋을는지 모르겠습니다. 나는 그때까지 당나귀라는 것을 본 적이 없었기 때문에 여러 가지로 당나귀에 관해 물어 보았습니다. 그리하여 나는 이렇게 확신하게 되었지요. 즉 이것은 힘이 세고 참을성이 있으며 일을 잘할 뿐만 아니라 값도 싸고 유익한 동물이라고 말입니다. 그 당나귀 때문에 갑자기 스위스 전체가 마음에 들었고 그때까지의 우울한 기분도 순식간에 사라져 버렸습니다.」

「모두 야릇한 얘기뿐이로군요. 그렇지만 당나귀 얘기는 그만하고 다른 데로 화제를 돌리기로 해요. 아글라야, 너는 무엇이 우스워서 그렇게 웃고만 있지? 그리고 아젤라이다, 너도! 공작은 당나귀 얘기를 훌륭히 하시잖았니? 이 분은 직접 자기 눈으로 그것을 보셨단 말이야! 그런데 너는 도대체 무엇을 하나 제대로 본 일이 있니? 외국에는 가보지도 못했잖아?」

「엄마, 나는 당나귀를 본 적이 있어요.」 하고 아젤라이다가 말했다.

「난 우는 소리를 들었는걸.」 하고 이번에는 아글라야가 말을 받았다. 세 딸은 또다시 깔깔거리면서 웃었다. 공작도 그녀들과 함께 웃었다.

「정말로 너희들은 못쓰겠어.」 하고 장군 부인은 딸들을 나무랐다. 「공작, 용서하세요, 그래도 마음씨는 고운 애들이에요. 나는 저 애들과 날마다 싸움만 하고 있지만 속으로는 여간 귀여운 게 아니에요. 다만 이 애들은 경망스럽고 머리까지 이상하게 돌아 버렸어요.」

「그건 또 왜요?」 하고 공작은 웃었다. 「나도 아가씨들의 처지에 있다면 역시 웃지 않을 수 없을 겁니다. 어쨌든 나는 어디까지나 당나귀 편입니다. 당나귀는 선량하고도 유익한 『인간』이니까요.」

「그건 그렇다고 치고 공작, 당신은 선량한 『인간』인가요? 이건 농담으로 해보는 말입니다만.」 하고 장군 부인이 물었다.

모두들 또다시 한바탕 웃어 댔다.

「또 그놈의 당나귀 얘기가 튀어나왔군요. 나는 그런 생각으로 한 말이 아니었는데!」 하고 장군 부인은 황급히 소리쳤다. 「정말이에요. 공작, 나는 절대로……」

「빈정거릴 생각이 없었단 말씀이시죠? 오, 그것은 나도 잘 알고 있습니다.」

이렇게 말하고 나서도 공작은 그냥 계속해서 웃어 댔다.

「당신이 웃으셔서 정말 마음이 놓여요. 보기에 당신은 정말 선량한 분이신 것 같아요.」

「이따금 선량하지 못할 때도 있죠.」 하고 공작은 대답했다.

「그러나 나는 좋은 사람이에요.」 하고 갑자기 장군 부인은 자기 얘기를 하기 시작했다. 「어쩌면 나는 언제나 좋은 사람인지도 몰라요. 이것이 나의 유일한 결점이에요. 왜냐하면 사람이란 언제나 좋기만 해서는 안 돼요. 나는 곧잘 저 애들이나, 특히 이반 표도로비치에게 화를 내곤 해요. 그런데 내가 화를 낼 때가 가장 사람이 좋을 때예요. 아까도 당신이 들어오시기 전에 뭐가 뭔지 도무지 알아들을 수 없다고 한바탕 화를 냈죠. 꼭 어린애처럼 말이에요. 그러자 아글라야가 나무라지 않겠어요? 아글라야, 고맙다. 그렇지만 다 소용 없는 짓이에요. 나는 그래도 아직 남들이 보는 것처럼, 너희들이 생각하는 것처럼 그렇게까지 바보는 아니야. 주관도 가지고 있고, 또 남 앞에서 말 한 마디 제대로 못 할 만큼 수줍은 편도 아니니까. 그렇다고 이건 뭐 너를 못마땅하게 생각해서 하는 말은 아니야. 아글라야, 이리 와서 나한테 키스를 해다오. 자……, 아아 이제 그런 달콤한 짓은 그만.」 아글라야가 정답게 입술과 손에 키스를 하자 그녀는 이렇게 말했다. 「그럼 공작, 얘기를 계속해 주세요. 어쩌면 당나귀 얘기보다 더 재미있는 얘기도 생각날는지 모르잖아요?」

「어떻게 갑자기 많은 이야기를 할 수 있겠어요?」 하고 아젤라이다가 또다시 끼여 들었다. 「난 이쯤 되면 무슨 얘기를 하면 좋을는지 갈피를 잡지 못할 거예요.」

「하지만 공작은 그렇지가 않아. 이 분은 뛰어나게 현명한 분이니까. 적어도 너보다 열 갑절은 아니 열두 갑절은 더 현명하실 거야. 나중에라도 네가 그걸 느끼게 된다면 다행이야. 자, 공작, 저 애들한테 그 증거를 보여 주세요. 어서 그 다음을. 하지만 당나귀에 대한 얘기만은 제발 빼구요. 당나귀 말고 외국에서 또 무엇을 보셨죠?」

「그렇지만 당나귀 얘기도 재미있었어요.」 하고 이번에는 알렉산드라가 입을 열었다. 「공작은 자신의 병적인 심리 상태를 아주 흥미있게 말씀하셨어요. 하찮은 외부의 자극으로 모든 것이 마음에 들어 버렸다는 것도 참 재미있는 얘기예요. 나는 사람이 미쳤다가 그 다음에 다시 정상적인 상태로 돌아온다는 그런 얘기는 언제 들어도 재미있어요. 특히 그것이 돌발적으로 일어날 경우에는 더욱 재미있어요.」

「그렇죠? 정말 그렇죠?」하고 장군 부인은 큰 소리로 말했다. 「너도 더러는 영리해지는구나. 자, 이제는 그만들 웃어! 아마 스위스의 경치에 대한 얘기에서 그쳤던 것 같아요. 자 공작, 어서!」

「우리들은 류세른에 도착했습니다. 거기서 나는 호수 구경을 하러 끌려 갔습니다. 호수는 참 좋구나 하고 감탄을 했습니다만 그와 동시에 굉장히 답답한 기분이 되었습니다.」

「왜요?」하고 알렉산드라가 물었다.

「나도 잘 모르겠습니다. 나는 언제나 그런 자연을 대하게 되면 처음에는 어쩐지 우울하고 불안한 기분이 되곤 합니다. 기분이 좋으면서도 한편으로 는 어딘지 불안하단 말입니다. 하기야 그때는 병을 심하게 앓던 때이긴 했지만.」

「정말 난 거기 한 번 가볼 수 있다면 원이 없겠어요.」하고 아젤라이다가 말했다. 「하지만 우리는 언제 외국에 가게 될는지 몰라요. 아, 참 난 벌써 2년 동안이나 그림의 테마를 찾고 있는데 아무리 해도 적당한 것이 떠오르지 않는군요. 〈동쪽과 남쪽은 이미 묘사되었도다〉 그러니까 공작, 내 그림 의 테마를 하나 찾아 주세요.」

「나는 그 분야는 아무것도 모릅니다. 내 생각으로는 그저 무엇이든지 잘 보고 그리면 될 것 같은데요.」

「그렇지만 볼 수가 없는걸요.」

「수수께끼라도 하고 있는 거냐? 난 하나도 못 알아듣겠구나!」하고 장군 부인이 가로챘다. 「볼 수가 없다니 도대체 그게 무슨 뜻이지? 눈은 무엇에 쓰는 거냐? 여기서도 볼 수가 없다면서 외국에 간다고 갑자기 눈이 뜨일 리가 없잖아. 그보다도 공작, 어서 당신이 보고 오신 거나 얘기하세요.」

「그래요, 그게 좋아요.」하고 아젤라이다가 덧붙였다. 「공작은 외국에서 사물을 옳게 보는 법을 배우고 오셨을 테니까.」

「글쎄요. 나는 다만 건강을 회복하기 위해 외국에 갔었으니까, 과연 사물을 보는 법을 배웠는지 어떤지는 모릅니다. 아무튼 나는 거기 있는 동안 늘 행복했습니다만.」

「행복했다고요? 그럼 당신도 행복해질 수 있으시다는 건가요?」하고 아글라야가 외쳤다. 「그런데 왜 사물을 보는 법을 배우지 못했다고 하세요? 우리들한테 가르쳐 주실 수도 있을 텐데.」

「좀 가르쳐 주세요.」 아젤라이다가 웃으며 말했다.

「내가 무엇을 가르칠 수 있다는 말씀입니까?」 하고 공작도 따라 웃었다.
「외국에 있는 동안, 나는 줄곧 스위스의 시골에 살면서 간혹 가까운 곳을
여행했을 뿐입니다. 그런 내가 무엇을 가르칠 수 있겠어요. 처음에는 그저
생활이 따분하지 않다는 것뿐이었지만 건강은 곧 좋아지기 시작했습니다.
얼마 후부터는 하루하루가 귀중하게 여겨지더군요. 날이 갈수록 시간이 점
점 더 귀중해지는 것을 나 자신도 느낄 수 있었습니다. 저녁이 되면 나는 아
주 흡족한 마음으로 잠자리에 들어가곤 했는데 아침에 눈을 뜨면 더욱더 행
복해지는 것이었습니다. 왜 그런지 설명하기는 상당히 어려운 일입니다.」

「그래서 당신은 아무데도 가고 싶지 않았기 때문에 어떤 곳도 안 가셨단
말씀인가요?」 하고 알렉산드라가 물었다.

「처음에는, 맨 처음에는 여러 곳에 가보고 싶었습니다. 그래서 나는 격심
한 불안 속에 빠져들곤 했습니다. 어떻게 살아야 할 것인가 생각하고 자신
의 운명을 시험해 보고 싶었던 것입니다. 때로는 굉장한 번민 속에서 시간
을 보내기도 했습니다. 특히 혼자 외롭게 있을 때에 말입니다. 내가 있던
그 마을에 폭포가 하나 있었습니다. 그리 크지는 않았지만 물 줄기는 흰 거
품을 일으키며 요란스럽게 높은 산 위에서 가느다란 실오라기처럼 거의 수
직으로 떨어져 내려옵니다. 상당히 높은 데서 떨어져 내리는데도 묘하게 낮
게 보였습니다. 그리고 내가 살던 집에서 반 베르스타나 되는 거리인데도
불과 쉰 발짝밖에 안 되는 것같이 느껴졌습니다. 나는 저녁마다 그 폭포 소
리에 귀를 기울이곤 했습니다만 그럴 때면 곧잘 검은 불안에 휩싸이는 것이
었습니다. 그리고 또 이따금 대낮에, 가까운 산에 올라가서 송진투성이인
큰 소나무에 둘러싸여 혼자서 산 속에 서 있노라면 역시 그러한 불안에 휩
싸이곤 했습니다. 산꼭대기에 있는 커다란 바위 위에는 중세기 때의 옛 성
터가 있었는데, 거기서는 눈 아래 내가 살고 있는 마을이 어렴풋이 내려다
보였습니다. 태양은 눈부시게 빛나고 하늘은 끝없이 푸르고 주위에는 무서
운 정적이 깔려 있습니다. 바로 그럴 때 나는 어디로든지 홀홀 떠나고 싶은
심정이 되는 것이었습니다. 만일 거기서 곧장 걷고 또 걸어 하늘과 땅이 맞
닿은 그 지평선 너머까지 간다면 모든 회의는 한꺼번에 풀리고, 여기서 우
리들이 영위하는 생활보다 백 갑절 천 갑절이나 강하고 힘찬 새로운 생활을

발견할 수 있을 것이라는 느낌이 들었습니다. 나는 줄곧 나폴리 같은 대도시를 공상하고 있었습니다. 그곳은 궁전과 와글거림과 굉음과 생명이 있는 곳입니다. 아니, 정말로 여러 가지 것을 공상했습니다. 그러고 나서 후에 나는 감옥 속에서도 위대한 생활을 발견할 수 있다고 생각하게 되었습니다.」

「맨 마지막에 하신 말씀은 훌륭한 생각입니다. 내가 열두 살 때 교과서에서 읽은 기억이 납니다.」하고 아글라야가 말했다.

「그것은 모두 철학이군요.」하고 아젤라이다도 한 마디했다. 「당신은 철학자로서 우리를 가르치러 오셨어요.」

「어쩌면 당신이 말씀하시는 그대로일는지도 모릅니다.」하고 공작은 빙그레 웃었다. 「나는 틀림없이 정말로 철학자일 것입니다. 그리고 또 누구를 가르치고 싶은 마음이 전혀 없다고는 나 자신도 단언할 수 없어요. 아니, 정말 그럴는지 모릅니다. 정말 그럴는지도 모릅니다.」

「그리고 당신의 철학은 예블람피야 니콜라예브나의 것과 똑같은 것 같아요.」하고 또다시 아글라야가 말을 받았다. 「그 분은 어느 관리의 미망인으로 우리 집에 식객처럼 자주 드나드는 여자예요. 그 여자의 인생에 있어서의 유일한 문제는 돈을 들이지 않는 생활이라는 것으로, 어떡하면 더 싸게 살아갈 수가 있는가 궁리하고, 1코페이카나 2코페이카를 가지고 따지고 들어요. 그렇다고 돈이 없어서 그러는 건 아니죠. 상당히 많은 돈을 가지고 있거든요. 정말 교활한 여자예요. 당신이 말씀하시는 감옥 속에서의 위대한 생활도 말하자면 이런 것이에요. 그리고 산촌에서의 4년간의 행복도 그것을 위해서 당신은 나폴리까지 팔아 버리신 거예요. 게다가 또 몇 코페이카가 되는 이윤까지 붙여서요.」

「감옥 생활에 대해서는 아직 수긍하지 못할 점이 있다고 생각합니다.」하고 공작은 말했다. 「나는 12년간이나 감옥 생활을 해본 사람의 말을 들은 적이 있습니다. 우리 의사가 돌봐 준 환자 중의 한 사람이었는데 나와 함께 치료를 받고 있었습니다. 간질의 발작이 있어서 때로는 굉장히 괴로워하며 소리를 내어 웁니다. 한 번은 자살을 기도한 일까지 있었죠. 이 사람의 감옥 생활은 참으로 우수에 찬 것이었지만 물론 코페이카를 가지고 따지는 생활이 아니었다는 것만은 단언할 수 있습니다. 이 사람의 친구라고는 한 마리의 거미와 창문 밑에서 자라고 있는 조그만 나무 한 그루뿐이었습니다.

그러나 그것보다는 내가 작년에 만난 다른 사람의 이야기를 하는 편이 좋겠
습니다. 그것은 참으로 기묘한 사건입니다. 기묘하다는 것은 그런 일이 좀
처럼 일어나지 않기 때문입니다. 그 사람은 어느 날 다른 죄수들과 함께 사
형대에 끌려 나가 정치범이라는 죄명으로 총살형에 처한다는 선고를 받았
습니다. 그런데 그 후 20분이 지나서 이번에는 특사령이 내려져서 감형을
받았단 말입니다. 그러나 그 사람은 이 두 선고 사이의 20분, 적어도 15분
이라는 시간을 이제 몇 분 후에는 영영 죽고 만다는 확신 밑에서 살고 있었
던 셈입니다. 그 사람은 그때의 감정을 가끔 이야기하곤 했는데, 나는 그것
에 큰 관심을 가지고 몇 번씩이나 처음서부터 되풀이해서 캐어 묻곤 했습
니다. 그는 모든 일을 분명히 기억하고 있었고, 그 몇 분 동안에 일어난 일
을 어느 하나도 결코 잊어버리지 않으리라는 것이었습니다. 구경꾼들과 병
사들에게 둘러싸인 처형대에서 스무 걸음쯤 떨어진 곳에 세 개의 기둥이 세
워져 있었던 모양입니다. 처형당할 사람이 몇 명 있었기 때문입니다. 처음
에 세 명의 죄수를 그 기둥으로 끌고 가서 묶었습니다. 그리고 사형복을 입
힌 다음, 총이 보이지 않게 흰 두건을 눈 위까지 눌러 씌웠습니다. 이러한
절차가 끝나자 기둥 하나 앞에 각각 몇 명씩의 병사가 정렬하였습니다. 나
에게 이 얘기를 들려 준 사람은 여덟번째에 서 있었답니다. 두 차례 형이
집행된 다음 그 사람은 세번째 기둥 밑으로 가서 섰습니다. 한 신부가 십
자가를 들고 한사람 한사람 사형수 앞을 돌아다녔습니다. 드디어 목숨이 붙
어 있는 것도 앞으로 5분밖에는 남지 않게 되었습니다. 그의 말에 의하면
이 5분간이 한없이 긴 시간처럼 그리고 막대한 재산이나 되는 것처럼 여겨
지더라는 것입니다. 그는 이 5분 동안에 최후의 순간 같은 것은 생각할 필
요가 없을 만큼 충실한 생활을 할 수 있을 것 같은 느낌이 들어 그 동안에
할 여러 가지 일들을 생각했다는 것입니다. 우선 동료들과의 작별에 2분의
시간을 쓰고 이 세상을 떠나기에 앞서 자기 자신의 일을 생각하는 데 2분,
그리고 나머지 1분을 마지막으로 주위의 광경을 둘러보는 데 할당했다는 것
입니다. 이렇게 세 가지 일을 결정하고 그 결정대로 실행에 옮겼는데, 그때
의 일을 그는 상세히 기억하고 있었습니다. 그 당시 그는 27세의 건강하고
튼튼한 청년이었습니다. 동료들에게 작별을 고하면서 그 중 한 사람에게 상
당히 한가로운 질문을 하고 그 대답에 흥미를 느끼기까지 했다는 것입
니다. 이윽고 동료들과의 작별 인사가 끝나자 이번에는 자기 자신의 일을

생각하기 위해 할당한 2분이 다가왔습니다. 그는 자기가 무엇을 생각할 것인가를 미리부터 준비하고 있었습니다. 즉 자기는 지금 이렇게 존재하고 있다, 살고 있다, 그러나 3분 후에는 그 무엇이 되어 버린다, 즉 바꾸어 말하면 어떤 또 다른 인간 그렇지 않으면 무엇인가가 되어 버리는 것이다, 도대체 그것은 무엇일까? 이 문제를 될 수 있는 대로 빨리 될 수 있는 대로 명확하게 해결하려 했던 것입니다. 어떤 다른 인간이 된다면 과연 누가 될 것인가? 그리고 어디서? 이러한 문제들을 모두 2분 동안에 풀어 버리려 했단 말입니다. 형장에서 멀지 않은 곳에 교회가 있었는데 그 금빛 지붕 꼭대기가 밝은 햇빛을 받아 반짝반짝 빛나고 있더랍니다. 그는 무서우리만큼 집요하게 이 금빛 지붕과, 지붕에 반사해서 빛나는 햇빛을 바라보면서 그 광선에서 눈을 떼지 못했다고 했습니다. 이 광선이야말로 자기의 새로운 자연이다, 이제 이삼 분만 지나면 자기는 어떤 순서를 거쳐 저 광선과 융합되고 만다, 하는 생각이 들었기 때문이라는 것입니다. 이제 곧 닥쳐오는 새로운 미지의 세계와 그것에 대한 혐오감은 참으로 무서운 것이었답니다. 그렇지만 그의 말에 의하면, 그 순간에 무엇보다도 괴로웠던 것은 쉴새없이 떠오르는 하나의 생각이었다는 것입니다. 만일 내가 죽지 않는다면 어떨까, 만일 생명을 되찾게 된다면 어떨까, 그것은 얼마나 무한한 것일까? 그리고 그 무한한 시간이 완전히 내 것이 된다, 그렇게 된다면 나는 1분 1초를 백년으로 연장시켜 어느 하나도 잃어버리지는 않을 것이다, 그리고 1분 1초를 정확하게 계산해서 한순간이라도 헛되이 소비하지는 않을 것이다라는 생각 등이 그것이었답니다. 그러나 그 사람의 말로는, 이러한 생각이 나중에는 그들에 대한 증오감으로 변해서, 그때는 또 한시라도 빨리 죽여 주었으면 하는 생각으로 변하더라는 것입니다.」

공작은 갑자기 입을 봉했다. 일동은 그가 다시 이야기를 계속하여 결론을 끌어내기를 기다리고 있었다.

「얘기가 끝나셨나요?」하고 아글라야가 물었다.

「네? 끝났습니다.」잠시 생각에 잠겨 있던 공작은 제정신을 차려 이렇게 대답했다.

「무엇 때문에 그런 이야기를 하셨어요?」

「글쎄요…… . 문득 생각이 나기에…… 이 자리의 흥을 돋우기 위해서…… .」

「당신은 단편적으로 이야기를 하시는군요.」하고 알렉산드라가 주의했다.

「공작, 당신은 틀림없이 이렇게 결론을 끌어 내고 싶었을 거에요. 설사 한 순간이라도 1코페이카나 2코페이카로 값을 매길 수는 없다, 5분밖에 안 되는 짧은 시간이라도 때로는 어떤 보물보다도 귀중한 것이다라고. 참으로 훌륭한 생각이에요. 그러나 실례지만 그런 무서운 얘기를 들려 준 당신의 친구는 어떻게 됐을까요? 그 분은 특사를 받았으니까 그, 그『무한한 생활』이 주어졌겠죠. 그러니까 그 후 그 막대한 시간을 어떻게 했느냔 말이에요. 1분 1초를 계산하며 살았나요?」

「아니, 그렇지 않습니다. 거기 대해서는 나도 물어 본 적이 있는데, 그 사람 말인즉 그는, 그때의 생각과는 전혀 다른 생활을 하며 많은 시간을 낭비했다는 것입니다.」

「당신에게는 좋은 경험이었겠군요. 즉 1분 1초를『계산하며』산다는 건 실제로는 불가능한 일이에요. 이유는 어떻든 불가능한 일이에요.」

「그렇습니다. 이유야 어떻든 그것은 불가능한 일입니다.」하고 공작은 되풀이했다. 「나 자신도 그렇게 생각되더군요……. 그래도 역시 그렇게만 믿을 수는 없습니다만…….」

「그럼 당신은 누구보다도 현명한 생활을 할 줄 안다고 생각하시는 건가요?」하고 아글라야가 물었다.

「네, 때로는 그렇게 생각될 때도 있었습니다.」

「지금도요?」

「지금도…… 그렇게 생각됩니다.」공작은 여전히 조용하면서도 수줍은 웃음을 띠고 아글라야를 바라보며 이렇게 대답하고는, 곧 또 껄껄거리더니 재미있는 양 그녀를 쳐다보았다.

「겸손하시군요!」하고 아글라야는 거의 짜증을 부리다시피 말했다.

「그러나저러나 당신들은 참 대단한 분들이시군요. 그렇게 태연하게 웃고 계시니 말입니다. 나는 그 친구의 얘기에 강한 쇼크를 받아 그 후엔 꿈에서까지 보았습니다, 그 5분간의 광경을.」

그는 정색을 하고 눈치를 살피듯 또 한 번 사람들의 얼굴을 둘러보았다.

「당신들은 무엇인가 나한테 화를 내고 있는 것 같군요.」어쩐지 약간 당황하는 듯한 기색은 있었지만 그래도 처녀들의 눈을 정면으로 바라보면서 공작은 불쑥 이렇게 물었다.

「왜요?」세 처녀는 깜짝 놀란 듯이 일시에 소리쳤다.

「글쎄요, 내가 마치 당신들에게 무슨 교훈이라도 주고 있는 것 같아서.」

일동은 웃음을 터뜨렸다.

「혹시 화가 나셨다면 용서하시기 바랍니다.」 하고 그는 말을 이었다. 「나는 다른 사람들보다 생활의 경험이 적어서 인생이란 것을 모릅니다. 그것을 나는 잘 알고 있습니다. 그래서 가끔 괴상한 소리를 지껄이곤 합니다.」

이렇게 말하며 그는 몹시 당황했다.

「하지만 자신의 입으로 행복했다고 말하신 것은 당신이 결코 남보다 생활 경험이 적은 것이 아니라 오히려 더 많기 때문이에요. 그런데도 무엇 때문에 당신은 일부러 겸손하신 체하고 우리들한테 사과를 하시는 거죠?」 아글라야가 따지듯 날카롭게 말했다. 「그리고 당신이 무슨 교훈이라도 주고 있는 줄로 우리가 오해할는지 모른다고 하셨는데, 그런 걱정은 하지 마세요. 당신의 태도에는 조금도 거만한 데가 없으니까요. 정말 당신 같은 은둔(隱遁)주의자는 백 년을 살아도 행복한 생활을 보낼 수 있을 거예요. 당신은 사형 집행 광경을 보거나 또 손가락 하나를 볼 때, 어느 쪽에서도 똑같이 훌륭한 사상을 끌어 내어 그것에 완전히 만족하시는 분이니까요. 그렇게 살 수 있다면 오래오래 살 수도 있을 거예요.」

「어째서 너는 그렇게 짓궂은 말을 하니? 나는 정말 무슨 말인지 모르겠구나.」 아까부터 잠자코 앉아서 말하는 사람들의 얼굴만 관찰하고 있던 장군 부인이 이렇게 입을 열었다. 「나는 도대체 너희들이 무슨 말을 하고 있는 건지 통 못 알아듣겠구나. 그래 손가락 한 개가 어쨌다는 거냐? 그것도 말이라고 하니? 공작의 얘기는 좀 음침하긴 하지만 참으로 훌륭한 얘기야. 어째서 너희들은 자꾸만 남의 말의 허점을 찌르는 거냐? 아까 얘기를 시작할 때는 웃고 계시던 공작이 지금은 저렇게 풀이 죽어 계시지 않느냐 말이다.」

「괜찮아요, 엄마. 그런데 말예요, 공작, 당신이 사형 집행 현장을 보시지 못한 것이 유감이군요. 보신 일이 있다면 한 가지 물어 볼 것이 있습니다만.」

「아니오. 난 사형 현장을 본 일이 있습니다.」 하고 공작은 대답했다.

「어머, 보셨어요?」 아글라야는 뜻밖이라는 듯이 소리쳤다. 「어째서 내가 그런 짐작을 못 했을까? 그렇다면 그야말로 모든 것을 다 갖춘 셈이로군요. 그렇지만 정말 그런 걸 보셨다면 당신이 줄곧 행복하게 지냈다는 말을 할 수는 없을 텐데요. 내 말이 틀렸나요?」

「당신이 살던 곳에서도 사형을 집행했다는 말씀인가요?」 아젤라이다가 물었다.

「나는 리용에서 보았습니다. 시네이제르 선생을 따라서 리용에 갔던 일이 있는데 우리가 도착하자, 그곳에는 마침 사형 집행이 있었습니다.」

「그래 어떻던가요? 재미있었어요? 그리고 여러 가지 유익하고 교훈적인 점도 많았겠죠?」

「재미가 다 뭡니까, 그걸 보고 나서 며칠 동안 앓기까지 했습니다. 그러나 솔직히 말씀드려서 그때 나는 숨을 죽이고 서서 열심히 바라보고 있었습니다. 한시도 눈을 뗄 수가 없었습니다.」

「나도 역시 눈을 떼지 못했을 거예요.」 하고 아글라야가 말했다.

「그곳에서는 여자가 구경하러 가는 걸 아주 싫어하여, 그런 여자들에 대해서는 나중에 신문에서 떠들 정도예요.」

「만일 여자가 보아서 안 되는 일이라면 그것은 곧 남자가 보아야 할 일이다, 그거겠죠? 훌륭한 논리입니다. 당신도 물론 그렇게 생각하고 계시겠죠?」

「사형 얘기나 들려 주세요.」 아젤라이다가 가로챘다.

「지금은 도무지 내키지 않아서……」

공작은 난처해 하며 얼굴을 약간 찌푸렸다.

「우리들에게 얘기하기가 아까우신 것 같군요.」 하고 아글라야가 찔렀다.

「아니, 그런 게 아니라 그 사형 얘기는 아까 했기 때문입니다.」

「누구에게 하셨는데요?」

「아까 저기서 기다리고 있을 때 댁의 하인에게요.」

「어떤 하인에게요?」 하고 사방에서 일시에 질문이 터져 나왔다.

「문간방에 앉아 있는 얼굴이 붉고 머리가 희끗희끗한 사람 말입니다. 나는 댁의 아버님을 기다리면서 문간방에 앉아 있었죠.」

「참 이상도 하시지……」 장군 부인이 말했다.

「하지만 공작은 데모크라틱하신걸요, 뭐」 하고 아글라야가 가로챘다. 「공작, 알렉세이에게 얘기할 만한 것이라면 우리에게도 들려 주실 만할 텐데요.」

「나는 꼭 듣고 싶어요.」하고 아젤라이다가 되풀이했다.

「사실은 아까 당신이,」하고 공작은 다시 얼굴에 활기를 띠며——그는 금세 활기를 회복한 것 같았다——아젤라이다에게 말했다. 「그림의 테마를 찾아 내 달라고 했을 때 한 가지 생각난 것이 있었습니다. 어떻습니까, 길로틴이 떨어져 내려오기 1분 전의 사형수의 얼굴을 그려 보시면? 아직 사형대 위에 서서 막 널빤지 위에 누우려 하는 사형수의 얼굴을 말입니다.」

「얼굴이라고요? 그저 얼굴만?」하고 아젤라이다가 물었다. 「정말 색다른 테마로군요. 하지만 그것으로 과연 그림이 될까요?」

「왜요?」하고 공작은 열을 올리며 주장했다. 「나는 얼마 전에 바젤 시에서 그런 그림을 한 점 본 적이 있습니다. 당신에게 그 얘기를 하고 싶어요. 앞으로 기회가 있으면 말씀드리죠. 나는 그 그림을 보고 깊은 감명을 받았습니다.」

「바젤에서 보셨다는 그림 얘기는 요다음에 꼭 듣고 싶어요.」하고 아젤라이다는 말했다. 「그러나 지금은 그 사형수에 대해서 좀더 자세히 설명해 주세요. 당신이 머릿속에 그리고 있는 것을 그대로 말씀해 주실 수 있겠어요? 그래 그 얼굴을 어떻게 그려야 하죠? 얼굴만 그릴까요? 도대체 어떤 얼굴이었지요?」

「그것은 죽기 바로 1분 전의 일입니다.」마치 미리부터 준비해 두었던 것처럼 공작은 거침없이 입을 열었다. 그는 오직 이 한 가지 추억에 온 정신을 집중시키고 있어 그밖의 모든 것을 잊어버린 것 같았다. 「사형수가 층층대를 다 올라가 사형대 위에 막 발을 내디딘 바로 그 순간인 것입니다. 그때 그는 내가 있는 쪽을 흘끗 바라보았습니다. 나는 그 얼굴을 보는 순간 모든 것을 알아 버렸습니다. 하지만 그걸 어떻게 얘기하면 좋을지 모르겠군요. 아무튼 나는 당신에게든 혹은 다른 사람에게든 간에 꼭 그것을 그리게 하고 싶습니다. 당신이 그린다면 더욱 좋고요. 나는 벌써 그때부터 이것은 유익한 그림이 될 것이라고 생각하고 있었습니다. 그러나 그것을 그리기 위해서는 그 전에 있었던 일들을 하나도 남김없이 미리 알아둘 필요가 있습니다. 그 사형수는 감옥 속에 감금되어 형의 집행을 기다리고 있었는데 앞으로 적어도 1주일은 여유가 있다고 생각하고 있었을 겁니다. 으레 있게 마련인 형식적인 절차를 계산에 넣었던 것입니다. 즉 일건의 서류가 다시 어디로 올라가서 1주일이나 지나야 되돌아올 것이라고 생각했던 것입니다. 그

런데 어떤 뜻밖의 사정으로 그 절차들이 단축되었습니다. 그 날 오전 5시쯤
에 그 사내는 아직 자고 있었습니다. 그때가 10월 말경이었으니까 아침 5
시라면 아직 어둡고 추웠겠죠. 형무소장이 간수를 데리고 조용히 감방으로
들어와서 조심스럽게 사내의 어깨를 건드렸습니다. 죄수가 일어나 한쪽 팔
꿈치를 짚자 불이 환히 보이지 않겠습니까? 『왜 이러는 거야?』『9시가
지나 형을 집행한다.』아직도 잠이 덜 깬 죄수는 이 말이 믿어지지 않아,
서류는 1주일이나 있어야 돌아올 텐데 그게 무슨 말이냐고 따지려 했으나,
이윽고 완전히 잠이 깨자 그냥 입을 다물어 버리고 말았습니다. 이것은 나
중에 다른 사람들에게서 들은 얘깁니다. 잠시 뒤에 그는『하지만 이렇게 갑
작스러워서는 곤란하다.』이렇게 투덜거리고는 다시 입을 봉해 버린 채 그
이상 아무 말도 하려 들지 않았습니다. 그 다음의 서너 시간은 정해진 절차
로 지나가 버리는 것입니다. 즉 신부를 만나고 조반으로 나온 포도주며 커
피며 쇠고기 따위를 먹는 것입니다. 어때요. 이건 정말로 사람을 조롱하는
거지 뭡니까. 생각만 해도 정말로 잔인한 이야기예요. 그러나 한편 이런 순
진한 사람들은 정말 깨끗한 마음으로 이런 짓을 하고 있다고 알며 이것을
박애 정신이라고 굳게 믿고 있단 말입니다. 그 다음에는 몸단장을 하
고 —— 당신들은 죄수의 몸단장이라는 것이 어떤 것인지 아십니
까? ——그리고는 형장에 도착할 때까지 시내를 끌려 다니는 겁니다. 아
니, 그때만이라도, 즉 그렇게 끌려 돌아다니는 동안은 그래도 무한히 살아
있을 것 같은 기분이 들었을 것이라고 추측할 수 있습니다. 그 사내는 필시
이렇게 생각했을 겁니다. 『아직도 멀었다. 아직도 거리를 셋이나 지나가는
동안은 살아 있을 수 있다. 이 거리를 지나가면 다음 거리가 또 남아 있다.
그리고 오른편에 빵집이 있는 거리가 또 하나 남아 있다. 아직도 빵집까지
가려면 얼마를 더 가야 할지 모른다 ！』주위에는 많은 군중의 외침 소리,
술렁거림, 수만의 얼굴과 수만의 눈…… 이러한 모든 것을 견디어 내야만
합니다. 그러나 무엇보다 괴로운 것은, 여기에는 수만의 사람들이 있다, 그
중에서 오직 나 혼자만이 사형을 받을 것이다 하는 생각입니다. 이런 것은
모두 아직 서론입니다. 사형대에는 조그만 층층대가 걸려 있습니다. 그 층
층대 앞에 서자 그는 갑자기 울음을 터뜨렸습니다. 그는 건장한 체격의 사
내로 굉장한 악한이라고들 하더군요. 그의 옆에는 줄곧 신부가 따라다녔습
니다. 마차에 함께 타고 앉아서, 쉴새없이 무슨 말을 해주고 있었지만 그

말이 그의 귀에 들어올 리가 있겠습니까. 마음을 먹고 귀를 기울여 봐도 세 마디 때부터는 벌써 무슨 소린지 못 알아들었을 것입니다. 그건 무리가 아니었을 거예요. 마침내 그는 층층대를 올라가기 시작했습니다. 발이 묶여 있어서 조금씩밖에 발을 옮겨 놓지 못했습니다. 신부는 아마 영리한 사람이었던 모양입니다. 이제는 설교를 단념하고 쉴새없이 십자가에 입을 맞추게 하였습니다. 층층대 밑에 있을 때 사형수는 창백한 얼굴을 하고 있었습니다. 층층대를 다 올라가서 사형대 위에 서자 갑자기 그의 얼굴은 백지장처럼 새하얗게 되어 버렸습니다. 틀림없이 두 다리가 약해져 막대기처럼 되고 구역질까지 났을 것입니다. 아니 목이 갑자기 눌리면 마치 간지러운 것 같은 기분이 되는 적이 있는데, 아마 당신들도 그런 경험이 있을 거예요. 무엇인가로 깜짝 놀란 다음이라든가, 그렇지 않으면 아주 두렵다고 생각하는 순간 이성(理性)은 그대로 남아 있는데, 그 지배력은 전혀 없는 것 같은 그런 상태 말입니다. 이를테면 말입니다. 위에서 집이 무너져 내려온다든가 하는 피할 수 없는 멸망이 덮친다면 나는 털썩 그 자리에 주저앉아 될 대로 돼라 하고 눈을 감은 채, 가만히 기다리고 싶은 그런 기분이 되는 것 같은 느낌이 든단 말입니다! 마치 그런 약한 마음이 그 죄수에게 일어난 순간 신부는 재빠른 동작으로 말없이 그의 입술에다 십자가를 들이댔습니다. 은으로 만든 아주 조그만 십자가였는데 그것을 몇 번이고 몇 번이고 계속해서 들이대는 것이었습니다. 십자가가 입술에 닿으면 사내는 눈을 뜨고 몇 초 동안 힘이 나는 것 같았으며 한두 걸음 앞으로 나가곤 하였습니다. 그리고는 미친 듯이 십자가에 입을 맞추었습니다. 마치 만일의 경우를 위해 이 기회를 놓치지 않고 그렇게 해두기라도 하겠다는 듯이 서둘러 입을 맞추는 것이었습니다. 그러나 종교적인 자각은 거의 없는 것 같았습니다. 이렇게 해서 길로틴 밑에 놓인 널판때기 옆까지 갔습니다. 그런데 이상한 것은, 인간이란 이러한 막다른 순간에는 절대로 기절을 안 한다는 것입니다. 오히려 그 반대로 머릿속이 더할 나위 없이 분명해지며 흡사 가동 중인 기계처럼 힘 있고 정확하게 작동하는가 봅니다. 내 생각에, 틀림없이 이런 경우에는 여러 가지 밑도끝도없는 우스꽝스럽고도 엉뚱한 상념이 서로 부딪히며 숨바꼭질을 하고 있을 것만 같습니다. 이를테면 아, 저녀석이 여기를 보고 있군, 저녀석의 이마에는 사마귀가 있는걸, 아하 이 망나니의 맨 밑 단추는 녹이 슬었잖아……, 하는 그런 생각이 말입니다. 그러면

제 1 편 85

서도 그와 동시에 모든 것을 기억하고 또 모든 것을 알고 있는 것입니다.
그러나 무엇인가 어떤 점에 있어선 아무래도 잊혀지지 않는데, 또 그것이
있기 때문에 기절할 수도 없는 것입니다. 그리고 모든 것은 이 점 주위를
돌며 회전하고 있는 것입니다. 한 번 생각해 보세요. 머리를 단두대 위에
얹고 기다리고 있는 것입니다……. 게다가 다음에 무엇이 올 것인가를 분
명히 알고 있는 상태입니다. 최후의 4분의 1초까지도 이러한 상태가 그냥
계속되는 것입니다……. 그리고 갑자기 머리 위로 무쇠가 미끄러져 내려오
는 소리가 들립니다. 이 소리는 반드시 귀에 들릴 겁니다. 나 같으면, 만일
내가 그처럼 널판때기 위에 엎드려 있다면 나는 의식적으로 귀를 기울여 그
소리를 포착했을 겁니다. 그건 아마 한 순간의 10분의 1정도밖에는 안 될는
지 모르지만 어쨌든 들리기는 틀림없이 들릴 테니까요. 그리고 또 한 가지
이런 것을 생각해 보세요. 지금도 세상에서 가끔 논의되고 있습니다마는,
목이 잘린 다음에도 약 1초 동안은 자기 목이 떨어져 나간 것을 의식하고
있는지 모른다고 말입니다. 얼마나 해괴한 생각입니까! 만일 그것이 5초
동안이라면 어떨까요? 그건 그렇고 당신은 층층대의 맨 위의 단 하나만을
가까이 그리고 똑똑히 보이도록 단두대를 그리세요. 지금 죄수가 그 위에
올라섰습니다. 백지장 같은 얼굴과 더부룩한 머리가 보입니다. 신부가 십자
가를 들이대자 정신없이 핏기 없는 입술을 내밀고 그것을 바라보고 있습
니다. 그리고 모든 것을 다 알고 있는 것입니다. 십자가와 목, 이것이 그림
의 테마입니다. 신부의 얼굴, 망나니, 두 조수, 그리고 아래쪽에 보이는 몇
명의 머리와 눈은 마치 안개에 싸여 있는 것처럼 희미하게 그리면 좋을 겁
니다. 배경으로 말입니다……. 이것이 그림의 전부입니다.」

공작은 입을 다물고 일동의 얼굴을 둘러보았다.

「이래서는 은둔주의라고는 하지 못하겠는걸요.」 하고 알렉산드라가 혼자
말처럼 말했다.

「그럼 공작, 이번에는 당신의 연애 얘기를 들려 주세요.」 하고 아젤라
이다가 말했다.

공작은 깜짝 놀란 표정으로 그녀의 얼굴을 바라보았다.

「그렇게 하세요, 네?」 아젤라이다는 성급히 재촉하는 말투로 계속했다.
「바젤에서 보셨다는 그림 얘기도 물론 들어야겠지만, 그것보다도 우선 당신
의 연애 이야기를 듣고 싶어요. 아무리 시치미를 떼어도 소용 없어요. 당신

은 틀림없이 연애를 하셨을 테니까. 그리고 또 그런 애기를 시작하게 되면 당신은 당장 철학자처럼 행동하지 않게 될 것이니까요.」

「당신은 무슨 애기든지 하고 난 다음에는 곧 그것을 부끄러워하시는 것 같아요.」아글라야가 갑자기 끼여 들었다. 「그건 도대체 무엇 때문에 그러시는 거죠?」

「듣자하니 인젠 별 어리석은 소릴 다 하는구나!」장군 부인이 노엽게 아글라야를 흘겨보며 가로막았다.

「그다지 재치 있는 말은 못 되는 성싶어요.」하고 알렉산드라가 맞장구를 쳤다.

「저 애 말을 곧이들어선 안 돼요, 공작.」하고 장군 부인이 공작에게 말했다. 「공연히 짓궂게 구느라고 일부러 그러는 거니까요. 저 애는 결코 저렇게 어리석게 교육을 받지는 않았어요. 제발 저 애들이 당신을 괴롭히려 한다고는 생각하지 마세요. 분명히 무슨 속셈이 있는 모양이지만, 어쨌든 저 애들은 모두 당신한테 호감을 가지고 있는 거예요. 저 애들의 얼굴을 보면 나는 그걸 알아요.」

「나도 이 분들의 얼굴을 보면 알 수 있습니다.」하고 공작은 아주 힘을 주어 말했다.

「그건 또 무슨 말씀이시죠?」하고 아젤라이다가 호기심에 찬 목소리로 물었다.

「우리들의 얼굴에 대해서 어떤 것을 알고 계신다는 거지요?」다른 두 사람도 호기심을 불러일으켰다.

그러나 공작은 정색을 한 채 잠자코 있었다. 모두들 그의 대답을 기다리고 있었다.

「나중에 말씀드리기로 하겠습니다.」공작은 나직히 진지하게 말했다.

「당신은 어떻게 해서든 우리들의 흥미를 끌고 싶으신 거로군요.」하고 아글라야가 음성을 높였다. 「어지간히 거드름을 피우시는데요!」

「그럼 좋아요.」하고 아젤라이다가 다시 서둘러 말했다. 「당신이 정말 그렇게 관상을 잘 보신다면 그것은 틀림없이 연애를 하신 덕택일 거예요. 어때요, 내가 한 말이 맞아 들어간 셈이죠? 자, 애기를 들려 주세요.」

「나는 연애를 해본 적이 없는 사람입니다.」공작은 여전히 낮고 진지하게 대답했다. 「내가 행복했다는 건 그런 뜻에서가 아닙니다.」

「그럼 뭘 가지고 그랬죠? 어떤 뜻으로?」

「좋습니다. 이야기하겠습니다.」하고 공작은 어쩐지 깊은 상념에 잠긴 듯한 어조로 대답했다.

6

「당신들은 지금,」하고 공작은 말하기 시작했다. 「굉장한 호기심으로 나를 지켜 보고 있습니다. 만일 내가 그런 호기심을 충족시켜 주지 못한다면 당신들은 굉장히 화를 낼 것만 같군요. 아니, 이것은 농담입니다.」그는 웃음을 띠며 얼른 이렇게 덧붙였다. 「거기에는…… 거기에는 어린애들이 많았습니다. 그래서 나는 언제나 아이들과, 다만 아이들하고만 같이 지냈습니다. 내가 살던 마을에는 국민 학교 아이들만 아마 일개 소대 가량은 되었을 겁니다. 그렇다고 내가 그 아이들을 가르치고 있었던 건 아닙니다. 나도 조금은 그들에게 교육적인 효과를 주었는지는 모르겠습니다만 대개의 경우는 그저 그 아이들과 함께 놀며 지냈을 뿐입니다. 이렇게 4년의 세월이 흘렀습니다. 나는 아이들 이외에는 아무것도 필요한 것이 없었습니다. 나는 그들에게 무슨 일이든 하나도 숨기지 않고 죄다 털어놓고 지냈습니다. 나중에 아이들은 항상 내게로 몰려들었고 내가 없으면 안 되게 되었으므로 부모나 친척들은 나한테 화를 냈고, 학교 선생이란 자는 나의 제일가는 적이 되어 버리기까지 했던 것입니다. 나는 그 마을에서 많은 적을 만들었습니다만 그 원인은 모두 아이들 때문이었습니다. 나중에는 시네이제르 선생까지 나한테 싫은 소리를 하게 되었습니다. 그런데 그들은 무엇이 두려웠던 걸까요. 아이들에게는 무슨 말을 해도 무방합니다. 나는 언제나 놀라곤 했는데, 일반적으로 어른들이 아이들을 이해하지 못하는 것은 물론, 부모들까지도 자기 자식들에 대해서 잘 모르고 있다는 것 때문이었지요. 아직 아이가 어리다든가 아직 시기가 빠르다든가 하는 것 때문에, 아이들에게 무턱대고 숨길 필요는 조금도 없습니다. 그것은 참으로 슬프고도 불행한 생각에 지나지 않습니다. 아이들이란, 부모들이 자기네를 아무것도 모르는 갓난애로 다루고 있다는 것을 얼마나 잘 알고 있는지 당신들은 모르실 겁니다. 어린애들이 어떤 어려운 문제에 대해서도 놀랄 만큼 훌륭한 충고를 줄 수 있다는 것을 어른들은 전혀 모르고 있습니다. 아아, 그 귀여운 어린 새들이 의심

없는 행복한 시선으로 이편을 바라보고 있을 때는 거짓말하기가 부끄러워지는 거예요. 내가 아이들을 어린 새라 부르는 것은 이 세상에서 어린 새만큼 귀여운 것이 없기 때문입니다. 하여간에 마을 사람들이 모두 나에게 결정적으로 화를 내게 된 것은 어떤 우연한 사건 때문이었습니다. 그러나 티보 선생은 단순히 나를 시기하고 있었던 것입니다. 처음에는 아이들이 내가 하는 말은 무엇이든지 잘 알아듣는데, 어째서 자기가 하는 말은 이해하지 못하는가를 의아해 하면서 줄곧 고개를 갸웃거리고 있었는데, 그 후에 내가 그에게, 우리는 아이들에게 아무것도 가르쳐 줄 수 없다, 오히려 아이들에게 배워야 한다고 말했더니 그 다음부터 그는 나를 어리석게 여기기 시작했던 것입니다. 도대체 자기 자신도 아이들과 함께 생활하고 있으면서 어떻게 나를 그처럼 시기하고 중상할 수 있었을까요? 아이들과 가까이 지내노라면 영혼의 병은 고쳐지는 법인데. 그런데 말입니다…… 시네이제르 선생의 병원에 참으로 불행한 환자가 한 사람 있었습니다. 아니 보기드물 정도로 불행한 사내였습니다. 그 사람은 정신 착란을 치료받기 위해서 병원에 들어와 있었는데, 내 생각으로는 그가 정신병 환자라기보다 항상 무서운 고통을 겪는 사람으로밖에는 보이지 않았습니다. 그것이 그의 병의 전부였던 것입니다. 그런데 나를 따르던 아이들이 그 사람에게 얼마나 귀중한 존재가 되었는가 하는 것을 당신들이 안다면, 그러나 그 환자에 대해서는 나중에 얘기하는 게 좋겠습니다. 지금은 우선 내가 마을 사람들의 미움을 받게 된 자초지종을 얘기하겠습니다. 하기야 처음부터 아이들이 나를 좋아한 것은 아니었습니다. 나는 이렇게 큰 어른인데다가, 언제나 자루 모양의 볼품없는 옷만을 입고 있었으니까요. 뿐만 아니라 얼굴까지도 별로 신통찮다는 것은 나 자신도 잘 알고 있습니다. 그리고 또 한 가지 내가 외국인이라는 것도 한 이유였습니다. 아이들은 처음에 나를 무척 놀려 대곤 했습니다. 그 후 내가 마리에게 키스하는 것을 보고는 돌까지 던지곤 하였습니다. 하지만 내가 그 여자한테 키스를 한 일은 한 번밖에 없었습니다. 아, 웃지 마십시오.」 공작은 얼른 처녀들의 웃음을 막았다. 「그것은 절대로 연애라든가 하는 그런 것은 아니었으니까요. 그 여자의 불행한 처지를 들으시면 당신들도 나처럼 그 여자를 동정하게 될 겁니다. 그 여자는 내가 있던 마을의 처녀였으며 그 어머니는 아주 늙은 노파였습니다. 이 모녀의 조그마한 다 쓰러져 가는 집에는 창문이 둘 있었는데, 노파는 마을 사무소의 허가를 얻어 그 중

하나를 개조하여 그 창구에서 노끈이며 실이며 담배, 비누 같은 자질구레한 물건들을 팔아서 간신히 입에 풀칠을 하고 있었습니다. 노파는 무슨 병을 앓는지 두 다리가 퉁퉁 부어 있었기 때문에 언제나 집에 들어앉아 있었습니다. 마리는 이 노파의 딸로 스무 살쯤 되는 허약하고 깡마른 처녀였습니다. 벌써 오래 전부터 폐병을 앓고 있었지만 그래도 날마다, 이집 저집으로 힘에 겨운 품팔이를 다녔습니다. 복도를 닦는다든가, 빨래를 한다든가, 뜰 안을 쓴다든가, 가축을 몰아 넣는다든가, 그런 일을 하러 말입니다. 하루는 지나가던 프랑스 인 지방 순회 판매원이 이 처녀를 꾀어 끌고 달아났습니다. 그러나 1주일도 못 가서 마리를 혼자 길에다 떼어 놓고는 몰래 도망쳐 버렸단 말입니다. 처녀는 누더기나 다름없는 남루한 옷을 걸치고 다 떨어진 신을 끌면서 거지꼴이 되어 집으로 돌아왔습니다. 1주일 동안이나, 밤에는 들판에서 잠을 자며 걸어왔으므로 발은 부르트고, 풀잎에 베인 자국이 어지럽게 난 두 손은 퉁퉁 부어 오른데다가 감기까지 심하게 걸려 있었습니다. 그러나 그 전에도 그녀는 결코 아름다운 여자는 아니었습니다. 다만 그 눈이 온화하고 착하고 순진하게 보였을 뿐 무척 말수가 적은 처녀였습니다. 그 전에 언젠가 한 번은 일을 하다가 갑자기 노래를 부르기 시작한 일이 있었습니다. 지금도 나는 기억하고 있습니다만 옆에 있던 사람들이 노랫소리에 모두 깜짝 놀라 『마리가 노래를 불렀다! 도대체 이게 어떻게 된 거야! 마리가 노래를 불렀어!』하고 마구 떠들어 댔으므로 그녀는 당황하여 그 후부터는 영영 입을 봉해 버리고 말았답니다. 그때까지만 해도 모두들 마리를 귀여워해 주고 있었습니다만 병이 들어 상처투성이의 모습으로 마을로 돌아왔을 때는 누구 한 사람 이 처녀를 동정하려 들지 않았습니다. 이런 걸 보면 세상 사람들이란 정말 야박합니다. 어머니가 맨 먼저 증오와 모멸의 눈으로 마리를 맞았습니다. 『이 어미를 망신시켜도 분수가 있지.』 하면서. 그리고 노파는 자기 딸을 마을 사람들의 욕설과 조소의 빗발 속으로 쫓아 냈던 것입니다. 마리가 온 것을 알고 모두 마리를 보려고 찾아왔습니다. 마을 사람들은 거의 다 노파의 오두막으로 몰려왔습니다. 늙은이들도 아이들도 아낙네들도 처녀들도 모두 다 앞을 다투어 달려왔던 것입니다. 마리는 노파의 발밑 마루 위에 누더기에 싸인 굶주린 몸을 내던지고는 훌쩍훌쩍 울고 있었습니다. 사람들이 모여들자 처녀는 엉클어진 머리털로 얼굴을 가리면서 마룻바닥에 엎드렸습니다. 사람들은 그 둘레에 둥그렇게 모여

서서 마치 무슨 불결한 것이라도 보는 듯한 눈으로 처녀를 내려다보고 있었습니다. 노인들은 마리의 잘못을 꾸짖으면서 욕설을 퍼붓고 젊은이들은 웃어 댔습니다. 여자들까지 모두 마리를 꾸짖고 욕설을 퍼부으며 마치 거미라도 보듯이 경멸의 눈으로 바라보고 있었습니다. 그녀의 어머니는 또 어머니대로 그것을 말리려 하지도 않고 옆에 앉아서 연방 고개를 끄덕이며 맞장구를 치고 있었습니다. 노파는 이미 병세가 악화되어 며칠 더 살 것 같지 않더니 그런 일이 있은 지 두 달 만에 정말 죽어 버리고 말았습니다. 자기 자신도 죽을 날이 멀지 않았음을 알고 있으면서도 죽을 때까지 딸과 화해하려 하지 않았을 뿐만 아니라, 말도 하지 않았고 잘 때는 복도로 쫓아 냈으며 심지어는 먹을 것도 제대로 주지 않았습니다. 노파는 아픈 발을 자주 더운 물에 담가야 했으므로 마리는 날마다 물을 데워 그 발을 씻어 주는 등 정성스레 병구완을 했습니다. 그러나 노파는 묵묵히 딸의 친절한 간호를 받아들일 뿐 부드러운 말 한 마디도 던져 주지를 않았습니다. 마리는 모든 것을 꾹 참고 견디어 냈습니다. 그 후 내가 이 처녀와 사귀게 되었을 때에 느낀 일이지만 마리는 그것을 지극히 당연한 일로 받아들였고 또한 자기를 세상에서 가장 미천한 인간처럼 생각하고 있는 것이었습니다. 노파가 아주 몸져 누워 버리자 마을의 노파들이 번갈아 병구완을 하러 왔습니다. 그 마을에서는 이것이 관례로 되어 있었습니다. 그렇게 되자 마리는 아무것도 얻어먹지 못하게 되었고, 마을에서는 어디를 가나 사정없이 쫓아 냈으니 그 전처럼 품팔이도 할 수 없었습니다. 사람들은 침을 뱉기라도 할 것처럼 마리를 미워했습니다. 사내들은 마리를 여자들 축에도 넣지 않았고 입에 담지 못할 욕설을 마구 퍼부었습니다. 가끔, 그것도 어쩌다가 일요일 같은 날에 술 취한 사람들이 장난삼아 땅바닥에 동전을 던져 주면 마리는 말없이 그것을 집어드는 것이었습니다. 마리는 벌써 그 무렵부터 피를 토하기 시작하였습니다. 마침내는 몸에 걸치고 있던 낡은 옷이 다 해져 마을에 나다니지도 못할 정도가 되어 버렸습니다. 마리는 집에 돌아온 그 날부터 맨발로 걸어다니고 있었습니다. 게다가 아이들은 한꺼번에 몰려와서는 마리를 놀려 주기도 하고 더러운 것을 던지기도 했습니다. 모두 국민 학교 아이들로 아마 40명도 더 되었을 것입니다. 처녀는 처음에 목장을 찾아가서 소를 치게 해 달라고 부탁해 보았습니다만 단번에 거절당하고 말았습니다. 그런데도 마리는 주인의 승낙 없이 소떼와 함께, 날마다 아침부터 저녁까지 들에 나가 있곤 했습니다. 주인은 마리가 많은 도움이 됨을 알고 그 후부터는 마리가 목장에 와도 쫓아 버리지 않고 이따금 먹다 남은 빵 같은 것을 주기도 했습니다. 그녀는 그것을 대단한 자선인 것처럼 받아들이고 있었습니다. 어머니가 죽었을 때에 교회의 목사는 많은 사람 앞에서 아무런 거리낌도 없이 마리를 모욕했습니다. 마리는 그 전과 같은 남루한 옷차림으로 어머니의 관 옆에 서서 흐느끼며 울었습니다. 그러자 그녀가 우는 꼴을 구경하려고 많은 사람들이 교회에 모여들었던 것이다. 이때 목사란 자가, 그는 위대한 자가 되려는 야심을 품고 있는 아직 젊은 자였는데, 마리를 가리키며 일동에게 『이 여자야말로 그 존경할 부인을 돌아가시게 한 장본인입니다.』하고 말했던 것입니다. 그러나 그 말은 새빨간 거짓말입니다. 노파는 벌써 전부터 앓고 있었으니까요. 목사는 또 이렇게 계속 말했습니다. 『이 여자는 이렇게 지금 여러분 앞에 얼굴도 쳐들지 못하고 서 있습니다. 왜냐하면 하느님의 뜻에 따라 처량한 신세가 되고 말았기 때문입니다. 보시다시피 몸에는 누더기를 걸치고 발은 맨발입니다. 이것이야말로 선행을 잃은 자의 좋은 본보기가 아니고 무엇이겠습니까? 이 여자가 누구인지 아십니까? 바로 돌아가신 분의 딸입니다.』처음부터 끝까지 이런 식이었던 것입니다. 그런데 이 비열하기 짝이 없는 말을 모든 사람들은 흡족한 마음으로 듣고들 있었으니 기가 막히지 않습니까. 그런데…… 이때 한 가지 이상한 일이 일어났습니다. 마을의 아이들이 난데없이 끼여 든 것입니다. 벌써 그때는 아이들이 모두 내 편이 되어 있었고, 따라서 모두들 마리를 좋아하고 있었습니다. 실은 그 전에 이런 일이 있었던 것입니다. 나는 마리를 돕고 싶은 마음이 간절해서 돈이라도 주었으면 좋겠다고 생각했습니다만 내겐 언제나 한 푼도 없었습니다.

그런데 마침 나는 조그만 다이아몬드 핀을 한 개 가지고 있던 참이어서 그것을 시골로 돌아다니는 고물 장수에게 8프랑 받고 팔았습니다. 40프랑의 가치는 충분히 있는 핀이었습니다. 나는 마리와 단둘이서 만나려고 오랫동안 애쓰다 마침내 어느 날, 마을 변두리의 울타리 옆 산으로 통하는 길가의 나무 밑에서 만날 수가 있었습니다. 나는 가지고 왔던 8프랑을 주며 앞으로는 이 이상 한 푼도 줄 수 없을 테니까 잘 쓰라고 말하고 그 처녀에게 키스를 했습니다. 그러고 나서 내가 이런 짓을 한다고 해서 나에게 무슨 좋지 못한 속셈이라도 있는 것으로 알면 안 된다, 내가 키스를 하는 것은 너한테 반해서가 아니라 다만 너를 불쌍히 여기기 때문이다, 나는 처음부터 네가 나빴다고는 절대로 생각하지 않는다, 다만 불쌍한 여자라고 동정할 뿐이다, 이렇게 말했습니다. 나는 여러 가지로 마리를 위로하며, 그렇게 자신을 남 앞에서 낮추어서는 안 된다는 것을 납득시키느라고 애를 썼습니다만 마리 는 그것을 알아듣지 못하는 모양이었습니다. 처음부터 끝까지 눈을 내리깔 고 무척 부끄러워하며 잠자코 내 앞에 서 있었습니다. 내 말이 다 끝나자 마리는 내 손을 잡고서 키스를 했습니다. 나도 곧 그 손을 잡고 키스하려 했으나 마리는 당황하여 얼른 손을 뿌리치고 말았습니다. 그때 갑자기 한떼 의 아이들이 우리 둘을 발견한 것입니다. 나중에 알게 된 일이지만 아이들 은 처음부터 내 뒤를 밟고 있었다고 합니다. 아이들이 휘파람을 불고 손 뼉을 치고 웃어 대며 야단을 치는 바람에 마리는 허둥지둥 도망을 치고 말 았습니다. 내가 뭐라고 말을 하려 하자 아이들은 나한테 돌을 던지기 시작 했습니다. 그날 중으로 이 소문이 온 마을에 쫙 퍼지고 말았습니다. 결국 모든 허물은 마리에게 돌려져 마을 사람들은 이 처녀를 더욱 싫어하고 미워 하게 되었습니다. 한때는 어떤 벌을 주자는 말까지 돌았습니다만 다행히 아 무 일 없이 지나고 말았습니다. 그대신에 아이들은 마리를 보면 길을 막아 서기도 하고 흙을 던지기도 하며, 전보다도 더욱 짓궂게 마리를 놀려 주었 습니다. 마리는 아이들에게 쫓겨 달아나는 적도 있었는데, 그럴 때면 원래 가 가슴이 약한 처녀였기 때문에 숨이 넘어갈 듯이 헐떡거리는 것이었습 니다. 아이들은 뒤를 따라가며 소리를 지르고 욕을 하곤 했습니다. 한 번은 내가 사이에 뛰어들어 아이들과 다툰 일까지 있습니다. 그 후 나는 날마다 틈만 있으면 아이들을 설득하기 시작했습니다. 그렇다고 아이들이 욕지거 리를 그만두는 것은 아니었습니다만 나는 마리가 얼마나 불쌍한 여자인가 를 아이들에게 이야기해 주었습니다. 그러자 얼마 뒤부터 아이들은 욕지거 리를 하지 않고 그저 묵묵히 마리를 피해서 지나가게 되었습니다. 그리고 차차 나와도 말을 하게 되었습니다. 나는 아이들에게 하나도 숨기지 않고 모든 것을 이야기했습니다. 그들은 신기한 듯이 내 말을 듣고 있었습니다. 그리고 곧 마리를 불쌍히 여기기 시작했습니다. 마리를 만나면 상냥하게 인 사를 하는 아이도 생겨났습니다. 거기서는 길에서 사람을 만나면 아는 사람 이거나 모르는 사람이거나 간에 서로 『안녕하세요?』하고 인사를 하는 풍 습이 있습니다. 마리가 얼마나 놀랐겠는지는 여러분들도 상상하고 남음이

있겠지요? 하루는 두 소녀가 마리에게 먹을 것을 가져다 주고 와서 나에게
말했습니다. 마리가 무척 기뻐하며 우는 것을 보고는, 자기들도 이제는 그
여자가 좋아졌다는 것입니다. 얼마 후에는 마을의 아이들이 모두 다 그녀를
좋아하게 되었고 동시에 나까지도 갑자기 좋아하게 되었던 것입니다. 그들
은 자주 나를 찾아와서는 이야기를 해달라고 조르는 것이었습니다. 아이들
이 내 얘기를 무척 듣고 싶어한 것을 보면 나도 제법 이야기를 잘했던 모양
입니다. 나중에는 그들에게 이야기를 들려 주려는 오직 한 가지 목적으로
책도 읽고 공부도 하게 되었습니다. 이렇게 3년 동안 나는 계속해서 아이들
에게 이야기를 들려 주었습니다. 왜 어른들에게나 할 얘기를 아이들에게 들
려 주느냐느니, 왜 아이들에게는 숨겨야 할 이야기까지 죄다 지껄이느냐느
니 하는 비난을 받았을 때——시네이제르 선생까지 그랬습니다——나는
이렇게 대답했습니다. 아이들에게 거짓말을 한다는 건 부끄러운 짓이다, 어
른들이 아무리 숨기려 해도 아이들은 다 알게 마련이다, 더욱이 혼자의 힘
으로 알게 되면 나쁜 방향으로 해석할 염려가 있지만 내가 가르쳐 주면 그
럴 염려는 없다, 누구든지 자기들이 어렸을 때의 일을 생각한다면 내 말이
이해될 것이다라고요. 그러나 아무도 내 말에 동의하지 않더군요. 내가 마
리에게 키스를 한 것은 그녀의 어머니가 죽기 2주일 전이었습니다. 따라서
그 목사가 그러한 설교를 했을 때는, 아이들이 모두 내 편이었으므로 나는
곧 목사의 처사를 이야기하고 알아듣도록 아이들에게 설명해 주었습니다.
그랬더니 아이들 모두가 분개하고, 개중에는 돌을 던져 교회의 유리창을 깨
는 아이까지 있었습니다. 나는 그러면 안 된다고 말렸습니다만 이 일은 이
내 온 마을에 알려져 아이들을 나쁘게 만들었다고 나를 비난하기 시작하였
습니다. 그리고 나중에 아이들이 마리를 좋아하고 있음을 알았을 때는, 모
두들 그 사실에 깜짝 놀랐습니다. 이렇게 되자 마리는 그 전처럼 불행하지
는 않았습니다. 아이들에게는 마리와 만나는 것이 금지되어 있었지만, 그래
도 아이들은 마을에서 상당히 멀리 떨어진, 거의 반 베르스타나 되는 목장
으로 몰래 달려가는 것이었습니다. 아이들은 마리에게 보통 먹을 것을 가
져다 주었습니다. 개중에는 다만 마리를 끌어안고 키스하며 『마리, 나는 당
신이 좋아!』하고 말하기 위해서 일부러 그 먼길을 달려갔다가 곧 쏜살같
이 되돌아오는 아이들도 있었습니다. 마리는 이런 뜻하지 않은 행복으로 거
의 미칠 지경이었습니다. 이런 것은 전혀 꿈에도 생각하지 못했던 일이었으

니까요. 마리는 기쁘기도 하고 부끄럽기도 했습니다. 그런데 무엇보다도 특히 계집애들은 일부러 마리에게로 달려가서 내가 그녀를 사랑하고 있으며, 줄곧 자기들에게 그녀의 이야기만 한다는 것을 당자인 마리에게 알려 주고 싶어했던 모양입니다. 그들은 마리한테, 이것은 모두 아저씨에게서 들은 말이다, 그래서 우리들은 당신이 좋아졌고, 또 불쌍하게 생각하게 되었다고 말하는 것이었습니다. 그리고 그 길로 나에게 달려와서는 즐겁고 상냥하고 귀여운 얼굴로, 지금 마리를 만나고 오는 길인데 마리가 안부를 전하더라고 말하는 것이었습니다. 저녁마다 나는 폭포 있는 곳으로 바람을 쐬러 나갔습니다. 거기에는 마을 쪽에서 보이지 않는 곳이 한 군데 있었고 둘레에는 포플러가 자라고 있었습니다. 아이들은 저녁마다 그곳으로 나를 만나러 왔습니다. 그 중에는 살그머니 집을 빠져 나와서 그곳으로 가는 아이도 있었습니다. 그들에게는 마리의 나에 대한 사랑이 퍽 즐겁게 여겨졌던 모양입니다. 거기에 있는 동안 내가 그들을 속인 것은 꼭 한 번 있었는데 그것은 다음과 같은 것이었습니다. 나는 결코 마리를 사랑하고 있는 것이 아니다, 즉 연정을 품고 있는 것은 아니다, 다만 진심으로 불쌍히 여기고 있을 뿐이다, 하고 말을 해서 그들을 실망시킬 수는 없었던 것입니다. 나는 여러 가지 점에서, 그들이 자기들 마음대로 상상하고 자기들끼리 제멋대로 결정한 것과 같기를 바라고 있음을 알고, 나도 그들의 추측이 들어맞았다는 표정을 짓고 있었습니다. 그런데 이 아이들의 조그만 마음이 얼마나 섬세하고 상냥했는지 아십니까! 그들에게는 자기네가 좋아하는 레옹 아저씨가 그처럼 마리를 사랑하고 있는데 마리는 초라하기 짝이 없는 옷차림에다 신발조차 없다는 것이 도저히 있을 수 없는 일인 것처럼 여겨졌던 모양입니다. 그래서 그들은 마리에게 구두며 양말이며 속옷이며 심지어는 간단한 겉옷까지 가져다 주었습니다. 어떻게 해서 그들이 그런 물건을 손에 넣었는지는 모르지만 아무튼 전원이 협력해서 한 일인 것입니다. 내가 그것들의 출처를 묻자 그들은 그저 재미있다는 듯이 웃을 뿐이었습니다. 또 계집아이들은 손뼉을 치고 좋아하면서 나에게 키스를 하는 것이었습니다. 나는 역시 이따금 사람의 눈에 띄지 않게 마리를 만나러 가곤 했습니다. 마리는 이미 병세가 악화되어 걸음조차도 제대로 걷지 못할 정도가 되었습니다. 마침내 소를 치는 일도 보지 못하게 되었습니다만 그래도 여전히 아침마다 소와 함께 목장으로 나갔습니다. 목장에 나가서는 한쪽 구석에 앉아만 있었습니다. 커다

제 1 편   95

란 바위가 거의 수직으로 서 있고, 그 한쪽 귀퉁이는 튀어나와 있었는데 마리는 누구의 눈에도 띄지 않는 돌 안쪽에 숨어 앉아서, 아침 일찍부터 소떼가 돌아갈 무렵까지 꼼짝도 하지 않고 하루 해를 보내곤 하는 것이었습니다. 폐병 때문에 몸이 극도로 쇠약해져 있었으므로 마리는 바위에 기대고 눈은 감은 채로 앉아 있는 것이 보통이었습니다. 괴롭게 숨을 쉬며 반쯤 졸고 있는 것같이 보이기도 했습니다. 얼굴은 해골처럼 여위고 늘 식은 땀방울이 이마와 관자놀이께에 배어 나와 있었습니다. 언제 보아도 이러했습니다. 나는 잠깐 만나 보고 이내 돌아오곤 했습니다. 아무래도 남의 눈을 조심하지 않을 수 없었으니까요. 내가 나타나기만 하면 마리는 몸을 부르르 떨며 눈을 뜨고는 나에게로 달려와서 두 손에 입을 맞추는 것이었습니다. 이것이 그녀에게는 하나의 행복이었으므로 나는 굳이 손을 뿌리치려고 하지는 않았습니다. 내가 곁에 앉아 있는 동안 마리는 줄곧 몸을 떨면서 울고 있었습니다. 몇 번인가 그녀는 이야기를 하려고 했습니다만, 나는 그것을 이해하기가 여간 어렵지 않았습니다. 아무튼 그녀는 마치 미치광이처럼 무섭게 흥분하며 기뻐 어쩔 줄 모르고 있었으니까요. 어떤 때는 아이들과 함께 찾아가 보기도 했습니다만, 그럴 때면 그들은 우리 두 사람에게서 좀 떨어진 곳에 늘어서서 마치 우리를 해치려는 사람들로부터 우리들을 지켜 주고 있는 것 같은 태도를 취하곤 하였습니다. 아이들에게는 그렇게 하는 것이 또한 적지 않은 만족감을 주는 모양이었습니다. 우리들이 돌아오면 마리는 다시 혼자 외롭게 남아 눈을 감고 머리를 바위에 기댄 채 꼼짝도 하지 않고 앉아 있었습니다. 무슨 꿈이라도 꾸고 있는 듯한 모습이었습니다. 어느 날 아침 마리는 마침내 목장으로 나갈 힘도 없어서 텅 빈 자기 집에 그냥 드러눕고 말았습니다. 아이들은 이내 그것을 알고 거의 모두가 번갈아 문병을 갔습니다. 마리는 혼자서 쓸쓸하게 침상에 누워 있었던 것입니다. 이틀 동안은 아이들만이 교대로 달려가서 보살펴 주었습니다만, 그 후 마을에서도 마리가 정말 죽어 간다는 것을 알자, 이번엔 할머니들이 그녀의 곁에 붙어 앉아 간호를 해주기 시작했습니다. 마을 사람들은 마리를 가엾게 여기게 된 것 같았습니다. 적어도 그 전처럼 아이들을 제지하거나 나무라지 않게 된 것만은 사실입니다. 마리는 반쯤 잠이 든 것처럼 줄곧 의식이 몽롱한 상태에 있었습니다. 그리고 잠을 자고 있는 동안에도 무섭게 기침을 하는 것이었습니다. 할머니들은 아이들을 가까이 오지 못하도록 했습니다만 아이들은 창밑에까지 가서는 방안을 몰래 들여다보곤 했습니다. 어떤 때는 『안녕, 우리가 좋아하는 마리!』라는 단 한 마디의 말을 하려고 일부러 달려오는 아이도 있었습니다. 마리는 그 소리를 듣거나 그 모습을 보면 대번에 기운을 얻어 할머니들이 말리는 것도 듣지 않고 억지로 팔꿈치를 짚고 몸을 일으켜 고맙다는 듯이 고개를 끄덕이는 것이었습니다. 아이들은 먹을 것도 여러 가지 들고 가곤 했습니다만 마리는 이미 아무것도 먹지 못하게 되어 있었습니다. 그러나 마리는 그 아이들 덕분에 행복하게 죽어 갔다는 것을 나는 단언할 수 있습니다. 죽을 때까지 자기를 큰 죄인이라 생각하고 있던 마리는 이 아이들을 통해서 용서를 받은 것 같은 심정이 되었던 것입니다. 그들은 마치 어린 새처럼 날마다 아침이면 마리네 집 창문에 와서는 날개를 파다닥거리며 『마리, 우리는 당신을 좋아해요.』하고 큰 소리로 지저귀는 것이었습니다. 얼마 후에 마리는 죽고 말았습니다. 나는 좀더 오래 살 줄 알았습니다. 죽기 전날 저녁 나는 저녁 해가 지기 전에 잠깐 마리네 집에 들렀습니다. 그녀는 내 얼굴을 알아보는 것 같았습니다. 나는 마지막으로 손을 잡아 주었습니다. 그 바싹 여윈 손이라니……. 그런데 이튿날 아침에 사람이 와서 마리가 죽었다고 전하지 않겠어요? 마리가 죽자 아이들은 어른들이 말리는 것도 듣지 않고 관을 온통 꽃으로 꾸미고 마리의 머리에도 화환을 만들어 씌워 주었습니다. 교회의 목사도 죽은 사람까지 모욕하려고는 하지 않았습니다. 그러나 그녀의 장례식에 참석한 사람은 극히 적었습니다. 단순한 호기심에서 참석한 사람이 몇 명 있을 뿐이었습니다. 드디어 관을 메고 나갈 때가 되자 아이들은 자기들이 메겠다고 앞을 다투어 관으로 몰려들었습니다. 그러나 자기들의 힘만으로는 메고 나갈 수가 없어서 결국은 어른들의 도움을 받았습니다. 그밖의 아이들은 모두들 관 뒤를 따라가며 우는 것이었습니다. 그 후부터 마리의 무덤은 언제나 아이들이 보살펴 주었습니다. 그들은 1년 내내 꽃으로 무덤을 꾸며 주었고 둘레에는 장미를 심었습니다. 그런데 장례식이 있고 난 후부터 아이들 때문에 온 마을 사람들은 나를 박해하기 시작하였습니다. 그 주된 선동자는 목사와 학교 선생이었습니다. 아이들에게는 나와 만나는 것조차 금지시켰으며, 시네이제르 선생은 나를 감시하는 일을 맡게 되었습니다. 그러나 우리들은 여전히 만나고 있었습니다. 먼 곳에서도 서로 신호로 이야기하곤 했습니다. 그리고 아이들은 자주 귀여운 편지를 보내 주기도 했습니다. 이런 일은 그 후

원만히 해결되었습니다만 그때는 정말 재미있었습니다. 이 박해를 계기로 나는 아이들과 더욱 가까워지게 되었던 것입니다. 나는 그곳을 떠나던 해에 티보 선생이나 목사와도 화해했습니다. 시네이제르 선생은 나에게 여러 가지 이야기를 하면서 어린이들에 대한 나의 행동이 좋지 못한 방식이라고 공격하였습니다. 도대체 나에게 어떤 방법이 있다는 것일까요. 마침내 시네이제르 선생은 나에게 한 가지 괴상한 말을 했습니다. 그것은 내가 출발하기 직전의 일이었습니다. 그는 나를 어린애와 똑같다, 즉 나는 완전한 어린애다, 나는 얼굴과 키만 어른과 같을 뿐 발육이나 정신이나 성격이나, 그리고 어쩌면 지적(知的)인 능력까지도 결코 어른이 아니다, 설사 내가 예순까지 산다 하더라도 역시 그대로일 것임을 자기는 믿는다고 말씀하시는 것이었습니다. 나는 이 말을 듣고 크게 웃었습니다. 그건 선생의 말이 옳지 않았기 때문입니다. 도대체 나 같은 어린애가 세상에 어디 있단 말입니까. 그러나 딱 하나 옳은 말이 있었습니다. 실제로 나는 어른들과, 세상의 어른들과 사귀기를 그리 좋아하지 않습니다. 이것은 나 자신이 벌써 오래 전부터 느끼고 있었습니다. 좋아하지 않는다는 것은 나에게 어른들과 사귈 능력이 없다는 뜻입니다. 어른과 같이 있으면 상대방이 아무리 좋은 사람이라 할지라도, 그리고 그가 아무리 듣기 좋은 말을 하더라도 어쩐지 답답해져서 한시라도 빨리 거기를 빠져 나오고 싶었습니다. 그리고 제 벗들에게 갔을 때 저는 말할 수 없이 즐거웠습니다. 제 벗이란 언제나 아이들이었습니다. 하지만 그것은 나 자신이 어린애이기 때문은 아닙니다. 그저 어쩐지 아이들에게 마음이 끌렸기 때문입니다. 내가 그 마을에 가서 얼마 되지 않았을 때의 일입니다. 아까 말한 것처럼 혼자 산에 올라가 무슨 시름에 잠겨 있었을 적의 일입니다만, 이리저리 발길이 닿는 대로 거닐고 있노라면 이따금 대개는 학교가 파하는 점심때쯤이 됩니다. 그래서 떼를 지어 집으로 돌아오는 아이들과 만나곤 했습니다. 책보를 들고 석판(石板)을 옆구리에 낀 놈들이 떠들썩하게 웃고 지껄이고 장난을 치고 하면서 달려옵니다. 그러면 내 마음은 갑자기 그들을 향하여 줄달음질치는 것 같았습니다. 어째선지는 모르지만 이렇게 그들과 만날 때마다 나는 아주 강렬한 행복을 느꼈습니다. 나는 그 자리에서 발을 멈추고, 행복한 미소를 입가에 띠고, 냅다 뛰어가는 아이들의 조그만 발이 눈앞에서 움직이는 것이며, 웃고 울고 하면서 함께 어울려 뛰어가는 소년 소녀들의 모습을——왜 우는가 하면 많은 아이들은 학교에서 돌아오는 길에 벌써 싸움을 시작하여 서로 울리기도 웃기기도 하기 때문입니다. 그러나 그들은 이내 화해를 하고 다시 장난을 시작하는 것입니다――바라보고 있는 동안에 가슴속의 시름이 말끔하게 잊혀지는 것이었습니다. 그 후 3년 동안 나는 어째서 세상 사람들이 그처럼 밤낮 우울한 얼굴만을 하고 있는 것인지 이해가 가지 않았습니다. 내 운명은 모두 아이들을 위해 바쳐졌던 것입니다. 나는 그 마음을 버리게 되리라고는 꿈에도 생각하지 못했고, 러시아로 돌아오리라고도 생각해 본 일조차 없었습니다. 한평생 거기서 지내게 될 줄로만 알고 있었습니다. 그러나 한편으로는 시네이제르 선생도 언제까지나 나를 보살펴 줄 수는 없다는 것을 알았습니다. 거기다 마침 그 어떤 사건이 하나 일어났는데, 그것은 아주 중대한 일인 듯 선생은 나에게 어서 떠나라고 재촉하면서 여비까지 부담해 주셨습니다. 나는 지금 이것이 도대체 무슨 일인지 누구와 의논을 하면 좋을는지 생각하고 있는 중입니다. 어쩌면 내 운명이 일변해 버릴는지도 모릅니다. 그렇지만 그것은 그리 중요한 문제가 아닙니다. 그보다 더욱 중요한 것은 내 전 생애가 이미 일변해 버렸다는 사실입니다. 나는 거기에 너무나 많은 것을 남겨 두고 왔습니다. 나에게서는 이미 모든 것이 사라져 버린 것입니다. 난 기차를 탄 후 이렇게 생각했습니다. 나는 이제부터 세상으로 나가고 있는 것이다, 어쩌면 나는 아무것도 아는 것이 없을는지 모른다, 그런데 벌써 새로운 생활이 찾아온 것이다 하고. 나는 스스로의 일을 정직하고 단호하게 수행하기로 결심했습니다. 세상 사람들 속에서 생활하기가 나에게는 따분하고도 괴로울 것입니다. 그러나 나는 우선 모든 사람 앞에서 겸손하고 솔직해야겠다고 생각했습니다. 그 이상의 것을 나에게 요구할 사람은 아무도 없을 것입니다. 어쩌면 세상에서도 나더러 어린애 같다고 할 사람이 있을는지 모르겠습니다. 마음대로 지껄이라지요. 또 어째선지 사람들은 나를 백치로 생각하고 있습니다. 분명히 나도 한때는 백치에 가까우리만큼 극도로 건강 상태가 좋지 못했었습니다. 그러나 내가 백치라고 일컬어지고 있음을 알고 있으니까 더 이상 나는 백치가 아니며, 설마 그런 백치는 세상에 없겠죠. 아까 방으로 들어올 때도 나는 생각했습니다. 모두들 저렇게 나를 백치로 다루고 있다, 그러나 난 어디까지나 영리한 인간이다, 다만 남들이 그것을 깨닫지 못할 뿐이다 하고. 나는 노상 이렇게 생각을 합니다. 나는 베를린에서 나에게 써보낸 몇 통의 아이들의 편지를 받고, 내가 얼마나 그들을 사랑하고 있었는가를 비로소 알았습니다. 최초의 편지를 손에 들었을 때는 정말 괴로웠습니다. 아이들은 나와의 이별을 얼마나 슬퍼했는지 모릅니다. 떠나기 한 달 전부터 아이들은 이별을 슬퍼하기 시작했으니까요. 『레옹이 떠나가 버린다, 레옹이 영영 떠나가 버린다!』하며. 우리들은 그 전처럼 저녁마다 폭포 옆에 모여서 앞으로 다가올 이별에 대해 이야기했습니다. 때로는 여느 때처럼 유쾌한 시간을 보내는 저녁도 있었습니다만 집에 돌아갈 때가 되면 모두들 나에게 달려들어 힘차게 나를 껴안는 것이었습니다. 이런 일은 그 전에는 없었습니다. 어떤 애는 애들이 없는 데서 나를 껴안고 키스하려고 몰래 나를 찾아오기도 했습니다. 내가 떠날 때에는 모두들 떼를 지어 정거장까지 배웅을 나와 주었습니다. 정거장은 마을에서 1베르스타 가량이나 되는 먼 거리에 있었습니다. 아이들은 애써 울음을 참고 있었습니다만 개중에는 끝내 참지를 못하고 울음을 터뜨리는 아이도 있었습니다. 우리들은 기차 시간에 늦지 않도록 길을 서두르고 있었는데 갑자기 아이들 중의 하나가 길 한복판에서 나에게 달려들더니 조그만한 팔로 나를 끌어안고 키스를 하는 것이었습니다. 그것 때문에 일행은 발걸음을 멈추지 않을 수 없었습니다. 기차 시간은 급했지만 그 아이가 작별 인사를 끝낼 때까지 모두들 기다려 주었던 것입니다. 내가 기차에 오르고 기차가 움직이기 시작하자 그들은 한결같이 『만세!』하고 외치면서 기차가 보이지 않게 될 때까지 오랫동안 그 한자리에 서 있었습니다. 나도 역시 언제까지나 그쪽을 돌아다보고 있었습니다. 아 참, 아까 내가 여기 들어와서 당신들의 아름다운 얼굴을 보고——나는 요즘 남의 얼굴을 열심히 관찰하는 버릇이 생겼습니다——당신들의 입에서 최초의 말을 들었을 때, 내 마음은 아이들과 헤어진 이후 처음으로 가벼워진 것 같았습니다. 조금 전에도 문득 생각났던 일이지만 나는 정말 행복한 인간인지도 모릅니다. 첫눈에 호감이 가는 사람을 만나기란 쉬운 일이 아닌데 나는 기차에서 내리자마자 당신들 같은 분들을 만났으니까요. 그야 나도 남 앞에서 자기의 감정을 말하는 것이 부끄러운 일이라는 것쯤은 알고 있습니다. 그러나 당신들 앞에서는 조금도 부끄러운 생각이 들지를 않는군요. 나는 그다지 사람 접촉을 잘하는 편이 아니어서 앞으로는 자주 들리지 못하게 되는지도 모르겠습니다. 그러나 내가 이렇게 말한다고 해서 내 말을 나쁜 뜻으로 받아들이지는 마십시오. 나는 결코 당신들을 대수롭잖게 여기거나 혹은 무엇인가로 기분이 상했거나 해서 그렇게 말하는 것은 아니니까요. 그리고 아까 당신들의 얼굴에서 어떤 인상을 받았는가 하는 질문을 받았는데, 지금은 기꺼이 이것에 대답하겠습니다. 우선 아젤라이다 이바노브나, 당신의 얼굴은 행복하게 보이는 상입니다. 세 분 중에서 제일 인상이 좋은 얼굴입니다. 뿐만 아니라 당신은 아주 예쁘게 생겼습니다. 당신의 얼굴을 보고 있으면, 누구나 착한 여동생 같은 느낌이 든다고 말하고 싶어질 것입니다. 당신은 솔직하고도 명랑한 태도로 남에게 접근합니다만 그러면서도 한편으로는 상대방의 마음속까지 꿰뚫어 보는 능력을 가지고 있습니다. 당신의 얼굴에서는 그런 인상을 느낄 수 있습니다. 그 다음 알렉산드라 이바노브나, 당신의 얼굴도 역시 아름답고 귀엽습니다. 그러나 당신은 무엇인가 남 모를 슬픔 같은 것을 간직하고 있는 것 같습니다. 당신의 마음씨 또한 더할 나위 없이 아름다울 것입니다. 하지만 그리 쾌활한 편이라고는 말할 수 없습니다. 당신의 얼굴에는 흡사 드레스덴에 있는 홀바인의 마돈나 같은 독특한 분위기가 어려 있습니다. 이것이 내가 당신의 얼굴에서 받은 인상입니다. 어떻습니까. 대단한 관상쟁이죠? 당신 자신이 조금 전에 나더러 관상쟁이라고 하셨으니까요. 그런데 리자베타 프로코피예브나, 당신의 얼굴에 대해서 말씀드린다면,」하면서 공작은 갑자기 장군 부인에게 얼굴을 돌렸다. 「이것은 단순히 그렇게 여겨지는 것이 아니라 거의 확신할 수 있습니다. 당신은 비록 연세는 많으실지 모르지만 모든 면에서, 좋은 면이나 나쁜 면이나를 불문하고 지극히 순진한 어린애입니다. 이렇게 말씀드린다고 해서 설마 화를 내시지는 않겠죠? 어린애에 대한 내 견해는 이미 아시고 계실 테니까요. 그리고 또 내가 아무렇게나 입에서 나오는 대로 당신의 얼굴을 평한다고 생각하지 마시기 바랍니다. 내 말은 그런 것이 아닙니다! 절대로 그런 것은 아닙니다. 어쩌면 나대로의 무슨 생각이 있어서 하는 말인지도 모릅니다.」

7

공작이 입을 다물었을 때 방안에 있는 사람들은 모두, 아글라야까지도 유쾌한 눈으로 그를 바라보았다. 리자베타 프로코피예브나는 특히 기분이 좋은 것 같았다.

「이것으로 당신에 대한 시험도 끝났구먼요!」하고 그녀는 소리쳤다.

「그래 어떠냐? 너희들은 공작을 무슨 가엾은 어린애나 되는 것처럼 보호해
드릴 생각이었는데 오히려 너희들이 공작한테 겨우 교제를 허락받은 셈이
되지 않았느냐 말이다. 그것도 이따금 오신다는 조건부로 말야. 정말 우리
들은 바보였어. 그렇지만 나는 정말 기뻐요. 누구보다도 기쁜 것은 이반 표
도로비치일 테지만. 실은 말이에요, 공작, 아까 당신을 시험해 본다고 말한
사람이 있었거든요. 그건 그렇고 당신이 내 얼굴에 대해서 하신 말씀은 정
말 틀림없어요. 내가 어린애라는 것은 나 자신도 잘 알고 있으니까요. 당신
의 평을 듣기 전부터 그렇다는 것을 알고 있었는데, 당신은 내가 생각하고
있는 것을 한마디로 명확하게 표현해 주셨어요. 나는 당신의 성격도 나와
똑같다고 생각하는데 그것이 무엇보다도 기뻐요. 정말 우리는 너무나 꼭 같
아요. 다만 당신은 남자고 나는 여자, 그리고 내가 스위스에 가보지 못했다
는 점만이 다를 뿐이에요.」

「그렇게 서두르지 마세요, 엄마.」하고 아글라야가 말했다. 「공작은 자
기대로의 특별한 생각이 있어서 그런 말을 한 것이지 건성으로 말한 것은
아니라고 말씀하셨잖아요.」

「그래요, 그래요.」하고 다른 두 딸도 웃었다.

「그렇게 놀리지 마라. 어쩌면 공작은 너희들 셋을 합친 것보다도 더 현명
한 분일는지도 모르니까. 두고 보아라. 하지만 공작님, 어째서 아글라야에
대해서는 아무런 말도 하시지 않으셨죠? 아글라야도 기다리고 있고 나도
기다리고 있는데.」

「지금은 뭐라고 말하기가 어렵습니다. 나중에 말씀드리겠습니다.」

「왜요? 아주 돋보이는 편이죠?」

「네, 아주 돋보입니다. 아글라야 이바노브나, 당신은 정말 보기드문 미인
입니다. 바라보기가 무서울 정도로 아름다운 분입니다.」

「그저 그것뿐인가요? 그럼 성질은?」하고 장군 부인은 대답을 재촉
했다.

「아름다움이라는 것을 평하기란 어려운 일입니다. 나에게는 아직 그만한
준비가 없습니다. 아름다움이란 수수께끼니까요.」

「그러면 당신은 아글라야에게 수수께끼를 던진 셈이로군요.」하고 아젤라
이다가 말했다. 「아글라야, 어디 네가 한 번 풀어 보렴. 그렇지만 예쁘죠,
공작? 미인이죠?」

「네, 드물게 보는 미인입니다!」넋을 잃고 아글라야를 바라보며 공작은 열띤 어조로 대답했다. 「나스타샤 필립포브나와 거의 같게, 물론 얼굴은 전혀 다릅니다만······.」

일동은 깜짝 놀라 서로의 얼굴을 바라보았다.

「네? 누구요?」하고 장군 부인은 말끝을 길게 끌었다. 「나스타샤 필립포브나와 같아요? 아니, 당신은 어디서 나스타샤 필립포브나를 보셨죠? 도대체 나스타샤 필립포브나가 누군데요?」

「아까 가브릴라 아르달리오노비치가 이반 표도로비치에게 사진을 보여 드리고 있었습니다.」

「뭐라고요? 이반 표도로비치에게 사진을 가져왔다구요?」

「네, 보여 드리려구요. 오늘 나스타샤 필립포브나가 가브릴라 아르달리오노비치에게 자기 사진을 주었는데 그것을 보여 드리려고 가져왔더군요.」

「한 번 보고 싶구먼!」하고 장군 부인은 소리쳤다. 「어디 있죠, 그 사진이. 그 사람에게 보내 온 것이라니까 그 사람이 가지고 있겠군요. 그 사람은 아직 서재에 있을 거예요. 수요일에는 일을 하러 와서 오후 4시 이전에 돌아간 예가 없으니까. 그럼 지금 곧 가브릴라 아르달리오노비치를 부르죠! 아니, 그만둡시다. 그렇게까지 해서 볼 필요는 없으니까요. 그렇지만 공작, 수고스럽지만 당신이 서재에 가서 그에게서 사진을 빌려 가지고 오시지 않겠어요? 좀 보고 싶다고 하고, 네?」

「참 좋은 사람이란 말야. 하지만 너무 단순한 것 같아.」공작이 밖으로 나가자 아젤라이다가 말했다.

「그래, 어쩐지 정도가 좀 지나친 것 같아.」하고 알렉산드라가 맞장구를 쳤다. 「약간 우스꽝스러울 정도야.」

둘 다 자기 생각을 솔직히 말하지는 않은 모양이었다.

「그렇지만 얼굴 얘기를 할 때는 썩 잘 둘러대던걸.」하고 아글라야가 말했다. 「누구에게나 듣기 좋은 말만 하고, 엄마에게까지.」

「애, 제발 그런 건방진 말일랑 좀 작작 해!」하고 장군 부인은 언성을 높였다. 「그건 공작이 아첨을 한 것이 아니라 내가 짐짓 아첨의 말을 들은 것처럼 기뻐했을 뿐이야.」

「너는 그걸 둘러댄 말이라고 생각하니?」하고 아젤라이다가 물었다.

「난 그렇게 생각해. 그 사람은 절대로 순진한 사람이 아니야.」

「응, 또 시작이로구나!」하고 장군 부인은 사뭇 화를 냈다. 「내 눈에는 너희들이 몇 갑절이나 더 우스꽝스럽게 보인다. 어수룩하게 보이지만 속엔 무엇이 들어 있는 분이야. 물론 이건 고상한 의미에서 하는 말이지만 정말 나하고 똑같아.」

『사진 얘기를 한 것은 물론 나의 불찰이다.』공작은 서재로 다가가면서 일종의 자책을 느끼고 속으로 이렇게 생각하는 것이었다. 『하지만 어찌 생각하면 얼결에 말한 것이 잘했는지도 모른다.』그의 머릿속에 하나의 야릇한 생각이 스치고 지나갔다. 그러나 그것은 아직 분명한 형태를 갖추고 있는 것은 아니었다.

가브릴라 아르달리오노비치는 서재에 앉아서 서류를 정리하기에 여념이 없었다. 아무래도 그는 회사에서 월급을 거저 타먹고 있는 것은 아닌 성싶었다. 그는 공작에게서, 그 사진을 빌려달라는 부탁을 받고 안에서 사진 얘기를 알게 된 경위를 듣자 극도로 당황했다.

「아 아니, 뭐라고요? 무엇 때문에 당신은 그런 말을 지껄였단 말이오?」하고 그는 노발대발하며 외쳤다. 「아무것도 모르면서 이 바보 같은 자식이.」하고 마지막 한 마디는 입 속으로 중얼거렸다.

「용서하십시오. 그만 무의식중에 나온 말이었으니까요. 다른 얘기를 하던 끝에 그만 그 말이 튀어나왔어요. 아글라야가 나스타샤 필립포브나만큼이나 아름답다고 말했던 거예요.」

가냐는 좀더 자세히 얘기해 달라고 했다. 공작은 그 말이 나오게 된 경위를 자세히 이야기했다. 가냐는 또다시 비웃듯이 그의 얼굴을 바라보았다.

「당신 같은 사람까지 나스타샤 필립포브나를 기억하게 되었으니…….」

그는 이렇게 중얼거렸으나 말끝도 맺지 못한 채 생각에 잠겨 버리고 말았다.

그에게는 분명히 걱정거리가 있는 모양이었다. 공작은 사진을 재촉했다.

「저, 공작.」하고 마치 뜻하지 않은 묘안이 떠오르기라고 한 듯이 가냐는 갑자기 이렇게 입을 열었다. 「당신에게 한 가지 어려운 부탁이 있는데. 이럴 때 나는 정말로 어떻게 말을 해야 할는지…….」

그는 몹시 주저하는 듯 다음 말을 잇지 못했다. 그 어떤 일을 결행하려고 자기 자신과 싸우고 있는 듯싶었다. 공작은 묵묵히 그의 말을 기다리고 있었다. 가냐는 다시 한 번 시험하는 듯한 눈빛으로 찬찬히 그의 얼굴을 바라보았다.

「저, 공작.」하고 가냐는 다시 입을 열었다. 「지금 부인들은 나에 대해서, 어떤 지극히 괴이한 그리고 우스꽝스런 사정으로, 더욱이 나한테는 아무런 죄도 없는데…… 아니, 이런 것은 쓸데없는 얘기지만, 부인들은 아무래도 나한테 어느 정도 화를 내고 있는 모양이에요. 그래서 나는 그들이 나를 부르지 않는 한 당분간은 안에 들어가지 않습니다. 그런데 나는 지금 아글라야 이바노브나와 이야기를 해야 할 필요를 절실히 느끼고 있단 말입니다. 혹시 기회가 있을까 해서 몇 자 적어 놓은 것이 있는데——그의 손에는 조그맣게 접은 종이쪽지가 들려 있었다——이걸 어떻게 전해야 할지 모르고 있었어요. 그러니 저, 공작, 당신이 이걸 아글라야 이바노브나에게 지금 곧 전해 주시지 않겠습니까? 그러나 아글라야 이바노브나가 혼자 있을 때에, 즉 다른 사람의 눈에는 띄지 않게. 알겠습니까? 그렇다고 무슨 큰 비밀이 있는 건 절대로 아닙니다……. 그 점은 맹세할 수 있어요……. 하지만 좀…… 어쨌든 수고해 주시겠습니까?」

「나는 그런 일을 전혀 좋아하지 않는데요.」공작은 대답했다.

「아니 공작, 이건 나에게는 극히 절박한 문제입니다!」가냐는 애원하기 시작했다. 「아글라야 이바노브나도 아마 회답을 주실 겁니다……. 얼마나 다급하면 이렇게 당신에게까지 간청하겠습니까? 당신 이외에는 아무도 이것을 전해 줄 만한 사람이 없어서 그럽니다……. 이건 아주 중대한 일입니다……. 그야말로 중대한 일이어서요.」

가냐는 공작이 끝끝내 거절하면 어쩌나 하고 걱정하며 안절부절못하면서 애원하는 표정으로 상대방의 얼굴을 쳐다보았다.

「정 그러시다면 전해 드리겠습니다.」

「하지만 아무도 눈치 채지 못하게 전해 주셔야 합니다.」가냐는 좋아서 어쩔 줄 모르며 다시 한 번 당부했다. 「그리고 공작, 약속은 꼭 지켜 주시겠지요. 네?」

「아무에게도 보이지는 않겠습니다.」공작은 대답했다.

「이 편지는 봉해져 있지 않습니다만…….」지나치게 애를 태우던 나머지 가냐는 얼결에 이렇게 말하다가 당황하여 입을 다물어 버렸다.

「아아, 읽지 않겠습니다.」공작은 시원스럽게 대답하고 사진을 집어들고는 이내 서재에서 나갔다. 공작이 나가고 방안에 혼자 남게 되자 가냐는 두 손으로 머리를 움켜쥐었다.

「그녀의 말 한 마디로 나는…… 나는 파혼해 버릴는지도 모른다!」

그는 이제 흥분과 기대로 다시 서류 앞에 앉을 수가 없어 이 구석에서 저 구석으로 서재 안을 거닐기 시작했다.

공작은 생각에 잠겨 걸음을 옮겼다. 자기에게 심부름을 시킨다는 것도 불쾌했지만 가냐가 아글라야에게 편지를 보낸다는 것도 그에게는 참으로 불쾌한 충격을 주는 것이었다. 그러나 객실로 통하는 방을 두 개도 채 지나지 않아서 그는 문득 무엇인가를 생각해 낸 듯 갑자기 걸음을 멈추고 주위를 둘러보면서 밝은 빛이 흘러드는 창가로 다가가 나스타샤 필립포브나의 사진을 들여다보기 시작하였다.

그는 아까 자기 마음에 깊은 충격을 준 이 얼굴에 숨은 수수께끼 같은 그 무엇을 풀고 싶었다. 아까 받은 인상이 잠시도 마음에서 떠나지 않아 그 얼굴에서 무엇인가를 다시 한 번 확인하고 싶었다. 아름다움 때문뿐만 아니라 또 무엇인가 다른 것 때문에 예사롭지 않게 보이는 그 얼굴은 이제 한층 더 강한 힘으로 그의 마음을 사로잡는 것이었다. 이 얼굴에는 한량없는 긍지와 거의 증오에 가까운 모멸의 빛이 나타나 있는 것 같았다. 그러나 한편으로는 어딘지 남을 곧잘 믿는 놀랄 만한 소박함 같은 것이 엿보였다. 이 두 가지 요소의 대조는 보는 사람의 가슴에 그 어떤 연민을 불러일으키는 것이었다. 이 황홀한 아름다움은 눈이 부셔 똑바로 바라볼 수조차 없는 그런 것이었다. 그것은 푹 꺼진 듯한 야윈 두 볼이며, 불타는 듯한 두 눈동자며 창백한 얼굴빛이 가지는 아름다움이었다. 공작은 1분 가량 그렇게 바라보고 있다가 이윽고 정신을 차리고 주위를 둘러보고는 사진을 얼른 입술로 가져다가 키스했다. 1분 후 객실로 들어간 그의 얼굴은 완전히 가라앉아 있었다.

그리고 그가 식당에 발을 들여 놓는 순간——객실까지는 아직도 방 하나를 더 통과해야 했다——마침 안에서 나오려던 아글라야와 하마터면 문간에서 부딪칠 뻔했다. 그녀는 혼자였다.

「가브릴라 아르달리오노비치가 당신에게 이것을 전해 주라고 하더군요.」 공작은 그녀에게 쪽지를 건네며 말했다.

아글라야는 걸음을 멈추고 쪽지를 받아 들자 무엇인가 기묘한 눈으로 공작을 쳐다보았다. 그녀의 눈빛에는 거북해 하는 빛이라고는 조금도 없고 다만 뜻밖이라는 표정만이 나타나 있었다. 그러나 그것도 공작 한 사람에게만 관련된 것인 듯했다. 무엇 때문에 공작이 가냐와 어울려 이 사건에 끼여 들고 있는가 하는 데 대한 설명을, 아글라야는 그 눈빛으로 공작에게 요구하고 있는 것 같았다. 더욱이 그 태도는 어디까지나 침착하고도 거만하기까지 했다. 두 사람은 이삼 초 동안 서로 꼼짝 않고 서 있었다. 마침내 그녀의 얼굴에는 무엇인가 조소의 그림자가 떠오르더니 그녀는 소리 없이 생긋 웃어 보이고는 그의 옆을 지나가 버렸다.

장군 부인은 얼마 동안 아무렇지도 않은 것 같은 얼굴로 묵묵히 나스타샤 필립포브나의 사진을 들여다보았다. 그녀는 사진을 든 손을 일부러 그러는 것처럼 눈에서 멀리 떼고 바라보고 있었다.

「그래, 미인이야.」 장군 부인은 마침내 입을 열었다. 「아주 대단한 미인이야. 나는 이 여자를 두 번 보았지만 먼빛으로 보았기 때문에……. 그래 당신은 이런 미인이 마음에 드신다는 건가요?」 갑자기 그녀는 공작에게 물었다.

「네……, 그런…….」 공작은 좀 어색한 듯이 대답했다.

「바로 이런 얼굴을?」

「네, 바로 이런 얼굴을.」

「어째서요?」

「이 얼굴에는…… 참으로 많은 고뇌가 있습니다…….」 공작은 누구의 질문에 대답하는 것이 아니라 마치 혼잣말이라도 하는 듯이 저도 모르게 이렇게 중얼거렸다.

「하지만 당신은 아마 잘못 보셨을 거예요.」 장군 부인은 결론을 내리듯이 이렇게 말하고 거만한 손짓으로 사진을 탁자 위에 던졌다.

알렉산드라가 그것을 집어들었다. 그러자 아젤라이다가 곁에 와서 둘이 함께 사진을 들여다보기 시작했다. 바로 이때 아글라야가 객실로 돌아왔다.

「대단한 힘인걸!」 언니의 어깨 너머로 열심히 사진을 들여다보고 있던 아젤라이다가 갑자기 소리쳤다.

「어디에? 무슨 힘이?」 하고 리자베타 프로코피예브나는 날카로운 목소리로 물었다.

「이런 아름다움은 힘이에요!」 하고 아젤라이다는 열을 올려 말했다. 「이만한 아름다움을 가지고 있으면 온 세계를 뒤엎을 수도 있겠어요…….」

아젤라이다는 생각에 잠긴 얼굴로 자기의 화가(畫架) 쪽으로 물러났다. 아글라야는 사진을 흘끗 들여다보고는 살짝 눈을 찡그리고 아랫입술을 내밀면서 그 자리를 떠나 팔짱을 끼고 한옆으로 나앉았다.

장군 부인은 벨을 울렸다.

「가브릴라 아르달리오노비치를 불러 오게, 서재에 있을 거야.」 그녀는 문을 열고 들어온 하인에게 일렀다.

「엄마!」 알렉산드라가 의미 있게 소리쳤다.

「그 사람에게 한두 마디 일러두고 싶어서야, 그러면 돼!」 장군 부인은 얼른 딸의 항의를 물리치면서 딱 잘라 말했다. 그녀는 눈에 띄게 흥분하고 있었다. 「공작, 우리 집에서는 지금 무엇이나 다 비밀이에요. 무엇이든지 다! 그래야 한다는 거예요. 그것이 예의라는 거예요. 별꼴도 다 보지. 게다가 또 그것은 무엇보다도 가장 공명정대를 필요로 하니 말이에요. 실은 지금 혼담이 오가고 있는데 나는 그 혼담이 마음에 들지 않아요…….」

「엄마, 무엇 때문에 그런 말을?」 또다시 알렉산드라가 당황하여 어머니의 말을 제지했다.

「어쨌다는 거냐, 너는? 그래 너는 그 혼담이 마음에 든다는 거냐? 공작이 들으시면 어떠냐, 우리들의 친구가 되셨는데. 적어도 나에게는 그래요. 신은 착한 사람을 찾고 계셔. 나쁜 사람이나 변덕스런 사람을 찾으시는 건 아니야. 특히 이랬다 저랬다 하는 그 따위 변덕쟁이는 싫어하신단 말이야. 알겠니, 알렉산드라? 그런데, 공작, 저 애들은 나를 기인이라고 말하고 있어요. 그렇지만 나도 무엇이 좋고 나쁜 것인가쯤은 가릴 줄 알아요. 뭐니뭐니해도 참된 마음이 제일이에요. 그밖의 것은 모두 대수로운 문제가 아니에요. 그야 물론 분별이라는 것도 필요하겠죠……. 어쩌면 그것이 가장 중요한 것일는지 몰라요. 아글라야, 웃는 게 아냐, 난 조금도 모순된 말을 하고 있지 않아. 참된 마음은 가지고 있지만 분별이 없는 바보나, 분별은 있지만 참된 마음이 없는 바보나 어느 쪽도 모두 불행한 법이야. 이건 옛날부터 내려오는 진리야. 만일 내가 참된 마음은 있지만 분별이 없는 바보라면 너는 분별은 있지만 참된 마음이 없는 바보야. 그래서 너나 나나 양쪽이 다 불행한 거야. 그래서 우리는 이렇게 고생하고 있는 거야.」

「무엇 때문에 그렇게 불행하시죠, 엄마는?」 좌중에서 오직 명랑한 기분을 잃지 않고 있는 듯한 아젤라이다가 참다못해 이렇게 물었다.

「그야 학문이 있는 딸들 탓이지.」하고 장군 부인은 딱 잘라 말했다. 「그것 한 가지만으로도 충분할 테니까, 그밖의 이유에 대해서는 길게 늘어 놓고 싶지도 않아. 나는 말이 많은 사람은 질색이야. 아무튼 두고 보자, 지 혜가 있고 말이 많은 너희들이 —— 그러나 아글라야만은 제외하고 —— 앞 으로 어떻게 헤쳐 나가는지…… . 그리고 훌륭한 알렉산드라 이바노브나, 네가 그 존경할 만한 신사와 결혼해서 얼마나 행복할 것인지 아니?」하고 그녀는 객실로 들어오는 가냐를 보고 소리쳤다. 「저기 결혼 동맹원이 또 한 사람 나타났군. 어서 오시오.」그녀는 의자도 권하지 않고 가냐의 인사 에 대답했다. 「당신은 결혼하려고 하고 있죠?」

「결혼을? 네? 무슨 결혼을?」가브릴라 아르달리오노비치는 어리둥절 해서 이렇게 중얼거렸다. 그는 몹시 당황했다.

「즉, 아내를 맞이하려 하느냐고요? 내가 묻고 있는 것은 이거예요. 당신 이 그런 표현을 좋아한다면.」

「아닙니다…… . 난…… 그렇지 않습니다.」가브릴라 아르달리오노비치 는 거짓말을 했다. 그의 얼굴은 수치심으로 인하여 새빨갛게 물들여졌다. 그는 옆에 앉아 있는 아글라야를 힐끔 쳐다보고는 이내 딴데로 시선을 돌려 버렸다. 아글라야는 냉정하고 침착하게 찬찬히 그를 바라보며 잠시도 눈을 떼지 않고 그가 당황하는 꼴을 유심히 살피고 있었다.

「아니라고? 분명히 당신 입으로 아니라고 했죠?」엄격한 리자베타 프로 코피예브나는 끈덕지게 파고들었다. 「좋아요. 똑똑히 기억해 둬야겠군. 오 늘, 수요일 아침에 당신은 내 질문에 분명히 아니라고 대답했어요. 오늘이 무슨 요일이지, 수요일?」

「네, 수요일이에요, 엄마.」아젤라이다가 대답하였다.

「그리고 며칠? 언제나 날짜를 잊어버리거든.」

「27일입니다.」가냐가 대답했다.

「27일? 그 27이라는 숫자가 어떤 점에서는 아주 좋군요. 그럼 나가 보아 요, 할일이 많을 테니까. 나도 이젠 옷을 갈아입고 외출을 해야겠어. 당신 의 사진은 가져가요. 그리고 당신의 불쌍한 어머니 니나 알렉산드로브나에 게도 안부를 전해 주시고. 공작, 그럼 또 만나요! 자주 들리세요, 네? 나 는 이제부터 일부러 당신 얘기를 하러 벨로콘스카야 할머니에게 다녀와야 겠어요. 그리고 공작, 신이 당신을 스위스에서 페체르부르그로 데려 오신

것은 나를 위해서였다고 나는 확신하고 있어요. 그야 그밖에도 여러 가지
볼일이 있으실 테지만 가장 중요한 것은 나를 위해서였을 거예요. 그것이
신의 뜻일 거예요. 그럼 안녕. 알렉산드라, 너는 잠깐 내 방에 들러.」
　장군 부인은 객실에서 나갔다. 가냐는 얼빠진 사람처럼 멍하니 서 있다가
심술궂은 얼굴이 되어, 테이블 위에서 사진을 집어들고 일그러진 미소를 띠
며 공작에게로 얼굴을 돌렸다.
　「공작, 나는 곧 집으로 돌아가겠습니다. 내 집에 하숙하겠다는 생각에 변
함이 없다면 나와 함께 가십시다. 그렇지 않으면 당신은 주소도 모르셔서
…….」
　「공작, 잠깐만.」 아글라야가 자리에서 벌떡 일어나며 이렇게 말했다.
「당신은 아직 내 앨범에 글씨를 써주실 일이 남아 있어요. 아버지에게서 당
신이 훌륭한 서예가란 말을 들었어요. 곧 가져오겠어요.」
　그리고 그녀는 방에서 나갔다.
　「그럼 나도 실례하겠습니다. 공작, 또 뵙겠어요.」 아젤라이다가 말했다.
　그녀는 공작의 손을 꽉 쥐고 상냥하고 부드럽게 미소를 지어 보이고는 가
냐 쪽은 돌아보지도 않고 나가 버렸다.
　「그것은 당신이,」 다른 사람들이 모두 나가 버리자 가냐는 이를 갈면서
공작에게 대들었다. 「그것은 당신이 지껄였죠, 내가 결혼한다고?」 그는
화가 나 험상궂게 눈을 번뜩이면서 반쯤 속삭이듯 재빨리 중얼거렸다. 「나
는 당신이 그처럼 비열한 수다쟁이인 줄은 몰랐어요!」
　「아니, 절대로 그렇지는 않습니다. 당신은 오해하고 있습니다.」 공작은
차분히 점잖게 대답했다. 「나는 당신이 결혼한다는 것조차 몰랐으니까
요.」
　「당신은 아까 이반 표도로비치께서 오늘 저녁 나스타샤 필립포브나네 집
에서 모든 것이 해결된다고 말씀하신 것을 듣고 그것을 전한 거예요! 당신
은 거짓말을 하고 있어요! 당신이 고자질을 하지 않았다면 대체 어디서 그
사람들이 그런 걸 알았겠어요? 제기랄, 지금 저 할머니가 나에게 빈정거리
지 않았느냐 말이에요?」
　「그렇게까지 빈정거림을 당한 것 같은 느낌이 든다면 누가 일러바쳤는가
는 당신이 더 잘 알고 있을 게 아닙니까? 아무튼 나는 한 마디도 그런 말
을 한 일이 없습니다.」

「쪽지는 건넸습니까? 회답은?」

잔뜩 약이 올라 참지 못하게 된 가냐는 상대방의 말을 가로막았다. 그러나 바로 이때 아글라야가 돌아왔으므로 공작은 대답할 겨를이 없었다.

「자, 공작.」탁자 위에 앨범을 놓으며 아글라야가 말했다. 「적당한 페이지를 찾아서 뭐든지 써주세요. 자아, 이 펜을……. 아직 새 것이에요. 철필이라도 괜찮으세요? 서예가는 철필로는 쓰지 않는다는 말을 들었는데.」

이렇게 공작에게 말하고 있는 동안에도 그녀는 바로 곁에 서 있는 가냐를 의식하지 못하기라도 한 듯했다. 그러나 공작이 펜을 바로잡고 페이지를 뒤적이며 준비를 하고 있는 사이에 가냐는 아글라야가 서 있는 공작의 오른쪽의 벽난로로 다가가서 띄엄띄엄 떨리는 목소리로 조용히 말했다.

「당신에게서 딱 한 마디만 들으면 그것으로 나는 구원을 받습니다.」

공작은 얼른 얼굴을 돌려 두 사람을 바라보았다. 가냐의 얼굴에는 심한 절망의 빛이 나타나 있었다. 그는 어쩐지 얼결에, 제대로 생각하지도 않고 이러한 말을, 저도 모르게 지껄인 모양이었다. 아글라야는 아까 공작에게 보인 것과 똑같은 침착한 놀라움을 나타내면서 몇 초 동안 그를 바라보고 있었다. 상대방의 말을 전혀 알아듣지 못하겠다는 듯한 그 의아해 하는 얼굴과 침착한 놀라움을 나타내는 그 표정은, 이 순간 가냐에게는 그 어떤 격렬한 모욕보다도 무서운 것이었다.

「뭐라고 쓸까요?」공작이 물었다.

「내가 부르는 대로 받아 쓰세요.」아글라야는 공작을 돌아보며 말했다. 「준비가 다 되셨어요? 자, 쓰세요. 『나는 흥정에는 가담하지 않겠어요.』라고. 그 다음 날짜를 기입하시구요. 자아, 그럼 이젠 보여 주세요.」

공작은 그녀에게 앨범을 건넸다.

「정말 훌륭하군요! 놀랄 만큼 잘 쓰셨어요. 정말 훌륭한 글씨인걸요. 감사합니다. 그럼 안녕, 공작…… 아니 잠깐만,」그녀는 갑자기 생각나는 것이 있는 듯 이렇게 덧붙였다. 「저리 함께 가세요, 기념으로 당신에게 드리고 싶은 것이 있어요.」

공작은 그녀의 뒤를 따라갔다. 그러나 식당으로 들어가려고 할 때 아글라야는 멈춰 섰다.

「이걸 읽어 보세요.」그녀는 가냐에게서 받은 편지를 그에게 건넸다.

공작은 그것을 받아 들고 의심쩍게 아글라야를 바라보았다.

「네, 나는 잘 알고 있어요. 당신은 이 편지를 읽어 보지 않으셨을 것이고, 또 그 사람의 심복이 될 수 없는 분이라는 사실을. 어서 읽어 보세요. 나는 당신이 이 편지를 읽어 주셨으면 해요.」 편지는 분명히 급하게 쓴 것임에 틀림없었다.

〈오늘은 내 운명이 결정되는 날입니다. 이것이 무슨 뜻인지는 당신도 잘 아시리라 믿습니다. 오늘 나는 한평생 돌이킬 수 없는 중대한 약속을 하지 않으면 안 되게 되어 있습니다. 물론 나는 당신의 동정을 바랄 아무런 권리도 없는 몸입니다. 또한 감히 당신에게 어떤 희망을 걸려고도 생각하지 않습니다. 그러나 언젠가 당신이 나에게 하신 한 마디, 그 한 마디가 내 인생의 어두운 밤을 밝게 비춘 뒤로 나에게는 등대가 되었습니다. 부디 다시 한 번 그 말을 해주십시오. 그러면 나를 파멸의 구렁텅이에서 구출해 주시는 것이 됩니다. 모든 것을 파기하라고 말해 주십시오. 그러면 나는 오늘이라도 모든 것을 깨뜨리고 말겠습니다. 그런 말을 하는 것쯤 당신에게는 아무것도 아니지 않습니까? 나는 다만 그 말 속에서 나에 대한 당신의 동정과 연민의 표지를 찾고 싶을 뿐입니다. 다만 그것뿐, 정말 그것뿐입니다. 그 이상은 아무것도 없습니다. 아무것도 없습니다. 그 이외의 무슨 희망을 걸어 보려는 생각은 정말 없습니다. 나는 그런 것을 바랄 만한 자격이 없는 인간이니까요. 그렇지만 당신에게서 그 말 한 마디만 들을 수 있다면 나는 또다시 빈곤을 참아 내고 현재의 절망적인 처지까지도 기꺼이 감수할 수 있습니다. 악전고투도 기꺼이 맞겠습니다. 그리고 그 속에서 새로운 힘을 가지고 되살아나겠습니다.

부디 나에게 동정의 말 한 마디만 적어 보내 주십시오. 내가 바라는 것은 오직 하나, 동정뿐입니다. 이것은 맹세하겠습니다. 파멸의 구렁텅이로부터 스스로를 구출하려고 최선을 다해 노력하고 있는, 이 물에 빠진 자의 뻔뻔스러움에 화를 내지 말아 주시기 바랍니다. GI〉

「이 사람은 말예요.」 공작이 편지를 다 읽고 나자, 아글라야는 날카롭게 말했다. 「이 사람은 『모든 것을 파기하라』는 말이 명예를 훼손시키지 않을 것이며 절대로 나를 속박하는 것은 아니라고 맹세하고, 보시다시피 자기가 그 증거로써 이런 편지를 나에게 보낸 거예요. 그런데 어린애도 아닌데, 몇 몇 말에는 강조까지 해댄 걸 좀 보세요. 그러니 얼마나 더러운 속셈이 드러나 보이느냐 말이요. 그 사람은, 만일 내 말 따위는 기다리지도 않고 그런 것을 나한테는 전혀 알리지도 않은 채, 나라는 여자에게 아무런 희망도 걸지 않고 자기 혼자의 생각으로 모든 걸 파기한다면, 그때는 나도 그 사람을 달리 보고 그 사람의 벗이 될지도 모르리라는 것을 알고 있어요. 그래요. 그 사람은 그것을 틀림없이 알고 있어요! 알고 있으면서도 결심을 못하고 있는 거예요. 마음이 더러워진 인간이기 때문이에요. 알고 있으면서도 역시 보증이 필요했던 거예요. 그 사람은 신용만으로는 그것을 실행에 옮기지 못하는 거예요. 그 사람은 10만 루블 대신 제게서 희망을 얻어 놓고 싶었던 거예요. 그리고 내가 전에 그 사람의 인생을 비추었으니 하는 말을 했다는 것은 뻔뻔스러운 거짓말이에요. 나는 꼭 한 번 그 사람을 불쌍히 여긴 적이 있을 뿐이에요. 그걸 가지고 이내 일루의 희망이 있었기라도 한 것처럼 생각한 모양이죠. 원래가 뻔뻔스럽고 수치심이 없는 인간이니까. 나도 이내 그 눈치를 알아챘지요. 그때부터 그 사람은 나를 낚으려고 한 거예요. 지금도 낚으려 하고 있어요. 하지만 이제는 그만이에요. 그러니까 이 편지는 도로 가지고 가서 그 사람에게 돌려 주세요. 그 사람과 함께 우리 집에서 나가신 다음에……. 그 전에는 돌려 주지 마시구요.」

「그럼 그 사람에게 뭐라고 대답합니까?」

「대답은 무슨 대답이에요. 이것이 제일 좋은 대답이죠. 그리고 당신은 그 사람네 집에 하숙하실 생각이세요?」

「아까 이반 표도로비치께서 친히 소개해 주셨으니까…….」 하고 공작은 대답했다.

「그렇다면 조심하세요. 미리 말씀드려 두겠는데 이렇게 되고 보면 그 사람도 당신을 가만두지는 않을 거예요. 당신의 손을 거쳐 이 편지가 되돌아 가니까요.」

아글라야는 살며시 공작의 손을 쥐고 나갔다. 미간을 찌푸린 그 얼굴은 심각한 표정이었고 작별 인사로 공작에게 머리를 끄덕였을 때에도 농담기라곤 조금도 찾아볼 수 없었다.

「지금 곧 보따리를 가지고 오겠습니다.」 하고 공작은 가냐에게 말했다. 「그리고 나서 갑시다.」

가냐는 초조하게 발을 굴렀다. 그 얼굴은 분노로 검푸르게 보이기까지

했다. 이윽고 두 사람은 한길로 나섰다. 공작은 두 손으로 자기의 보따리를 안고 있었다.

「회답은? 회답은 어찌됐소?」가냐는 금방 달려들기라고 할 듯이 공작에게 물었다. 「그녀는 뭐라고 합디까? 편지는 전하셨겠죠?」

공작은 묵묵히 편지를 돌려 주었다. 가냐는 말뚝처럼 서버렸다.

「뭐야! 이건 내 편지가 아니야!」그는 외쳤다. 「이걸 전하지도 않았었군! 아아, 내가 그것을 알아채지 못했으니! 에잇, 제에기랄…… 이제 알았어, 그녀가 아까 내 말을 못 알아들은 이유를! 도대체 어째서, 무엇 때문에 당신은 이걸 전하지 않았죠? 에잇, 제기랄……」

「미안하지만 그 반대입니다. 나는 아까 당신의 부탁을 받고 즉시 그 편지를 전할 수가 있었으니까요. 당신의 부탁을 받고 그 지시대로 말이에요. 그런데 그것이 또 내 수중에 있는 까닭은 아글라야 이바노브나가 조금 전에 나한테 돌려 주었기 때문입니다.」

「언제 말입니까, 언제?」

「내가 앨범에 글씨를 쓰고 나자 아글라야 이바노브나가 나를 부르지 않았습니까? 당신도 들으셨겠지요? 바로 그때입니다. 내가 뒤를 따라서 식당에 들어가자 편지를 건네며 나더러 읽어 보라고 하더니, 당신한테 도로 돌려 주라는 것이었습니다.」

「뭐, 읽어 보라구!」가냐는 정신없이 큰 소리로 마구 고함을 쳤다. 「읽어 보라구? 그래 당신은 읽으셨습니까?」

그는 또다시 전신이 마비된 듯 길 한가운데 우뚝 섰다. 어지간히 놀란 듯 딱 벌려진 그의 입은 좀처럼 다물어질 줄을 몰랐다.

「네, 읽었습니다. 금방.」

「그래 그 사람이 직접 자기 입으로 당신더러 읽어 보라고 했습니까? 자기 입으로?」

「네, 그러더군요. 나는 그 사람의 허락이 없었다면 절대로 읽지는 않았지요.」

가냐는 잠시 입을 다물고 무엇을 생각하는지 잔뜩 이맛살을 찌푸리고 있더니 별안간 고함을 치기 시작했다.

「그럴 리가 없어! 그 사람이 당신더러 읽으라고 했을 리가 없어! 그건 거짓말이야! 당신이 제멋대로 읽은 거야!」

「나는 사실을 말하고 있을 뿐입니다.」공작은 여전히 차분한 어조로 대답
했다. 「나를 믿어 주시오. 그러나 이 일이 당신에게 그처럼 불쾌한 충격을
주었다고 생각하니 정말 유감스럽군요.」

「그렇지만 그때 무슨 말을 당신한테 했을 게 아닙니까? 무슨 대답이 있
었을 게 아니냔 말이오?」

「그야 물론.」

「자, 이야기해 주세요. 자, 이야기하시라니까. 제기랄……」

그리고 가냐는 오버 슈즈(방수용으로 신는 덧신)를 신은 오른쪽 발로 두 번이나 땅바닥을
굴렀다.

「내가 그 편지를 다 읽고 나자 아글라야 이바노브나는 이렇게 말했습
니다. 그 사람은 나를 낚으려 하고 있다, 그 사람은 나에게서 희망을 얻기
위해서 내 명예를 훼손시키려 하고 있다, 그리고 이 희망에 매달려 조금도
손해를 보지 않고 10만 루블이라는 또 하나의 희망을 파기하려 하고 있다,
만일 그 사람이 나한테 흥정을 걸어 오거나 나한테서 미리 보증을 받으려고
하지 않고 자기 혼자의 생각으로, 자기 혼자의 힘으로 모든 것을 끊어 파기
했다면 그때는 나도 그 사람의 벗이 되었을는지도 모른다, 대충 이런 얘기
였다고 기억합니다. 아, 참, 또 있습니다. 내가 편지를 도로 받고『뭐라고
대답할까요?』하고 물었더니, 『회답이 없는 것이 가장 좋은 회답이에요.』
하고 말하더군요. 만약 내가 아글라야 이바노브나의 정확한 표현을 잊고 멋
대로 해석해서 당신한테 전했다면 그 점은 용서하시기 바랍니다.」

한량없는 적의가 가냐를 사로잡았다. 바야흐로 끓어오르는 분노는 마침
내 둑을 허물고 터져 나왔다.

「젠장, 그렇게 됐단 말이군!」그는 이를 부드득 갈았다. 「그렇다면 내
편지를 차라리 창 밖으로나 던져 버릴 것이지! 흥, 그 여자는 흥정에 가담
하지 않겠다는 말이죠. 그렇지만 나는 가담하겠어요. 어디 두고 보세요!
아직도 나는 얼마든지……. 여하튼 두고 봐! 꼼짝도 못 하게 만들어 놓고
야 말 테니!」

그의 창백한 얼굴은 일그러졌고, 입에는 거품을 물고 있었다. 그는 마치
누군가를 위협하듯 두 주먹을 불끈 쥐는 것이었다. 이런 상태로 그들은 조
금 걸어갔다. 그는 마치 자기 방에 혼자 있기라도 한 것처럼 공작을 조금도
어려워하지 않았다. 사실 그는 공작을 전혀 보잘것없는 인간으로 여기고 있

었던 것이다. 그러나 그는 갑자기 무엇인가 생각하더니 제정신을 차렸다.

「그렇지만 도대체 어떻게,」 그는 불쑥 공작에게 말을 건넸다. 「어떻게 해서 당신 같은──백치가! 하고 입 속으로 덧붙였다──사람이 첫인사를 하고 두 시간도 채 못 돼서 그처럼 그 아가씨의 신임을 받게 되었죠? 어쨌길래?」

이때까지의 그의 고뇌 속에는 질투가 부족해 있었다. 그것이 지금 갑자기 그의 심장 깊숙한 곳을 찔렀던 것이다.

「나로서는 뭐라고 해명할 수 없습니다.」 공작은 대답했다.

가냐는 증오에 찬 눈으로 공작을 바라보았다.

「그 여자가 뭔가 줄 게 있다고 당신을 식당으로 부른 것은 당신을 신뢰하고 있다는 증거잖아요? 어쨌든 그 여자가 당신에게 뭔가를 주려고 했던 거죠?」

「하긴 그렇게밖에는 여겨지지 않는군요.」

「그럼 어째서 그랬느냔 말이오? 제기랄! 당신은 그 집에서 무슨 짓을 했죠? 어떤 점이 그 사람들의 마음에 들었느냔 말입니다. 이것 보세요.」 그는 몹시 초조해 했다. 이때 그의 내부에서는 모든 것이 질서를 잃고 서로 뒤얽힌 채 끓어오르고 있어서, 그는 자기의 생각을 정리할 수조차 없는 모양이었다. 「당신이 그 집에서 한 말을 다시 기억에서 되살려 한 마디도 빼놓지 않고 차근차근 들려 줄 수 없겠어요? 처음부터 말이에요. 무엇인가 눈치 챈 것은 없습니까? 생각이 나지 않아요?」

「오오, 그것이라면 얼마든지 얘기할 수가 있습니다.」 공작은 대답했다. 「안으로 들어가서 인사를 한 다음 맨 처음에 스위스 얘기를 했습니다.」

「스위스 같은 건 아무래도 좋아요!」

「그 다음에는 사형에 관해서…….」

「사형에 관해서라구요?」

「네, 무슨 얘기가 나온 끝에……. 그 다음에 내가 외국에서 3년 동안을 어떻게 지냈으며, 또 어떤 불쌍한 촌색시 이야기를…….」

「그까짓 촌색시 얘기 같은 건 아무래도 상관없소. 그래 그 다음에는?」 가냐는 성급하게 말을 재촉했다.

「그 다음에는 시네이제르 선생이 내 성격을 어떻게 평하더라는 거며 또 그 분이 나를 억지로…….」

「시네이제르 선생이 다 뭐 말라 죽은 거요? 그런 사람의 평 같은 건 침이나 탁 뱉어 버려요! 그 다음은?」

「그 다음, 무슨 말끝에 얼굴 얘기를 시작했습니다. 즉 얼굴의 표정에 대해서 말입니다. 그리고는 아글라야 이바노브나가 나스타샤만큼이나 아름답다고 말했습니다. 바로 그때예요, 내가 사진 얘기를 한 것은……」

「그럼 당신은 나의 얘기는 하지 않았단 말이죠. 그 전에 서재에서 들은 얘기를 정말 옮기지 않았단 말이죠? 네?」

「그런 얘기는 전혀 하지 않았습니다.」

「그렇다면 도대체 어디서 그 얘길, 제기랄……. 아 참! 아글라야는 그 편지를 할머니에게 보이지는 않았습니까?」

「그것은 내가 책임지고 보증합니다. 절대로 보이지 않았어요. 나는 줄곧 그 자리에 있었으니까요. 그리고 또 그녀에게는 그럴 겨를도 없었어요.」

「그러나 당신 자신이 미처 눈치 채지 못했는지도 모르잖아요……. 에잇 망할 놈의 백치!」하고 그는 완전히 공작의 존재를 잊고 소리쳤다. 「이야기 하나 제대로 못 하니!」

자기 입에서 무의식중에 튀어나온 욕지거리가 상대방에게 아무런 저항도 주지 않았음을 알아차린 가냐는, 어떤 종류의 인간들에게서나 흔히 볼 수 있듯이 차차 자제력을 잃었다. 조금만 더 그대로 놔두었다가는 상대방의 얼굴에 침이라고 뱉을 만큼 성이 나 있었다. 그리고 그도 바로 그 분노로 눈이 흐려져 있었던 것이다. 그렇지 않았으면 그는 자기가 깔보고 있는 이 『백치』가 어떤 때는 놀랄 만큼 재빨리, 그리고 섬세하게 모든 것을 알아챌 뿐만 아니라 또한 그것을 남에게 완전히 전달할 수 있는 능력을 가지고 있다는 점에 벌써부터 주의를 기울일 수 있었을 것이다. 그러나 이때 갑자기 전혀 뜻하지 않았던 일이 일어났다.

「가브릴라 아르달리오노비치, 당신에게 조금 말씀드릴 게 있습니다.」공작이 불쑥 입을 열었다. 「내가 전에는 병을 앓아서 그야말로 백치에 가까운 상태에 있었습니다만 이미 오래 전에 완전히 건강을 회복했습니다. 그래서 맞대놓고 백치, 바보라고 부르는 소리를 들으면 나는 조금 불쾌해집니다. 물론 당신의 실패를 생각하면 용서하지 못할 것도 아니지만, 그러나 당신은 홧김에 벌써 두 번이나 내게 욕을 했습니다. 나는 그런 짓을 당하고 싶지 않습니다. 당신처럼 초면인 경우에는 더욱 그렇습니다. 마침 우리들은 네거리에 서 있으니 여기서 헤어지는 것이 좋을 것 같습니다. 당신은 오른쪽으로 가십시오. 나는 왼쪽으로 가겠습니다. 다행히 수중에 25루블이 있으니까 아무데서나 적당한 여관을 찾죠.」

가냐는 몹시 당황했다. 그리고 이 불의의 반격에서 받은 부끄러움 때문에 얼굴이 확 붉혀지기까지 했다.

「용서하세요, 공작.」지금까지의 상스러운 말씨를 단번에 공손한 말씨로 바꾸며 그는 이렇게 말했다. 「제발 용서해 주세요! 내가 지금 어떠한 불행에 처해 있는가 하는 것은 당신도 잘 아시지 않습니까.   하지만 아직 당신은 거의 아무것도 모르십니다. 만일 내가 처해 있는 사정을 자세히 아시게 된다면 반드시 얼마만큼이라도 나를 용서해 주실 겁니다. 물론 그것으로 구실을 삼을 생각은 조금도 없습니다만…….」

「오오, 그렇게까지 사과할 것은 없습니다.」공작은 재빨리 대답했다. 「당신은 지금 무척 불쾌한 생각을 하고 있다는 것, 그래서 그런 욕지거리가 나왔다는 것쯤은 나도 알고 있습니다. 그럼 당신네 집으로 함께 가봅시다. 그렇게 하는 편이 나도 좋으니까…….」

『아니, 이젠 이 자를 이대로 놓아둘 수는 없다.』가냐는 걸음을 옮기면서도 증오에 찬 눈으로 공작을 흘끗흘끗 바라보며 속으로 이렇게 생각하는 것이었다. 『남의 비밀을 샅샅이 캐내고서는 느닷없이 탈을 벗고 나섰다……. 여기에는 반드시 무슨 곡절이 있다. 좋다, 어디 보자. 모든 것을 결판내고야 말 테니까. 모든 것을, 모든 것을! 그것도 오늘 중으로!』

그들은 어느새 가냐의 집 앞에 와 있었다.

8

가네치카(가냐의)의 방은 아주 깨끗했고, 밝고 넓은 층층대를 지나 3층에 위치하고 있었다. 그 주택은 여섯 내지 일곱 개의 지극히 평범한, 크고 작은 방들로 이루어져 있었지만, 그러나 아무튼 봉급 2천 루블을 받는, 권속을 거느린 관리로서는 약간 과분한 느낌이 드는 그러한 집이었다. 사실 이 집은 한두 달 전에 가냐와 그의 가족이 하숙을 칠 양으로 세를 얻어 들었는데, 이것은 다소나마 부수입을 올려 자기들의 세대주를 도우려는 어머니 니나 알렉산드로브나와 누이동생 바르바라 아르달리오노브나의 강경한 주장과 간청에 의한 것이었다. 하지만 가냐는 그것이 불쾌해서 견딜 수 없었다. 그는 언제나 상을 찌푸리고, 하숙을 치다니 그런 창피스러운 노릇이 어디 있느냐고 투덜거리고 있었다. 가냐는 어느 정도의 출세가 약속된, 앞날이 촉망되는 청년으로서 자기 집에서 하숙을 친다는 것이 자기가 항상 출입하고 있는 사회에 대해 어쩐지 부끄러운 일인 것처럼 생각되었던 것이다. 운명에 대한 이러한 여러 가지 양보와 불쾌한 옹색함은 그의 마음에 깊은 상처가 되어 있었다. 언제부터인지 그는 아무렇지도 않은 사소한 일에 대해서도 마구 짜증을 내곤 하였다. 그가 한때나마 양보와 인내를 감수하고 있었던 것은 가까운 장래에 이와 같은 모든 상태를 개혁하겠다는 굳은 결심이 있었기 때문이었다. 그러나 그가 선택한 개혁의 방법 그 자체가 이미 상당히 큰 문제여서 그것을 해결한다는 것은 여태까지의 모든 고통을 합친 것보다 훨씬 어렵고 까다로울 것 같았다.

방들은 현관에서 똑바로 뻗은 복도에 의하여 둘로 나뉘어져 있었다. 복도의 한편 쪽에는 『특별히 소개받은』 하숙인들을 들이는 방이 세 개 있었다. 이밖에 같은 편 안쪽으로 부엌과 붙은 자그마한 방이 또 하나 있었다. 이 방에는 이 집의 가장인 퇴역 장군 이볼긴이 넓은 소파를 침대 대용으로 쓰며 기거하고 있었다. 그가 집으로 드나들 때는 반드시 부엌을 빠져 나가 뒷계단으로 오르내리게 되어 있었다. 이 구석방은 열세 살 난 중학생인 가냐의 동생 콜랴도 함께 쓰고 있었다. 이 소년 역시 아버지와 마찬가지로 여기서 불편을 참아 가며 공부를 해야 하고, 좁고 짧은 낡아빠진 소파에 구멍투성이인 시트를 깔고 자며, 또 가장 중요한 임무로 그는 아버지를 시중하며 그 감독까지 맡아야 했다. 사실 아버지는 이렇게 하지 않으면 안 되었다. 공작에게는 세 개의 방 중에서 가운뎃방이 배당되었다. 오른편의 첫번째 방은 페르드이시첸코가 차지하고 있었고, 왼편의 세번째 방은 아직 비어 있었다. 그러나 가냐는 우선 자기 가족이 쓰는 방이 있는 쪽으로 공작을 안내했다. 이쪽에는 필요에 따라 식당으로도 쓰이는 홀과 객실——객실이라고는 하지만 그것은 오전에만 그렇게 쓰일 뿐이고 저녁에는 가냐의 서재 겸 침실로 바뀐다——그리고 언제나 굳게 닫혀 있는 옹색한 세번째의 방, 니나 알렉산드로브나와 바르바라 아르달리오노브나의 침실이 있었다. 한마디로 말해서 이 집에서는, 모든 사람이 비좁고도 옹색한 생활을 하고 있었다. 이런 환경에서 가냐는 마음속으로 이를 갈며 불만스런 매일매일을 보내고 있었다. 그는 어머니에게만은 예의를 지키려고 노력하고 있었지만, 이 집에 발을 들여 놓는 사람이면 누구든지 그가 이 집안의 폭군이라는 것을 대번에 눈치 챌 수 있었다.

객실에서는 니나 알렉산드로브나뿐만 아니라 그 곁에 바르바라도 함께 앉아서 무슨 뜨개질 같은 일을 하며 손님과 얘기를 하고 있었다. 손님은 이반 페트로비치 프치스인이라는 사내였다. 니나 알렉산드로브나는 여윈 얼굴에 볼이 꺼져 들어가고 눈 밑은 몹시 검은빛이 도는, 50세 전후로 보이는 여자였다. 전체적인 모습은 허약하고 다소 우울하게 보였으나 그 얼굴과 눈매는 퍽 인상이 좋아 보였다. 처음 몇 마디 말만으로도 품위 있는 진지한 성격이 느껴졌다. 또 그 우울한 얼굴에 어울리지 않는 꿋꿋함, 아니, 오히려 강한 결단력까지 느껴졌다. 옷차림은 지극히 검소했고, 늙은이들처럼 수수한 빛깔의 옷을 입고 있었으나, 그녀의 태도나 말씨나 거동은 전에 상류 사회에 드나들던 부인이라는 것을 곧 알게 했다.

바르바라 아르달리오노브나는 23세 정도 된 처녀로 키는 숭키, 몸은 다소 여윈 편이었지만 그래도 남자의 마음을 끌어 자기에게 열중시킬 만한 그런 어떤 매력을 간직하고 있었다. 그녀는 어머니를 많이 닮아 옷치장에 마음을 쓰는 품이 전혀 보이지 않았다. 그 잿빛 눈의 표정은 어떤 때는 쾌활하고도 상냥하게 보이기도 했지만, 그보다는 심각하고 우울하게 보이는 때가 더 많았다. 요즘은 특히 그 정도가 심했다. 꿋꿋함과 결단력은 그녀의 얼굴에도 나타나 있었다. 그러나 그것은 어머니의 얼굴에서 느낄 수 있는 것보다 훨씬 강한 정력과 진취성을 띠고 있는 것 같았다. 바르바라 아르달리오노브나는 또한 성미가 비교적 급한 편이어서, 그녀의 오빠도 가끔 그것을 두려워할 정도였다. 지금 여기 손님으로 와서 앉아 있는 이반 페트로비치 프치스인도 그녀의 급한 성미에는 적지 않게 겁을 먹고 있었다. 그는 30세 전후의 젊은 사내로 옷차림은 검소하면서도 멋을 부리고 있었다. 그의 매너는 꽤 훌륭했으나 어딘가 너무 과장된 데가 있었다. 거뭇한 턱수염은 그가 관청에 근무하는 관리가 아님을 말해 주고 있었다. 그는 그럴 듯한 말로 재미있게 대화를 이끌어갈 줄도 알았으나 대체적으로 말수가 적은 편이었다. 아무튼 남에게 유쾌한 인상을 주는 사내인 것만은 틀림없었다. 그는 바르바라 아르달리오노브나에 대해서 무관심하지 않은 듯했고, 자기 자신도 그 감정을 숨기려 하지는 않았다. 바르바라 아르달리오노브나 쪽에서는 단순한 벗으로서 사귀고 있었을 뿐, 어떠한 특별한 물음에 대해서는 아직도 대답을 회피하고 있었으며, 오히려 그것을 싫어하고 있을 정도였다. 그러나 프치스인은 그만한 것쯤으로 자신을 잃는 그런 인간은 아니었다. 한편 니나 알렉산드로브나는 그에게 무척 친절하게 대해 주었고, 최근에는 여러 면에서 그를 의지하게 되었다. 그렇지만 그가 확실한 물건을 잡고 비싼 이자로 돈놀이를 해서, 돈벌이를 하고 있다는 것은 널리 알려져 있는 사실이었다. 가냐와는 절친한 친구였다.

자세하기는 하지만 단편적인 공작에 대한 가냐의 소개가 있은 다음──가냐는 어머니에게 몹시 무뚝뚝한 태도로 인사를 했을 뿐 누이에게는 전혀 인사조차 하지 않고 이내 프치스인을 데리고 나가 버렸다──니나 알렉산드로브나는 두서너 마디 친절한 말을 건네고는 마침 방문을 열고 내다본 콜랴에게 일러 공작을 가운뎃방으로 안내하게 했다. 콜랴는 명랑하고 상당히 예쁜 얼굴의 얌전하고 마음씨 좋을 듯한 소년이었다.

「짐은 어디 있어요?」 그는 공작을 방으로 안내하며 이렇게 물었다.

「조그만한 보따리가 하나 있는데 현관에 놓아 두었어.」

「그럼 내가 가서 가져올께요. 우리 집에는 하인이라고는 식모와 마트료나밖에 없어요. 그래서 나도 집안일을 돕고 있어요. 바랴(바르바라의 애칭) 누님이 하인들을 감독하고 있는데 밤낮 화만 내고 있거든요. 형님이 그러는데 오늘 스위스에서 오시는 길이라면서요?」

「응.」

「스위스는 좋은 곳인가요?」

「응, 좋아.」

「산이 있죠?」

「응.」

「지금 곧 짐을 가지고 오겠어요.」

그때 바르바라 아르달리오노브나가 들어왔다.

「이제 곧 마트료나가 시트를 깔러 올 거예요. 트렁크를 가져오셨어요?」

「아니, 조그만한 보따리 하나뿐입니다. 현관에다 놔두었는데 지금 콜랴가 가지러 갔습니다.」

「이 조그만한 보따리밖에는 아무것도 없었어요. 어디다 짐을 놔두셨죠?」 콜랴가 방으로 되돌아와서 물었다.

「응, 짐이라고는 이것밖에 없어.」보따리를 받으며 공작이 대답했다.

「아아, 그래요? 그런 걸 난 또 페르드이시첸코가 가져갔나 했지.」

「쓸데없는 소리는 하는 게 아냐.」바랴는 야무지게 동생을 나무랐다. 그녀는 공작에 대해서는 무척 무뚝뚝하게 말을 했으며 다만 예의를 잃지 않을 정도로 정중할 뿐이었다.

「이 바보야, 나한테는 좀더 상냥하게 대해 줘도 좋잖아. 난 프치스인이 아니란 말야.」

「너 같은 건 오히려 두들겨 패도 시원찮을 정도야! 콜랴, 그만큼 너는 바보란 말야. 그럼 공작, 무엇이나 볼일이 있으시거든 마트료나에게 말씀해 주세요. 식사 시간은 4시 반이니까 저희들과 함께 하시든 이 방에서 혼자 하시든 좋을 대로 하세요. 자, 이젠 가, 콜랴. 공작에게 방해가 되면 안 돼.」

「기찮구, 그렇게 너무 따따거리지 말아!」

밖으로 나가다가 그들은 가냐와 마주쳤다.

「아버지 계시냐?」하고 묻는 말에 콜랴가 그렇다고 대답하자 가냐는 동생에게 무엇인가 귀엣말을 했다. 콜랴는 고개를 끄덕여 보이고는 바르바라 아르달리오노브나의 뒤를 따라나갔다.

「공작, 한 가지 말씀드릴 것이 있어서 왔습니다. 아까는 그…… 그 사건 때문에 그만 잊었었는데, 실은 부탁이 좀 있어서요. 당신에게 그리 지장이 없다면, 제발 나와 아글라야의 사이에 있었던 일을 이 집 사람들에게는 말하지 말아 주셨으면 좋겠습니다. 그리고 앞으로 이 집에서 보고 들으시는 것도 저쪽 사람들에게는 알리지 마시기 바랍니다. 이 집에도 역시 부끄러운 일이 한두 가지가 아니니까요. 에이, 빌어먹을 놈의……. 아무튼 오늘 하루만이라도 부탁합니다.」

「나는 절대로 당신이 생각하고 있는 것처럼 그렇게 수다쟁이는 아닙니다.」공작은 가냐의 주의에 얼마만큼 화를 내면서 이렇게 말했다. 두 사람의 관계는 점점 험악해지기 시작하였다.

「어쨌든 나는 오늘 당신 때문에 대단히 난처한 입장에 있었으니까요. 그러나 지금 나는 어디까지나 당신한테 간청하고 있는 겁니다.」

「이것 보세요, 가브릴라 아르달리오노비치. 도대체 내가 그때 무얼 잘못 했단 말입니까? 사진 얘기를 하지 말아야만 할 이유는 없지 않았습니까?

나는 당신에게서 아무런 부탁도 받은 바가 없었으니까요.」

「제기랄, 방도 참 더럽기는.」몹시 못마땅한 눈초리로 방안을 둘러보면서 가냐는 말했다. 「어둠침침한데다가 창문은 뒤뜰로 나 있고, 당신이 이 집에 오신 것은 여러 가지 점으로 보아 시기가 좋지 않아요……. 하지만 나와는 상관없는 일입니다. 나 자신이 하숙업을 하고 있는 건 아니니까.」

이때 프치스인이 얼굴을 들이밀고 가냐를 불렀다. 그러자 가냐는 공작을 남겨 두고 허둥지둥 방에서 나갔다. 실은 또 무엇인가를 말하고 싶었으나, 말을 꺼내기가 어려워서 그냥 머뭇거리고만 있었던 모양이었다. 방이 어떠니 창문이 어떠니 하는 말을 뇌까린 것도 그 때문에 공연히 지껄인 소리에 지나지 않은 듯했다.

공작이 겨우 세수를 하고 대충 몸치장을 막 끝마쳤을 때 또다시 방문이 열리며 낯선 사내의 모습이 나타났다.

키가 그리 작지 않고 어깨가 떡 벌어진 서른 전후의 사내였다. 붉은 머리카락을 가진 큼직한 머리에 살이 찐 얼굴은 불그레했으며, 입술은 두껍고, 코는 낮은데다가 넓적했으며 조그맣고 흐리멍덩한 눈은 조소의 빛을 띠고 있는 듯이 보였고, 쉴새없이 깜빡거리고 있었다. 이러한 모든 것이 전체적으로 뻔뻔스런 느낌을 주는 사내였다. 옷차림은 몹시 꾀죄죄했다. 처음에 그는 겨우 목을 들이밀 수 있을 만큼 방문을 약간 열었다. 그리고 안으로 들이민 얼굴로 한 5초 가량 방안을 둘러 보고 있더니, 이내 방문을 조금씩 넓게 열며 문지방 위에 전신을 나타냈다. 그러나 그는 선뜻 방안에 들어서려 하지는 않고 문지방 위에 선 채 눈을 가늘게 뜨고 찬찬히 공작을 바라보았다. 마침내 그는 등 뒤로 손을 돌려 방문을 닫고는 어슬렁어슬렁 공작의 곁으로 다가와서 의자에 앉더니, 공작을 자기 옆에 모로 놓인 소파 위에 끌어다 앉혔다.

「페르드이시첸코입니다.」묻기라도 하듯이 공작의 얼굴을 찬찬히 쳐다보며 그는 이렇게 허두를 꺼냈다.

「그래서요?」공작은 웃음이 터져 나오려는 것을 겨우 참으며 이렇게 대답했다.

「옆방에서 하숙을 하고 있는 사람입니다.」페르드이시첸코는 공작의 얼굴을 여전히 찬찬히 쳐다보면서 무뚝뚝하게 말했다.

「사귀고 싶다는 겁니까?」

「천만에！」손님은 머리털을 움켜쥐고 한숨을 내쉬며 이렇게 말하더니 맞
은편 구석을 바라보기 시작했다. 「돈을 가지셨습니까？」그는 공작에게 얼
굴을 돌리며 대뜸 이렇게 물었다.

「조금.」

「정확히 말해서 얼마나？」

「25루블.」

「좀 보여 주세요.」

공작은 조끼 호주머니에서 25루블의 지폐를 꺼내어 페르드이시첸코에게
건넸다. 그러자 페르드이시첸코는 그것을 펴서 이리저리 찬찬히 바라보고
있다가 이번에는 뒤집어서 불빛에 비쳐 보았다.

「참 이상해요.」그는 생각에 잠기는 듯한 얼굴로 입을 열었다. 「어째서
이렇게 암갈색으로 될까요？ 이 25루블의 지폐는 어떤 때는 아주 암갈색으
로 되어 있을 적도 있거든요. 그런데 개중에는 반대로 빛이 바래지는 것도
있어요. 자, 넣어 두세요.」

공작은 지폐를 받았다. 페르드이시첸코는 의자에서 일어났다.

「나는 당신에게 미리 주의를 주러 왔어요. 첫째 앞으로 나에게는 절대로
돈을 꿔주지 마세요. 왜냐하면 나는 반드시 당신에게 손을 내밀게 될 테니
까요.」

「알겠습니다.」

「당신은 이 집에 하숙비를 낼 생각이신가요？」

「그럴 생각입니다.」

「그러나 나는 그럴 생각이 아닙니다. 감사합니다. 나는 이 방에서 오른편
으로 첫번째 방에 있습니다. 보셨죠？ 나한테는 너무 자주 찾아오지 않도록
하세요. 그 대신 내가 이 방에 가끔 올 테니까 안심하시도록. 집 주인인 장
군은 만나 보셨습니까？」

「아뇨.」

「뭐 들은 말도 없구요？」

「네, 별로.」

「그럼 이제 곧 보기도 하고 듣기도 하게 되실 겁니다. 그 사람은 나한테
까지도 가끔 돈을 꾸러 오거든요！ 이것은 단순한 서론입니다. 그럼 실례했
습니다. 그런데 페르드이시첸코라는 성(姓)으로 과연 살아갈 수 있을까요？

어떻게 생각하시죠?」

「못 살아갈 이유가 뭡니까?」

「안녕히 계시오.」

그리고 그는 문 쪽으로 걸어갔다. 이 사내는 기발하고 쾌활한 익살로 남을 놀라게 하는 것을 마치 자기의 의무나 되는 것처럼 여기고 있음을 공작도 나중에야 알게 되었지만 그의 이러한 시도는 어째선지 단 한 번도 들어맞지 않았다. 그래서 어떤 사람들에게는 오히려 불쾌한 인상을 주는 것이었는데 그것 때문에 그는 몹시 풀이 죽어 버리곤 했으나, 그래도 여전히 자기의 사명을 포기하려 들지는 않았다. 문께에서, 밖에서 들어오는 또 한 사람의 사내와 마주치고서야 그는 비로소 제정신이 든 모양이었다. 공작에게는 생면부지인, 새로운 손님을 방으로 들여보낸 다음 그는 공작에게 경계하라는 듯이 몇 번인가 눈짓을 하였는데, 그런 짓을 하면서도 아무튼 그는 의연한 태도를 잃지 않고 자기 방으로 돌아가 버렸다.

새로 들어온 손님은 55세 가량이 아니면 그 이상 되어 보이는, 키가 크고 상당히 뚱뚱한 노인이었는데 포동포동 살이 찐 축 늘어진 검붉은 얼굴을 거친 잿빛 턱수염과 콧수염이 둥그렇게 에워싸고 있었으며 큰 두 눈은 약간 튀어나온 느낌이 들었다. 전에는 풍채가 상당히 훌륭한 편이었던 모양이지만, 지금은 그런 흔적을 찾아볼 수 없는 축 처진, 게다가 또 꾀죄죄한 느낌이 그 인상을 손상시키고 있었다. 아직 팔꿈치가 뚫어지지 않았을 뿐 낡을 대로 낡은 프록코트를 걸친데다가, 셔츠도 역시 때가 묻어 있어 집 안에서 입는 평상시의 옷차림을 하고 있는 듯한 모습이었다. 가까이 가니 술 냄새가 좀 났지만 그 매너는 다소 부자연스러운 데가 있기는 하여도 아주 효과적이어서, 본인이 공작에게 보여 주고 싶어하는 듯한 위풍당당한 취향은 매너에 잘 나타나 있었다. 손님은 천천히 공작에게로 다가오더니 상냥한 미소를 띠며 말없이 손을 잡고 낯익은 모습을 찾아 내기라도 하는 듯이 찬찬히 상대방의 얼굴을 뜯어 보고 있었다.

「그 사람이야, 그 사람!」 그는 낮으면서도 무게가 있는 어조로 입을 열었다. 「그 친구와 영락없어. 실은 아까부터 식구들이 무척 귀에 익은 그리운 이름을 자꾸만 되풀이하는 것을 들었지. 그래서 나도 영원히 돌아오지 않는 과거를 다시 한 번 상기했단 말이오…… 뮈시킨 공작이라구?」

「네, 그렇습니다.」

「이볼긴 장군이오, 퇴역한 불우한 사람이외다. 미안하지만 이름과 부칭 (父稱)은?」

「레프 니콜라예비치입니다.」

「그래, 그래! 내 죽마지우라고도 할 수 있는 니콜라이 콜로비치의 아들 이라지?」

「저의 아버지는 니콜라이 리보비치라고 불렸습니다만…….」

「그래, 리보비치이셨지.」장군은 자기가 한 말을 정정했으나 조금도 당황 하는 기색을 보이지 않았고 자기는 잊은 것이 아니라, 다만 무심코 잘못 말 했을 뿐이라는 투의 침착한 태도를 취하고 있었다. 그는 의자에 앉자, 공작 의 손을 잡아 자기 곁에 앉혔다. 「나는 자네를 이 손으로 잡고 다닌 적이 있다네.」

「정말인가요?」공작은 물었다. 「저의 아버지는 벌써 20년 전에 돌아가 셨는데요.」

「그렇지, 20년 하고도 3개월이 되는군. 함께 공부를 하다가 나는 곧장 군 대에 들어갔고…….」

「아니, 아버지도 역시 군인으로서 바실리코프스키 연대의 소위였습니다.」

「아니야, 벨로미르스키 연대야. 하기는 벨로미르스키 연대로 전속된 것은 죽기 바로 전이었지만. 나는 그 자리에 있으면서 아버님의 명복을 빌어 주 었지. 그런데 자네 어머님은…….」

장군은 마치 슬픈 추억 때문이기라도 한 듯 잠시 말을 멈췄다.

「네, 어머님도 역시 반 년쯤 지나서 감기로 돌아가셨습니다.」공작은 말 했다.

「아니, 감기가 아니야! 감기가 아니란 말이야. 늙은이의 말을 믿어야 해. 나는 어머님이 임종하시는 자리에도 있었고, 장례식에도 참석했다네. 남편을 잃은 슬픔 때문에 돌아가신 거지 결코 감기 때문이 아니라네. 공작 부인에 대해서도 나는 잘 기억하고 있지. 아아, 그때만 해도 퍽 젊었었지! 나와 자네 아버님인 공작은 더없이 친절한 친구였지만 그 분 때문에 하마터 면 서로 결투를 할 뻔했단 말일세.」

공작은 약간 의심쩍어하며 귀를 기울였다.

「자네 어머님이 아직 처녀였을 시절, 즉 내 친구의 약혼녀였던 시절에, 나는 열렬히 자네 어머님을 사랑했지. 공작은 그것을 눈치 채고 깜짝 놀랐단 말일세. 어느 날 아침 공작은 6시쯤 찾아와서 나를 깨우지 않겠어? 나는 깜짝 놀라서 옷을 입었지만, 양쪽이 다 말이 없었지. 나는 모든 것을 알아챘던 거야. 그러나 공작은 호주머니에서 권총을 두 자루 꺼내 놓더니, 손수건 너머의 결투(최단 거리에서 서로 없는 결투를 일컬음)를 하자, 입회인도 필요 없다고 조용히 말했지. 하긴 5분 후에는 서로 자기 친구를 저승에 보낼 판인데 입회인이고 증인이고 무슨 소용이 있었겠나. 우리는 총알을 재고 수건을 폈다네. 그리고는 권총을 각기 제 가슴에 가져다 대고 서로 얼굴을 마주 바라보았지. 그랬더니 갑자기 두 사람의 눈에서 눈물이 비오듯 쏟아져 나오고 손은 덜덜 떨리기 시작했단 말이야. 둘이 다 둘이 다, 동시에 말이야. 물론 두 사람은 서로 힘껏 포옹했지. 그 다음에는 누가 더 관대한가 하는 경쟁이었지. 공작이『네 것이다!』하고 외치면, 나도『아니, 네 것이야!』하고 외쳤어. 그러니까 한마디로 말하면……, 한마디로 말하면 자네는 우리 집에…… 하숙을?」

「네, 아마 당분간은…….」공작은 약간 더듬거리며 대답했다.

「공작, 어머니가 좀 오시라고 하십니다.」콜랴가 문으로 얼굴을 디밀고 그를 보면서 소리쳤다. 공작이 일어서서 나가려 하자, 장군은 그의 어깨에 오른손을 얹더니 정다운 동작으로 그를 도로 소파에 앉혔다.

「돌아가신 아버님의 성실한 친구로서 나는 자네에게 미리 말해 둘 일이 있소.」하고 장군은 말했다. 「보다시피 나는 어떤 비극적인 재난 때문에 심한 역경을 치른 사람이란 말이오. 그것도 억울하게 정말 억울하게 말이지. 그러나 내 아내인 니나 알렉산드로브나는 이 세상에서 보기드문 여자야. 딸인 바르바라 아르달리오노브나도 역시 보기드문 딸이란 말이야. 부득이한 사정으로 하숙을 치고 있지만 집안이 요모양으로 망할 줄이야 누가 알았겠나……? 나도 총독쯤은 족히 될 수 있었을 텐데! 하지만 자네가 와준 걸 우리는 무척 기쁘게 생각하고 있다네. 그건 그렇고 내 집에는 한 가지 비극이 있는데 말이야!」

공작은 적지 않은 호기심으로 궁금한 듯 상대방을 바라보았다.

「실은 지금 혼담이 있는데 이것이 세상에서 희한한 혼담이란 말씀이야. 신원이 불분명한 여자와 어쩌면 시종무관이 될지도 모르는 유망한 청년과의 혼담이란 말일세. 내 아내와 내 딸이 살고 있는 이 집에 그런 여자를 끌어들이려고 한단 말이야. 하지만 내 가슴이 붙어 있는 한 그런 여자는 절대

로 들어오지 못하게 할 거란 말씀이야. 현관 문지방에 드러누워서 들어갈
테면 나를 밟고 넘어서 들어가라고 할 작정이니까! 가냐와는 별로 말도 주
고받지 않고 얼굴을 대하는 것조차 피하고 있단 말이야. 나는 일부러 주의
를 주고 있는 거야. 물론 자네가 우리 집에 하숙하게 되면 내가 주의를 하
라고 하지 않더라도 언젠가는 알게 될 테지만, 자네는 내 친구의 아들이니
까 나는 자네에게 말할 권리가 당연히 있다고 생각하기 때문에…….」

「공작, 미안하지만 객실로 좀 와주시지 않겠어요?」이번에는 니나 알렉
산드로브나가 직접 문간에까지 와서 불렀다.

「그런데 이봐요.」장군은 소리쳤다. 「공작으로 말하면 내가 옛날에 이
손으로 안아 준 일이 있는 사람이란 말이오!」

니나 알렉산드로브나는 남편에게는 나무라는 듯한, 공작에게는 무엇을
캐내려는 듯한 시선을 돌렸으나, 말은 한 마디도 하지 않았다. 공작은 그녀
의 뒤를 따라갔다. 그러나 그들이 객실에 들어가 자리를 잡고 앉은 다음 니
나 알렉산드로브나가 무엇인지 빠른 소리로 소곤소곤 말을 시작하려 하자
느닷없이 장군이 불쑥 객실로 나타났다. 니나 알렉산드로브나는 얼른 입을
다물어 버리고는 자못 분한 듯한 표정으로 뜨개질감에 얼굴을 수그리고 말
았다. 장군도 이 표정을 알아챈 모양이었으나 여전히 좋은 기분이었다.

「친구의 아들이야!」그는 니나 알렉산드로브나에게 얼굴을 돌리고 소리
쳤다. 「이건 정말 뜻밖이야! 벌써 잊은 지가 오랜 옛 친구야. 당신은 고
인이 된 니콜라이 리보비치가 생각나지 않소? 당신도 본 일이 있을 거야
……. 트베리에서…….」

「나는 니콜라이 리보비치라는 분이 어떤 분인지 기억에 없어요. 당신의
아버님이신가요?」부인은 공작에게 물었다.

「네, 제 아버집니다. 그러나 돌아가신 곳은 트베리에서가 아니라 엘리자
베드그라드에서였던 것 같아요.」공작은 장군에게 망설이며 주의했다. 「이
건 파블리시체프에게서 들은 말입니다만…….」

「아니, 트베리에서야!」장군은 단언했다. 「트베리로 전속이 결정된 것
은 돌아가시기 직전이었어. 아니 병이 도지기 직전이라는 것이 좋겠군. 그
때만 해도 자네는 아직 젖먹이나 다름이 없었으니까, 자네 아버지가 전속가
던 때의 일은 하나도 기억에 없을 거란 말야. 파블리시체프도 착각한다는
건 있을 수 있으니까. 하지만 그 사람은 참으로 좋은 사람이었단 말야.」

「그럼 파블리시체프도 알고 계셨던가요?」

「정말 보기드문 사람이었다네. 그렇지만 나는 아버님이 임종하시는 것을 이 눈으로 직접 보았고, 마지막에는 명복을 빌어 드렸으니까…….」

「아버지는 재판중에 돌아가셨을 텐데요.」 공작은 다시 주의했다. 「물론 나는 무엇 때문에 아버지가 그렇게 되셨는지 거기에 대해서는 전혀 모릅니다만…….」

「아아, 그것은 콜바코프라는 사병에 관련된 사건 때문이었어. 그러나 공작은 틀림없이 무죄라는 것을 입증할 수 있었을 텐데…… 그만…….」

「그렇습니까? 그럼 당신께서는 확실한 걸 알고 계시겠구먼요?」 공작은 비상한 호기심을 가지고 장군에게 물었다.

「그야 물론이지.」 장군은 외쳤다. 「재판은 아무런 결정도 내리지 못한 채 해산되고 말았지만 그것은 도저히 있을 수 없는 사건이었다네! 아니, 신비적인 사건이라고 해도 좋을 거란 말이야. 중대장 라리오노프 이등 대위(二等大尉)가 죽어 공작이 임시로 그 대리를 임명받았지. 그건 물론 좋았어. 그런데 콜바코프라는 사병이 도둑질을 해서 즉 동료의 구두를 훔쳐서 그걸로 술을 마셔 버렸거든. 그것도 좋아. 그래서 공작은……. 여기서 한마디 주의해 둘 것은 이것이 상사와 하사의 입회하에 행해졌다는 사실이라네. 공작은 이 콜바코프를 호되게 꾸짖은 다음, 태형(笞刑)에 처하겠다고 위협했었지. 아니, 그것도 별문제가 아니라네. 콜바코프는 병사로 돌아가서 침상에 누웠어. 그런데 한 15분쯤 지나 갑자기 죽어 버렸단 말씀이야. 이것도 좋아. 그런데 그 후 참으로 어처구니없는 뜻밖의 사건이 일어났단 말이야. 이래저래 콜바코프의 장례를 끝내고 공작은 보고서를 작성해 올렸지. 얼마 후에는 콜바코프의 이름이 명부에서 삭제되어 모든 일이 원만히 끝났다고 생각했었지. 그런데 그러고 나서 꼭 반 년쯤 지나 여단 검열(旅團檢閱) 때 노보제믈란스키 보병 연대 제2대대 제3중대에 이 콜바코프란 사병이 아무 일도 없었다는 듯이 천연스런 얼굴로 나타났으니 이런 변이 어디 있겠나. 그것도 같은 사단 같은 여단에 말씀이야!」

「뭐라구요!」 공작은 아연실색하여 소리쳤다.

「그렇지 않아요. 그건 착각이에요!」 니나 알렉산드로브나는 매우 우수를 띤 표정으로 공작의 얼굴을 바라보며 이렇게 말했다. 「주인이 착각하신 거예요.」

「이봐, 그렇게 착각이라고 말해 버리는 것은 쉬운 노릇이지만 그러면 어디 한 번 이런 종류의 사건을 당신 자신이 직접 해결해 보란 말이야! 모두들 오리무중으로 헤맸어. 나도 남한테서 들었다면 모두들 잘못 생각하고 있다고 말했을는지도 몰라. 그러나 불행히도 나는 증인으로서 위원회에도 참석했단 말이야. 모두들 한결같이 이 사람은 반 년 전에 통상 의식에 따라 북을 울리며 매장한 바로 그 콜바코프임에 틀림없다고 증언을 하니, 어쩔 수 없었어. 실제 상식으로는 도저히 생각도 할 수 없는 괴이한 사건이었어. 나도 그 점은 동의하지만⋯⋯.」

「아버지 식사 준비가 됐어요.」바르바라 아르달리오노브나가 방으로 들어오며 장군에게 알렸다.

「음, 거 참 잘됐다! 마침 배가 고프던 참이야. 그러나 이것은 심리적이라고도 말할 수 있는 사건이어서⋯⋯.」

「수프가 식어 버리겠어요.」바랴는 성급하게 재촉하였다.

「그래, 곧 가겠다. 곧 가겠어.」장군은 대답하며 방에서 나갔다. 「아무리 조사를 해보아도.」복도에서는 이런 소리가 여전히 잇달아 들려 왔다.

「만약 이 집에서 한동안 머무르시게 된다면 여러 가지 점에서 아르달리온 알렉산드로비치를 너그럽게 용서해 주셔야겠어요.」니나 알렉산드로브나는 공작에게 말했다. 「그러나 저 어른도 당신에게 크게 폐를 끼치는 일은 없을 거예요. 식사도 혼자 하고 있으니까. 그러나 사람이란 누구든지 자기의 결점이랄까⋯⋯ 자기의 독특한 버릇을 가지고 있는 것이 아니겠어요? 어쩌면 남의 손가락질을 받는 사람보다 손가락질을 하는 사람에게 더욱 많은 결점이 있는지도 몰라요. 다만 한 가지 부탁드릴 것은 혹시 저 어른이 하숙비에 관해서 당신한테 무슨 말을 할는지 모르겠는데, 그럴 때는 이미 나한테 지불했노라고 말씀해 주세요. 그야 물론 아르달리온 알렉산드로비치에게 주셔도 계산은 마찬가지이겠지만 다만 나는 모든 일에 정확을 기하기 위해서 말씀드리는 것뿐이니까⋯⋯. 아니 이건 뭐냐, 바랴?」

그때 마침 방에 돌아온 바랴가 아무런 말도 없이 어머니에게 나스타샤 필립포브나의 사진을 건넸던 것이다. 니나 알렉산드로브나는 부르르 몸을 떨었다. 처음에는 경이의 눈을 크게 떴을 뿐이었으나, 이윽고 가슴을 짓누르는 것 같은 괴로움을 느끼면서 얼마 동안 꼼짝 않고 사진을 들여다보았다. 마침내 부인은 어찌된 영문이냐는 듯이 바랴에게 시선을 돌렸다.

「오늘 이 여자가 직접 오라버니에게 기념으로 준 거래요.」바랴가 말했다. 「그리고 오늘 저녁에는 모든 것이 결정된다나 봐요.」

「오늘 저녁!」니나 알렉산드로브나는 절망적인 표정을 띠며 가느다란 소리로 딸의 말을 되풀이했다. 「어쩌나? 인젠 조금도 의심할 여지가 없어, 희망도 없고. 그녀는 이 사진으로 자기의 의향을 표시한 셈이니까. 그래 오라버니가 직접 이것을 너한테 보여 주던?」그녀는 의심쩍게 덧붙였다.

「내가 오라버니와는 말도 나누지 않은 지가 벌써 한 달이나 된다는 걸 어머니도 아시잖아요. 프치스인이 죄다 얘기해 주더군요. 이 사진이 오라버니의 책상 옆에 떨어져 있어 집어들고 온 거래요.」

「공작!」니나 알렉산드로브나는 갑자기 그에게 말을 건넸다. 「한 가지만 당신한테 물어 보고 싶은 말이 있어요. 실은 이 방으로 모신 것도 그 때문입니다만, 우리 아들과는 오래 전부터 알고 계신가요? 그 애 말에 의하면 당신은 어디 먼 데서 오늘 도착하셨다고요?」

공작은 골자만 간추려서 자기의 신상에 관해 얘기했다. 니나 알렉산드로브나와 바랴는 끝까지 주의 깊게 귀를 기울였다.

「나는 당신한테 캐물어서 가브릴라 아르달리오노비치에 대한 무엇을 알아 내려는 생각은 조금도 없어요.」니나 알렉산드로브나는 입을 열었다. 「그 점에 오해 없으시기 바랍니다. 만일 그 애가 자기 입으로 나한테 하지 못할 말이 있다면 나도 구태여 그 애 몰래 그걸 알아 내고 싶지는 않으니까요. 내가 이런 말씀을 드리는 것은 다름 아니라 사실은 아까 가냐가 당신과 함께 있을 때, 그리고 당신이 저 방으로 가신 다음에 가냐와 당신 얘기를 하다가, 내가 뭐라고 물었더니 그 애 대답이『공작은 모두 알고 있으니까 형식을 차릴 건 하나도 없다.』하고 말하지 않겠어요. 그 말이 대체 무슨 뜻일까요? 즉 내가 묻고 싶은 것은 어느 정도나 당신이…….」

바로 이때 가냐와 프치스인이 들어와 알렉산드로브나는 이내 입을 다물어 버리고 말았다. 공작은 그녀 곁에 그대로 앉아 있었으나 바랴는 재빨리 한쪽 구석으로 물러났다. 나스타샤 필립포브나의 사진은 니나 알렉산드로브나의 탁자 위의 아주 눈에 잘 띄는 곳에 놓여 있었다. 가냐는 그것을 발견하자 눈살을 찌푸리며 노엽게 집어들더니 맞은편 구석에 놓인 자기 책상 위에다 던졌다.

「오늘이라고, 가냐?」니나 알렉산드로브나가 불쑥 물었다.

「뭐가요?」가냐는 깜짝 놀라며 뛰어 일어날 것처럼 하다가 냅다 공작에
게 들이덤볐다. 「아아, 알았어. 당신은 여기에 와서까지! 그러고 보니 정
말 몹쓸 놈의 버릇이 있나 보구면. 좀 잠자코 입 다물고 있을 수는 없소?
당신도 잘 좀 생각해 봐요, 공작…….」

「가냐, 그 얘기를 한 건 딴 사람이 아니라 바로 나야.」프치스인이 끼여
들었다.

가냐는 의심쩍게 그의 얼굴을 쳐다보았다.

「하지만, 여보게, 그렇게 하는 것이 오히려 좋지 않을까? 더욱이 한쪽에
서는 벌써 결말이 난 문제니까 말야.」프치스인은 이렇게 중얼거리며 옆으
로 비켜 테이블 앞에 가서 앉았다. 그리고는 호주머니에서 연필로 무엇인가
가득 적은 종이쪽지를 꺼내 들고, 그것을 열심히 들여다보기 시작하였다.
가냐는 시무룩한 얼굴로 불안하게 가정 비극의 막이 오르기를 기다리고 있
었다. 공작에게 사과할 생각 같은 건 염두에도 없었다.

「이미 결말이 난 일이라면 물론 이반 페트로비치의 말이 옳을 게다.」하
고 니나 알렉산드로브나는 아들에게 말했다. 「제발 그렇게 얼굴을 찌푸리
지 말아라. 화를 내지도 말고. 나는 네가 대답하기 싫어하는 걸 구태여 미
주알고주알 캐묻지는 않겠다. 아무튼 이제는 나도 모든 것을 깨끗이 단념했
으니까 너도 걱정할 건 조금도 없다.」

그녀는 뜨개질감에서 눈을 떼지 않은 채 단숨에 이렇게 말했다. 그 말은
정말로 조용하게 들렸다. 가냐는 적이 놀란 빛이었으나 조심스럽게 입을 다
문 채 좀더 분명히 말해 주기를 기다리며 어머니의 눈치만 살피고 있었다.
니나 알렉산드로브나는 아들의 조심스런 태도를 보자 쓰디쓴 웃음을 지으
며 다시 이렇게 덧붙였다.

「왜, 내 말이 믿어지지 않아서 그러니? 안심해라. 앞으로는 절대로 전과
같이 눈물을 흘리면서 너한테 애원하지는 않을 테니까. 다른 사람은 모르지
만 나만은 그렇단 말이다. 나는 다만 네가 행복하기만을 바라고 있을 뿐이
니까. 그것은 너도 잘 알고 있을 거다. 이제 나는 운명이라는 것에 모든 것
을 맡겨 버렸어. 그렇지만 내 마음만은 한집에 살게 되건 따로 살게 되건
언제나 너와 함께 있을 거야. 물론 이것은 나 한 사람만의 이야기야. 그러
니까 누이동생한테까지 똑같은 것을 요구할 수는 없을 것이다.」

「끝까지 말썽을 부리겠다는 거군요. 저 애는!」가냐는 이렇게 외치면서

비웃듯 가증스럽게 누이동생을 바라보았다. 「어머니! 전에도 약속한 일이지만 또 한 번 어머니에게 맹세하겠어요! 내가 여기 있는 동안은, 내가 살아 있는 동안은, 어느 누구도 어머니에게 무례한 짓은 못 할 거예요. 그 어떠한 사람이 화제에 올랐을 때도 나는 항상 어머니 편에 서서 어머니에 대한 존경을 잃지 않겠어요. 설사 누가 우리 문지방을 넘어서 들어온다 하더라도…….」

가냐는 너무나 좋아서 타협적인, 아니 거의 다정하기까지 한 눈으로 어머니의 얼굴을 바라보는 것이었다.

「나는 나 자신을 위해서 걱정해 본 적은 한 번도 없었다. 가냐, 그것만은 너도 알 거야. 내가 오랫동안 걱정하고 괴로워해 온 것은 나 자신을 위해서가 아니야. 그런데 오늘 모든 것이 결정된다고 하던데 대체 무슨 결정이냐?」

「오늘 저녁에 그 여자가 자기 집에서 가부간 확답을 하겠다고 약속했어요.」 가냐가 대답했다.

「벌써 3주일째나 우리는 이야기를 서로 피해 왔지만 그렇게 하길 잘한 것 같다. 그러나 이젠 죄다 결말이 났으니 너한테 한 가지 물어 보고 싶은 게 있어. 어떻게 돼서 그 여자가 너와의 결혼에 동의하고, 게다가 또 사진까지 줄 수가 있었을까? 너는 그 여자를 사랑하지 않는데 말이다. 혹시 너는 정말로 그런…… 그런…….」

「그런, 사내를 이미 알아 버린 여자라는 건가요?」

「나는 그렇게 말하려던 건 아니야. 하지만 네가 과연 그렇게까지 그 여자의 눈을 속일 수가 있었단 말이냐?」

이 물음 속에는 예사롭지 않은 울화가 들어 있는 것처럼 들렸다. 가냐는 한자리에 버티고 선 채 한 1분 가량 무엇을 생각하고 있다가 이윽고 냉소의 빛을 숨기려고도 하지 않고 지껄이기 시작했다.

「어머니는 또 참지를 못하고 그런 문제에 끌려 들어가 버리고 마시는군요. 우리들의 얘기는 언제나 이렇게 시작되어 점점 더 크게 불이 붙곤 했어요. 어머니는 방금, 이젠 더 이상 캐묻지도 않고 따지지도 않겠다고 말씀하시지 않으셨습니까? 그런데도 불구하고 또 그런 말씀을 하시면 도대체 어떡하시겠다는 겁니까? 이젠 그만둡시다. 제발 그만둬요. 그러는 것이 좋을 테니까요. 적어도 어머니는 방금 그렇게 하기로 결심하셨으니까 말입니다.

나는 어떠한 일이 있더라도 어머니를 저버리지 않겠어요. 다른 사람이라면 아마 저런 여동생과는 같이 살지도 않고 도망을 칠 겁니다. 보세요, 지금도 저런 눈초리로 나를 노려 보는 꼴을, 아니 이제는 정말 그만둡시다! 조금 전에 어머니가 그렇게 말씀하셨을 때 저는 얼마나 기뻤는지 모릅니다. 그런데 무엇 때문에 내가 나스타샤 필립포브나를 속이고 있다고 하시죠? 바랴 같은 건 아무래도 좋아요. 이제 지긋지긋해요. 아니, 이젠 정말 지긋지긋합니다.」

가냐는 자기의 말 한마디 한마디에 흥분하며 방안을 이리저리 왔다갔다 하기 시작하였다. 이러한 대화는 이내 온 가족의 아픈 데를 건드렸다.

「그러니까 내가 뭐랬어요. 만일 그 여자가 이 집에 들어오면 나는 나가 버리겠다고 하지 않았느냔 말이에요. 나도 한 번 말한 것은 지킬 거예요.」 바랴가 대꾸했다.

「심술로 말이지?」 가냐는 버럭 소리를 질렀다. 「그 심술로 해서 넌 시집도 가지 않고 있는 거지? 얘, 뭐가 『홍!』이냐? 그런 건 조금도 두렵지 않아, 바르바라 아르달리오노브나. 어디 지금 당장이라도 네 계획을 실행해 보렴. 인젠 정말 네 얼굴만 보아도 지긋지긋하다. 어떻게 된 겁니까, 공작! 드디어 우리들을 떼놓고 가시려는 겁니까? 공작.」 공작이 자리를 뜨는 것을 보고 가냐는 이렇게 소리쳤다.

인간이라는 것은 분노가 어느 정도까지 도달하면 그 분노로 오히려 유쾌해진다. 그리고 장차 어떻게 되거나 상관없다는 감정에서 차차 높아지는 쾌감을 즐기면서 조금도 억제함이 없이 분노에 스스로를 내맡기는 법이다. 지금 가냐의 목소리에는 바로 그러한 감정이 들어 있음을 느낄 수 있었다. 공작은 그의 말에 무어라고 대답할 셈으로 문께에서 뒤를 돌아다보았으나 자기를 모욕하고 있는 상대방의 병적인 표정이, 마치 컵의 물이 이제 한 방울만 더 부으면 넘쳐 버릴 것 같은 상태에 있음을 알아채고는 그대로 돌아서서 말없이 나갔다. 몇 분 후, 그는 객실에서 흘러 나오는 소리로 미루어, 자기가 자리를 뜨자 그들의 대화가 더욱 거칠어지고 더욱 노골화되었음을 알 수 있었다.

그는 복도를 지나 자기 방으로 돌아갈 셈으로 홀을 거쳐 현관으로 나갔다. 층층대로 통하는 출입구의 문 앞을 지나려고 할 때 그는 누군가가 문 밖에서 벨을 올리려 하고 있음을 알아챘다. 어디가 잘못되었는지 벨은 가늘게 떨고 있을 뿐 제대로 소리를 내지 못했다. 공작은 문고리를 벗기고 문을 열었다. 그 순간 그는 깜짝 놀라 뒷걸음질을 치면서 온몸을 부르르 떨었다. 그의 눈앞에는 나스타샤 필립포브나가 서 있었던 것이다. 그는 사진을 보았으므로 이내 그녀를 알아보았다. 그녀는 그를 보자 두 눈이 한 순간 터질 듯한 분노로 번쩍 빛났다. 그녀는 어깨로 그를 치고 빠른 걸음으로 현관에 들어오자, 입고 있던 털가죽 외투를 벗어 던지면서 노엽게 말했다.

「벨을 고쳐 놓기 싫으면 현관에 지키고 앉았기라도 해야 할 게 아니야. 저런, 이번에는 외투를 떨어뜨리고, 이 맹추!」

외투는 정말 마룻바닥에 떨어져 있었다. 나스타샤 필립포브나는 공작이 거들어 줄 때까지 기다리지를 못하고 자기 손으로 외투를 벗어, 잘 보지도 않고 뒤로 던진 것을 공작이 미처 받지 못했던 것이다.

「이 따위 천지 같은 걸 뭣하러 두었담! 일찌감치 쫓아 내지 않구. 어서 가서 손님이 오셨다고 해야지!」

공작은 뭐라고 말하려 했으나 너무나 당황하여 한 마디도 말이 나오지 않았다. 그래서 그는 마룻바닥에서 외투를 집어들고 그것을 손에 든 채 객실 쪽으로 걸어 들어갔다.

「어머나, 이번엔 외투를 들고 돌아다니느군! 외투는 어째서 들고 다니는 거야? 호, 호, 호, 머리가 좀 돌아 버린 게 아냐?」

공작은 되돌아와서 마치 장승처럼 그녀를 쳐다보았다. 그녀가 웃음을 터뜨렸을 때 그도 따라서 빙그레 웃었으나 아무래도 입을 놀릴 수는 없었다. 처음 그녀에게 문을 열어 주었을 때는 새파랗게 질렸던 얼굴이 지금은 새빨갛게 물들어 있었다.

「원 이런 바보를 봤나!」 나스타샤 필립포브나는 발을 구르다시피하며 소리쳤다. 「아니, 어디로 가는 거야? 그래, 누가 왔다고 그럴 셈이지?」

「나스타샤 필립포브나.」 공작은 중얼거리듯 말했다.

「나를 어떻게 알아?」 그녀는 잽싸게 물었다. 「나는 한 번도 본 적이 없는데! 그럼, 어서 들어가 말씀을 드려……. 아니, 저게 웬 고함 소리야?」

「싸우고들 있습니다.」 이렇게 대답하고 공작은 객실로 들어갔다.

그가 들어갔을 때는 상당히 공기가 험악해진 순간이었다. 니나 알렉산드로브나는 조금 전 자기 입으로 『모든 것을 단념했다』고 한 말을 벌써부터 거의 잊고 있었다. 그녀는 아무래도 바랴의 편을 들지 않을 수 없었다. 바랴의 곁에는 프치스인이 서 있었는데 아까 들고 있던 연필로 가득히 적은 그 종이쪽지는 이미 그의 손에 없었다. 바랴 자신도 조금도 기가 꺾여 있지 않았다. 아니, 본디 그런 소심한 처녀가 아니었다. 그러나 가냐의 욕설과 악담은 한마디 한마디가 차차 거칠어지고, 점점 더 상스러워져 갔다. 이럴 때면 그녀는 보통 말하기를 그치고 묵묵히, 비웃고 있는 오빠의 얼굴을 뚫어지게 쳐다볼 뿐이었다. 그러는 것이 오빠에게서 마지막 자제력을 제거하는 유효한 방법임을 바랴는 잘 알고 있었다. 바로 이러한 순간에 공작이 방으로 들어와서 알렸다.

「나스타샤 필립포브나가 찾아왔습니다.」

9

방안은 갑자기 완전한 침묵에 잠겼다. 모두들 공작의 말이 잘 이해가 가지 않는 듯이 아니, 오히려 알고 싶지 않기라도 한 듯이 그의 얼굴을 쳐다보았다. 가냐는 놀란 나머지 전신이 마비된 것처럼 멍청하게 서 있었다.

이러한 순간에 나스타샤 필립포브나의 방문이 있다는 것은 이 집 식구들에게는 참으로 괴이하고 난처하고 뜻하지 않은 일이었다. 나스타샤 필립포브나가 처음으로 이 집을 찾아왔다는 것만으로도 그렇게 생각하게 하기에 충분했다. 여태까지 그녀는 가냐와 이야기를 할 때에도 그의 가족들과 사귀고 싶다는 희망조차 표시한 적이 없으리만큼 거드름을 부려 왔던 것이다. 더욱이 최근에는 마치 그러한 사람들이 이 세상에 존재하지도 않는 것처럼 아예 입에 올리지도 않고 있었던 것이다. 가냐도 자기에게 귀찮은 이야기를 멀리하는 것에 다소는 기뻐하고 있었지만, 그래도 마음속으로는 상대방의 거만함을 계산하고 있었다. 어쨌든 그는 그녀에게서 자기 가족에 대한 냉소와 익살을 기대했을지언정 그녀가 직접 자기 집을 찾아오리라고는 꿈에도 생각하지 않았다. 이번의 혼담을 둘러싸고 그의 집안에서 어떠한 일이 일어나고 있는가, 그리고 그의 가족이 그녀를 어떤 눈으로 보고 있는가 하는 얘기가 모두 그녀의 귀에 들어갔다는 것은 가냐도 확실히 알고 있었기 때문이다. 그녀의 방문은 바야흐로 사진을 보낸 뒤이기도 한데다가 그녀의 축명일(祝名日)과 같은 날이며 그녀의 운명을 결정하겠다고 약속한 날이기도 했기 때문에 거의 그 결정 자체를 의미하는 것이었다.

공작을 바라보는 일동의 얼굴에 나타난 의혹은 그리 오래 계속되지 않았다. 나스타샤 필립포브나가 안내를 기다리지 않고 직접 객실 입구에 나타나 또다시 공작을 가볍게 밀쳐 내면서 방안으로 들어왔기 때문이다.

「아아, 이제사 간신히 들어왔구면…… 그런데 무엇 때문에 벨을 잡아매 놓았지요?」 당황해서 달려온 가냐에게 손을 내밀며 그녀는 자못 유쾌한 듯이 말했다. 「아니, 어째서 그렇게 넋이 나간 것 같은 얼굴을 하고 있어요? 소개시켜 주세요, 자…….」

극도로 당황한 가냐는 얼결에 바랴를 먼저 소개했다. 그러자 두 여인은 서로 손을 내밀기 전에 우선 야릇한 시선을 나누었다. 그래도 나스타샤 필립포브나는 생긋 웃으며 유쾌한 표정을 지어 보였으나, 바랴는 그런 가면을 쓰려고도 하지 않고 음울한 눈으로 뚫어지게 상대방을 바라볼 뿐, 간단한 예의가 요구하는 미소의 그림자조차 얼굴에 띠지 않았다. 가냐는 가슴이 섬뜩하였다. 이제는 애원을 하지도 못하고 또 그럴 겨를도 없었다. 그는 위협적인 눈빛으로 바랴를 노려 볼 뿐이었다. 바랴는 그 눈빛으로 지금의 이 한순간이 오빠에게 어떠한 의미를 가지고 있는가를 깨달았다. 그래서 그녀는 오빠에게 조금 양보하기로 결심한 듯 나스타샤 필립포브나에게 살짝 미소를 지어 보였다. 가정 안에서는 아직 서로 사랑하고 있었던 것이다. 그래도 어느 정도 이 어색한 공기를 완화시킨 것은 니나 알렉산드로브나였다. 가냐는 너무나 당황한 나머지 여동생 다음으로 어머니를 소개했고, 또 어머니를 먼저 나스타샤 필립포브나 앞으로 데리고 갔다. 그러나 니나 알렉산드로브나가 『자기의 더없는 기쁨』을 피력하기 시작하자마자 나스타샤 필립포브나는 끝까지 들으려고도 하지 않고 가냐 쪽으로 홱 몸을 돌리더니, 앉으라는 말이 나오기도 전에 한쪽 구석의 창가에 놓인 조그마한 소파에 걸터앉으며 큰 소리로 물었다.

「당신의 서재는 어디 있어요? 그리고…… 그리고 하숙인들은? 댁에선 하숙을 치고 있다면서요?」

가냐는 얼굴이 홍당무가 되어 뭐라고 더듬더듬 대답하려 했으나 나스타샤 필립포브나는 즉시 이렇게 덧붙였다.

「도대체 어디가 하숙을 치는 방이죠? 당신의 서재는 어디 있어요? 그리고 그건 수입이 괜찮은가요?」 갑자기 그녀는 니나 알렉산드로브나에게로 얼굴을 돌리며 물었다.

「공연히 분주하기만 해요.」그녀는 더듬더듬 대답하기 시작했다.

「그야 물론 전혀 벌이가 되지 않는 건 아니지만……. 그러나 우리는 그저 다만…….」

이번에도 나스타샤 필립포브나는 끝까지 들으려 하지 않았다. 그녀는 찬찬히 가냐를 쳐다보다가는 큰 소리로 웃으며 이렇게 소리쳤다.

「아니, 그런데 그 표정은 왜 그래요? 아이 참! 정말, 이런 때 어째서 그런 얼굴을 하고 있죠?」

그녀의 웃음은 한참 동안이나 계속되었다. 실제로 가냐의 얼굴은 아주 일그러져 있었다. 말뚝처럼 굳어졌던 태도와 우스꽝스럽고 비겁한, 어쩔 줄 몰라하는 표정은 갑자기 사라지고 그 얼굴은 무서울 만큼 창백해졌다. 입술은 경련을 일으키며 비틀어졌다. 그는 말없이 눈을 떼지 않고 침통한 시선으로, 언제까지나 웃음을 그치려 하지 않는 손님의 얼굴을 응시하는 것이었다.

방안에는 또 한 사람의 방관자가 있었다. 처음 나스타샤 필립포브나를 본 순간부터 마비 상태에 빠진 채 장승처럼 문간에 서 있었으나, 그래도 그는 가냐의 얼굴이 창백해지며 무서운 변화를 일으킨 것을 알아챘다. 이 방관자는 공작이었다. 그는 거의 놀란 듯 기계적으로 몇 걸음 내디뎠다.

「물을 마시세요.」그는 가냐에게 속삭였다. 「그리고 그런 눈으로 사람을 보는 게 아닙니다.」

공작은 이 말을 아무런 생각이나 계산도 없이 그저 충동적으로 했음에 틀림없다. 그러나 그의 말은 의외로 큰 영향을 주었다. 가냐의 분노는 갑자기 공작에게로 돌려진 듯하였다. 그는 상대방의 어깨를 움켜잡고 증오로 이글거리는 눈으로 묵묵히, 마치 극도의 분노 때문에 말도 나오지 않는다는 듯한 얼굴로 그를 노려 보았다. 방안의 사람들은 동요하기 시작했다. 니나 알렉산드로브나는 나직히 비명 같은 소리를 지르기까지 했다. 프치스인은 걱정스럽게 한 걸음 앞으로 나섰다. 때마침 방으로 들어선 콜랴와 페르드이시첸코도 깜짝 놀라 그 자리에 서버렸다. 오직 한 사람 바랴만이 여전히 눈을 가늘게 뜬 채 주의 깊게 사태를 관찰하고 있었다. 그녀는 앉지도 않고 팔짱을 낀 채 어머니 곁에 바싹 붙어 서 있었다.

그러나 가냐는, 거의 이 동작으로 옮기려던 순간 정신을 차리고 신경질적으로 껄껄 웃었다.

「그게 무슨 말씀이오, 공작. 당신이 무슨 의사라도 됩니까?」그는 될 수 있는 대로 쾌활하고 순박하게 말했다. 「공연히 사람 놀라게 하지 마세요. 아 참, 나스타샤 필립포브나, 소개하겠습니다. 이 분은 참으로 진귀한 인물입니다. 나도 오늘 아침에 비로소 알게 됐지만…….」

나스타샤 필립포브나는 의아스러운 얼굴로 공작을 바라보았다.

「공작? 이 분이 공작이세요? 아이 참, 이를 어쩌나. 나는 아까 현관에서 이 분이 하인인 줄 알고 안내하라고 들여보냈는데, 호, 호, 호.」

「아니오, 괜찮습니다. 괜찮아요!」이때 그녀 곁으로 성큼성큼 다가온 페르드이시첸코는 모두가 웃음을 터뜨린 것을 기뻐하면서 말참견을 했다. 「괜찮아요. 만일 정말이 아니면.」

「하마터면 난 당신에게 욕을 퍼부을 뻔했어요. 공작, 용서하세요. 네? 페르드이시첸코 씨, 당신은 또 어째서 이런 때에 여기 와 계시죠? 난 당신만이라도 여기서 만나지 않게 되기를 바랐었는데. 그런데 이 분은 누구시라구요? 무슨 공작? 뮈시킨?」

그녀는 다시 가냐에게 물었다. 가냐는 여전히 공작의 어깨를 잡은 채 어물어물 소개를 끝냈다. 「그리고 내 집의 하숙인입니다.」하고 덧붙였다.

방안에 있던 사람들은 공작을 무슨 진귀한, 그리고 이 거북한 상황에서 그들을 구출해 주는 계기를 마련해 준 존재인 듯이 바라다보고 있는 성싶었다. 그래서 그들은 공작을 나스타샤 필립포브나 앞으로 떼밀어 내듯이 행동하는 것이었다. 공작은 자기의 등 뒤에서, 아마도 페르드이시첸코인 듯한 사내가 낮은 소리로 나스타샤 필립포브나에게 『백치』라고 설명하는 것을 똑똑히 들었다.

「그런데 공작, 아까 내가 당신을 잘못 알아보고 그렇게…… 심한 말을 했을 때 왜 아무 말씀도 하시지 않았어요?」나스타샤 필립포브나는 지극히 오만한 태도로 공작을 머리 꼭대기에서 발끝까지 훑어 보며 말을 계속했다. 그녀는 공작의 입에서 반드시 웃음을 터뜨리지 않을 수 없을 만큼 어리석은 대답이 나올 것임을 확신하고 있는 것처럼 초조한 듯이 기다리고 있었다.

「너무 갑자기 뵙게 됐기 때문에 아주 놀라서…….」하고 공작은 중얼거렸다.

「그렇지만 어떻게 나를 알아보셨어요? 전에 어디서 나를 본 일이라도 있었나요? 어쩐지 나도 정말 당신을 어디서 본 것 같은 느낌이 드는군요. 이런 걸 물어서 실례일지 모르겠습니다만 어째서 당신은 아까 그렇게 장승처럼 서 계셨던 거지요. 혹시 내게 그런, 사람을 장승처럼 우뚝 서 있게 하는 점이라도 있었던가요?」

「자, 어서 말을 해봐요!」하고 또다시 페르드이시첸코가 까불면서 말을 계속했다. 「자, 말해 봐요. 어서! 만일 나에게 이렇게 묻는다면 할말이 얼마든지 있을 텐데! 자, 어서 말해 보란 말이오……. 이봐, 공작. 이러다간 앞으로 바보 소리를 듣게 된단 말이야!」

「나도 당신 같은 입장이라면 얼마든지 말할 수 있을 겁니다.」공작은 페르드이시첸코에게 웃어 보였다. 「실은 아까 당신의 사진을 보고 무척 강한 충격을 받았기 때문입니다.」이번엔 나스타샤 필립포브나 쪽을 돌아보며 말을 이었다. 「그 다음 예판친 씨네 사람들과도 당신 얘기를 했고……. 또 오늘 아침 페체르부르그에 도착하기 전에 기차 속에서 파르펜 로고진이란 사람으로부터 당신에 관한 얘기를 많이 들었고……, 게다가 또 아까 문을 열었을 때도 역시 당신에 대한 생각을 하고 있었습니다. 그런데 느닷없이 당신이 나타나셨기 때문에…….」

「그렇지만 어떻게 나를 단번에 알아보셨을까요?」

「사진과 그리고…….」

「그리고?」

「또 내가 머릿속으로 상상하던 모습과 같았기 때문이지요……. 나도 역시 어디서 당신을 본 것 같은 느낌이 듭니다.」

「어디서? 어디서 말예요?」

「어쩐지 어디서 당신의 눈을 본 것 같아요……. 그렇지만 그럴 리가 없습니다! 나에게는 다만 그런 느낌이……. 첫째 나는 한 번도 이곳에 온 일이 없으니까요? 그러니까 혹시 꿈에서라도…….」

「오! 공작.」페르드이시첸코가 소리쳤다. 「아니 아까 내가 말한 『만일 정말이 아니면』이란 말을 취소합니다. 하지만…… 하지만 이것은 모두 공작 자신의 순진한 성격에서 비롯된 것이니까요!」그는 자못 유감스러운 듯이 덧붙였다.

공작은 몇 번인가 숨을 크게 쉬면서 띄엄띄엄 차분하지 못한 목소리로 이야기했다. 나스타샤 필립포브나는 호기심을 가지고 그를 바라보고 있었으나 이미 그녀의 얼굴에서는 웃음 같은 것을 찾아 볼 수는 없었다. 바로 이 때 다른 하나의 굵직한 목소리가 공작과 나스타샤 필립포브나를 둘러싸고 있는 사람들의 뒤에서 울려 왔다. 그리고 그 목소리는 모여 선 사람들을 좌우로 쫙 갈라 놓는 것 같은 분위기를 만들었다. 나스타샤 필립포브나의 눈앞에는 이 집의 가장인 이볼긴 장군이 서 있었다. 그는 깨끗한 셔츠에 연미복을 입고 있었는데, 콧수염은 까맣게 염색까지 되어 있었다.

이것은 정말 가냐로서는 더욱 참을 수 없는 일이었다.

거의 시기심과 우울증에 빠졌다고 할 만큼 자존심과 허영심이 강한 그였으며, 지난 두 달 동안 한결같이 자기를 보다 더 고상하고 점잖게 보일 수 있는 것은 없을까 하고 혈안이 되어 찾아다니던 그였다. 그러나 스스로 선택한 이 길에 있어서는, 자기 같은 것은 아직 풋내기로 아무래도 끝까지 버티어 나갈 것 같지 않다고 느끼자 마침내 절망한 나머지, 자기가 폭군처럼 굴었던 그 가정에서 온갖 횡포를 자행할 결심을 하면서도 나스타샤 필립포브나 앞에서는 감히 그것을 결행할 수 없는 그였고, 냉혹하리만큼 고압적으로 나와 언제나 그를 어리둥절하게 하는 나스타샤 필립포브나가 언젠가 그를 『참을성 없는 비렁뱅이』라고 평했다는 말을 듣고 나서는 앞으로 기어이 앙갚음을 하고야 말겠다고 굳게 맹세하면서도, 한편으로는 만사를 원만히 해결하고 일체의 모순과 타협해도 좋다고 이따금 어린애 같은 공상에 끌려 들곤 하던 그였다. 이러한 그가 지금 또 하나의 고배를 마시지 않을 수 없게 된 것이다. 그것도 하필이면 이러한 때에 여태껏 예측하지 못했던 또 하나의 고문, 허영심이 강한 인간에게는 무엇보다도 무서운 고문, 자기 육친에 대한 수치의 고통이 다른 곳도 아닌 바로 자기 집에서 그의 머리 위에 떨어졌던 것이다.

『아니 그렇다고 하더라도, 그것에는 도대체 이만큼의 고통을 견뎌 낼 만한 가치가 있는 것일까?』하는 생각이 이 순간 가냐의 머릿속을 스치고 지나갔다.

지난 두 달 동안 밤마다 악몽이 되어 그를 위협했고, 공포가 되어서 그의 간담을 서늘케 했으며, 수치가 되어서 얼굴을 뜨겁게 하던 것이 이 순간에 현실이 되어 나타났던 것이다. 즉 그의 아버지와 나스타샤 필립포브나의 대면은 마침내 실현되고야 만 것이다. 그는 이따금 스스로를 야유하고 초조하게 하는 기분으로 결혼식에서의 장군의 모습을 머릿속에 그려 보려고 한 적도 있었으나, 그럴 때마다 그 괴로운 광경을 완성시킬 만한 힘이 없어 번번이 중도에서 포기해 버리곤 했었다. 어쩌면 그는 터무니없이 불행을 과장하고 있었는지도 모른다. 그러나 허영심이 강한 사람들이란 언제나 그런 것이다. 아무튼 지난 두 달 동안 그는 여러 가지로 생각하고 또 생각한 결과 어떤 일이 있더라도, 며칠 동안만이라도 좋으니 아버지를 꼼짝 못하게 가둬놓든가, 만일 가능하다면 차라리 페체르부르그에서 쫓아내 버리고자 했고, 어머니가 동의하든 반대하든 그런 것은 상관없이 결행해 버리기로 그는 결심했던 것이다. 그러나 10분 전에 나스타샤 필립포브나가 방에 들어섰을 때, 그는 너무나 놀라 어리둥절해 있었으므로 아르달리온 알렉산드로비치가 이 방에 나타날지 모른다는 것을 깜박 잊고 그것에 대한 아무런 조치도 강구하지 않고 있었다.

그런데 장군은 어느새 연미복까지 꺼내 입고 점잖게 여러 사람 앞에 나타난 것이다. 그것도 하필이면 나스타샤 필립포브나가 가냐와 그 가족들에게 조소를 퍼부을 기회를 찾고 있는——그는 이렇게 확신하고 있었다——바로 이런 순간에. 실제로 그녀의 오늘의 방문이 이밖에 과연 무엇을 의미하고 있는가. 어머니나 누이동생과 벗이 되기 위해서 온 것일까, 그렇지 않으면 그들에게 모욕을 주기 위해 온 것일까? 그러나 양쪽에서 진을 치고 있는 형세로 보아서 그런 추측은 조금도 의문의 여지가 없는 것이었다. 어머니와 누이동생은 몹시 모욕을 당한 것 같은 얼굴로 한옆에 앉아 있었는데 나스타샤 필립포브나는 그런 사람들이 자기와 한방에 있다는 것조차 까맣게 잊고 있는 듯한 태도였다. 하나. 그녀가 일부러 이런 태도를 취하는 데는 반드시 그 어떤 목적이 있을 것이었다.

페르드이시첸코가 장군을 붙잡고 마구 끌 듯이 앞으로 데리고 나왔다.

「아르달리온 알렉산드로비치 이볼긴이오.」허리를 약간 구부리고 미소를 지어 보이며 장군은 위엄 있게 자기 소개를 했다. 「불행한 노병이지만 이처럼 아름다운…… 당신을 집 안에 맞을 수 있음을 행복하게 느끼고 있는 이 집의 가장이기도 하오……」

그가 미처 말을 마치기도 전에 페르드이시첸코가 재빨리 뒤에다 의자를 들이밀어 놓았기 때문에 그렇지 않아도 마침 점심 뒤여서 다리가 나른하던 장군은 의자에 털썩 주저앉았다. 아니 그렇다기보다는 엉덩방아를 찧은 것이다. 그러나 그는 조금도 당황해 하는 기색이 없이 나스타샤 필립포브나의

정면에 앉아 유쾌하게 얼굴의 근육을 움직이면서 점잖은 동작으로 천천히
그녀의 손을 잡아 자기의 입술로 가져갔다. 대체로 장군은 웬만한 일로는
좀처럼 당황하지 않았다. 그의 풍모는 약간 단정하지 않은 데가 있기는 했
지만, 그래도 아직 점잖았으며 이것은 장군 자신도 잘 알고 있었다. 전에는
그도 상류 사교계에 출입할 기회가 있었으나, 요 몇 해 전부터는 완전히 거
기에서 제외되고 말았다. 그런 뒤로 그는 이미 완전히 자제를 잃고 어떤 유
혹 같은 것에 끌려 들어가 아주 그것에 빠져 버리고 말았다. 그러나 그는,
아직 빈틈없이 남에게 호감을 주는 매너는 그대로 간직하고 있었다. 나스타
샤 필립포브나는 아르달리온 알렉산드로비치가 나타난 것을 아주 만족해
하는 눈치였다. 그에 대해서는 물론 그녀도 소문을 들어 알고 있었다.
　「듣자니까 내 아들이…….」아르달리온 알렉산드로비치는 입을 열었다.
　「네, 당신의 아드님은 훌륭해요. 아니, 아버님 되시는 분도 매우 훌륭하
시군요. 왜 당신께서는 제 집에 한 번도 오시지 않으십니까? 당신 자신이
피하고 계신 건가요? 그렇지 않으면 아드님이 당신을 숨기고 있는 건가
요? 다른 사람이라면 또 몰라도 당신께서는 인젠 누구의 수고를 빌리지 않
고 혼자서라도 제 집에 오실 수 있지 않습니까?」
　「19세기의 아들들과 그 아버지들은…….」장군은 또 무슨 말인지 시작
하려 했다.
　「나스타샤 필립포브나! 잠깐만 아르달리온 알렉산드로비치를 실례하게
해주시지 않겠어요? 저쪽에서 무슨 볼일이 있는 모양이니까.」니나 알렉산
드로브나가 큰 소리로 말했다.
　「실례를 하게 해달라구요? 그건 너무하시는데요. 난 여러 가지 얘기를
많이 들어 벌써부터 만나 뵙기를 바라고 있던 참이었어요. 그리고 알렉산드
로비치한테 무슨 볼일이 있으시다는 거죠? 이젠 퇴역하시지 않았어요?
장군, 장군께서는 저를 혼자 있게 하시지는 않으시겠죠? 이 방에서 나가
버리시지는 않으시겠죠?」
　「수일내로 주인이 직접 댁으로 찾아가 뵙도록 하겠어요. 이건 내가 약속
하지요. 그러나 지금은 좀 쉬셔야 해요.」
　「아르달리온 알렉산드로비치, 당신은 쉬셔야 한대요.」몹시 못마땅하다는
듯이 불만스럽게 얼굴을 찌푸리면서 나스타샤 필립포브나는 이렇게 소리
쳤다. 그것은 마치 장난감을 빼앗긴 말괄량이 같은 태도였다. 장군은 마치

일부러 자신의 입장을 더한층 어리석게 만들려고 애쓰고 있는 것 같았다.

「이봐요! 이봐!」그는 점잖게 아내를 돌아보며 나무라듯 이렇게 말하고는 한쪽 손을 가슴 위에 얹었다.

「어머니, 저리로 함께 가시지 않으시겠어요?」바랴가 큰 소리로 말했다.

「아니야, 바랴. 난 끝까지 여기 앉아 있겠다.」

나스타샤 필립포브나가 이들 모녀의 문답을 듣지 못했을 리가 없었으나 그녀는 그것 때문에 더욱더 명랑해지는 성싶었다. 그녀는 또다시 장군에게 여러 가지 질문을 퍼붓기 시작했다. 5분 뒤 장군은 기분이 좋아져서 옆의 사람들이 껄껄대는 속에서 웅변조가 되었다.

콜랴는 공작의 옷자락을 잡아당겼다.

「공작이 우리 아버지를 좀 데려가 주세요. 저대로 놔두면 안 돼요. 데려가 주세요, 네?」불쌍한 소년의 눈에는 분함의 눈물이 번쩍이고 있었다. 「가니카(_{인물의} 이름)도 못쓰겠이.」소년은 입 속으로 중얼거렸다.

「그렇지, 표도로비치 예판친과는 그야말로 절친한 친구였지요.」장군은 나스타샤 필립포브나의 질문에 대답했다. 「나와 그와, 이미 고인이 된 레프 니콜라예비치 뮈시킨 공작──아들의 이름과 혼동하고 있다──, 그분의 아드님을 나는 오늘 20년 만에 다시 만나게 됐습니다만, 우리 세 사람은 떨어질래야 떨어질 수 없는 삼총사였지요. 아토스·포르토스·아라미스(_{삼총사의 주} _{인물의 이름})처럼 우리들은 기사들이었단 말입니다. 그러나 유감스럽게도 그 중 한 사람은 비방과 탄환을 맞고 무덤 속에 잠들어 있고 지금 당신의 눈앞에 있는 또 한 사람은 아직도 비방과 탄환을 상대로 싸움을 계속하고 있는 거지요…….」

「어머, 탄환이라뇨?」나스타샤 필립포브나가 소리쳤다.

「그것은 여기 있어요. 내 가슴속에 있습니다. 카르스의 싸움에서 맞은 총알인데 지금도 날씨가 궂은 날에는 아픕니다. 그러나 그밖의 모든 점에서 나는 철인처럼 살며, 일에서 멀어진 부르주아처럼 산책을 하기도 하고 한가롭게 놀기도 하면서, 단골 카페에서 체스를 하기도 하고 또《앙데팡당스》를 읽기도 하면서 지내고 있지요. 그런데 포르토스, 즉 예판친 장군과는 3년 전에 기차 속에서 일어난 발바리 사건 이래 영원히 절교하고 말았죠.」

「어머, 발바리 사건이라뇨? 그건 도대체 어떻게 된 일인데요?」나스타샤 필립포브나가 호기심에 가득 찬 말로 물었다. 「발바리라구요? 가만 계세요. 기차 속에서라고 하셨죠!」그녀는 무엇인지 생각나는 것이 있는 모양이었다.

「뭐, 새삼스레 얘기할 만한 가치도 없는 사건입니다. 벨로콘스카야 공작부인네 가정교사 미시즈 슈미트가 사건의 원인이었지만, 그러나 새삼스레 얘기할 만한 건 아닙니다.」

「아니, 꼭 듣고 싶어요!」명랑하게 나스타샤 필립포브나가 소리쳤다.

「나도 아직 그 얘기는 못 들었습니다!」페르드이시첸코도 한 마디 했다. 「이건 처음 듣는 얘긴걸요.」

「아르달리온 알렉산드로비치!」또다시 니나 알렉산드로브나의 애원하는 소리가 들렸다.

「아버지, 잠깐만 와보세요!」이번에는 콜랴가 소리를 쳤다.

「뭐, 대단한 얘긴 아닙니다. 간추려서 이야기해 봅시다.」장군은 자랑스럽게 이야기를 늘어 놓기 시작했다. 「그러니까 2년 전의 일입니다! 아니, 2년이 채 안 되었는지도 모르겠습니다. X철도가 새로 개통됐을 때──나는 그때 이미 평복으로 있었습니다만──나로서는 꽤 중대한 볼일로, 즉 사무 인계에 관한 볼일로 1등표를 사서 기차에 자리를 잡고 앉아 담배를 피우고 있었습니다. 나는 담배를 계속해서 피우고 있었습니다. 그 전부터 피우고 있었으니까요. 나는 칸막이 좌석 안에 혼자 앉아 있었지요. 흡연이 금지되어 있는 것도 아니고, 그렇다고 허가되어 있는 것도 아니니까, 이를테면 관례상 반쯤은 허가된 곳이라고나 할까요. 즉 다시 말하면 그 승객에 따라서 말입니다. 창문은 열려 있었지요. 그런데 발차의 벨이 울리기 직전에 갑자기 두 부인이 발바리를 한 마리 데리고 들어와서 내 맞은편 좌석에 자리를 잡고 앉았단 말입니다. 하마터면 그들은 기차를 놓칠 뻔했습니다. 그중 한 여자는 밝은 옥색 옷을 입었고, 또 한 여자는 검은 비단옷에 숄을 두르고 있었습니다. 양쪽이 다 밉상은 아니었는데 대단히 거만스런 표정을 하고서 영어로 지껄여 대더군요. 나는 물론 태연했습니다. 그냥 담배를 피우고 있었지요. 전혀 생각을 아니 한 것은 아니었지만 창문이 열려 있어서 그쪽에다 대고 피웠지요. 발바리는 옥색 옷의 부인의 무릎 위에 얌전히 앉아 있었습니다.

내 주먹만한 조그만 놈인데 털이 새까맣고 발끝만이 흰 진기한 발바리였습니다. 은제의 목걸이엔 무늬가 새겨져 있었습니다. 나는 어디까지나 태연했습니다. 그러나 아무래도 부인들은 화를 내고 있는 것 같았습니다. 물론 내 담배 때문이었지요. 그 중의 하나가 로르네트(손잡이 테가 달린 안경)를 꺼내 들고 이쪽을 노려 보기 시작했습니다. 그래도 나는 모른 체했지요. 저쪽에서 아무 말도 하지 않으니까 말이에요! 뭐라고 한 마디 주의를 준다든가 부탁을 한다든가 하면 좋지 않느냔 말입니다. 그 사람들도 남들처럼 혀를 가지고 있을 테니까요! 그러나 여전히 잠자코 있는 겁니다……. 그러자 갑자기 아무런 경고도 없이 그야말로 한 마디의 경고도 없이, 마치 미치기라도 한 것처럼 옥색 옷의 부인이 내 손에서 담배를 낚아채더니 창 밖으로 휙 던져 버렸단 말입니다. 기차는 달립니다. 나는 한참 동안 얼빠진 얼굴을 하고 있었지요. 이런 야만인이 또 어디 있겠습니까! 어차피 야만스러운 계급의 출신일 테지만 말입니다. 뚱뚱하고 키가 큰 금발머리의 볼이 빨간——아니, 그건 참 너무 빨갰습니다만——여자였어요. 그 여자는 나를 향하여 눈을 번쩍이고 있었습니다. 난 아무 말 않고 놀랄 만큼 점잖게, 흠잡을 데가 없을 만큼 세련되고 정중한 태도로 두 손가락을 발바리에게 가져가서 그 목덜미를 부드럽게 잡고, 방금 담배를 던진 바로 그 창문을 통하여 밖으로 내던져 버렸습니다. 『캥!』하는 외마디 소리가 겨우 들렸을 뿐이었어요! 기차는 사정없이 달렸습니다…….」

「어머나, 당신도 어지간하시구먼요!」하고 나스타샤 필립포브나는 어린애처럼 깔깔거리며 손뼉을 쳤다.

「브라보, 브라보!」페르드이시첸코가 외쳤다. 장군이 나타난 것을 몹시 불쾌하게 여기고 있던 프치스인도 빙그레 웃었다. 콜랴까지 웃으면서 브라보를 외쳤다.

「그렇지만 나는 정당했던 것입니다! 어디까지나 정당했었단 말입니다!」신이 난 장군은 열심히 이야기를 계속했다. 「왜냐구요? 만일 기차 안에서 흡연이 금지되어 있다면 개를 데리고 타는 것은 더욱 엄중히 금지되어야 할 게 아닙니까?」

「브라보! 아버지!」콜랴는 기뻐서 소리를 질렀다. 「참 잘하셨어요! 내가 그런 일을 당했더라도 틀림없이, 틀림없이 그렇게 했을 거예요!」

「그래, 그 부인이 가만 있던가요?」나스타샤 필립포브나가 몹시 궁금한 듯 물었다.

「그 여자 말입니까? 바로 그겁니다. 참으로 불쾌한 것은,」눈살을 찌푸

리며 장군은 계속했다. 「한 마디 말도 없이 다짜고짜 내 뺨을 갈기지 않겠
어요? 야만인이라도 이만저만한 야만인이 아니었습니다.」

「그래서 당신은?」

장군은 눈을 내리깔고 눈썹을 치켜올리며 어깨를 높이 쳐들고 입술을 꼭
다문 채 두 손을 벌리고서 잠시 침묵을 지키고 있다가 갑자기 입을 열었다.

「앞뒤를 잃어버렸지요.」

「대단했겠구먼요.」

「아니오. 별로 대단할 것까지는 없었습니다. 남 보기에 부끄러운 난리가
일어나긴 했지만 그리 대단한 건 아니었지요. 나는 다만 손을 한 번 휘둘렀
을 뿐, 그것도 상대방의 손을 뿌리치려는 의도밖에 없었으니까요. 그러나
무던히 재수가 없었어요. 옥색 옷의 여자가 바로 벨로콘스카야 공작네 집안
과 어떤 관계에 있다는 건 세상에 널리 알려져 있는 일입니다. 공작 영애들
은 기절을 한다, 눈물을 흘린다, 죽은 발바리를 위해 상복을 입는다 하고
야단법석이었습니다. 여섯이나 되는 딸들이 통곡을 하고 영국 여자가 통곡
을 하고, 정말로 세계의 종말 같은 난리였습니다. 물론 나는 부끄러워 못
견디겠다고 용서를 빌러 찾아가 보기도 하고 사과장을 쓰기도 했습니다만
만나 주지도 않고 편지조차 받아 주지 않더군요. 자연히 예판친 장군과도
사이가 벌어져서 나중에는 모두들 나를 따돌려 상대도 하지 않게 되어 버렸
지요!」

「실례지만 아무래도 좀 이상한 것 같은데요?」 나스타샤 필립포브나가 불
쑥 물었다. 「대엿새 전에 《앙데팡당스》에서—— 나도 계속해서 그 신문을
읽고 있지만—— 그것과 똑같은 얘기를 읽었어요. 다른 점이라고는 한 군
데도 없는 똑같은 얘기예요. 그건 라인 지방의 철도에서 어느 영국 여자와
프랑스 인 사이에 일어난 얘긴데요. 담배를 낚아챘다는 것도 똑같고 발바리
를 던져 버렸다는 것도 똑같고, 사건의 결말도 역시 마찬가지였어요. 그리
고 밝은 옥색의 옷까지!」

순간 장군의 얼굴이 확 붉어졌다. 콜랴도 역시 얼굴을 붉히며 두 손으로
머리를 움켜쥐었다. 프치스인은 얼른 외면을 하고 말았고, 오직 한 사람 페
르드이시첸코만이 여전히 껄껄 웃고 있었다. 가냐는 말할 것도 없었다. 그
는 내내 말못할 고통을 참고 참으면서 가만히 서 있었다.

「아니 정말입니다.」 장군은 중얼거렸다. 「나에게도 그와 똑같은 일이 일

어났던 겁니다…….」

「아버지와 벨로콘스카야 공작 부인네 가정교사 미시즈 슈미트 사이에는 정말로 그런 불쾌한 사건이 있었어요.」콜랴가 소리쳤다. 「나도 기억하고 있어요.」

「그래요? 그렇게까지 똑같은 사건이 있었단 말이죠? 유럽의 이쪽 끝과 저쪽 끝에서 어쩌면 그렇게도 똑같은 사건이 일어났을까요? 심지어는 옥색 옷까지 똑같은!」나스타샤 필립포브나는 모질게 물고 늘어졌다. 「당신한테《앙데팡당스 벨즈》를 보내 드릴 테니 한 번 읽어 보세요!」

「그렇지만 주의해 주셔야 할 것은,」장군은 끝내 버텼다. 「내 얘기는 2년 전에 일어난 사건이란 점입니다.」

「그러니까 다른 점은 그것뿐이군요.」

나스타샤 필립포브나는 신경질적으로 웃었다.

「아버지, 한 마디만 여쭐 일이 있는데 잠깐 밖으로 함께 나가 주실 수 없을까요?」가냐는 기계적으로 아버지의 어깨를 잡으며 떨리는 목소리로 이렇게 말했다. 한량없는 증오가 그 눈 속에 끓어오르고 있었다.

바로 이 순간 유달리 요란한 벨소리가 현관에서 울려 왔다. 금방 벨을 망가뜨리기라도 할 것 같았다. 그것이 예사롭지 않은 방문이라는 것은 이내 느껴졌다. 콜랴가 문을 열어 주려고 달려갔다.

10

현관 쪽에서 갑자기 소란스러운 소리가 나면서 많은 사람들의 인기척이 들려 왔다. 객실까지 들려 오는 그 소리로 미루어 몇 사람인가가 밖에서 들어왔고, 아직도 계속해서 들어오고 있는 모양이었다. 여러 사람이 한꺼번에 지껄이며 고함을 치고 있었다. 층층대 위에서도 지껄이며 떠들어 대고 있었다. 층층대에서 현관으로 통하는 문이 열려 있는 모양이었다. 어쨌든 이 방문은 지극히 괴이한 것임에 틀림없었다. 객실에 있던 사람들은 서로 얼굴을 마주보았다. 가냐는 홀 쪽으로 뛰어나갔으나 홀에도 벌써 몇 사람이 들어오고 있었다.

「아, 바로 저 녀석이 유다야!」공작의 귀에 익은 목소리가 외쳤다. 「잘 있었나, 가니카, 이 망할 놈아!」

「이놈이야. 이놈이 틀림없어!」다른 목소리가 말을 받았다.

공작에게는 이제 의심할 여지가 없었다. 하나는 로고진의 목소리고, 다른 하나는 레베제프의 목소리였다.

가냐는 마치 정신 나간 사람처럼 문지방 위에 버티고 서서, 열 명이나 열 두 명은 될 듯한 사람들이 파르펜 로고진의 뒤를 따라 계속하여 홀을 향해 들어오는 것을 막을 생각도 하지 않고 잠자코 바라보고만 있었다. 이들은 그 외모나 옷차림이 형형색색이었다. 그뿐만 아니라 그 난잡하기란 또한 이를 데가 없었다. 개중에는 한길에서처럼 코트나 털가죽 외투를 그냥 입고 들어오는 자도 있었다. 취한은 섞여 있지 않았으나, 그대신 모두가 가볍게 한 잔씩 들이켠 듯 얼큰히 취해 있었다. 그러면서도 혼자서 성큼성큼 걸어 들어올 만한 용기는 없었는지 저희들끼리 서로 눈치를 보면서 되도록 남을 앞으로 밀어 내려고 애쓰는 것이었다. 선두에 있던 로고진까지도 무척 조심스런 태도를 취하며 걸어 나왔으나 그래도 그에게는 무엇인가 속셈이 있는 듯, 그 음울한 얼굴은 초조한 표정을 짓고 있었다. 그밖의 사람들은 그저 일종의 위세를 부리기 위한 합창대 혹은 성원하기 위해서 몰려온 오합지졸에 지나지 않았다. 그들 중에는 레베제프 말고도 고수머리의 잘료제프가 끼어 있었다. 그는 문간방에 털가죽 외투를 벗어 던지고는 자못 거만한 태도로 우쭐거리며 걸어 들어왔다. 그러자 그와 비슷비슷한 차림을 한 장사치 같은 사내도 두서너 명 따라서 들어왔다. 군대 외투 같은 것을 걸친 사내가 있는가 하면 줄곧 웃고만 있는 땅딸보도 있었고 자기 주먹에 무척 자신을 가진 듯한 말수가 적은 음울한 얼굴을 한 육척(六尺) 장신의 뚱뚱보도 끼어 있었다. 의대생도 있는가 하면 여자처럼 모양을 낸 폴란드 인도 하나 있었다. 그밖에도 어떤 두 여자는 안에 들어오지 못하고 층층대께에서 현관을 들여다보고 있었는데 콜랴는 그 코끝에다 문을 쾅하고 소리내어 닫고, 문고리를 걸어 버렸다.

「잘 있었나, 가니카, 이놈아! 설마 이 파르펜 로고진이 찾아올 줄이야 몰랐었겠지!」로고진은 객실 입구에까지 와서 거기 서 있던 가냐와 딱 마주치자 다시 한 번 이렇게 되풀이했다. 그러나 그는 이 순간 자기 쪽을 향하여 객실 안에 앉아 있는 나스타샤 필립포브나를 발견했다. 그녀의 모습에 로고진이 크게 놀란 것을 보면 여기서 그녀를 만나게 되리라고는 꿈에도 생각지 못했던 모양이었다. 그는 입술이 자줏빛으로 변할 만큼 갑자기 얼굴이

창백해졌다. 「그러고 보니 역시 그게 정말이었군!」그는 적잖이 낙담한
듯 혼자말처럼 이렇게 중얼거렸다. 「이젠 마지막이다! 좋아……, 이제
이렇게 된 이상 네놈을 상대할 수밖에 없다!」그는 갑자기 사나운 적의에
불타 가냐를 노려 보면서 부드득 이를 갈았다. 「자……, 빌어먹을…….」
　그는 치밀어오르는 분노를 참지 못하는 듯 숨을 거칠게 쉬며 말도 제대로
하지 못했다. 거의 기계적으로 객실 안에 발을 들여 놓았으나 갑자기 니나
알렉산드로브나와 바랴를 발견하자 그처럼 흥분해 있었음에도 불구하고 약
간 당황한 듯 발을 멈췄다. 그의 뒤를 따라 언제나 그림자처럼 붙어 다니는
레베제프가 객실에 들어왔다. 그는 벌써 어지간히 취해 있었다. 다시 그 뒤
를 이어 의대생, 주먹 씨(氏), 좌우를 향해 꾸벅꾸벅 인사를 하고 있는 잘
료제프, 그리고 마지막으로 땅딸보가 사람들을 헤치며 들어왔다. 방안에 부
인들이 있다는 것이 그들의 언동을 어느 정도 억제했고 따라서 그들에게는
몹시 방해가 되는 모양이었다. 그러나 물론 이것은 일을 개시하기까지, 즉
뭐라고 한 마디 큰 소리를 침으로써 행동을 시작하기까지의 서론에 불과하
고, 일단 일이 터진 다음에는 거기에 어떤 부인이 있건, 그들은 그런 것에
아무런 구애도 받지 않을 것임에 틀림없었다.
　「아니, 어떻게 된 거야? 공작, 자네도 여기 있었나?」뜻밖에 공작을 만
난 것에 크게 놀란 로고진은 당황하여 말했다. 「여전히 각반을 맨 채로군,
젠장!」그러나 그는 곧 공작의 존재 따위는 잊어버린 듯 한숨을 몰아 쉬더
니 다시 나스타샤 필립포브나에게 눈을 돌렸다. 그리고는 마치 자석에 끌려
드는 쇠처럼 조금씩 그녀에게로 다가가는 것이었다. 나스타샤 필립포브나
도 역시 불안스런 호기심으로 이 손님들을 바라보고 있었다.
　가냐는 마침내 제정신으로 돌아왔다.
　「그런데 도대체 이게 어찌된 일입니까?」그는 엄중한 표정으로 정색을
하고 새로운 손님들을 둘러보면서, 주로 로고진을 향해 큰 소리로 떠들어
댔다. 「당신들은 설마 여기를 마구간으로 알고 들어온 건 아니겠죠? 여기
엔 내 어머님과 누이가 있습니다.」
　「어머니와 누이가 있다는 것쯤은 알고 있어.」로고진이 이빨 사이로 내뱉
듯 대답했다.
　「어머니와 누이라는 것쯤은 알고 있단 말야.」레베제프가 분위기 조성을
위해서 맞장구를 쳤다.

주먹 씨는 드디어 차례가 왔다고 생각한 모양으로 무어라고 웅얼거리기 시작했다.

「그러나 어쨌든,」 갑자기 버럭 큰 소리로 가냐가 외쳤다. 「먼저 여기서 홀 쪽으로 나가 주시오. 할말이 있으면 그 다음에…….」

「이봐, 딴전 부리지 마!」로고진은 그 자리에서 한 발짝도 움직이지 않고 심술사납게 이죽거렸다. 「이 로고진을 못 알아보겠다는 거야?」

「설사 어디서 만났던 일이 있다고 하더라도 그러나 지금은…….」

「뭐? 어디서 만났는지 모르겠다고? 석 달 전에 네놈은 트럼프로 나한테서 아버지 돈 2백 루블을 몽땅 털어 갔지? 그것 때문에 노인은 죽어 버렸단 말이야. 그런데도 잘 모르겠다구? 네놈이 나를 끌어들이고 크니프란 놈한테 속임수를 쓰게 해서 돈을 빼앗아 먹고는 그래도 모르겠다는 거야? 그 증인은 바로 저기 있는 프치스인이다! 너 같은 놈은 1루블 은화 세 닢만 호주머니에서 꺼내 보이면 그것이 탐나서, 바실리예프스키 섬까지 네 발로 기어가고도 남을 놈이야. 너는 그런 인간이야! 너는 원래가 그런 근성을 가진 놈이란 말이다! 그래서 나는 오늘 네놈을 돈으로 몽땅 매수해 버리려고 온 거야. 내가 이런 신발을 신고 왔다고 해서 걱정할 건 조금도 없다. 돈은 나한테 얼마든지 있으니까. 네놈을 비롯하여 너의 가산 전부를 사마……. 내가 한 번 사겠다고 마음먹으면 너희들 전부를 한데 휩쓸어 사버릴 수 있어. 사람이건 세간이건 있는 건 죄다 사버리겠어!」로고진은 차츰차츰 술 기운이 오르기 시작하는지 정신없이 지껄여 댔다. 「이봐요!」그는 버럭 소리를 질렀다. 「나스타샤 필립포브나! 나를 내쫓지 마시구려. 그리고 한 마디만 대답해 주시오. 그래 당신은 이런 자와 결혼을 할 작정이오?」

로고진은 마치 절망에 빠진 사람이 신을 향해 구원을 호소하듯 또는 그와 동시에 더 이상 아무것도 잃어버릴 것 없는 사형수와 같은 대담성으로 이런 질문을 던진 것이다. 그는 형언할 수 없는 고통 속에서 그녀의 대답을 기다리고 있었다.

나스타샤 필립포브나는 비웃는 듯한 거만한 눈으로 사내를 훑어 보고 있다가는, 바랴와 니나 알렉산드로브나를 흘긋 쳐다보고 다시 가냐를 쳐다보고 나서 여태까지의 태도를 싹 바꾸어 버렸다.

「그럴 생각은 조금도 없어요. 그런데 왜 그러세요? 왜 그런 걸 나한테 물을 생각을 하셨죠?」다소 놀란 빛을 보이면서 그녀는 나직하게 가라앉은 목소리로 대답했다.

「그럴 생각이 없다고? 없다고 했죠?」로고진은 너무나 기뻐, 미친 사람처럼 외쳤다. 「그러니까 정말로 결혼을 안 한단 말이죠? 그녀석들이 나한테…… 아냐! 이봐요…… 나스타샤 필립포브나! 글쎄…… 당신이 가니카와 약혼을 했다지 않겠어요! 가니카 같은 놈과 도대체 그럴 수는 없단 말이야. 어쨌든 나는 이놈이 손을 떼도록 하기 위해서 백 루블로 이놈을 사겠단 말야. 아니, 천 루블, 그것도 부족하다면 3천 루블을 주지. 이놈이 결혼 전날 밤에 내게 새색시를 남겨 두고 도망치게 할 거란 말이야. 이봐, 가니카, 안 그래? 이 돼지 새끼야. 어떠냔 말이다! 차라리 3천 루블을 받는 것이 좋겠지?   옛다, 여기 있다. 나는 너한테 그 약속을 받으러 온 거야. 한 번 산다고 한 다음에야 무슨 일이 있어도 사고야 말겠다!」

「써 나가지 못하겠어? 너는 취했어!」가냐는 푸르락붉으락하며 소리쳤다.

그의 고함 소리가 떨어지기가 무섭게 몇 사람인가의 목소리가 한꺼번에 터져 나왔다. 진작부터 이러한 순간이 오기를 기다리고 있던 로고진의 일당이었다. 레베제프는 무엇인지 열심히 로고진의 귀에 대고 속삭였다.

「그렇지, 이 벼슬아치야!」로고진은 고개를 끄덕였다. 「그래, 주정뱅이야! 아니 어찌되든 상관없어, 나스타샤 필립포브나!」그는 미치광이 같은 눈으로 그녀를 조심조심 바라보다가 별안간 말할 수 없을 정도로 원기왕성해져서 소리를 치는 것이었다. 「자, 여기 1만 8천 루블이 있다!」그는 흰 종이에 싸고 다시 노끈으로 열십자로 동여맨 돈 뭉치를 그녀 앞 탁자 위에 던졌다. 「자아, 그리고 여기! 여기 또 있단 말이야!」

이렇게 기고만장한 그로서도 더 이상은 하고 싶은 말을 끝까지 다할 용기가 없었다.

「아, 아, 안 돼요!」레베제프가 깜짝 놀란 얼굴로 또다시 뭐라고 속삭였다. 아마 그는 이 막대한 금액에 놀라 그보다 훨씬 적은 액수로부터 흥정을 시작해 보라고 권고하고 싶었던 것이리라.

「아니야, 이런 문제에 대해서 너 같은 건 아직 아무것도 모른단 말야. 아니야, 하긴 나도 역시 똑같은 바보일는지도 모르지만!」나스타샤 필립포브나의 반짝이는 눈빛에 로고진은 갑자기 제정신을 차리고 부르르 떨었다. 「에잇! 공연히 네놈의 말만 듣다가 나는 아무래도 바보 같은 소리를 했나 보다.」 그는 몹시 후회하는 투로 이렇게 덧붙였다.

로고진의 당황하는 얼굴을 바라보고 나스타샤 필립포브나는 갑자기 웃음을 터뜨렸다.

「나에게 1만 8천 루블을 주는 거예요? 드디어는 미련퉁이 농꾼의 바닥이 드러나는군요!」 그녀는 갑자기 거드름을 피우면서도 무례한 태도로 쏘아붙이고는 그대로 자리를 뜨려는 양 소파에서 일어났다. 가냐는 심장의 고동이 멈춰 버릴 것 같은 고통을 느끼면서 이러한 광경을 바라보고 있었다.

「그럼 4만 루블, 1만 8천 루블이 아니고 4만 루블이다!」 로고진은 외쳤다. 「프치스인과 비스쿠프가 7시까지 4만 루블을 채워 주겠다고 약속했어. 4만 루블! 전액을 채워서 테이블 위에 늘어 놓겠다!」

장면은 상궤를 벗어나 추악해졌다. 그러나 나스타샤 필립포브나는 일부러 이 장면을 끌려는 듯 떠나려고 하지 않고 그냥 웃고만 있었다. 니나 알렉산드로브나와 바랴는 둘이 모두 자리에서 일어나 말없이 기다리고 있었다. 바랴의 눈은 반짝반짝 빛나고 있었으나 니나 알렉산드로브나는, 이 사건이 병적인 그녀에게 작용이라도 일으킨 듯이, 곧 기절이라도 할 것처럼 떨고 있었다.

「에잇, 그렇다면 10만 루블이다! 오늘 당장에라도 10만 루블을 챙기겠다. 프치스인, 도와 다오. 너도 벌이가 될 테니까!」

「자네 미쳤군!」 프치스인은 얼른 그에게로 다가가서 그의 팔을 잡으며 속삭였다. 「자네는 취했어. 이러다가는 경찰에 연행되겠어. 자넨 지금 자네가 어떤 위치에 있는지나 알고 있나?」

「취해서 헛소릴 하고 있는 거예요.」 나스타샤 필립포브나가 조롱하듯 말했다.

「아니, 절대로 헛소리가 아니야. 돈은 문제없어. 저녁때까지는 채우겠어…… 프치스인, 도와 주게. 어이, 고리대금업자, 이자는 받고 싶은 대로 받아도 좋으니 저녁때까지 10만 루블만 돌려줘. 이런 일로 물러설 내가 아니라는 걸 보여 줘야겠어!」 로고진은 흥분의 황홀경에 취해 있었다.

「그런데 이게 도대체 뭐야?」 잔뜩 화가 난 아르달리온 알렉산드로비치가 로고진에게 다가서면서 버럭 소리를 질렀다. 여태까지 잠자코 있던 이 노인의 이러한 갑작스런 언동은 다분히 희극적으로 느껴졌으므로 어디선가 킬

킬거리는 소리가 들렸다.

「이건 또 어디서 불거졌지?」로고진도 웃었다. 「여보, 영감, 갑시다. 한잔 살 테니!」

「이건 너무 비열해!」콜랴는 창피함과 분함 때문에 정말로 울면서 소리쳤다.

「그래 이 부끄러움을 모르는 여자를 여기에서 끌어내 줄 사람이 당신들 가운데에는 한 사람도 없나요?」분노에 온몸을 떨면서 이번엔 바랴가 외쳤다.

「그 부끄러움을 모르는 여자라는 건 나를 두고 하는 말이죠!」상대방의 말을 얕잡는 듯한 쾌활함으로 나스타샤 필립포브나는 가볍게 받아넘겼다. 「이런 줄도 모르고 당신들을 만찬에 초대하러 온 것을 보면 나도 어지간히 바보예요! 저, 가브릴라 아르달리오노비치, 당신의 누이동생은 나를 저렇게 냉대하고 있는 거예요!」

뜻하지 않은 누이동생의 이 말에 가냐는 벼락이라도 맞은 듯이 잠시 동안 꼼짝도 못 하고 서 있었다. 그러나 이번에는 정말로 나스타샤 필립포브나가 나가 버리려는 것을 보자, 화가 머리끝까지 치민 그는 와락 누이동생에게 덤벼들어 그 팔을 움켜잡았다.

「너 도대체 그게 무슨 소리냐!」당장에 박살을 내고 말 듯한 형상으로 그는 누이를 노려 보며 버럭 고함을 질렀다. 그는 이미 완전히 분별을 잃고 앞뒤도 가리지 못했다.

「무슨 소리냐구요? 날 어디로 끌고 가려는 거예요? 그래 저 여자가 당신의 어머니께 창피를 주고 당신의 집을 모욕하러 왔는데도, 저 여자에게 용서를 빌란 말이에요? 당신은 비열한 인간이에요.」바랴는 의젓하게 도전적으로 오빠의 얼굴을 쳐다보면서 또다시 소리쳤다.

잠시 동안 그들은 얼굴을 맞대고 서 있었다. 가냐는 여전히 누이동생의 팔을 움켜쥐고 있었다. 바랴는 힘껏 그의 손을 뿌리쳤다. 또 한 번, 그러나 힘이 모자랐다. 그러자 그녀는 참지 못하고, 느닷없이 자제를 잃어 오빠의 얼굴에다 침을 뱉었다.

「어머나, 대단한 아가씨인걸요!」나스타샤 필립포브나가 소리쳤다. 「브라보! 프치스인, 축하를 드립니다!」

순간 가냐는 눈앞이 캄캄해졌다. 그는 앞뒤를 분간하지 못하고 힘껏 누이동생을 내려칠 양으로 번쩍 손을 치켜올렸다. 그러나 그때 또 하나의 손이 밑으로 후려치려는 가냐의 손을 재빨리 붙잡았다.

두 남매 사이에는 공작이 서 있었다.

「이러시면 안 됩니다. 그만들 해두시오!」그는 강경하게 말했으나 그도 또한 무서운 심적 동요로 온몸을 떨고 있었다.

「오오, 네놈은 언제까지나 나를 방해할 셈이로구나!」바랴의 팔을 놓고 가냐는 으르렁거리듯 외치고 나서, 극도에 달한 분노에 불타올라 그 자유로워진 팔로 힘껏 공작의 뺨을 후려갈겼다.

「앗!」콜랴는 저도 모르게 손뼉을 치며 소리쳤다. 「이거 큰일났구나!」

사방에서 놀라움의 외침이 일어났다. 공작의 얼굴은 금세 창백해졌다. 나무라는 듯한 기묘한 눈으로 그는 가냐의 눈을 똑바로 응시했다. 그의 입술은 떨리며 무엇인가를 말하려고 애쓰고 있었으나, 그 어떤 어울리지 않는 야릇한 미소로 괴이하게 일그러질 뿐이었다.

「좋아요, 나한테 무슨 짓을 해도……. 그러나 저 분에게만은 …… 절대로 안 됩니다!」그는 나직히 겨우 이렇게 말했다. 그러나 갑자기 참지를 못하고 가냐를 그대로 놓아 둔 채 두 손으로 얼굴을 가리면서 한쪽 구석으로 물러나 벽 쪽으로 얼굴을 돌린 공작은 띄엄띄엄 말했다. 「아, 당신은 틀림없이 자신의 행위를 아주 후회하게 될 겁니다!」

가냐는 쥐구멍이라도 찾고 싶은 심정으로 기가 푹 죽어 서 있었다. 콜랴는 옆으로 다가와서 공작에게 키스를 했다. 뒤이어, 로고진·바랴·프치스인·니나 알렉산드로브나, 심지어는 아르달리온 알렉산드로비치까지 앞을 다투어 그에게로 몰려왔다.

「괜찮습니다. 괜찮아요!」공작은 여전히 그 어울리지 않는 미소를 띤 채 좌우를 향해 중얼거렸다.

「암, 후회하게 될 거야!」로고진이 소리쳤다. 「가니카, 부끄럽지도 않나. 이런…… 양같이 순한 사람에게 ——그는 이밖의 다른 말이 생각나지 않았던 것이다 ——모욕을 주고! 공작, 당신은 참으로 훌륭해. 저런 놈에게는 침이라도 뱉어 줘. 자, 나하고 함께 갈까! 로고진이 얼마나 당신에게 반했는지 이제 알게 될 거야.」

나스타샤 필립포브나는 역시 가냐의 행위와 그것에 대한 공작의 태도에 깊은 충격을 받았다. 여태까지의 부자연스러운 웃음과는 전혀 어울리지 않

는 그녀의 창백한 얼굴이 이제는 분명히 그 어떤 새로운 감정으로 어지럽혀
져 있는 것 같았다. 그러나 그녀는 그것을 말로 나타내고 싶지 않은 듯, 조
소의 빛만 그 얼굴에 더욱더 짙어져 가는 것같이 보였다.

「정말로 저 분의 얼굴은 내가 어디서 꼭 본 얼굴이에요.」그녀는 또 갑자
기 아까의 의문을 생각해 내고는 돌연 진지한 얼굴로 말했다.

「그래 당신은 조금도 부끄럽다고 생각하지 않습니까? 당신은 원래가 그
런 사람인가요? 아니, 절대로 그럴 리가 없습니다!」별안간 공작은 진심
으로 그녀를 나무라는 투로 이렇게 소리쳤다.

나스타샤 필립포브나는 어안이 벙벙하여 히죽 웃었다. 그러나 그 웃음 뒤
에 무엇인가를 숨기고 있기라도 한 듯 얼마쯤 당황한 빛을 띠고 가냐를 힐
끗 쳐다보고는 곧장 객실에서 나가 버렸다. 그러나 현관까지도 가지 않고
갑자기 객실로 되돌아와 니나 알렉산드로브나에게로 다가가서 그 손을 잡
아 자기 입술에 댔다.

「저 사람이 잘 보았어요. 저도 정말은 그런 여자가 아니에요.」그녀는 빠
른 어조로 속삭였다. 그러고는 얼굴을 붉히며 그대로 몸을 돌려 재빨리 객
실에서 나가 버렸다. 그 동작이 너무나 빨랐으므로, 무엇 때문에 그녀가 되
돌아왔는지 아무도 상상할 겨를조차 없었다. 다만 니나 알렉산드로브나에
게만 뭐라고 속삭이고 그 손에 키스한 것 같다는 정도로만 생각했을 뿐이
었다. 그러나 바랴만은 모든 것을 보았고 또 들었으므로 경이에 찬 눈으로
그녀의 뒷모습을 바라보았다.

가냐는 정신을 차리고 나스타샤 필립포브나를 배웅하러 쫓아 나갔으나,
그녀는 이미 밖으로 나가 있었다. 그는 층층대에서 겨우 그녀를 잡았다.

「배웅할 것까지는 없어요.」그녀는 소리쳤다. 「그럼 안녕, 이따가 밤에!
꼭 오세요, 알겠죠?」

가냐는 기가 푹 죽어 생각에 잠긴 채 방으로 돌아왔다. 괴로운 수수께끼,
아까보다 더욱더 괴로운 수수께끼가 그의 마음을 짓누르는 것이었다. 공작
에 대한 생각도 머리에 떠올랐다. 바로 그때 로고진을 선두로 한 일당이 제
각기 먼저 밖으로 나가려고 서로 밀치면서 그의 옆을 지나갔다. 문께에서
그의 어깨에 몸을 부딪치는 자도 있었다. 딴생각에 정신이 팔려 있던 가냐
는 그것조차 분명히 의식하지 못했다. 그들은 모두가 무엇인가 와자하게 지
껄이고 있었다. 로고진은 프치스인과 나란히 걸어 나오면서 무엇인가 증대

하고 긴급한 볼일에 대해서 여러 차례 끈덕지게 다짐을 받고 있었다.

「이봐, 너는 졌어, 가니카!」 지나치면서 그는 외쳤다.

가냐는 불안스럽게 그들의 뒷모습을 바라보고 있었다.

11

공작은 객실을 나와 자기 방에 틀어박혀 버렸다. 콜랴가 곧 그를 위로하려고 달려왔다. 순진한 소년은 이제 그에게서 떨어질 수 없는 심정인 것 같았다.

「나와 버리신 것은 참 잘하신 일이에요.」 콜랴는 말하였다. 「거기서는 아까보다도 더 큰 난리가 벌어질 테니까요. 우리 집은 날마다 이런 꼴이에요. 모든 것이 그 나스타샤 필립포브나 때문이에요.」

「이 집에는 여러 가지 많은 병이 도지고 도져서 그것이 차차 악화되어 가고 있구먼.」 공작이 단정하듯이 말했다.

「맞았어요, 악화될 대로 악화되었어요. 우리 집의 경우는 뭐라고 변명할 여지도 없어요. 모든 원인이 우리들 자신에게 있으니까요. 실은 나한테 친구가 하나 있는데 그 사람은 나보다 몇 곱절이나 더 불행해요. 공작이 원하신다면 소개해 드릴까요?」

「오오, 좋지, 네 친구라구?」

「네, 거의 친구나 다름없는 사람이에요. 그 사람 이야기는 요담에 자세히 말씀드리기로 하죠. 그건 그렇고 나스타샤 필립포브나는 굉장한 미인이더군요. 어떻게 생각하세요? 난 여태껏 그 사람을 본 적이 없었거든요. 그래서 한 번 보려고 무척 애를 썼어요. 미모는 정말 눈이 부실 정도였어요. 만일 형이 사랑한다면 난 모든 것을 용서하겠어요. 그런데 형은 무엇 때문에 돈을 받는 걸까요? 그게 참 한심한 일이에요!」

「그래, 나도 네 형님에게는 별로 호감이 가질 않는다.」

「그건 당연하죠. 더구나 공작은 아까 그렇게……. 그렇지만 나는 그런 문제에 대해서 이러니저러니하고 큰소리를 치는 사람은 정말 질색이에요. 이를테면 어떤 미치광이가 혹은 바보가, 또는 미치광이를 가장한 악한이 그의 빰을 갈겼다고 한다면 말이에요. 그 사람은 평생을 두고 명예를 훼손당했으니 피로써 그 치욕을 씻든가, 상대방이 무릎을 꿇고 사죄하든가 하지 않는 한 절대로 용서할 수 없다는 겁니다. 그러나 내 생각으로 이런 것은 참으로 어리석고 난폭한 짓이라고 생각해요. 《가면 무도회》라는 레르몬토프의 드라마는 바로 이런 생각을 바탕으로 하여 쓰인 쓸모없는 작품이라고 생각해요. 아니, 쓸모없다기보다는 부자연스럽다고 말하고 싶었어요. 하지만 그건 레르몬토프가 아직 어릴 때 쓴 작품이었으니까…….」

「나는 네 누님이 아주 마음에 들었어.」

「가니카의 얼굴에 침을 뱉은 건 정말 통쾌했어요. 바랴는 참 대담해요! 당신은 그렇게 침을 뱉지는 않으셨지만 그건 결코 용기가 부족해서가 아니라고 나는 믿어요. 아, 저기 누님이 오는군요. 호랑이도 제말하면 온다고, 나도 누님이 올 거라고 생각하고 있었어요. 여러 가지 결점은 있지만 그래도 내 누님은 예의바른 여자니까요.」

「넌 뭣하러 여길 왔지?」바랴는 먼저 동생에게 대들었다. 「어서 아버지한테나 가봐! 이 애가 귀찮게 굴죠, 공작?」

「천만에, 오히려 그 반대입니다.」

「또 누님 행세를 시작했군! 이것이 우리 누나의 나쁜 점이에요. 아, 그런데 참, 나는 아버지가 로고진과 함께 가신 것으로 생각하고 있었지 뭐예요. 지금쯤 틀림없이 후회하고 계실 거예요. 정말 어떡하고 계신지 가봐야지.」방에서 나가며 콜랴는 이렇게 말했다.

「덕택으로 어머니를 편안히 주무시도록 모셔다 드렸기 때문에 다행히 아무 일도 일어나지 않았군요. 오빠는 풀이 죽어서 골똘히 무슨 생각에 잠겨 있어요. 그게 당연한 일이죠. 오빠에게는 정말 좋은 교훈이었으니까요! 그래서 당신에게 감사의 말씀을 드리려고 이렇게 찾아왔어요. 공작, 당신은 전에 나스타샤 필립포브나를 모르셨던가요?」

「네, 몰랐습니다.」

「그럼 어째서 당신은 그 여자에게 맞대놓고『그런 여자가 아니다』라고 말씀하셨죠? 그리고 또 어쩐지 그 말이 맞는 것 같아요. 어쩌면 사실 그녀는 그런 여자가 아닌지도 몰라요. 하지만 나는 아무것도 몰라요. 물론 그 여자는 우리를 모욕할 목적으로 찾아왔어요. 나는 그 전부터 그 여자에 대해 여러 가지 이상한 얘기를 많이 들어 왔어요. 그렇지만 만일 그 여자가 우리를 초대하려고 찾아왔다면, 어째서 처음에 어머니한테 그런 짓을 했을까요? 프치스인은 그 여자를 잘 알고 있는데, 아까 그 여자가 한 짓만은 도무지 이해할 수가 없다는 거예요. 그리고 그 로고진인가 하는 사람과의 수작에서 조금이라도 자존심이 있다면 그렇게는 이야기하지 못했을 거예요. 더구나 자기의…… 그…… 집에서 말예요. 어머니도 역시 당신에 대해서 여간 걱정을 하고 있는 게 아니에요.」

「아니, 난 아무렇지도 않습니다!」 공작은 손을 저어 보였다.

「그런데 어째서 그 여자는 당신의 말을 그렇게 순순히 들었을까요?」

「내 말을 듣다뇨?」

「당신이 그 여자에게 부끄럽지도 않느냐고 말씀하시자 대번에 딴사람처럼 되어 버리던걸요. 당신은 분명히 그 여자에게 감화력을 가지고 계세요.」 살짝 미소를 지어 보이면서 바랴는 덧붙였다.

방문이 열리더니 전혀 뜻밖에 가냐가 들어왔다.

그는 방안에 바랴가 있는 것을 보고도 전혀 망설이는 기색이 없었다. 잠시 문지방 위에 서 있다가 갑자기 결연한 태도로 공작에게 다가왔다.

「공작, 내가 참으로 비열한 짓을 했습니다. 제발 용서해 주십시오.」 갑자기 그는 강렬한 감정으로 말했다. 그의 얼굴 표정은 격심한 고통을 나타내고 있었다. 공작은 깜짝 놀라 그 얼굴을 응시한 채, 금방은 아무 대답도 하지 못했다. 「어서 용서해 주십시오, 용서해 주세요.」 가냐는 초조하게 되풀이했다. 「만일 허락하신다면 지금 당장 당신 손에 키스하겠습니다!」 공작은 완전히 감동되어 말없이 두 팔을 벌려 가냐를 껴안았다. 두 사람은 진실된 감정으로 키스했다.

「나는 당신이 이런 사람이라고는 꿈에도 생각지 못했어요.」 공작은 간신히 숨을 쉬면서 입을 열었다. 「내 생각에 당신은 좀처럼…….」

「사과 따윈 하지 못할 거라구 말이죠? 아니, 나는 아까 어째서 당신을 천치라고 생각하고 있었을까요! 당신은 다른 사람이 결코 알지 못하는 것까지 죄다 알아챌 수 있는 능력을 가지고 있습니다. 당신은 흉금을 털어놓고 함께 이야기할 수 있는 분입니다. 그러나…… 지금은 아무 말씀도 드리지 않는 것이 좋을 거예요.」

「여기 또 한 사람 당신이 용서를 빌어야 할 분이 있습니다.」 공작은 바랴를 가리키며 말했다.

「아니, 그녀는 언제나 내 적입니다. 정말이에요. 공작, 나는 한두 번 겪은 것이 아닙니다. 이 집에서는 진심으로 사람을 용서하는 일이 없습니다.」

가냐는 열을 올려 외쳤다. 그리고 바랴에게서 홱 얼굴을 돌렸다.

「나는 용서해요!」 갑자기 바랴가 말했다.

「용서하겠다구? 그럼 오늘 저녁 나스타샤 필립포브나네 집에 가겠니?」

「오빠가 굳이 가자고 한다면 가줄 용의는 있어요. 하지만 생각해 보세요. 이제 와서 내가 어떻게 그 여자네 집에 갈 수 있겠어요?」

「그 여자는 네가 생각하는 그런 인간이 아냐. 그 사람은 수수께끼를 던지고 있는 거야! 아까 그건 일종의 속임수야!」 가냐는 심술궂게 웃었다.

「그런 여자가 아니라는 말과 일종의 속임수를 쓰고 있단 말은 나도 잘 알고 있어요. 그렇지만 거기에 무슨 의미가 있느냔 말예요? 그리고 또 한 가지는 말예요. 오빠, 그 여자가 오빠를 뭐로 알고 있느냐 말예요? 그 여자가 어머니 손에 키스한 건 사실이에요. 그것도 무슨 속임수인지는 모르겠지만 어쨌든 그 여자는 오빠를 웃음거리로 만들지 않았느냐 말예요! 그건 7만 5천 루블의 값어치도 없어요. 그래요, 없어요! 오빠는 좀더 고상한 감정을 알 거예요. 그러니까 나도 이런 말을 하고 있는 거예요. 오빠도 오늘 저녁 그곳에 가지 않는 게 좋을 거예요. 그리고 단단히 정신을 차리세요! 이런 일은 절대로 원만하게 해결될 리가 없어요.」

여기까지 말하던 바랴는 극도로 흥분하여 후닥닥 방에서 나가 버렸다.

「언제나 저 모양이에요!」 가냐는 쓴웃음을 지으면서 말했다. 「어머니나 바랴는 내가 그만한 것도 모르고 있는 줄로 생각하고 있을 거예요. 하지만 나는 훨씬 더 잘 알고 있습니다.」

이렇게 말하고 가냐는 소파에 앉았다. 공작과 좀더 이야기를 계속하고 싶은 모양이었다.

「그것을 알고 있다면,」 공작은 상당히 조심스럽게 물었다. 「어째서 당신은 그런 고통을 스스로 짊어지려는 겁니까? 그것이 7만 5천 루블의 값어치가 없다는 것을 알고 있으시다면서.」

「나는 그걸 말하고 있는 게 아니에요.」 가냐는 중얼거렸다. 「그건 그렇고, 한 가지 묻고 싶은데 당신은 어떻게 생각하십니까? 당신의 의견을 듣고 싶습니다. 이『고통』은 7만 5천 루블의 값어치가 있을까요, 없을까요?」

「내 생각으로는 없습니다.」

「그렇게 대답하실 줄 알았습니다. 그럼 이 결혼 자체도 수치스러운 것이겠군요?」

「지극히 수치스러운 것입니다.」

「그렇다면 나는 결혼하겠습니다. 두고 보십시오. 이제는 어떤 일이 있어도……. 조금 전까지만 해도 아직 마음이 흔들리고 있었지만 이젠 절대로 그런 일이 없을 겁니다! 아니, 아무 말씀도 하실 필요가 없습니다. 당신이 무슨 말을 하시려는지 나는 다 알고 있으니까…….」

「내가 말하고 싶은 것은 당신이 생각하고 있는 그런 말이 아닙니다. 나는 당신의 예사롭지 않은 자신감에 놀라고 있는 겁니다…….」

「무엇에 대한 어떠한 자신감 말입니까?」

「당신은 나스타샤 필립포브나가 틀림없이 당신과 결혼할 것으로, 따라서 모든 문제는 이미 결판이 난 것으로 믿고 계십니다. 그리고 당신이 동의하는 경우 그 7만 5천 루블이라는 돈이 당장 당신의 호주머니 속으로 굴러 들어오는 것으로 믿고 계시죠? 물론 나는 아직 자세한 내용은 모릅니다만, 그러나…….」

가냐는 바싹 공작에게로 다가앉았다.

「물론 당신은 모든 내용을 다 알고 계신 건 아닙니다. 그렇지만 나도 아무런 목적 없이 그런 무거운 짐을 짊어지지는 않죠.」

「나에게는 그저 이렇게 여겨집니다. 이것은 세상에 흔히 있는 일로서, 돈을 보고 결혼했으나 돈은 아내가 꽉 쥐고 있는 경우 말입니다.」

「아, 아니에요. 우리들 사이에 그런 일은 절대로 없을 겁니다……. 거기에는…… 거기에는 여러 가지 사정이 있으니까…….」 가냐는 불안한 생각에 잠기면서 중얼거렸다. 「그리고 그 여자의 대답에 대해서는 이미 의심할 것이 없습니다.」그는 얼른 덧붙였다. 「당신은 무엇에 근거를 두고 그녀가 거절할 것으로 생각하십니까?」

「나는 내 눈으로 직접 본 것 이외에는 아무것도 모릅니다. 그러나 방금 바르바라 아르달리오노브나가 말한 것처럼…….」

「아! 그건 말도 안 돼요. 그 사람들은 이제 할말이 없으니까 그러는 것뿐예요. 아까 그녀는 로고진을 조롱했습니다. 이건 확실한 사실입니다. 나는 그것을 똑똑히 보았습니다. 그것이 무엇을 의미하는지는 뻔한 일입니다. 그 전엔 나도 그 여자가 나와의 결혼을 거절하지 않나 하고 약간 염려했었지만 이제는 모든 것을 확실히 알게 되었습니다. 혹시 그녀가 아버지와 어머니 아니, 바랴에게 그런 태도를 취했기 때문에 그렇게 생각하는 건 아닙니까?」

「그리고 당신에게도.」

「그건 그럴는지도 모릅니다. 그러나 그것은 옛날부터 내려오는 여자들의 복수라고나 할까. 아무튼 그 이상의 아무것도 아닙니다. 그녀는 굉장히 신경질적인데다 의심이 많고 자존심이 강한 여자입니다. 마치 승진에서 제외된 관리의 성격과 비슷하지요. 자기가 결코 만만치 않은 여자라는 걸 보여 주고 싶었던 거예요. 내 집 식구들에 대한, 아니, 나에 관한 경멸을 표시하고 싶어서 그러는 거죠. 이건 사실이에요. 나도 결코 부정하려는 것은 아닙니다……. 그러나 결국 그녀는 내게 오고야 말 겁니다. 인간의 자존심이라는 것이 어떤 요술을 부리는 것인지 당신은 아마 상상도 못 할 겁니다. 그여자는 내가 돈을 위해 남의 정부와 공공연히 결혼하는 것을 비난하며 나를 비열한이라고 말하고 있지만, 다른 사내 같으면 나보다 더 비열한 수단으로 그 여사를 속였을는지도 모른다는 점에 대해서는 전혀 알지를 못하고 있단 말입니다. 누구든지 그 여자에게 귀찮게 달라붙어 자유 진보적 사상을 늘어 놓고, 그리고 또 한두 가지 여성 문제라도 끄집어 내기만 하면 그녀는 당장 그 사내의 올가미에 걸려 들고 말 겁니다. 『내가 당신과 결혼하는 것은 당신의 고결한 마음과 불행 때문이다.』라고 보통 자존심이 강한 여자들을 설복하지만——그것은 수월하기 짝이 없는 일입니다!——그것도 실은 돈을 보고 결혼하는 것입니다. 내가 그 여자의 호감을 사지 못하는 것은 그러한 속임수를 쓰려 하지 않기 때문예요. 그런데 이젠 그게 필요한지도 모릅니다. 그리고 또 그 여자 자신은 무엇을 하고 있느냐 말입니다. 마찬가지가 아닐까요? 그러면서 도대체 무엇 때문에 이제 새삼스럽게 나를 멸시하고 그런 연극을 시작하는 것일까요? 그것은 내가 항복하지 않고 자존심을 내세우고 있기 때문입니다. 그러나 어디 두고 보세요, 어떻게 되나.」

「당신은 지금까지 그 여자를 사랑한 적이 있었습니까?」

「처음에는 사랑했습니다, 그것도 상당히 열렬하게……. 세상에는 흔히 정부로만 적합하고 그밖에는 아무 쓸모도 없는 여자가 있습니다. 그렇다고 그 여자가 내 정부였다는 건 아닙니다. 어쨌든 저쪽에서 얌전하게 행동하면 나도 얌전하게 행동하겠지만, 만일 저쪽에서 나를 배반한다면 그땐 즉시 쫓아 버리고 돈은 내 주머니 속에 넣어 버리면 그만입니다. 나는 세상 사람들의 웃음거리가 되기는 싫으니까요. 무엇보다도 남의 웃음거리가 되고 싶지

162

는 않기 때문이에요.」

「그렇지만 아무래도 나에게는 이렇게 여겨지는걸요!」공작은 조심스럽게 주의했다. 「나스타샤 필립포브나는 영리한 사람인 것 같아요. 그런 괴로움이 있을 것을 알면서도 일부러 올가미에 걸려 들지는 않을 것입니다. 다른 사람과도 얼마든지 결혼할 수 있으니까요. 이 점이 나에게는 아무래도 이상하단 말입니다.」

「아니, 바로 거기에 타산이 있는 것입니다. 당신은 그쪽 사정을 아직 잘 모르십니다. 공작! 바로 그 점입니다. 그뿐인 줄 아세요? 그 여자는 내가 미칠 만큼 자기를 사랑하고 있다고 굳게 믿고 있는 겁니다. 이건 단언할 수 있어요. 그리고 말입니다. 그 여자도 나를 사랑하고 있는 것이 아닌가 하는 생각이 듭니다. 물론 그것은 그 여자 나름의 사랑이기는 하지만 말입니다. 왜 그 있잖아요. 『사랑하는 사내일수록 때려 주고 싶다』는 속담이. 그 여자는 한평생 나를 카드의 잭처럼 눈엣가시로 여길 겁니다. 어쩌면 바로 그것이 그 여자에겐 필요한 것인지도 모르지만요. 그렇다고는 하지만 그 여자는 역시 자기대로의 방법으로 나를 사랑해 주겠죠. 그 여자는 지금 그 준비를 하고 있는 겁니다. 할 수 없죠, 원래가 그런 성미이니까. 그 여자는 극도로 러시아적인 여자입니다. 이 점만은 당신한테 단언합니다. 나는 또 나대로 그 여자를 놀라게 할 선물을 준비하고 있습니다. 아까 객실에서의 바랴와의 충돌은 우연히 일어난 일이었습니다만, 나에게는 그것이 오히려 유리한 결과를 가져왔다고 봅니다. 그녀는 그것을 보고 내가 자기를 위해서는 육친의 관계조차도 파괴할 만큼 헌신적으로 자기를 사랑하고 있다고 확신하게 되었을 테니까요. 이제 아셨겠지만 이쪽도 결코 바보는 아니니까요. 이 점은 믿어 주시기 바랍니다. 그건 그렇고, 공작, 혹시 당신은 나를 형편없는 수다쟁이라고 생각하시는 건 아닙니까? 어쩌면 당신에게 이렇게 모든 것을 털어놓는다는 것은 그리 좋은 일이 아닐는지 모르겠습니다. 그러나 나는 당신 같은 고결한 사람을 평생 처음 만났기 때문에 무조건 당신에게 달려들었던 것입니다. 『달려들었다』는 말을 농담으로만 받아들이지는 마세요. 당신은 아까 그 일로 아직 화를 내고 계시는 건 아니겠죠? 어쩌면 나는 최근 2년 동안 진심으로 마음을 터놓고 이야기해 보기는 이번이 처음일는지도 모릅니다. 내 주위에는 결백한 사람이 너무나 적습니다. 프치스인만큼 결백한 사람도 거의 없을 정도니까요. 아니, 당신은 웃고 계시는 것

같군요. 그렇지 않은가요? 비열한 자는 결백한 인간을 좋아한다는 것을 모
르셨습니까. 나 같은 건 말하자면……. 아니 그렇지만 어떤 점에서 내가
비열한일까요? 공작, 솔직히 말씀해 주세요. 왜 그 여자를 비롯해서 모두
가 나를 비열한이라 부르는 것일까요? 게다가 또 모든 사람의 말에 따라,
또 그녀의 말에 따라 나까지 나 자신을 비열한이라고 부르고 있으니 말입
니다. 이것이야말로 비열한 짓입니다. 비열하기 짝이 없는 짓입니다!」

「나는 이제부터는 절대로 당신을 비열한이라 생각하지 않을 겁니다.」공
작은 말했다. 「아까는 당신을 악한이라고까지 생각했었습니다만 지금 당
신은 나에게 생각지도 않은 기쁨을 주었습니다. 아니 참으로 좋은 교훈이었
습니다. 겪어 보지 않고는 사람을 함부로 판단을 하는 게 아니에요. 그러나
이제는 똑똑히 알았습니다. 당신은 악한이 아닐 뿐만 아니라 돌이킬 수 없
을 정도로 아주 타락한 인간도 아닙니다. 내가 보기에 당신은 지극히 평범
한 사람이에요. 다만 기가 좀 약한 분 같군요. 남들보다 두드러진 점이라곤
조금도 없습니다.」

가냐는 혼자 마음속으로 쓴웃음을 지었으나 별다른 말은 하지 않았다.
공작은 자기의 비평이 상대방의 마음에 들지 않았음을 알아채고 당황하며
역시 입을 다물어 버렸다.

「아버지가 당신에게 돈을 달라는 말을 하지 않았습니까?」가냐가 불쑥
물었다.

「아뇨.」

「이제 곧 하게 될 텐데 절대로 주면 안 됩니다. 그래도 옛날엔 점잖은 어
른이었습니다. 상류사회 사람들과도 교제가 있었으니까요. 그런데 어떻게
된 건지, 그런 구식의 점잖은 인간은 자꾸만 계속해서 망해만 가고 있어요.
조금만 세상 사정이 달라지면 벌써 옛날의 모습은 찾아 볼 수도 없게 됩
니다. 마치 화약이 타버리듯 말입니다. 옛날에 아버지는 그렇게까지 거짓말
을 많이 하는 어른이 아니었습니다. 다만 옛날에는 지나치게 감격하곤 하시
는 성질을 가지고 있었을 뿐입니다. 그런데 지금은 저렇게 타락해 버렸거든
요. 물론 그 원인은 술입니다. 아직 모르시겠지만 아버지는 이런 형편에서
도 첩까지 두고 있답니다. 그리고 이제는 단순한, 죄 없는 거짓말쟁이가 아
닌 사람이 되어 버렸어요. 어머니가 어째서 참고 있는지 나로서는 이해가
가지 않아요. 아버지는 당신에게 카르스의 포위 작전 얘기를 했습니까? 혹

은 아버지가 가지고 있던 잿빛 부마(副馬)가 사람처럼 말을 했다는 얘기를? 그렇게까지 심한 상태가 되어 버린 것입니다.」

그리고 가냐는 갑자기 자지러지게 웃어 댔다.

「왜 그렇게 내 얼굴을 보고 계십니까?」 가냐는 공작에게 물었다.

「아니오, 나는 당신의 천진한 그 웃음이 이상해서 그럽니다. 당신에게는 아직도 어린애 같은 웃음이 남아 있군요. 아까도 화해하러 들어왔을 때『만일 허락하신다면 나는 지금 당장 그 손에 키스하겠습니다.』하고 말하셨지요? 그것은 어린애들이 서로 화해할 때 하는 말투와 너무도 흡사했습니다. 그러고 보면 당신은 아직도 그러한 말이나 행동을 능히 할 수 있는 사람이란 말입니다. 그런가 하면, 또 느닷없이 기발한 말을 하기도 하고 7만 5천 루블이 이러니저러니 하고 늘어 놓기도 하구요. 정말 그런 이야기는 어쩐지 어리석고 있을 수 없는 것으로 여겨지는군요.」

「그럼 당신은 거기에서 어떤 결론을 내리고 싶으십니까?」

「결국은 당신이 너무 경솔하게 행동하고 있는 것이 아닐까요? 좀더 주위를 자세히 둘러보아야 하지 않을까 하는 생각이 듭니다. 어쩌면 바르바라 아르달리오노브나가 옳은 말을 했는지도 모릅니다.」

「아아, 고결한 정신이 있단 말씀이죠? 내가 아직도 어린애 같다는 것은 나 자신도 알고 있어요.」 가냐는 상기해서 상대방의 말을 가로챘다. 「적어도 당신과 이런 이야기를 했다는 사실만으로도 내가 아직 어린애 같다는 건 틀림없습니다. 나는 말예요. 공작, 오직 이해타산으로 그 여자와 결혼하려는 건 절대로 아닙니다.」 자존심을 다친 청년처럼 쓸데없는 소리까지 섞어 가면서 말을 이었다. 「이해타산으로는 필경 실패하고 말 겁니다. 왜냐하면 두뇌로 보나 인격으로 보나 나는 아직 견고하지 못하기 때문입니다. 나는 정열에 의해, 집착에 이끌려 나아가고 있는 겁니다. 내게는 엄청나게 큰 목적이 있으니까요. 아마 당신은 내가 7만 5천 루블을 받으면 이내 마차부터 사들일 것으로 알고 계시겠지만 천만에, 그렇게 되어도 나는 재작년에 입던 낡은 프록코트를 그냥 걸치고 다니겠습니다. 클럽의 친구들과도 모두 손을 끊겠습니다. 대체로 우리 나라에는 참을성 있는 사람들이 적습니다. 그러면서도 너도 나도 모두 고리대금업에 손을 대고 있습니다. 그래서 나는 참을성 있게 견뎌 볼 생각입니다. 참고 견뎌 낸다는 것이 무엇보다 중요하지요. 모든 문제가 여기에 달려 있습니다. 프치스인은 열일곱 살 때부터 거리에서 잠을 자며 펜이나 나이프 따위를 팔아 한푼 두푼 모으기 시작한 것이, 지금은 6만 루블의 돈을 가진 재산가가 되었습니다. 그렇게 되기 위해 심한 노동을 해온 겁니다. 그러나 나는 이렇게 힘든 과정을 거치지 않고 단번에 자본가로서 활동을 개시하려는 겁니다. 15년만 지나면 그때는『저 사람이 바로 유대 왕 이볼긴이다.』라는 말을 세상 사람들한테 듣게 될 테니 두고 보십시오. 당신은 나더러 특징이 없는 인간이라고 말씀하셨지요? 하지만 공작, 생각해 보세요. 현대의 인간에게는, 누군가로부터 너는 특성도 없고 성격도 약한데다 뚜렷한 재능도 없는 지극히 평범한 인간이라는 말을 듣는 것처럼 모욕적인 처사는 없을 겁니다. 당신은 나를 한 사람의 비열한 인간으로도 인정하지 않았습니다. 솔직히 말하면 아까 그런 말을 들었을 때 나는 당신한테 달려들어 물어뜯고 싶은 마음의 충동을 느꼈습니다. 당신은 예판친 장군 이상으로 나를 모욕했어요. 예판친 장군은 나에 대해서——물론 별다른 의도가 있어서가 아니라 단순한 마음에서 한 말이겠지만——자기 아내까지 남에게 팔 수 있는 사내라고 생각하고 있으니까요. 나는 전부터 이 말에 화가 나, 그렇다면 차라리 돈이라도 벌자는 생각을 하게 되었지요. 돈을 벌면 그때는 그야말로 고도의 독창적인 인간이 될 것입니다. 돈이라는 것이 무엇보다도 더럽고 밉살스런 이유는, 그것이 인간에게 재능까지도 부여하기 때문입니다. 그렇습니다. 그것은 이 세상이 끝나는 날까지 계속 부여할 것입니다. 당신은 그런 건 모두 어린애 같은 일종의 로맨틱한 생각에 지나지 않는다고 하실지 모르지만 그러나, 어쩔 수 없습니다. 그것으로 나는 더 유쾌해질 테니까요. 그러나 어떻든 이 일은 성취되고야 말 것입니다. 나는 끝까지 버티고 견뎌 내겠습니다. 『마지막으로 웃는 자가 정말 웃는 자입니다.』어째서 예판친 장군이 날 모욕하였는지 아십니까? 무슨 원한 때문이라고 생각하십니까? 천만에, 내가 너무나 보잘것없는 인간이라는 한 가지 이유밖에는 없습니다. 하지만 만일 그렇게 되는 날에는……. 아니, 인젠 그만둡시다. 벌써 식사 시간이니까요. 콜랴가 벌써 두 번이나 내다보고 있었습니다. 당신에게 식사 준비가 되었다는 걸 알리려고. 나는 이제 밖에 좀 나가 봐야겠습니다. 앞으로도 가끔 들르겠습니다. 당신도 내 집에 계시면 그리 나쁘지는 않을 겁니다. 누구나 당신을 한집안 식구나 다름없이 대해 줄 테니까요. 알겠습니까? 이 호의만은 저버리지 마십시오. 어쩐지 나와 당신은 친구가 아니면 적이 될 것만 같은 생각이 듭니다. 어떻습니까. 만일 아까 내가 당신 손에 키스를 했다면——그때는 진심으로 한 행동이었지만——그것 때문에 나중에 내가 당신의 적이 되었을까요? 어떻게 생각하세요.」

「틀림없이 그렇게 되었을 겁니다. 그러나 영원히 그렇지는 않겠지요. 얼마 안 가서 참지를 못하고 나를 용서하고 말 겁니다.」 잠시 생각하고 나서 공작은 웃는 얼굴로 잘라 말했다.

「오호! 당신을 대할 때는 상당히 경계해야겠는걸요. 그런 말 속에도 독이 들어 있는지 모르니까요. 하지만 또 모르지요. 오히려 당신이 내 적일는지도 아니, 농담입니다. 하, 하, 하! 아, 그런데 한 가지 물어 본다는 것이, 나스타샤 필립포브나가 어쩐지 무척 당신의 마음에 든 것 같던데? 그렇지 않습니까?」

「네…… . 마음에 들었습니다.」

「반하셨습니까?」

「아, 아뇨.」

「그렇지만 얼굴을 붉히고 괴로워하고 있는 것을 보면…… . 아니, 아무것도 아닙니다, 아무것도 아니에요. 이제 웃지 않겠습니다. 자, 그럼 또. 아, 그리고 그 여자는 그래봬도 상당히 정숙한 부인이에요. 왜 믿어지지가 않습니까? 당신은 그 여자가 아직도 토스키와 살고 있는 것으로 생각하고 계십니까? 천만에, 관계를 끊은 지가 벌써 옛날입니다. 알아채셨을 테지만 그 여자가 무척 거북해 하고, 그리고 아까도 완전히 당황하고 있지 않았어요? 정말입니다. 그런 여자일수록 겉으로는 위세를 부리고 싶어하는 법이에요. 자, 그럼 실례합니다.」

가네치카는 들어올 때와는 딴판으로 훨씬 유쾌한 기분으로 방에서 나갔다. 공작은 10분 가량 그대로 앉아서 무엇인가를 곰곰히 생각하고 있었다.

콜랴가 또다시 문으로 얼굴을 들이밀었다.

「콜랴, 난 지금 식사할 생각이 없어. 아까 예판친 장군 댁에서 실컷 먹고 와서.」

콜랴는 방안으로 완전히 들어와 공작에게 쪽지를 건넸다. 그것은 이볼긴 장군의 편지로 반듯하게 접어 봉함이 되어 있었다. 이것을 건네는 것이 콜랴에게 얼마나 괴로운 일인지는, 그 얼굴을 보아 알고도 남음이 있었다. 공작은 편지를 읽고는 일어나서 모자를 집어들었다.

「가까운 곳이에요.」콜랴는 당황했다. 「아버지는 지금 거기서 술을 마시고 계신데 어떻게 외상을 텄는지 도무지 알 수가 없어요. 공작, 내가 이 편지를 당신에게 건냈다는 건 우리 집 식구한테 비밀로 해주세요! 이런 편지는 절대로 전하지 않겠다고 벌써 여러 번 맹세했는데도 아버지가 불쌍해서요. 아, 그리고 아버지에게는 조금도 체면차리실 것 없어요. 그저 술값이나 몇 푼 던져 주면 그것으로 충분해요!」

「콜랴, 나도 마침 무엇을 생각하고 있었는데…… 한 가지…… 볼일이 있어서…… 아버님을 만나 뵙고 싶었던 참이야……. 자, 그럼 가볼까….」

12

콜랴는 공작을 가까운 리체이나야 거리의 당구실이 있는 카페로 안내했다. 그 집은 건물의 아래층을 차지하고 있었는데, 한길에서 직접 들어갈 수 있게 되어 있었다. 이 집 오른편 구석에 조그맣게 칸막이가 된 방안에 아르달리온 알렉산드로비치가 오랜 단골 손님인 양 술병이 놓인 조그만 테이블 앞에 앉아 있었다. 그리고 손에는 아닌 게 아니라 《앙데팡당스 벨즈》를 들고 있었다. 그는 여기서 공작을 기다리고 있었던 것이다. 공작이 나타나자 그는 얼른 신문을 내려 놓고 열심히 변명을 하기 시작했으나 공작은 하나도 알아들을 수 없었다. 그것은 장군이 벌써 상당히 취해 있었기 때문이다.

「10루블짜리 지폐는 가진 게 없습니다만,」공작은 그의 말을 가로챘다. 「여기 25루블짜리 지폐가 한 장 있으니 이것을 헐어 15루블을 거슬러 주십시오. 그렇지 않으면 나는 또 한 푼도 없게 되니까요.」

「오, 그래야지, 안심하게, 지금 곧…….」

「그리고 한 가지 부탁이 있습니다, 장군. 당신은 나스타샤 필립포브나네 집에 가보신 일이 한 번도 없으십니까?」

「내가? 거기에 가본 일이 없느냐구? 자네는 어떻게 나한테 그런 말을 하고 있는가? 천만에, 난 여러 번 가보았다네, 공작. 한두 번이 아니지.」 장군은 자기 만족에 우쭐해서 익살스러운 기분으로 소리쳤다. 「하지만 결국은 나 자신이 발길을 끊고 말았지. 왜냐하면 나는 그 따위 수치스러운 결혼에 찬성할 수가 없기 때문이야. 자네도 보지 않았나? 오늘 아침의 그 일을. 나는 아버지로서 할 수 있는 데까지는 다했다네. 더욱이 부드럽고 너그러운 아버지의 역할을. 그러나 이렇게 된 이상 이제는, 종전과는 전혀 다른 아버지가 무대에 나타날 차례가 아닌가? 어디 두고 보게, 어떻게 되나. 명예로운 노병이 그 음모를 분쇄할 것인가, 혹은 파렴치한 매춘부가 가문 좋은 집안에 들어오고야 말 것인가……」

「저의 부탁이란 다름이 아니라 오늘 저녁에 나를 당신의 친구로서 나스타샤 필립포브나네 집에 데려다 주실 수 없겠습니까 하는 것입니다. 꼭 오늘 저녁이어야 합니다. 나는 그녀에게 볼일이 있는데 집을 어떻게 찾아가야 할지 모르기 때문입니다. 그야 아까 소개는 받았지만 그래도 정식으로 초대를 받은 건 아니니까요. 더욱이 오늘 저녁에는 야회가 있다지 않습니까? 그렇지만 약간 무례한 일쯤은 각오하고 있습니다. 비록 비웃음을 사는 일이 있더라도 어떻게 해서든지 그 모임에 나갔으면 좋겠는데요.」

「그건 내 생각과 완전히 일치하는군, 젊은 친구.」 장군은 기뻐 어쩔 줄 모르면서 외쳤다. 「나는 이런 하찮은 일로 해서 자네를 부른 건 아니라네. 그러나,」 돈을 집어 호주머니에 넣으며 그는 말을 계속했다. 「내가 자네를 부른 것은 나스타샤 필립포브나네 집에 가는 원정대, 혹은 더 좋게 말해서 나스타샤 필립포브나네 집을 습격하는 원정대에 가담해 주었으면 하는 생각에서였다네. 이볼긴 장군과 뮈시킨 공작이라! 이렇게 되면 그 여자는 얼마나 놀랄까! 난 축명일을 축하한다는 구실로 오늘은 기어코 하고 싶은 말을 죄다 하고야 말겠어. 그것도 솔직한 표현으로가 아니라 간접적으로 돌려서. 하지만 솔직하게 말하는 거나 마찬가지로 하겠단 말일세. 그때는 가냐도 어떻게 처신해야 할 것인지 깨닫게 되겠지. 명예로운 아버지가……, 그…… 즉…… 혹은 또……. 그러나 어쨌든 일어날 일은 언제고 일어나고야 말 게 아닌가. 자네의 생각은 굉장히 좋은 것 같군. 그럼 9시에 가세. 아직도 시간은 넉넉하구먼.」

「그 여자는 어디 살고 있습니까?」

「여기선 멀어, 볼쇼이 극장 옆의 뮈토프소바네 집이니까. 바로 광장 옆에 있는 집인데 그 여자는 2층을 쓰고 있지. 축명일이라고 해도 오늘은 그다지 많은 사람들은 오지 않을 거야. 손님들도 일찍 돌아가 버릴 게고…….」

땅거미가 지기 시작한 지도 이미 오래되었다. 공작은 여전히 장군의 이야기를 들으며 앉아서 기다리고 있었다. 장군은 이루 헤아릴 수 없을 만큼 많은 에피소드를 늘어 놓았으나 하나도 끝을 맺은 것은 없었다. 공작이 온 다음에도 그는 술 한 병을 더 주문했다. 한 시간 가량이나 걸려서 그것을 다 마셔 버리자 그는 다시 한 병을 주문하여 이윽고 그것도 다 비웠다. 그 사이에 장군은 거의 자기의 전 생애를 죄다 이야기해 버린 것이 아닐까 할 정도로 많은 것을 이야기했다. 마침내 공작은 자리에서 일어나 더 이상 기다릴 수 없다고 말했다. 장군은 마지막 한 방울까지 말끔히 마셔 버린 다음 몸을 일으켜 몹시 위태로운 걸음으로 방에서 나왔다. 공작은 절망 상태에 빠져 있었다. 그처럼 어리석게도 이런 사람을 믿은 자신의 마음이 이해가 가지 않았다. 그러나 그는 결코 확실하게 믿고 있었던 것은 아니었다. 다만 어떻게 해서든지 나스타샤 필립포브나네 집에 들어가기 위해서는 약간의 무례한 짓을 하기로 각오하고 장군을 믿었던 것이다. 그렇다고 너무 지나친 무례를 하려고 생각한 것은 아니었다. 장군은 곤드레만드레 취해 대단한 웅변을 토하고 있었다. 그리고 마음속으로 눈물을 흘리는 듯한 다감한 어조로 한시도 쉬지 않고 지껄여 대는 것이었다. 더욱이 그 이야기의 내용은 자기 가족의 나쁜 처신 때문에 모든 것이 파괴되어 버렸다느니, 이런 상태로는 어려우므로 인젠 끝장을 내야 한다느니 하는 따위였다. 이윽고 그들은 리체이나야 거리에 도착하였다. 아직도 여전히 눈섞임이 계속되고 있었다. 포근하고, 습기 찬, 답답한 바람이 한길을 휩쓸고 있었다. 마차들은 흙탕물을 튀겼고 준마(駿馬)와 노마(駑馬)들은 포도 위에 요란한 발굽 소리를 내고 있었다. 행인들은 우울하고 축축한 집단을 이루며 좌우의 보도 위를 오가고 있었다. 취한들도 가끔 눈에 띄었다.

「보게, 저기 불이 환히 켜진 2층을.」장군이 말했다. 「내 옛 동료들은 모두 이 근처에 살고 있다네. 그런데 난…… 누구보다도 오래 군대에 복무하고 누구보다도 많이 고생한 나는 이렇게 터벅터벅 평판이 좋지 않은 여자네 집을 향해 걸어가고 있지 않은가! 가슴에 총알을 13개나 가지고 있는 이 인간이. 이렇게 말하면 자네는 곧이듣지 않을는지 모르지만, 그 당시 피로고프(러시아의 유명한 외과의)는 오직 나 한 사람을 구할 목적으로 포위된 세바스토폴리를 일시에 단념하고 파리에 전보를 치기까지 했네. 그래서 넬라통이라는 파리의 전의가 과학을 위해서라는 이유로 각계에 자유 통과를 호소하여, 포위된 세바스토폴리로 나를 치료하러 왔었지. 이것이 상부에까지 알려져『아, 이 사람이 바로 가슴에 총알 13개를 가지고 있는 이볼긴이다!』하는 말이 자자했었지. 공작, 이 집을 좀 보게. 이 2층에 내 옛 친구인 소콜로비치 장군이 살고 있는데, 식구는 많지만 아주 점잖은 가정이야. 이 집을 비롯하여 네프스키 거리에 세 집, 모르스키야 거리에 두 집…… 이게 현재 내가 사귀고 있는 범위, 즉 나 한 사람의 친구의 전부지. 니나 알렉산드로브나는 벌써 오래 전에 모든 것을 단념해 버렸지만, 난 지금도 여전히 옛 시절을 잊지 못하고 있거든……. 아니, 지금도 나는 나를 존경하고 있는 옛 친구와 부하들의 교양 있는 상류사회의 품에서 숨쉬고 있는 거야. 그러나 나는 상당히 오랫동안 이 집을 방문하지 않았다네. 안나 표도로브나를 만난 지도 상당히 오래되었고……. 이봐요, 공작, 내 집에 손님을 맞지 않다 보니까 자연히 남의 집도 방문하지 않게 되더구면. 그건 그렇고……, 흠…… 자네는 어쩐지 내 말을 믿지 않는 것 같구먼……. 그러나 어찌 친구의, 죽마지우의 아들을 이러한 아름다운 가정에 소개하지 않을 수 있겠나? 이볼긴 장군에 뮈시킨 공작이라! 더욱이 이 집에는 훌륭한 아가씨가 있지. 하나가 아니라 둘, 아니 셋이나 있는데 그것이 모두 서울의 꽃, 사교계의 꽃이란 말일세. 용모, 교양, 취미…… 여성 문제, 시…… 이러한 모든 것이 그녀들에게 여러 가지로 아름답고 찬란하게 혼합되어 있지. 게다가 여성 문제나 사회 문제가 어떻게 돌아가든 절대로 방해가 되지 않는 지참금이 있다는 건 말할 것도 없고. 뿐더러 그것이 하나 앞에 현금으로 8만 루블씩이란 말이야……. 그래서 나는 자네를 꼭 소개해야 할 의무가 있단 말일세. 이볼긴 장군에 뮈시킨 공작이라!」

「지금 당장에 말입니까? 하지만 잊으셨군요.」공작은 말을 계속하려 했다.

「아니, 아니, 잊지 않았어. 이리로 가게! 여기 이 호화로운 층층대를 올라가면 되니까. 아니, 놀랍군. 어째 문지기가 없을까. 그러나…… 휴일이어서 문지기도 어디로 가버린 모양이군. 아직도 그 주정뱅이를 내쫓지 않고 쓰고 있나 보군. 소콜로비치 장군은 가정에서의 행복, 관계에서의 행운을 모두 내 덕으로, 오직 나 한 사람 덕으로 얻은 사람이라네. 그건 그렇고…… 자, 이젠 다 왔구면.」

공작은 이제 이 방문에 반대하지 않고 될 수 있는 대로 장군의 마음을 건드리지 않도록 순순히 그 뒤를 따라 들어갔다. 그는 마음속으로 얼마 후에

는 소콜로비치 장군도, 그 가정도 신기루처럼 조금씩 사라져 버리고 그러한
것은 실재하지 않음이 판명되어 자기들은 태연하게 층층대를 다시 내려오
게 될 것이 틀림없으리라 생각했던 것이다. 그러나 두렵게도 그는 점점 이
런 확신을 잃어 갔다. 장군은 정말로 이 집에 자기 친구가 살고 있는 것 같
은 자신 있는 태도로 층층대를 올라가면서 수학적인 정확성을 가지고 그 전
기적 풍토지적인 것을 자세히 공작에게 이야기했기 때문이다. 드디어 두 사
람이 2층에 올라가서 오른쪽에 있는 호화로운 주택 앞에 발을 멈추고 장군
이 벨의 버튼을 눌렀을 때 공작은 혼자 도망치기로 결심했다. 그러나 어떤
기묘한 분위기가 그의 발을 순간 멎게 했다.

「장군, 당신은 잘못 찾아오셨어요.」 그는 주의했다. 「당신이 찾는 분은
소콜로비치 씨인데 이 집 문패에는 쿨라코프라고 씌어 있습니다.」

「쿨라코프? 쿨라코프래도 일없어요. 이 집은 소콜로비치네 집이니까. 아
무튼 나는 소콜로비치를 찾아왔습니다. 쿨라코프니 하는 따위 녀석은 알 것
없어요……. 아, 문이 열립니다.」

정말 문이 열렸다. 그리고 하인이 얼굴을 내밀며 「주인께서는 지금 안 계
십니다.」 하고 말했다.

「유감 천만이군, 참으로 유감 천만이야. 마치 일부러 이렇게 한 것 같은
걸.」 정말 유감스럽게 되었다는 듯이 아르달리온 알렉산드로비치는 몇 번이
나 이렇게 되풀이했다. 「여보게, 주인께서 돌아오시거든 잘 전해 주게. 이
볼긴 장군과 뮈시킨 공작이 진심에서 우러난 존경을 표시하려고 찾아왔다
가 못 뵙고 가서 지극히 유감스럽게 생각하더라고…….」

이때 열린 문 안에서 또 하나의 얼굴이 나타났다. 가정부이거나 가정교사
로 보이는 검은 옷을 입은 40세 안팎의 여자였다. 이볼긴 장군과 뮈시킨 공
작의 이름을 듣고 호기심과 의아심에서 다가온 것이었다.

「마리야 알렉산드로브나는 지금 집에 안 계세요.」 여자는 특히 장군 쪽을
유심히 훑어 보며 이렇게 말했다. 「아가씨와, 알렉산드라 미하일로브나와
함께 할머니 댁에 가셨어요.」

「그럼 알렉산드라 미하일로브나도 안 계신단 말씀이시군. 아니 이건 정말
재수가 없는데 ! 생각해 보세요. 내가 찾아올 때는 언제나 이렇거든요. 아
무튼 돌아오시면 잘 전해 주시오. 그리고 알렉산드라 미하일로브나에게는
……, 목요일 저녁 쇼팽의 발라드가 연주되는 속에서 그 분이 나에게 말씀

하신 것을 나도 역시 진심으로 희망하고 있다고 전해 주시오. 그렇게만 말하면 아실 겁니다……. 나도 진심으로 희망하고 있다고 말이오! 아 참, 우리는 이볼긴 장군과 뮈시킨 공작이오!」

「네, 잊지 않고 전하겠어요.」 의심이 풀린 부인은 이렇게 대답했다.

층층대를 내려오면서도 장군은 아직 가라앉지 않은 정열로써, 운이 없어서 공작이 훌륭한 가정과 접촉할 수 있는 기회를 놓쳤다고 몇 번이나 되풀이했다.

「대체로 나는 시인의 기질을 가진 사람인데 혹시 자네는 이러한 점을 느끼지 못했나? 그러나…… 그러나 아무래도 우리는 잘못 찾아 들어갔던 것 같구먼.」 장군은 갑자기 뜻하지 않게 이렇게 결론을 내렸다. 「이제야 생각이 났는데 소콜로비치는 그 집이 아니라 전혀 다른 집에 살고 있었어. 아니, 아무래도 모스크바에 있는 것 같구먼. 음, 맞았어. 내가 잠깐 착각을 했던 모양이야. 그러나 그런 건…… 아무래도 좋아.」

「한 가지만 당신에게 묻겠습니다.」 공작은 침울한 어조로 주의를 환기했다. 「나는 인젠 당신을 깨끗이 단념하고 혼자서 가봐야 할 것 같군요.」

「나를 단념하고? 혼자서? 그건 도대체 무슨 말이지? 이건 나로서는 내 가족 전체의 운명이 걸려 있는 중대한 일인데 어떻게 그런 짓을. 아니 공작 자네는 아직 이볼긴이라는 인간을 잘 모르는 것 같군그래. 『이볼긴』이라는 말은 바윗돌이라는 말과 마찬가지 뜻이야. 이볼긴에게 의지하면 바위를 의지하는 것과 같다는 말을, 나는 군대 생활을 처음 시작했을 때부터 들어왔단 말야. 그건 그렇고 나는 도중에 잠깐만 들렀다가 갈 집이 있네. 거기는 요 몇 해 동안 내가 걱정과 재난을 당했을 때 가서 쉬곤 하는 곳인데…….」

「집으로 돌아가고 싶으신가요?」

「천만에! 나는…… 체렌치예프 대위 부인의 집에 잠깐……. 옛날에 내 부하였던, 아니, 친구였던 체렌치예프 대위의 미망인에게 잠깐……. 이 대위 부인의 집에 가면 나는 언제나 정신적으로 되살아나거든. 거기서 생활에 있어서의, 가정에서의 번뇌를 털어 버리고 온다네……. 그래서 오늘처럼 정신적으로 무거운 짐을 진 날은…….」

「그렇지 않아도 나는 아까 당신에게 괴로움을 끼치는 어리석은 짓을 한 것을 후회스럽게 생각하고 있습니다.」 공작은 중얼거리듯 말했다. 「게다가 또 당신은 지금……, 이만 실례하겠습니다.」

「그렇지만 공작, 나는 지금 자네를 내 곁에서 떠나게 할 수는 없다네.」 장군은 외쳤다. 「그 미망인은 한 가정의 어머니지만 이 나라는 인간의 존 재를 감동케 하는 미묘한 금선(琴線)을 마음속에서 연주해 주는 여인이거 든. 방문이래야 그저 5분이면 끝나니까. 그 집에서는 내 집에 있을 때와 조 금도 다름없이, 체면 같은 건 전혀 차리지 않아도 돼. 세수를 하고 최소한 의 몸치장을 한 다음에 삯마차를 타고서 볼쇼이 극장 쪽으로 가기로 하세 나. 오늘 저녁만은 꼭 자네가 내 곁에 있어 주어야겠어……. 아, 바로 저 집일세. 이제 다 왔네. 아니, 콜랴, 너 어느새 여기 와 있었니? 그래, 마 르파 보리소브나는 집에 계시더냐? 그렇지 않으면 너도 지금 이리로 오는 길이냐?」

「아뇨.」 바로 집 입구에서 두 사람과 마주친 콜랴는 대답했다. 「난 벌 써 오래 전에 여기 와서 이폴리트와 함께 있었어요. 오늘은 몸이 더욱 나빠 아침부터 누워 있더군요. 난 지금 가게에 트럼프를 사러 가는 길이에요. 마 르파 보리소브나가 아버지를 기다리고 계세요. 그런데 아버지, 이게 무슨 꼴이세요!」 콜랴는 장군의 걸음걸이와 몸짓을 찬찬히 바라보면서 말했다. 「참 할 수 없군. 가십시다요.」

콜랴를 만나게 되자 공작은 장군과 함께 마르파 보리소브나네 집에 들러 볼 생각이 들었다. 물론 잠깐만 들렀다가 돌아 나올 생각이었다. 공작은 콜 랴와 이야기를 하고 싶었던 것이다. 이제는 어떠한 일이 있어도 장군은 단 념해야겠다고 결심하고 아까 이 사람에게 기대를 걸었던 자기의 어리석음 을 깊이 뉘우치는 것이었다. 세 사람은 어두운 층층대를 따라서 한참 동안 4층을 향해 올라갔다.

「공작을 소개하시려구요?」 콜랴가 도중에 물었다.

「오냐, 소개하려구 한다. 이볼긴 장군에 뭐시킨 공작이라고. 그런데 어떠 냐? 마르파 보리소브나는…….」

「아버지, 이제 들르시지 않는 것이 좋을 거예요. 잡아먹히실 거예요! 사 흘째 얼굴을 비치지 않으셨죠? 그런데 아주머니는 돈을 기다리고 계세요. 무엇 때문에 아버지는 돈 약속을 하셨죠? 언제나 왜 그러세요? 오늘만은 아마 무사치 못할 거예요.」

4층으로 올라간 그들은 어느 낮은 문 앞에서 발을 멈췄다. 장군은 적이 겁이 나는 듯 공작을 앞으로 내세웠다.

「나는 여기에 남아 있겠어요.」그는 중얼거렸다. 「조금 깜짝 놀라게 해주고 싶습니다……」

콜랴가 앞장을 서서 들어갔다. 분과 연지를 짙게 바른, 짧은 재킷을 입고 슬리퍼를 신은 어떤 부인이 문에서 고개를 내밀었다. 머리를 조그맣게 땋아 내린 40세 안팎의 여자였다. 그래서 장군을 깜짝 놀라게 하려는 생각도 허사가 되고 말았다. 그녀는 장군을 보자 냅다 고함을 치기 시작했다.

「오오, 이 비겁한 사기꾼 같은 놈의 영감쟁이가 나타났군요. 어쩐지 그럴 것 같더라니!」

「자, 들어가요. 이것은 그저 그……」장군은 여전히 실없이 웃으면서 공작에게 중얼거렸다.

그러나 그렇게 간단히 끝나지는 않았다. 천장이 낮은 어두컴컴한 현관을 겨우 빠져 나와, 대여섯 개의 등의자와 트럼프용 테이블이 두 개 놓여 있는 상당히 좁은 객실에 들어서자마자 여주인은 습관이 되어 버린 듯한, 어쩐지 부자연스런 울먹이는 듯한 목소리로 욕설을 계속하는 것이었다.

「그래 무슨 낯을 들고 찾아오는 거예요, 부끄럽지도 않아요? 야만인, 남의 집을 어지럽히는 폭군! 야만인, 미치광이! 죄다 알겨먹고도 아직 모자란단 말이에요? 얼마나 더 내가 고생을 해야 당신 속이 시원하시겠어요? 더럽고 치사스런 영감 같으니라구!」

「마르파 보리소브나, 마르파 보리소브나! 이 사람은…… 뮈시킨 공작이야. 이볼긴 장군에 뮈시킨 공작! 알겠어?」주눅이 들어 어쩔 줄을 몰라 하면서 장군은 중얼거렸다.

「글쎄, 이것 봐요.」대위 부인은 갑자기 공작에게 얼굴을 돌렸다. 「글쎄, 이 몹쓸 놈의 영감은 의지할 곳 없는 우리 아이들을 불쌍히 여기기는커녕, 집에 있는 걸 몽땅 끄집어 내다가 팔아먹고 전당포에 잡혀먹고 해서 이젠 우리 집에 남은 것이라곤 하나도 없어요. 그래 당신의 차용증 따위가 무슨 소용이 있느냐 말이에요. 인정도 사정도 없는 사기꾼아! 대답을 해봐요, 이 악당 같은 영감쟁이야. 대답을 해봐! 욕심꾸러기야. 앞으로 난 어떻게 저 어린것들을 먹여 살려야 할 것인지. 몸도 제대로 가누지 못하게 취해 가지고는……. 아아, 내가 어째서 신의 노여움을 샀다는 거예요. 이 더럽고 치사스런 심술쟁이야. 자, 대답 좀 해보아요!」

그러나 장군에게는 그것이 문제가 아니었다.

「마르파 보리소브나, 여기 25루블이 있어……. 이 점잖은 친구의 도움으로 챙긴 전부야. 공작! 아무래도 난 잘못 생각했던 것 같구먼. 인생이란 이런 것이라네. 하지만 이제…… 나는 실례해야겠어. 이젠 몸이 약해져서,」방 한가운데 선 채 사방에다 꾸벅꾸벅 절을 하면서 장군은 지껄여 댔다. 「나는 약해져서, 아니, 실례하네! 레노치카, 베개나 좀……. 자, 아가!」

올해 여덟 살 된 레노치카라는 계집아이는 얼른 달려가서 베개를 가져다 떨어진 딱딱한 가죽 소파 위에 놓았다. 장군은 많은 이야기를 할 것처럼 자리를 잡고 앉더니 곧 벽을 향해 돌아누웠다. 그러고는 편안한 사람이 잠들 듯 그렇게 잠들어 버리고 말았다. 마르파 보리소브나는 슬픈 얼굴로 정중하게 트럼프용 테이블 옆의 의자를 공작에게 권하고 나서 자기도 맞은편에 앉아, 한 손으로 오른쪽 볼을 괴고 공작을 찬찬히 쳐다보면서 말없이 한숨을 쉬었다. 계집아이 둘과 사내아이 하나가——그 중에서 레노치카가 제일 나이가 많았다——테이블로 다가와서, 셋이 모두 그 위에 손을 얹고는 눈 하나 깜박이지 않고 공작의 얼굴을 쳐다보고 있었다. 옆방에서 콜랴가 나왔다.

「콜랴, 여기서 너를 만나 참 반갑다.」공작은 그에게 말을 건넸다. 「나를 좀 도와 주지 않겠나? 나는 꼭 나스타샤 필립포브나한테 가봐야겠어. 아까 아르달리온 알렉산드로비치에게 부탁했었는데 저렇게 잠들어 버려서……. 나를 데려다 주지 않겠어? 나는 어디가 어딘지 길을 몰라서 말이야. 주소는 알고 있어. 볼쇼이 극장 옆의 뮈토프소바네 집이야.」

「나스타샤 필립포브나가요? 아니에요, 그 여자는 볼쇼이 극장 옆에서는 한 번도 산 적이 없어요. 그리고 아버지는 나스타샤 필립포브나네 집엔 가본 적이 없구요. 당신이 우리 아버지에게서 무엇인가를 기대하시다니 참 이상한 일이군요. 그 여자는 지금 블라지미르스카야 근처의 파치 우글로프에 살고 있어요. 거기는 여기서 가까워요. 그럼 지금 가시겠어요? 지금이 9시 반이군요. 그럼 내가 안내해 드리죠!」

공작과 콜랴는 곧 밖으로 나왔다. 그러나 어쩌랴! 유감스럽게도 공작의 수중에는 삯마차를 잡을 돈이 없었다. 그들은 걸어서 갈 수밖에 없었다.

「난 당신을 이폴리트에게 소개할까 했었어요.」콜랴가 말했다. 「그 짧은 재킷을 입은 대위 부인의 맏아들인데 옆방에 있었어요. 몸이 좋지 않아서 오늘은 온종일 누워 있어요. 아주 괴짜여서 걸핏하면 화를 내곤 하죠. 지금 도 당신이 그런 때 오셔서 당신에 대해 거북했던 모양이에요. 하지만 나는 별로 거북할 것도 없어요. 왜냐하면 나는 아버지가 그렇고, 그 사람은 어머 니가 그러니까, 그 사람의 경우와는 아무래도 좀 다르거든요. 그런 경우 남 자 쪽은 그리 불명예스러울 건 없으니까요. 그러나 이것은 어느 쪽의 성(性) 이 우선적인가 하는 것에 대한 편견인지도 모르지만요. 이폴리트는 참 좋은 사람이지만 역시 그 어떤 편견의 노예가 되어 있는 것 같은 점이 있어요.」

「그 사람은 폐를 앓고 있다고 했던가?」

「네, 차라리 빨리 죽어 버리는 것이 좋을 것 같아요. 내가 그렇게 됐다면 틀림없이 죽기를 바랄 거예요. 이폴리트는 그저 동생들이 불쌍한 거예요. 그 조그만 아이들이 말예요. 만일 가능하다면, 만일에 돈이 생긴다면 나는 그와 둘이서 집을 한 채 얻어서 가족들과는 인연을 끊고 살고 싶어요. 이것 이 우리들의 꿈이에요. 아, 그리고 아까 내가 당신의 사건에 대해서 얘기를 했더니 그는 사뭇 분개하며 뺨을 얻어맞고도 결투를 하지 않고 그냥 용서 하다니 그런 비겁한 자가 어디 있느냐는 거예요. 어찌나 걸핏하면 화를 내 는지 요즈음 그 사람과는 토론을 하지 않기로 했어요. 아니, 그러니까 뭐예 요. 나스타샤 필립포브나가 그때 당신을 초대한 건가요?」

「바로 그 점이 문제인데 사실은 그렇지가 않아.」

「그럼 거긴 뭣하러 가세요?」 콜랴는 이렇게 외치고 보도 한가운데서 발 을 멈추었다. 「게다가…… 그런 옷차림으로. 오늘은 초대 받은 사람들만 의 야회일 텐데요.」

「그래서 어떻게 들어가야 할지 모르겠어. 들여보내 주면 다행이고, 그렇 지 않으면…… 할 수 없지. 억지로라도 들어갈 수밖에. 그리고 옷차림에 대해서는 달리 어떻게 해볼 도리가 없잖아?」

「무슨 볼일이라도 있으세요? 그렇지 않으면 단순히 점잖은 사람들과 함 께 시간을 보내기 위해서인가요?」

「아니야, 나는 즉…… 그, 볼일이 있어서……. 뭐라고 표현해야 할지 어 려운 문제지만, 그러나…….」

「그야 물론 어떤 볼일이든 간에 그건 당신의 자유지만 나로서는 다만 당 신이 창부니 장군이니 고리대금업자니 하는 따위의 인간들이 모이는 화려 한 야회에 아무런 의미도 없이 갈 필요가 없다는 걸 지적하고 싶을 뿐이에

요. 만일 그렇다면, 실례지만 나는 당신의 어리석음을 조소하겠어요. 그리
고 당신을 경멸하겠어요. 우리 둘레에는 결백한 인간이 거의 없어요. 존경
할 만한 사람도 하나 없어요. 그래서 어쩔 수 없이 이쪽이 거만해지면 그들
은 존경을 강요하죠. 바랴가 그 대표적인 예지요. 공작! 당신도 느끼셨겠
지만 현대의 인간은 모두가 야바위꾼이란 말예요. 게다가 그 중에서도 유달
리 러시아에서, 우리의 사랑하는 조국이 특히 그래요. 도대체 어째서 그렇
게 되었는지 그건 모르겠지만요. 옛날에는 참으로 기초가 튼튼했던 것 같은
데 지금은 어떠냐 말입니다. 이러한 사실에 대해서 누구나 다 말하고 있고,
여러 사람은 글로 쓰고, 또 사실을 폭로하고 있습니다. 우리 나라에서는 누
구나 모두 폭로하고 있단 말입니다. 첫째 어버이들이 먼저 태도를 돌변해서
자기네가 이전에 지키고 있던 도덕을 부끄러워하고 있는 형편이에요. 요전
에도 신문에 씌어 있었는데 모스크바에서 어떤 아버지가 자기 아들에게, 돈
을 벌기 위해서는 『무엇이라도』 두려워해서는 안 된다고 가르쳤다는 거예
요. 우리 장군만 해도 보세요. 아무 짝에도 못쓸 인간이 돼버리지 않았느냔
말이에요. 그렇지만 공작, 난 우리 장군이 결백한 사람이라고 생각해요. 그
래요! 이건 정말이에요! 다만 무질서한 생활과 술 때문에 그렇게 되었을
뿐이에요. 그래요, 정말이에요. 나는 오히려 아버지를 동정하고 싶어요. 하
지만 남의 비웃음을 살까 봐 그런 말을 하지 못하고 있는 거예요. 정말로
불쌍해요. 그런데 그 영리하다는 인간들은 도대체 무엇일까요? 고리대금
업자예요. 한 사람의 예외도 없이 모두가 고리대금업자란 말예요! 이폴리
트는 고리대금업자라도 괜찮다고 말하고 있어요. 그것도 필요하다, 경제계
의 격동이 어떻고, 밀물 썰물이 어떻고 하며, 나는 하나도 모르는 뚱딴지
같은 소리만 하고 있어요. 이런 소리를 할 때만은 나도 화가 나서 견딜 수
가 없지만 그럴수록 저쪽에서는 더욱 기를 쓰는 거예요. 그건 그렇고, 공
작. 그의 어머니인 그 대위 부인은 장군에게서 돈을 얻어 내서는 그것을 다
시 상대방에게 고리로 빌려주고 있어요. 그런 지독한 여자가 어디 있어요.
그런데도 어머니, 즉 내 어머니인 장군 부인 니나 알렉산드로브나는 이폴리
트에게 돈이니 의복이니 속옷이니 하는 걸 보내 줄 뿐 아니라, 이폴리트를
통해서 밑의 아이들까지 돌봐 주고 있지 뭐예요. 그 집에서는 아이들을 돌
봐 줄 사람이 없거든요. 바랴도 역시 그렇구요.」
　「거봐. 너는 결백한 사람도 강한 사람도 없고, 모두가 고리대금업자뿐이

라고 하지만, 우선 네 어머님과 누님 같은 강한 분들이 계시지 않아? 그러한 환경 속에 있으면서도 남을 돕는다는 건 정신적으로 강하다는 증거가 아니고 뭐겠어?」

「바리카(바르바라의 비칭)는 이기심에서 하고 있는 거예요. 어머니에게 지고 싶지 않다는 자만심에서. 그러나 어머니만은 나도 진심으로 존경하고 있어요. 나는 그것이 존경할 만한 행위라 생각하고 있어요. 이폴리트도 역시 그렇게 느끼고 있는 것 같아요. 그러나 처음에는 상당히 분개했어요. 우리 어머니의 행위는 비열하기 짝이 없는 것이라고 비웃기까지 했으니까요. 그렇지만 요즈음엔 여러 가지로 느끼는 것이 있는 모양이더군요. 음, 그럼 당신은 그것을 힘이라고 일컫는단 말씀이죠? 나도 그렇게 생각해요. 가냐는 아직 모르고 있지만 만일 알면 위선이라고 할 거예요.」

「가냐는 모르고 있다고? 하긴 가냐는 아직도 모르는 것이 많은 것 같아.」 골똘한 생각에 잠겨 있던 공작은 자기도 모르게 이렇게 말했다.

「공작, 나는 당신이 정말 좋아졌어요. 아까 일어났던 일은 아무래도 잊을 수가 없어요.」

「콜랴, 나도 네가 아주 마음에 들었어.」

「당신은 앞으로 어떻게 살아 나가실 생각이세요? 나도 곧 일자리를 찾아 어떻게 해서든지 돈을 벌겠어요. 그때는 당신과 나와 이폴리트, 이렇게 셋이서 집을 한 채 얻어서 함께 살아요. 장군도 우리가 모셔 오고.」

「그건 나도 찬성이야. 하지만 어떻게 되는지는 두고 봐야지. 난 지금 몹시…… 몹시 머리가 어지러워서……. 뭐? 벌써 다 왔다구? 이 집이야? 아주 현관이 훌륭하군, 문지기도 있고. 그렇지만 콜랴, 결과가 어떻게 되는지 나 자신도 예측을 할 수 없구나.」

공작은 넋이 나간 사람처럼 서 있었다.

「그럼 내일 얘기해 주세요! 너무 그렇게 겁을 내실 건 없어요. 아무튼 잘해 보세요. 나는 모든 점에서 당신과 신념을 같이 하고 있으니까. 그럼 안녕. 나는 다시 그리로 돌아가 이폴리트에게 죄다 얘기하겠어요. 틀림없이 들여보내 주실 거예요. 걱정하실 것은 없어요. 아무튼 그 여자는 아주 기묘한 사람이니까요. 이 층층대를 따라 올라가서 첫번째예요. 문지기가 안내해 줄 거예요.」

13

공작은 몹시 불안한 마음으로 층층대를 밟았다. 그러고는 있는 힘을 다하여 자기 자신을 격려했다. 『십중 팔구는,』하고 그는 생각했다. 『나를 들여보내 주지도 않고 나에 대해 무엇인가 나쁘게 생각할 거다. 설사 나를 받아들인다 하더라도 맞대놓고 조롱할는지도 모른다. 하지만 상관없다！』사실 이런 것에 대해서는 그는 그리 겁내고 있지 않았다. 그러나『거기서 나는 무엇을 하기 위해 찾아가는 걸까？』하고 속으로 생각해 보았다. 그러나 아무래도 만족할 만한 대답이 생각나지 않았다.

설사 기회를 잡아 나스타샤 필립포브나에게「그 사람과 결혼해서는 안 됩니다. 그것은 자기 자신을 파멸로 이끄는 것과 같은 행위입니다. 그 사람은 당신을 사랑하고 있는 것이 아니라 당신의 돈을 사랑하고 있습니다. 이것은 그 사람 자신도 한 말이고 아글라야나 예판친도 나한테 말했습니다. 나는 당신에게 이 말을 하기 위해 온 것입니다.」하고 말할 수 있다 하더라도 그것이 여러 가지 점에서 보아 옳은 일일까？ 그밖에도 또 한 가지 해결되지 않은 문제가 있었다. 그것은 생각하기도 무서우리만큼 중대한 문제로 공작은 감히 그것을 자문할 만한 용기가 없었다. 또 그것에 어떠한 형태를 부여해야 할는지도 몰랐다. 다만 생각이 그 문제에 미칠 때마다 혼자서 얼굴을 붉히며 몸을 떨 뿐이었다. 그러나 결국은 이러한 불안이나 의혹에도 불구하고 그는 집 안으로 들어가서 나스타샤 필립포브나에게 면회를 청했다.

나스타샤 필립포브나는 그리 크진 않지만 훌륭하게 장식된 주택에 살고 있었다. 페체르부르그에서 사는 5년 동안, 처음에는 그녀를 위해 아파나시 이바노비치가 돈을 아끼지 않던 시기가 있었다. 그때만 해도 그는 아직 그녀의 사랑에 희망을 걸고 있었으므로 주로 쾌적한 생활과 사치로 그녀를 유혹하려고 했었기 때문이다. 그는 누구에게나 사치의 습관이 조장되기 쉽다는 것, 그리고 그 사치가 점차 필요 불가결한 것으로 변하게 되면 그것을 끊어 버리기가 용이하지 않다는 것을 알고 있었던 것이다. 그 경우 토스키는 육체가 정신에 미치는 불가항력을 무한히 존중하고 있었으므로 그러한 낡은 친절한 전통을 철저히 믿고 그 내용을 조금도 변경시킴이 없이 그대로 답습했던 것이다. 나스타샤 필립포브나는 그 사치를 거절하지 않고 오히려 그것을 환영하기까지 했으나 이상하게도 그 사치에 빠져드는 일은 없는 것 같았다. 언제든지 그것을 헌신짝처럼 내던질 수 있다는 듯, 토스키에게 불쾌한 감정을 품게 하는 짓을 몇 번이나 일부러 암시하려고 애쓰는 정도였다. 어쨌든 나스타샤 필립포브나에게는, 아파나시 이바노비치에게 불쾌한 감정을, 나아가서 오히려 경멸감을 품게 하는 점이 상당히 많이 있었다.

그녀가 가끔 그녀에게 접근했던 사람들, 따라서 앞으로도 접근할 가능성이 있는 사람들의 꾀죄죄함에 대해서는 말할 것도 없고 그밖에도 참으로 미묘한 경향이 그녀의 내부에 나타나기 시작했다. 언제나 상반되는 두 취미가 일종의 야만스러운 혼잡을 이루고 있는데다 우아하게 차린 신사에게는, 그 존재조차도 허용될 수 없는 사물이나 수단을 묵인하고 그것에 만족하는 데가 있었다. 실제로, 만일 나스타샤 필립포브나가 돌연 그 어떤 귀엽고 순진한 무지(無知), 이를테면 촌구석의 부인은 자기가 입고 있는 것 같은 옥양목 속옷을 입어서는 안 된다는 따위의 무지를 나타냈다면, 그때는 아파나시 이바노비치도 크게 만족했을 것이다. 그러한 방향으로 이끌어가기 위해서 토스키는 처음부터 나스타샤 필립포브나의 교육을 행해 왔기 때문이다. 그는 이러한 것에는 상당히 조예가 깊은 인간이었던 것이다. 그러나 유감스럽게도 그 결과는 실제에 있어 지극히 기괴한 것이 되어서 나타났다. 그러나 그럼에도 불구하고 나스타샤 필립포브나의 내부에는 그 무엇인가가 남아 있어 그것이 때로는 예사롭지 않은 매혹적인 일종의 색다른 힘이 되어 아파나시 이바노비치 자신까지 감동케 하였고, 나스타샤 필립포브나에 대한 전과 같은 희망을 완전히 잃어버린 지금도 이따금 그의 마음을 홀리게 하는 것이었다.

공작을 맞으러 나온 사람은 처녀였다——나스타샤 필립포브나네 집의 하인은 언제나 여자뿐이었다. 그리고 놀랍게도 조금도 의심하는 기색이 없이 여주인에게 안내해 달라는 그의 청을 들어 주었다. 흙투성이가 된 구두도, 차양이 넓은 모자도, 소매가 없는 망토도, 떳떳하지 못한 거동도, 이 처녀에게는 아무런 의혹도 불러일으키지 않았다. 그녀는 손님의 망토를 벗겨 주고 응접실로 안내한 다음 곧 안으로 들어갔다.

나스타샤 필립포브나네 집에 모인 사람들은, 언제나 이 집에 드나드는 낯익은 사람들로 이루어져 있었다. 전에 있었던, 1년에 한 번씩 모이는 생일 축하 모임에 비하면 손님의 수도 훨씬 적은 편이었다. 우선 주된 사람으로는 아파나시 이바노비치 토스키와 이반 표도로비치 예판친이 있었다. 두 사람은 모두 명랑한 얼굴을 하고 있었으나 어딘지 남 모를 불안을 느끼고 있는 것 같았다. 그것은 물론 가냐에 대한 약속된 확답을 학수고대하고 기다리는 초조한 심정 때문이었다. 이 두 사람 외에 가냐도 물론 와 있었지만, 그에게서는 『명랑한』 점이라고는 조금도 찾아 볼 수 없었다. 그는 침울한 얼굴로 한옆에 떨어져서 묵묵히 앉아 있었다. 그는 바랴를 데리고 올 결심을 끝내는 실천하지 못하고 말았으나, 나스타샤 필립포브나도 그녀 이야기는 비치지도 않았다. 그대신 가냐와 인사를 나누자마자 오늘 그와 공작 사이에 일어났던 일을 끄집어 냈다. 아직도 그 사건을 모르고 있던 장군은 대단한 관심을 나타내며 여러 가지로 캐묻기 시작했다. 가냐는 냉담하고도 신중하게, 그리고 지극히 솔직하게 오늘 일어난 사건의 경위를, 자기가 이미 공작한테 사과하러 갔다는 데까지 모두 이야기했다. 그러면서 그는 열심히 자기의 의견을 피력했다. 사람들은 어째서 공작을 백치로 아는지 자기로서는 도무지 알 수가 없다, 자기는 정반대로 생각하고 있다, 그는 물론 멀쩡한 사람이다 하고 말했던 것이다. 나스타샤 필립포브나는 주의 깊게 그의 비평을 듣고 나서 신기한 듯 그를 지켜 보고 있었다. 그러나 화제는 곧 오늘 오전중의 사건과 깊은 관계가 있는 로고진에게로 옮아 갔다. 아파나시 이바노비치와 이반 표도로비치는 로고진에 대해서도 비상한 호기심을 가지고 관심을 표명했다.

  그 결과 로고진에 관하여 가장 특별난 정보를 제공할 수 있는 사람으로는, 오늘 밤 9시께까지 그와 여러 가지의 교섭을 가졌던 프치스인임이 드러났다. 로고진은 오늘 안으로 어떠한 일이 있더라도 10만 루블을 조달하라고 고집하더라는 것이다.

  「물론 그는 취해 있었습니다.」그때 프치스인은 말했다. 「그러나 10만의 돈은 어떠한 어려움이 있더라도 조달하고야 말 것입니다. 오늘 안으로 10만 루블 전액을 챙길 수 있을는지 그것은 모르겠습니다만 아무튼 킨제르니, 트레팔로프니, 비스쿠프니 하는 많은 사람들이 뛰어다니고 있습니다. 이자는 얼마라도 좋다는 것인데, 그것은 물론 취기와 기뻐 어쩔 줄 몰라서 하는 말이겠지요……」하고 프치스인은 말을 맺었다. 이러한 정보는 모두에게 흥미롭게 받아들여졌지만 그 흥미는 약간 우울한 것이기도 했다. 나스타샤 필립포브나는 자기 심중을 드러내 보이고 싶지 않은 눈치였다. 그녀는 끝까지 침묵을 지키고 있었다. 가냐도 역시 마찬가지였다. 예판친 장군은 누구보다도 불안했다. 오전중에 그가 선사한 진주의 선물이 너무나 무의미하게 아무런 감정도 없이 또는 어떤 이상스런 웃음거리로 받아들여졌기 때문이다. 오직 한 사람 페르드이시첸코만은 모든 손님들 사이에서 들뜬 축제 기분을 잃지 않고 이따금 거침없이, 아니 자진해서 광대 역할을 맡아 가지고 큰 소리로 껄껄 웃고 있었다. 세련되고 우아한 말 재주로 정평이 있는, 전부터 이런 야회에서는 으레 이야기를 주도하던 아파나시 이바노비치 자신도 어쩐지 기분이 좋지 않은 얼굴로, 그에게는 어울리지 않는 표정으로 우울에 빠져 있는 것이었다.

그밖의 손님들은 몇 사람 되지 않았지만——무엇 때문에 초대되어 온 것인지 짐작이 가지 않는 초라한 늙은 교사, 바싹 오갈이 들어 내내 잠자코 있는 정체 모를 청년, 여배우 출신의 40세 안팎의 활발한 부인, 그리고 또 한 사람, 아주 아름다운 용모에 사치스런 옷차림을 한 유달리 말수가 적은 젊은 부인——대화에 생기를 주지 못할 뿐만 아니라 심지어는 숫제 무슨 말을 해야 할는지조차 모르고 있는 것이었다.

이런 상황이었으므로 공작의 출현은 오히려 그들에게 반가운 일이기까지 했다. 그럼에도 불구하고 그가 왔다는 하인의 말은 손님들 사이에 커다란 놀라움을 불러일으켰다. 그리고 나스타샤 필립포브나의 놀라는 얼굴을 보아 그녀에게 공작을 초대하려는 마음이 전혀 없었음을 알게 되자, 그 중 몇몇은 입가에 야릇한 미소를 띠기까지 했다. 그러나 나스타샤 필립포브나의 얼굴에선 곧 놀라움의 빛이 사라지고 갑자기 아주 만족스런 빛이 나타났다. 이것을 본 대부분의 사람들은 곧 이 뜻밖의 손님을 웃음과 환성으로 맞아들일 마음의 준비를 갖추었다.

「이것은 아마 그 사람의 순진한 기분에서 나온 것일 거예요.」이반 표도로비치 예판친 장군은 결론을 내리듯 말했다. 「그러나 아무튼 이런 경향을 장려하는 것은 상당히 위험한 일이지만 오늘은 그 사람이 비록 이런 기발한 방법을 택했다 하더라도, 여기 나타나기로 생각한 것이 정말 나쁜 일은 아니에요. 그 사람은 아마 좌흥을 한층 재미있게 해줄 겁니다, 적어도 내가 생각하기엔.」

「게다가 또 자기가 자진해서 찾아온 것이니까!」페르드이시첸코가 얼른 끼여 들었다.

「그것이 어쨌다는 거야?」페르드이시첸코를 미워하고 있는 장군은 무뚝뚝하게 물었다.

「그렇지 않으면 입장료를 내야 하기 때문입니다.」이쪽은 설명했다.

「아, 뮈시킨 공작은 페르드이시첸코와는 달라요. 어떤 면으로 보더라도.」장군은 참지를 못하고 이렇게 쏘아붙였다. 그는 페르드이시첸코 따위와 대등한 관계에서 자리를 같이 하고 있다는 것을 생각하니 아무래도 참을 수가 없었다.

「아니, 장군, 이 페르드이시첸코를 좀 아껴 주세요.」상대방은 히죽 웃으며 대답했다. 「어찌 됐든 나는 나대로 특별한 권리를 가지고 있으니까 말이에요.」

「그래? 그게 무슨 특별한 권리인데?」

「그것에 대해서는 전번에도 여러 사람 앞에서 자세히 설명할 기회를 가졌었습니다만 각하를 위해 다시 한 번 이 자리에서 되풀이하겠습니다. 어떤 인간이나 기지라는 것을 가지고 있는데 나에게는 그 기지가 없습니다. 그대신 나는 진실을 말해도 좋다는 허가를 얻었습니다. 아시다시피 진실을 말할 수 있다는 사람은 오직 기지가 없는 자뿐이기 때문입니다. 게다가 또 나는 복수심이 강한 인간입니다. 이것도 역시 기지가 없는 탓입니다. 나는 어떠한 모욕이라도 감수하겠습니다만, 그것은 다만 나를 모욕하는 인간이 쓰러질 때까지입니다. 상대방이 쓰러지자마자 나는 즉시 옛날의 모욕을 상기하고 어떠한 방법으로든지 앙갚음을 하고야 말 것입니다. 발길로 걷어차는 겁니다. 이것은 여태까지 한 번도 발길로 걷어차 본 일이 없는 프치스인 씨가 나에게 한 말입니다. 각하, 당신은 크르일로프의 《사자와 나귀》라는 우화를 아십니까? 그것은 바로 당신과 나를 그린 것입니다.」

「페르드이시첸코, 당신은 또 거짓말을 하기 시작한 것 같아.」장군은 버럭 화를 냈다.

「그건 또 무슨 말씀입니까, 각하?」페르드이시첸코는 상대방의 말끝을 물고 늘어질 수 있으리라는 속셈으로 이렇게 말을 받았다. 「염려하실 것은 없습니다, 각하. 나는 자신의 분수를 알고 있습니다. 나와 당신이 크르일로프의 우화 속에 나오는 사자와 나귀라고 말씀드린 이상 나귀의 역은 물론 내가 맡겠습니다. 그리고 각하는 사자이십니다. 크르일로프의 우화에는 〈숲 속의 번개, 힘센 사자도 거듭되는 연륜에 그 힘을 잃었도다〉라고 씌어 있습니다. 그리고 각하, 나는 나귀입니다.」

「그 끝의 한 마디에는 나도 동감이야.」 장군은 불쑥 말했다.

이러한 것은 물론 모두 하찮은, 미리 계획된 것이었지만, 페르드이시첸코에게 광대역을 맡게 하는 일은 이미 하나의 습관으로 되어 있었다.

「나를 쫓아 버리지 않고 여기에 드나들게 하는 것은,」페르드이시첸코는 언젠가 한 번 소리쳤었다. 「다만 내게 이런 소리를 지껄이게 하기 위해서예요. 사실 나 같은 인간을 이러한 좌석에 참석시킨다는 것이 과연 있을 수 있는 것일까요? 그런 것쯤은 나 자신도 알고 있습니다. 그래 나를, 이 페르드이시첸코 따위를 아파나시 이바노비치 같은 세련된 신사와 어떻게 나란히 앉힐 수 있습니까? 어쩔 수 없이 저도 같이 앉아 있지만 이것은 상상도 할 수 없는 일입니다.」

그러나 하찮을 뿐만 아니라 신랄할 적도 종종 있었다. 어떤 때는 그것이 아주 심할 경우도 있었다. 바로 그것이 나스타샤 필립포브나의 마음에 든 모양이었다. 그래서 그녀의 집에 출입하고 싶은 사람은 이 페르드이시첸코의 행동을 참고 견뎌 낼 각오가 필요했다. 페르드이시첸코 자신도 그녀가 자기를 초대하게 된 것은 처음 만나면서부터 토스키에게 함부로 싫은 소리를 했기 때문이라고 짐작하고 있었다. 사실 이 짐작은 완전히 적중한 것이었는지도 모른다. 가냐는 또 가냐대로 페르드이시첸코 때문에 무한한 고통을 참아 내야만 했다. 이런 점에서도 페르드이시첸코는 나스타샤 필립포브나에게 크게 도움이 될 수 있었던 것이다.

「우선 공작에게 달콤한 유행가 가락을 한 곡조 부르도록 하겠습니다.」페르드이시첸코는 나스타샤 필립포브나가 뭐라고 말할 것인지 눈치를 살피면서 말했다.

「하필이면 그런 짓을……. 페르드이시첸코! 제발 그렇게 좀 흥분하지 마세요.」그녀는 매정하게 쏘아붙였다.

「오호…… 그 사람이 당신의 특별 보호하에 있다면 나도 약간 조심해야겠군요…….」

그러나 나스타샤 필립포브나는 그 말을 귓가로 흘리며 자리에서 일어나 직접 공작을 맞으러 나갔다.

「정말로 유감스럽게 생각해요.」갑자기 공작 앞에 나타나면서 그녀는 이렇게 허두를 꺼냈다. 「아까는 너무나 경황이 없어서 당신을 초대하는 걸

그만 깜빡 잊고 말았어요. 그러나 당신 자신이 이렇게 나에게, 당신의 결단을 칭찬하고 감사를 드릴 기회를 만들어 주셔서 정말로 기뻐요.」

이렇게 말하면서 그녀는 공작의 얼굴을 빤히 쳐다보았다. 공작이 자기를 찾아온 까닭을 다소나마 알아보려고 애썼다.

공작은 그녀의 친절한 말에 뭐라고 대답하려 했으나 그녀의 아름다움에 눈이 부시고 감동되어 한 마디도 말을 하지 못했다. 그러한 그를 나스타샤 필립포브나는 만족한 듯이 바라보았다. 이 날 저녁 그녀는 특히 정성들여 화장을 하였기 때문에 보는 사람에게 매우 특별한 인상을 주는 것이었다. 그녀는 공작의 손을 잡고 손님들에게로 안내했다. 막 객실로 들어가려고 했을 때 공작은 갑자기 발을 멈추고 아주 흥분된 목소리로 황급히 속삭였다.

「당신의 내부에 있는 것은 모두 완전무결한 것입니다. 여위고 창백한 것까지도 그렇습니다……. 그렇게밖에는 달리 상상하고 싶지 않을 만큼…… 나는 당신에게 오고 싶어서…… 나는…… 아무튼 용서하십시오.」

「그렇게 사과하지 마세요.」 나스타샤 필립포브나는 웃었다. 「그러시면 당신의 그 야릇하고 색다른 데가 죄다 결딴이 나버리고 말잖아요? 그러고 보니 사람들이 당신을 괴상한 사람이라고 하는 말은 정말이군요. 그럼 당신은 이 나를 완전무결하다고 생각한단 말씀인가요? 네?」

「그렇습니다.」

「당신은 모든 것을 용하게 알아맞히시는지는 몰라도 이번만은 잘못 보셨어요. 오늘 밤 안으로 그것을 당신한테 보여 드리겠어요.」

그녀는 공작을 손님들에게 소개하였다. 그 중의 대부분은 이미 그와 안면이 있는 사이였다. 토스키는 즉시 그에게 뭐라고 상냥한 말을 건넸다. 공작의 출현에 일동은 얼마만큼 활기를 띠며 말소리와 웃음소리가 일시에 일어났다. 나스타샤 필립포브나는 공작을 자기 곁에 앉혔다.

「그렇지만 공작이 나타났다고 해서 하나도 놀라실 것은 없어요.」 누구보다도 큰 소리로 페르드이시첸코가 외쳤다. 「문제는 지극히 명료합니다. 그 사실 자체가 이유를 설명하고 있으니까요!」

「그 사실은 너무나 명료하고, 그 자체가 이유를 너무 잘 말해 주고 있습니다.」 여태까지 침묵만 지키고 있던 가냐가 갑자기 말을 받았다. 「나는 오늘 공작이 처음으로 이반 표도로비치의 책상에 놓인 나스타샤 필립포브나의 사진을 본 순간부터 거의 한시도 쉬지 않고 공작을 관찰해 왔습니다.

지금도 분명히 기억하고 있습니다만 나는 그때부터 머릿속에 떠오르는 것이 있었습니다. 그리고 이 자리에서 그것을 확신하게 되었습니다. 참고로 말씀드린다면 이것은 공작 자신도 나한테 고백한 일입니다.」

이러한 말을 가냐는 굉장히 진지하게 조금의 장난기도 없이, 그뿐만 아니라 어두운 얼굴로 말했으므로 대단히 기묘한 느낌이 들었다.

「나는 당신에게 아무것도 고백한 것이 없습니다.」공작은 살짝 얼굴을 붉히면서 대답했다. 「다만 당신의 물음에 대답했을 뿐입니다.」

「브라보, 브라보!」페르드이시첸코가 소리쳤다. 「최소한 성실하군요. 아니, 교활하고 또한 성실합니다.」

일동은 큰 소리로 웃었다.

「한데 그렇게 고함을 치지는 말아, 페르드이시첸코.」프치스인이 노엽게 낮은 소리로 주의했다.

「공작, 나는 당신이 이렇게 대담한 행동을 할 수 있으리라고는 꿈에도 생각지 못했소.」이반 표도로비치가 말했다. 「정말이지 누구에게나 그것이 어울리는 일은 아니잖습니까? 아무튼 나는 당신을 철학가로 알고 있었어요! 얌전한 줄 알았더니 어지간히 엉큼하신데요.」

「괜한 농담에 숫처녀처럼 얼굴이 빨개지는 것을 보니 공작도 세상의 결백한 젊은이들처럼 크게 칭찬할 만한 뜻을 마음속에 품고 계신지도 모르겠습니다.」

갑자기 전혀 의외로, 여태까지 말 한 마디 없던 70세의 노인인 교원이 이빠진 입을 우물거리면서 말했다. 아니 좋게 말해서 중얼거렸다. 이 노인의 입에서 오늘 저녁에 무슨 말을 들으리라고는 아무도 생각하지 못했으므로 일동은 또다시 큰 소리로 웃어 댔다. 노인은 자기의 기지 때문에 사람들이 웃는다고 생각했는지 일동의 얼굴을 둘러보면서 자기도 한바탕 웃으려 했으나 그 순간 애처롭게도 기침이 나와 웃지를 못하고 말았다. 그러자, 어째선지 이러한 유별난 노인이나 노파, 심지어는 신들린 미치광이 같은 사람들까지 좋아하는 나스타샤 필립포브나는 이내 그의 등을 쓰다듬어 주고 키스까지 한 다음, 그를 위해 차를 한 잔 더 내오라고 일렀다. 그녀는 방에 들어온 하녀에게 자기 망토를 가져오게 하여 그것으로 몸을 싸고는 벽난로에 장작을 더 넣으라고 일렀다. 지금 몇 시나 되었느냐는 물음에 하녀는 벌써 10시 반이나 되었다고 대답했다.

「여러분, 샴페인을 드시지 않겠어요?」 갑자기 나스타샤 필립포브나가 권했다. 「준비시켜 놓았어요. 한결 즐거워질 거예요. 사양 마시고 주문하세요.」

술을 마시라는 이 권유는, 특히 그 말에 이처럼 순진한 표현이 담기는 경우는, 나스타샤 필립포브나에게는 지극히 기이한 일이었다. 여태까지 그녀가 베푼 야회는 예사롭지 않게 예모가 있는 것이라는 것을 모두들 알고 있었기 때문이다. 어떻든 야회는 점점 흥겨워져 갔지만 그러나 여느 때와 같은 것은 아니었다. 술을 사양하지 않은 사람은 장군, 쾌활한 부인, 늙은 교원, 페르드이시첸코 등이었고 그리고 그밖의 사람들도 그들의 뒤를 따랐다. 토스키는 그 자리를 지배하려는 새로운 분위기에 되도록 부드럽고 장난스런 흥미를 주려고 자기도 함께 잔을 들었다. 오직 한 사람 가냐만은 끝내 아무것도 마시지 않았다. 나스타샤 필립포브나는 손님들과 함께 술잔을 들고 오늘 저녁에는 석 잔을 마시겠다고 선언했지만, 이따금 아주 날카롭고 잽싼 익살 속에 금방 까닭 모를 히스테릭한 웃음을 터뜨리는가 하면 이내 우울한 얼굴로 말없이 생각에 잠기는, 그 변화가 심한 태도 속에 어떠한 의미가 숨겨져 있는지 상상하기는 어려웠다. 열이 있는 것이 아닌가 하고 상상하는 사람도 있었으나 마침내 그녀 자신도, 무엇인가를 기다리는 듯 자주 시계를 들여다보며 초조해 하고 안절부절못하는 것을 알아채게 되었다.

「열이 좀 있는 것 같군요?」

쾌활한 중년 부인이 물었다.

「네, 좀 있는 게 아니라 아주 대단한 열이에요. 그래서 이렇게 망토를 뒤집어쓰고 있어요.」 나스타샤 필립포브나는 대답했다. 정말 그녀는 얼굴이 점점 창백해지며, 이따금 초조해 하고 심한 오한을 참고 있는 것처럼 보였다.

사람들은 염려가 되어 술렁거리기 시작했다.

「주인을 좀 쉬게 하시지 않겠어요?」 이반 표도로비치의 눈치를 살피면서 토스키가 의견을 말했다.

「걱정하실 것은 없어요, 여러분! 나는 여러분들이 꼭 계서 주셨으면 해요. 특히 오늘 저녁은 나를 위해 여러분이 꼭 이 자리에 계서 주셔야겠어요.」 나스타샤 필립포브나는 갑자기 거듭 다짐하듯 의미심장하게 말했다. 이미 거의 모든 사람이 오늘 저녁에 지극히 중대한 결정이 있으리라는 것을 알고 있었으므로, 이 몇 마디의 말은 천근의 무게를 가진 것처럼 들렸다. 장군과 토스키는 다시 한 번 서로 눈짓을 했다. 가냐는 경련이 일어나는 듯 떨었다.

「『프티죠(遊戲)』라도 하면서 놀죠.」쾌활한 부인이 제의했다.

「나는 아주 재미있고 새로운 프티죠를 알고 있습니다.」페르드이시첸코가 얼른 말을 받았다. 「적어도 이것은 세상에서 아직 딱 한 번밖에는 하지 못했던 프티죠인데 그나마 성공하지 못했습니다.」

「그게 뭔데요?」활발한 부인이 물었다.

「언젠가 우리 친구들이 모인 자리에서, 그야 그때도 역시 이런 걸 좀 마시긴 했습니다만, 누가 불쑥 이런 제의를 했습니다. 즉 제각기 테이블에 앉은 채 무엇이든지 자기와 관련된 얘기를 큰 소리로 하는데, 그 얘기는 자기가 일생 동안 저지른 나쁜 행위 중에서도 가장 나쁘다고 생각되는 것이어야 한다고 했습니다. 그러나 그것은 어디까지나 진실이어야 하며 거짓말을 해서는 절대로 안 된다는 것이었습니다.」

「색다른 착상인걸.」장군이 말했다.

「하지만 색다르기 때문에 그만큼 재미있습니다, 각하.」

「우스꽝스런 착상이에요.」토스키가 말했다. 「하지만 일종의 변태적인 자기 자랑이 되어 버릴 것은 뻔해요.」

「어쩌면 그것은 필요한 것인지도 모릅니다. 아파나시 이바노비치.」

「정말로 그런 프티죠라면 웃음보다는 필경 울음을 터뜨리게 될 것이에요.」쾌활한 부인이 주의했다.

「도저히 불가능한 얘기야. 그 따위 프티죠가 어디 있어.」프치스인도 한 마디 거들었다.

「그래서 성공했던가요?」나스타샤 필립포브나가 물었다.

「그, 그것이 그런데, 그러질 못했어요. 묘하게 되어 버렸어요. 그야 모두들 자기 얘기를 했죠. 정직하게 진실을 말한 사람도 많았어요. 개중에는 자랑스럽게 얘기한 사람도 있었으니까요. 그러나 얼마 후에는 누구나가 다 부끄러워졌습니다. 참을 수가 없었던 거예요. 그렇지만 전체적으로 보아 참으로 재미있었습니다. 물론 그것은 일종의 독특한 재미였습니다만.」

「그거 정말로 재미있겠는데요!」나스타샤 필립포브나는 갑자기 활기를 띠고 말했다. 「여러분, 우리도 한 번 해보아요! 정말 지금 이 자리는 재

미가 없어요. 한 사람씩 돌아가며 무슨 얘기든지 하기로 해요……. 지금
말하던 그런 것을……. 물론 여러분들의 동의가 있어야 하지만 여러분의
자유 의사에 좋아서. 어때요? 우린 그것을 해낼 수 있을까요? 아무튼 굉
장히 색다른 착상이에요.」

「기발한 착상입니다!」 페르드이시첸코가 말을 받았다. 「그러나 부인들
은 여기서 제외하기로 하겠습니다. 남자들부터 시작하죠. 차례는 그때 우리
가 한 것처럼 제비를 뽑아 결정하는 것이 좋겠습니다. 아니, 꼭 그래야 합
니다. 물론 마음이 내키지 않는 사람은 얘기를 하지 않아도 무방하지만 그
대신 실례가 된다는 것만은 각오하시기 바랍니다! 그럼 여러분, 제비를 이
리 주세요. 내 모자 속에 넣읍시다. 공작이 뽑아 드릴 겁니다. 뭐 그리 어
려울 건 없어요. 자기의 일생 중 가장 나쁜 자기의 행위를 말하면 되니까
요. 아주 쉬운 일이에요. 시작해 보면 곧 알게 됩니다! 혹시 누가 잊으신
분이 계시면 내가 이내 생각나게 해드리겠습니다!」

이 아이디어는 누구에게도 탐탁하게 생각되지 않았다. 눈살을 찌푸리는
사람이 있는가 하면 교활한 미소를 짓는 사람도 있었다. 개중에는 항의를
시도하는 사람도 있었으나 그리 적극적으로 나서지는 못했다. 이를테면 이
반 표도로비치 같은 사람은 나스타샤 필립포브나가 이 기묘한 착상에 몹시
마음이 끌리는 것을 보자 그녀의 뜻에 맞서는 것은 좋지 않다고 생각했다.
나스타샤 필립포브나는 일단 자기의 희망을 표명하면 비록 그것이 지극히
변덕스러운데다가 자기 자신에게 불리한 일일지라도 그 희망을 관철하기
위해서 언제나 완고하고 사정이 없었다.

지금도 그녀는 마치 히스테리처럼 안달을 하며 숨이 넘어갈 듯 웃어 대는
것이었다. 그녀를 염려하는 토스키가 반대 의사를 표명하였을 때에는 특히
심했다. 암갈색 눈은 반짝반짝 빛나고 창백한 두 볼엔 두 개의 붉은 점이
나타났다. 몇몇 손님들의 얼굴에 나타난 침울한 듯한 증오의 감정은 그녀의
냉소적인 욕망에 한층 더 부채질을 하는 것 같았다. 즉 이 아이디어의 익살
스럽고도 잔인스러운 데가 특히 그녀의 마음에 들었는지도 모른다. 손님 중
에는 그녀에게 반드시 무슨 특별한 속셈이 있을 것이라고 믿고 있는 사람까
지 있었다. 그러나 어떻든 모두들 동의하기 시작했다. 어쨌든 호기심이 있
었고, 게다가 또 대부분의 손님들은 강하게 그것에 끌렸기 때문이었다. 페
르드이시첸코가 누구보다도 안달을 하고 있었다.

「그런데 만일 그…… 부인들 앞에서 말할 수 없는 것이라면…….」여태까지 잠자코 있던 청년이 소심하게 물었다.

「그럼, 그런 얘기는 하지 마세요. 설마 그것밖에는 나쁜 짓을 하지 않았을 리가 없을 테니까.」페르드이시첸코가 대답했다. 「도대체가 젊은 사람들이란 참!」

「하지만 나는 내가 한 일 중에서 무엇이 가장 나쁜지 모르겠어요.」쾌활한 부인이 한 마디 했다.

「부인네들은 고백할 의무에서 제외됩니다.」페르드이시첸코는 되풀이했다. 「그러나 의무가 면제되는 것뿐이니까 자기 자신이 감흥을 일으켜 고백하시겠다는 분은 물론 하셔도 무방합니다. 남자분들 중에서도 정 싫으신 분은 면제됩니다.」

「그러나 자기가 거짓말을 하지 않았다는 건 어떻게 증명하지요?」가냐가 물었다. 「만일 거짓말을 하면 모처럼의 아이디어도 무의미하게 될 테니까 말입니다. 그리고 거짓말을 하지 않는 사람이 과연 한 사람이라도 있을까요? 틀림없이 누구나가 다 거짓말을 할 것입니다.」

「하지만 이러한 경우엔 어떻게 거짓말을 하느냐 하는 그것 한 가지만 가지고도 재미가 있을 거야. 그렇지만 가네치카, 자네는 뭐 억지로 거짓말을 할 것은 없어. 자네의 가장 더러운 행위는 이미 널리 알려져 있으니까. 그건 그렇고, 여러분, 한번 생각해 보세요.」갑자기 페르드이시첸코는 무엇인가에 감동한 것처럼 소리쳤다. 「우리들이 어떠한 눈으로 내일, 즉 이런 얘기를 하고 난 이튿날, 서로의 얼굴을 보게 될 것인지 한번 생각해 보세요.」

「도대체 이것이 가능한 일이라고 생각하오, 나스타샤 필립포브나? 정말로 이것이 과연 진지한 이야기요?」토스키는 무게 있게 물었다.

「늑대가 무서우면 숲속에 들어가지 않으면 그만 아녜요!」나스타샤 필립포브나는 빈정거리듯이 대답했다.

「실례지만 페르드이시첸코, 그래 그런 방법으로 프티죠가 될까?」점점 불안에 싸이면서 토스키는 말을 이었다. 「나는 단언할 수 있어, 그런 놀이는 절대로 성공할 수 없다고. 전번에도 실패했다고 지금 자네 입으로 말하지 않았나?」

「실패했었다구요? 나는 전번에 모두 얘기했습니다. 내가 3루블을 훔친 경위를 전부 털어놓았단 말이에요!」

「글쎄, 그러나 자네는 자못 진실인 양 이야기했겠지만 듣는 사람을 전적으로 믿게 할 수는 없었을 게 아냐? 가브릴라 아르달리오노비치의 말씀이 옳아. 조금이라도 거짓말이 섞여 있는 것같이 들리면 이 아이디어도 전혀 무의미한 것이 되고 마는 거야. 이러한 경우 진실을 말하는 것은 오직 우연히, 일종의 특별한, 더러운 자만심을 가졌을 때에만 비로소 가능한 거야. 더욱이 그 기분은 이런 자리에서도 도저히 생각할 수 없는 지극히 상스러운 짓이야.」

「하지만 아파나시 이바노비치, 당신은 참으로 섬세한 신경을 가진 분이군요. 정말 놀랐습니다.」 페르드이시첸코가 외쳤다. 「어떻습니까? 여러분, 아파나시 이바노비치는 내가 도둑질한 이야기를 남이 곧이듣게 말할 수 없다는 이유로 내가 실제로는 아무것도 훔칠 수 없는 인간이라는 것을 미묘하게 암시하셨습니다. 이런 것을 큰 소리로 이야기하는 것은 점잖지 못한 일이라서요. 하지만 속으로는, 페르드이시첸코란 놈은 남의 돈을 훔치는 것은 예사로 해치울 것이다 하고 생각하고 계신지도 모릅니다! 아무튼 여러분, 이젠 시작하기로 합시다. 제비도 모였으니까. 아니, 당신도, 아파나시 이바노비치도 제비를 넣으셨군요. 그러면 반대하는 사람은 한 분도 없는 셈입니다. 그럼 공작, 제비를 뽑아 주세요!」

공작은 묵묵히 모자 속에 손을 넣어 제비를 집어 냈다. 첫번째가 페르드이시첸코, 두번째가 프치스인, 세번째가 장군, 네번째가 아파나시 이바노비치, 다섯번째가 공작 자신, 여섯번째가 가냐 등등의 순서였다. 부인들은 제비를 넣지 않았다.

「원 이렇게 재수가 없을 수가!」 페르드이시첸코는 외쳤다. 「나는 첫번째가 공작, 두번째가 장군일 줄 알았는데. 하지만 다행히도 장군께서 내 뒤에 대기하고 계시니 나는 만족합니다. 그건 그렇고 여러분, 나는 의무적으로 훌륭한 모범을 보여 드려야 할 입장에 있습니다만 지금의 나에게 무엇보다도 유감스러운 것은 내가 너무나 보잘것없는 인간으로 아무런 특징도 없다는 것입니다. 관등으로도 아주 낮은 관리인 이런 하찮은 페르드이시첸코가 나쁜 짓을 했다고 해도 별로 흥미를 느낄 만한 것은 못 되리라고 생각합니다. 그런데 내 악행 중 가장 나쁜 것은 어떤 것일까요? 이것이야말로 부유한 자의 괴로움이라는 겁니다. 또 그 전번에 했던 도둑 이야기나 하죠. 도둑이 아니라도 남의 것을 훔칠 수 있다는 것을 아파나시 이바노비치가 깨달을 수 있도록!」

「아니, 페르드이시첸코. 자네 덕택으로 나는 깨달았어. 인간이란 부탁을 받지 않았으면서도 자진해서 자신의 더러운 행위를 이야기하여 그것으로 더없는 만족을 느낀다는 것을……. 하지만…… 이렇게 말해서 혹시 실례가 되었는지도 모르겠군, 페르드이시첸코.」

「자, 시작하세요, 페르드이시첸코. 당신은 언제나 쓸데없는 소리만 잔뜩 늘어 놓고는 끝을 맺지 못해요!」 초조하고 짜증스럽게 나스타샤 필립포브나가 명령했다.

아까의 발작적인 웃음 뒤에 그녀는 갑자기 기분 나쁘고 음울해져 짜증을 내기 시작한 것을 모두들 알아차리고 있었다. 게다가 또 그녀는 자기의 불가능한 욕망을 끈질지게 폭군처럼 고집하는 것이었다. 아파나시 이바노비치는 어지간히 괴로워하고 있었다. 그리고 또 이반 표도로비치까지 그의 분노에 부채질을 했다. 장군은 태연히 샴페인 잔을 기울이고 있었을 뿐만 아니라, 자기 차례가 오면 무슨 소리든 한 마디 하려는 듯한 표정으로 앉아 있었기 때문이다.

14

「기지가 없어요. 나스타샤 필립포브나, 그러니까 쓸데없는 소리만 하는 겁니다!」 페르드이시첸코는 자기 얘기를 시작하면서 외쳤다. 「만일 나한테 아파나시 이바노비치나 이반 페트로비치만한 기지가 있었다면 나는 오늘 내내, 아파나시 이바노비치나 이반 페트로비치처럼 말없이 앉아 있었을 겁니다. 공작, 조금 여쭈어 보겠는데 당신은 어떻게 생각하세요? 나는 세상에 도둑놈이 아닌 사람보다는 도둑놈이 훨씬 더 많고, 일생 동안 한 번도 남의 것을 훔쳐 본 일이 없는 정직한 사람은 하나도 없다고 생각합니다. 그렇다고 해서 이 세상이 모두 도둑놈들만으로 가득 찼다는 결론을 내리려는 건 아닙니다. 그러나 때로는 그렇게 결론을 내리고 싶을 때가 있긴 하지요. 그래 당신 생각은 어떠십니까?」

「어머, 무슨 어리석은 소리를 하고 있는 거죠!」 활달한 부인인 다리야 알렉세예브나가 끼여 들었다. 「그런 어리석은 소리가 어디 있어요? 누구나가 무엇인가 남의 것을 훔친다니! 그런 일이 있을 수 있어요? 나는 무엇을 훔친 일이라고는 여태까지 한 번도 없었어요.」

「그야 아주머니만 한 번도 훔친 일이 없을 거요, 다리야 알렉세예브나. 그렇지만 별안간 얼굴이 새빨개진 공작은 뭐라고 말할까요?」

「나는 당신의 말이 옳다고는 생각합니다만, 너무 과장된 것같이 느껴집니다.」 정말로 어째선지 공작은 얼굴을 붉히면서 대답했다.

「그럼 공작, 당신은 아무것도 훔친 일이 없으십니까?」

「원, 별 우스꽝스런 소리를! 정신 좀 차려, 페르드이시첸코.」 장군이 끼여 들었다.

「뻔한 일이에요. 정작 시작하려니까 이야기하기가 부끄러운 거예요. 그래서 공작을 끌어들이려는 거예요. 공작이 얌전히 계시니까.」 다리야 알렉세예브나가 또렷이 말했다.

「페르드이시첸코, 이야기를 하든지 잠자코 있든지 하세요. 남이야 어떻든 상관할 것은 없어요. 어지간히 애를 태우는군요.」 나스타샤 필립포브나가 날카롭게 쏘아붙였다.

「잠깐만요, 나스타샤 필립포브나. 그러나 공작이 자백했다고 하고, 나는 공작이 이미 자백한 것이나 다름없다고 주장합니다만, 누군가 딴 사람이——누구라고 지적하지는 않겠습니다——언젠가 사실이 말하고 싶어진다면 무슨 얘기를 들려 줄까요? 내 얘기는 이 이상 더 할 것이 없어요. 지극히 간단하고 어리석고 비열한 것이어서. 하지만 나는 여러분에게 단언하지만 나는 절대로 도둑놈이 아닙니다. 훔치긴 했지만 왜 그런 짓을 했는지 나 자신으로서도 이해할 수가 없습니다. 이것은 재작년 어느 일요일 세묜 이바노비치 이시첸코 씨의 별장에서 있었던 일입니다. 거기에 손님들이 모여 식사 대접을 받았습니다. 식사가 끝난 다음 남자들은 술을 마시기 위해 그냥 식탁에 남아 있었습니다. 나는 마리야 세묘노브나한테 가서 피아노라도 쳐달랄 양으로 귀퉁이 방을 지나가는데 그곳에 지폐가 한 장 놓여 있었던 거예요. 무슨 지불을 위해서 꺼내 놓은 모양이었습니다. 방안에는 아무도 없었습니다. 나는 돈을 집어 호주머니 속에 넣어 버렸습니다. 무엇 때문인지 나도 모릅니다. 그리고 나는 얼른 돌아와 앉았습니다. 가만히 앉은 채 나는 상당히 심한 불안을 느끼면서 연방 지껄이기도 하고, 기담(奇談)을 하기도 하고, 태연히 웃기도 했습니다. 그리고 부인들이 있는 곳에도 가서 앉아 보았습니다. 30분이나 지났을까. 그때야 겨우 돈이 없어진 것을 알았

194

는지 하녀들을 불러 물어 보기 시작하더군요. 결국 다리야라는 하녀가 혐의를 받게 됐습니다. 나는 비상한 호기심과 동정을 표시하고, 지금도 기억하고 있습니다만, 다리야가 어쩔 줄을 몰라 하고 있을 때 나는 마리야 이바노브나는 착하신 분이니까 괜찮다고 보증하면서 다리야에게 자백하기를 권했죠. 그것도 여럿이 있는 앞에서 큰 소리로 말입니다. 모두들 나를 바라보았습니다. 나는 내가 이렇게 설교를 하고 있지만 지폐는 내 호주머니 속에 들어 있다는 것이 여간 만족스러운 게 아니었습니다. 나는 그 3루블을 그날 저녁 레스토랑에 가서 마셔 버렸습니다. 들어가자마자 붉은 포도주를 한 병 주문했습니다. 그때까지 나는 안주 없이 술만 주문한 적이 없었습니다. 그 때는 한시라도 빨리 그 돈을 써버리고 싶었던 것입니다. 그리고 그때나 그 뒤에도 이렇다 할 양심의 가책을 별로 느끼지 않았습니다. 하지만 이제 두 번 다시 그런 짓은 하지 않을 것입니다. 여러분은 그걸 믿으시든 말든 맘대로 하세요. 나는 그런 것엔 흥미도 없습니다. 내 얘기는 이것이 전부입니다.」

「그러나 물론 그것이 당신의 가장 나쁜 행위는 아니겠죠.」다리야 알렉세예브나가 심술궂게 말을 했다.

「그건 심리적인 우연이지 결코 행위라고는 말할 수 없어.」아파나시 이바노비치가 지적했다.

「그래서 하녀는 어떻게 되었어요?」격렬한 혐오감을 감추려고도 하지 않고 나스타샤 필립포브나가 물었다.

「하녀는 이튿날 쫓겨나고 말았죠, 물론 엄격한 집안이니까요.」

「그런데도 당신은 모른 체하셨던가요?」

「이거 놀랐는걸! 그럼 내가 일부러 찾아가서 고백해야 한다는 겁니까?」페르드이시첸코는 아무렇지도 않은 듯 웃었다. 그러나 자기의 이야기가 모든 사람에게 너무나 불쾌한 인상을 준 데 적잖이 놀란 모양이었다.

「그런 더러운 짓이 어디 있어요!」나스타샤 필립포브나가 소리쳤다.

「아니, 이런! 당신은 사람의 가장 나쁜 행위를 듣고 싶어하시면서 게다가 또 거기에서 아름다운 광채(光彩)를 요구하시는군요! 가장 나쁜 행위는 언제나 아주 더러운 것입니다. 그것은 이제 이반 페트로비치의 이야기를 들으면 확실히 알 것입니다. 그리고 또 세상에는, 겉으로 봐서 번쩍번쩍하고 훌륭하게 보이는 사람이 적지 않아요. 그것은 자기 마차를 가지고 있기 때문입니다. 그리고 자기 마차를 가진 사람은 한둘이 아니죠……. 그러나 다만 그들이 어떤 수단으로…….」

한마디로 말하면, 페르드이시첸코는 더 이상 참을 수가 없어 갑자기 자기 자신을 잊어버리고 화를 내고 말았던 것이다. 그 화는 정도를 넘은 것으로 얼굴까지 일그러졌다. 이상스럽게도 이것은 아주 흔히 있는 일이지만 그는 자기의 얘기가 마땅히 다른 성질의 성공을 거둘 것으로 기대하고 있었던 것이다. 이러한 꼴불견의 『실패』라든가, 또는 토스키의 표현을 빌려 말하면 『변태적인 자부』라는 것은 페르드이시첸코가 자주 경험하는 것이며, 그것은 그의 성질에 잘 어울리는 것이었다.

나스타샤 필립포브나는 노여움으로 부르르 떨기까지 하면서 페르드이시첸코를 뚫어지도록 쏘아보았다. 이쪽은 이내 두려운 생각이 들어 입을 다물어 버렸다. 깜짝 놀라 온몸이 얼어붙을 정도였다. 너무 신이 나서 그는 그만 지나치게 지껄였던 것이다.

「차라리 그만두는 게 어때요?」 아파나시 이바노비치는 능청스럽게 물었다.

「이번에는 내 차례지만 나는 특권을 이용하여 이야기하지 않기로 하겠습니다.」 프치스인이 딱 잘라 말했다.

「이야기하기가 싫으세요?」

「못 하겠습니다. 나스타샤 필립포브나! 그리고 또 대체로 이런 프티죠는 불가능하다고 나는 생각합니다.」

「장군, 다음은 당신 차례죠?」 나스타샤 필립포브나는 그에게로 얼굴을 돌렸다. 「만일 당신까지 싫다고 하시면 판은 아주 깨지고 말 거예요. 그렇게 되면 정말 유감이에요. 나도 맨 나중에 나 자신의 생애 중에 있었던 하나의 행위에 대해서 이야기를 하려고 마음먹고 있었기 때문이에요. 물론 당신과 아파나시 이바노비치가 얘기한 다음에 할 생각이었어요. 그것은 두 분께서 내게 용기를 주실 것이기 때문이에요.」 이렇게 말을 맺고 그녀는 웃었다.

「오오! 만일 당신이 원하신다면,」 장군은 열을 올려 외쳤다. 「나는 당신에게 내 전 생애를 얘기할 수도 있습니다. 그러나 실은 차례를 기다리고 있는 동안에 기담을 하나 준비한 게 있어서…….」

「각하의 얼굴을 뵙기만 해도 각하께서 어떠한 특별한 문학적 만족을 가지고 그 기담이라는 걸 퇴고하셨는지 잘 알 수 있을 것 같습니다.」역시 아직도 겸연쩍어하는 듯한 페르드이시첸코가 쓸쓸하게 웃으면서 대담하게 끼여들었다.

나스타샤 필립포브나는 흘끗 장군을 바라보고는 역시 마음속으로 웃었다. 그러나 그녀의 우울과 초조는 더욱더 높아 가는 것처럼 보였다. 그녀가 얘기를 하겠다고 약속을 하자, 아파나시 이바노비치는 또 한 번 깜짝 놀랐다.

「여러분, 나도 다른 모든 사람이 그렇듯 여태까지의 생애 동안에 그리 아름답지 못한 행위를 한 적이 있었습니다.」장군은 이야기를 시작했다. 「그러나 무엇보다 기묘한 것은, 내가 이제부터 얘기하려는 기담이 나의 전 생애를 통해 최악의 경우라고 생각하고 있다는 것입니다. 하지만 이것은 이미 35년 전의 얘깁니다. 나는 그것을 회상할 때마다 가슴을 쥐어뜯기는 듯한 괴로움을 느낀다는 사실을 알아 주십시오. 그렇지만 사건 그 자체는 아무것도 아닌 얘기예요. 그때 나는 막 견습 사관이 되어 부대 내에서 고생하고 있었습니다. 아시다시피 견습 사관이라면 혈기는 왕성하지만 호주머니 속은 늘 텅텅 비어 있죠. 그때 내겐 니키포르라는 당번 사병이 딸려 있었는데 악착스러우리만큼 내 생활을 보살펴 주었습니다. 바느질이나 걸레질은 말할 것도 없고 기회만 있으면 도둑질을 하여서라도 세간을 늘리려고 애를 쓰고 있었습니다. 나에게는 더없이 충실하고 정직한 사내였습니다. 물론 난 엄격하고 공명정대하게 대했습니다. 한번은 어느 조그만 도시에 얼마 동안 주둔한 일이 있었는데, 나에게는 변두리의 어느 퇴역 중위 부인인 미망인의 집에 숙소가 할당되었습니다. 나이가 여든 가까운 할머니였습니다. 집은 낡아빠진 목조이고 가난하여 하녀도 두지 못하고 있는 형편이었습니다. 그러나 무엇보다 중요한 것은 이 할머니에게도 전에는 많은 가족과 친척들이 있었다는 점입니다. 그러나 그 오랜 생애 동안에, 그 중 어떤 사람은 죽어 버리고 어떤 사람은 행방불명이 되고, 또 어떤 사람은 이 할머니의 존재를 잊어버리고 만 것입니다. 아무튼 남편을 잃은 것이 이미 45년 전의 일이었으니까. 그 몇 해 전까지는 그녀의 집에 조카딸이 함께 살고 있었던 모양입니다. 꼽추이자 마녀 같은 심술쟁이로, 언젠가 한 번은 할머니의 손가락을 물어뜯기까지 했다고 하더군요. 그러나 그 조카딸마저 죽어 버려 노파는 거의 3년 가량이나 오직 혼자서 그날 그날을 살아왔다는 것이었습니다. 나는 그 집에 있기가 무척 따분했습니다. 머릿속이 텅 비어 있는 것 같은 노파여서 도시 말이 통해야죠. 그런데 어느 날 내 닭을 한 마리 도둑 맞았습니다. 범인은 끝내 밝혀지지 않고 말았지만 그 노파 이외에는 닭을 훔칠 만한 사람이 없었습니다. 닭 때문에 노파와 싸움이 벌어졌습니다. 싸워도 이만저만 싸운 게 아닙니다. 그런데 마침 그때, 나는 딱 한 번밖에는 청원하지 않았는데 다른 숙소로 옮기라는 명령을 받았습니다. 그 집은 노파의 집과는 반대되는 쪽 시외에 있었습니다. 굉장히 식구가 많은 장사꾼의 집이었습니다. 지금도 기억하고 있지만 그 장사치는 턱수염이 많은 사내였습니다. 나와 니키포르는 좋아라고 이사를 갔습니다. 노파를 혼자 떼놓는 것이 기분 좋았습니다. 사흘쯤 지나 교련을 마치고 숙소에 돌아오니까 니키포르가 『견습 사관님, 접시를 그 할머니네 집에 두고 와서 수프를 담아 드릴 그릇이 없습니다.』하고 보고하지 않겠습니까? 이 말에 나는 놀라 『뭐, 어째서 우리 접시가 그 집에 남아 있다는 거야?』하고 물었더니 니키포르는 놀란 얼굴로 『견습 사관님께서 그 집 항아리를 깨뜨렸기 때문에 그대신 접시를 자기가 맡아 두겠다면서 이사 올 때 내주지 않더군요. 할머니 말은 견습 사관님하고도 그렇게 타협이 되었다고 하던데요.』하고 보고하는 것이었습니다. 노파가 이런 비열한 짓을 했다는 것을 알자 나는 도저히 참을 수가 없었습니다. 온몸의 피가 마구 솟구쳐 오르는 것 같았습니다. 나는 벌떡 일어나서 달려갔습니다. 정신없이 노파의 집에 달려갔더니 노파는 현관 한쪽 구석에 혼자 을씨년스럽게 기대앉아 마치 햇볕을 피하고 있는 듯이 한 손으로 턱을 괴고 있었습니다. 나는 노파에게 실컷 욕을 퍼부었습니다. 『이놈의 할망구가 도대체 어쩌자고 이러는 거야?』하며 정말 러시아식으로 말입니다. 그런데 가만히 보니까 아무래도 눈치가 이상하더군요. 노파는 꼼짝 않고 앉아서 얼굴을 이쪽으로 돌리고 눈은 부릅뜬 채 한 마디도 대답을 하지 않는 거예요. 그 눈빛이 또 참으로 이상한데다가 몸은 흔들거리고 있었어요. 겨우 나는 마음을 진정시키고는 찬찬히 들여다보면서 말을 건넸지만 여전히 대답이 없는 거예요. 나는 잠시 망설이고 서 있었습니다. 파리들은 윙윙거리고 해는 기울고, 둘레에는 무서운 고요가 깔려 있었습니다. 나는 완전히 당황하여 그냥 발길을 돌리고 말았습니다. 미처 숙소로 돌아오기도 전에 나는 소령의 부름을 받았고, 그다음 다시 중대에 들를 일이 생겨, 결국 숙소에 돌아간 것은 날이 어두워진 다음이었습니다. 방에 들어가자마자 니키포르가 첫마디로 보고했습니다. 『견습 사관님, 그 할머니가 죽었습니다.』
『언제?』『오늘 저녁 한 시간 반쯤 전에요.』그러니까 내가 욕설을 퍼붓고
있던 바로 그때 노파는 숨을 거두고 있었던 것입니다. 나는 너무나 놀라서,
이건 거짓말이 아닙니다, 하마터면 기절할 뻔했습니다. 그런 뒤로는 그 일
이 마음에 걸려 밤에는 꿈을 꾸기까지 했습니다. 물론 내가 미신 같은 것에
사로잡혔던 것은 아닙니다. 사흘째 되는 날에는 장례식에 참석하려고 교회
에 갔습니다. 한마디로 말하면 날이 갈수록 더욱 자주 그 일이 생각났단 말
입니다. 별로 잘못한 것은 없는데도 이따금 그 일을 생각하면 기분이 영 좋
지 않아요. 이 사건의 주된 의미는 과연 무엇인가. 마침내 나는 이러한 결
론을 내렸습니다. 첫째로 한 여인이, 현대와 같은 인도적인 시대에, 나와
같은 시대를 살아온 한 여인이 말입니다. 오래오래 생활을 계속하다 보니
결국은 너무 장수했다는 것입니다. 전에는 아이들과 남편과 일가 친척들이
있어서, 그들에게 둘러싸여 그들의 웃는 얼굴을 바라보면서 즐거운 생활을
하고 있었지만 그것이 한꺼번에 사라져 버리고 그녀 한 사람만이, 마치 태
고적 옛날부터 운명의 저주를 짊어지고 있는 파리나 그 무엇처럼 홀로 남아
있게 되어 버렸던 것입니다. 그러다가 결국은 하느님의 부름을 받아 이 세
상을 떠났단 말입니다. 고요한 여름날 저녁 석양과 더불어 이 노파의 영혼
도 승천하고 말았던 것입니다. 물론 여기에는 어떤 교훈적인 의미가 전혀
없는 것도 아닙니다. 바로 그 순간에 젊은 혈기왕성한 견습 사관 하나가 석
별의 눈물을 흘리는 대신 두 손을 허리에 대고 잔뜩 거드름을 부리면서 러
시아 인 기질의 한 요소인 난폭한 욕설을 마구 퍼부어, 이 노파를 지구의
표면에서 내쫓는 데 한몫을 한 것입니다. 그것도 접시 한 개가 없어졌다는
하찮은 일로 말입니다! 내가 나쁜 인간이었다는 것은 의심할 여지도 없습
니다. 이제는 먼 옛날의 일이기도 하고 내 성격도 바뀌어 오래 전부터 이
행위를 남의 일처럼 생각하게 되기는 했지만 그래도 역시 지금껏 그 노파를
불쌍히 여기고 있습니다. 되풀이해서 말씀드립니다만 나에게는 야릇한 느
낌이 듭니다. 그것은 설사 나에게 잘못이 있다고 하더라도 내가 전적으로
나쁘다고는 할 수 없기 때문입니다. 하필이면 왜 그 노파는 바로 그때 죽으
려고 생각한 것일까요? 물론 여기에는 한 가지 변명이 있습니다. 즉, 이
행위는 어느 정도 심리적인 것을 가지고 있다는 것입니다. 그렇지만 여전히
나는 마음이 놓이지 않아 약 15년 전에 일체의 비용을 내가 부담하기로 하

고 두 병든 노파를 양로원에 넣어 주었습니다. 남들과 같은 생활을 하게 함
으로써 지상에서의 그들의 최후의 나날을 평온하게 해주려는 생각에서였습
니다. 지금도 나는 재산의 일부를 영원한 사업을 위해 희사할 생각으로 있
습니다. 내 이야기는 이것이 전부입니다. 다시 한 번 되풀이합니다만 나는
틀림없이 여러 가지 면에서 잘못을 저지르고 있을 것입니다. 그러나 양심에
비추어 나는 이 사건을 내 생애 가운데서 가장 추악한 행동이라 생각하고
있습니다.」

「각하께서는 가장 추악한 것 대신 여태까지의 생애 중에서 가장 훌륭한
행위 중의 하나를 말씀하셨습니다. 말하자면 이 페르드이시첸코가 속은 셈
입니다그려!」페르드이시첸코가 한 마디했다.

「정말 장군, 나는 당신이 그런 친절한 마음씨를 가지신 줄은 정말 미처
몰랐어요. 그래서 약간 유감스러울 정도예요.」나스타샤 필립포브나는 되는
대로 아무렇게나 지껄였다.

「유감스럽다구요? 그건 또 무슨 소립니까?」장군은 상냥하게 웃으면서
묻고는 아주 만족한 빛으로 샴페인을 쭉 들이켰다.

그 다음에는 역시 준비가 되어 있는 아파나시 이바노비치의 차례였다. 그
도 역시 이반 페트로비치처럼 이야기할 것을 거부하지 않으리라는 것을 손
님들은 이미 짐작하고 있었다. 뿐만 아니라 그의 얘기도 그 어떤 이유에서
특별한 호기심을 끌 만한 것이었기 때문에 모두들 힐끗힐끗 나스타샤 필립
포브나의 눈치를 살피고 있었다. 아파나시 이바노비치는 그의 의젓한 외모
에 잘 어울리는 대단한 위엄을 보이면서 조용하고 상냥한 목소리로 자기의
『사랑스러운 이야기』의 하나를 시작했다. 말이 나왔으니 말이지만, 그는 사
람들의 눈을 끌 정도의 훌륭한 외모에다 훤칠한 키를 가졌고 머리는 조금
벗겨지고 희끗희끗하며 상당히 뚱뚱한 편이었다. 부드럽게 보이는 불그레
한 두 볼은 조금 밑으로 처진 느낌을 주었고 입에는 틀니를 하고 있었다.
품이 크고 우아한 옷차림에 훌륭한 셔츠를 입고 있었다. 포동포동한 흰 손
은 아무리 보아도 싫증이 나지 않을 정도였다. 오른손 인지엔 값진 다이아
몬드 반지를 끼고 있었다. 나스타샤 필립포브나는 그가 이야기하는 동안 소
맷부리에 달린 레이스를 왼손의 두 손가락으로 만지작거리면서 그것을 찬
찬히 들여다보고 있을 뿐 한 번도 그의 얼굴에 눈을 주지 않았다.

「이런 경우 무엇이 내 의무를 가장 가볍게 해주느냐 하면,」아파나시 이

바노비치는 말머리를 꺼냈다. 「그것은 내 생애 중에서 가장 나쁜 행위를 여러분에게 이야기하는 것입니다. 이렇게 된 이상 이제는 망설일 것이 없습니다. 내 양심과 기억이 무엇을 말해야 할 것인가를 도와 줍니다. 비통한 심정으로 나는 그것을 고백하렵니다. 헤아릴 수 없이 많은 내 경솔하고 천박한 행위 중에서도 내 가슴에 너무나도 괴로운 인상을 남겨 준 사건이 하나 있습니다. 그것은 한 20년 전의 일이에요. 그때 나는 시골로 플라톤 오르드인세프를 찾아갔습니다. 그는 마침 귀족 단장에 갓 당선되어 젊은 아내와 함께 겨울 명절을 쇠려고 시골에 와 있었던 것입니다. 그런데 아내인 안피사 알렉세예브나의 생일도 다가왔기 때문에, 무도회가 두 번 열리기로 되어 있었습니다. 그때는 뒤마의 훌륭한 소설 《춘희》가 크게 유행하여 상류 사회에서는 한창 인기를 떨치고 있었습니다. 내 생각에 이 서사시는 영구불멸의 작품입니다. 지방의 부인들도 모두 매혹되어 버렸습니다. 적어도 한 번쯤 읽어 본 사람이라면 말입니다. 아름다운 줄거리, 독창적인 주인공의 설정, 세밀한 점에까지 작자의 연구가 미친 그 황홀한 세계, 또 전편에 넘쳐흐르는 매혹적인 부분 묘사──이를테면 흰 동백꽃과 장미빛 동백 꽃다발을 번갈아 쓰고 있는 부분 따위──한마디로 말하면 이러한 모든 아름다운 것들이 한데 어울려 거의 선풍적인 인기를 독점했던 것입니다. 그러자 동백꽃이 무섭게 유행하기 시작했습니다. 너도 나도 동백꽃을 요구했고, 너도 나도 동백꽃을 찾았습니다. 한 번 물어 보겠는데 만일 어떤 지방에서 모든 사람이 무도회용으로, 설사 무도회는 그리 많지 않더라도, 동백꽃을 찾고 있다면 그것을 쉽사리 구할 수가 있을까요? 불쌍한 친구 페차 보르호프스코이는 그때 안피사 알렉세예브나를 사모하여 몸이 여윌 만큼 괴로워하고 있었습니다. 아니, 두 사람 사이에 정말 무엇이 있었는지, 즉 그에게 무슨 확실한 희망이라도 있었는지 그것은 모르지만 어쨌든 페차는 안피사 알렉세예브나를 위해 무도회가 열리는 날 저녁까지 미친 듯이 동백꽃을 찾아다녔습니다. 그때 그는 페체르부르그에서, 그곳 현지사(縣知事) 부인에게 손님으로 오는 소스카야 백작 부인과 소피야 베스팔로바가 흰 동백 꽃다발을 가지고 올 것이라는 걸 풍문으로 들었습니다. 그러나 안피사 알렉세예브나는 그 어떤 특수한 효과를 노리고 붉은 동백꽃을 원하고 있었습니다. 그래서 가엾은 플라톤을 못살게 몰아세웠던 것입니다. 아시다시피 그쪽은 어떻게 되었거나 남편이니까 꽃다발을 꼭 구해 주겠노라고 장담할 수밖에요.

그런데 어떻게 됐는지 아십니까? 그 전날 저녁에 카체리나 알렉산드로브
나가, 모든 점에서 안피사 알렉세예브나의 무서운 경쟁자였던 그 여자가 온
고을의 동백꽃을 모두 매점해 버렸던 것이죠. 아무튼 이 두 여자는 지극히
위험한 사이였으니까요. 그래서 안피사 알렉세예브나는 히스테리를 일으
킨다, 기절을 한다 하며 야단이었습니다. 그 통에 플라톤은 납작하게 되고
말았습니다. 물론 이런 판국에 폐차가 어디서라도 꽃다발을 구해다 바칠 수
만 있다면 그의 기대는 더 커졌을는지 모릅니다. 이러한 경우에서 여자들이
고마워하는 정도란 거의 끝이 없는 것이니까요. 폐차는 미친 듯이 여기저기
쫓아다녀 보았지만 원래가 불가능한 일이라 마련할 수가 없었습니다. 나는
생일 전날 저녁, 무도회가 열리는 전날 밤의 11시쯤 오르드인세프 씨네 이
웃인 마리야 페트로브나 주브코바네 집에서 우연히 폐차와 만났습니다. 웬
일인지 그의 얼굴빛이 환하더군요.

『그래 어떻게 됐나?』『찾아 냈어! 에우리카(나는 찾아 냈다는
뜻의 그리스 어)!』『아, 그것
참 놀라운 소식이군! 그래, 어디서? 어떻게?』『예크샤이스크——20베
르스타 가량 떨어진 다른 군에 그런 이름의 고을이 있었다——에서. 트레
팔로프라는 상인이 있는데, 돈 많은 턱석부리 노인으로 할멈과 단둘이 살면
서 자식 대신 카나리아를 기르고 있고 내외가 모두 꽃을 무척 좋아해서 동
백꽃도 가지고 있다는 거야.』『글쎄 거 믿을 수 없는데…… 꽃을 가지고
있다손치더라도 주지 않으면 어떡하지?』『땅바닥에 무릎을 꿇고 줄 때까
지 애걸하는 거야. 빈손으로는 죽어도 돌아오지 않겠어!』『언제 떠나려
나?』『내일 새벽 5시에.』『그럼 잘 다녀오게!』나는 폐차를 위해 기뻐
하면서 오르드인세프네 집으로 돌아왔습니다. 그런데 아무래도 그 일이 마
음에 걸려 새벽 1시까지 잠을 자지 않고 있었습니다. 그런데 그만 자야겠다
생각하고 잠자리에 들어가려는 순간 굉장히 기발한 생각 하나가 떠올랐습
니다. 나는 살그머니 부엌으로 빠져 나가 마부인 사벨리를 두들겨 깨워『30
분 이내에 마차를 채비해 주게.』라고 말하고 15루블을 손에 쥐어 주었습
니다. 30분 후에 마차는 틀림없이 대문 앞에 서 있었습니다. 아무튼 그날
밤 안피사 알렉세예브나는 두통과 열이 나고 헛소리까지 하는 등 야단법석
이었다는 거예요. 나는 마차를 타고 출발했습니다. 4시가 지나, 나는 예크
샤이스크에 도착하여 여관에서 날이 밝기를 기다리고 있었습니다. 단지 날
이 밝기만을 기다렸습니다. 6시가 지나서 나는 이미 트레팔로프네 집에 있

었습니다. 『이러저러해서 그러는데 동백꽃이 있으신가요? 제발 나를 도
와 주십시오. 살려 주십시오. 생명의 은인으로 받들겠습니다. 이처럼 발밑
에 엎드려 빕니다.』하고 말했지요. 노인은 키가 크고 머리가 희끗희끗하
며 근엄한 얼굴의 무서운 영감이었습니다. 『처, 천만에, 절대로 안 됩
니다!』나는 와락 노인의 발밑에 몸을 내던졌습니다! 그리고 그대로 몸을
쭉 뻗다시피하고 있었습니다. 『왜 그러는 거요! 이봐요, 도대체 왜 그러
느냔 말요?』하고 노인은 놀라고 말했습니다. 『한 사람의 목숨에 관한 문
제라고 하지 않았습니까?』하고 외쳤더니『정 그렇다면 드리죠, 어쩔 수
없군요.』하고 승낙하더군요. 그래서 나는 곧 빨간 동백꽃을 잘라 달라고
했습니다. 조그만 온실 안에 동백꽃이 가득 피어 있는 광경은 정말 볼 만했
습니다. 노인은 한숨을 쉬고 있었습니다. 내가 백 루블을 내밀자『아니, 이
봐요 젊은이. 이런 식으로 이 늙은이를 모욕하는 게 아니에요.』하고 사양
하는 것이었습니다. 『그러시다면 2백 루블을 이곳의 병원에 시설과 급식의
개선비로 기부해 주십시오.』『아, 그렇다면 이야기는 다르지만……. 그건
정말 훌륭한 생각이오. 하느님의 뜻에도 합당한 일이로군요. 그럼 이 돈은
당신의 건강을 비는 뜻에서 병원에 기부하기로 합시다.』일은 이렇게 해서
결말이 났습니다. 나는 이 러시아적인 노인에게 호감이 갔습니다. 뭐라 할
까, 순수한 러시아 기질, 우직하다고나 할까요? 나는 일이 뜻대로 된 데
아주 만족해서 즉시 그 고을을 떠나 돌아왔습니다. 도중에 페차와 부딪히지
않도록 일부러 다른 길로 돌아서 왔죠. 돌아오자마자 나는 안피사 알렉세예
브나가 자리에서 일어나는 것과 때를 같이하여 꽃다발을 들여보냈습니다.
부인의 환희, 그리고 그 감사의 눈물은 여러분의 상상에 맡기겠습니다. 플
라톤은, 어제는 풀이 죽어서 마치 얼이 빠진 사람처럼 되어 있던 플라톤은,
내 가슴에 얼굴을 파묻고 흐느껴 우는 것이었습니다. 아, 세상의 남편이란
것은, 천지 개벽이래…… 정식 결혼을 하는 날엔 모두 다 이 모양이에
요! 이 이상 더 덧붙이지 않겠습니다. 그러나 가엾은 페차의 사랑은 이 에
피소드와 함께 결정적으로 깨어지고 말았습니다. 처음에 난 페차가 이 이야
기를 들으면 틀림없이 나를 죽이러 들 것으로 생각하고 단단히 각오하고 있
었습니다만 뜻밖에도 좀처럼 믿기 어려운 일이 일어났습니다. 페차가 졸도
를 한 것입니다. 그리고 저녁에는 헛소리를 하기 시작했고 이튿날 아침에는
열병에 걸리고 말아, 이내 온몸을 떨며 어린애처럼 흐느껴 울더란 말입

니다. 한 달 후에 건강이 회복되자 그는 자원해서 카프카즈로 가버렸습니다. 마치 소설처럼 일이 되어 버렸던 것입니다. 결국 그는 크림에서 전사하고 말았습니다. 그때는 아직 그의 형 스체판 보르호프스코이가 연대장으로 혁혁한 공훈을 세우고 있었습니다. 솔직히 말하여 나는 그 후 오랫동안, 어째서 무엇 때문에 그처럼 커다란 타격을 그에게 주었을까 하는 양심의 가책에 괴로워했습니다. 하긴 그때 내가 그녀에게 연정을 품고 있었다면 또 모릅니다. 그런데 그게 아니고 그저 장난삼아 한 번 훼방을 놓아 본 것뿐이었습니다. 그 이상의 아무것도 아니었습니다. 만일 내가 그의 꽃다발을 가로채지 않았더라면 지금쯤 그도 행복한 생활을 누리며 크게 성공해서 잘 살고 있을지도 모르고, 크림 같은 곳에서 터키 인을 상대로 싸우겠다는 생각을 꿈에도 하지 않았을는지 모른단 말입니다.」

아파나시 이바노비치는 이야기를 시작했을 때와 마찬가지로 의젓한 위엄 있는 태도로 입을 다물었다. 그가 이야기를 끝마쳤을 때 나스타샤 필립포브나의 눈은 웬일인지 이상하게 번쩍 빛났고, 그녀가 입술까지 파르르 떠는 것을 사람들은 보았다. 모두들 잔뜩 호기심을 가지고 그들 두 사람을 번갈아 바라보고 있었다.

「이 페르드이시첸코는 또 속았습니다! 아니, 정말로 속았어요. 이건 나를 속였다고밖에는 볼 수 없습니다.」

인젠 말을 해도 무방하다, 아니, 한 마디 해야만 한다고 페르드이시첸코는 울부짖는 듯한 목소리로 외쳤다.

「당신은 어째서 그렇게도 아둔한가요? 현명한 사람들에게 좀 배우세요!」마치 승리를 자랑하는 듯한 어조로 다리야 알렉세예브나——토스키의 오랜 친구이기도 하고 동료이기도 했다——가 단언하듯이 말했다.

「아파나시 이바노비치, 당신의 말이 맞았어요. 이 프티죠는 정말 따분해요. 어서 끝내 버리기로 해요.」나스타샤 필립포브나가 낙망적인 태도로 말했다. 「그럼 내가 약속한 얘기를 하겠어요. 그리고 다 함께 트럼프놀이나 하기로 해요.」

「그럼 우선 약속하신 얘기부터…….」장군은 열렬히 찬성했다.

「공작,」나스타샤 필립포브나는 별안간 날카롭게 공작에게 말했다. 「여기 계시는 장군과 아파나시 이바노비치는 내 오랜 친구들이에요. 그런데 나더러 자꾸만 결혼을 하라고 권하시는군요. 당신은 어떻게 생각하세요? 나는 결혼을 해야 할까요? 어떨까요? 나는 당신의 말씀을 따르겠어요.」

아파나시 이바노비치는 새파랗게 질려 버렸고, 장군은 장승처럼 서 있었다.

일동은 눈을 크게 뜨고 목을 앞으로 길게 뽑았다. 가냐는 그 자리에 얼어붙은 것처럼 꼼짝 않고 앉아 있었다.

「누…… 누구와?」금방 기어들어갈 것 같은 목소리로 공작이 물었다.

「가브릴라 아르달리오노비치 이볼긴과.」여전히 날카롭고 힘 있고 또렷하게 나스타샤 필립포브나는 대답했다.

몇 초 동안 침묵이 흘렀다. 마치 무거운 돌덩어리가 가슴을 짓누르기라도 하는 것처럼 공작은 무엇인가를 말하려고 애썼으나 좀처럼 입을 놀릴 수가 없었다.

「아, 안 됩니다……. 결혼하시면 안 됩니다.」그는 간신히 속삭이고 나서 괴로운 듯이 숨을 한 번 몰아쉬었다.

「그럼 그렇게 하겠어요! 가브릴라 아르달리오노비치!」그녀는 엄숙하게, 그리고 자랑스럽게 그에게 말했다. 「지금 공작이 결정하신 것을 들으셨죠? 그것이 내 대답이에요. 이것으로 이제 이런 얘기는 끝내기로 해요!」

「나스타샤 필립포브나!」타이르는 듯한, 그러나 걱정스러운 목소리로 장군이 말을 건넸다.

일동은 술렁거리기 시작했다. 「왜들 이러세요. 여러분?」깜짝 놀란 것처럼 손님들의 얼굴을 둘러보면서 그녀는 말을 계속했다. 「왜 그렇게 놀라셨죠? 왜 그런 얼굴을 하고 계시죠!」

「그러나…… 기억하고 있을 테지만, 나스타샤 필립포브나,」더듬더듬 토스키가 중얼거렸다. 「당신은 먼저 희망적인 약속을 해주지 않았소? 그리고 또 조금은 가엾게 여겨 줄 법도 한데……. 나는 정말 곤란하오……. 그리고 물론 매우 당황하고 있소. 그러나…… 한마디로 말해서, 지금 이런 때에, 가뜩이나 또 여러 손님들 앞에서 이렇게……, 이 결백과 성의를 필요로 하는 진지한 문제를 이런 프티죠로 결정하다니……. 이 문제가 어떻게 해결되느냐에 따라…….」

「무슨 말씀인지 잘 납득이 가지 않아요, 아파나시 이바노비치. 당신은 정말 완전히 앞뒤를 잊어버리셨군요. 첫째『손님들 앞에서』란 무슨 뜻이죠?

우린 모두 서로 허물없는 친구들이지 않아요? 그리고 또 뭐가 프티죠예요? 나는 정말로 내가 경험한 일들을 얘기하고 싶었기 때문에 그렇게 말한 것뿐이에요. 그것이 잘못이란 말인가요? 그리고 왜『진지하지 않다』는 거죠? 어째서 이것이 진지하지 않을까요? 당신은 내가 공작에게『당신의 말씀을 따르겠습니다.』라고 한 말을 들으셨죠? 공작이『좋다.』하고 말했더라면 나는 곧 결혼을 승낙했을 거예요. 하지만 안 된다고 말했기 때문에 나는 거절했어요. 말하자면 내 일생은 순간 한 가닥의 머리카락 같은 것에 걸려 있었지요. 이보다 더 진지한 이야기가 어디에 있단 말입니까?」

「하지만 무엇 때문에 말끝마다 공작을 들고 나오는 겁니까? 도대체 공작이 뭔데요?」공작의 권위에 대한, 비위에 거슬리는 불만을 더 이상 참지 못하고 장군은 마침내 이렇게 투덜거렸다.

「공작은 진심으로 나에게 심복(心服)하고 있는 사람으로서 내가 일생을 통하여 처음으로 믿을 수 있었던 유일한 분이에요. 저 분은 첫눈에 나를 믿어 주셨습니다. 그래서 나도 저 분을 믿을 수 있는 거예요.」

「나는 다만 나스타샤 필립포브나가 예사롭지 않은 섬세한 마음씨로 나를 대해 준 데 대하여 깊이 감사를 드릴 뿐입니다.」창백한 얼굴에 입술을 일그러뜨리고 가냐는 마침내 입을 열었다. 「이것은 물론 이렇게 되는 것이 당연합니다……. 그러나…… 공작은…… 공작은 이 문제에 있어서…….」

「7만 5천 루블을 넘겨다보고 있다는 건가요, 네?」갑자기 나스타샤 필립포브나가 가로챘다. 「당신은 그렇게 말하고 싶었던 거죠? 속이지 않아도 되잖아요. 틀림없이 그렇게 말하고 싶었을 거예요! 아파나시 이바노비치, 진작 말해야 할 것을 잊고 있었군요. 그 7만 5천 루블은 당신이 가지세요. 나는 거저 당신을 자유로운 몸으로 해드릴 테니까. 아셨죠? 인젠 됐어요! 당신도 숨을 좀 쉬어야 할 게 아녜요! 벌써 9년하고도 3개월이나 되지 않았어요? 내일부터는 완전히 새롭게 출발할 테지만 오늘은 내가 축명일의 주인공이니까 난생 처음 내 멋대로 하겠어요! 장군께서도 이 진주를 가져다가 부인한테 드리세요. 자, 여기 있어요. 내일은 나도 이 집을 나갈 거예요. 그러니까 이런 야회도 이제 이것으로 마지막이에요, 여러분!」

이렇게 말하고 나서 나스타샤 필립포브나는 마치 그 자리를 뜨고 싶기라도 한 듯이 별안간 자리에서 일어났다.

「나스타샤 필립포브나! 나스타샤 필립포브나!」하는 소리가 사방에서 일어났다. 모두들 술렁이면서 자리에서 일어나 그녀를 둘러쌌다. 그들은 불안한 마음으로 이 발작적인 열병에 걸린 것 같은 흥분된 그녀의 말을 들은 것이었다. 모두 혼란된 그 무엇을 느끼고 있었으나 아무도 그 의미를 파악하지 못했다. 아무도 무엇이 어떻게 됐는지 영문을 몰랐던 것이다.

바로 이 순간 누군가가 요란하게 벨을 울렸다. 그것은 아까 낮에 가냐네 집에서 들은 것과 조금도 다르지 않은 소란스러운 소리였다.

「어머! 이것으로 드디어 끝장나는군! 드디어 올 때가 왔군그래! 11시 반이다!」나스타샤 필립포브나는 소리쳤다. 「여러분, 자리에 앉아 주세요. 이것으로 끝이니까요!」

이렇게 말하고는 나스타샤 자신이 먼저 자리에 앉았다. 일종의 야릇한 미소가 그 입언저리에 감돌고 있었다.

그녀는 열병에 걸린 것 같은 떨리는 기대 속에서 마음을 졸이며 말없이 앉은 채 문 쪽을 지켜 보고 있었다.

「로고진과 10만 루블이야. 그것임에 틀림없어.」프치스인이 혼잣말처럼 이렇게 중얼거렸다.

15

하녀인 카차가 몹시 놀란 얼굴로 들어왔다.

「나스타샤 필립포브나, 저기에 무엇인지 모르지만 열 명 가량의 사내들이 몰려와서 이리로 들여보내 달라고 하는데요. 모두들 술이 취해 있어요. 로고진이라고 하면 아씨께서도 잘 알고 계신다구요.」

「그래, 카차. 모두 곧 이리로 들여보내.」

「설마…… 모두 다 안내하라시는 건 아니겠죠? 나스타샤 필립포브나. 정말 난폭한 사람들이에요. 무서울 정도로.」

「모두 다 이리로 안내해. 카차, 하나도 무서워할 것 없어. 네가 들여보내지 않더라도 제멋대로 들어올 사람들이니까. 아, 아까처럼 떠들고 있군. 여러분, 내가 저런 사람들을 여러분이 계신 곳으로 끌어들여 모욕을 느끼실지 모르겠군요.」그녀는 손님들에게로 얼굴을 돌렸다. 「나도 그것을 유감스럽게 생각해요. 그리고 여러분께 용서를 빌겠어요. 그렇지만 이렇게 하지 않으면 안 돼요. 나는 여러분께서 나를 위해 이 대단원의 증인이 되어 주시

기를 바랍니다. 그러나 그것은 어디까지나 당신들께서 편리하실 대로 하세
요.」

손님들은 여전히 놀라서 수군거리며 서로의 시선을 나누기도 했다. 그러
나 이러한 모든 일은 나스타샤 필립포브나에 의하여 미리 준비되고 짜여진
것이었으므로 지금에 와서 그녀를 설복한다는 것은, 물론 그녀는 제정신이
아니기는 했지만, 불가능하다는 것이 완전히 명백해졌다. 손님들은 모두 격
심한 호기심으로 괴로움을 느꼈다. 그리고 또 아주 심하게 놀란 것 같은 사
람도 없었다. 여자 손님이라곤 두 사람밖에는 없었다. 그 중 하나는 다리야
알렉세예브나인데 그녀는 산전수전 다 겪은, 어지간한 일엔 끄떡도 하지 않
는 담이 큰 여자였고, 또 하나 말수가 적은 낯선 여자, 이 부인은 얼마 전
에 러시아에 온 독일 여자로 러시아 어는 한 마디도 못 알아듣는데다가, 머
리는 얼굴이 예쁜 것과 반비례하는 위인이었다. 이 여자는 이곳에 온 지 얼
마 안 된 사람으로서 진귀해서 전람회에라도 내놓을 만한 화려한 옷차림에
머리를 곱게 빗어 올린 차림으로 여기저기 유명한 야회에 초대되어, 다만
그 자리의 장식품으로, 마치 진귀한 그림처럼 자리에 앉혀 놓는 것이 하나
의 관례처럼 되어 있는 여성이었다. 그것은 마치 어떤 부류의 사람들이 자
기네가 베푸는 야회에 쓰려고, 아는 사람으로부터 하루 저녁만 그림이나 꽃
병이나 조각이나 병풍 따위를 빌려오는 것과 똑같았다. 남자 손님들은, 이
를테면 프치스인 같은 사내는 로고진과는 원래가 아는 사이였고, 페르드이
시첸코는 마치 물고기가 물을 만난 격이었다. 가네치카는 아직 정신을 차리
지 못하고 있었으나 그래도 역시 자기에게는 치욕적인 이 장소에 끝까지 버
티고 있어야 한다는 격렬한 욕구를 희미하게나마 느끼고 있었다.

늙은 교원은 아직 무슨 일이 일어난 것인지 잘 몰랐으므로 그저 울상이
되어, 평소에 손녀처럼 사랑하고 있는 나스타샤 필립포브나를 비롯하여 주
위 전체에 넘치고 있는 심상치 않은 분위기를 알아채고 문자 그대로 온몸을
후들후들 떨고 있었다. 그렇다고 이러한 경우에 그녀를 버려 두고 돌아간다
는 것은 죽기보다 괴로운 일이었다. 또 아파나시 이바노비치는, 물론 이런
사건에 끼여 들어 자신의 체면을 더럽힐 수는 없는 일이었지만, 이 광적인
성질을 나타내기에는 아직 이른 사건의 귀추가 이 자리를 떠날 수 없게끔
흥미를 끌었다. 게다가 또 나스타샤 필립포브나가 그를 두고 두서너 마디
하였으므로 이 사건의 결말을 보지 않고는 떠나지 못하게 되고 말았다. 그

래서 그는 완전히 입을 봉해 버린 채 다만 한 사람의 방관자로서 끝까지 자리에 앉아 있기로 결심했다. 이것은 물론 그의 위엄이 요구하는 것이기도 했다. 그러나 오직 한 사람, 방금 자기의 선물을 그처럼 쑥스럽게 또 우스꽝스럽게 돌려 받고 몹시 모욕을 느끼고 있는 예판친 장군만은 로고진의 출현이라는 느닷없는 사건에 의하여 한층 더 굴욕을 느끼지 않을 수 없었을 것이다. 그리고 또 장군으로서는 프치스인이나 페르드이시첸코 등속과 자리를 같이 한다는 일이 이미 참을 수 없는 굴욕이었던 것이다. 그 어떤 욕정의 힘일지라도 마침내는 의무감, 관등과 직위에 대한 관념 및 자존심에 의해 극복되는 것이다. 따라서 자기가 있는 곳에 로고진이 일당을 데리고 나타난다는 것은 어떠한 경우에도 있을 수 없는 일이었다.

「아, 장군.」장군이 이 점을 말하려고 얼굴을 돌리는 순간, 나스타샤 필립포브나는 재빨리 그것을 가로막았다. 「내가 깜박 잊었군요! 하지만 정말 나도 당신에 대해 전부터 걱정하지 않은 것은 아니었어요. 만일 그렇게까지 모욕을 느끼신다면 나도 굳이 당신을 붙잡지는 않겠어요. 그야 물론 당신이 이 자리에 남아 주셨으면 하는 마음은 간절하지만. 어쨌든 여태까지 당신께서 사귀어 주시고 여러 가지로 친절하게 돌봐 주신 데 대해서는 진심으로 고맙게 생각하고 있어요. 그렇지만 정 걱정되신다면⋯⋯.」

「천만의 말씀을, 나스타샤 필립포브나.」장군은 갑자기 기사적인 너그러움을 발휘하여 외쳤다. 「누구에게 그런 말씀을 하시는 겁니까? 좋습니다. 당신에게 복종하는 뜻을 표시하기 위해 당신 곁에 남아 있기로 하겠습니다. 그리고 또 무슨 위험한 일이라도 일어날는지 모르니까⋯⋯. 뿐만 아니라 솔직히 말해서 나는 굉장한 호기심을 느끼고 있으니까요. 다만 내가 걱정한 것은 그 자들이 혹시 융단을 더럽히고 무엇인가 물건을 부수거나 하지는 않을까 하는⋯⋯. 그러나 그런 자들은 아예 들여 놓지 않는 게 상책이라고 생각합니다만, 나스타샤 필립포브나!」

「아, 로고진이다!」페르드이시첸코가 외쳤다.

「어떻게 생각하세요, 아파나시 이바노비치?」장군은 기회를 보아 얼른 소곤거렸다. 「저 여자는 머리가 돌아 버린 게 아닙니까? 즉 비유로서가 아니라 진정한 의학적 의미로 말입니다. 네?」

「내가 그러지 않았습니까? 저 여자에게는 평소에도 저런 경향이 있었다고.」아파나시 이바노비치는 능청스럽게 되속삭였다. 「게다가 또 지금은 열병에 걸려 있어서…….」

　로고진의 일당은 오늘 낮과 거의 같은 사람들이었다. 다만, 어쩐지 보잘 것없는 듯한 노인으로 전에 어떤 엉터리 중상 신문의 편집인 노릇을 하던, 금니를 저당잡혀 술을 마셨다는 에피소드를 가진 사내와 퇴역 소위 한 사람이 추가되었을 뿐이었다. 이 퇴역 소위는 그 직분으로나 일의 성질로나 아침나절에 본 주먹 씨의 무서운 적수였다. 로고진의 일당 중에서 이 사내를 전부터 알고 있던 사람은 아무도 없었는데, 네프스키의 양지바른 곳에서 지나가는 행인을 다짜고짜로 붙잡고 마를린스키(본명 베스투
제프, 시인)의 시구를 외우며 회사를 강요하고 있는 것을 데려다가 일당에 가입시킨 것이다. 그가 동냥하는 그 구실을 말한다면, 「나도 옛날에는 걸인에게 15루블씩 주었습니다.」 하는 식으로 능청스럽기 짝이 없는 것이었다. 아무튼 이 두 사람의 적수는 이내 서로 적대시하기 시작했다. 주먹 씨는 이『비렁뱅이』가 일당에 가입한 데 대해 일종의 모욕감을 느끼고 있었으나 원래 말수가 적은 편이었으므로 그저 이따금 우리에 갇힌 성난 곰처럼 으르렁거릴 뿐이었다. 그리고 심히 얕잡아 보는 시선으로『비렁뱅이』가 연방 알랑거리고 까불어 대는 꼴을 바라보고만 있었다. 그러나 퇴역 소위는 아무래도 능란한 정략가인 양 완력보다는 주로 교활한 술책으로 일을 처리하는 편인 듯했고 그리고 또 키도 주먹 씨보다는 대단히 작은 편이었다. 그는 노골적인 싸움은 피하고 되도록 완곡하게, 그러면서도 최대한도로, 벌써 몇 번이나 영국식 권투에 자신이 있는 듯이 암시하곤 하였다. 요컨대 이 사내는 순수한 서구파라는 것이 판명되었다.

　이『권투』라는 말을 들을 때마다 주먹 씨는 그저 사람을 무시하는 듯한 또는 화가 난 듯한 미소를 띨 뿐, 구태여 논쟁할 가치도 느끼지 않는다는 듯이 이따금씩 묵묵히, 별안간 전적으로 국수(國粹)적인 것 —— 심줄이 드러나고 마디가 굵은 불그레한 솜털이 가득 자란 거대한 주먹을 내보이곤 했다.

　아니, 그렇다기보다는 이것 보라는 듯이 그 주먹을 불쑥 내밀곤 했는데, 이 지극히 국수적인 주먹이 빗나가지 않고 대상물에 제대로 맞아 떨어지는 날에는 틀림없이 박살이 나고 말 것임을 누구도 의심하지 않았다.

　고도로『각오가 되어 있지 않은』사람은 이번에도 역시 한 사람도 없었다. 그것은 온종일 나스타샤 필립포브나를 찾아갈 생각으로 가득 차 있던 로고진의 노력의 결과였다. 로고진 자신도 이제는 거의 제정신으로 돌아와 있었으나 그대신 이 점잖지 못한 하루 동안에, 그의 일생를 통하여 무엇과도 비유되지 않는 하루 동안에 받은 갖가지 인상 때문에 그는 거의 얼빠진 사람처럼 되어 있었다. 오직 한 가지 일만이 1분 1초마다 그의 머리, 기억, 가슴속에 번득이고 있었다. 이『한 가지 일』때문에 그는 오후 5시부터 11시까지, 무한한 우수와 불안 속에서 킨제르니 비스쿠프니 하는 자들을 상대로 시간을 보냈다. 이 자들 역시 로고진의 요구를 충족시켜 주기 위해 마치 미친 사람처럼 정신없이 쌰돌아다녔다. 그리하여 나스타샤 필립포브나가 지나가는 말로 비웃듯이 극히 막연하게 암시한 10만 루블의 돈이 마침내 채워졌다. 그러나 그 이자는 비스쿠프 자신조차 부끄러워 큰 소리로는 말하지 못하고 킨제르와 귓속말로 소곤거렸을 만큼 터무니없는 것이었다.

아까와 마찬가지로 이번에도 로고진이 앞장을 서서 들어왔다. 그밖의 패거리는 자기들의 우세를 충분히 자각하지만 약간은 주저하면서 그의 뒤를 따랐다. 다만 무엇보다도 주목할 것은 어째선지 그들이 나스타샤 필립포브나를 두려워한다는 사실이다. 개중에는 금방이라도『층층대에서 떼밀리는』것이 아닌가 하고 은근히 걱정하는 자까지 있었다. 그런 자들 중에는, 여자에게 자신이 있는 멋쟁이 잘료제프도 끼어 있었다. 그러나 다른 자들은, 특히 주먹 씨 같은 자는 비록 말은 하지 않았지만, 속으로는 깊은 경멸과 증오를 품고 나스타샤 필립포브나를 바라보며 마치 포위 공격이라도 하듯이 그녀 쪽으로 걸어갔다. 그렇지만 두 방에서 처음 보는 화려한 장식, 듣도 보도 못한 물건, 진귀한 가구, 그림, 커다란 비너스의 조상(彫像) 등의 모든 것은 그들에게 어쩔 수 없는 존경과 거의 공포에 가까운 인상을 주었던 것이다. 그런데도 불구하고 점차로 그 공포심은 뻔뻔스런 호기심에 압도당하여, 그들은 로고진의 뒤를 따라 서로 밀치락달치락하면서 객실로 들어갔다. 그러나 주먹 씨와 비렁뱅이, 그리고 그밖의 몇 명은 객실에서 예판친 장군의 모습을 발견하자, 처음 한 순간 완전히 용기를 잃고 슬금슬금 다른 방으로 뒷걸음질을 치기까지 했다. 그래도 레베제프만은 누구보다도 담력과 자신을 가지고 있었으므로 로고진과 거의 어깨를 나란히 하고 걸어 나아갔다.

1백40만의 현금을 포함한 현재 수중에 가지고 있는 10만의 돈이 실제로 어떠한 의미를 가지고 있는지를 그는 잘 알고 있었던 것이다. 그러나 여기서 주의해야 할 것은 이 모르는 것이 없다는 레베제프까지 포함해서 그들 모두가 자기네의 위력의 한계와 범위에 대해서 약간 망설이지 않을 수 없었던 사실이다. 실제로 자기들에게는 모든 것이 허용되어 있는 것일까? 레베제프도 어떤 순간에는 허용되어 있다고 확신할 수 있었으나, 또 어떤 순간에는 만일의 경우를 생각해서 주로 자기를 격려하고 안심시켜 줄 만한 조문을 《육법 전서》 속에서 생각해 내야 한다는 욕구를 느끼곤 하였다.

당자인 로고진은 나스타샤 필립포브나의 객실에서 그의 일당과는 정반대의 인상을 받았다. 문의 커튼이 올려지고 나스타샤 필립포브나의 모습이 그의 눈앞에 나타나는 순간부터 그밖의 모든 사람은 그에게 보이지 않게 됐다. 아까 아침나절에도 역시 그러했지만 지금은 그때보다 그 정도가 더 심했다. 그는 얼굴이 창백해지며 주춤하고 발을 멈추었다. 그의 심장이 무섭게 뛰고 있음을 쉽사리 읽을 수 있었다. 그는 몇 초 동안 겁에 질린 듯 마치 넋을 잃은 것처럼 뚫어지게 나스타샤 필립포브나를 응시했다. 그러다가 갑자기 이성의 밸런스를 잃은 것처럼 비틀비틀 테이블 쪽으로 다가갔다. 도중에 그는 프치스인의 의자에 부딪히는가 하면, 말없이 앉아 있는 독일 미인의 훌륭한 옥색 옷의 레이스를 진흙발로 짓밟기까지 했으나 사과하기는 커녕 알아채지도 못했다. 테이블로 다가서자 객실에 들어올 때부터 두 손으로 받쳐들고 있던 기묘한 물건을 그 위에 놓았다. 그것은 높이 15센티, 길이 20센티쯤의 큰 종이로 싼 물건이었는데, 『주식 신문』으로 단단히 포장된데다가 다시 사탕 덩어리를 묶을 때 쓰는 끈으로 사방에서 이중의 열십자로 꽉 묶여 있었다. 로고진은 한 마디 말도 없이 마치 판결을 기다리는 피고처럼 두 손을 축 늘어뜨리고 서 있었다.

그의 옷차림은 짙은 녹색에 붉은 줄 무늬가 있는 새 비단 머플러와 딱정벌레 모양의 커다란 다이아몬드 핀, 그리고 오른쪽 더러운 손가락에 낀 굉장한 다이아몬드 반지를 빼놓으면 오늘 아침과 조금도 다른 데가 없었다. 레베제프는 테이블에서 세 발짝쯤 떨어진 곳에서 발을 멈추었다. 그밖의 자들은 앞에서 말한 것처럼 조심스럽게 객실로 발을 들여 놓고 있었다. 나스타샤 필립포브나의 하녀인 카차와 파샤도 그 자리로 달려와 큰 놀라움과 공포를 안고 올려진 문의 커튼 뒤에서 안을 들여다보고 있었다.

「이건 대체 뭐죠?」 호기심에 찬 눈으로 로고진을 찬찬히 쳐다보고 나서 나스타샤 필립포브나는 물건을 눈으로 가리키면서 물었다.

「10만 루블입니다!」 그는 속삭이듯이 대답했다.

「어머나, 그럼 약속을 지킨 셈이군요! 놀라워요. 자, 여기 좀 앉으세요. 이 의자에. 당신에게 이따가 무엇인가 말씀드리겠어요. 누구와 함께 오셨죠? 모두 아까와 같은 분들? 그럼 들어와서 앉으라고 하세요. 저기 소파가 있어요. 이쪽에도 또 하나 있고. 그리고 저쪽에 안락의자가 두 개…….아니, 저 사람들은 어떻게 된 거예요? 싫은가 보죠?」

정말 그 중 몇 명은 어쩔 줄을 몰라 하며 다른 방으로 물러가, 거기에 앉아서 기다리고 있었다. 그러나 개중에는 객실에 그냥 남아 권하는 대로 의자에 앉는 자도 있었지만, 그 대부분은 될 수 있는 대로 테이블에서 멀리 떨어진 쪽에 자리를 잡았다. 그 중 몇 명은 약간 몸을 숨기듯 하고 있었으나, 다른 몇 명은 테이블과의 거리가 멀어짐에 따라 어쩐지 부자연스러우리만큼 갑자기 용기를 회복했다. 로고진도 권하는 의자에 앉았으나 그리 오래 앉아 있지 않았다. 그는 곧 자리에서 일어났고 다시는 앉지 않았다. 그는 차차로 손님들을 알아보기 시작하였다. 가냐를 발견하자 악의 있게 웃고 「저게!」 하고 혼잣말처럼 중얼거렸다. 장군과 아파나시 이바노비치를 보고도 그는 별로 당황하는 빛이 없었고 이렇다 할 호기심도 일으키지 않았다. 그러나 나스타샤 필립포브나의 곁에서 뮈시킨 공작을 발견했을 때는 적이 놀란 모양으로 한참 동안 시선을 못박은 채, 이 해후의 뜻을 어떻게 해석해야 할지 몰라 어리둥절해 하는 것 같았다. 그 표정은 정말 열병에 걸린 것이 아닌가 하고 의심스러울 정도였다. 심신을 마구 뒤흔들어 놓은 이 날 하루의 일련의 사건은 그만두고라도 그는 어제 하룻밤 내내 기차에 흔들린 데다가 벌써 거의 이틀 밤낮을 한잠도 못 잤던 것이다.

「여러분, 이것이 10만 루블이에요.」 나스타샤 필립포브나는 어쩐지 열병에 걸린 것처럼 초조하고 도전적으로 일동을 돌아보면서 말했다. 「여기 이 더러운 꾸러미가. 아까 이 사람이 마치 미친 사람처럼 되어 가지고, 저녁까지 나에게 10만 루블을 가지고 오겠다고 큰소리를 쳤기 때문에 나는 지금까지 이 사람을 기다리고 있었어요. 말하자면 이 사람은 나를 이 돈으로 낙찰시킨 거예요. 1만 8천 루블부터 시작해서 갑자기 4만 루블로 뛰었다가 결국은 10만 루블까지 올라갔어요. 역시 약속을 지키셨어요. 어머, 그런데 어쩌면 이렇게도 이 분은 얼굴이 창백하지요? 이런 일은 모두 아까 가네치카네 집에서 일어났던 일인데요, 내가 저 분의 어머니를, 즉 내 장래의 가정을 찾아갔더니 저 분의 누이동생이 나를 앞에다 두고 『이 부끄러움도 모르는 여자를 여기서 쫓아 낼 사람이 아무도 없나요?』하고 고함을 치지 않겠어요. 그리고는 자기 오라버니인 가네치카의 얼굴에 침을 뱉기까지 했지 뭐예요. 이만저만한 성깔의 아가씨가 아니던걸요!」

「나스타샤 필립포브나!」장군이 나무라듯이 말했다.

그는 어느 정도 사건의 진상을 자기 나름으로 이해하기 시작했다.

「뭐예요, 장군? 점잖지 못하다는 건가요? 하지만 이젠 거드름을 피우는 것도 진력이 났어요. 전에 내가 프랑스 극장의 특별석에 아무도 접근할 수 없는 그런 고결한 귀부인처럼 앉아 있기도 하고, 지난 5년 동안 내 뒤를 쫓아다니는 사람들에게 마치 사교에 길들지 않은 처녀처럼 피해 다니며 깨끗한 여자인 양 뻔뻔스런 얼굴로 그들을 내려다보고 있었던 것은 모두 내가 어리석었기 때문이에요! 그런데, 보세요! 그런 깨끗한 5년이 지난 바로 오늘, 이 사람이 찾아와서 당신이 보는 앞에다 10만 루블의 돈을 내놓았어요. 밖에는 이미 틀림없이 저 사람들의 트로이카가 나를 기다리고 있을 거예요. 나를 10만 루블의 가치가 있다고 본 거예요. 가네치카, 당신은 아직도 내게 화를 내고 있는 것 같군요? 당신은 정말 당신 집에 나를 들여앉힐 생각이었던가요? 로고진의 여자를! 아까 공작이 뭐라고 말했죠?」

「나는 당신이 로고진의 여자란 말은 하지 않았습니다. 당신은 결코 로고진의 것이 아닙니다!」공작은 떨리는 목소리로 말했다.

「나스타샤 필립포브나, 인젠 그만해요. 제발 그런 소린 그만둬요.」다리야 알렉세예브나가 참지 못하고 불쑥 말했다. 「저 사람들 때문에 그렇게 괴로우시거든 저 사람들을 보지 않으면 그만 아녜요? 게다가 당신은 그 10만 루블 때문에 저런 사내를 따라갈 생각인가요? 하기야 10만 루블이라면 적은 돈은 아니지만! 그럼 그 10만 루블을 받으세요. 그리고 저 사내는 쫓아 버리세요. 저런 인간들한테는 그렇게 해야 해요. 아아, 내가 만일 당신이라면 저 사내들을 죄다…… 아, 정말!」

다리야 알렉세예브나는 분노를 느끼기까지 했다. 그녀는 착하고 무척 감수성이 예민한 여자였다.

「다리야 알렉세예브나! 그렇게 화를 낼 건 없어요.」나스타샤 필립포브나는 생긋 웃어 보였다. 「내가 뭐 저 사람에게 화를 내고 말한 게 아니잖아요. 당신은, 내가 저 사람을 비난하고 있다고 생각하세요? 어쩌자고 나

같은 게 그런 훌륭한 가정에 들어가려는 어리석은 생각을 했었는지, 나 자신도 도무지 모르겠어요. 나는 오늘 저 사람의 어머니를 만나서 그 손에 키스를 했어요. 아까 내가 당신 집에서 당신네를 놀렸던 것은 말예요, 가네치카, 그것은 당신이 얼마나 참을 수 있는가를 마지막으로 한 번 시험해 보고 싶었기 때문이었어요. 하지만 나는 정말 당신에겐 놀랐어요. 여러 가지로 각오는 하고 있었지만 그렇게까지 나올 줄은 몰랐어요. 그리고 또 저기 있는 바로 저 분이 당신의 결혼 전날이라고도 할 오늘, 이런 진주를 나한테 선사했고, 또 그것을 내가 받았다는 걸 알면서도 당신은 나를 아내로 맞아들일 생각이었던가요? 또 로고진은? 로고진은 당신 집에서, 당신의 어머니와 누이동생이 있는 앞에서 나를 무슨 상품처럼 흥정을 하지 않았느냐 말예요. 그런 일이 있었는데도 당신은 역시 나와 결혼할 양으로 이렇게 어정어정 찾아왔단 말이에요? 게다가 자칫하면 누이동생까지 데리고 올 뻔했죠? 로고진이 당신을 가리켜, 3루블만 준다면 바실리예프스키 섬까지라도 네 발로 기어갈 사람이라고 한 것은 역시 정말인가요?」

「기어가지 않구.」갑자기 로고진이 낮은 목소리로, 그러나 아주 자신 있게 말했다.

「그것도 당신이 굶어죽게 됐다면 또 몰라. 듣기에 당신은 월급도 상당히 받고 있는 모양이던데요! 그런데도 그러한 창피를 당하면서까지 자기가 미워하고 있는 여자를 집에다 끌어들이려고 하니 말이에요! 안 그래요? 당신은 나를 미워하고 있지 않느냐 말예요. 나는 그것을 알고 있어요! 틀림없어요. 인젠 나도 확신해요. 이런 사람은 돈을 위해서라면 능히 살인이라도 할 수 있을 거예요. 보세요. 요즘 사람들은 돈이라면 모두 눈이 뒤집혀 마치 바보처럼 되어 버리지 않느냐 말예요. 아직 저렇게 새파란 젊은이가 벌써 돈놀이를 하고 있는 세상이니까요! 그렇지 않으면 면도칼을 비단으로 싸서 자기 친구를 뒤에서 살그머니, 마치 양을 죽이듯이 찔러 죽이는 판이니 말이에요. 이 얘기는 요전에 신문에서 읽었어요. 아무튼 당신은 파렴치한 인간이에요. 하기야 나도 파렴치한 인간이기는 하지만 당신은 더 나빠요. 저 꽃 장수에 대해서는 지금 새삼스럽게 말하지는 않겠어요…….」

「아니, 그런 말을. 어떻게 그런 말을, 나스타샤 필립포브나!」장군은 진심으로 슬퍼하며 손뼉을 쳤다. 「당신처럼 우아하고 섬세한 마음을 가진 분이 지금 같은! 그게 무슨 말입니까? 그게 무슨 말씨란 말입니까!」

「나는 지금 취했어요, 장군.」나스타샤 필립포브나는 갑자기 웃어 댔다. 「나는 정상에서 좀 벗어나고 싶어요! 오늘은 내 날이에요, 내 명절이에요. 나는 오랫동안 이 날을 기다리고 있었어요. 다리야 알렉세예브나, 저기 저 꽃 장수를 좀 보세요. 저 『동백꽃 신사』를. 저기 앉아서 우리를 보고 웃고 있어요……. 」

「나는 웃고 있는 게 아니오, 나스타샤 필립포브나. 나는 큰 관심을 가지고 듣고 있을 뿐입니다.」토스키는 거드름을 부리며 대답했다.

「그건 그렇고, 무엇 때문에 나는 꼬박 5년 동안이나 저 사람을 곁에 붙잡아 두고 괴롭혀 왔을까요? 저 사람에게 그럴 만한 값어치가 있었을까요? 저 사람은 그저 그런 사람이에요……. 그러면서도 저 사람은 내가 자기한테 잘못하고 있다고 생각하고 있어요. 하긴 나에게 교육을 시켜 주었고 백작 부인 못지않은 생활도 시켜 주었고 돈도 많이 썼으니까. 시골에 있을 때도 나에게 훌륭한 남편을 구해 주었고, 여기서는 또 가네치카를 구해 주었으니까. 그리고 또 당신은 어떻게 생각하는지 모르지만, 나는 지난 5년 동안 저 사람과 함께 살지도 않으면서 저 사람에게서 돈만 타왔지 뭐예요. 그러면서도 그것이 당연하다고 생각하고 있었으니 말이에요. 정말 분별을 잃고 있었던 셈이에요! 당신은 나더러 싫으면 10만 루블만 받고 저 사람을 쫓아 버리라고 말했죠. 그거야 싫을 리가 있겠어요……. 나는 벌써 옛날에 시집을 갈 수가 있었어요. 그렇지만 그건 가네치카에게가 아니에요. 하지만 그건 더욱 싫었어요. 아아, 나는 무엇 때문에 이 5년이란 세월을 그처럼 비틀린 마음으로 보냈을까요. 그렇지만 말예요, 곧이들으실지 어떨지 모르지만 4년 전만 해도 나는 가끔 차라리 아파나시 이바노비치에게 시집을 가버릴까 하고 생각했던 적이 있었어요. 그때는 그저 오기로 그렇게 생각했을 뿐이에요. 그때는 정말 별 생각을 다 했었어요. 그리고 사실 억지로라도 그렇게 할 수 있었어요! 믿으실는지 어떠실는지 모르지만 저 사람 자신이 더 몸이 달았었으니까요. 그러나 그것은 거짓으로 한 짓이었어요. 아무튼 심성이 나쁜 사람이라 나는 참아 낼 수 없었던 거예요. 그 뒤 나는 다행히도 저 사람에게 이렇게 오기를 부릴 만한 값어치가 있을까 하고 생각했었죠! 그러자 갑자기 저 사람이 너무 싫어져서, 설사 상대방이 진심으로 청혼을 한다 해도 결혼하지 않아야겠다고 마음먹었죠. 그리하여 만 5년 동안 나는 그처럼 허세를 부려 온 거예요! 아니, 차라리 나는 한길로 나가는 편이 더 나아요. 나는 거리에 나가 있어야 할 인간이에요! 로고진과 놀아나든가, 그렇지 않으면 당장 내일부터라도 세탁부가 되든가 하겠어요. 내 물건이라 곤 이 집에 하나도 없으니까요. 이 집을 나간 다음엔 죄다 저 사람한테 되 돌려 주겠어요. 걸레 조각 하나까지도 두고 나가겠어요. 그러면 그렇게 알 몸뚱이가 된 나를 도대체 누가 데려 가죠? 저기 저 가네치카한테 물어 보 세요. 데려 가겠나? 어떻겠나? 아마 나 같은 건 페르드이시첸코도 데려가 주지 않을 거예요!」

「페르드이시첸코도 어쩌면 데려 가지 않을 겁니다. 나스타샤 필립포브나, 나는 노골적인 인간입니다.」페르드이시첸코가 얼른 가로챘다. 「그대신 공 작이 데려 갈 겁니다! 당신은 그렇게 앉아서 울고 계시지만 저 공작을 좀 보세요! 나는 아까부터 관찰하고 있었습니다만……」

나스타샤 필립포브나는 호기심이 담긴 눈으로 공작을 돌아보았다.

「정말이에요?」그녀는 물었다.

「정말입니다.」공작은 중얼거렸다.

「데려 가시겠어요? 이대로, 아무것도 없어도?」

「믿겠습니다. 나스타샤 필립포브나……」

「이건 또 새로운 발전인걸!」장군은 중얼거렸다. 「하기야 전혀 짐작이 가지 않았던 것은 아니었지만!」

공작은 언제까지나 자기를 바라보고 있는 나스타샤 필립포브나의 얼굴을 슬픈 듯이 그러나 꿰뚫는 듯한 시선으로 응시했다.

「어머나, 또 한 사람 나타났어요!」그녀는 또다시 다리야 알렉세예브나 를 돌아보며 갑자기 말했다. 「그러나 저 사람은 어디까지나 착한 마음에서 하는 말이에요. 난 저 사람을 잘 알고 있어요. 아무튼 굉장한 자선가가 하 나 나타났어요! 하지만 저 사람더러 모두…… 그것이라고들 하는 말은 정 말일는지도 몰라요. 그러나 공작, 당신이 로고진의 여자를 아내로 삼아도 좋다고 할 만큼 나에게 반한 것은 좋은데, 도대체 앞으로는 어떻게 살아갈 작정이시죠?」

「내가 얻으려는 것은 순결한 당신이지, 로고진의 여자가 아닙니다. 나스 타샤 필립포브나.」공작은 말했다.

「내가 순결하다구요.」

「그렇습니다.」

「천만에, 그건…… 소설 가운데의 얘기예요! 그런 건 말예요, 공작, 그건 옛날의 잠꼬대란 말예요. 요즘 세상은 영리해져서 그런 것은 모두 실없는 소리가 되어 버렸어요! 게다가 또 당신 자신도 아직 유모가 필요한 터에 어떻게 결혼을 하겠다는 거예요?」

공작은 일어나더니 조심스럽게 떨리는 목소리로, 그러나 동시에 확고한 신념을 가진 사람 같은 태도로 또렷이 말했다.

「나는 아무것도 모릅니다, 나스타샤 필립포브나. 나는 세상 물정을 하나도 모릅니다. 당신 말이 옳습니다. 그렇지만 나는…… 나는 이렇게 생각합니다. 이렇게 함에 따라 내가 당신에게가 아니라, 당신이 나에게 영광을 주는 것이라고 생각합니다. 나는 정말 하잘것없는 인간입니다. 그러나 당신은 온갖 괴로움 뒤에, 그 지옥 속에서 순결한 인간이 되어 빠져 나온 것입니다. 어디 그게 쉬운 일입니까? 그런데도 당신은 무엇이 떳떳하지 못해서 로고진 따위를 따라 나서려는 깁니까? 그것은 열병에 걸려 있는 닷입니다……. 당신은 토스키 씨에게 7만 5천 루블을 되돌려 주고, 여기에 있는 것을 모두 버리고 가겠다고 했는데 이 자리에서 그렇게 할 수 있는 사람은 한 사람도 없습니다. 나는……, 나스타샤 필립포브나……, 나는 당신을 사랑합니다. 필립포브나, 나는 누구에게도 당신의 험구를 하지 못하게 하겠습니다. 만일 우리들이 가난뱅이가 되면 나는 일을 하겠습니다. 나스타샤 필립포브나……. 」

이 마지막 말에 페르드이시첸코와 레베제프의 낄낄거리는 소리가 들렸다. 장군도 몹시 못마땅하다는 듯 뭐라고 혼자 투덜거렸다. 프치스인과 토스키는 입가에 절로 떠오르는 미소를 간신히 지워 버렸다. 그밖의 사람들은 그저 놀라 벌어진 입을 다물지도 못하고 있었다.

「……그렇지만 어쩌면 우리들은 가난뱅이가 되지 않고 오히려 갑부가 되는지 모릅니다, 나스타샤 필립포브나.」 공작은 여전히 떨리는 목소리로 계속했다. 「그러나 확실한 것은 나도 아직 모릅니다. 유감스럽게도 오늘 하루가 꼬박 걸렸지만 아직 아무것도 확인하지 못했습니다. 나는 스위스에 있을 때 살라스킨이라는 모스크바 사람으로부터 편지를 한 통 받았습니다만, 그것에 의하면 내가 막대한 유산을 상속받게 될 모양입니다. 이것이 바로 그 편집니다……. 」

공작은 정말 호주머니에서 편지를 한 통 꺼냈다.

「아니, 저 사람 지금 잠꼬대라도 하고 있는 게 아냐?」장군이 중얼거렸다. 「이거 진짜 정신 병원이로군!」

한 순간 침묵이 흘렀다.

「공작, 지금 당신은 살라스킨에게서 편지를 받았다고 하셨죠?」프치스인이 물었다. 「그 사람 같으면 그 계통의 동료들 사이에서는 널리 알려진 존재예요. 여러 가지 사건을 다루고 있는 유명한 대리인이니까. 만일 정말로 그 사람이 당신에게 그런 통지를 했다면 그건 전적으로 신용할 수 있습니다. 마침 내가 그 사람의 필적을 알고 있습니다. 얼마 전에 무슨 일로 편지 왕래가 있어서요……. 그 편지를 나에게 보여 주신다면 무엇인가 말씀을 드릴 수 있을지도 모르겠습니다.」

공작은 떨리는 손으로 말없이 그에게 편지를 내밀었다.

「도대체 무엇이 어떻게 됐다는 거예요?」장군은 얼빠진 사람처럼 여러 사람들의 얼굴을 번갈아 가며 바라보고 있다가 문득 생각난 듯이 이렇게 물었다. 「아니, 뭐 유산이라구요?」

모든 사람의 시선은 편지를 읽고 있는 프치스인에게 집중되었다. 일동의 호기심에는 다시 새롭고 격렬한 충격이 가해졌다. 페르드이시첸코는 좀이 쑤셔서 가만히 앉아 있지를 못했다. 로고진은 무서운 불안과 의혹에 싸이면서 공작과 프치스인을 번갈아 바라보고 있었다. 다리야 알렉세예브나는 마치 바늘방석에 앉기라도 한 것처럼 격렬한 기대에 가슴을 졸이고 있었다. 레베제프 역시 참지를 못하고 구석에서 기어 나와 허리를 구부리고 프치스인의 어깨 너머로 편지를 들여다보고 있었는데, 느닷없이 호통이 떨어지지나 않을까 해서 몹시 두려워하고 있는 것 같았다.

16

「확실합니다.」프치스인은 편지를 공작에게 건네면서 마침내 또렷이 말했다. 「당신은 이모님의 확실한 유언에 따라 아무런 힘도 들이지 않고 막대한 유산을 물려받게 되었습니다.」

「그럴 수가 있나!」장군은 마치 총구멍이 불을 뿜듯이 외쳤다.

모두들 또 한 번 벌어진 입을 다물지 못했다.

프치스인이 주로 이반 표도로비치를 향해서 설명한 바에 따르면 공작이

개인적으로 여태까지 모르고 있던 이모가 다섯 달 전에 세상을 떠났는데,
그녀는 그의 어머니의 언니로, 파산 선고를 받고 빈곤 속에서 죽어간 파푸
신이라는 모스크바의 3등 상인 조합원의 딸이었다. 그런데 역시 이즈막에
죽은 파푸신의 친형은 세상에 알려지지는 않았지만 굉장히 부유한 상인이
었다. 한 1년 전에 둘밖에 없는 이 사람의 아들이 거의 같은 달에 갑자기
죽어 버렸다. 노인은 그것에 타격을 받고 얼마 지나지 않아 병이 들어 세상
을 떠났다. 홀아비였던 이 노인에게 상속인이라고는 파푸신의 친조카딸인
공작의 이모밖엔 없었다. 그런데 이 여자 역시 무척 가난해서 남의 집에서
더부살이를 하고 있었는데, 유산을 상속받았을 때는 수종(水腫)으로 거의
죽어 가고 있었다. 그래서 그녀는 곧 살라스킨에게 의뢰하여 공작을 찾기
시작했고 유언장도 미리 작성해 놓았다. 그래서 공작이나 그를 돌봐 주고
있던 스위스의 의사가 정식 통지를 기다린다든가, 조회를 한다든가 하는 방
법을 취하지 않고 공작 자신이 살라스킨의 편지를 가지고 직접 출발하기로
한 모양이었다.

「이것만은 말씀드릴 수 있습니다.」프치스인은 공작에게로 얼굴을 돌리면
서 말을 맺었다. 「이것은 모두 의심할 여지가 없는 확실한 것임에 틀림없
으며, 살라스킨이 이 일을 법률상 확실한 것이라고 보증하는 이상 당신의
호주머니 속에 현금을 가지고 있는 것으로 생각해도 무방합니다. 축하합
니다, 공작. 어쩌면 당신도 역시 1백50만 아니 그보다 더 많은 돈을 받게
될는지도 모릅니다. 아무튼 파푸신은 상당히 이름난 부자 상인이었으니까
요.」

「오, 문중의 마지막 사람인 뮈시킨 공작!」페르드이시첸코가 크게 소리
쳤다.

「브라보!」레베제프가 취한 목소리로 외쳤다.

「그런데 나는 아까 이 불쌍한 사람한테 25루블을 빌려주었지 뭐야. 하,
하, 하! 이거 정말로 환등(幻燈)을 보고 있는 것 같구먼. 그렇게밖에 말할
도리가 없어!」너무나 놀라 정신이 얼떨떨해진 장군은 말했다. 「아무튼
축하해, 축하해!」그리고는 공작을 안으려고 자리에서 일어나 다가갔다.
그의 뒤를 이어 다른 사람들도 공작에게로 다가갔다. 커튼 뒤에 숨어 있던
자들까지도 객실로 기어 나왔다. 떠들썩하게 얘기하는 소리며, 외치는 소리
가 들려 왔고 샴페인을 내오라는 소리까지 울려퍼졌다. 모든 사람들이 서로

잔을 부딪히며 술렁거리기 시작했다. 한참 동안 그들은 나스타샤 필립포브나의 존재는 고사하고 그녀가 이 야회의 주인공이라는 것조차 거의 잊고 있었다. 그러나 그러는 동안 그들은 거의 동시에, 공작이 방금 그녀에게 청혼을 했다는 것을 생각하기에 이르렀다. 그렇게 되자 사건은 아까보다 세 갑절이나 더 미치광이 같은 예사롭지 않은 것으로 발전해 갔다. 토스키는 크게 놀라, 그저 어깨를 움츠리고 있을 뿐이었다. 제자리에 앉아 있는 것은 오직 그 한 사람뿐이었다. 그 외의 사람들은 모두 테이블 주위로 몰려와 서로 비비적대고 있었다. 나스타샤 필립포브나의 머리가 돌아 버린 것은 바로 이 순간부터라고, 나중에 사람들은 자신 있게 말했다. 그녀는 여전히 의자에 앉은 채 한참 동안 깜짝 놀란 것 같은, 어쩐지 기묘한 눈으로 사람들을 둘러보면서 무슨 일이 일어났는지 몰라 그것을 이해하려고 애쓰고 있는 것 같았다. 이윽고 그녀는 갑자기 공작에게로 얼굴을 돌리고 눈살을 잔뜩 찌푸리면서 뚫어지도록 그의 얼굴을 쳐다보았다. 그러나 그것은 한 순간의 일이었다.

어쩌면 그녀에게는 그러한 모든 것이 농담이나 비웃음처럼 여겨졌었는지도 모른다. 그러나 공작의 태도는 이내 그녀의 의혹을 풀어 주었다. 그녀는 잠시 무엇인가를 생각하다가 곧 다시 미소를 지어 보였다. 그러나 무엇 때문에 미소를 지었는가는 자기 자신도 모르는 것 같았다.

「그럼 정말로 공작 부인이 되는 거죠!」그녀는 비웃는 것처럼 혼자 중얼거리고는 다리야 알렉세예브나가 눈에 띄자 갑자기 소리를 내어 웃기 시작했다. 「정말 뜻밖의 결과가 되고 말았어요……. 나는…… 일이 이렇게 되리라고는 꿈에도 생각지 못했어요……. 그런데 어떻게 된 거예요? 우두커니 서 계시게. 자, 자리에들 앉으세요. 그리고 나와 공작을 축하해 주세요! 아 참, 누군가가 샴페인을 내오라고 하셨죠, 카챠, 파샤.」그녀는 갑자기 문간에 서 있는 하녀들을 발견했다. 「이리 와. 난 시집을 가는 거야. 들었겠지? 공작한테 말야. 저 분은 뮈시킨이라는 공작이신데 1백50만 루블이나 되는 막대한 재산을 가지고 계셔. 나를 아내로 삼겠다는 거야!」

「제발 그렇게 좀 하세요, 또 그럴 때도 되었어요. 모처럼의 복을 놓칠 수는 없잖아요!」이 뜻밖의 사건에 크게 동요된 다리야 알렉세예브나는 크게 소리쳤다.

「자, 내 곁에 와서 앉으세요, 공작.」나스타샤 필립포브나는 말을 이었다. 「아, 저기 술을 가져오는군요. 여러분, 축배를 들어 주세요!」

「브라보!」 많은 사람이 소리 높여 외쳤다.

대부분의 손님들이 술 있는 쪽으로 모여들었다. 로고진의 일당도 거의 모두 그 속에 끼어 있었다. 그러나 와자하게 떠들고 또 떠들려고 하면서도 그들의 대부분은 상황의 괴이함과 함께 무대 장치가 일변한 것을 짐작했다. 개중에는 어리둥절하여 일이 의심스럽게 되어 가는 낌새를 지켜 보고 있었다. 그래도 대부분의 손님들은, 이런 일은 흔한 일로서 공작이 얼토당토 않은 여자와 결혼을 한다든가, 집시 여자를 얻는다든가 하는 일은 새삼스러운 일이 아니라느니 어쩌니 하고 서로들 수군거렸다. 로고진은 얼어붙은 듯이 꼼짝 않고 서서 미심쩍은 듯한 미소로 얼굴을 일그러뜨리고 이런 광경을 바라보고만 있었다.

「이봐, 공작. 정신차리게!」 장군은 곁으로 다가가 공작의 옷소매를 잡아당기면서 두려운 나머지 속삭였다.

나스타샤 필립포브나는 그것을 알아채고 깔깔 웃어 댔다.

「아니에요, 장군! 나는 이제 공작 부인이에요. 아시겠어요? 공작은 나를 부끄럽게 하지는 않으실 거예요! 아파나시 이바노비치, 나를 축복해 주세요. 이젠 나도 어디를 가나 당신의 부인과 나란히 앉을 수 있어요. 어떻게 생각하세요? 이런 남편을 가지는 건 이익이죠? 1백50만 루블에다가 공작, 게다가 또 백치인 모양이니까, 더 이상 바랄 것이 뭐겠어요? 이제부턴 진짜 생활이 시작되는 거예요. 한 걸음 늦었어요, 로고진! 그 돈 꾸러미는 도로 가져가세요. 나는 공작과 결혼해서 당신보다 더 부자가 될 것이니까요!」

그러나 로고진은 무엇에 문제가 있는지 깨달았다. 순간 형언할 수 없는 고뇌의 빛이 그의 얼굴에 떠올랐다. 그는 손뼉을 쳤다. 그러나 가슴속에서는 침통한 신음 소리가 튀어나왔다.

「그녀에게서 손을 떼라!」 그는 공작에게 소리쳤다. 주위에서 웃음이 터져 나왔다.

「정작 손을 떼야 할 사람은 당신이잖아요?」 다리야 알렉세예브나가 의기양양하게 얼른 말꼬리를 잡았다. 「돈을 테이블 위에 마구 내던지고 마치 무식한 농꾼 같잖아요? 당신은 행패를 부리러 나타났지만 공작은 그녀를 아내로 삼기 위해 오신 거예요.」

「나도 그를 아내로 삼겠다! 지금 당장에. 무엇이나 원하는 건 지금 당장에 모두 주겠다!」

「이건 꼭 선술집에서나 볼 수 있는 주정뱅이로군. 당신 같은 사람은 내쫓아 해요!」 다리야 알렉세예브나는 분연히 대들었다.

웃음소리는 한층 더 높아졌다.

「저, 공작!」 나스타샤 필립포브나는 공작에게 말했다. 「저것 보세요. 무식한 농꾼이 당신의 새색시를 놓고 흥정하고 있군요.」

「저 사람은 지금 취해 있습니다.」 공작은 말했다. 「저 사람은 당신을 몹시 사랑하고 있는 겁니다.」

「나중에 당신은 부끄럽게 생각하지 않을까요? 자기 색시가 하마터면 로고진과 달아날 뻔했다는 것을?」

「그것은 당신이 열병에 걸려 있었기 때문입니다. 지금도 당신은 열병에 걸려 있습니다. 마치 헛소리를 하고 있는 것 같아요.」

「하지만 나중에 가서, 당신 아내는 토스키의 첩 노릇을 하던 여자라는 말을 듣더라도 당신은 부끄럽게 여기지 않으시겠어요?」

「아닙니다, 조금도 부끄러워하지 않겠습니다……. 당신은 자기의 의사에 의해서 토스키에게 매여 있었던 것은 아니니까.」

「그럼, 절대로 탓하지 않으시겠어요?」

「탓하지 않겠습니다.」

「하지만 괜찮을까요? 일생을 두고 그러지 않겠다는 장담은 않는 것이 좋을걸요!」

「나스타샤 필립포브나.」 공작은 가엾어하는 듯한 나직한 목소리로 말하였다. 「아까도 말한 것처럼 나는 당신의 승낙을 영광으로 생각합니다. 영광을 주는 것은 내가 아니라 당신인 것입니다. 당신은 나의 이 말을 비웃었습니다. 그리고 주위의 사람들도 웃는 것 같았습니다. 어쩌면 내 표현이 우스꽝스러웠는지 모릅니다. 아니, 나 자신이 우스꽝스러웠겠지요. 그러나 나는 영광이란 무엇인가를 알고 있는 듯한 느낌이 듭니다. 나는 내가 한 말이 진리라고 믿고 있습니다. 당신은 금방 돌이킬 수 없는 파멸의 구렁텅이로 자신을 몰아 넣으려고 했습니다. 왜냐하면 나중에 당신은 틀림없이 그런 짓을 한 자기 자신을 절대로 용서할 수가 없을 것이기 때문입니다. 당신에게는 조금도 잘못이 없습니다. 당신의 생애가 이미 끝장났다고 생각하는 건 전혀 있을 수 없는 일입니다. 로고진이 당신을 찾아왔다는 것은, 그리고 가 브릴라 아르달리오노비치가 당신을 속이려고 했다는 것은 그다지 대수로운 일이 못 됩니다. 무엇 때문에 당신은 항상 그런 것을 꺼림칙하게 생각하십 니까? 당신이 하신 행위는 누구나가 다 할 수 있는 일이 아니라는 걸 나는 강조하고 싶습니다. 그리고 당신이 로고진과 함께 가려고 마음먹었던 것은 당신의 병적인 발작 때문입니다. 지금도 역시 당신은 그러한 발작을 일으키 고 있습니다. 그러니까 잠자리에 드시는 게 좋습니다. 설사 내일 당신이 세 탁부가 될지라도 로고진 같은 사람과는 절대로 함께 살지 않을 것입니다. 당신은 긍지가 있는 분입니다. 나스타샤 필립포브나, 그러나 당신은 너무 나 불행하여 정말로 자기 자신에게 죄가 있다고 생각하고 있는지도 모릅 니다. 그래서 당신에게는 여러 가지로 친절히 보살펴 줄 사람이 필요합 니다. 나스타샤 필립포브나, 내가 당신을 보살펴 드리겠습니다. 나는 아까 당신의 사진을 보았는데, 마치 친숙한 얼굴을 본 것처럼 느껴졌습니다. 그 때 곧 당신이 나를 부르고 있는 것처럼 느껴졌습니다……. 나는…… 나는 한평생 당신을 존경하겠습니다. 나스타샤 필립포브나.」자기가 사람들 앞에 서 이런 말을 지껄이고 있다는 것을 알아채자, 공작은 갑자기 정신을 차리 고 얼굴을 붉히며 입을 다물어 버렸다.

아직도 순진한 프치스인만은 저도 모르게 고개를 떨어뜨리고 방바닥을 내려다보고 있었다.

토스키는 속으로『백치지만 아첨이 첫째라는 것만은 알고 있군. 이것도 타고난 재질이겠지!』하고 생각했다. 공작은 또 한쪽 구석에서 자기를 불 살라 버리기라도 할 듯한 반짝거리는 가냐의 시선을 느꼈다.

「어쩌면 저렇게 착한 분이 다 있을까!」다리야 알렉세예브나는 완전히 감격한 얼굴로 외쳤다.

「교양은 있지만 구원은 받지 못할 사내로군!」장군은 낮은 소리로 속삭 였다.

토스키는 모자를 집어들고 살그머니 빠져 나가려고 일어설 채비를 했다. 그는 장군에게 같이 자리를 뜨자고 눈짓을 했다.

「고마워요, 공작. 여태까지 나에게 이렇게 말해 주는 사람은 아무도 없었 어요.」나스타샤 필립포브나는 입을 열었다. 「나는 그저 흥정의 대상이 되 어 왔을 뿐, 점잖은 사람에게서 청혼을 받은 적은 한 번도 없었어요. 들으셨어요? 아파나시 이바노비치. 지금 공작이 하신 말을 당신은 어떻게 생각 하세요? 아주 무례하다고 생각하시겠죠……. 로고진! 댁은 떠나지 말고 잠깐만 기다려 주세요. 하기는 떠나 버릴 리도 없겠지만. 어쩌면 나는 당신 과 함께 떠나게 될는지도 모르니까요. 나를 어디로 데려 갈 생각이에요?」

「예카체린고프로.」레베제프가 한쪽 구석에서 큰 소리로 외쳤다. 로고진 은 자기의 귀가 믿기지 않는 듯 그저 몸을 떨 뿐 눈만 크게 뜨고 있었다. 그는 마치 쇠망치로 머리를 얻어맞은 것처럼 완전히 감각을 잃고 있었던 것 이다.

「아니, 어떻게 된 거예요, 네? 어떻게 된 거예요? 이봐요! 정말 발작 이라도 일으킨 것이 아니에요? 정신이 돈 건 아니에요?」다리야 알렉세예 브나는 깜짝 놀라 소리쳤다.

「그럼 당신은 모든 걸 정말로 알고 있었던가요?」나스타샤 필립포브나는 깔깔대면서 소파에서 벌떡 일어났다. 「이런 도련님을 망쳐 놓다뇨? 그런 짓은 아파나시 이바노비치에게나 어울리는 일이에요. 저 사람은 어린애를 특히 좋아하니까! 자, 로고진, 가요! 그 돈 꾸러미를 챙기세요! 당신이 나와 결혼할 마음이더라도 좋아요. 아무튼 돈은 이리 주세요. 어쩌면 나는 당신과 부부가 되지 않을는지도 모르니까요. 당신은 내가 결혼을 거절하면 이내 돈 뭉치가 자기 손으로 되돌아올 것으로 생각하고 있었던가요? 어림 도 없어요……. 나는 파렴치한 여자예요! 나는 토스키의 첩이었어요. 공작! 지금 당신에게 필요한 사람은 나스타샤 필립포브나가 아니라 아글 라야 예판치나예요. 그렇지 않으면 이 페르드이시첸코에게 손가락질을 받 게 될 거예요! 당신은 조금도 두렵지 않으시겠지만 난 당신을 망쳐 놓고 나중에 책망을 듣는 것이 두려워요. 당신은 내가 당신에게 영광을 준다고 말하셨지만, 그것에 대해서라면 토스키 씨가 잘 알고 있어요. 가네치카, 당 신은 아글라야 예판치나를 잘못 보았어요. 당신은 그걸 아세요? 당신이 흥 정만 하지 않더라면 그 사람은 틀림없이 당신과 결혼했을 거예요! 당신 들은 모두가 다 그런 사람들이에요. 깨끗한 여자건 부정한 여자건 언제나 한결같은 마음으로 대하지 않으면 안 되는 거예요. 그렇게 하지 않으면 반 드시 얽히고 말아요……. 어머, 저 장군 좀 보세요, 입을 딱 벌리고 있는 것을…….」

「이것이야말로 소돔의 거리다, 소돔의 거리다.」장군은 연방 어깨를 들먹

거리면서 되뇌었다. 그리고 그도 소파에서 일어났다. 다른 사람들은 이미 모두들 제자리에서 일어나 있었다. 나스타샤 필립포브나는 앞뒤를 잃고 있는 것 같았다.

「설마 그럴 수가!」공작은 두 손을 움켜쥐면서 신음하듯 말했다.

「그럼 이렇게 되지 않으리라고 생각했던 건가요? 어쩌면 나는 교만한 여자인지도 몰라요. 물론 수치를 모르는 여자예요! 아까 당신은 나를 완벽한 인간이라고 말씀하셨죠. 오직 허세를 부리기 위해서 1백만 루블과 작위(爵位)를 짓밟고 빈민굴로 기어들어가는데! 완벽한 인간이 다 뭐예요? 그리고 어떻게 나 같은 것이 당신의 부인이 될 수 있겠어요? 아파나시 이바노비치, 나는 이렇게 1백만 루블을 창 밖으로 내던져 버렸어요! 가네치카와의 결혼, 아니, 당신의 그 7만 5천 루블과의 결혼을 내가 행복하게 여기리라고 생각했다면 그것은 잘못이에요. 그 7만 5천 루블은 당신이 도로 가지세요. 아파나시 이바노비치, 10만 루블까지 내놓지 못하신 것을 보면 로고진 쪽이 배짱이 더 큰 셈이에요! 그건 그렇고, 가네치카는 내가 위로해 주겠어요. 한 가지 좋은 생각이 떠올랐어요. 아무튼 나는 이젠 좀 멋대로 놀아 보고 싶어요. 어차피 나는 거리의 여자이니까! 10년이나 감옥에 들어앉아 있었는데 이제야 내 행복이 찾아온 거예요! 뭘 하고 있죠, 로고진? 채비를 하지 않고. 자, 가요!」

「가요!」로고진은 너무나 기뻐 어쩔 줄을 모르고 외쳤다. 「어이, 여보게들…… 모두…… 술이야! 우후!」

「술을 들도록 하세요, 나도 마시겠으니. 그리고 음악은?」

「있고말고, 있어! 다가가지 마!」다리야 알렉세예브나가 나스타샤 필립포브나에게 다가가는 것을 보고 그는 격노하여 소리쳤다. 「내 여자야! 모든 것이 내 것이야! 여왕이야! 끝장이야!」

그는 기쁨을 어쩌지 못하고 사뭇 헐떡거렸다. 그는 나스타샤 필립포브나의 주위를 돌면서 아무에게나 닥치는 대로 「가까이 오지 마!」하고 외쳤다. 그의 일당은 어느새 모두 객실 안으로 몰려들어와 술을 마시기도 하고 고함을 치기도 하고 큰 소리로 웃기도 하면서 완전히 흥분된, 거리낌없는 기분이 되어 있었다. 페르드이시첸코는 그들 축에 끼려고 궁리하기 시작했다. 장군과 토스키는 한시바삐 자취를 감추려고 또다시 몸을 들썩였다. 가냐도 역시 모자를 손에 들고 있었으나 눈앞에 벌어지는 괴이한 구경거리에서 아무래도 눈을 뗄 수가 없는 양 그냥 묵묵히 버티고 서 있었다.

「가까이 오지 마!」 로고진은 연방 고함을 쳤다.

「왜 그렇게 고함을 치는 거예요?」 나스타샤 필립포브나는 그를 향해 깔깔거렸다. 「아직도 나는 이 집의 주인이니까, 만일 그럴 생각이면 당장에 당신을 내쫓을 수가 있어요. 아, 아직 당신한테서 돈을 받지 않았군요. 저기에 그대로 있어요. 저것을 이리 주세요, 꾸러미째로 그냥! 이 속에 10만 루블이 들어 있는 거죠? 흥, 이게 다 뭐람! 아니, 왜 그러죠? 다리야 알렉세예브나. 그럼, 내가 이 사람의 일생을 망쳐 놓아야 옳단 말인가요?」 그녀는 공작을 가리켰다. 「그리고 아직도 유모가 필요한 이 사람이 어떻게 결혼을 한다는 거예요? 아마 저기 있는 장군이 이 사람의 유모가 될 거예요! 저렇게 열심히 공작에게 달라붙어 있지 않아요! 보세요! 공작, 당신의 색시는 이렇게 돈을 받았어요, 방탕한 여자여서. 그런데도 당신은 그런 여자를 아내로 삼으려고 했어요! 아니 어째서 울고 계세요? 뭐가 괴로우신가요? 자, 웃으세요, 나처럼.」 이렇게 말하는 그녀 자신의 볼에도 두 줄기의 눈물이 번쩍이고 있었다. 「시간이라는 것을 믿으세요. 모든 것은 다 지나가 버릴 거예요! 나중에 후회하기보다는 지금 고쳐 생각하는 편이 좋아요……. 그런데 어째서 모두들 울고 있는 거예요? 어머, 카차도 울고 있군! 카차, 뭐가 슬퍼서 울지? 나는 말이야, 너와 파샤에게도 여러 가지 많은 것을 남겨 두었어. 그렇게 하도록 벌써 일러 놓았어. 그렇지만 우리는 이젠 헤어져야만 해. 너같이 착한 처녀한테 이런 방탕한 여자의 시중을 들게 해서야 되겠니……. 공작, 이렇게 되는 편이 차라리 좋을 거예요. 결혼해 봐야 머지않아 당신은 나를 경멸하게 될 것이고 그렇게 되면 행복이고 무엇이고 있을 수 없을 테니까요! 아니, 맹세해도 소용 없어요, 나는 믿지 않으니까! 틀림없이 어리석은 짓을 한 것이 되고 말 거예요! 아니, 차라리 깨끗이 헤어지기로 해요. 그렇게 하지 않으면 나도 공상가이니까 나중에 무슨 짓을 할는지 몰라요! 나도 당신 같은 사람을 머릿속에 그려 보지 않았던 것은 아니에요. 당신의 말이 옳아요. 저 사람의 신세를 지며 5년 동안 시골에서 혼자 외롭게 살고 있었을 무렵, 나는 곧잘 당신 같은 사람을 머릿속에 그려 보곤 했었지요. 생각하고 또 생각하고 끝없는 공상을 되풀이하곤 할 적이 있었어요. 그럴 때 정직하고 선량하고 친절한, 그리고 어딘가 조금 어리석은 것 같은 사람을 상상하곤 했어요. 그런 사람이 갑자기 찾아와 『나스타샤 필립포브나, 당신에게는 죄가 없어요, 나는 당신을 존경합니다.』 하고 말하는 거예요. 나는 자주 그런 공상에 시달려 나중에는 정신 이상이라도 일으킬 만큼 괴로워한 적도 있었어요……. 저 사람이 찾아와서 1년에 두 달씩 묵으면서 나에게 더럽고 수치스럽고 화가 나는 음탕한 짓을 하고 돌아가곤 했어요. 나는 여러 차례 연못에 몸을 던지려고 했지만 미련 때문에 하지 못하고 말았어요. 자, 이제…… 로고진, 채비는 다 됐나요.」

「됐구말구! 다가가지 마!」

「채비는 됐어.」 몇 사람의 외치는 소리가 들려 왔다.

「트로이카가 기다리고 있습니다. 방울을 많이 단 것이!」

나스타샤 필립포브나는 돈 꾸러미를 들었다.

「가니카, 한 가지 좋은 생각이 있어요. 당신에게 상을 주고 싶어요. 아무리 뭣하더라도 모두 잃어버리면 가엾으니까. 로고진, 이 사람이 3루블을 보고 바실리예프스키 섬까지 기어갈 수 있을까요?」

「기어가지 않구!」

「그럼 알겠어요. 가니카, 나는 마지막으로 당신의 맘성을 한 번 보고 싶어요. 당신은 석 달 동안이나 줄곧 나를 괴롭혀 왔으니까 이번엔 나의 차례 예요. 이 꾸러미가 보이죠, 이 속에 10만 루블이 들어 있어요! 지금 나는 여러 사람들 앞에서 이 꾸러미를 벽난로의 불 속에 던지겠어요. 이 자리의 이 사람들이 증인이에요. 불이 이 꾸러미에 온통 붙기 시작하거든 난로 속에 손을 넣으세요. 단 장갑을 끼지 않은 맨손으로 소매를 걷고 불 속에서 꾸러미를 집어 내는 거예요. 만일 집어 내면 그것은 당신 거예요. 10만 루블이 모두 당신 것이 되는 거예요. 손가락에 약간의 화상쯤은 입겠지만 그래도 아무튼 10만 루블이니까 잘 생각해 보세요! 나는 당신의 맘성을 보고 싶어요, 내 돈을 갖기 위해 당신이 불 속에 손을 넣는 것을. 꾸러미가 당신 것이 된다는 사실은 여기 있는 모든 사람이 증인이에요! 손을 넣지 않으면, 그러면 그냥 다 타버리는 거예요. 다른 사람은 안 돼요. 자, 비키세요! 모두들 비키세요! 내 돈이에요. 내가 하룻밤에 로고진에게서 받은 돈이에요. 로고진, 내 돈이죠?」

「당신 거야. 그럼, 당신 거구말구, 여왕님!」

「자, 그럼 모두 비키세요. 내 맘대로 하겠어요! 방해하지 마세요! 페르드이시첸코, 불이 활활 타게 하세요!」

「나스타샤 필립포브나, 손이 올라가지 않는군요!」아연실색한 페르드이시쳰코는 대답했다.

「에잇!」하고 나스타샤 필립포브나는 외치고 나서 부젓가락을 들어 불길도 없이 타고 있던 두 개비의 장작을 괴어 놓았다. 그리고 불길이 확 타오르자마자 그 위에다 꾸러미를 던졌다.

주위에서 외침 소리가 들렸다. 어떤 사람들은 성호를 긋기까지 했다.

「미쳤어! 미친 거야!」하는 외침이 둘레에서 일어났다.

「무…… 무…… 묶어 놓지 않아도 괜찮을까?」장군이 프치스인에게 속삭였다. 「그렇지 않으면 사람을 부르러 보내든가……. 미쳤잖아? 미쳤어! 미쳤지?」

「아, 아닙니다, 이것은 완전한 광기가 아닐는지도 모릅니다.」조금씩 타오르기 시작한 꾸러미에서 눈을 떼지 못하고 프치스인은 백지장처럼 창백해진 얼굴로 떨면서 장군에게 속삭였다.

「미쳐 버렸지? 미쳐 버렸단 말야!」장군은 토스키에게 말했다.

「내가 말했잖아요. 저 사람은 다채로운 여자라고.」역시 굉장히 창백해진 아파나시 이바노비치가 중얼거렸다.

「그러나 아무튼 돈이 10만 루블이나 되는데…….」

「큰일이다, 큰일이다!」둘레에서 외치는 소리가 더 크게 들렸다. 모두들 난로 주위에 모여들어 들여다보려고 이리 밀고 저리 밀고 하면서 고함을 치고 있었다……. 개중에는 남의 머리 너머로 들여다보려고 의자 위에 뛰어올라가는 자도 있었다. 다리야 알렉세예브나는 옆방으로 달려 나가 겁에 질린 얼굴로 카차와 파샤에게 무엇인가를 속삭이고 있었다. 독일 미인도 도망쳐 버렸다.

「마님! 여왕님! 전능하신 여신이여!」레베제프는 나스타샤 필립포브나의 주위를 엎드려서 기어다녔다. 그리고 벽난로 쪽으로 두 손을 내밀면서 울부짖었다. 「10만 루블입니다. 10만 루블이에요. 나는 이 눈으로 보았습니다. 내 눈앞에서 꾸렸습니다. 마님, 자비로우신 마님! 제발 부탁입니다. 나에게 벽난로 속으로 들어가라고 한 마디만 말씀해 주십시오. 온몸을 그 속에 넣어 보이겠습니다. 이 허연 머리를 온통 불 속에 넣겠습니다! 앉은 뱅이 마누라에 자식이 열셋……. 모두 고아입니다. 지난주에 아버지를 묻었습니다. 주린 배를 안고 울고 있습니다. 나스타샤 필립포브나!」이렇게 아우성치면서 그는 벽난로 속으로 기어들어가려 했다.

「비켜요!」 나스타샤 필립포브나는 외치고 그를 떼밀었다. 「다들 뒤로 물러나 주세요! 가네치카, 무얼 그렇게 우두커니 서 있죠? 부끄러울 건 하나도 없어요! 자, 손을 넣으세요! 당신의 복이잖아요!」

그러나 오늘 하루 동안 너무나 많은 고통을 받은 가네치카는, 이 뜻하지 않은 최후의 고문에 대해서 마음의 준비가 되어 있지 않았다. 사람들은 그들 두 사람을 가운데 두고 좌우로 갈라져 있었으므로 그는 나스타샤 필립포브나와 세 발짝 간격을 두고 서로 마주서게 되었다. 그녀는 벽난로 바로 옆에 서서 불처럼 이글거리는 눈으로 그를 응시하면서 기다리고 있었다. 연미복에 모자와 장갑을 손에 든 가네치카는 팔짱을 끼고 타오르는 불을 가만히 지켜 보면서 대답도 없이 묵묵히 서 있을 뿐이었다. 새하얗게 질린 그의 얼굴에는 이성을 잃은 미소가 감돌고 있었다. 분명히 그는 불길이 날름거리는 꾸러미에서 그 눈을 뗄 수 없었지만, 그의 마음속에는 무엇인가 새로운 것이 싹터 오르고 있는 것처럼 생각되었다. 이 고문을 끝까지 참아 내야겠다고 맹세라도 한 듯이 그는 그 자리에서 꼼짝도 하지 않았다. 얼마가 지나자 모든 사람들은 그가 돈 꾸러미를 집으려 하지 않고, 그리고 또 그렇게 하고 싶어하지도 않음을 확실히 알게 되었다.

「어머나! 모두 타버리잖아요? 나중에 사람들의 놀림감이 되려구 그래요?」 나스타샤 필립포브나는 외쳤다. 「나중에 원통해서 목을 매려구 그래요? 이건 농담이 아니에요!」

처음에는 두 개비의 장작 사이에서 확 타올랐던 불길은 돈 뭉치가 떨어져 그 위에 얹히자 잠시 꺼지는 듯했다. 그러나 조그만 파란 불길이 밑에서 일어나 위에 있던 장작개비 모서리에 올라 붙었다. 이윽고 가느다랗고 긴 불길은 꾸러미를 핥기 시작했고 다시 종이의 네 귀퉁이에 붙어서 위로 치솟아 오르기 시작했다. 그러자 갑자기 꾸러미 전체가 벽난로 속에서 확 타올랐다. 일동은 저도 모르게 「앗!」 하고 소리를 쳤다.

「마님!」 레베제프가 여전히 우는 소리를 하면서 앞으로 뛰어나가려고 했으나, 로고진이 그를 끌어당겨 다시 뒤로 밀쳐 버렸다.

로고진은 움직이지 않는 하나의 덩어리로 변한 채, 나스타샤 필립포브나만을 응시하고 있었다. 그는 넋을 잃고 있었다. 그는 제7의 천국에 있는 것 같았다.

「야아, 이것이야말로 진짜 여왕이다!」 그는 주위의 사람을 닥치는 대로 붙잡고는 이렇게 줄곧 되풀이하는 것이었다. 「이것이 언제나 우리가 하는 식이다!」 그는 앞뒤를 잃고 외쳤다. 「그래 이런 짓을 할 사람이 당신들 가운데 누가 있어, 응?」

공작은 슬픈 듯이 묵묵히 바라보고 있었다.

「천 루블만 준대도 나 같으면 이빨로 물어내 보이겠다!」 페르드이시첸코가 말했다.

「이빨로 물어내는 것쯤 나도 할 수 있어!」 무서운 절망에 빠져 있던 주먹 씨는 맨 뒤쪽에서 이를 갈았다. 「제기랄! 탄다, 다, 다아 타버린다!」 그는 불길을 보고 외쳤다.

「탄다, 탄다!」 사람들은 한결같이 벽난로 쪽으로 몸을 내밀면서 이구동성으로 외쳤다.

「가네치카, 점잔을 뺄 것 없어요, 내가 말하는 것은 이것이 마지막이에요!」

「기어들어가!」 페르드이시첸코는 미친 듯이 가네치카에게 달려들어 그의 옷소매를 끌어당기면서 울부짖었다. 「기어들어가란 말이야! 허세를 부리지 말고! 다 타버리잖아! 어, 이런 망할 녀석 좀 보게!」

가네치카는 힘껏 페르드이시첸코를 떼밀고는 홱 돌아서서 문 쪽으로 발길을 옮겼다. 그러나 채 두 걸음도 떼놓기 전에 그는 비틀거리더니 그대로 방바닥에 쓰러지고 말았다.

「기절했다!」 주위에서 외침이 일어났다.

「마님! 다 타버립니다!」 레베제프가 비명을 울렸다.

「어물어물하는 새에 다 타버리고 만다!」 사방에서 신음 소리가 들려왔다.

「카차, 파샤! 저 사람에게 물을, 그리고 알콜을!」 나스타샤 필립포브나는 큰 소리로 명령하고 나서 부젓가락을 들어 꾸러미를 끄집어 냈다.

겉종이는 거의 다 타 있었으나 알맹이에는 불길이 닿지 않았음이 곧 밝혀졌다. 돈은 신문지로 세 겹이나 싸여 있었으므로 조금도 상하지 않았던 것이다. 사람들은 그제야 안도의 한숨을 쉬었다.

「천 루블쯤은 조금 상했을는지도 모르지만 나머지는 모두 괜찮아요!」 레베제프는 감동해서 외쳤다.

「이것은 모두 저 사람 거예요! 이 꾸러미는 모두 저 사람 겁니다. 아시겠어요, 여러분!」나스타샤 필립포브나는 꾸러미를 가네치카의 곁에 놓으면서 단호히 말했다. 「역시 끄집어 내려 가지 않고 참아 냈어요! 즉 아직도 자존심이 금욕보다는 강하다는 거겠죠. 염려할 건 없어요. 곧 정신이 들 테니까! 만일 기절하지 않았으면 틀림없이 나에게 칼부림을 하려 달려들었을 거예요……. 아, 다리야 알렉세예브나, 카챠, 파샤, 그리고 로고진, 아시겠어요? 이 꾸러미는 이 사람 거예요. 가네치카 거예요. 나는 이 사람에게 완전히 소유권을 넘겨 주는 겁니다. 상금으로 말이에요……. 그리고 그런 다음엔 어떻게 되건 아랑곳없어요. 이 사람에게 그렇게 전해 주세요. 저 사람 곁에 놓아 두세요……. 로고진, 자, 떠나요! 안녕히 계세요, 공작. 나는 난생 처음으로 참된 인간을 보았어요! 안녕히 계세요. 아파나시 이바노비치, 고마웠어요!」

로고진의 일당은 로고진과 나스타샤 필립포브나의 뒤를 따라 왁자지껄 떠들어 대면서 몇 개의 방을 거쳐서 출구 쪽으로 달려 나갔다. 홀에서 하녀들이 그녀에게 털가죽 외투를 건넸다. 식모인 마르파도 부엌에서 달려 나왔다. 나스타샤 필립포브나는 그들에게 돌아가면서 키스를 했다.

「그런데, 마님, 정말로 저희들을 버리시는 건가요? 도대체 어디로 가시는 거예요? 더욱이 그것도 하필이면 축명일인 경사스러운 날에!」울어서 눈이 부은 처녀들은 그녀의 손에 키스를 하면서 물었다.

「거리로 나가는 거야, 카챠. 너도 들었지? 거기가 나에게 어울리는 장소야. 세탁부라도 되겠어! 아무튼 이제 아파나시 이바노비치와는 더 이상 같이 있지 않겠어! 그 사람한테도 그렇게 전해 다오. 그리고 너희들도 나를 나쁘게만 생각하지 말아다오…….」

공작은 현관 쪽을 향해 쏜살같이 달려 나갔다. 현관 앞 차도에서는 로고진의 일당들이 방울을 단 네 대의 트로이카에 갈라 타고 있었다. 공작이 층층대를 다 내려가기 전에 장군은 얼른 그를 따라가 붙들었다.

「이봐, 공작, 정신을 차리게!」그는 상대방의 손을 잡으면서 말했다. 「내버려 둬, 저런 여자를 가지고 뭘 그래. 이건 아버지로서 하는 말이야….」

공작은 힐끗 그의 얼굴을 바라다보았다. 그리고 한 마디의 말도 없이 그의 손을 뿌리치고 밑으로 달려 내려갔다.

장군은 막 트로이카가 미끄러져 간 현관 앞 차도께서, 공작이 첫번째 얼어 걸린 삯마차를 잡아 타고 「예카체린고프로. 저 트로이카 뒤를 쫓아가 줘!」하고 외치는 것을 어둠 속에서 보았다. 이윽고 장군의 잿빛 준마가 달리기 시작했다. 새로운 희망과 계획과 또한 가지고 올 것을 잊지 않았던, 아까의 그 진주를 지닌 장군은 마차 속에 앉아 집으로 가고 있었다. 그의 뇌리 속에 나스타샤 필립포브나의 매혹적인 모습이 두어 번 떠올랐다. 장군은 크게 한숨을 쉬었다.

『아깝다, 참으로 아깝다! 파멸한 여자다! 미친 여자다! 자, 그리고 보면 이제 공작에게 필요한 것은 나스타샤 필립포브나가 아니로구나…….』

이와 비슷한 교훈적인 전별의 말이 나스타샤 필립포브나의 손님 중 두 사람 사이에 교환되고 있었다. 둘은 잠깐 동안 걸어서 가기로 했던 것이다.

「그런데 말입니다, 아파나시 이바노비치. 이와 비슷한 일이 일본 사람들 사이에 곧잘 있다더군요.」 이반 페트로비치 프치스인이 말했다. 「모욕을 당한 사람이 모욕을 준 사람에게 가서 『너는 나에게 모욕을 주었다. 그러니까 나는 네 눈앞에서 배를 가르겠다.』 하고 말하는 모양이에요. 그리고 정말로 상대방의 눈앞에서 자기 배를 가르고는, 마치 그것으로 복수가 된 듯한 기분이 되어 완전히 만족을 느낀다는 겁니다. 세상에는 별난 복수도 다 있어요. 아파나시 이바노비치!」

「그럼 당신은 여기에 그와 비슷한 것이 있다고 생각하십니까?」 아파나시 이바노비치는 웃음을 머금고 말했다. 「흠! 그러나 아무튼 당신은 아주 재치 있는…… 재미있는…… 비교를 드셨습니다. 그렇지만 이반 페트로비치, 나는 내가 할 수 있는 데까지 했습니다. 그것은 당신도 인정하겠죠. 내 힘에 겨운 짓까지 할 수는 없지 않습니까? 어때요? 그렇잖아요. 그건 그렇고, 또 한 가지 당신의 동의를 구하고 싶은 것은 그 여자에게 아주 훌륭한 자질이…… 빛나는 장점이 있다는 겁니다. 만일 아까 내가 그 소동의 거리 같은 곳에 그대로 눌러 있었다면, 나는 그 여자에게 외쳤을는지 몰라요. 그 여자가 나에게 퍼부은 여러 가지 비난에 대한 가장 훌륭한 변명은, 그 여자 자신에게 이 모든 원인이 있다고 말예요. 이봐요, 자기도 모르는 사이에 이성(理性)이고 뭐고 죄다 잃어버릴 정도로 그 여자의 포로가 되지 않을 수 있는 사내가 정말 있을 수 있을까요? 보란 말이에요. 그 무식한 친구 로고진이란 자가 10만 루블이란 큰 돈을 가지고 오지 않았느냔 말이에요! 설사 오늘 거기서 일어났던 일들이 죄다 꿈 같고 로맨틱하고 부도덕한 일이었다고 하더라도, 그대신 다채롭고 독창적이었지 않았느냐 말입니다. 그렇지 않아요? 아아, 그만한 성질과 그만한 미모가 있으면 무슨 일이든지 할 수 있을 텐데! 하지만 내가 그만큼 정성을 들여 교육시켰던 것도 지금에 와선 모두 수포로 돌아가고 만 겁니다. 갈리지 않은 다이아몬드, 나는 이런 말을 몇 번이나 했는지 모릅니다…….」

아파나시 이바노비치는 깊은 한숨을 내쉬었다.

제 2 편

1

이 이야기의 제1편에서 종결지어진, 나스타샤 필립포브나의 야회에서 일어난 괴이한 사건이 있고 난 이틀 뒤, 공작은 뜻하지 않은 유산 상속에 대한 일로 급히 모스크바로 떠났다. 이처럼 갑작스럽게 떠나게 된 데에는, 그 외에도 반드시 무슨 다른 까닭이 있을 것이라는 소문이 나돌았다. 그러나 그것에 대해서도, 또 공작이 페체르부르그를 떠나 모스크바에 머물러 있는 동안에 취한 행동에 대해서도 우리는 그리 많은 정보를 제공할 수 없다. 공작은 여섯 달 동안 페체르부르그를 떠나 있었는데 그 동안에 그에게 일어난 일에 대해서는, 그의 운명에 많든 적든 흥미를 가져야 할 사람조차도, 아주 조금밖에 알 수가 없었다. 물론 개중에는, 아주 드물기는 했지만, 어떤 풍문을 전해 들은 사람이 전혀 없었던 것은 아니다. 그러나 그 풍문이라는 것은 대부분 괴이하기 짝이 없는 것으로 언제나 거의 서로 모순되는 것이었다. 누구보다도 공작에 대해 많은 관심을 가지고 있었던 사람들은, 그가 출발에 앞서 미처 작별 인사도 하지 못하고 떠났던, 예판친 씨 댁 가족들이었음은 말할 것도 없다. 그러나 장군은 그때 몇 차례 그와 만나 무엇인가를 진지하게 상의했다. 그런데 예판친 자신은 그와 만났더라도 가족들에게는 아무 말도 하지 않았다. 왜냐하면 처음 얼마간은, 즉 공작이 떠난 후 약 한 달 가량 예판친 씨네 집에서는 절대로 그의 얘기를 지껄이지 않기로 했기 때문이었다. 오직 한 사람, 장군 부인인 리자베타 프로코피예브나가 처음으로 자기는 공작이라는 사람을 잘못 보았다라고 의견을 말했으며, 그러고 난 이삼 일 뒤에는 공작의 이름을 입에 담지는 않고 그저 은근히 「내 생애에서 가장 큰 특징은 언제나 사람을 잘못 보는 점이야.」 하고 덧붙였다. 그리고 마지막으로는 열흘쯤 지나 무슨 일 때문인지 딸들에게 화를 낼 때 「이젠 사람들을 잘못 보지는 않겠다. 이제 다시는 그런 일이 없을 거야.」 하고 선언하는 투로 결론을 내렸던 것이다.

이것으로 보아 오래 전부터 이 집안에는 그 어떤 불쾌한 기운이 존재하고 있다는 것을 느끼지 않을 수 없었다. 무엇인가 답답한, 긴장된, 개운치 않은 것이 있는 듯했으며, 그것이 그 어떤 말다툼의 원인이 되는 것 같았다. 그래서 찡찡한 얼굴들을 하고 있었다. 장군은 밤낮으로 일에 쫓기고 있었다. 그가 이처럼 바쁘게——특히 직무상의 일로——사무가처럼 일을 본다는 것은 극히 드문 일이었다. 집안 식구들도 그의 얼굴을 보기가 힘들 정도였다. 예판친 씨의 딸들도 또는 그녀들 사이에서도 무엇인가를 말하는 일은 전혀 없었다. 어쩌면 그것은 저희들끼리도 지나치게 말이 없었던 탓인지도 모른다. 딸들은 오만하고 자존심이 강하여 이따금 저희들끼리도 서로 부끄러워할 적이 있었던 것이다. 게다가 슬쩍 한 번 보기만 해도 서로의 마음속을 환히 알아채는 사이였기 때문에 새삼스럽게 많은 말을 필요로 하지 않았는지도 몰랐다.

그러나 만일 여기에 제삼자로서의 관찰자가 있었다면 오직 한 가지 다음과 같은 것을 말할 수 있었을 것이다. 즉 앞에서 서술한 약간의 자료로 미루어 보아 공작은 딱 한 번, 그것도 잠시 동안 얼굴을 내밀었을 뿐이었지만, 그래도 역시 예판친 씨의 가족들에게 깊은 인상을 남겨 놓고 갔다. 어쩌면 그것은 공작의 엉뚱한 행동으로 설명될 수 있는, 단순한 호기심에 의한 인상이었는지도 모르지만 여하튼 깊은 인상을 남겨 놓은 것만은 사실이다.

항간에 퍼졌던 소문들도 차차 불분명한 어둠 속으로 사라져 버렸다. 한때는 이런 소문이 떠돌기도 했었다. 어떤 바보 같은 공작이——그 이름을 명백히 말하는 사람은 아무도 없었다——뜻하지 않게 막대한 유산을 물려받고 파리의 샤토 드 플뢰르(꽃마음이란 뜻으로 화류계의 이름)의 유명한 캉캉춤 무희와 결혼했다는 소문이었다. 그러나 또 다른 소문에 의하면 유산을 상속받은 것은 어떤 장군이다. 그리고 러시아에 들른 유명한 프랑스의 캉캉춤의 무희와 결혼했다는 것은 억만장자인 러시아의 상인으로, 결혼식 자리에서 술이 취해 그저 허세를 부리느라고 최근의 할증금부 공채(割增金附公債)로 꼭 70만 루블을 촛불에 태워 버렸다는 것이었다. 그러나 이러한 소문들은 곧 사라져 버렸는데 거기에는 주위의 사정도 크게 관계되고 있었다. 이를테면 이 사건에 관해서 몇 마디나마 지껄일 수 있었던 자들이 여럿 끼어 있는 로고진의 일당은 예카체린고프의 정거장에서 한바탕 큰 술판을 벌인 뒤 꼭 1주일 만에 로고진 자신의 지휘하에 대거 모스크바로 떠나간 것이다. 예카체린고프에서 벌어졌던 술판에는 나스타샤 필립포브나도 자리를 함께 했었다. 이 사건에 관심을 가지고 있는 몇몇 사람들은 여러 가지 소문에 의하여, 예카체린고프에서 그런 일이 있던 이튿날 나스타샤 필립포브나가 도망쳐 자취를 감춰 버렸다는 것, 그리고 그 뒤 그녀도 모스크바로 떠난 듯한 사실을 마침내 알아냈다는 것 등이 명백해졌다.

따라서 로고진이 모스크바로 떠났다는 것에는 이러한 소문과 어느 정도 부합되는 데가 있었다.

가브릴라 아르달리오노비치 이볼긴은 자기 친구들 사이에서 상당히 알려져 있었는데 그에 관해서도 또한 여러 가지 풍문이 나돌기 시작하였다. 그러나 뜻하지 않게 하나의 사정이 생겨 그에 대한 모든 악평은 차차 가라앉았고, 마침내는 아주 사라지고 말았다. 왜냐하면 그는 중병에 걸려 사교계뿐 아니라 직장에도 나가지 못하게 되어 버리고 말았기 때문이다. 한 달 가까이 앓고 나서 겨우 건강을 회복하기는 했으나 그는 무슨 이유에서였는지 주식 회사의 일을 완전히 그만두어 다른 사람이 곧 그의 자리를 메우게 되었다. 예판친 장군의 집에도 그는 전혀 얼굴을 비치지 않았다. 때문에 장군에게도 다른 관리가 다니게 되었다. 가브릴라를 미워하는 사람들은 그가 그 사건 때문에 몹시 풀이 죽어 밖에 나다니기도 부끄러워하고 있는 것이라고 짐작할 수 있었을 것이다. 그러나 그는 정말로 병에 걸려 나중에는 히포콘드리(신경성의 정신병)에 빠지기까지 했고 곧잘 무슨 깊은 생각에 잠겼다가는 벌컥 화를 내곤 하는 것이었다. 바르바라 아르달리오노브나는 이 해 겨울에 프치스인에게 시집을 갔다. 그들을 알고 있는 사람들은, 이 결혼에 대해 가냐가 원래의 직업으로 돌아가서 자기 가족을 부양하는 의무를 이행하지 않게 되었을 뿐 아니라, 오히려 그 자신이 남의 조력이나 간호를 받아야 할 처지에 빠지게 된 사실을 가지고 설명하려고 했다.

기왕 말이 나온 김에 말해 두자면, 예판친 씨의 집에서는 마치 그런 인간은 자기 집뿐만 아니라, 이 세상에도 있던 적이 없었던 것처럼 가브릴라에 대한 얘기는 한 번도 화제에 올리지 않았다. 그러나 이 집 사람들은 모두 그에 관한 아주 흥미있는 일을 다른 사람들보다도 빨리 알아 냈다. 즉 그의 운명이 결정된 그 날 저녁, 나스타샤 필립포브나의 야회에서 그 불쾌한 일이 있은 뒤, 가냐는 집에 돌아와서도 자리에 들지 않고 열병에 걸린 것처럼 초조하게 공작이 돌아오기를 기다리고 있었다. 예카체린고프에 갔던 공작은 새벽 5시가 지나서야 집에 돌아왔다. 가냐는 곧 공작의 방으로 들어가서 검게 탄 종이 꾸러미를 테이블 위에 놓았다. 그가 기절해서 쓰러졌을 때 나스타샤 필립포브나가 선물한 10만 루블이었다. 그는 이 선물을 기회가 있는 대로 곧 나스타샤 필립포브나에게 돌려 주라고 공작에게 간청을 했던 것이다. 공작의 방에 들어갈 때의 가냐는 적의에 찬 거의 절망적인 기분이었지만, 두 사람 사이에 어떤 양해가 성립될 만한 이야기가 오고갔던 모양으로 그는 공작의 방에 두 시간이나 눌러 앉은 채 줄곧 흐느껴 울고 있었다. 헤어질 때 둘이는 이미 벗이나 다름없는 사이가 되었다.

예판친 씨 댁 식구들의 귀에 들어온 이 풍문은 나중에 아주 완전한 사실임이 확인되었다. 이런 성질의 풍문이 그처럼 빨리 사람들의 귀에 들어와 일러진다는 깃은 물론 이상야릇한 사실임에 틀림없다. 이를테면 니스티샤 필립포브나의 야회에서 일어난 일들만 해도 바로 그 이튿날로, 그것도 아주 소상하게 예판친 씨 댁에 알려졌다. 가브릴라 아르달리오노비치에 대한 소식은 어쩌면 바르바라 아르달리오노브나가 이 집 사람들에게 전했다고 추측할 수도 있을 것이다. 그녀는 무슨 까닭인지 갑작스레 예판친 씨의 딸들을 찾아다니기 시작했고, 리자베타 프로코피예브나를 놀라게 할 만큼 그녀들과 너무나 급속히 친숙한 사이가 되었다. 바르바라 아르달리오노브나는 무슨 이유에서인지 예판친 씨 댁 식구들과 가까이 사귈 필요성을 느끼기는 했지만 자기 오빠의 얘기는 좀처럼 하지 않았을 것임에 틀림없다. 비록 자기 오빠를 내쫓다시피한 집과 교제는 하고 있을지언정 그녀도 역시 그녀 나름으로 자존심이 강한 여자였다. 예판친 씨의 딸들과는 그 전부터 아는 사이였으나 별로 만날 기회가 없었던 것이다. 그러나 지금도 그녀는 거의 객실에 나타나는 일은 없었고 남의 눈에 띄지 않게 뒷문으로 출입했다. 리자베타 프로코피예브나는 바르바라 아르달리오노브나의 어머니 니나 알렉산드로브나를 매우 존경하고 있었지만, 그렇다고 해서 전에나 요즈음에나 그녀를 초대한 일은 없었다. 그녀는 한편 놀라고, 한편 역정을 내며 바르바라 아르달리오노브나와의 교제를 딸들의 변덕과 권세욕 탓으로 돌리고 「더 이상 나에게 반항할 구실이 없으니까.」 하고 말하고 있었다. 그런데 바르바라 아르달리오노브나는 결혼 전에나 결혼 후에나 여전히 그녀들을 찾아다넜다.

그러나 공작이 떠나고 나서 한 달쯤 지났을 무렵 예판친 장군 부인은 벨로콘스카야 노(老)공작 부인으로부터 한 통의 편지를 받았다. 노공작 부인은 출가한 자기 맏딸을 찾아가기 위해 두 주일 전에 모스크바에 가 있었던 것이다. 이 편지는 예판친 장군 부인에게 깊은 충격을 주었다. 그녀는 이 편지의 내용에 대하여 딸들에게는 물론 이반 표도로비치에게조차도 말 한 마디 하지 않았으나, 그 편지 때문에 그녀가 몹시 흥분하고 있다는 것을 여러 가지 일로 미루어 집안 식구들은 알아채고 있었다. 그녀는 곧잘 딸들을 붙잡고는 이상한 어조로 앞뒤가 맞지 않는 말을 하게 되었다. 아무래도 그녀는 무엇인가를 털어놓고 이야기하고 싶은 것을 억지로 참고 있는 것 같았다. 편지를 받은 날 그녀는 세 딸들을 전에 없이 부드럽게 대했고 아글라야와 아젤라이다에게는 키스까지 했다. 부인은 딸들에게 무엇인가 나쁜 짓을 한 것 같았으나, 그것이 과연 무엇인지는 딸들도 알 수 없었다. 꼬박 한 달 동안 통명스럽게 대하고만 있던 이반 표도로비치에게까지도 그녀는 갑자기 너그러워졌다. 그러나 물론 바로 그 이튿날 그녀는 자기가 어제 너무 감정적이었던 것에 화를 내고, 점심 전에 벌써 식구들과 말다툼을 했으나 저녁에는 다시 명랑해졌다. 아무튼 이 한 주일 동안 그녀는 밝은 기분으로 지냈다. 이런 일은 좀처럼 없던 것이었다.

그러나 또 1주일 후에 벨로콘스카야 부인으로부터 두번째 편지가 왔는데 이번에는 식구들에게 편지 내용을 공개하기로 결심했다. 그녀는 거창하게 벨로콘스카야 할머니 —— 그녀는 본인이 없는 자리에서는 한 번도 공작 부인이라고 부른 적이 없었다 ——가, 그 괴짜 할머니가 공작에 대하여 지극히 재미있는 소식을 알려 왔다고 말했다. 할머니는 모스크바에서 공작을 찾아 내어 그에 대해 여러 가지로 알아본 끝에 무엇인가 아주 재미있는 것을 알아 냈다고 했다. 그리고 마침내는 공작 자신도 그녀에게 찾아갔고, 그것이 그녀에게 예사롭지 않은 인상을 준 모양이라고 했다.

「그것은 할머니가 그 사람에게 매일 1시부터 2시 사이에 그의 방문을 허용했고, 그 사람도 날마다 그녀를 방문하곤 하지만 아직까지 싫증을 내지 않고 찾아다니는 점으로 미루어 보아 능히 추측할 수 있는 일이다.」라고 결론을 내리고 나서 장군 부인은 다시 덧붙였다. 공작은 할머니의 소개로 두서너 곳의 명문 가정에 드나들게 되었고 게다가 집에 틀어박혀 있지도 않을 뿐더러 백치처럼 부끄러워하지도 않는다고. 이와 같은 공작에 대한 이야기를 들은 딸들은 어머니가 아직도 그 편지에 대해 많은 것을 숨기고 있는 것을 이내 알아챘다. 어쩌면 그녀들은 이것을 바르바라 아르달리오노브나에게서 알아 냈는지도 모른다. 왜냐하면 공작의 동정이나 공작이 모스크바에 체류하고 있는 동안에 있었던 일에 관해서 프치스인이 알고 있는 것은 바르바라 아르달리오노브나도 하나도 빠짐없이 다 알 수 있었고 또 물론 실제로 알고 있었기 때문이다. 게다가 프치스인은 다른 누구보다도 상세하게 알고 있어야만 했던 것이다. 그는 실제적인 면에서는 지극히 말수가 적은 사람이었지만 물론 바르바라 아르달리오노브나에게만은 죄다 알렸을 것이다. 장군 부인은 이내 그것 때문에 전보다도 한층 더 바르바라 아르달리오노브나을 싫어하게 되었다.

그러나 어떻든 침묵의 얼음은 깨어지고 말았다. 이때부터 공작에 대한 이야기도 공개적으로 하게 되었다. 뿐만 아니라 그가 예판친 씨의 집에 남겨 놓고 갔던 그 깊은 인상과 큰 관심이 더욱 명백히 그 본성을 드러낸 것이었다. 장군 부인은 모스크바에서 전해 온 소식이 딸들에게 너무나 큰 인상을 준 데 대하여 적잖이 놀랐다. 한편 딸들도 또 어머니의 태도에 놀라고 있었다. 그것은 장군 부인이, 내 생애에서 가장 큰 특징은 언제나 사람을 잘못 보는 것이라고 거창하게 말하면서도 한편으로는 모스크바에 있는『세력가』인 벨로콘스카야 할머니에게 편지를 보내어 공작을 잘 보살펴 달라고 부탁하고 있기 때문이다. 더욱이 이 할머니는 경우에 따라서 어찌나 굼뜬지 이런 사람에게 그런 일을 부탁하려면 부처님에게 치성을 드리듯이 수없이 되풀이해서 부탁해야만 하는 것이었다.

어쨌든 침묵의 얼음이 깨어지고 새로운 바람이 불기 시작하자 곧 장군도 서둘러 말문을 열었다. 그도 사건의 추이를 크나큰 관심을 가지고 바라보고 있었던 것이다. 그러나 그는 다만 사건의『사무적인 면』만 보고했을 뿐이었다. 그의 말에 의하면, 그는 공작을 위하여 모스크바에서 상당한 세력을 가지고 있는 믿을 만한 인사들에게 공작과 특히 그의 후견인인 살라스킨의 동정(動靜)을 주시하도록 의뢰했다는 것이었다. 모든 풍문이 사실이지만, 유산은 처음에 떠들썩하게 오가던 풍문처럼 막대한 것이 아님이 드러났다. 그 재정은 몹시 복잡했다. 부채가 나오는가 하면 이러저러한 구실을 붙여 돈을 뜯어 내려는 자들이 있었는데, 공작은 친구들의 충고에도 불구하고 지극히 비사무적인 행동을 하고 있다는 것이다. 「물론 그것도 좋아.」하고 장군은 『침묵의 얼음』이 깨어진 지금 『진심에서 우러나는 소리로』 이렇게 말하는 것이었다. 왜냐하면 그 사람은 약간 백치 같은 데가 있기는 하지만 그래도 역시 쓸모가 있기 때문이었다. 그러나 어쨌든 공작은 그때 백치 같은 실수를 하고 말았던 것이다. 이를테면 죽은 상인의 채권자라는 자들은 전혀 믿을 수 없는 수상한 증서를 들고 왔을 뿐만 아니라, 개중에는 공작에 대한 소문을 얻어듣고 아무런 증서도 없이 맨손으로 찾아오는 자도 있었기 때문이다. 그런 채권자들은 아무런 권리도 없다고 친구들이 아무리 충고해도 공작은 거의 모든 사람에게 상당한 만족을 주었다. 그것은 그들 중의 일부가 정말 곤경에 빠져 있음을 공작이 알았기 때문이었다.

장군 부인은 그것에 대답하여, 자기도 벨로콘스카야 부인에게서 그와 비슷한 편지를 받았는데 「어리석은, 정말로 어리석은 사람이에요. 백치를 고치는 약은 없는 모양이야.」하고 날카롭게 덧붙였다. 그러나 그 얼굴 표정에는 오히려 공작의 그러한 『백치 짓』을 만족하게 여기는 빛이 있었다. 여기서 장군이 알아챈 것은, 그의 아내가 공작에게 마치 친자식에게 가지는 것과 같은 관심을 가지고 있으며 또 갑자기 아글라야에게 몹시 상냥해졌다는 것이었다. 이것을 본 이반 표도로비치는 잠시 동안 지극히 사무적인 위엄 있는 태도를 취하고 있었다.

그렇지만 이러한 유쾌한 기분도 역시 오래 계속되진 않았다. 겨우 두 주일쯤 지났을 무렵 갑자기 사태가 일변해 버렸다. 장군 부인은 얼굴을 잔뜩 찌푸리게 되었고, 장군은 몇 번인가 어깨를 움츠렸으며 또다시 침묵의 얼음에 갇히고 말았다. 거기에는 다음과 같은 사정이 있었다. 두 주일 전에 그는 어떤 보고를 몰래 받았는데 그것은 너무나 짤막한 것이어서 그리 명확한 것은 아니었으나, 그대신 정확한 정보였다. 그것에 의하면, 처음 모스크바에서 자취를 감추었으나 곧 또 모스크바에서 로고진에게 발견되었고, 그 뒤 다시 어디론지 도망쳤다가 또다시 로고진에게 탐색되어 붙들린 나스타샤 필립포브나가 결국은 그와 결혼하기로 굳은 언약을 하였다는 것이었다. 그런데 그 뒤 불과 두 주일밖에 지나지 않아 장군은 갑자기 또 하나의 정보를 입수하였다. 즉 나스타샤 필립포브나는 결혼식을 목전에 두고 세번째 도망을 쳤는데 이번에는 어딘지 시골로 행방을 감췄다는 것이었다. 그런데 이와 때를 같이하여 뮈시킨 공작도 모든 일을 살라스킨에게 맡기고 모스크바에서 사라져 버렸다는 것이었다. 「그 여자와 함께인지 혹은 그저 그녀의 뒤를 쫓아갔는지 그것은 분명하지 않지만 필경 그녀와 무슨 관계가 있는 것은 틀림없을 성싶군.」하고 장군은 말을 맺었다. 리자베타 프로코피예브나도 무엇인가 불쾌한 보고를 받고 있었다. 결국 공작이 떠난 후 두 달이 지나자, 그의 소문은 페체르부르그에서 완전히 사라지고, 예판친 씨네 집의『침묵의 얼음』도 다시는 깨질 줄을 몰랐다. 그러나 바르바라 아르달리오노브나는 여전히 예판친 댁 딸들을 찾아다니고 있었다.

이러한 모든 풍문과 정보 등에 일단 매듭을 짓기 위해 여기서 한 가지만 더 덧붙이기로 하겠다. 봄이 가까워지면서 예판친 씨 집안에는 여러 가지 변화가 있었으므로, 자기 쪽에서 소식을 전해 오지도 않았고 또 전하려고 하지도 않는 공작에 대해서는 자연히 기억에서 사라지지 않을 수 없었다는 것이다. 그리고 여름이 되면 외국으로 여행을 떠나자는 말이 긴 겨울 동안 점점 확고한 계획으로 굳어져 갔다. 그러나 결국 그것은 리자베타 프로코피예브나와 딸들에게 해당되는 말이었을 뿐, 장군에게는 물론 쓸데없는 기분 전환을 위해서 시간을 허비할 여유가 없었다. 이런 결정은 딸들의 집요한 주장에 의하여 이루어진 것으로 그녀들은, 자기들을 외국에 보내지 않으려는 부모의 태도는 양친이 줄곧 사윗감을 고르는 데만 마음을 쓰고 있기 때문이라고 굳게 믿고 있었다. 어쩌면 양친들도, 사윗감은 외국에서도 구할 수 있으니 여름 동안의 여행은 조금도 지장이 없을 뿐 아니라 오히려 도움이 될 수도 있다고 생각했는지도 몰랐다. 여기서 한 가지 말해 둘 것은 전에 혼담이 오갔던 아파나시 이바노비치 토스키와 예판친 씨댁 맏딸과의 결혼설은 완전히 틀어져 결국 정식 청혼도 있기 전에 깨져 버렸다는 것이다. 이것은 저절로 그렇게 된 것으로 이렇다 할 상의나 가정내의 싸움도 없이 공작의 출발과 함께 쌍방에서 얘기가 뚝 그쳐 버렸다. 그때 장군 부인은 『두 손으로 성호를 그을 만큼』기쁘다고 말했지만 그러나 그때 예판친 씨의 집안에 감돌고 있던 숨막힐 듯한 기분의 원인에는 이러한 사정도 어느 정도 작용했던 것이다. 장군은 자기의 불찰이었음을 느끼고 나쁜 결과를 한탄하고 있었으나 그래도 오랫동안 퉁명스러운 표정을 짓고 있었다. 「그러한 재산에 그만한 수완을 가진 인간을.」하고 그는 못내 아파나시 이바노비치 토스키를 아까워했다. 아파나시 이바노비치 토스키가, 페체르부르그에 온 상류계급의 한 프랑스 부인한테 반하여 곧 결혼식을 올린 다음, 먼저 파리에

갔다가 브르타뉴인지 어딘지로 떠날 것이라는 소문은 얼마 후에 장군의 귀에도 들어왔다.

「흥, 프랑스 여자와 함께 우리에게서 없어지고 만다는 말인가!」하고 장군은 내뱉듯이 말했다.

예판친 씨네 사람들은 초여름에 외국으로 떠날 예정으로 준비를 서두르고 있었다. 그런데 뜻하지 않게 어떤 사정이 생겨 모든 것은 완전히 변경되고 말았다. 여행이 연기되어 장군과 장군 부인은 크게 기뻐했다. 모스크바에서 페체르부르그로 S공작이라는 아주 유명한, 그리고 정말 지극히 훌륭한 인품으로 유명한 인물이 한 사람 왔다. 그는 진정한 마음에서 의식적으로 유익한 사업에 종사하기를 바라고 언제나 일하며, 또 언제 어디서나 자기가 할 일을 발견할 줄 아는, 다시 없을 만큼 좋은 성격을 가진 이른바 현대적 활동가의 한 사람이었다. 그는 함부로 나서거나, 정당적인 공론에 빠지거나, 자기를 훌륭한 사람이라고 생각하거나 하는 일이 없었고, 최근에 일어나고 있는 많은 현상을 아주 근본적으로 이해하고 있었다. 처음에 그는 관청에 근무했으나, 그 후로는 오랫동안 지방 자치 단체의 일에 관계하고 있었다. 그밖에도 그는 몇 군데 학술 단체의 유능한 회원이기도 했다. 그리고 친지인 어느 기사(技師)와 협력하여 이미 수집된 보고와 실지 답사를 기초로 계획중인 중요한 철도 사업에 크게 이바지한 일도 있다. 나이는 35세였다. 그는 상류 중에서도 아주 굉장한 상류사회의 사람일 뿐만 아니라, 장군의 말을 빌린다면 훌륭하고 튼튼한, 비할 수 없이 많은 재산을 가지고 있다는 것이었다. 장군은 모종의 중대한 볼일로 자기의 소속 장관인 백작에게 갔다가 거기서 공작을 알게 되었던 것이다. 공작은 일종의 독특한 호기심에서 러시아의 사업가들과는 되도록 가까이 사귀려고 하고 있었다. 세 딸 중 가운데인 아젤라이다가 그에게 강한 인상을 주었다. 봄이 가까웠을 무렵에 공작은 자기의 사랑을 고백했다. 그는 무척 아젤라이다의 마음을 끌었고 또 리자베타 프로코피예브나 역시 그가 마음에 들었다. 장군은 물론 대만족이었다. 자연히 여행은 늦추어졌다. 결혼식은 봄으로 결정되었다.

그렇지만 여행은 아젤라이다를 출가시키는 데서 오는 서운함을 메꾸기 위해서, 리자베타 프로코피예브나가 나머지 두 딸을 데리고 한두 달 예정으로 기분 전환삼아 한여름에나 늦은 여름에 실행으로 옮길 예정이었다. 그런데 거기에 또다시 새로운 사건이 일어난 것이다. 이미 봄도 끝날 무

렵——아젤라이다의 결혼은 약간 늦어져 한여름으로 잡혀 있었다——S공
작은 자기의 먼 친척, 그러나 그와는 아주 친근한 사이인 예브게니 파블로
비치 라돔스키라는 사람을 예판친 씨의 집에 데려 왔다. 이 사람은 28세쯤
의 아직 젊은 시종 무관(侍從武官)으로 명문 출신인데다가 그림으로 그린
것 같은 미남자며 학문도 출중한 재기발랄한 사람이었다. 뿐만 아니라 일찍
이 들어 보지도 못했을 정도의 굉장한 재산을 가진 눈부신 『새로운 타입』의
인간이었다. 이 재산이라는 점에 관해서 장군은 언제나 조심스러웠다. 그는
곧 조사해 보았다. 그리고는 「아무래도 그런 것 같다. 하기는 좀더 잘 조사
해 봐야겠지만.」하고 말했다. 이 젊고도 장래성 있는 시종 무관은 모스크
바에 있는 벨로콘스카야 할머니의 편지에 의하면 아주 평판이 좋았다. 다만
한 가지 그에 관하여 약간 신중을 요하는 세평이 있었다. 즉 이미 몇몇 여
성과 관계가 있었을 뿐 아니라, 불행한 소녀의 순정을 짓밟았던 일도 적지
않다는 것이었다. 아글라야를 한 번 보지 그는 줄곧 예판친 씨네 집에 들어
앉아 있게 되었다. 아직 무슨 말을 했거나 암시 같은 것을 주거나 한 일은
전혀 없었지만, 양친은 어떻든 차제에 외국 여행에 대해서 생각할 것은 조
금도 없을 것 같은 느낌이 들었다. 그러나 어쩌면 본인인 아글라야에게는
다른 의견이 있었을는지도 모른다.

　이것은 우리 이야기의 주인공이 다시 무대에 나타나기 거의 직전에 일어
난 일이다. 언뜻 보기에 이 무렵까지 페체르부르그에서는 불행한 공작에 대
해서 깨끗이 잊어버린 것 같았다. 그가 만일 지금, 전날의 친지들 사이에
갑자기 나타난다면, 그들은 마치 그가 하늘에서 떨어지기라도 한 듯이 놀랐
을 것이다. 그러나 그런 건 어찌 되었든 여기서 또 하나의 사실을 독자에게
전함으로써 이 도입부를 끝맺기로 하겠다. 콜랴 이볼긴은 공작이 떠나고 나
서도 역시 전과 같은 생활을 계속하고 있었다. 즉 중학교에 다니는 한편 친
구인 이폴리트를 찾아가기도 했고, 장군을 감시하기도 했으며, 또 바랴를
도와 심부름을 다니기도 했다. 그러나 하숙인들은 곧 없어지고 말았다. 페
르드이시첸코는 나스타샤 필립포브나의 집에서 그런 일이 있은 지 사흘 뒤
에 어디론지 뛰쳐나가서 자취를 감추어 버렸으므로 그에 관한 모든 소문도
곧 사람들의 입에 오르내리지 않게 되었다. 들리는 말로는 어디선가 술만
마시고 있다고 하지만 그것도 확실한 이야기는 아니었다. 공작은 모스크바
로 떠났다. 그래서 하숙인들도 끊어져 버렸다. 그 뒤 바랴가 프치스인과 결

혼하게 되자 니나 알렉산드로브나와 가냐도 그녀와 함께 이즈마일로프 연대 지구(地區)의 프치스인에게로 옮겨 갔다. 이와 거의 때를 같이하여 이볼긴 장군에게는 전혀 뜻하지 않은 일이 일어났다. 즉 그는 채무 감옥(債務監獄)에 수감당해 버렸던 것이다. 그는 자기의 친구인 대위 부인에 의하여 감옥으로 압송되었는데 그것은 몇 차례에 걸쳐 그녀에게 건넨 2천 루블 가량의 액면의 증서가 원인이었다. 이것은 그에게 너무나도 천만 뜻밖의 일이었다. 불쌍한 장군에게 이것은 『일반적인 믿음의 희생』이었던 것이다. 차금증서(借金證書)와 어음에 곧잘 서명하는 버릇이 있던 그는 그것이 효력을 발생하리라고는 꿈에도 생각하지 못했던 것이다. 그리고 언제나 별것이 아니라고 안심하고 있었다. 그런데 그것이 뜻밖에도 별것이 아닌 것으로 끝나지 않았다.

「이제부터는 사람들을 믿는다든가 고상한 믿음의 정 같은 것은 베풀어서는 안 되겠단 말이야!」그는 채무 감옥에서 알게 된 새로운 친구들과 함께 앉아서 비통한 어조로 외치는 것이었다. 그는 술병을 앞에 놓고, 그 카르스 공방전에 관한 에피소드와 살아 돌아온 사병에 관한 이야기 등을 그들에게 들려 주었다. 그러나 그는 태평하게 지냈다. 프치스인과 바랴는 그곳이야말로 그가 진짜로 있어야 할 곳이라고 말하고 가냐도 완전히 그것을 긍정하고 있었다. 오직 한 사람 가련한 니나 알렉산드로브나만은 남 몰래 괴롭게 눈물을 흘리고 있었다. 식구들에게는 그것이 오히려 이상하게 여겨지기는 했지만……. 그리고 몸이 약해 줄곧 앓으면서도 틈만 나면 이즈마일로프 연대의 남편에게 면회를 하러 가곤 했던 것이다.

그런데 이른바 『장군 사건』 이후, 즉 누이가 시집을 가고 난 후부터, 콜랴는 아주 타락해 버려서 집안 식구들의 말도 듣지 않고 요즈음에는 집에 안 들어오는 날도 많았다. 풍문에 따르면 그는 새로운 친구를 많이 사귀었다는 것이다. 뿐만 아니라 채무 감옥에까지 그의 이름은 널리 알려져 있었다. 니나 알렉산드로브나도 면회하러 갔을 때 그가 없으면 곤란을 겪을 뻔한 적이 한두 번이 아니었다. 집에서는 농담으로라도 그에게 잔소리를 하는 사람이 없었다. 전에는 그렇게까지 그를 엄하게 대하곤 하던 바랴도 지금은 남동생이 여기저기로 나돌아다니고 있는 것에 대해서 조금도 탓하지 않았다. 그런데 식구들이 크게 놀란 것은 가냐가 심기증(心氣症)을 앓고 있으면서도 콜랴와 때때로 아주 정답게 이야기를 주고받기도 하며, 심지어는

친하게 사귀고 있다는 것이었다. 이런 일은 전에는 좀처럼 없었다. 그것은
여태까지 27세인 가냐가 열다섯 살 먹은 아우에게 조금도 정답게 대하지 않
았을 뿐더러, 식구들도 아우에 대해서는 오직 엄격하게 다룰 것을 요구했기
때문에, 가냐는 동생에게 언제나 『귀를 잡아 비튼다』고 을러 대고 있었으므
로 콜랴가 울화통을 터뜨리고 말았기 때문이었다. 그러나 이젠 콜랴가 가냐
에게 없어서는 안 될 사람이라고 여길 정도가 되었다. 그때 그 돈을 되돌려
보낸 것이 적잖이 콜랴를 놀라게 한 것 같았다. 그래서 콜랴는 어지간한 일
이면 형이 저지른 잘못을 용서하려는 마음의 준비가 되어 있었던 것이다.

공작이 떠나고 나서 석 달쯤 지났을 무렵, 이볼긴 씨 댁의 사람들은 콜랴
가 갑자기 예판친 씨 댁 식구들과 가까워진데다 아가씨들에게서 아주 좋게
받아들여지고 있다는 말을 들었다. 바랴도 이내 그것을 알았다. 그러나 콜
랴는 바랴를 통해서 그들과 가까워진 것이 아니라 『자기 혼자서』 친하게 지
내는 사이가 된 모양이었다. 그는 차츰 예판친 씨의 집에서 귀염을 받게 되
었다. 장군 부인은 처음엔 그를 아주 못마땅하게 대했으나, 얼마 뒤 그의
소탈함과 아첨할 줄 모르는 성품 때문에 그를 귀여워하게 되었다. 콜랴가
아첨을 부리지 않는다는 것은 정말 사실이었다. 비록 때때로 장군 부인에게
책과 신문을 읽어 주는 적이 있기는 했지만 그는 이 집 사람들과 완전히 대
등하게 사귀고 있었다. 그러나 언제나 공손히 일을 돌보아 주곤 했다. 다만
꼭 두 번 리자베타 프로코피예브나와 크게 말다툼이 있었는데 그때, 당신은
전제 군주다, 이제 두 번 다시 이 집엔 발을 들여 놓지 않겠다 하고 선언한
적이 있었다. 첫번째는 여성 문제로 말다툼이 일어났고, 두번째는 검은 방
울새를 잡으려면 일 년 중 어느 때가 가장 좋은가 하는 문제로 말다툼이 일
어났다. 참으로 거짓말 같은 이야기지만, 말다툼이 있은 지 사흘째 되던
날 장군 부인은 하인에게 편지를 들려 보내서 꼭 와달라고 사정을 했다. 콜
랴는 고집 부리지 않고 곧 찾아갔다. 딱 한 사람 아글라야만은 어째선지 언
제나 그에게 호의를 보이지 않고 거만스럽게 내려다보듯이 그를 대했다. 그
러나 그도 어느 정도는 그녀를 놀라게 할 수 있는 운명을 가지고 있었던 것
이다. 그것은 어느 날──부활절경의 일이었다──단둘이만 있게 된 틈
을 노려 콜랴가 아글라야에게, 이것은 아무도 없을 때에 건네 주라고 부탁
을 받은 것이라고만 말하면서 한 통의 편지를 건넨 적이 있었던 것이다. 아
글라야는 무서운 눈으로 이 『자기를 과신하는 꼬마둥이』를 노려 보았지만

콜랴는 기다리지 않고 횡 나가 버렸다. 그녀는 편지를 펴 죽 읽기 시작
했다.

〈일찍이 당신은 나를 신뢰해 주셨습니다. 어쩌면 당신은 이제 나를 완전
히 잊어버리셨을는지도 모릅니다. 어째서 이처럼 당신에게 편지를 드리게
되었는지 모릅니다. 그러나 당신이, 바로 당신이 나를 기억해 주셨으면 하
는 억누를 수 없는 희구가 나의 마음에 솟구쳐 올랐던 것입니다. 당신들 세
분은 나에게 필요한 분들이라고 나는 얼마나 여러 번 생각했는지 모릅니다.
그러나 나는 세 분 가운데서 오직 당신 한 사람만을 생각해 왔습니다. 당신
은 나에게 필요한 분입니다. 아주 필요한 분입니다. 나는 나 자신에 대한
것은 하나도 쓸 것이 없습니다. 나는 이야기할 것도 없습니다. 아니 그런
것은 하고 싶지도 않습니다. 나는 당신이 행복하시기만을 절실히 바라고 있
습니다. 당신은 행복하십니까? 이것만이 내가 당신에게 말하고 싶었던 것
입니다.

당신의 오빠인 공작〉

이 짤막한 그다지 의미가 없는 편지를 내려 읽으면서 아글라야는 별안간
얼굴을 빨갛게 붉히고 생각에 잠겼다. 그녀가 어떻게 생각했는가를 전하기
란 어려운 것이다. 어떻든 그녀는 누군가에게 그것을 보일까 하고 스스로에
게 물어 보았으나 어쩐지 부끄러웠다. 그래서 결국 비웃는 듯한 야릇한 미
소를 띠고 그 편지를 자기의 책상 속에 던졌다. 이튿날 다시 그것을 꺼내어
가죽으로 표지를 싼 두꺼운 책 속에 끼워 넣었다——그녀는 서류가 필요
할 때 곧 찾아 낼 수 있도록 언제나 이처럼 간수하곤 했다. 꼭 1주일이 지
나, 그것이 어떤 책이었던가 하고 들여다보았다. 그것은 《라 만차의 돈 키
호테》였다. 아글라야는 그것을 보고 저도 모르게 깔깔 웃었다.
그러나 그녀는 이 편지를 읽었을 때 문득 다음과 같은 것을 상상했다. 즉
자기를 과신하는 꼬마둥이가 정말로 공작의 통신원, 틀림없이 이 고을의 유
일한 통신원으로 선택된 것일까? 그녀는 예사롭지 않게 얕잡는 듯한 얼굴
빛을 하고는 있었지만, 그러나 아무튼 콜랴를 붙들고 이 점을 물어 보았다.
그러나 언제나 발끈거리기를 잘하는 『꼬마둥이』가 이때만은 조금도 상대방
의 얕잡는 듯한 얼굴빛에 주의를 돌리지 않는 것이었다. 그가 아주 간단히

그리고 무뚝뚝하게 설명한 것에 따르면 공작이 페체르부르그를 떠나기에 앞서 그는 자기의 일정한 주소를 공작에게 가르쳐 주고 무엇인가 볼일이 있거든 심부름을 시켜 달라고 말해 두었는데, 이것이 처음 부탁이기도 하면서 제가 받은 첫 편지라는 것이다. 그는 이렇게 설명하면서 제 말을 뒷받침할 양으로 자기가 받은 편지를 내보였다. 아글라야는 서슴지 않고 읽어 보았다. 콜랴에게 부친 편지는 다음과 같은 것이었다.

〈귀여운 콜랴 군, 동봉(同封)한 봉서(封書)를 아글라야 이바노브나에게 꼭 전해 주게. 건강하기를.

자네를 사랑하는 레프 뮈시킨 공작〉

「그렇지만 이런 꼬마둥이를 믿고 부탁한다는 것은 우스운데.」 하고 아글라야는 편지를 콜랴에게 돌려 주면서 못마땅한 듯이 중얼거리고는 사뭇 얕잡아 보는 듯한 태도로 그 옆을 지나가 버렸다.

이렇게 나오는 데는 콜랴도 더 이상 참을 수 없었다. 그는 이때 일부러 가냐에게서, 이유도 밝히지 않고 사정해서 얻은 녹색의 아직 새 머플러를 두르고 있었던 것이다. 그는 크게 화를 내고야 말았다.

2

6월 초의 일이었다. 페체르부르그에는 벌써 꼬박 1주일 동안이나 보기드물게 좋은 날씨가 계속되고 있었다. 예판친 씨는 파블로프스크에 화려한 별장을 가지고 있었다. 리자베타 프로코피예브나가 갑자기 흥분하여 소란을 피웠으므로 이틀 동안의 수선을 피운 끝에 그들은 그곳으로 옮겨 가고 말았다.

예판친 씨네 사람들이 별장으로 옮겨 간 이튿날인가 그 이튿날, 레프 니콜라예비치 뮈시킨 공작은 모스크바에서 떠난 아침 열차로 페체르부르그에 도착했다. 그를 정거장으로 마중 나온 사람은 아무도 없었다. 그러나 차에서 나올 때 그는, 그 열차로 도착한 사람들을 둘러싼 군중 속에서 갑자기 누군가의 수상한, 이글거리는 두 눈이 한 순간 자기에게 못박혔던 것처럼 느껴졌다. 그가 주의 깊게 바라보았을 때 그곳엔 이미 아무도 아는 사람이라곤 없었다. 단순히 그저 그렇게 여겨졌을 뿐이었는데도 그것은 그에게 불쾌한 인상을 남겼다. 그렇지 않아도 공작은 침통하고 무엇인가 걱정이 있는 듯한 표정이었던 것이다.

샀마차는 리체이나야 거리에서 그리 멀지 않은 한 호텔로 그를 싣고 갔다. 호텔은 상당히 허술한 곳이었다. 공작은 볼품없는 가구가 놓여 있는 어두컴컴한 방을 둘 빌려, 얼굴을 씻고 옷을 갈아입자 아무것도 주문하지 않고 허둥지둥 밖으로 나갔다. 마치 시간이 가는 것이 아깝거나, 누군가를 찾아가려는 사람이 그 상대가 외출이라도 할까 봐 두려워하며 서두르고 있는 것 같았다.

만일, 반 년 전 그가 처음으로 페체르부르그에 왔을 때 그를 알았던 사람들이 지금 그의 모습을 본다면 첫눈에 그의 풍채가 훨씬 좋아졌다고 단언할 것임에 틀림없었다. 그러나 과연 그럴까? 하기는 옷차림만은 완전히 달라져 있었다. 옷은 모스크바에서 유행하는, 훌륭한 재단사에 의해 지어진 완전히 다른 것이었다. 그러나 그 옷에도 역시 흠은 있었다. 즉 그것은 너무나 유행을 쫓아 지어진 옷이었다── 양심적이기는 하지만 그렇게 솜씨가 좋지 않은 재단사는 언제나 이처럼 짓기 마련이다. 게다가 또, 그것을 입은 사람이 유행 따위에 전혀 관심이 없는 사람이어서, 지나칠 만큼 극성스러운 친구가 공작의 모습을 조심스럽게 뜯어 본다면 모르긴 해도 아마 빙긋이 미소를 지을 만한 흠을 찾아 냈을는지도 모른다. 그러나 세상에는 우스꽝스러운 일 따위는 결코 적지 않으니까……

공작은 샀마차를 잡아 페스키로 몰게 했다. 로제스트벤스카야의 큰 거리에서 그는 곧 한 채의 그리 크지 않은 아담한 목조 건물을 찾아 냈다. 공작을 놀라게 한 것은 이 집의 외양이 아름답고 깨끗한데다 꽃을 가꾼 앞뜰까지 질서정연하게 손질이 되어 있다는 것이었다. 한길로 난 창문은 열려 있었고 그 안에서는 거의 외치고 있는 듯이 들리는 목소리가 줄곧 흘러 나오고 있었다. 그것은 마치 누군가가 낭독을 하고 있든가, 그렇지 않으면 연설이라도 하고 있는 것 같았다. 이따금 그 목소리는 몇 사람인가의 카랑카랑한 웃음소리에 의하여 끊기곤 했다. 공작은 마당으로 들어가 조그만 층층대를 올라갔다. 그리고 레베제프 씨는 집에 있느냐고 물었다.

「네, 저기에 계십니다.」하고 옷소매를 팔꿈치께까지 걷어올린 찬모가 문을 열면서 대답하고 손가락으로 객실을 가리켰다.

이 객실 안은 짙은 하늘빛의 벽지로 도배가 되어 있었고 깨끗이 정돈되어 있었으며, 어느 정도 색다른 장식으로 꾸며져 있었다. 둥근 테이블, 소파, 둥근 유리뚜껑이 덮인 청동제의 시계, 창문 사이에 걸린 길쭉한 거울, 청동의 쇠고리로 천장에서 드리워진 유리구슬이 잔뜩 박힌 옛스런 조그만 샹들리에 같은 장식들이 있었다. 그 방의 한가운데에는 레베제프가 계절에 맞게 웃옷이 없는 조끼 차림으로 들어 오는 공작에게 등을 돌리고 서 있었고, 가슴을 치면서 무슨 테마인지는 모르지만 비통한 웅변을 하고 있는 참이었다. 듣고 있는 사람은 책을 들고 있는, 쾌활하고 영리하게 생긴 15세 가량의 소년과 갓난애를 두 손으로 안고 상복(喪服)으로 몸을 싼 20세 가량의 젊은 처녀와 역시 상복을 입고 크게 입을 벌리면서 자지러지게 웃어 대고 있는 13세쯤 된 계집애였다. 그리고 마지막으로 또 한 사람의 지극히 묘한 청취자가 있었는데, 그는 머리숱이 많고 크고 검은 눈에 턱수염과 구레나룻을 거뭇거뭇하게 기르기 시작한 썩 예쁜 얼굴의 20세 가량의 청년이었다. 이 청취자는 자주 레베제프의 웅변을 중단시키기도 했고 반박하기도 하면서 소파 위에 비스듬히 누워 있었다. 다른 사람들이 웃고 있었던 것은 틀림없이 그 때문이리라.

「루키얀 치모페이치, 이거 보세요, 루키얀 치모페이치. 어머, 내 참! 잠깐 여기를 좀 보시라니까요! 어머나, 정말 왜 이러실까!」

찬모는 이렇게 말하면서 손을 내두르더니 얼굴이 새빨갛게 되도록 화를 내면서 나가 버렸다.

레베제프가 돌아다보았다. 공작의 모습을 알아보고 그는 잠시 마치 벼락을 맞기라도 한 것처럼 우두커니 서 있었다. 이윽고 별안간 비굴한 미소를 띠고 그에게로 달려가다가 도중에서 다시 마비가 되기라도 한 것처럼 발을 멈췄다. 그래도 가까스로 이렇게만은 말했다.

「고, 고, 공작님!」

그러나 아직도 침착을 되찾지 못한 것처럼 별안간 아무런 까닭도 없이 갓난애를 안고 있는 상복의 처녀에게 달려들었다. 상대방은 예기치 않은 일에 약간 비틀거리기까지 했다. 그러나 그는 곧 그 처녀를 그대로 두고 이번에는 옆방의 문지방 위에 서서 아직 조금 전의 웃음의 여운을 얼굴에 남기고 있는 13세쯤 난 계집애에게로 쫓아갔다. 계집애는 저도 모르게 외마디 소리를 지르고 후다닥 부엌으로 도망쳤다. 그래도 레베제프는 으름장을 놓을 양으로 도망치는 어린애 뒤에서 두 발을 쾅쾅 굴렀다. 그러나 공작의 당황한 시선과 마주치자 변명이라도 하듯이 말했다.

「저……당신께 경의를 표할 양으로 그럽니다요. 헤헤헤!」

「그런 짓을 하지 않아도…….」공작은 말리려고 했다.

「금방, 금방, 금방 오겠습니다……. 눈 깜짝할 사이에!」이렇게 말하면서 레베제프는 재빨리 방에서 사라져 버렸다. 공작은 깜짝 놀라 처녀의 얼굴과 소년의 얼굴, 그리고 소파 위에 누워 있는 젊은이의 얼굴을 번갈아 쳐다보았다. 그들은 모두 웃고 있었으므로 공작도 따라서 웃었다.

「연미복을 입으러 간 거예요.」소년이 말했다.

「이런 법이 어디 있어.」공작은 입을 열었다. 「나는 자칫했으면……. 실은 또 저 사람이…….」

「술이 취한 줄 알았단 말씀인가요?」하고 외치는 소리가 소파 쪽에서 들려 왔다. 「아니에요, 천만의 말씀. 그야, 와인 글라스로 서너 잔, 아니 다섯 잔쯤은 했을는지 몰라요. 그러나 그 정도는 이미 습관이 되어 버려 아무렇지도 않을 거예요.」

공작은 소파에 누운 목소리의 주인공 쪽을 돌아 보려고 했다. 그러나 바로 그때, 처녀가 귀여운 얼굴에 더없이 솔직한 표정을 띠고 말했다.

「아버지는 아침에는 조금밖에 마시지 않으세요. 혹시 아버지한테 무슨 볼일이 있어 오셨으면 지금 말씀하세요. 저녁에 집에 돌아오실 때는 언제나 정신없이 취해 있으시니까요. 그리고 또 요즘에는 밤에 주무시기 전에 눈물을 흘리시면서 우리들에게 성경을 읽어 주세요. 다섯 주일 전에 어머니가 돌아가셨기 때문이에요.」

「저 사람이 도망간 것은 대답하기가 힘이 들어서 그런 것임에 틀림없어요.」소파의 청년이 웃었다. 「내기를 해도 좋아요. 그 분은 당신을 속이려고 지금 그 궁리를 하고 있을 겁니다.」

「딱 다섯 주일밖에 되지 않았습니다! 딱 다섯 주일밖에!」어느새 연미복을 입고 돌아온 레베제프가 눈을 껌벅거리고 눈을 닦을 양으로 호주머니에서 손수건을 꺼내면서 말했다. 「모두들 고아예요.」

「어머나, 왜 그런 구멍투성이를 입고 나오셨어요?」처녀가 말했다. 「저 문 뒤에 새로 지은 프록코트가 있지 않아요, 모르셨어요?」

「잠자코 있어, 이 잠자리야!」레베제프는 처녀에게 꽥 소리를 쳤다.

「너는 정말로!」하며 그는 발을 구를 듯한 자세를 해보였다. 그러나 처녀는 이번에도 웃고만 있었다.

「뭘 그렇게 겁을 주는 거예요? 나는 타냐와는 달라요, 도망가지 않아요. 다만 이 류보치카가 잠을 깰 뿐이에요. 게다가 또 경기라도 일으키면 어떡하시려구 그러세요……. 어쩌자구 그렇게 큰 소리를 치세요!」

「아, 아니 뭐라구? 벌을 받는다, 벌을…….」레베제프는 완전히 당황하여 딸의 품에 안겨 자고 있는 갓난애한테 달려가 놀란 얼굴로 두서너 번 성호를 그었다. 「주여, 지켜 주시옵소서, 주여 바라옵건대 지켜 주시옵소서! 이 갓난아이는 류보치카라는 내 막내딸이옵니다.」그는 공작을 돌아보면서 말했다. 「요전에 해산을 하다가 죽은 내 아내 엘레나와의 정당한 법률상의 결혼에 의해 태어난 아이예요. 여기 이 상복 입은 말라깽이는 내 딸 베라……, 그리고 이녀석은 이녀석은, 오, 이녀석은…….」

「왜 막혔어요?」청년이 소리쳤다. 「자, 계속하세요, 거북해 할 건 없잖아요.」

「공작님!」갑자기 발작적으로 레베제프는 외쳤다. 「제마린 씨 일가의 몰살 사건을 신문에서 보셨습니까?」

「봤습니다.」공작은 약간 놀란 것처럼 대답했다.

「바로 저녀석이 제마린 씨 일가를 살해한 진범이에요. 저녀석이 바로 그 범인입니다.」

「아니, 그게 무슨 말이오?」공작이 말했다.

「즉, 그, 비유적으로 말하자면, 만일 제2의 제마린 씨 일가의 몰살 사건이 일어난다면 저녀석이 그 범인이라는 말입니다. 만일 앞으로 그런 사건이 또 일어난다면 말입니다. 저녀석은 그것을 단단히 준비하고 기다리고 있으니까요.」일동은 웃었다. 공작은 문득 머리에 떠오르는 것이 있었다. 정말로 레베제프는 내가 여러 가지를 캐물으리라고 지레짐작하고 그것에 대해서 대답할 말이 없으니까 어떻게 해서든지 시간을 벌려고 일부러 딴전을 부리고 있는 것이 아닐까?

「반항하고 있는 겁니다. 음모를 꾸미고 있는 겁니다!」레베제프는 이제 더 이상 참을 수 없기라도 한 듯이 외쳤다. 「그래 도대체 나는 저런 독설가를, 이런 방탕자의 무뢰한을 죽은 여동생 아니시야의 오직 하나밖에 없는 아들이라고, 나하고 피를 나눈 하나밖에 없는 조카라고 생각해야 옳단 말입니까?」

「취했군요, 이제 그만두세요. 공작님! 이 분은 말이에요, 요즘 소송 사건을 찾아 돌아다니고 있습니다. 변호 사업을 시작해 보겠다구요. 그래서 웅변술을 연구한다고 집에서 아이들을 잡아 놓고는 그럴싸한 말로 얘기하고 있습니다. 닷새 전에도 치안 판사 앞에서 지껄였는데 그래 누구를 변호했는지 아십니까? 빌고 사정한 보람도 없이, 전 재산인 5백 루블을 고리대금업자에게 빼앗긴 노파를 위해서가 아니라 그 자이들레르인가 뭔가 하는 유대 인 고리대금업자를 위해, 사례금 50루블에 눈이 어두워 변호했단 말씀입니다.」

「50루블이라는 건 소송에 이겼을 경우의 얘기고, 졌을 때는 딱 5루블입니다.」 언제 고함을 질렀느냐는 듯 일변한 목소리로 레베제프가 설명했다.

「물론 되지도 않은 소리만 늘어 놓았을 거예요. 이젠 옛날과 달라서 그따위 진부한 변론은 사람들의 웃음거리만 될 뿐이에요. 그래도 본인은 대만족이니까 우습죠 뭡니까? 그러니까 이런 식이에요. 공정하신 재판관 여러분, 결백한 노동으로 살아가고 있는 발이 없는 노인이 최후의 빵 한 조각을 잃으려 하고 있음을 생각해 보시기 바랍니다, 『법정에선 인자함을 모토로 할 것』이라는 입법자(立法者)의 현명한 말을 상기하시기 바랍니다 하는 식입니다. 그리고 또 어떤 줄 아십니까? 저 분은 이 연설을 법정에서 한 그대로 아침마다 우리들한테 되풀이하고 있습니다. 오늘도 벌써 다섯번째인데 공작님이 들어오시기 직전까지 열을 올리고 있었죠. 말하자면 그만큼 그 연설이 자기 마음에 들었다고 할까요. 자기 혼자서 기뻐하고 있는 것입니다. 게다가 또 누군가를 변호하기를 원하고 있으니 말입니다. 그건 그렇고 당신은 뮈시킨 공작이시죠? 콜랴가 나한테 당신 얘기를 하더군요. 이 세상에서 당신만큼 현명한 사람은 아직 만난 적이 없다구…….」

「그야 없다마다, 절대로! 더 현명한 사람이 이 세상에 어디 있어!」 레베제프가 재빨리 맞장구를 쳤다.

「그러나 그건 그의 허풍이라고 해둡시다. 당신을 좋아하는 사람도 있을 것이고 당신에게 알랑거리는 사람도 있을 테니까요. 그렇지만 나는 당신한테 아첨할 생각은 조금도 없습니다. 이것만은 미리 알아 주시기 바랍니다. 그러나 당신은 분별이 없는 분은 아니실 테니까, 자, 나와 저 분의 잘잘못을 가려 주시지 않겠습니까? 자, 어서요. 공작이 우리들의 잘잘못을 가려 주신다면?」청년은 외삼촌을 돌아보며 말했다. 「당신께서 마침 이런 때 와주셔서 나는 정말로 기쁩니다.」

「좋아!」레베제프는 단호하게 외치고는 어느새 또다시 몰려들기 시작한 아이들을 무의식중에 돌아보았다.

「이건 도대체 어떻게 된 일입니까?」공작은 미간을 찌푸리고 말했다.

그는 정말로 머리가 아팠다. 뿐만 아니라 그는 레베제프가 자기를 속이고 있으며 다른 일로 시간을 벌고 있고 그것을 기뻐하고 있다는 것을 더욱더 확신하게 되었다.

「그럼 내가 얘기할 테니 잘 들어 보십시오. 나는 저 분의 조카입니다. 언제나 거짓말만 하는 사람이지만 아까의 말은 정말입니다. 나는 아직 학교를 졸업하지 못했지만 어떻게 해서든지 졸업하고 싶습니다. 끝까지 초지를 관철할 생각입니다. 왜냐하면 나에게도 강한 의지라는 것이 있으니까요. 그러나 당분간은 살기 위해 25루블의 월급을 받고 일하려고 철도 관계의 일을 찾아 냈습니다. 그밖에 고백하자면 나는 저 사람으로부터 두서너 번 도움을 받은 일이 있습니다. 그런데 나는 가지고 있던 돈 20루블을 노름으로 송두리째 잃고 말았거든요. 자, 어떻습니까? 공작님, 난 그 돈을 몽땅 노름으로 날려 보낼 만큼 비열하고 보잘것없는 놈입니다!」

「게다가 그 상대방은 건달이어서 돈을 치를 필요가 없는 놈이에요!」레베제프가 소리쳤다.

「그렇습니다, 건달이에요. 그러나 돈을 치를 필요가 있는 건달이에요.」청년은 말을 계속했다. 「그야 그놈이 건달이라는 건 나도 증명할 수 있어요. 그렇지만 이건 뭐 그놈이 외삼촌을 쳤대서 그렇다는 건 아니에요. 그 사람은 공작님, 전에 로고진의 일당에서 쫓겨난 사관 퇴역 중위 그놈입니다. 지금은 권투를 가르치고 있어요. 그 일당은 로고진한테 쫓겨난 뒤 여기저기에 떠돌아다니고 있습니다. 그렇지만 무엇보다 나쁜 것은 그놈이 더러운 건달이자 좀도둑이라는 걸 알면서도 내가 그런 놈을 상대로 노름을 했다는 것, 그리고 마지막 1루블까지 걸었을 때 만일 잃으면 외삼촌에게 가 부탁해 보자, 설마 거절하지는 않겠지 하고 속으로 생각했던 것입니다. 이건 참으로 비열한 짓이에요. 이것은 완전히 의식적인 비열한 행위예요!」

「그래, 그건 완전히 의식적인 비열한 행위야!」레베제프가 되풀이했다.

「아니, 기뻐하지 마세요, 좀 기다려 보세요.」조카는 못마땅한 듯이 외쳤다. 「그는 좋아하고만 있어요. 나는 말입니다. 공작님, 그에게 와서 모든 것을 다 고백했습니다. 내 행동은 정직한 것이었어요. 나는 자기 자신을 조금도 비호하려고 하지 않았으니까요. 나는 외삼촌 앞에서 될 수 있는 한 내 욕을 했습니다. 여기 있는 사람들이 모두 그 증인입니다. 그러나 그 철도의 일자리에 나가려면 아무래도 옷차림을 갖추어야 하지 않겠습니까? 보시다시피 이런 헌 누더기 같은 옷을 걸치고 있어서 말이에요. 그리고 이 구두를 좀 보십시오! 이런 꼴을 하고 일자리에 나갈 수 없다는 건 뻔한 일이 아닙니까? 그렇다고 정해진 일에 나가지 않았다간 그 일자리나마 다른 놈에게 빼앗기고 말 거구요. 그렇게 되면 나는 또 한 푼도 없게 되고 언제나 다시 일자리를 구하게 되는지도 모릅니다. 내가 이 사람한테 요구하는 건 많은 돈도 아니에요. 겨우 15루블이란 말입니다. 그리고 앞으로는 절대로 이런 부탁은 하지 않겠습니다! 이 빚은 앞으로 석 달 동안에 한푼도 남기지 않고 깨끗이 갚겠습니다 하고 약속하고 있는 겁니다. 나는 이 약속을 지키겠어요. 아무튼 두서너 달쯤은 빵과 간단한 음료만을 먹고도 능히 지낼 수 있어요. 나한테는 강한 의지라는 게 있으니까요. 석 달치 봉급을 합하면 75루블이 됩니다. 그런데 내가 빌리는 돈은 전의 것까지 합쳐도 35루블밖엔 되지 않으니까 충분히 갚을 수 있을 게 아니냔 말입니다. 이자 같은 건 얼마든지 받아먹을 수 있잖아요. 제기랄! 그런데 그는 나라는 인간을 몰라서일까요? 한 번 물어 보세요, 공작님, 전에 내가 꾸어 갔던 돈을 갚았는가 갚지 않았는가. 이번에 빌려주지 않는 것은 내가 그 중위한테 돈을 치른 게 분해서예요. 그밖의 다른 이유는 없습니다. 아시겠어요? 그는 이런 사람이에요. 전혀 융통성이 없어요.」

「가지를 않아요!」레베제프도 외쳤다. 「여기에 드러누워서는 가지를 않아요.」

「그래서 내가 미리 말하지 않았어요? 돈을 주기 전에는 절대로 나가지 않겠다고. 공작님, 당신은 어쩐지 웃고 계시는 것 같군요. 아니, 내 말이 옳지 않다고 생각하는 모양이죠?」

「아니, 나는 웃고 있지 않아요. 그러나 내 생각에 당신의 말은 약간 옳지 못한 것 같아요.」공작은 마지못해 대답했다.

「차라리 전혀 옳지 못하다고 솔직히 말씀하세요. 우물쭈물하시지 말고. 『약간』이라뇨!」

「그렇다면 전혀 옳지 못합니다.」

「그렇다면이라뇨, 웃기지 마세요! 이런 짓을 하는 것은 지극히 떳떳하지 못하다는 것, 그리고 돈도 이 분의 것이고 뜻도 이 분의 것이니까 내 쪽에서 보면 강제나 마찬가지의 짓을 하고 있다는 것을, 그래 내가 모르고 있는 줄 아세요? 그러나 공작, 당신은…… 세상을 모르는군요. 저런 사람들은 똑똑히 가르쳐 주지 않으면 말을 알아듣지 못해요. 저런 인간들은 알아듣도록 가르쳐 줘야 합니다. 내 양심은 깨끗합니다. 나는 저 사람에게 절대로 손해를 끼치지 않겠습니다. 이자를 붙여서 갚겠습니다. 게다가 또 저 사람은 나한테서 이미 정신적인 배상을 받고 있는 셈이에요. 나는 저 분 앞에서 머리를 숙였으니까요. 그 이상의 무엇이 저 분에게 필요하겠어요? 저 분이야말로 세상에 이익이 되는 일이라곤 하나도 하지 않는 건달이니까요. 저 분이 남에게 무슨 짓을 하고 있고, 또 어떻게 남을 속이는지 한 번 물어 보세요. 도대체 이 집을 어떻게 해서 손에 넣은지 아세요? 만일 저 분이 당신을 속이지 않았다면, 그리고 앞으로 어떡하면 당신을 속일까 하는 걸 궁리하고 있지 않다면 나는 이 목을 잘라서 바치겠습니다! 당신은 웃고 계시는군요, 왜 곧이들리지 않으십니까?」

「그렇지만 내 생각에 당신은 그렇게 말할 수 있는 입장이 아니라고 보는데요.」 공작은 지적했다.

「나는 여기서 벌써 사흘째 드러누워 있으면서 이 눈으로 모든 것을 보아 왔습니다!」 공작의 지적을 듣지도 않고 청년은 외쳤다. 「저 분은 이 천사 같은 딸을, 내 외사촌 누이동생인 어미 없는 이 아이를 믿지 못하고, 혹시 좋아하는 사내가 찾아오지나 않을까 하고 밤마다 감시하고 있단 말이에요! 그리고 살그머니 나한테 와서는 이 소파 밑까지 뒤지곤 합니다. 너무나 의심이 많아서 이제는 아주 머리가 돌아 버린 모양이에요. 구석구석마다 도둑놈이 숨어 있는 것같이 보이는가 봐요. 밤새도록 줄곧 일어나 이리저리 다니면서 창문이 잘 닫혀 있는지, 문은 제대로 닫혀 있는지 일일이 살펴보는가 하면 페치카 속을 들여다보기도 하는데, 글쎄 이런 짓을 밤마다 으레 일곱 번씩이나 하는 거예요. 법정에서는 건달 같은 자를 변호하면서도 그 자신은 밤이면 세 번이나 일어나서 기도를 드리곤 한답니다. 바로 이 홀에서 무릎을 꿇고 거의 30분씩이나 이마로 마룻바닥을 연방 찧으면서 아무나 생각나는 사람의 명복을 빌고 기도문이란 기도문을 모조리 외우는 거예요.

그것도 술 기운일까요? 언젠가는 뒤바리 백작 부인(부이 15세의 비)의 명복까지 빌고 있는 걸 나는 이 귀로 분명히 들은 적이 있습니다. 콜랴도 들었습니다. 아주 머리가 돌아 버렸어요!」

「저것 보세요, 좀 들어 보세요, 저녀석이 나를 모욕하고 있는 것을, 공작님!」레베제프는 얼굴을 빨갛게 붉히고 미친 듯이 소리쳤다. 「어쩌면 나는 술주정뱅이이고 건달이고 도둑놈이고 악당일는지 모릅니다. 그러나 나는 이 독설가를 갓난애 때부터, 기저귀를 갈아 주고 몸을 씻겨 주고 했습니다. 남편을 잃고 거지와 다를 것 없는 생활을 하고 있던 여동생 아니시야한테, 역시 거지와 다름없는 내가 찾아가서 밤마다 한잠도 자지 않고 병든 모자를 간호해 줬는가 하면 아래층 문지기네 집에서 장작을 훔쳐 오기도 하고, 저놈에게 자장가를 불러 주기도 하면서 주린 배를 끌어안고 손가락으로 소리를 내어 가면서 얼르기도 했습니다. 그런데도 저놈은 이제 나를 우롱하고 있는 것입니다! 그리고 또 설사 내가 언젠가 한 번 뒤바리 백작 부인의 명복을 빌면서 이마에 성호를 그었다 하더라도 말이다. 이놈아! 도대체 그게 너와 무슨 상관이 있느냐 말이다. 실은 말입니다, 공작님, 한 나흘 전에 난생 처음으로 백작 부인의 일생을 사전에서 읽었습죠. 이놈아, 너는 도대체 그 분이, 뒤바리 백작 부인이 어떤 부인이었는지 알기나 하니? 아느냐, 모르느냐, 어디 말해 봐!」

「흥, 그런 걸 알고 있는 사람은, 자기밖에 없다고 생각하는 모양이군요!」조소를 담은, 그러나 마지못한 투로 청년은 중얼거렸다.

「그 분은 말이다, 비천한 가정 출신이긴 하였지만 나중에는 왕을 대신하여 정치를 한 훌륭한 분이야. 어느 훌륭한 황후는 그 분에게 보낸 편지에 『나의 종매여』라고 써보내기까지 했다는 거야. 로마 교황의 사절인 추기경이 레베 뒤 르와(아침에 옷을 갈아입는 의식) 때——레베 뒤 르와가 무슨 말인지 네깐 놈은 알 턱이 없지만——자신이 제의하여 그 분의 발에 비단 양말을 신겨 드렸는데, 더욱이 그것을 무상의 영광으로 여겼다니 가히 알 만하지 않느냐 말이다. 아무튼 이만큼 고귀하고 거룩한 분이었어! 너는 그런 것을 알고 있기나 하니? 얼굴을 보니 아무래도 모르는 모양이로구나! 그리고 그 분이 어떻게 돌아가셨는지나 아니? 알고 있으면 말해 봐!」

「저리 가요! 귀찮아 죽겠구먼!」

「그 분은 그런 명예로운 생활을 하고 계셨는데, 아니, 한때는 나는 새라도 떨어뜨릴 만큼 세력이 당당했었는데 인간 도살자인 삼손의 손에 끌려, 다만 파리의 하찮은 여자들의 구경거리로 단두대에 끌려 가 길로틴에 매달리웠단 말이다. 그 분은 두려움 때문에 자신에게 무슨 일이 일어나고 있는 지조차도 모르고 있었지. 이윽고 도살자가 그 분의 목덜미를 잡아 단두대 밑으로 끌어 넣으면서 냅다 발길질을 하자 다른 사람들은 그걸 보고 모두 웃고 있었지만, 그 분은 이렇게 외쳤다는 거야. 『1분 동안만 기다려라, 도살자여. 1분 동안만!』이라고. 아마 이 1분 동안의 기도로 하느님께서는 이 분을 용서해 주셨을 거다. 왜냐하면 인간의 넋을 이처럼 『미제르』하게 다루다니, 이런 짓은 도저히 상상할 수도 없잖아. 넌 『미제르』란 말의 뜻을 알기나 하니? 이것은 처참하다는 뜻이야. 백작 부인이 『1분 동안만!』이라고 외쳤다는 대목에서 나는 마치 집게로 심장을 꽉 잡힌 것 같은 느낌이 들더구나. 야, 이 구더기 같은 놈아, 내가 그 훌륭한 죄인을 위해 잠자리에 들기 진에 기도를 한 번 드렸다고 해서 그것이 도대체 너에게 이랬다는 기냐? 내가 기도를 드린 것은 여태까지 누구 한 사람, 그 분을 위해 기도를 드린 일이 없기 때문이야. 아마 그런 생각을 해본 사람조차 없을 게다. 저승에 계신 그 분께서도 자기처럼 죄 많은 사내가 나타나서 비록 한 번이나마 자기를 위해 땅바닥에 이마를 대고 기도드렸다는 걸 알면 틀림없이 기뻐하실 거다. 아니, 너 뭐가 우스우냐? 내 말이 믿어지지 않는단 말이냐? 이 망할 놈아. 네깐 놈이 뭘 알아? 그리고 또 네가 내 기도를 엿들었다는 건 거짓말이야. 왜냐하면 나는 단순히 뒤바리 백작 부인 한 분만을 위해 기도를 드린 게 아니니까. 나는 이렇게 기도를 드렸단 말이다. 『하느님, 위대한 죄인 뒤바리 백작 부인과 그녀와 똑같은 모든 죄인들의 영혼에 평안함을 주시옵소서.』라고. 이것은 애기가 전혀 다르지 않으냐 말이다. 사실 그러한 훌륭한 죄인들이며, 완전히 운명이 뒤바뀐 사람들이며, 불행을 참아온 많은 사람들이 지금 저승에서 몸부림치고 신음하며 안식을 기다리고 있단 말이야. 내가 기도를 드릴 때 네놈이 엿듣고 있다는 것을 알았다면 나는, 너나 나와 같은 건방진 놈들을 위해서도 역시…….」

「이제 그만 됐어요. 어느 놈을 위해서든 어서 실컷 기도를 드리세요. 제발 좀 빽빽거리지나 마세요!」조카는 못마땅한 듯이 말을 가로막았다. 「저 분은 굉장한 만물박사예요. 공작님, 그걸 모르셨던가요?」그는 왜 그런지 거북살스러운 미소를 띠면서 덧붙였다. 「요즘도 여러 가지 책이며 회고록 따위를 읽고 있어요.」

「그렇지만 당신의 외삼촌은…… 박정한 사람은 아니에요.」공작은 마지 못해 한 마디 대꾸했다. 그는 이 청년이 완전히 싫어졌다.

「당신은 내 외삼촌을 굉장히 칭찬하시군요! 그러나 보세요, 저 사람은 그럴 듯하게 손을 가슴에 얹고 점잖게 입을 다물고 있지만 결국은 본성을 드러내고야 말 거예요. 박정한 인간은 아닐는지 모르지만 사기꾼인 것만은 틀림없어요. 그게 탈이에요. 게다가 또 주정뱅이구요. 누구건 오랜 세월을 술만 마시는 인간은 다 그렇듯이, 저 사람도 온몸의 태엽이 다 풀려서 인젠 어디서나 삐꺽거리는 소리가 나고 있습니다. 가령 저 분이 자기 자식들을 사랑하고 또 돌아가신 외숙모를 존경했다고 칩시다……. 그 외숙모는 나를 무척 귀여워해 주었습니다. 유언장에는 내 앞으로 재산의 일부를 물려 준다 고 써넣었으니까요…….」

「뭐라구? 너에게 재산을 줘?」레베제프는 격분해서 소리를 질렀다.

「이것 봐요, 레베제프.」공작은 청년에게서 돌아서면서 단호한 태도로 말하기 시작했다. 「나는 여태까지의 경험으로 알고 있기를, 당신은 마음만 내키면 아주 사무적인 사람이 된다고 알고 있습니다……. 나는 지금 무척 바쁜 몸입니다. 만일 당신이……, 실례지만 당신의 이름과 부칭(父稱)은 뭐라고 했던가요? 그만 잊어버려서…….」

「치, 치, 치모페이.」

「그리고?」

「루키야노비치.」

방안에 있던 사람들은 또다시 일시에 웃음을 터뜨렸다.

「거짓말!」조카가 외쳤다. 「또 그런 것까지 거짓말을! 공작님, 저 사람은 절대로 치모페이 루키야노비치가 아닙니다. 루키얀 치모페예비치에 요! 이봐요, 외삼촌. 무엇 때문에 거짓말을 하죠? 루키얀이건 치모페이건 마찬가지잖아요? 공작에게도 관계가 없는 일이 아니냔 말이에요. 저 분은 거짓말하는 게 아주 버릇이 돼버렸어요. 이건 정말이에요!」

「설마…… 정말입니까?」공작은 조급한 마음으로 물었다.

「네, 루키얀 치모페예비치입니다. 틀림없습니다.」레베제프는 사실대로 말하고 눈을 내리뜬 채 또다시 가슴에 한쪽 손을 얹으면서 당황해서 어쩔 줄을 몰라 했다.

「무엇 때문에 그런 것까지……. 아, 정말 딱한 사람이로군요!」

「자기를 낮춘 나머지 그만.」 더욱 공손히 머리를 숙이면서 레베제프는 중얼거렸다.

「정말 어이가 없군요. 아아, 지금 콜랴가 어디 있는지 그것만 알면 좋겠는데!」 공작은 말을 마치고 나가려고 했다.

「콜랴가 있는 곳은 내가 가르쳐 드리지요.」 하고 청년이 또다시 나섰다.

「뭐, 뭐, 뭐라구!」 레베제프는 펄쩍 뛰며 갑자기 당황하기 시작했다. 「콜랴는 어젯밤 여기서 자고 오늘 아침에 장군을, 자기 아버지를 찾으러 나갔습니다. 그런데 공작님, 당신은 뭣 때문에 돈을 물고 그 사람을 감옥에서 나오게 했죠? 장군은 엊저녁에 여기 와서 자겠다고 약속해 놓고는 오지 않았어요. 필시 여기서 그리 멀지 않은 『저울집』이라는 호텔에 들었을 거예요. 콜랴는 지금 거기 있지 않으면 파블로프스크의 예판친 씨의 별장에 가 있을 겁니다. 콜랴는 돈을 좀 가지고 있었으니까요. 어제부터 가고 싶다고 말했어요. 그러니까 『저울집』이 아니면 파블로프스크겠지요. 파블로프스크입니다. 파블로프스크예요! 그럼 저리로, 이쪽으로, 정원으로 가실까요? 커피라도 한 잔……」

이렇게 말하고 레베제프는 공작의 손을 잡아 끌었다. 두 사람은 방에서 나와 앞뜰을 지나서 중문으로 들어갔다. 그곳에는 정말로 아담한, 아주 아름다운 정원이 있었다. 좋은 날씨가 계속되었기 때문인지 나무란 나무에는 모두 벌써 푸른 잎이 돋아 나와 있었다. 레베제프는 공작을 푸른 벤치에 앉혔다. 그 앞에는 역시 푸른 칠을 한 테이블이 땅바닥에 고정되어 있었다. 레베제프는 맞은편에 자리잡고 앉았다. 잠시 후에 커피가 나왔다. 공작은 사양하지 않고 마셨다. 레베제프는 아직도 열심히 아첨하는 표정으로 상대방의 눈치를 살피고 있었다.

「당신이 이렇게 살림을 하고 있을 줄은 정말 몰랐어요.」 공작은 지금 하는 말과는 전혀 다른 생각을 하고 있는 것 같은 얼굴로 말했다.

「어미 없는 자식들이 있어서……」 레베제프는 굽실거리면서 말을 시작하다가 갑자기 입을 다물어 버렸다. 공작은 멍하니 앞만 바라보고 있었는데 이미 자기가 물으려던 말을 잊고 있는 게 틀림없었다. 한 순간이 지났다. 레베제프는 상대방을 쳐다보며 기다리고 있었다.

「무슨 말을 했더라?」 갑자기 정신이 든 것처럼 공작이 말했다. 「아, 그래, 그래! 저, 레베제프 씨, 당신은 내가 무슨 일로 찾아왔는지 이미 알고 있을 거예요. 나는 당신의 편지를 받고 찾아왔습니다. 자, 얘기해 주십시오.」

레베제프는 당황하며 무슨 말인가를 하려고 했으나 우물거릴 뿐 한 마디도 말은 하지 못했다. 공작은 잠시 기다리고 있다가 이윽고 서글프게 미소를 지었다.

「나는 당신의 심정을 잘 알 것 같아요. 루키얀 치모페예비치. 아마 내가 찾아오리라고는 짐작도 못 했을 겁니다. 당신은 한 번쯤 나한테 알려 주는 정도로는 내가 그런 시골에서 일부러 올라오지는 않으리라고 믿고, 다만 양심의 가책으로 편지를 썼을 거예요. 하지만 나는 이처럼 찾아왔습니다. 바른대로 말해 주십시오. 이 이상 두 주인을 섬기는 짓은 그만두란 말입니다. 로고진이 여기에 온 지 벌써 3주일이나 된다는 건 나도 알고 있어요. 당신은 언젠가처럼 그 여자를 로고진한테 팔아 넘겼습니까? 그렇지 않으면, 아닙니까? 사실대로 말해 주십시오.」

「그, 악당이 자기가 직접 찾아 낸 겁니다.」

「그 사람을 욕하진 마세요. 물론 그 사람도 당신한테 좋지 않은 짓을 했을 테지만…….」

「나를 쳤습니다. 쳤어요!」레베제프는 흥분하면서 그의 말을 받았다. 「그리고 또 모스크바에서는, 거리에서 내게 개를 덤벼들게 했습니다. 보르조이 개였는데 아주 무서운 암캐였습죠.」

「레베제프 씨, 당신은 나를 어린애로 다루고 있군요. 정직히 말하세요, 그 여자는 이번에도 모스크바에서 그를 버리고 달아났습니까?」

「정말입니다, 정말이구말구요. 이번에도 결혼식 직전에 달아나 버렸습니다. 남자 쪽에서는 눈이 빠지게 기다리고 있었지만 그 여자는 페체르부르그의 나에게로 찾아와서 애처롭게 말했어요. 『나를 도와 줘요, 루키얀. 좀 숨겨 줘요. 그리고 공작한테도 알리지 말아요…….』공작님, 그 여자는 그자보다도 당신을 더 무서워하고 있는 것 같았습니다. 그리고 여기가 참으로 뛰어난 여자더군요!」

레베제프는 교활한 눈으로 손가락 하나를 이마에 갖다 댔다.

「그래서 당신은 그들을 또다시 만나게 해주었습니까?」

「네, 공작님. 어떻게…… 어떻게, 그렇게 하지 않을 수 있겠어요?」

「좋아요, 내가 직접 알아보겠어요. 딱 한 가지만 물어 보겠는데 지금 그 여자는 어디 있죠? 그 사람한테 가 있습니까?」

「오, 그렇지 않아요. 절대로! 혼자 있습니다. 자기는 아직 완전한 자유로운 몸이라고 그 여자는 되풀이하여 주장하고 있습니다. 공작, 전번에 편지로 알려 드린 것처럼 아직도 페체르부르그 구(區—네바 강의 델타 지대의 섬으로 이루어진 지역)에 있는 내 처제 집에 묵고 있습니다.」

「지금도 거기 있습니까?」

「거기 있습니다. 날씨가 좋아서 혹시 파블로프스크에 있는 다리야 알렉세예브나의 별장에 있는지도 모르죠. 그 여자는 말끝마다 나는 자유다, 나는 자유다 하고 되풀이하고 있더군요. 어제도 콜랴한테 자기가 자유로운 몸이라는 걸 자랑하고 있었습니다. 이건 결코 좋은 징조가 아니지만요!」

이렇게 말하고 레베제프는 억지로 웃었다.

「콜랴는 자주 그 여자를 찾아다니고 있습니까?」

「그녀석은 경솔하고 수다스러워 비밀을 지킬 줄 모르는 놈이에요.」

「당신은 거기 가본 지가 오래 되었나요?」

「아니, 날마다 갑니다, 날마다.」

「그럼 어제도 거기 갔었습니까?」

「아, 아니. 그, 그저께 갔습니다.」

「당신은 좀 취한 것 같아 유감스럽군요, 레베제프 씨. 그렇지 않으면 몇 가지 더 물어 보고 싶은 게 있는데.」

「처, 처, 천만에, 하나도 취하지 않았는걸요.」 레베제프는 가슴을 폈다.

「그래, 당신이 만났을 때, 그 여자는 어떻게 하고 있었습니까?」

「그 뭐랄까, 무언가를 찾으려는 사람 같다고나 할까?」

「찾으려 하고 있었다고요?」

「네, 마치 무언가를 잃어버린 사람이 그 잃은 것을 전부 찾으려고 하는 것 같았습니다. 눈앞에 닥친 결혼은 생각만 해도 징그럽고 수치스럽게 생각되나 봐요. 그 사내에 대해서는, 그야말로 오렌지 껍질만큼도 생각지 않고 있어요. 그저 그뿐입니다. 아니, 그것만이 아니죠. 두려움이나 공포라고 할까? 그런 것도 없지는 않죠. 자기 앞에서는 그의 이름을 꺼내지도 못하게 하고, 꼭 필요한 때 외에는 만나 주지도 않습니다…… 그 사내도 그걸 너무 잘 알고 있어요. 그러나 다른 방법이 없으니까…… 원래 성미가 뒤틀려 변덕이 심하고 걸핏하면 화를 내고 대들기를 잘하는 여자가 돼서…….」

「변덕이 심하고 대들기를 잘한다구요?」

「그럼요, 언젠가도 무슨 얘기 끝에 나한테 쫓아와 머리카락을 움켜쥐려 할 때, 내가 《계시록》을 읽어 주면서 설교를 하였더니…….」

「그건 또 무슨 말입니까?」

공작은 자기가 혹시 잘못 듣지나 않았나 생각하면서 되물었다.

「《계시록》을 낭독해 주었지요. 그 여자는 불안한 공상가니까요. 헤, 헤, 헤! 뿐만 아니라 화제가 심각한 것일 경우에는 자기와 관계가 없는 일에도 곧잘 열중하는 버릇을 가지고 있다는 걸 알았거든요. 원래가 그런 이야기를 좋아하는데다가 그런 것을 특별히 존경하는 여자지요. 나는 《계시록》 풀이에는 상당한 자신을 가지고 있습니다. 벌써 15년이나 되는걸요. 그래서 내가 우리들 인간이란 셋째 생물인 검은 말과 거기에 타고 있는, 손에 저울을 든 기사(騎士)와 함께 살고 있는 것이다, 왜냐하면 요즘 세상은 모든 일이 저울과 계약(契約)으로 결정되며 인간은 오직 자기의 권리만을 찾아 헤매고 있는 판국이기 때문이다, 밀 한 말에 1데나리온(고대 로마의 화폐 단위)이다, 보리 서 말에도 1데나리온이다 하는 식으로……. 그리고 그들은 자유로운 정신이니 정결한 마음이니 건전한 육체니 하는 모든 하느님의 선물을 제각기 간직하겠다고들 하고 있다, 그렇지만 권리만으로는 그런 것을 모두 다 소유할 수는 없는 것이다, 곧 그 뒤를 이어 죽음이라는 이름을 가진 창백한 말이 찾아오고, 또 그 뒤를 따라 지옥이 나타나는 것이다……. 어쨌든 이런 식으로 우리가 만날 때마다 얘기를 해주었더니 그 여자도 강렬하게 영향을 받은 것 같았어요.」

「그래, 당신 자신도 그렇게 믿고 있소?」공작은 놀라운 눈초리로 레베제프를 바라보며 물었다.

「믿으니까 풀이를 하는 거죠. 나는 벌거숭이나 다름없는 거집니다. 인간이란 윤회(輪廻)의 한낱 원자(原子)에 지나지 않습니다. 도대체 누가 이 레베제프를 존경해 준답니까? 모두들 발길질이나 하고 놀려 대기나 하지. 그렇지만 《계시록》 풀이에 있어서만은 나나 고관 대작이나 동등하답니다. 순전히 지혜의 문제니까요! 어느 고관님은 그것을 감지하고 안락의자에 앉은 채, 내 앞에서 부르르 몸을 떤 일조차 있었습니다. 그러니까 재작년 내가 관청에 근무하고 있을 때의 일인데, 닐 알렉세예비치 각하께서 부활제

전에 나에 관한 소문을 들으시고 표트르 자하르이치를 통해 당직실에 있는 나를 자기 집무실로 불러들였습니다. 단둘이 마주앉자『자네가 안티(反) 크리스트의 선생이라고들 하던데 그게 정말인가?』하고 물으시더군요. 그래서 나는 서슴지 않고『그렇습니다.』하고, 주욱 풀이를 했을 뿐만 아니라 풍자화(諷刺畵) 두루마리와 숫자까지도 보여 주었습니다. 처음엔 각하께서 코웃음을 치고 계셨지만, 풍자화와 숫자를 보시더니 부르르 몸을 떨면서 이제 되었으니 책을 덮고 돌아가라고 하시더군요. 부활절 전에 표창하겠다는 약속을 하였는데, 그 전에 각하께서는 하느님의 부르심을 받고 말았습니다.」

「어째서 그렇게 됐지, 레베제프?」

「네, 그 분은 돌아가셨습니다. 점심을 드신 후 마차에서 떨어지셨는데, 조그만 말뚝에 관자놀이께를 부딪혀서 그만 어린아이처럼, 흡사 어린애처럼 세상을 떠나시고 말았지요. 공식적으로는 73세로 알려져 있지만 흰머리에 얼굴이 불그레하고 온몸에 향수를 뿌린, 언제나 생글생글 웃고 계시는 그야말로 어린애 같은 분이었습니다. 표트르 자하르이치는 그때『자네가 예언한 그대로군그래.』하고 말씀하셨습니다요.」

공작은 자리에서 일어섰다. 공작이 일어선 것을 본 레베제프는 당황하기 시작했다.

「이런 얘기에 관심이 없으신가 보군요, 헤, 헤.」그는 비굴한 웃음을 띠고 말했다.

「실은 몸이 좀 불편해서. 여행 때문인지 머리가 상당히 아프군요.」공작은 얼굴을 찌푸리면서 대답했다.

「별장에라도 가서 쉬시면?」레베제프는 눈치를 살피면서 물었다.

공작은 생각에 잠긴 채 그대로 서 있었다.

「저도 삼사 일 후에는 식구들을 데리고 별장으로 갈까 생각하고 있습니다. 새로 생긴 병아리——막내딸 류보치카——를 위해서도 좋을 것 같고, 그 동안에 이 집을 손질할 수도 있으니까요. 역시 파블로프스크에 있는 별장입니다만……」

「당신도 역시 파블로프스크라고요?」공작은 불쑥 물었다. 「도대체 어찌된 일이요? 모두들 파블로프스크로만 가다니. 그리고 당신도 그곳에 별장이 있단 말이오?」

「누구나가 다 파블로프스크로 가는 건 아닙니다만 이반 페트로비치 프치스인 씨가 싸게 사들인 별장 중의 하나를 저에게 주었지요. 아주 좋은 곳입니다. 지대가 높고 녹색 지대이며 값싸고 모든 것이 우아하고 음악적이거든요. 그래서 모두들 파블로프스크로 가는 거죠. 그러나 나는 안채에 들고 바깥채는…….」

「다른 사람한테 세를 놓았나요?」

「아, 아니, 아직 내주지는 않았습니다.」

「그럼 나한테 빌려주시오.」 공작은 느닷없이 제의했다.

레베제프는 공작의 입에서 이 말을 들으려고 얘기를 했던 모양이었다. 사실 이 생각은 3분 전에 그의 머리에 떠오른 것이다. 그렇다고 세들 사람이 없어서 그러는 것은 결코 아니었다. 이미 희망자가 생겨서 십중 팔구는 입주하게 될 것이라는 통지까지 받고 있었다. 그리고 레베제프 자신도 그 사람이 십중 팔구가 아니라 틀림없이 세를 들 것이라고 믿고 있었다. 그러나 지금 문득 좋은 생각이 떠올랐기 때문에 그 희망자의 약속이 확실하지 않은 것을 기화로 별장을 공작에게 빌려주기로 마음먹었다. 그의 속셈은 그렇게 하는 편이 훨씬 수지가 맞을 것 같았기 때문이다. 『이제부터 한바탕 소동이 일어나고 새로운 장면이 전개될 것이다.』하고 그는 상상했다. 그는 공작의 제의를 기꺼이 승낙했을 뿐만 아니라 집세를 얼마씩 지불하면 되겠느냐는 공작의 물음에도 두 손을 내저었다.

「아니, 그런 건 뭐 좋도록 하십시오. 제가 적당히 생각해 드리겠습니다. 절대로 손해는 없을 겁니다.」

이때 두 사람은 이미 정원을 나서고 있었다.

「그리고 제가 당신에게…… 당신에게……. 만일 원하신다면 제가 흥미 있는 한 가지 사실을 알려 드리죠. 그 문제와 관계가 되는 것인데…….」

레베제프의 말에 공작은 걸음을 멈췄다.

「다리야 알렉세예브나 역시 파블로프스크에 별장을 가지고 있습니다.」

「그래요?」

「그리고 그녀는 그 여자와 절친한 사이니까, 앞으로 파블로프스크에 자주 갈 생각이더군요. 그 어떤 목적이 있어서죠.」

「그래서?」

「그런데 아글라야 이바노브나가…….」

「아아, 그만둬요. 레베제프！」공작은 무엇 때문인지 불쾌한 어조로 말을 막아 버렸다. 그의 얼굴은 아픈 상처를 찔리기라도 한 듯한 표정이었다. 「그건……, 그건 그런 게 아니란 말이오. 난 빠르면 빠를수록 좋겠소. 지금 호텔에 들어 있는 형편이니까.」이러한 말들이 오가는 사이에 그들은 정원을 나왔고, 집에는 들르지도 않고 곧장 뜰을 지나 대문 쪽으로 다가갔다.

「그럼 이렇게 하시면 좋겠습니다.」마침내 레베제프는 자기 생각을 말했다. 「바로 오늘이라도 호텔에서 우리 집으로 옮기시고 모레 우리들과 함께 파블로프스크로 떠나도록 하시죠.」

「생각해 봅시다.」공작은 생각에 잠긴 채 이렇게 대답하고 대문 밖으로 나갔다.

레베제프는 그의 뒷모습을 바라보았다. 공작이 갑자기 정신나간 사람처럼 축 늘어지는 것을 본 그는 놀랐다. 공작은 대문을 나갈 때「잘 있으시오.」란 말도 없었고 고개를 끄덕여 보이는 일조차 잊고 있었다. 공작이 언제나 친절하고 자상한 사람이라는 것을 알고 있는 레베제프는 그것이 몹시 이상하게 여겨졌다.

3

벌써 11시가 지나 있었다. 지금 예판친 씨 댁을 찾아간다고 하더라도 언제나 공무로 바쁜 장군 한 사람만을 만나게 될 뿐이며, 더욱이 그것조차도 확실한 보장이 없다는 것을 공작은 잘 알고 있었다. 하기는 장군이 집에 있기만 하면 지체없이 만나 줄 뿐 아니라 파블로프스크로 자기를 안내해 줄지도 모른다고 생각하였다. 그러나 공작은 그에 앞서 우선 꼭 찾아 보고 싶은 곳이 한 군데 있었다. 예판친 씨 댁에 가는 것이 늦어 파블로프스크로 떠나는 것이 내일로 연기되더라도 공작은 갑자기 들러 보고 싶어진 그 집을 찾기로 했다. 그러나 이 방문은 생각하기에 따라서는 상당히 위험한 성격을 띤 것이었다. 그는 잠시 마음을 정하지 못하고 망설였다. 그 집에 대해 그가 알고 있는 것은 그 집이 사도바야 거리에서 가까운 고로호바야 거리에 있다는 것뿐이었다. 그는 그 근처까지 가면 방문을 해야 할지 어쩔지 최후의 결심이 서리라 생각하고 그쪽으로 걸음을 옮겼다.

사도바야 거리와 고로호바야 거리가 마주치는 곳까지 오자 그는 자기의 가슴이 전에 없이 설레는 데 스스로 놀라지 않을 수 없었다. 이처럼 강하게 심장이 뛸 줄은 미처 몰랐다. 어느 한 집이 특이한 외형 때문이었는지 꽤 멀리서부터 그의 주의를 끌기 시작했다. 그는「저 집이 틀림없을 것이다.」라고 중얼거렸다. 그리고 자기의 추측이 맞았는지 맞지 않았는지를 확인하려고 그는 격심한 호기심에 싸여 그 집으로 다가갔다. 그는 만일 자기의 추측이 맞는다면 불쾌감을 느낄 것 같았다.

그 집은 아무런 장식도 없고 음침한 느낌을 주는 암록색의 커다란 3층 건물이었다. 비록 그 수는 극히 적지만, 전세기 말경에 세워진 이런 종류의 집들은 변천이 심한 페체르부르그의 거리에서는 원상을 거의 그대로 보존하고 있었다. 이런 집들은 모두 견고하게 건축되어 있어 벽이 두껍고 창문이 극히 적다. 맨 아래층 창문에는 더러 창살이 끼워져 있다. 그리고 아래층의 대부분은 환 중매점(換仲賣店)이 차지하였고, 위층에는 환 중매점에서 일을 보고 있는 스코페츠가 세를 얻어들고 있었다. 밖에서 보나 안에서 보나 그 집은 무뚝뚝하고 불친절한 것 같고, 어쩐지 어둡고 비밀을 숨기려는 것같이 느껴졌다. 집의 외형만 보고도 왜 그런 느낌이 드는 것인지 설명하기란 힘들다. 물론 건축에 있어서의 선(線)이라는 것이 특수한 비밀을 지니고 있기 때문이리라. 이와 같은 집에 살고 있는 사람은 대개가 상인들이다. 정문에 다가가서 문 위를 쳐다본 공작은『대대로 명예 시민인 로고진의 집』이라는 문패를 읽었다.

그는 잠시 망설이다가 유리 문을 열고 들어섰다. 문은 요란한 소리를 내면서 그의 등 뒤에서 덜커덩 닫혀졌다. 그는 2층으로 향하는 넓은 계단을 올라갔다.

어두운 석조 계단 구조는 어설프고, 양쪽 벽은 붉은 페인트칠이 되어 있었다. 로고진이 어머니와 동생과 함께 이 음산한 집의 2층 전체를 쓰고 있다는 것을 그는 들어서 알고 있었다. 공작에게 문을 열어 준 하인은 손님의 이름을 묻지도 않고 곧장 그를 안내하여 한참을 걸어 들어갔다. 그들은 넓은 객실을 통과했다. 그 방의 벽은 대리석 모양의 무늬가 칠해져 있었고, 마룻바닥은 참나무 토막을 박아 넣어 만들었으며, 1820년대의 가구들로 장식되어 있었다. 객실을 지나서 다시 이리저리 꼬부라지며 조그만 방을 몇 개나 통과했다. 두셋의 낮은 계단을 몇 차례 오르내린 다음 마침내 어느 방 문 앞에서 걸음을 멈추고 노크를 했다. 문을 열어 준 것은 다름 아닌 파르펜 세묘노비치였다. 공작을 보자마자 그의 얼굴은 파랗게 질려 장승처럼 그 자리에 우뚝 서버렸다. 얼마 동안 휘둥그래진 눈을 한 곳에 못박은 채, 그는 일그러진 입가에 의혹에 찬 미소를 띠면서 꼼짝 않고 서 있었다. 공작이 자기를 방문하리라는 것은 거의 기적에 가까울 만큼 있을 수 없는 일이라 생각했었던 것이다. 공작 자신도 상대방이 놀라리라는 것을 예측은 했지만 그 도가 너무 지나친 데에는 오히려 당황하지 않을 수 없었다.

「파르펜, 아마 내가 좋지 않은 때에 찾아온 것 같군. 그렇다면 오늘은 그냥 돌아가겠네.」공작은 어쩔 줄 몰라 하면서 이렇게 입을 열었다.

「아니, 괜찮아, 괜찮아!」파르펜은 비로소 제정신으로 돌아왔다. 「자, 어서 들어오게!」

그들은 서로 허물없는 말투를 썼다. 모스크바에서는 서로 만나서 오랫동안 이야기할 기회가 자주 있었고, 때로는 서로의 가슴속에 품고 있는 깊은 이야기를 하곤 하였다. 그러나 최근에는 석 달 가까이나 만나지 못했다.

로고진의 얼굴에서는 창백한 기운이 없어지지 않았으며, 가벼운 경련이 아직도 남아 있었다. 찾아온 손님을 맞이하긴 했으나 정신의 혼란 상태는 여전한 것 같았다. 그가 공작을 방안으로 데리고 들어가서 안락의자를 권했을 때 공작은 무심코 그를 돌아보다가 이상하고 날카로운 시선과 마주치자 멈칫 그 자리에 서버렸다. 그 무엇인가가 그의 가슴을 꿰뚫는 것 같은 느낌이었다. 그와 동시에 다른 또 무엇이 퍼뜩 머리에 떠올랐다. 그것은 오늘 아침 역에서 받은 어둡고 불쾌한 인상이었다. 그는 의자에 앉을 생각도 하지 않고 한참 동안 로고진의 눈을 똑바로 보고 있었다. 그 눈은 처음 한 순간 번쩍 빛나는 것 같았다. 마침내 로고진은 히죽이 웃어 보였으나 그래도 침착성을 잃고 있는 듯했다.

「아니, 왜 그렇게 뚫어지게 바라보고 있어?」그는 중얼거리듯 말했다. 「어서 앉게!」

공작은 의자에 앉았다.

「파르펜.」공작은 입을 열었다. 「자네, 똑바로 말해 주게. 자넨 내가 오늘 페체르부르그에 온다는 걸 미리 알고 있었나?」

「나도 자네가 반드시 올 것이라고 생각하고 있었어. 그러니까 내 예측이 들어맞은 거지.」로고진은 독기 어린 미소를 띠면서 덧붙였다. 「그렇지만 자네가 오늘 온다는 것까지야 내가 어떻게 알 수 있었겠나?」

이 대답 속에 담긴 날카롭고 도발적인, 그러면서도 이상할 정도로 흥분된 어조는 공작을 더욱 놀라게 했다.

「꼭 오늘 올 것이라는 걸 자네가 알고 있었다 하더라도 뭐 그렇게까지 흥분할 필요는 없잖은가?」 공작은 작은 소리로 조용히 대꾸했다.

「그럼 자넨 왜 그렇게 나한테 물었지?」

「아까 기차에서 내릴 때 본 두 개의 눈이 지금 자네가 뒤에서 나를 보고 있었던 눈과 똑같아서 물어 본 걸세.」

「뭐라구? 그래 그게 누구의 눈이었단 말인가?」 로고진은 별일도 다 있다는 듯이 중얼거렸다.

공작은 그가 부르르 몸을 떨었다고 상상했다.

「그러나 사람들 속에서 있었던 일이니까 혹시 잘못 보았는지도 모르지. 파르펜, 난 요즘 어떤 일에나 곧잘 착각을 일으키는 버릇이 생겼거든. 어쩐지 5년 전에 가끔 발작을 일으키던 때와 비슷한 증세가 있는 것 같아.」

「그렇다면 자네가 착각을 일으켰는지도 모르지. 아무튼 난 모르는 일이야…….」

파르펜은 중얼거리듯 말했다.

그는 상냥하게 웃어 보였으나 이런 경우에는 그것이 그의 얼굴에 어울리지도 않았고, 다시 말해서 그 미소는 원상으로 돌이킬 수 없는 그런 성질의 것이었다.

「그래 어떤가, 다시 외국에라도 갈 작정인가?」 그는 이렇게 물은 후 불현듯 생각난 것이라도 있는 듯이 다시 덧붙였다. 「생각해 보게! 작년 가을에 우리가 프스코프에서 같은 기차를 타고 돌아왔을 때의 일을. 나는 여기로 오고 자네는…… 망토에 각반을 매고…….」

이렇게 말하고서 로고진은 느닷없이 소리를 높여 웃어 댔다. 더욱이 이번엔 그 어떤 증오감을 감추려고 하지도 않고 오히려 그것을 드러낼 기회가 온 것을 은근히 기뻐하는 눈치였다.

「자네는 여기 아예 눌러 앉기로 작정했나?」 공작은 서재를 둘러보며 물었다.

「여기가 내 집인걸. 여기 말고 또 내가 어디 갈 곳이 있겠나?」

「자네와 만난 것도 정말 오랜간만이군. 하지만, 자네에 대한 소문은 많이 들었지. 그것이 과연 사실일까 의심스러운 소문을 말일세.」

「세상 사람들이야 무슨 말인들 못하겠나.」로고진은 아무렇지 않게 받아 넘겼다.

「하지만 그 패거리를 죄다 쫓아 버리고 아버지가 물려 준 집에 들어앉았으니 이젠 못된 장난을 칠 수도 없겠군. 오히려 잘됐지 뭔가. 그래, 이 집은 자네 것인가, 아니면 가족들의 공동 소유인가?」

「이 집은 어머니 거야. 어머닌 복도 건너편 방을 쓰고 계시지.」

「자네 동생은 어디 있나?」

「세묜 세묘노비치는 다른 채에서 살고 있어.」

「동생에게는 딸린 가족이 있나?」

「독신이야, 그런데 뭣 때문에 그런 건 자꾸 캐묻지?」

공작은 힐끗 쳐다봤으나 아무 대답도 하지 않았다. 그는 갑자기 무슨 생각에 잠겼는지 묻는 말도 귀에 들리지 않는 모양이다. 그러나 로고진은 대답을 새촉하는 기색도 없이 그냥 기다리고 있었다. 침묵이 흘렀다.

「나는 지금 자네를 찾아올 때 백 보 거리에서부터 이미 이 집을 알아보았다네.」공작이 먼저 입을 열었다.

「그건 또 어떻게?」

「글쎄, 나도 잘 모르겠어. 자네 집은 자네네 가족 전체랄까 또는 로고진 집안의 생활 전체의 모습을 풍기고 있는 것 같아. 그렇다고 어떤 점이 그러냐고 물으면 무어라고 설명할 수는 없지만 말야. 물론 부질없는 망상이겠지. 내가 왜 이런 데 마음이 쓰이는지 나 자신도 무서울 지경이야. 전 같으면 자네가 어떤 집에 살고 있는지는 관심조차 두지 않았을 텐데, 오늘은 첫눈에 벌써 이 친구는 이런 집에 살고 있을 것이 틀림없다고 생각했거든.」

「그래?」로고진은 공작의 흐리멍덩한 심리 상태를 잘 이해할 수 없었으므로 애매한 미소만 띨 뿐이었다. 「이 집은 할아버지 때 지은 것인데,」하고 그는 말을 이었다. 「스코페츠 파(派)인 흘루자코프네가 계속해서 세들어 있었지. 지금도 아래층을 세주고 있어.」

「집이 너무 음침해. 자네까지 음침하게 보이는걸.」공작은 서재 안을 둘러보면서 말했다.

천장이 높고 어두컴컴한 커다란 방안에는 갖은 종류의 가구가 가득 놓여 있었다. 가구의 대부분은 널따란 사무용 책상 몇 개와 결재함 서류나 사무용 서적이 들어 있는 책장들이었다. 폭넓은 낡은 산양 가죽 소파는 분명히 로고진의 침대로 대용되고 있는 것 같았다. 공작은 로고진 앞에 있는 탁자 위에서 두세 권의 책을 보았다. 그 중 하나는 솔로비요프의 《역사》였는데 읽던 데를 펴놓은 채 서표가 얹혀져 있었다. 사방 벽에는 퇴색한 금박 액자에 검게 그을려 무엇이 그려져 있는지 분간할 수 없게 된 유화(油畵)가 몇 점 걸려 있었다. 그 중에서도 한 폭의 전신 초상화가 공작의 주의를 끌었다. 독일식 의복이긴 하지만 옷자락이 기다란 프록코트에, 목에는 훈장을 두 개나 걸고 있는 50세 가량 된 남자의 초상화였다. 희끗희끗한 털이 섞인 짧고 빈약한 턱수염에다 주름살투성이인 그의 얼굴의 누렇고 많은 비밀을 간직한 듯한 두 눈은 처량한 빛을 띠고 있었다.

「이 분이 바로 자네 아버님이신가?」 공작이 물어 보았다.

「응, 바로 그 분이 아버님이시지.」 로고진은 입가에 쓴웃음을 지었다. 마치 돌아가신 자기 아버지에 대해 무슨 흉허물없는 농담이라도 하려는 것 같은 표정이었다.

「그 분은 구교파가 아니었나?」

「아니야, 교회에 나가셨어. 사실은 구교파 쪽이 훨씬 이치에 맞는다고 말씀은 하셨지. 이 방이 바로 아버님의 서재라네. 그런데 그건 왜 묻나, 자넨 구교파인가?」

「결혼식은 여기서 올릴 참인가?」

「그, 그럼. 여기서……」 예기치 않은 질문에 흠칫 놀라며 로고진은 대답했다.

「곧 하게 되는가?」

「자네도 알다시피 내 맘대로 결정할 수는 없잖은가?」

「파르펜, 난 자네의 적이 아니야. 따라서 자네가 하는 일에 무엇이나 방해할 생각은 털끝 만큼도 없네. 이 말은 전에도 한 번 지금과 거의 같은 상황일 때 말한 바 있지만 다시 되풀이하겠네. 모스크바에서 자네의 결혼식이 준비되고 있을 때도, 내가 자네에게 훼방 놓지 않았다는 걸 자네는 알고 있을 거야. 맨 처음 결혼식이 임박해 오자 그 여자는 내게 도망쳐 와서 자네한테서 자기를 구원해 달라고 했어. 그 여자의 말을 그대로 옮기는 것이니까 그런 줄 알고 들어 주게. 얼마 후 그녀는 내게서도 도망치고 말았어. 그후 자네는 그녀를 다시 찾아 내어 결혼식을 올리도록 이야기가 되었던 모양인데, 그 후 들리는 말에 의하면 그 여자는 또 자네를 버리고 페체르부르그로 왔다고 하더군. 그게 정말인가? 실은 나도 레베제프가 일러 줘서 기차를 타고 부랴부랴 달려온 걸세. 그런데 여기서 또다시 화해가 이루어졌다는 이야기를 어제 기차 속에서 자네의 옛날 친구한테 들었네. 만일 알고 싶다면 이름을 말해 주지. 잘료제프야. 내가 여기 온 것은 그 여자를 설득하여 외국 여행이라도 보내 건강을 회복시키기 위해서였네. 그 여자의 육체나 정신, 특히 머릿속은 말할 수 없이 헝클어져 있으니까 무엇보다도 따뜻한 간호가 필요할 걸세. 그렇다고 해서 나 자신이 그 여자를 데리고 외국에 갈 생각은 추호도 없네. 나는 표면에 나서지 않고 뒤에서 모든 일을 주선해 줄 작정이야. 이건 절대로 거짓말이 아니네. 만일 자네와 그 여자 사이에 화해가 원만히 이루어졌다는 소문이 사실이라면 그 여자 앞에 다시는 얼씬도 하지 않겠네. 그리고 자네에게도 찾아오지 않을 거야. 난 언제나 자네한테는 솔직한 태도를 취해 왔으니까, 내가 자네를 속이지 않는다는 것은 자네 자신이 잘 일 길세. 나는 이 문제에 관해서 내가 생각한 바를 자네한테 숨겨 본 적은 한 번도 없었네. 나는 언제나 솔직히 말했지. 자네가 그 여자와 결혼한다는 건 곧 그 여자에게 파멸을 가져다 주는 것이라고. 물론 자네 역시 파멸이지. 어쩌면 그 여자보다 자네 편이 더 심할지도 몰라. 만일 자네가 그 여자와 다시 헤어진다면 난 굉장히 기쁘겠네. 그렇다고 자네들 두 사람 사이를 방해한다거나 떼어 놓는 그런 짓은 절대로 하지 않겠네. 그 점은 마음놓고 제발 나를 믿어 주게나. 그리고 자네도 알고 있다시피 내가 언제 진정으로 자네의 라이벌이 된 적이 있었느냐 말일세. 그 여자가 내게로 도망쳐 왔을 때만 해도 그렇지. 아니, 자넨 코웃음치고 있군. 왜 자네가 웃는지 난 알겠어. 그때 우리는 제각기 따로 떨어져 살고 있었다는 건 자네도 분명히 알고 있을 거야. 전에도 자네한테 이야기했지만 나는 그 여자를 연정으로 사랑하는 것이 아니고, 연민의 정으로 사랑하고 있네. 나는 이 정의가 꼭 들어맞는다고 생각하네. 자네는 그때 내 말을 잘 알겠노라고 하지 않았나, 응? 틀림없이 그랬지? 여보게, 왜 그렇게 증오에 찬 눈으로 바라보는 건가! 나는 자네를 안정시키려고 온 거야. 자네는 내게 있어서 귀한 친구기 때문에 그러는 걸세. 나는 자네를 굉장히 좋아해. 파르펜. 그럼 이제 가 보겠네. 그리고 다시는 찾아오지 않을 걸세. 잘 있게.」

공작은 일어섰다.

「좀 기다리게.」 로고진은 오른손으로 턱을 괴며 꼼짝도 하지 않고 나직히 말했다. 「오랫동안 못 만났잖은가!」

공작은 다시 앉았다. 두 사람 다 다시 침묵에 잠겼다.

「난 말이야, 자네가 내 눈앞에서 없어지면 곧 자네에게 증오를 느끼거든. 레프 니콜라예비치, 자네를 보지 못한 지난 석 달 동안은 줄곧 자네를 증오해 왔어, 정말이야. 자네를 잡아다가 독약이라도 먹여 죽여 버리고 싶었단 말야! 그런데 지금 자네를 본 지 불과 15분도 채 안 되었는데 어느새 자네에게 품었던 모든 증오감이 씻은 듯이 사라져 버렸단 말일세. 그리고 자네가 그 전처럼 좋아졌어. 아무튼 나와 좀더 함께 있어 주게.」

「자네는 내가 눈앞에 있을 때는 나를 믿지만 내가 가버리면 금방 의심을 하기 시작하거든. 그게 탈이야. 아마 아버지를 닮은 모양이지, 자네는!」 공작은 애써 자기의 감정을 숨기려는 듯 다정하게 웃으며 이렇게 그의 말을 받았다.

「자네와 이야기를 나누고 있노라면 난 자네의 그 음성을 믿고 싶어진단 말이야. 그야 물론 나도, 자네를 나와 같은 유(類)의 인간으로 보아서는 안 된다는 것쯤은 알고 있지만……」

「그런 쓸데없는 소린 왜 하나, 자네 또 홍분한 모양이군그래.」 공작은 로고진의 태도에 놀라 이렇게 말했다.

「그렇지만 여보게, 실제에 있어서 우리들의 의견 따위는 아무 소용이 없잖은가. 이 모든 일이 우리들의 의견 같은 건 아랑곳하지 않고 결정되곤 했으니까 말이야. 아무튼 우리 두 사람은 여자를 사랑하는 방법도 근본적으로 다르거든.」 로고진은 잠시 입을 다물었다가 다시 조용히 말을 이었다. 「예를 들자면 자네는 그 여자가 가련하기 때문에 사랑한다지만 내게는 그런 감정은 털끝만큼도 없어. 더구나 그 여자는 나를 미워하고 있잖느냐 말야. 나는 매일 밤 그 여자의 꿈을 꾸지. 그 여자는 언제나 다른 사내와 함께 나를 조소하고 있는 것만 같아. 사실 이건 나의 억측만은 아니야. 나와 결혼하기로 정해 놓고도 나 같은 건 까맣게 잊고 있는 게 그 여자니까. 마치 신발을 바꿔 신은 태도거든. 자네는 곧이듣지 않을지 모르지만 나는 벌써 닷새 동안이나 그 여자를 찾아가지 않았어. 『왜 오셨죠?』하고 쌀쌀하게 나올 걸 생각하면 아무래도 찾아갈 용기가 나지 않아. 내가 그 여자한테 얼마나 수모를 당했는지 자네는 알고 있나?」

「수모를 당했다구? 그건 또 무슨 소리야?」

「모른 체하지 말게! 그 여자가 결혼식 직전에 자네한테로 달아났다는 말은 방금 자네 입으로도 하지 않았나?」

「하지만 자네 자신도 믿지는 않을 거야, 내가 그 여자를……」

「그건 그렇다 치고 모스크바에서 그 여자는 젬추즈니코프라는 장교와 어울려, 나한테 욕을 보이지 않았느냐 말야. 그래도 나를 모욕하지 않았다고 할 수 있겠어? 그런데다가 자기 쪽에서 결혼식 날짜까지 정해 놓고서는 그 따위 짓을 했으니 기가 막힐 노릇이지.」

「아냐, 아냐. 그럴 리가 없어!」공작은 소리쳤다.

「모르는 소리, 틀림없다니까!」로고진은 확신에 찬 말투로 이야기했다. 「그래, 자넨 그녀가 그런 여자가 아니라는 건가? 그야 물론 그런 여자가 아니란 건 말할 필요도 없겠지. 자네와 같이 있을 때는 절대로 그런 여자가 아닐 테니까. 오히려 그 따위 짓을 하는 걸 보면 자넨 몸서리를 칠지도 몰라. 그러나 나한테만은 그런 여자인 걸 어쩌느냐 말야. 사실이 그렇단 말일세. 그 여자는 나 같은 건 인간 쓰레기로 알고 있거든. 켈레르와의, 왜 그 권투를 잘한다는 장교의 사건만 하더라도 그렇지. 날 웃음거리로 만들기 위해 일부러 꾸민 짓이라는 걸 나도 잘 알고 있네. 아무튼 모스크바에서 그 여자가 내게 얼마나 못된 짓을 했는지를 자네는 상상도 못 할 거야! 그리고 돈, 돈은 또 얼마나 물쓰듯 했구……」

「자넨 무엇 때문에 군이 그런 여자와 결혼하겠다는 건가? 그러다간 장차 어떻게 될지도 모르지 않겠나?」공작은 공포감에 싸여 이렇게 물었다.

로고진은 무서울 만큼 침통한 눈초리로 힐끗 공작을 바라보았을 뿐 아무런 대답도 없었다.

「벌써 닷새째 난 그 여자한테 가지 않았네.」잠시 입을 다물고 있다가 그는 다시 계속했다. 「나는 언제나 쫓겨나지 않을까, 그것만을 겁내고 있는 형편이야. 그 여자는 입버릇처럼 이렇게 지껄이곤 하거든. 『나는 아직 나 자신의 주인이에요. 그걸 알아야 해요. 그러니까 나는 내가 하고 싶으면 언제든지 당신을 쫓아 버리고 혼자 외국으로 떠나고 말겠어요.』라고……. 외국으로 떠나겠다는 건 그 여자가 직접 내게 한 말이야.」그는 야릇한 눈으로 공작을 바라보며 마치 주석(註釋)을 붙이기라도 하듯이 이렇게 말했다. 「어떤 때는 처음부터 끝까지 나를 놀리려 드는 때도 있었어. 웬지 그 여자는 나만 보면 우스워 못 견디겠나 봐. 그런가 하면 또 어떤 때는 얼굴을 잔뜩 찌푸리고 눈썹을 곤두세우고 한 마디도 하지 않는 거야. 나는 그게 무엇보다도 무서웠어. 어느 날 나는, 문득 내가 늘 빈손으로 찾아가니까 그러는가 보다 하는 생각이 들어서 그 뒤부터는 꼭 선물 따위를 들고 찾아가기로 했어. 그 여자는 처음에는 그저 코웃음을 치는 정도였으나 나중에는 마구 화를 내는 거야. 한 번은 또 이런 일이 있었어. 아무리 그 여자가 전에 사치스러운 생활을 했다 하더라도 설마 이런 물건이야 구경도 못 했겠지 하고 값비싼 숄을 하나 사다 주었단 말이야. 그랬더니 바로 그 자리에서 카차라는 하녀를 불러 그걸 주어 버리고 말지 않겠어? 언제 결혼식을 올리느냐는 말 같은 건 아예 입밖에 내지도 못하게 한단 말야! 이 사람아, 결혼 상대인 여자를 찾아가는 걸 두려워하는 사내가 이 세상 어디에 있겠나? 이렇게 앉아 있다가도 참을 수 없게 되면 그 여자의 집 앞을 몰래 왔다갔다한다든가, 아니면 구석진 곳에 숨어 있는 거야. 한 번은 시간 가는 줄도 모르고 새벽녘까지 대문 옆에 지켜 섰던 일도 있었어. 문득 눈을 들어 위층을 쳐다보았더니 글쎄 그 여자가 창문에서 내려다보고 있지 않겠나. 『내가 만일 당신을 속이고 있다는 걸 알면 날 어쩌겠어요?』라고 묻기에 나는 버럭 화를 내며 『그건 너 자신이 알고 있을 게 아니냐.』라고 대꾸해 주었지.」

「무엇을 알고 있단 말인가?」

「그건 나도 모르지!」 로고진은 쓴웃음을 지었다. 「그때 나는 모스크바에서 오랫동안 감시를 게을리하지 않았지만 놈팽이다운 놈팽이는 하나도 잡아 낼 수 없었네. 한 번은 그 여자를 붙잡고 이렇게 따졌지. 『너는 나와 결혼하여 의젓한 한 가정의 아내가 되겠다고 약속하고서 도대체 어째서 이러는 거지?』 하고 말이야.」

「자네 정말 그 여자한테 그렇게까지 말했나?」

「했지! 그러니까 그 여자가 하는 말이 『나는 지금 당신 같은 사람이 하인이 되겠다고 애걸한대도 달갑지 않아요. 그런데 어떻게 내가 당신의 아내가 되겠어요?』 글쎄 이러지 않겠어? 그래서 나는 『그 돼먹지 않은 소리 집어치워, 난 끝장을 보기 전엔 여기서 나가지 않을 테다! 죽든 살든!』 그랬더니 『그럼 당장 켈레르를 불러서 당신을 대문 밖으로 쫓아 내겠다!』고 공갈을 하는 거야. 나는 그 여자를 시퍼렇게 멍이 들도록 패주었지.」

「뭐라구! 자네가 정말 그랬단 말인가?」 공작은 소리쳤다.

「내가 무엇 때문에 거짓말을 하겠나?」 로고진은 나직한 음성으로 눈을 번뜩이며 대답했다. 「그러고는 이틀 동안 자지도 먹지도 마시지도 않고 방 안에 틀어박혀서 그 여자 앞에 무릎을 꿇고는『만일 나를 용서해 주지 않는다면 죽는 한이 있더라도 이 방에서 나가지 않겠다, 사람을 시켜 나를 끌어 낸다면 그때는 몸을 던져 죽어 버리겠다, 어차피 너 없이는 도저히 살 수 없는 몸이니까.』이렇게 애걸했지. 그 여자는 그 날 하루 종일 울고 불고 하며 칼로 나를 찌르려 들기도 했고 또 별의별 욕설을 마구 퍼붓기도 하고 그야말로 미치광이처럼 날뛰더란 말이야. 나중에는 잘료제프니, 켈레르니, 젬추즈니코프니 하는 친구들을 불러다 놓고는 나를 손가락질하며 말도 못 할 모욕을 주는 거야. 『여러분, 오늘 우리는 다 같이 극장 구경을 갑시다. 저 사람은 밖에 나가기 싫다니까 여기 혼자 남아 있으랄 수밖에 없지요. 나는 저 사람 때문에 구속을 받을 이유는 없으니까요. 파르펜, 내가 없더라도 차를 내다드리라고 일러 놓겠어요. 아마 굉장히 시장하실 거예요.』이 따위 소리를 마구 늘어 놓더란 말야. 그녀는 얼마 후에 혼자 돌아오더니 이런 소릴 하는 거야. 『그 쓸개빠진 겁쟁이들은 아마 당신이 무서운가 보죠? 겨우 한다는 말이, 그 사람은 그냥 돌아갈 것 같지 않더라느니, 어쩌면 당신을 찔러 죽일지도 모른다느니……. 나는 지금 침실에 가서 자겠는데 방문은 잠그지 않겠어요. 내가 당신을 조금도 두려워하고 있지 않다는 걸 보여 주려는 거죠. 차를 드셨나요?』그래서 나는『내가 차나 얻어먹으러 온 놈인 줄 알아?』했지. 『참 훌륭하다고 칭찬해 드리고 싶지만 당신한테는 어울리지가 않네요.』과연 그 여자는 방문을 잠그지 않고 그냥 잤어. 이튿날 아침 침실에서 다가오더니 웃으며 하는 말이『아무래도 머리가 돌아 버렸나 보군요. 그러다 정말 굶어죽으면 어떡하죠?』라며 비웃는 거야. 그래서 내가『제발 용서해 줘.』라고 하니까『안 돼요, 당신과는 결혼하지 않겠다고 말하지 않았어요? 그런데 당신은 밤새껏 한잠도 자지 않고 그 의자에 앉아 있었나요?』하더군. 『내가 지금 잠자게 됐소?』『거 참 똑똑하시군요! 그래, 그래서 차는 드시지 않을 작정인가요? 그리고 식사도?』『먹지 않는대두! 그보다도 제발 나를 용서해 주구려!』『그런 말은 당신한텐 어울리지 않는다니까요. 마치 소 잔등에 말 안장을 얹는 격이에요. 그래 당신은 나를 위협하려는 건가요? 그렇게 굶고만 들어앉아 있으면 누가 겁낼 줄 아시나요? 흥!』발끈 화를 냈지만 그것도 오래 계속되지는 않고 또다시 나를 조롱하기 시작하는 거야. 그때 한 가지 내가 놀란 것은 그 여자가 조금도 나를 미워하거나 원망하거나 하지 않고 있다는 사실이야. 그 여자는 지독한 데가 있는 여자거든. 한 번 누구에게 원한을 품으면 언제까지나 그 원한을 풀지 않는 그런 여자지. 그런데도 나를 진심으로 미워하지 않는다는 건, 다시 말해서 나한테 원한조차도 품을 마음이 일어나지 않을 만큼 나를 얕잡아 보고 있다는 증거가 아니냐 말야. 나는 문득 이런 생각이 들었어. 아무튼 그 여자가 나를 형편없이 깔보고 있는 건 사실이라고. 『이봐요, 당신은 로마 교황이란 게 어떤 것인지 알고 있나요?』 불쑥 이렇게 묻기에 『들은 적은 있어.』라고 대답했지. 『도대체 당신은 세계사(世界史)도 배우지 않았나 보군요!』 『나는 아무것도 배운 게 없어!』 『그럼 지금 내가 가르쳐 드리죠. 옛날에 한 교황이 있었는데 그는 어떤 황제에게 몹시 화를 냈다는 거예요. 그러자 그 황제는 사흘 동안 식음을 전폐하고 맨발로 교황 앞에 꿇어 앉아서 겨우 용서를 받았다나봐요. 그런데 이 황제가 사흘씩이나 무릎을 꿇고 앉아 있는 동안 과연 무엇을 생각하고, 무엇을 마음속으로 맹세했을까요? 모르겠어요……? 그럼 잠깐만 기다리세요, 내가 그 대목을 읽어 드릴 테니.』 이렇게 말하고 벌떡 일어나서 책을 한 권 가지고 와서 『이건 시(詩)예요』 하고는, 그 황제가 사흘 동안을 마음속으로 반드시 교황에게 복수를 하고야 말겠다고 맹세하는 구절을 읽어 내려가는 거야. 그러더니 『어때요, 이 이야기가 마음에 드셨나요?』 하고 묻기에 나는 『그건 정말 있을 수 있는 얘기지.』라고 대답했지. 『있을 수 있는 얘기라고요? 그걸 보니 당신도 속으로 무언가를 맹세한 모양이군요. 네년이 나와 결혼하기만 한다면 반드시 이 앙갚음을 하겠다라고 말이에요?』 『그건 나도 몰라. 어쩌면 그런 생각을 하고 있는지도 모르지.』 『모르겠다는 건 무슨 말이에요?』 『어쨌든 모르겠어. 나는 지금 그런 걸 생각할 겨를이 없으니까.』 『그럼 무얼 생각하고 있죠?』 『네가 일어나서 내 옆을 지나갈 때 나는 너를 바라보고 너의 뒷모습을 지켜 보지. 너의 옷자락 스치는 소리만 들어도 나의 심장은 가라앉는 기분이야. 나는 네가 방에서 나왔을 때 네가 한 말, 한마디 한마디를 되씹으며 어떤 표정으로 어떠한 어조로 말했던가 하는 걸 되새겨 보곤 하지. 간밤에는 꼬박 아무 생각도 않고 당신의 숨소리만 듣고 있었어. 몸을 두 번 뒤척인 것까지도 알고 있어.』 그러자 그 여자는 깔깔 웃으며 『그래요? 그렇다면 날 때린 일 같은 건 까맣게 잊은 채 생각지도 않았겠군요?』 하더군. 『아니, 생각하고 있는지도 몰라.』 『그럼 내가 끝까지 당신

을 용서하지 않고 끝내 결혼을 거절한다면?』『투신 자살을 해서 죽어 버리
겠다고 하지 않았어?』『그렇지만 그 전에 당신은 나를 죽이고 말걸요.
그녀는 이렇게 말하고는 깊은 생각에 빠져 버리고는 말더란 말야. 그
러더니 잠시 후에 다시 화를 발칵 내면서 나가 버리는 거야. 한 시간이나
지났을까, 잔뜩 찌푸린 얼굴로 다시 방에 들어오더니『파르펜, 나는 당신과
결혼하겠어요, 뭐 당신이 무서워서가 아니라 어차피 순결한 몸이 아닌 바에
야 누구한테 가나 뾰족한 수가 없을 게 아니겠어요? 자, 앉으세요. 곧 식
사를 드리겠어요. 일단 당신과 결혼하면 난 어디까지나 당신의 충실한 아내
가 될 거예요. 그러니까 이젠 공연히 의심하거나 걱정하지는 마세요.』라고
하지 않겠어? 그러고는 잠깐 입을 다물었다가 다시 말하더군.『역시 당신
은 하인이 아니었군요. 처음에 난 당신을 하인으로 부려먹기 알맞은 사람이
라고 생각했었죠.』이렇게 되어 즉석에서 결혼 날짜를 정했지. 그런데 불과
1주일도 못 되어 그 여자는 나를 차버리고 레베제프를 찾아 페체르부르그로
도망쳐 버렸어. 내가 이곳에 뒤쫓아오니까 그 여자는 이렇게 지껄여 대는
거야.『난 당신이 아주 싫은 건 아녜요. 다만 내 마음이 당신한테 쏠릴 때
까지 기다려 달라는 거예요. 아직 난 완전한 자유의 몸이니까요. 당신이 정
말로 날 원한다면 아무 말 없이 기다려 주세요.』라고 말야. 현재 나와 그
여자는 이런 상태에 있어……. 여보게, 니콜라예비치, 자넨 이 문제에 대
해서 어떻게 생각하나?」

「자네 자신은 어떻게 생각하지?」공작은 침통한 눈길로 로고진의 얼굴을
바라보며 되물었다.

「내가 어떻게 생각하느냐고!」로고진은 버럭 고함을 질렀다. 그는 또 무
슨 말인가 하려다가 절망적인 비애에 목이 멘 듯 그냥 입을 다물어 버렸다.

공작은 돌아가려고 다시 자리에서 일어났다.

「하여튼 나는 자네 일에 방해를 할 생각은 추호도 없네.」자기 가슴속에
간직한 그 어떤 깊은 생각에 대답하듯 그는 나직이 말했다.

「자네한테 한 가지 물어 볼 게 있어!」로고진은 갑자기 활기를 띠면서
두 눈을 무섭도록 번쩍였다. 「왜 자네는 그렇게 나에게 양보만 하려고 애
쓰지? 이해할 수가 없네. 설마 그 여자가 싫어진 건 아니겠지? 전에는 그
여자 때문에 그처럼 시름에 빠졌고 이번엔 또 무엇 때문에 미친 듯이 여길
달려왔나? 소위 그 연민이라는 것 때문인가?」이렇게 말하는 그의 얼굴은

혐오에 찬 냉소로 일그러졌다. 「훗훗.」

「그럼 자네는, 내가 자네를 속이고 있다고 생각하나?」 공작이 물었다.

「아니, 나는 자네를 믿지. 그래도 도대체 무엇이 무엇인지 알 수가 없어. 한 가지 확실한 것이 있다면 자네의 연민이라는 것이 나의 연정보다는 더욱 강하다는 것뿐이야!」

금방이라도 밖으로 넘쳐흐를 듯한 그 어떤 혐오감이 그의 얼굴에 이글이글 불타올랐다.

「무슨 소린가, 그게? 그러면 자네의 연정은 증오감과 조금도 구별할 수 없는 감정이로구먼그래!」 공작은 빙그레 웃으며 말했다. 「만일 그 연정마저 사라져 버린다면 그때는 더욱더 무서운 일들이 일어날지도 모르겠구먼. 여보게, 내가 자네에게 이야기하고 싶은 건…….」

「그럼 내가 칼부림이라도 할 것 같단 말인가?」

공작은 흠칫 몸을 떨었다.

「자네는 현재의 그 연정 때문에, 지금 받고 있는 그 고뇌 때문에 반드시 그 여자를 증오하게 될 걸세. 게다가 그 여자가 그런 일이 있은 후 자네와 결혼하기로 마음을 고쳐 먹었다는 게 아무래도 이상하단 말이야. 어제 처음 그 얘기를 들었을 때는 도저히 믿어지지가 않더군. 그러면서도 한편으로는 몹시 가슴이 아팠어. 사실 그 여자는 결혼을 앞에 두고 두 번씩이나 자네로부터 도망치지 않았느냔 말야. 이건 아무래도 어떤 예감 같은 것이 있었던 거야. 도대체 그 여자가 자네에게 무엇을 바라고 있는 것인가? 자네의 돈이 탐나서? 그렇지야 않겠지. 돈이라면 자네도 이미 쓸 만큼 썼잖나 말이야. 그러면 단지 남편이 필요해설까? 그렇다면 남편 될 사람은 자네 말고도 얼마든지 있을 게 아닌가? 어느 사내한테 시집을 가도 아마 자네보다는 나을 걸세. 왜냐하면 자네는 그 여자를 반드시 죽이고야 말 테니까. 그 여자도 이미 이 점을 잘 이해하고 있을 거야. 그래 자네는 그처럼 열렬히 그 여자를 사랑하고 있단 말이지? 그건 사실이겠지……. 세상에는 그런 종류의 사랑을 찾고 있는 변태적인 여자도 있다곤 하지만……. 그러나 그것은…….」

공작은 하던 말을 끊고 생각에 잠겼다.

「자네 또 우리 아버지의 초상화를 보고 웃고 있군!」 하고 로고진이 물었다. 그는 아주 세심한 주의를 기울여 공작의 표정 변화를, 그 근육 하나 하나의 움직임까지를 뚫어지게 지켜 보고 있었다.

「웃다니? 나는 다만 이런 생각을 했을 뿐이야. 만일 그 여자와의 사랑만 없었더라면 자넨 틀림없이 저 아버지와 똑같은 인간이 되었을 것이라고. 그 것도 아주 가까운 장래에 말야. 말이 없고 현숙한 아내와 단둘이서 이 집에 말없이 들어앉아 간혹 무뚝뚝한 말을 한두 마디 던질 뿐 아무도 신용하지 않고, 또 그럴 필요도 느끼지 않고, 시무룩한 얼굴을 한 채 잠자코 돈만 벌어들이고 있었을 테지. 그리고 이따금 오랜 옛날 책 같은 거나 읽고 경탄하며 칭찬을 아끼지 않든가, 두 개의 손가락으로 성호를 긋는 데 흥미를 느끼든가 하면서 말야. 물론 이것은 꽤 나이를 먹은 후의 일이긴 하겠지만……. 」

「어서 마음껏 지껄이게. 그런데 그 여자도 요전에 저 그림을 보더니 자네와 똑같은 말을 하더군! 아무튼 이상하단 말야, 자네와 그 여자는 언제나 똑같은……. 」

「그렇다면 그 여자가 자네 집에 온 일이 있었단 말이지?」 공자은 호기심에 차서 이렇게 물었다.

「있지. 저 초상화를 한참 동안 바라보더니 우리 아버지에 관해 여러 가지로 묻더군. 그러더니 나중에 생글생글 웃으며 이렇게 말하는 거야. 『당신도 당신의 아버지와 똑같은 사람이 될 거예요. 당신은 정열이 강한 사람이니까 만일 당신에게 분별이라는 게 없었더라면 시베리아로 유형을 갔을는지도 모르죠. 그러나 당신에겐 분별이라는 게 있어서 다행이에요.』라고 말야. 자넨 곧이듣지 않을는지 모르지만 이건 절대로 거짓말이 아니야. 나도 그녀의 입에서 이런 말을 듣는 건 처음이었으니까. 그러고는 또 덧붙였지. 『당신도 한시바삐 지금 같은 어린애 장난은 집어치우는 게 좋을 거예요. 그러면 당신은 무식꾼이니까 열심히 돈을 모으기 시작하겠죠. 그리고 아버지처럼 스코페츠 파(派) 신자들과 더불어 이 집에 들어앉게 될 거예요. 그러다가 나중에는 자기도 스코페츠 파로 개종(改宗)하겠죠. 그렇지만 돈에는 미치다시피 집착해서 2백만 아니 천만쯤 모아 가지고, 끝내는 그 돈자루 위에 올라 앉아서 굶어죽고 말 거예요. 왜냐하면 당신은 무슨 일에나 집착이 굉장히 강한 사람이니까.』 이건 그 여자의 말을 그대로 옮긴 거야. 그 전에는 나한테 한 번도 이런 말을 한 적이 없었지. 언제나 허튼 소리만 늘어놓든가 나를 놀리기만 했었으니까……. 물론 그때도 처음엔 깔깔 웃으면서 말하더니 나중에는 굉장히 심각한 얼굴이 되더군. 그 다음에 이 집을 한 바퀴 돌아보더니 왜 그런지 공포감을 느끼는 것 같은 눈치였어. 그래서 『나는 이 집을 아주 뜯어 고치든가, 그것이 여의치 않으면 결혼식 전까지 다른 집을 사겠다.』고 하니까 『천만에요, 하나도 뜯어 고칠 필요는 없어요. 그냥 여기서 살기로 해요. 나는 당신의 아내가 되면 당신의 어머니 곁에 있고 싶으니까요.』라는 대답이었어. 그래서 나는 그 여자를 어머니한테 데리고 갔지. 마치 친어머니에게 하듯 그녀의 태도는 친절하더군. 어머니는 전부터 …… 벌써 2년 전부터 병 때문에 정신이 희미했는데 아버지가 돌아가신 후부터는 그야말로 어린애나 마찬가지가 되어 버렸어. 일어서지도 못하고 꼼짝 않고 앉아서 그저 사람만 보면 누구한테나 꾸벅꾸벅 절을 해대는 거야 ……. 먹을 걸 갖다 주지 않아도 아마 사흘쯤은 그냥 모르고 지낼 거야. 내가 어머니의 오른손을 잡고 『어머니, 축복해 주세요, 이 사람은 제 아내가 될 여자예요.』하고 말했지. 그러자 그 여자는 다정하게 어머니 손에 키스를 하더군. 그러고 나서 나중에 『당신의 어머니는 슬픈 일을 너무나 많이 겪은 모양이더군요.』하는 거야. 그리고 나서 여기 이 책을 발견하고는 『어찌된 일이에요. 《러시아 역사》를 다 읽기 시작하고?』라고 말하면서 적잖이 놀라는 눈치야. 하기는 모스크바에 있을 때 언젠가 나를 보고 『뭐든지 좀 읽어서…… 하다 못해 솔로비요프의 《러시아 역사》 같은 것이라도 읽어서 교양을 지니도록 하는 게 좋을 것 같군요. 당신은 너무나 아는 게 없어요.』라는 말을 한 적이 있었어. 그러고 나서 『좋아요. 많이 읽도록 하세요. 어때요? 내가 당신한테 처음에 어떤 책을 읽는 게 좋은지 목록 같은 것을 만들어 드릴까요?』라고 했어. 그 여자가 나한테 이런 말을 한 적은 한 번도 없었기 때문에 나는 오히려 어리둥절했을 지경이야. 어쨌든 나는 그때에야 안도의 숨을 내쉬었지.」

「그거 참 듣던 중 반가운 얘길세, 파르펜.」하고 공작은 진심으로 말했다. 「참으로 좋은 일이야. 어쩌면 하느님께서도 자네와 그 여자를 원만히 결합시켜 줄 걸세.」

「아니 그건 어림도 없는 이야기지!」로고진은 열띤 목소리로 외쳤다.

「여보게, 파르펜. 자네가 만일 그토록 그 여자를 사랑하고 있다면 어떻게 해서든지 그 여자에게 존경을 받도록 노력할 생각은 없나? 그럴 생각이라면 그렇게 실망할 필요는 없잖은가? 아까도 자네에게 이야기했지만 어째서 그 여자가 자네와 결혼하기로 결심했는지 나로서는 매우 흥미있는 문제

야. 물론 나는 거기에 대한 해답을 얻을 길이 없지만. 그러나 거기에는 반
드시 어떤 충분한 이지적(理智的)인 이유가 있을 걸세. 이것만은 의심할 여
지가 없다고 생각해. 그 여자는 자네의 애정을 확인하고 있을 뿐더러 자네
한테 여러 가지 장점이 있다는 것도 잘 알고 있을 거야. 나는 꼭 그렇게 믿
네. 지금 자네가 한 말이 그것을 충분히 증명하고도 남음이 있어. 그 여자
가 지금까지 자네를 대해 왔던 태도나 언동과는 전혀 달리, 자네를 대할 수
도 있다는 것을 지금 자네 자신의 입으로 말하지 않았느냐 말야. 자네는 의
심이 많고 질투심이 강해서 언제나 좋지 않은 면만을 보고 그것을 과장해서
생각하는 버릇이 있어. 그 여자는 자네에 대해 자네가 말한 것만큼 나쁘게
생각하지 않는 것은 분명해. 그렇지 않고 그녀가 자네와 결혼한다는 것은
일부러 물 속에 뛰어들든가 작두 밑으로 기어들어가는 것과 조금도 다를 게
없어. 정말 그럴 수가 있을까? 이 세상에 고의적으로 물 속에 뛰어들든가,
작두 밑으로 목을 들이미는 사람이 있을까?」

　로고진은 씁쓸한 미소를 입가에 머금은 채 열띤 공작의 말을 듣고 있
었다. 그의 신념은 이제 움직여지지 않을 만큼 굳어져 버린 것 같았다.

　「무엇 때문에 자네는 그렇게 기분 나쁜 눈초리로 날 노려 보나? 파르
펜!」공작은 가슴이 짓눌리는 것 같은 심정으로 불쑥 물었다.

　「물 속이나 작두 밑이라고!」로고진은 한참 만에 입을 열었다. 「흥!
그 여자가 내게 오겠다는 건 내 뒤에 작두가 기다리고 있기 때문이야! 공
작, 자네는 아직도 문제의 핵심이 어디 있는지 알지 못했단 말인가?」

　「난 무슨 말인지 모르겠어.」

　「뭐? 하긴 정말 아무것도 알아채지 못했는지도 모르겠군그래. 후후훗!
자넨 사람들로부터 그것이란 말을 듣고 있으니까……. 그 여자는 다른 사
내한테 반해 있다는 걸 알아야 해! 내가 그 여자한테 반한 것만큼이나 지
금 그 여자는 다른 사내한테 빠져 있어. 다른 사내가 누군지 아나? 바로
자네야! 어때, 이래도 못 알아듣겠나?」

　「나라구?」

　「물론이지. 그 여자는 생일 파티가 있던 바로 그날 밤부터 자네한테 빠져
버린 거야. 그러나 그 여자는 자네와 결혼한다는 건 불가능할 거라고 생각
하고 있거든. 왜냐하면 얼굴에 똥칠을 하여 자네의 일생을 망쳐 놓을 게 뻔
하니까. 『내가 이런 여자라는 걸 세상이 다 알지 않아요.』라는 말을 지금

도 그 여자는 입버릇처럼 하고 있어. 이건 모두 그 여자 자신이 나한테 맞대놓고 한 말이야. 다시 말하면 자네 얼굴에 똥칠을 해서 일생을 망쳐 놓을 수는 없지만 나 같은 건 괜찮다, 그러니까 결혼해도 괜찮지 않느냐, 그 여자는 나를 이렇게 생각하고 있는 거야. 알겠나?」

「그렇다면 왜 그 여자는 그때 자네를 버리고 내게로 도망쳐 왔다가 그리고 다시 나한테서…….」

「자네에게서 빠져 나와 다시 내게로 돌아왔난 말이지! 홍! 그 여자가 변덕쟁이란 걸 자넨 몰랐어. 게다가 그 여자는 지금 제정신이 아니야. 나한테 제 입으로『나는 자살하는 셈치고 당신과 결혼하는 거예요, 빨리 식을 올립시다.』하고 소리치며 자기 쪽에서 서둘러 날짜를 정하는가 하면, 그 날짜가 점점 가까워지니까 이번엔 또 갑자기 겁이 나는지, 아니면 무슨 다른 생각이 떠올랐는지는 알 수 없지만…… 자네도 알다시피 울다가는 웃고 웃다가는 울고, 꼭 미친 여자처럼 날뛰며 야단법석이란 말야. 그 여자가 자네한테서 도망쳐 나온 것도 별로 이상한 게 아니잖아. 그때 그 여자가 자네한테서 도망쳐 나온 것은 자기가 얼마나 진심으로 자네를 사랑하고 있는가를 갑자기 깨달았기 때문이야. 그래서 더 이상 자네 곁에 붙어 있을 수 없었던 거지. 자네는 아까 모스크바에서 내가 그 여자를 찾아 냈다고 했지만 사실은 그게 아냐……. 그 여자가 제 발로 나한테 기어와서는『결혼식 날짜를 정해요, 난 지금 당장이라도 좋아요! 샴페인을 내오세요! 집시 여자들한테 놀러 가요!』하고 수선을 피우더라니까. 사실 나라는 사내가 없었던들 그 여자는 옛날에 물에 빠져 죽어 버렸을 거야. 암, 죽어 버렸구말구. 아직도 물 속에 몸을 던져 버리지 않는 것은 아마 내가 물보다 더 무섭기 때문이겠지. 나와 결혼하겠다는 것도 말하자면 일종의 보복이지. 정말로 나한테 시집을 온다면 그건 틀림없는 보복이야.」

「자네는 무슨…… 무슨 그런 말을!」공작은 부르짖었으나 말끝을 제대로 맺지 못했다. 그는 공포에 가득 찬 눈으로 로고진을 바라보았다.

「왜 말끝을 못 맺나?」로고진은 히죽 웃으며 말했다. 「내가 대신 말해 줄까? 아마 자네는 속으로 이렇게 생각하고 있을 거야. 『아아, 정말 그 여자를 저녀석과 결혼을 못 하게 해야겠다. 어떻게 그 여자를 저런 녀석한테 보낼 수 있을까……?』어때, 내 말이 틀려? 자네가 무슨 생각을 하고 있는지는 뻔하단 말야…….」

「파르펜, 난 그런 것 때문에 여기 온 게 아니야. 그런 건 생각해 본 일도 없어.」

「그야 물론 그런 것 때문에 온 건 아니겠지. 아마 생각해 본 일조차도 없을 거야. 하지만 지금 이 순간에 그렇게 생각되어 버린 걸 어떡하지? 하하핫! 이제 그 얘긴 그만두세! 그런데 자넨 왜 그렇게 놀라나? 설마 그걸 전혀 눈치 채지 못했던 건 아니겠지? 난 정말 알 수가 없는걸!」

「그건 모두 질투 때문이야, 파르펜! 그건 모두 병 때문이라니까. 자넨 모든 것을 터무니없이 과장해서 생각하고 있어……」 공작은 절정에 다다른 흥분 상태에서 이렇게 중얼거렸다. 「아니, 왜 그러는 거야?」

「이리 줘.」 파르펜은 이렇게 말하며, 공작이 탁자 위 책 옆에 있던 칼을 집어드는 것을 보고 재빨리 공작의 손에서 칼을 빼앗아 다시 제자리에 놓았다.

「아까 내가 페체르부르그에 도착한 후부터, 난 어떤 예감 같은 것이 들었었네.」 공작은 계속해서 말했다. 「그 때문에 실은 여기 오는 게 마음에 내키지 않았어. 나는 이 페체르부르그에서 있었던 일들을 말끔히 잊고 싶었네. 가슴속에서 말끔히 털어 버리고 싶었던 거야. 그럼 잘 있어. 아니 자네 왜 그러나?」

어딘지 얼빠진 듯이 중얼거리며 공작이 또다시 칼을 집어들려 했기 때문에 로고진은 얼른 그의 손에서 칼을 빼앗아 다시 탁자 위에 던졌다. 그것은 흔히 볼 수 있는 모양의 칼이었는데 길이는 15센티 정도고 너비는 거기 알맞은 정도이며 자루는 사슴 뿔로 되어 있었다.

두 번씩이나 칼을 빼앗긴 데 대해서 공작이 지나칠 정도로 신경을 쓰는 것을 본 로고진은 얼굴에 분노를 나타내며 그것을 다시 집더니 책갈피 사이에 끼워 이번에는 다른 책상 위에 던져 버렸다.

「자네는 저것을 가지고 책장을 자르는가?」 공작의 음성은 어쩐지 풀이 죽어 있었으며, 그 어조에는 깊은 상념의 그림자가 감돌고 있는 성싶었다.

「응, 책장을 자르지……」

「하지만 저건 원예용(園藝用) 나이프가 아닌가?」

「맞았어, 원예용이야. 그렇다고 원예용 칼로 책장을 잘라서 안 된다는 법은 없지 않은가?」

「그건 아주 새 칼인 것 같은데……」

「새 칼이라고? 그렇지. 그렇다면 자넨, 나에게는 새 칼을 살 만한 돈도 없다고 생각하나?」로고진은 몹시 격하여 한마디 한마디에 힘을 주며 신경질적으로 외쳤다.

공작은 부르르 몸을 떨더니 시선을 모아 로고진을 응시했다.

「허 참, 자네나 나나 다 어떻게 된 모양이군!」갑자기 제정신으로 돌아온 듯이 공작은 소리를 높여 크게 웃었다. 「용서하게, 나는 골치가 좀 아픈 일이 있으면 으레 지금처럼 횡설수설 늘어 놓게 된단 말일세. 게다가 그 병이 다시…… 어쨌든 점점 정신이 혼란 상태에 빠져들어가 나중에는 자신도 모르게 바보스런 소리를 하게 되거든. 나는 정말 그런 질문을 할 생각은 조금도 없었네. 자기가 무슨 말을 했는지조차도 기억하지 못할 지경이니까. 그럼 난 가보겠네……..」

「그쪽이 아냐.」로고진이 말했다.

「그만 깜박 잊어버렸는걸!」

「이쪽이야, 이쪽. 내가 안내하지.」

4

그들은 좀전에 지나 온 방들을 하나하나 빠져 나왔다. 로고진이 앞장을 서고 공작이 그 뒤를 따랐다. 이윽고 널찍한 객실로 나왔다. 사면 벽에는 몇 개의 그림이 걸려 있었는데 거의 모두가 대승정(大僧正)의 초상화이거나 무얼 그렸는지도 분간하기 힘들 만큼 낡아빠진 풍경화뿐이었다. 다음 방으로 통하는 문 위에 묘한 그림 한 점이 걸려 있었다. 폭은 석 자 가량이나 되는데 높이는 불과 일곱 치 정도밖엔 안 되는 그림이었다. 거기에는 방금 십자가에서 끌어내린 그리스도 상이 담겨져 있었다. 힐끗 눈을 모아 그림을 쳐다보던 공작은 무엇인가 생각나는 것이 있는 눈치였으나 걸음을 멈추지 않고 그냥 그 방에서 빠져 나가려 했다. 침울한 기분이었기 때문에 그는 한시바삐 이 집을 떠나고 싶었던 것이다. 그런데 로고진이 갑자기 그림 앞에서 걸음을 멈추었다.

「이 방에 있는 그림들은 모두 1루블 내지 2루블을 주고 아버지가 경매장에서 사들인 거야.」그는 말했다. 「아버진 그림을 좋아했거든. 어느 감정가(鑑定家)가 여기 있는 그림들을 보고는 죄다 엉터리라고 했지. 그런데

이 문 위에 걸린 그림 말일세, 2루블짜리이긴 하지만 이것만은 진짜라고
했다는 거야. 아버지가 살아 있을 때부터 이 그림을 3백50루블에 팔라는 사
람이 있었지. 그 후에 사벨리예프라는 상인 출신의 미술품 수집가는 4백 루
블까지 보았다더군. 그런데 바로 지난주에 내 동생 세묜에게 다시 5백 루블
을 내놓겠다는 사람이 나타났거든. 그러나 내가 거절해 버렸어.」

「그래, 이건 한스 홀리바인의 모사품(模寫品)이야.」공작은 그림을 자세
히 들여다보고 있다가 마침내 그렇게 말했다. 「나는 대단한 감정가는 아니
지만 이건 훌륭한 모사인 것 같군. 이 그림은 외국에 있을 때 한 번 본 일
이 있는데 지금도 잊을 수가 없어. 그런데…… 자네는 무엇 때문에…….」

로고진은 갑자기 그림을 떠나더니 앞장서서 다음 방으로 걸어 나갔다. 물
론 순간적으로 로고진의 표정이나 행동에 나타난 특이한 초조감이라든가
허둥거림으로 미루어 어느 정도 이 갑작스런 행동의 원인을 추측할 수 없는
것은 아니었다. 하지만 로고진이 자기가 시작한 대화를 느닷없이 끊어 버리
고, 대꾸도 제대로 하려 들지 않는 점이 공작에겐 아무래도 심상치 않게 여
겨졌다.

「여보게, 레프 니콜라예비치. 아까부터 자네에게 한 가지 물어 보고 싶었
던 것이 있었네. 자네는 신(神)이라는 걸 믿나?」두서너 걸음 앞서서 나가
던 로고진이 불쑥 입을 열었다.

「자넨 참 이상한 걸 다 묻는군. 그리고…… 자네 왜 그런 눈초리를 하고
있지?」공작은 무의식중에 퉁명스럽게 말했다.

「나는 저 그림 감상을 즐기고 있네.」로고진은 입을 다물고 있다가 자기
가 한 질문을 잊어버린 듯이 딴소리를 했다.

「저 그림을 말인가?」문득 가슴속에 떠오른 어떤 생각에 잠겨 공작은 소
리쳤다. 「그렇지……! 그렇지만 저런 그림을 보고 있노라면 오히려 신앙
을 잃는 사람도 생길지 몰라!」

「그건 사실이야. 나도 그런 것 같아.」뜻밖에도 로고진이 찬의를 표했다.
그들은 이미 출입문까지 나와 있었다.

「뭐라구?」공작은 문득 걸음을 멈췄다. 「자네 그게 무슨 말인가? 나는
농담으로 한 말인데. 자네가 그토록 심각하게 받아들일 줄은 정말 몰랐는
데! 그런데 무슨 생각에서 나한테 신을 믿느냐고 물었지?」

「그저 물어 봤을 뿐이야. 그 전부터 물어 보고 싶었어. 요즈음 사람들은

대체로 신을 믿지 않는 것 같아서 말이지. 그런데 이건 정말인지 모르지만, 자네가 외국에 나가 있었으니까 물어 보는 것이네만, 어떤 친구가 술이 얼근해 가지고 나한테 찾아와서 우리 러시아에는 다른 어느 나라보다도 신을 믿지 않는 인간이 많다는 말을 한 적이 있었어. 그 친구의 말에 의하면 러시아에서는 다른 나라보다 그것이 용이하다는 거야. 그 까닭은 러시아가 한 걸음 더 앞서고 있기 때문이라는 거야……」

이렇게 말하고 로고진은 입가에 시니컬한 미소를 머금었다. 그는 할말을 다 털어놓았다는 듯이 얼른 문을 열고는 공작이 밖으로 나갈 때까지 문의 핸들을 잡고 기다려 주었다. 공작은 그의 말에 적잖이 놀랐으나 그대로 밖으로 나왔다. 로고진도 그의 뒤를 따라 층계 위 복도로 나와서 손을 뒤로 돌려 문을 닫았다. 두 사람은 서로 얼굴을 마주보고 서 있었다. 마치 양쪽이 모두 자기가 어디에 있으며, 지금 당장 무엇을 해야 할 것인가를 잊고 있는 것 같았다.

「잘 있게.」공작이 먼저 손을 내밀며 말했다.

「잘 가게.」로고진은 공작이 내민 손을 힘차게, 그러나 기계적으로 잡았다.

공작은 층계를 내려 가다 말고 뒤를 돌아보았다. 그리고 「그 신앙에 관한 얘긴데,」하고 그는 웃음을 띠며 말했다. 그냥 이대로 로고진과 헤어지기가 싫었던 것이다. 뿐만 아니라 문득 무엇인가를 생각해 내고 갑자기 활기를 띠며 말을 시작했다. 「나는 지난 주일 이틀 동안에 각기 의견이 다른 네 명의 사람을 만났었네. 아침에 새로 개통된 철도의 기차 속에서 C라는 사람을 만나게 되어 네 시간 가량 서로 얘기를 했지. 그 전부터 나는 그 사람에 관해 많은 얘기를 들은 바가 있었어. 그러나 나는 무신론자라는 점에 많은 흥미를 느끼고 있었던 거야. 그래서 나는 대가와 얘기할 수 있게 된 것을 은근히 기뻐했지. 더욱이 그 사람은 학자로서 보기드물 만큼 수양을 쌓은 사람이어서 나 같은 것한테도 대등한 지식과 이해력을 가진 사람들에게 하듯이 이야기를 해주더군. 물론 그 사람은 신을 믿지 않는다고 했지만 나는 어쩐지 처음부터 끝까지 요령 부득이한 이야기만을 듣고 있는 것 같아서 여간 의아하게 생각되지 않았어. 나는 그 전에도 무신론자라는 사람들의 이야기를 들은 일이 있었고 또 그것에 관한 서적도 많이 읽었었지. 그러나 그들의 이야기나 책에 씌어 있는 글들은 얼른 보기에는 그럴 듯하지만 실은

문제의 핵심에서 너무나 동떨어진 말 같아 언제나 이상하게 생각하고 있었
거든. 그래서 나는 그 사람에게 이 점을 솔직히 말해 보았는데 필시 내 말
이 분명치 못했든지 아니면 내 표현력이 부족했든지 끝내 내 말을 알아듣게
하지 못하고 말았어……. 저녁에 나는 어느 읍내에 도착하여 여관에 들었
는데 공교롭게도 그곳에서는 바로 그 전날에 살인 사건이 일어났기 때문에
내가 도착했을 때는 모두들 그 얘기만 하고 있더군. 이 사건은 농민이 벌인
사건이야. 둘 다 나이도 지긋한데다가 서로 오래 전부터 잘 아는 사이였고,
더욱이 그 날은 술도 마시지 않았다더군. 그들은 함께 차를 마시고 한방에
서 잠자리에 들려 했다는 거야. 그런데 그 중 하나가 노란 구슬을 꿰서 만
든 줄이 달린 은시계를 가지고 있었는데, 또 한 사람은 자기 친구가 그런
시계를 가지고 있는 걸 그 전엔 몰랐던 모양이야. 사건이 일어나기 이틀 전
에 비로소 그 시계를 발견했다는 거야. 이 사내는 결코 도둑놈이 아니었을
뿐만 아니라 오히려 정직한 편이었고, 그렇게 가난하지도 않은 농민이었다
거든. 그런데 그만 갑자기 그 시계가 탐이 나서 도저히 견딜 수가 없었던지
몰래 칼을 꺼내 가지고, 친구가 저쪽으로 몸을 돌리고 있을 때 살금살금 뒤
로 다가가서 겨냥을 한 뒤 하늘을 우러러 성호를 그으면서 마음속으로 비통
한 기도를 드렸다는군. 『예수님, 불쌍히 여겨 주시옵소서!』그러고는 자
기 친구를 마치 양이라도 죽이듯 단칼에 죽이고 시계를 뺏었다지 뭔가?」
  로고진은 허리를 잡고 한바탕 웃어 댔다. 마치 갑작스레 발작이라도 일으
킨 듯 커다란 소리로 웃었다. 조금 전까지만 해도 그처럼 침울하던 사내가
별안간 이렇게 웃어 대는 것을 본다면 누구나 이상하게 여길 것이다.
  「별 희한한 얘기를 다 듣는군! 정말 재미있는 얘기야!」그는 숨을 헐떡
이면서 신경질적으로 고함을 지르는 것이었다. 「한 친구는 신을 믿지 않
는다고 하고, 다른 한 친구는 살인을 하면서도 기도를 드리고. 아니 이런
얘긴 아무리 머리가 좋대도 꾸며 낼 수 없을 거야! 하, 하, 정말 희한해!
정말 재미있어……. 」
  「이튿날 아침에 나는 바람을 좀 쐴까 하고 거리로 나왔네.」공작은 로고
진의 웃음이 그치기를 기다렸다가 다시 하던 얘기를 계속했다. 웃음이 그
쳤다고는 하지만 로고진의 입술은 아직도 발작적으로 떨리고 있었다. 「문
득 앞을 보니 나무를 깐 보도 위로 남루한 옷차림의 군인이 술에 취해 가지
고 비틀대며 걸어오는 거야. 그런데 그 군인은 갑자기 내 옆으로 다가오더

니 『나리님, 은 십자가를 사세요. 단돈 20코페이카에 드리죠. 순은(純銀)이에요.』하지 않겠어? 사내의 손바닥에는 방금 목에서 풀어 낸 듯싶은 십자가가 퇴색한 리본이 달린 채 있었는데, 그것은 은이 아니라 주석으로 만든 십자가라는 걸 한눈에도 알 수 있더군. 비잔틴식 무늬가 가득 있고 위아래로 팔각 장식이 붙은 큼직한 십자가였어. 나는 두말 않고 20코페이카짜리 은화를 꺼내 그 병정에게 주고 십자가를 그 자리에서 내 가슴에 걸었어. 그러자 군인은 어수룩한 귀족을 속여 먹어서 몹시 만족스럽다는 듯이, 십자가를 팔아 버린 돈으로 또 한 잔 들이키려는 속셈에선지 부지런히 사라져 버리더군. 아마 틀림없이 술집을 찾아갔을 거야. 그건 그렇고 그때 나는 러시아에 돌아온 후에 받은 여러 가지 강렬한 인상으로 가슴이 꽉차 있었네. 전에는 이 러시아라는 나라가 마치 말이 없는 스핑크스처럼 여겨져서 도무지 이해할 수가 없었네. 그래서 외국에 가 있던 5년 동안 나는 러시아에 대해 터무니없는 공상을 하고 있었어. 나 자신이 이런 형편에 있었기 때문에 나는 그 사내와 헤어져 돌아오면서, 저 그리스도를 판 사내를 무턱대고 비난할 수 없을는지 모른다, 저런 주정뱅이의 약한 마음속에 무엇이 숨겨져 있느냐는 것은 하느님만이 알고 계실 것이다, 이런 생각들을 하면서 한 시간 가량 걸어서 여관으로 가고 있었네. 나는 그 길에 이번에는 갓난애를 안고 있는 어떤 아낙네를 만났어. 그녀는 아직 젊었는데 갓난아이는 난 지 한 달쯤밖에 안 된 것 같더군. 바로 그때 아이가 처음으로 어머니에게 웃는 얼굴을 보여 준 모양이야. 그러자 여자는 자못 근엄한 표정으로 성호를 긋지 않겠나? 『아주머니, 왜 그러시지요?』하고 물었지. 그때만해도 나는 무엇이나 닥치는 대로 물어 보는 버릇이 있었어. 그랬더니 그 여자는『아니 왜 그러다뇨? 처음으로 아기의 웃는 얼굴을 본 어머니의 기쁨은, 진심으로 기도를 드리는 것을 하늘에서 내려다보고 계시는 하느님의 기쁨과 똑같은 것이니까요.』하고 대답하는 거야. 이 부인의 이야기야말로 참으로 심오하고도 아름다운, 진정한 의미에서의 종교적 믿음이라고 생각되더군. 그 믿음 속에는 그리스도교의 본질이 완벽하게 표현되어 있거든. 즉 인간을 낳은 어버이로서의 신에 대한 해석이며 세상의 어버이가 그 자식을 대할 때 느끼는 기쁨을, 신도 역시 인간을 대할 때 느끼실 것이라는 믿음이 완벽하게 그 속에 포함되어 있거든. 그리고 이건 그리스도의 가장 중요한 사상인 거야. 더욱이 그걸 설파한 사람은 한낱 무식한 아낙네였단 말일세! 참으로 어머니

라는 것은……. 그런데 이 여자는 어쩌면 조금 전의 그 군인의 부인일지도
모르는 일이 아닌가. 파르펜, 자네는 아까 나에게 물었지? 이것이 그 물음
에 대한 대답일세. 종교적 감정의 본질이란 그 어떤 논증, 어떤 과실이나
범죄, 어떠한 무신론의 척도에도 해당할 수 없는 법이야. 그러한 것과는
들어맞지 않는 그 무엇이 있어. 또한 영원히 들어맞을 리가 없지. 여기에는
무신론 같은 것으로는 도저히 파악할 수 없는, 그리고 사람들이 터무니없는
해석을 내리기 쉬운 그 무엇이 있는 거야. 그러나 무엇보다도 중요한 것은
지금 말한 『그 무엇』이 러시아 인의 마음속에서 가장 많이 발견될 수 있다
는 사실이지. 이것이 내가 내릴 수 있는 결론이네. 이것이야말로 내가 우리
러시아에서 얻을 수 있는 가장 값비싼 신념의 하나지. 파르펜, 할일은 얼마
든지 있네. 이 러시아 안에서 말이야. 내 말을 믿어 주게! 모스크바에서
서로 만나 가슴을 툭 털어놓고 얘기하던 그 시절을 잊지 말아 주게…….
사실 나는 이번에두 이곳에 돌아오고 싶은 생각은 조금도 없었네. 그리고
자네와 이렇게 만날 수 있으리라고는 꿈에도 생각하지 못했어. 하지만 새삼
스레 이런 말을 하면 무슨 소용이 있겠나……. 그럼 이만 실례하겠네. 부
디 잘 있게나!」

　그는 발길을 돌려 층계를 밟으며 밑으로 내려가기 시작했다.
　「레프 니콜라예비치!」층계가 구부러지는 곳까지 공작이 내려갔을 때 뒤
에서 파르펜이 소리쳤다. 「자네 그 군인한테 샀다는 십자가를 지금도 가지
고 있나?」
　「응, 지금 내 목에 걸고 있지.」
　공작은 다시 걸음을 멈췄다.
　「좀 보여 줄 수 없겠나?」
　다시금 묘한 장면이 벌어졌다. 공작은 잠시 무엇을 생각하는 것 같더니
층계를 다시 올라가서 십자가를 목에 건 채 내보였다.
　「그걸 나에게 줄 수 없겠나?」로고진이 말했다.
　「그건 왜? 설마 자네가…….」
　「그냥 내 몸에 지니고 있고 싶어서 그러네. 그대신 내 것을 줄 테니 그걸
가지면 되잖겠나?」
　「그러니까 십자가를 서로 바꿔 가지자는 건가? 그럼 그렇게 하세. 그러
니까 파르펜, 우린 이제 이것으로 형제의 의를 맺는 걸세!」

공작은 자기의 주석 십자가를, 또 로고진은 자기의 금 십자가를 목에서 떼어 서로 바꿔 가졌다. 파르펜은 아무 말도 없었다. 그러나 공작은 이 새로운 의형제의 얼굴에서 아직도 의혹의 빛이, 그리고 냉소에 가까운 쓴웃음이 활짝 걷히지 않을 뿐 아니라 이따금 나타나는 것을 보고 실망과 놀라움을 금할 수 없었다. 이윽고 로고진은 말없이 공작의 손을 잡고 무엇인가를 잔뜩 망설이듯 한동안 그대로 서 있다가 마침내 공작을 잡아끌 듯이 하며 나지막한 소리로「가세.」라고 했다. 2층 복도를 지나자 로고진은 아까 나온 문의 맞은편에 있는 문 앞에서 초인종을 울렸다. 이내 문이 열렸다.

머릿수건을 쓰고 검은색 옷을 입은, 허리가 꼬부라진 노파가 로고진에게 공손히 인사를 했다. 로고진은 무엇인가 빠른 소리로 노파에게 묻고 대답을 기다리지도 않은 채 공작을 안내하여 몇 개의 방을 지나 안으로 들어갔다. 방들은 어두컴컴하였으나 차가우리만큼 깨끗하게 정돈되었고 흰 커버를 씌운 구식 가구들이 어울리지 않게, 그러나 단정히 놓여 있었다. 로고진은 하인의 안내도 없이 공작을 곧장 응접실처럼 꾸며진 자그마한 방으로 데리고 들어갔다. 이 방은 반들반들 윤이 나는 마호가니 칸막이로 한쪽이 막혀 있었고, 그 칸막이 양쪽에는 각각 문이 달려 있었다. 칸막이 너머는 침실로 사용되고 있는 것 같았다. 응접실 한구석 페치카 옆에 몸집이 작달막한 노파 한 사람이 안락의자에 앉아 있었다. 언뜻 보기에 아직은 그렇게까지 늙어 보이지 않고, 오히려 혈색 좋은 둥근 얼굴이 유쾌한 인상을 주는 편이었으나 머리는 완전히 백발이 되어, 이제는 마치 어린애와 같은 정신 상태로 되돌아가 있다는 것을 한눈에도 쉽사리 알 수 있었다. 검은 모직 옷을 입고 역시 검은빛의 커다란 목도리를 목에 감고 검은 리본이 달린 새하얀 실내모를 쓴 채, 두 발을 앞에 있는 발판으로 쓰는 의자 위에 올려 놓고 있었다. 그 옆에는 이 집의 식객인 듯싶은 또 한 사람, 깨끗한 옷차림의 노파가 앉아 있었다. 그 노파는 좀더 늙어 보였으나 역시 검은 상복에 흰 실내모를 쓰고 말없이 털양말을 뜨고 있었다. 이 두 노파는 언제나 말없이 앉아서 이렇게 시간을 보내고 있는 모양이었다. 안락의자에 앉아 있던 노파는 로고진이 공작과 함께 오는 것을 보고 상냥하게 고개를 끄덕이며 만족해 하였다.

「어머니!」로고진은 노파의 손에 키스하며 말했다. 「이 사람은 제 절친한 친구인 레프 니콜라예비치 뮈시킨 공작이에요. 모스크바에서는 친형제나 다름없이 나를 돌봐 주었지요. 나는 이 사람과 십자가를 바꿨어요. 어머니, 이 사람을 축복해 주세요. 친자식에게 하듯 말이에요. 아, 가만 계세요. 제가 어머니의 손가락을 잘 포개 드릴 테니……」

그러나 노파는 파르펜의 도움도 없이 오른손을 들어 손가락 두 개를 포개어 공작을 향해 경건하게 성호를 그었다. 그리고는 또 한 번 상냥하고도 정답게 고개를 끄덕여 보였다.

「자, 나가세, 레프 니콜라예비치!」 파르펜이 말했다. 「자네를 데리고 온 건 어머니에게 인사를 시키려는 것뿐이었으니까……」

다시 층계로 나왔을 때 그는 이렇게 덧붙였다.

「털어놓고 이야기하면 어머닌 남의 말을 하나도 못 알아들으시네. 물론 아까 내가 이야기한 것도 못 알아들으셨지. 그래도 자네에게 축복하신 걸 보면, 그건 어머니 자신이 마음이 내켜 하신 모양이야. 그럼 잘 가게. 나나 자네나 이제는 더 할 말이 없을 거야.」

그리고는 그는 자기 방문을 열었다.

「그렇지만 여보게, 헤어지기 전에 마지막으로 포옹이라도 한 번 해야 할 게 아닌가!」

공작은 약간 야속하다는 듯이 그를 바라보면서 말을 마치고는 상대방을 포옹하려 했다.

그러나 파르펜은 마지못해서 두 손을 쳐들었다가 이내 내려 버렸다. 그는 무엇인지 망설이는 표정으로 공작에게서 외면을 하고 말았다. 그는 공작을 포옹하고 싶지가 않았던 것이다.

「걱정할 건 없어. 자네의 십자가를 받은 이상 나는 누구처럼 시계 때문에 살인을 하는 일은 절대로 없을 테니까!」 그는 분명치 못한 어조로 말하고는 갑자기 괴상한 소리로 한바탕 웃어 댔다. 그러나 별안간 그의 얼굴은 변해 버렸다. 무서우리만큼 얼굴빛이 창백해졌고, 입술을 파르르 떨며 두 눈은 이글이글 타올랐다. 그는 두 팔을 번쩍 들어 공작을 힘껏 끌어안더니 숨가쁘게 말했다.

「그것이 전생의 연분이라면 그 여자를 자네가 데려 가게! 자네 것이야! 나는 양보하겠네! 이 로고진을 기억해 주게!」

그리고는 공작을 떠밀다시피하고 뒤돌아보지도 않고 자기 방으로 들어가더니 문을 쾅 닫아 버렸다.

294

5

 벌써 시간이 상당히 지나 2시 반 가까이 되어 있었다. 그래서 공작이 찾아갔을 때는, 예판친 장군은 집에 없었다. 공작은 명함을 놔두고 그 길로 곧 호텔 『저울집』으로 콜랴를 찾아가서, 만일 그도 없으면 편지라도 써놓고 오리라 마음먹었다. 『저울집』에 갔더니 하인이 나와 「니콜라이 아르달리오노비치(꼴랴의 형식 이름과 부형)는 아침에 나가셨습니다. 혹시 누가 찾아올지도 모르니 『3시경에 돌아오겠다, 만일 3시 반이 되어도 돌아오지 않으면 기차로 파블로프스크에 가서 예판친 장군 댁 별장에 들러 거기서 식사를 할 테니 그리 알고 있어.』 이렇게 말씀하시고 나가셨습니다.」 하고 말했다. 공작은 앉아서 기다리기로 하고 하인에게 먹을 것을 부탁했다.

 3시 반이 지나고 4시가 가까워도 콜랴는 나타나지 않았다. 공작은 밖으로 나와 마음 내키는 대로 걷기 시작했다. 초여름의 페체르부르그는 가끔 화창한 날씨가, 맑고 따뜻하고 고요한 날씨가 며칠 계속될 때가 있다. 마침 그 날도 보기드물게 좋은 날씨였다. 얼마 동안을 공작은 목적지도 없이 어슬렁어슬렁 거닐었다. 페체르부르그는 그에게 있어서 아직 낯선 도시였다. 그는 처음 보는 건물 앞에서, 네거리나 광장이나 다리 위에서 발길을 멈추곤 했다. 그러다가는 잠깐 쉬려고 어느 다과점에도 들어가 보았다. 어떤 때는 호기심에 찬 눈으로 통행인들을 유심히 지켜 보기도 했다. 그러나 이러한 일은 극히 드물었고 대부분은 옆을 지나는 사람들도 안중에 없었을 뿐만 아니라 자기가 지금 어디를 걷고 있는지조차 모르고 있기가 일쑤였다. 그는 말할 수 없는 불안과 긴장된 상태에 빠져 있었다. 그러나 한편 절박한 현실 도피에의 욕구를 느꼈다. 그는 조용히 혼자 있고 싶었다. 그리고 이 괴로운 긴장 속에서도 그 탈출구를 찾지 않고 수동적인 자세로 그냥 묻혀만 있고 싶었다. 자기 뇌리로 엄습해 오는 모든 문제에 혐오를 느낄 뿐 스스로 그것을 해결하고 싶은 생각은 조금도 없었다. 「할 수 없어, 나에게 잘못이 있는 건 아니니까.」 그는 거의 무의식적으로 이렇게 중얼거리는 것이었다.

 6시경 그가 정신을 차려 보니, 그는 차르스코에 셀로 역의 플랫폼에 나와 있었다. 그는 조금 전에 스스로 원했던 고독 상태를 이제는 더 이상 참아낼 수 없었던 것이다. 새로운 정열의 물결이 그의 가슴속에 넘쳐흐르고 그의 영혼을 뒤흔들고, 그를 괴롭히던 암흑은 순식간에 휘황한 광명으로 밝아졌다. 그는 파블로프스크 행 표를 사들고 참을 수 없는 초조감에 사로잡혀서 한시바삐 그곳에 도착했으면 하고 마음을 졸였다. 그러나 그 무엇인가가 그를 계속 뒤쫓고 있었다. 『그 무엇』이란 환상이 아닌 하나의 현실 세계였다. 물론 그로서는 환상이라고 생각하고 싶었을는지도 모른다. 그는 기차에 올라 자리를 잡고 앉았으나, 조금 후 그는 방금 산 차표를 땅바닥에 내동댕이치고 얼빠진 듯 우울한 얼굴로 정거장을 나왔다. 몇 분이 지난 후 그는 길거리에서 무엇인가 문득 깨달은 것 같았다. 오랫동안 자기를 괴롭혀 온 그 무엇을, 그리고 자기가 줄곧 몰두하고 있었던 그 어떤 일을 이제야 비로소 분명히 깨달은 것이다. 그것은 벌써 오래 전부터 계속되어 왔으나 지금 이 순간까지 조금도 알아채지 못했던 것이다. 벌써 몇 시간 전부터, 그러니까 아까 『저울집』에 앉아 있을 때부터, 아니 어쩌면 『저울집』에 가기 전부터 그는 무엇인가를 생각하고 있었던 것처럼, 자기 주위에서 무엇인가를 찾기 시작했던 것이다. 반 시간 가량도 더 되는 오랜 시간 동안 잊어버리고 있을 때도 있었지만 얼마 후에는 또다시 불안한 눈으로 주위를 둘러보며 무엇인가를 찾기 시작했던 것이다.

그러나 자기의 내부에서 오래 전부터 들끓고 있었음에도 불구하고 여태까지 전혀 의식지 못했던 병적인 움직임을 알아채기가 무섭게, 또 다른 하나의 사건이 기억 속에서 되살아나 그의 마음을 괴롭혔다. 즉 자기가 쉴새 없이 주위를 두리번거리며 무엇인가를 찾고 있는 자신을 발견한 바로 그때, 그는 어떤 상점 진열장 앞에 서서 진열된 물건을 열심히 들여다보고 있었다. 자기가 조금 전에, 불과 5분 전에 그 상점의 진열장 앞에 서 있었던 것은 과연 현실이었을까? 단순한 환상은 아니었을까? 그것이 아니면 무슨 다른 일과 혼동하여 생각한 것은 아닐까 싶었다. 그는 지금 당장 그 모든 것을 성급하게 확인하고 싶었다. 정말로 그 상점과 그 물건은 이 세상에 존재하는 것일까? 그는 오늘 자신이 지독한 병적인 심리 상태에 있다는 것을 느꼈다. 그것은 전에 병세가 악화되어 발작이 일어나기 바로 직전에 자주 경험한 것과 매우 흡사한 기분이었다. 발작이 일어나려 할 때의 그는 머리가 극도로 흐리멍덩해져, 주의력을 긴장시키지 않으면 사람의 얼굴과 그 밖의 다른 사물을 혼동하기가 일쑤였다. 그러나 과연 자기가 그때 그 상점 앞에 서 있었는지 아닌지를 꼭 확인하고 싶었던 것은 그럴 만한 특별한 이유가 있었기 때문이다. 진열장에 있는 상품 하나가 눈에 들어왔다. 그는 흐 릿한 불안 상태에 빠져 있었음에도 불구하고 그 물건에 시선을 꽂고 60코페 이카라고 쓴 가격표까지 읽은 것을 기억하고 있었다. 만일 그 상점이 실제 로 존재해 있고, 그 물건이 다른 상품들과 함께 진열되어 있다고 한다면 그 는 다만 그 물건 때문에 걸음을 멈췄다고 해야 할 것이다. 그렇다면 그 물 건은 그가 방금 정거장을 나왔음에도 불구하고 그의 주의를 끌 만한 어떤 힘을 지닌 물건이었다고 해야 옳을 것이다. 그는 우울한 눈으로 오른쪽을 바라보며 발길을 옮겼다. 심장은 불안과 초조감으로 몹시 고동치고 있었다. 이윽고 그 상점이 나타났다. 마침내 그는 그 물건을 찾아 낸 것이다. 이곳 으로 되돌아와 보려는 생각이 떠올랐을 때 그는 이곳과 겨우 5백보 가량 떨 어진 거리에 있었던 것이다. 과연 진열장 안에는 정가 60코페이카짜리인 그 물건이 있었다.

『하기야 저것은 60코페이카밖에 안 되는 물건이지. 그 이상의 가치는 있 을 리가 없어!』그는 마음속으로 이렇게 말하고는 혼자 웃음을 터뜨렸다. 그러나 그 웃음소리는 몹시 신경질적이었다. 금방이라도 숨이 막힐 듯한 표 정이었다. 이제야 비로소 똑똑히 생각나는 것이 있었다. 조금 전 이 진열장 앞에 서 있을 때 문득 그는 뒤를 돌아다보았는데, 오늘 아침 정거장에서 로 고진의 응시를 등 뒤에 느꼈던 때와 똑같은 기분을 느꼈던 것이다. 그는 자 신의 생각이 그릇된 게 아니었음을 확인하고, 하기는 그 전부터 그렇게 믿 고 있긴 했지만 재빨리 진열장에서 물러나 황급히 걸음을 옮겼다. 이러한 모든 것은 반드시 그리고 한시바삐 깊이 생각할 필요가 있었다. 아침에 정 거장에서 있었던 일도 결코 환영은 아니었다. 무엇인지 확고히 현실에 뿌리 박은 것이 여태까지 그를 괴롭히던 불안감과 결부되어 그의 뇌리를 스치고 지나갔다. 그것은 이제 의심할 여지도 없을 만큼 명백해졌다. 그러나 마음 속에 도사린 참을 수 없는 혐오감이 또다시 고개를 반짝 쳐들고 일어났다. 그는 아무것도 생각하고 싶지가 않았다. 그는 이 문제를 그대로 덮어 두고 전혀 다른 것을 생각하기 시작했다.

여러 가지 생각을 하던 끝에 그의 상념은 다음과 같은 곳에까지 이르 렀다. 그에게 있어 간질(癎疾)에 가까운 정신 상태에는 하나의 단계가 있 었다——물론 그것은 의식이 또렷할 때 발작이 일어나는 경우에 한해서이 지만. 발작이 일어나기 거의 직전에는 두뇌 속에서 우수와 정신적 암흑과

압박감을 뚫고 뇌수(腦髓)가 불현듯 불꽃을 튀기듯 활동을 개시하고 일시에
온갖 삶의 힘이 무섭게 긴장한다. 삶의 감각과 자기 의식은 거의 열 배의
힘을 발휘하지만 그러한 것은 겨우 눈 깜짝할 동안의 일이어서 번개처럼 재
빨리 스쳐 버리고 만다. 지혜와 정서(情緖)는 더없이 밝은 빛으로 빛나고
온갖 의혹과 모든 불안은, 조화를 이룬 환희와 희망에 넘치는 신성한 평온
속에 한꺼번에 용해되어 버린다. 그러나 이 순간, 이 눈부신 광휘는 발작이
일어나기 직전의 마지막 1초 동안 —— 절대로 1초 이상이 되지 않
는다 —— 에 지나지 않는다. 그에게는 이 1초가 무엇보다도 참을 수 없는
괴로운 것이었다. 후에 건강이 회복되고 나서 그는 이 최후의 한 순간을 상
기하며 곧잘 자기 자신에게 이야기하는 것이었다. 즉 이 고귀한 삶의 감각
과 자기 의식, 다시 말해서 고귀한 실재의 섬광은 요컨대 정상적인 상태의
파멸을 뜻하는 일종의 병에 지나지 않는다. 그렇다면 이것은 결코 고귀한
형태의 실재가 아니라 오히려 가장 저속한 실재이어야 한다. 그는 이렇게도
생각해 보았으나 결국은 역설적인 결론밖에 얻을 수 없었다. 「이것이 일종
의 병이라 해도 그것이 무슨 상관이 있단 말이냐?」 마침내 그는 이렇게 단
정을 내렸다. 「이 감각이 비정상적인 긴장이건 아니건 상관없다. 만일 결
과 그 자체가, 감각이 건전한 상태에 있을 때 상기하여 자세하게 검토해 보
아도, 그 감각의 일 순간은 여전히 고상한 조화의 미를 간직할 뿐만 아니라
여태까지 듣지도, 생각해 보지도 못한 알찬 중용(中庸)과 용해되고, 고귀한
삶의 의지와 결합되어 경건한 법열(法悅)을 느낀다면 병적이건 비정상적이
건 그런 것은 전혀 문제가 될 수 없는 것이 아닌가!」
　안개에 싸인 듯한 이 희미한 생각은 아직도 지극히 미약한 것이었으나 그
자신에게는 더할 나위 없이 명백하게 느껴졌다. 그것이 진정한 『미(美)와
신앙』이라는 것에 대해서, 또 『고귀한 삶의 총화』라는 것에 대해서 그는 도
저히 의심할 여지가 없는 것처럼 생각되었다. 아니, 그 같은 의심의 가능성
조차도 언급할 수 없다고 생각되었다. 사실 그것은 최면이나 아편이나 술로
이성을 멍들게 하고 영혼을 좀먹게 하는, 비정상적이며 비현실적인 환영이
꿈결에서 그를 엄습한 것과는 근본적으로 다르기 때문이다. 이것은 병적인
상태가 끝난 다음에, 건전한 두뇌로 그가 판단한 것이었다. 그러한 한 순간
은 자기 의식의 비상한 긴장인 것이다. 그것을 한마디로 표현한다면 자기
의식인 동시에 가장 충동적인 자기 감각인 것이다. 만일 이 한 순간에, 즉

발작이 일어나기 직전의 의식이 남아 있는 최후의 순간에 「아아, 이 한 순간을 위해서라면 일생을 포기해도 아깝지 않으리라.」고 분명한 의식으로 말할 수만 있다면, 물론 이 한 순간은 전 생애와 비길 만한 가치가 있다고 해야 할 것이다. 그러나 그는 자기가 세우는 결론의 변증법적(辨證法的)인 면에는 별로 유의하려 하지 않았다. 다만 마음속이 어둡고 우둔해진 듯싶은 백치의 상태가 그의 앞을 가로막고 있을 뿐이었다. 하기야 그도 이런 문제를 가지고 기를 쓰면서 남들과 토론하려 하지는 않았을 테지만, 그러나 그의 결론, 즉 이 한 순간의 평가에는 틀림없이 어떤 오류가 있었을 것이다. 그렇지만 역시 이 감각의 현실적인 면은 적잖이 그를 당황케 했던 것이다. 사실 현실에 대해서는 어쩔 수가 없는 일이 아닌가? 누가 뭐라 해도 이것은 실제로 있었던 일이다. 누가 뭐라 해도 그는 실제로 그러한 순간에 「지금 내가 느끼는 한없는 행복을 위해서라면 한 순간을 전 생애와 기꺼이 바꾸리라.」고 말할 만한 여유가 있지 않았는가. 언젠가 그는 모스크바에서 로고진에게 이렇게 말한 적이 있었다.

「이 한 순간에 나는『이제는 시간이 없으리라』는 명구를 이해할 수 있을 것 같네.」 그리고는 미소를 지으며 다시 덧붙였다. 「간질병 환자인 마호멧은 넘어진 물병에서 물이 미처 쏟아져 나오기 전에 알라(이슬람교의 주신)의 모든 집들을 상세하게 관찰할 수 있었다고 했는데 이것이 바로 그러한 순간일 거야.」 모스크바에서 그는 로고진과 자주 만나 이것 이외에도 여러 가지 얘기를 했던 것이다.『아까 로고진은 그 당시 나를 친형제처럼 생각하고 있었다고 했는데 그건 오늘 처음으로 나한테 한 말이다.』라고 공작은 속으로 생각했다.

그런 생각을 하면서 그는 여름 공원의 나무 벤치에 앉아 있었다. 7시에 가까운 시간이라 공원은 텅 비어 있었다. 무엇인지 알 수 없는 어두운 그림자가 서쪽 하늘로 기울어지는 태양의 표면을 잠시 스치고 지나갔다. 공기는 숨막힐 듯이 답답했고 뇌우(雷雨)의 내습을 알리는 징후가 엿보였다. 그는 현재의 이러한 명상적인 기분에 일종의 유혹을 느꼈다. 그는 외부의 모든 사물에 대하여 경험과 이성을 가지고 몰두하는 것이었다. 그는 그런 것이 마음에 들었다. 그는 줄곧 무엇인지 눈앞에 닥쳐온 사실을 잊고 싶었으나 자기 주위를 둘러볼 때마다, 되도록 생각지 않으려고 애쓰는 그 상념이 자꾸만 고개를 쳐들고 일어서는 것이었다. 아까 호텔에서 식사를 할 때 최근 굉장한 물의를 일으키고 있는 괴이하기 이를 데 없는 살인 사건에 대하여 급사와 이야기한 것이 생각났는데, 그것을 상기하자마자 갑자기 그의 내부에 이상한 변화가 일어났다.

일종의 유혹이라고 할 만큼 참을 수 없는 어떤 충동이 불현듯 그의 의지를 완전히 마비시켜 버린 것이다. 그는 벤치에서 벌떡 일어나 곧장 페체르부르그 구(區)를 향해 걷기 시작했다. 아까 네바 강변에서 지나가는 사람에게 페체르부르그 구로 가는 길을 물어 보았을 때 그 사람은 친절히 가르쳐 주었지만, 그는 그때 그리로 가지 않았었다. 그곳에 가봐야 별수없을 것 같았기 때문이었다. 주소는 이미 알고 있으니까 레베제프의 친척이라는 사람네 집을 찾기란 극히 쉬운 일이었다. 그러나 그는 그 여자가 집에 없을 것임을 확인하고 있었다. 『틀림없이 파블로프스크에 갔을 것이다. 그렇지 않다면 콜랴도 약속대로 『저울집』에다 뭐라고 써놓고 나갔을 게 틀림없어.』 따라서 지금 그가 그리로 가려는 것은 그 여자를 만나기 위해서가 아니라, 어둡고 괴로운 또 다른 호기심이 작용하고 있기 때문이었다. 하나의 『돌발적인 생각』이 갑자기 그의 머리를 스치고 지나간 것이다.

그러나 그는 자기가 걷고 있는지, 또 어디로 가는 것인지를 알고 있다는 그 자각만으로도 고통을 느끼기에 충분했다. 1분이 지나자 그는 또다시 자기가 가는 길을 잊고 그저 무턱대고 걷고 있었다. 더 이상 자기의 『돌발적인 생각』에 몰두할 수가 없었다. 그는 괴로울 만큼 긴장된 주의력을 기울여 눈에 들어오는 모든 것에 시선을 쏟았다. 하늘을 바라보았다. 네바 강을 바라보았다. 옆을 지나가는 어린이에게 말을 걸어 보려고 했다. 어쩌면 간질의 증상이 점점 심해 가는지도 모른다. 뇌우는 아주 천천히 다가오고 있었지만 아주 가까이 임박한 것처럼 생각되었다. 벌써 천둥 소리가 들려 오기 시작했다. 숨이 막힐 듯싶게 가슴이 답답해 왔다. 마치 귀를 틀어막고 싶도록 듣기 싫은 음악의 1절이 귀찮게 마음속에 떠오르듯, 까닭없이 아까 본 레베제프의 조카의 모습이 자꾸만 눈앞에 떠올랐다. 더욱이 이상한 것은 그 모습이 그때 레베제프가 자기 조카를 소개하며 이야기한 살인범의 모습으로 나타나는 것이었다. 그가 그 살인 사건을 신문에서 읽은 것은 아주 최근의 일이었다. 이런 종류의 사건은 그도 러시아에 돌아온 후 많이 읽기도 했고 또 듣기도 했다. 그는 이러한 사건들을 끈덕지게 주시하고 있었던 것이다. 아까 호텔 급사와의 대화에서도, 그는 바로 이 제마린 일가 몰살 사건에 비상한 관심을 나타냈었다. 그는 급사가 자기의 견해에 찬성한 것을 상기했다. 그러자 이번에는 그 급사의 모습이 눈앞에 떠올랐다. 영리하고도 말쑥하게 생긴 조심성 있는 젊은이였다.

『하지만 그 친구가 어떤 인간인지 알 게 뭐야? 낯선 고장에서 처음 만나는 사람들의 마음속을 꿰뚫어 보기란 쉬운 일이 아니니까.』하고 그는 생각했다. 그러나 이제 그는 러시아 인의 영혼을 열광적으로 믿기 시작한 것이다. 그는 지난 6개월 동안 그로서는 진지하기 짝이 없는, 일찍이 들어 보지도 못한 수수께끼 같은 사건을 너무나 많이 겪어 왔다. 그렇지만 사람의 마음이란 어둠 속과 같다. 러시아 인의 마음도 역시 마찬가지다. 우선 로고진과 가까이 사귀었다. 형제의 의를 맺을 만큼 친숙한 사이가 되었다. 그러나 그는 과연 로고진의 심중을 알고 있단 말인가. 그렇지만 어쩌다 보면 모든 것이 혼돈되어 도대체 무엇이 무엇인지 종잡을 수 없을 만큼 지저분하기 짝이 없을 때가 있다. 그건 그렇고, 아까 그 레베제프의 조카라는 애송이 놈은 어쩌면 그렇게도 밉살스러울까. 그 자신만만한 태도가 무엇보다도 괘씸했다. 『그렇더라도 도대체 그게 무슨 상관이야.』하고 공작은 두서없는 망상을 계속하는 것이었다. 그 사내가 정말로 한 가족 여섯 명을 죽인 하수인일 리는 만무하지 않은가. 아무래도 나는 착각을 일으켜 사건을 혼동하고 있는 것 같다. 그런데 레베제프의 맏딸, 아까 갓난애를 안고 있던 그 처녀는 어쩌면 그렇게도 상냥하고 귀여운 얼굴을 하고 있을까? 그 앳된 표정, 티 없는 웃음! 여태까지 그 웃음을 까맣게 잊고 있다가 이제야 상기한 것이 오히려 이상할 지경이었다. 레베제프는 그 아이들한테 발을 구르며 야단을 치긴 했지만, 그래도 속으로는 더없이 사랑하고 있을 게다. 그러나 둘에다 둘을 보태면 넷이 된다는 것만큼 정확한 것은 그가 자기 조카를 내심으로는 사랑하고 있다는 사실이다.

그렇지만 대체 무엇을 가지고 공작이 그들에 대하여 이처럼 자신 있게 속단을 내린 것인지, 그것은 알 수 없는 일이었다. 오늘 처음으로 그 집을 방문한 그가 함부로 이런 속단을 내린다는 것은 도대체 어찌된 일일까! 어쨌든 오늘 레베제프는 그에게 있어 완전히 수수께끼 같은 인물이 되어 버린 것이다. 사실 레베제프가 그런 인간인 줄은 미처 몰랐었다. 전에 공작이 알고 있던 그는 결코 그런 사나이가 아니었다. 레베제프와 뒤바리 부인……, 이 두 사람은 그야말로 알쏭달쏭한 존재다. 그건 그렇고, 로고진이 만일 사

람을 죽인다면 여섯 명을 몰살한 사건처럼 그렇게 닥치는 대로 마구 죽이지
는 못할 것이다. 어찌 그처럼 참혹한 난장판을 벌일 수가 있을까. 도면(圖
面)을 그려 특별히 주문해서 만든 흉기 앞에 질겁을 하고 후들후들 떨고 있
었을 여섯 명의 가족! 과연 로고진이 그런 흉기를 도면을 그려 주문할 수
있을까? 그렇지 않아도 그에게는……. 그리고 로고진이 그 여자를 죽이
겠다는 것은 과연 기정 사실일까? 이런 생각을 하면서 공작은 몸을 부르르
떨었다.

「이런 파렴치하고도 노골적인 억측을 한다는 건 비열하기 짝이 없는 크나
큰 죄악이 아닐까?」그는 소리쳤다. 그러면서 그는 수치심에 얼굴을 확 붉
혔다. 그는 깜짝 놀라 못박힌 듯이 길 위에 서 있었다. 순간 그의 머릿속에
모든 것이 한꺼번에 명확히 떠올랐다. 아까 들어갔던 파블로프스크 행의 열
차 정거장, 그리고 아침에 기차에서 내린 니콜라예프스키 정거장, 그리고
또 그『눈』에 대하여 로고진에게 단도직입적으로 던진 질문, 지금 자기 목
에 걸고 있는 로고진의 십자가, 그의 어머니로부터 받은 축복, 층계 위에서
의 그의 발작적인 작별의 포옹과 최후의 포기 선언, 이러한 일들이 일어난
다음 쉴새없이 주위에서 무엇인가를 찾아 내려고 애쓰던 자기의 심정, 그리
고 그 상점, 그 물건, 아아, 얼마나 비열한 짓이냐? 그런데도 자기는 지금
『특별한 목적』, 『특별하고 돌발적인 생각』을 품고 그 집을 찾아가고 있다
니……. 절망적인 고뇌가 공작의 마음을 사로잡았다. 그는 곧 자기 숙소로
돌아가려고 발길을 돌렸으나 1분도 걷기 전에 걸음을 멈추고 한참 생각하다
가 다시 조금 전에 가던 방향으로 발길을 되돌려 걷기 시작했다.

마침내 그는 페체르부르그 구에 당도했다.

어느새 그는 그 집 근처에까지 와 있었다. 그러나 지금의 그는 아까와 같
은 목적, 아까와 같은 특별한 계획을 품고 그 집을 찾아가는 것은 아니
었다. 사실 그런 것은 있을 수 없는 일이 아닌가. 그렇다, 그는 지금 옛날
의 그 병이 재발하고 있는 것이다. 이것은 의심할 여지가 없다. 어쩌면 오
늘 중으로 발작이 일어날는지도 모른다. 이 암흑 상태는 그 발작의 전조(前
兆)이며, 그『생각』이라는 것 역시 발작의 전조임에 틀림없다. 그러나 암흑
은 이미 사라지고 악마는 멀리 쫓겨나 버렸다. 의혹도 또한 자취를 감추어
그의 마음은 환희에 가득 차 있었다. 다만 오랫동안 그 여자를 보지 못했으
니 한시바삐 만나 봐야겠다. 그리고…… 지금 당장에라도 로고진을 만나

손을 맞잡고 둘이 함께 갈 수만 있다면 얼마나 좋으랴 싶었다. 공작의 양심
은 진실했다. 그는 결코 로고진의 연적(戀敵)이 아니었다. 그는 내일이라도
곧 로고진을 찾아가서 그 여자와 만났다는 말을 할 것이다. 사실 그가 페체
르부르그에 달려온 것은 다만 그녀를 한 번 만나 보려는 것뿐이었다. 어쩌
면 그는 오늘 그녀를 만날 수 있을는지도 모른다. 그녀가 파블로프스크에
갔을 것이란 말은 그리 확실한 정보는 아니니까!

그렇다, 이제는 모든 사람이 서로의 마음을 이해하도록 해야 한다. 아까
로고진이 외친 것처럼 비통하고 열광적인 자포자기 선언이 다시는 나오지
않도록 해야 한다. 그리고 그것은 자연스럽고도 자유롭게, 그리고 공명정대
한 방법으로 이루어져야 한다. 로고진이라고 해서 결코 광명을 등지고 있으
란 법은 없다. 그는 자기 입으로 「나의 사랑은 너의 사랑과는 전혀 다르다.
내게는 동정이니 연민이니 하는 따윈 털끝만큼도 없다.」라고 말을 했고, 또
「너의 연민은 나의 연정보다 오히려 강할는지도 모른다.」라고 덧붙이기도
했다. 그러나 그는 자기 자신을 학대하고 있는 것이다. 흠, 로고진이 책을
읽기 시작했다구? 그렇다면 이것은 바로 그 『연민』이 아닐까? 바로 그
『연민』의 시작이 아닐까? 로고진이 책을 들여다보게 되었다는 그 한 가지
사실만으로도 그가, 자기와 그 여자와의 관계를 완전히 자각하고 있다는 것
을 증명하고도 남음이 있지 않을까? 그러나 아까 그가 한 얘기는 정욕일
까. 아니 단순한 정욕이라기보다는 의미심장한 데가 있어. 그 여자의 얼굴
이 그야말로 정욕을 불러일으키는 형태라고 할 수 있을까? 바로 그 얼굴이
남자의 정욕을 불러일으킬 수 있단 말인가? 아아, 아니다. 그것은 정말로
사람의 마음을 사로잡아 무한한 동정을 불러일으키게 하는 얼굴이다. 바로
그 얼굴이야말로…… 문득 뜨겁고 괴로운 추억이 공작의 가슴속을 스치고
지나갔다.

사실 그것은 쓰라린 추억이었다. 그는 얼마 전 그녀에게서 처음으로 광기
(狂氣)를 발견했을 때 몹시 번민했던 일을 상기했다. 그때 그는 거의 절망
상태에 빠져 있었다. 그녀가 자기에게서 로고진에게로 되돌아갈 때 어떻게
그대로 내버려 둘 수가 있었을까? 망연히 소식만 기다리고 있을 것이 아니
라 직접 그 여자의 뒤를 쫓아갔어야 옳았을 것이다. 그런데…… 로고진은
아직도 그녀에게서 발광의 증세를 발견하지 못했단 말인가……? 흠……
로고진은 모든 사건에서 별개의 원인을, 즉, 정욕적인 원인만을 보고 있으

니까! 게다가 그 이성을 잃은 질투는 어떠했던가? 그러나 자기가 아까 그
런 부질없는 억측을 한 것은? 생각이 이런 데까지 미치자 공작의 얼굴은
또다시 빨갛게 물들었다. 무엇인지 가슴속에서 꿈틀하는 것만 같았다.

그런데 무엇 때문에 이런 것을 생각할 필요가 있단 말인가? 이것은 마치
양쪽이 다 서로간에 미치광이와 같은 짓을 하고 있는 셈이 아닌가! 도대체
그 여자를 정욕적으로 사랑한다는 것이 가능한 일인가? 그것은 비인간적
인 잔인한 것이다. 암, 그렇고말고! 로고진은 자기 자신을 학대하고 있음
에 틀림없다. 그는 고민할 수도 있고 동정할 줄도 아는 폭넓은 마음을 가진
인간이다. 만일 그가 모든 진상을 제대로 파악하고 그 상처뿐인 반미치광이
여자가 얼마나 가엾은 존재인가에 대해 생각이 미치게 된다면 그때는 그도
역시, 전에 그 여자로 인하여 받은 온갖 모욕을 깨끗이 용서할 수 있을 것
이다. 틀림없이 그녀의 종이 되어 주고 형제가 되고 친구가 되며 인도자가
될 것이다.

그리고 그녀에 대한 동정은 로고진 자신에게도 교훈을 주어 그 생애를 뜻
있는 방향으로 이끌어 줄 것이다. 동정이야말로 인류 생활에 있어 가장 중
요한 아니 유일한 법칙이니까. 오, 나는 로고진에게 용서받지 못할 비열한
죄를 범하고 있다! 정말로 어두운 것은 『러시아 인의 마음』이 아니고 바로
내 마음이다. 아까 그처럼 무서운 상상을 했다는 그 자체가 증거인 것이다.
모스크바에서 몇 번 진심에서 우러나온 말을 주고받았다는 것만으로도 로
고진은 벌써 나를 형제라 부르고 있지 않은가. 그런데 나는…… . 아니 그
건 제정신에서 나온 것이 아니다. 그건 병적인 상태에서 나온 것이다. 그러
니까 이제 곧 모든 것이 깨끗이 풀릴 것이다! 하지만 아까 로고진이 「나는
점점 신앙이 없어져 가는 것 같다.」고 하던 때의 그 음성은, 어쩌면 그다지
도 심각했을까! 그 친구는 아마 굉장한 고민을 겪어야만 할 것이다. 그는
「저 그림을 좋아한다.」라고 말했지만 좋아하는 것이 아니라, 말하자면 필연
적인 욕구를 느끼고 있는 것이다. 로고진은 결코 단순한 정욕의 노예가 아
니다. 그는 인생의 투사라 할 수 있다. 잃어버린 신앙을 억지로 되찾으려고
싸우는 투사인 것이다. 지금 그는 신앙의 필요를 절실히 느끼고 있다. 그
렇다, 무엇이든 믿지 않고는 견디어 낼 수가 없었던 것이다. 그런데 그 홀
리바인의 그림은 참으로 기묘한 그림이다…… . 아, 바로 이 거리로구나.
저기 보이는 저 집이 틀림없을 것이다. 흠, 역시 그렇구나. 16번지, 〈십등

관(十等官) 필리소바 여사의 집) 공작은 초인종을 누르고 나스타샤 필립포
브나에 대한 면회를 청하였다.

얼마 후 여주인 필리소바 여사가 직접 나와서, 나스타샤 필립포브나는 아
침에 파블로프스크에 있는 다리야 알렉세예브나를 찾아갔는데, 어쩌면 사
오 일 거기 머물러 있을는지도 모른다고 대답했다. 필리소바는 몸집이 작달
막하고 눈이 날카롭고 하관이 빠른 마흔 전후의 여자였다. 그녀는 교활한
눈으로 공작의 아래위를 훑어 보았다. 이름이 누구냐는 물음에 —— 그녀가
특별히 의미심장하게 질문을 했기에 —— 공작은 잠시 대답을 망설였다. 그
러나 이내 마음을 돌려 자기 이름을 대고 나스타샤에게 틀림없이 전해 달라
고 간청했다. 필리소바는 아무런 내색도 없이 주의를 기울여 공작의 부탁을
듣고 있었으나 그 얼굴은 분명히 「염려 마세요, 다 알고 있으니까요.」 하는
듯한 표정이었다. 공작의 이름은 그녀에게 상당한 감명을 주었음에 틀림없
었다. 공작은 멍청히 그 얼굴을 바라보고 있다가 얼마 후 발길을 돌려 자기
숙소로 향했다. 그러나 그의 얼굴은 조금 전에 필리소바네 문전에서 초인종
을 누를 때와는 전혀 다른 표정을 띠고 있었다. 순간 그의 내부에는 다시금
비상한 변화가 일어났던 것이다. 그는 또다시 창백하고 허약한, 흥분과 고
뇌에 휩싸인 인간으로 되돌아왔다. 무릎이 후들후들 떨리고 검푸른 빛을 띤
입술 위로 실망의 미소가 엷게 감돌고 있었다. 그의 『돌발적인 생각』은 단
번에 사실로서 확인된 것이다. 그리하여 그는 다시금 자기의 악마를 믿기
시작했다.

그러나 과연 그것은 사실이 되어 나타났단 말인가? 과연 사실로서 확인
되었단 말인가? 그런데 이 전율과 이 식은땀은, 이 마음속의 암흑과 오한
은 도대체 무엇 때문에 일어나는 것일까? 방금 그 눈을 보았기 때문일까?
그렇지만 여름 공원에서 곧장 이리로 온 것은 다만 그 눈을 보려는 욕망에
서가 아니었던가? 그 『돌발적인 생각』이란 바로 그것이었던 것이다. 여기
이 집 근처에 오면 반드시 『아침에 본 그 눈』을 볼 수 있으리라는 기대 때
문에 곧장 이 집을 찾아온 게 아니었던가! 여기서 그 눈을 또다시 보기를
그처럼 기대했던 자기가 이제 그 눈을 정말로 보았다고 해서 이렇게까지 놀
라 당황한다는 건 아무래도 이상하지 않은가? 전혀 예기치 못했던 일이란
말인가? 아아, 이것이야말로 그것과 똑같은 눈이다. 『이제 와서는 털끝만
큼도 그것을 의심할 여지가 없다!』 오늘 아침 니콜라예프스키 정거장에 도

착했을 때 군중 속에서 번쩍 빛났던 바로 그 눈, 그리고 아까 로고진의 집에서 의자에 앉으려 할 때 어깨 너머로 흘끔 보았던 바로 그 눈이다. 그때 로고진은 그것을 부정하였고 말할 수 없이 일그러진 미소를 띠면서 「도대체 그게 누구의 눈이었을까?」하고 시치미를 떼었다. 그리고 바로 아까 공작이 아글라야를 찾아가려고 기차에 올랐을 때도——이것으로 오늘 하루 동안에 벌써 세번째였다——차르스코예 셀로 역에서 그 눈을 발견했었다. 그때는 다짜고짜 로고진한테 달려가서 「그게 누구의 눈이었느냐?」고 따지고 싶었다.

그러나 그는 그냥 정거장을 달려 나와 그 상점 앞에, 칼을 파는 그 상점 앞에 올 때까지 한 번도 뒤를 돌아보지 않았다. 그곳에서 그는 한동안 걸음을 멈추고 사슴 뿔로 자루를 만든 물건을 보았고 또 그 값이 60코페이카라는 것도 알았던 것이다. 그리하여 그 괴이하고도 몸서리치는 악마는 영영 그에게 들어붙어 다시는 떨어지려 하지 않았다. 공작이 공원의 보리수 그늘 밑에 앉아 무아(無我)의 경지를 헤매고 있을 때 이 악마는 그의 귀에 이렇게 속삭였던 것이다. 만일 로고진이 아침부터 내 뒤를 밟으면서 나의 일거일동을 지켜 볼 생각이라면 내가 파블로프스크로 가지 않았다는 것을 확인하자마자——이것은 물론 로고진에게는 운명을 판가름하는 중대사라 아니 할 수 없겠지만——반드시, 그리고 페체르부르그 구(區)의 그 집으로 달려가서 아까 내가 그에게 한 말——앞으로는 절대로 그 여자를 만나지 않겠다느니, 내가 페체르부르그에 온 것은 그것 때문이 아니다——이 정말인가 아닌가를 확인하려고 망을 보고 있을 것임에 틀림없다는 것이 악마의 속삭임이었다. 그래서 공작은 갑자기 미친 듯이 쏜살같이 그 집으로 달려갔던 것이다. 그리고 예상했던 대로 거기서 로고진을 발견했던 것이다. 그러나 그의 눈에 들어온 것은 음침하기는 하지만 그러나 충분히 이해할 만한, 하나의 불행한 인간이었다. 더욱이 그 불행한 인간은 이제는 몸을 숨기려고도 하지 않았다. 사실 로고진은 아까 자기 집에서 무엇 때문인지 시치미를 떼고 거짓말을 했지만 차르스코예 셀로 역에서는 조금도 몸을 숨기려 하지 않고 그냥 서 있었다. 몸을 숨긴 것은 로고진이 아니라 오히려 공작이었다. 그리고 조금 전에 그 집 앞에서는 50보 가량 떨어진 반대편 보도에서 팔짱을 끼고 선 채 이쪽을 지켜 보고 있었다. 일부러 보라는 듯이. 완전히 전신을 나타내고 있는 품이 마치 무슨 감시자나 재판관 같은 태도였다. 조금도 자기를 숨기려고 하지 않았다.

그런데 공작은 어째서 이번에도 그의 곁으로 가지 않고 못 본 체 그를 피해 버렸을까? 두 사람의 눈이 서로 마주쳤는데도 말이다——그렇다, 두 사람의 눈이 정면으로 마주쳐서 그들은 서로의 얼굴을 분명히 바라보았던 것이다. 그뿐만이 아니다.

아까는 공작 자신이 그와 손을 맞잡고 함께 그리로 갔으면 좋겠다고까지 생각하지 않았던가! 그리고 또 내일은 로고진한테 가서 자기가 그 여자를 만났다는 말을 하리라고 생각하지 않았던가. 그리고 그 집을 찾아가는 도중에 문득 가슴에 넘칠 듯한 환희를 느끼며 그 악마란 놈을 쫓아 버리지 않았던가. 어쩌면 로고진에게는, 즉 오늘의 그의 언어, 동작, 행위, 시선 등의 총화 속에는 공작의 무서운 예감이나 악마의 선동적인 속삭임을 긍정할 만한 그 무엇이 있는지 모른다.

그 무엇이라는 것은 저절로 느낄 수 있을 뿐 그것을 분석하거나 필설로 나타낸다는 것은 지극히 힘든 일이며, 더욱이 충분한 이유를 들어 증명한다는 것은 전혀 불가능한 일이다.

그러나 이러한 어려움이나 불가능에도 불구하고 그 무엇은 극히 선명한, 그리고 지워 버릴 수 없는 인상을 주었고, 그 인상이 어느 틈엔가 꺾을 수 없는 신념으로 변해 버리는 것이다.

하지만 신념이란 도대체 어떤 것일까?——아아! 이 신념의 괴이함이, 그 비열함과 추악함이 얼마나 공작을 괴롭혀 왔던가? 그래서 그는 얼마나 자신을 저주했던가! 「말해 봐, 무슨 신념이나 용기가 있거든 말해 보란 말이야!」그는 가책과 도전이 뒤섞인 어조로 스스로를 힐책했다. 「자기가 생각하고 있는 것을 분명하고 정확하게, 서슴없이 말해 보란 말이다! 아아, 나는 파렴치하기 짝이 없는 놈이다!」그는 얼굴을 붉히며 분연히 외쳤다. 「앞으로 나는 무슨 낯으로 그 친구를 대한단 말인가! 아아, 오늘은 무서운 악몽의 하루로구나!」

페체르부르그 구(區)에서 호텔까지의 길고 괴로운 길이 끝나 갈 무렵 비록 짧은 순간이긴 하지만, 이 길로 곧장 로고진을 찾아가 회오의 눈물과 함께 그를 포옹하고 모든 것을 고백하고 싶었다. 그리하여 한꺼번에 깨끗이 모든 것을 청산해 버리고 싶은 충동이 공작을 사로잡았다. 그러나 그때 공작은 이미 호텔 앞에까지 와 있었다.

아침에도 그는 이 호텔이 어쩐지 마음에 들지 않았다. 우중충한 복도며 자기가 든 방이며, 그리고 집 전체가, 모든 것이 첫눈에 싫었었다. 그는 오늘 하루 동안에도 몇 번이나 다시 이 집에 돌아가야 된다는 것을 생각하고는 어쩐지 이상한 혐오감을 느꼈었다. 『오늘은 어째서 이렇게 히스테리에 걸린 여자처럼 부질없는 생각들에 일일이 신경을 쓰는 것일까!』그는 정문 앞에서 걸음을 멈추고 신경질적인 냉소를 입가에 흘리며 생각했다. 그러자 오늘 본 어떤 하나의 사물이 그 순간에 퍼뜩 머리에 떠올랐다. 그는 문득 아까 로고진의 책상 위에 놓여 있던 나이프가 생각났던 것이다. 『그렇지만 로고진이라 해서 자기 책상 위에 나이프를 놔두면 안 된다는 법은 없지 않은가?』이렇게 생각하고 그는 흠칫 놀랐다. 가슴이 섬뜩해짐과 동시에 그는 자기가 칼을 파는 가게 앞에서 걸음을 멈췄던 일을 생각해 냈다. 「로고진의 나이프와 내가 그 상점 앞에 멈춰 섰다는 것 사이에는 도대체 어떠한 연관성이 있단 말인가!」그는 소리치려다가 도중에 말끝을 흐려 버렸다. 참을 수 없는 모욕이라기보다는 절망이 다시금 밀물처럼 밀려들어 그의 발길을 그 호텔 정문 앞에다 못박아 버렸다. 그는 우뚝 멈춰 선 것이다. 이것은 흔히 있을 수 있는 일이었다. 문득 떠오르는 참을 수 없는 회상, 특히 수치를 곁들이는 회상은 잠깐 동안 그 사람을 그 자리에 멈춰 서게 할 수 있다. 「그렇다, 나는 도대체가 성실치 못한 놈이다. 그리고 겁쟁이다!」공작은 우울한 어조로 이렇게 되풀이하고는 돌연 걷기 시작했다. 그러나 곧 다시 걸음을 멈춰 버렸다.

가뜩이나 어둠침침한 정문 안은 더욱 어두워져 있었다. 뇌우(雷雨)를 동반한 검은 비구름이 저녁놀을 집어삼키며 점점 다가오더니 공작이 호텔 앞에 다다랐을 때엔 온통 하늘을 뒤덮어 버렸다. 1분쯤 멈춰 섰다가 갑자기 걷기 시작한 바로 그 순간, 공작은 정문 안 맞은편 어두컴컴한 정면 층계 옆에 어떤 사내가 서 있는 것을 보았다. 사내는 누군가를 기다리고 있었던 것 같았다. 그러나 공작을 보자 재빨리 모습을 감추고 말았다. 공작은 똑똑히 그 사내를 분간할 여유가 없었기 때문에 그가 누구였다고 자신 있게 말할 수는 없었다. 게다가 이 집은 호텔이기 때문에 여러 사람이 드나드는 것이 당연했다. 많은 사람들이 쉴새없이 계단으로 해서 복도로 드나들고 분주하게 오가는 것은 흔히 볼 수 있는 광경이다. 그런데도 그는 사내가 틀림없이 로고진이라고 단정을 내릴 수 있을 것 같았다. 순간 공작은 사내의 뒤를 쫓아 쏜살같이 층계를 향해 달려갔다. 마치 심장이 얼어붙는 듯싶었다. 「이제 곧 모든 것이 해결될 것이다!」 그는 이상한 확신을 가지고 이렇게 혼자 부르짖었다.

공작이 달려 올라간 층계는 아래층과 2층 복도로 통했고, 그 복도 양쪽에는 객실들이 나란히 있었다. 오래 전에 건축된 집들이 대개 다 그렇듯이 좁고 어두운 이 집의 석조 층계는 굵은 석주(石柱)를 가운데 두고 구불구불 위로 뻗쳐 있었다. 처음 층계가 구부러지는 곳에 서 있는 석주에는 너비가 들어간 어느 만큼의 공간이 있었는데 그 속에는 사람 하나쯤 능히 숨을 만했다. 상당히 어두웠다. 거기까지 단숨에 달려 올라간 공작은 누군가가 그 움푹한 공간 속에 숨어 있다는 것을 알아챘다. 그러나 공작은 그 쪽을 외면하고 그냥 지나가 버리리라 마음먹었다. 그러나 두 걸음도 채 내딛기 전에 참지를 못하고 돌아보았다.

그 순간 아까와 같은 두 개의 눈, 『바로 그 눈』이 공작의 시선과 딱 마주쳤다. 그제야 공간 속에 숨어 있던 사내도 한 걸음 앞으로 나섰다. 아주 잠깐 동안 두 사람은 서로 가슴을 맞댈 정도로 가까이 마주서 있었다. 공작은 느닷없이 상대방의 두 어깨를 잡고 빛이 들어오는 계단 쪽으로 그의 몸을 돌려 세웠다. 좀더 똑똑히 그 얼굴을 보고 싶었던 것이다.

눈이 이상하리만큼 번뜩거리는 로고진이었다. 그 얼굴은 미친 듯한 냉소로 일그러져 보였다. 그러자 그의 오른손이 높이 올라갔다. 무엇인지 그 손 안에서 번쩍 빛났다. 공작은 그 손을 제지하려 하지도 않았다. 다만 그는 자기가 「파르펜, 난 믿을 수가 없어.」 하고 외친 것까지 기억하고 있을 뿐이다.

뒤이어 그 무엇인가가 그의 눈앞에 펼쳐졌다. 기이한 내부의 빛이 그의 영혼을 비친 것이다. 이러한 순간이 반 초(秒) 정도나 계속되었을까. 그러나 자기 가슴속에서 절로 터져 나온 무서운 비명의 첫 음향을 그는 분명히 기억하고 있다. 그것은 어떠한 힘으로도 막을 수 없는 처절한 비명이었다. 다음 순간 의식은 완전히 사라지고 암흑이 내려 덮었다.

그 동안 뜸했던 간질병의 발작이 일어났던 것이다. 누구나가 알고 있는 사실이지만 발작이란 그야말로 순간적으로 일어나는 것이다. 그 순간에는 갑자기 얼굴, 특히 시선이 무섭게 뒤틀리고, 경련이 안면과 전신의 근육을 타고 줄달음쳐 상상도 할 수 없을 만큼 처절한, 그리고 형용할 수조차 없는 비명이 가슴속 깊은 곳으로부터 터져 나온다. 이 비명은 인간 본질의 음성 같은 것이 조금도 섞이지 않은 것으로 , 곁에서 보고 있는 사람조차도 그것이 바로 이 사내의 비명이라고 생각하기가 어려울 정도였다. 뿐만 아니라이 사내의 내부에 괴상한 물체가 도사리고 있어 그것이 그처럼 무서운 소리를 지르는 것처럼 생각되는 것이다. 적어도 대부분의 사람들은 자기가 받은 인상을 이렇게 말하고 있다. 그리고 대다수의 사람들은 발작을 일으킨 사람을 볼 때 신비적인 그 무엇을 지니는 극도의 공포감을 느끼는 법이다. 그처럼 무서운 인상이 주는 공포감이 갑자기 로고진의 행동을 중지시켜 이미 머리 위로 떨어져 내려오고 있던 피할 길 없는 칼날의 세례로부터 공작을 구해 냈다고 상상할 수 있을 것이다. 로고진은 그것이 발작이라는 것을 미처 생각할 겨를도 없었다. 칼날을 본 공작이 비틀비틀 뒷걸음치다가 벌렁 뒤로 나자빠지며 머리를 돌계단에 부딪고는 곧장 층계 밑으로 굴러 떨어지는 것을 보자, 로고진은 쏜살같이 달려 내려가 쓰러져 있는 공작을 타넘고 허둥지둥 호텔을 빠져 달아나 버렸던 것이다.

경련과 몸부림으로 인해 병자의 몸뚱이는 열다섯 칸쯤 되는 층계 맨 밑에까지 굴러 떨어졌다. 그러나 곧 어떤 사람에게 발견되어 채 5분도 지나기 전에 그의 주위에는 사람들이 겹겹이 몰려들었다. 머리 밑에 흘러내린 많은 피가 사람들에게 의혹을 불러일으켰다. 이 사람 자신이 실수를 해서 다친 것인가, 아니면 다른 누구의 범행인가 하고. 그러나 곧 사람들은 그가 간질병 환자라는 것을 알아차렸다. 그러자 이번에는 급사 중의 하나가 이 사람은 오늘 아침 호텔에 든 손님이라고 말했다. 마침내 이 소동은 어떤 뜻하지 않은 행운에 의해서 지극히 원만하게 해결되었던 것이다.

콜랴 이볼긴은 오후 4시경에 『저울집』에 돌아올 예정을 변경하고 그냥 파블로프스크로 갔으나 갑자기 무슨 생각이 들어서 그랬던지, 예판친 장군 부인의 식사 대접을 사양하고 페체르부르그로 되돌아왔다. 그가 『저울집』에 나타난 것은 저녁 7시경이었다. 자기 앞으로 써놓고 간 편지를 보고 공작이 페체르부르그에 온 것을 안 그는 편지에 적혀 있는 호텔로 황급히 공작을 찾아갔다. 공작이 외출중이라는 말을 듣고 그는 아래층으로 내려와 식당에서 차를 마시고 오르간 연주를 들으면서 공작이 돌아오기를 기다리고 있었다. 그때 누군가가 발작을 일으켜 쓰러졌다는 말을 듣고 콜랴는 일종의 심상치 않은 예감에, 현장으로 달려갔던 것이다. 그것은 과연 공작이었다.

그는 곧 응급 조처를 취하고 나서 공작을 그의 방으로 옮겼다. 그는 얼마 후에 정신을 차렸다. 그러나 완전히 의식을 회복한 것은 꽤 오랜 시간이 경과한 뒤였다. 머리의 타박상 진단을 위하여 불러 온 의사는, 상처에 찜질을 한 후 타박상 자체는 조금도 염려할 것이 없다고 말했다. 한 시간 가량 지나서 공작이 차차 주위의 상태를 알아볼 수 있게 되자 콜랴는 그를 마차에 태워 레베제프네 집으로 데리고 갔다. 레베제프는 연방 굽실거리며 귀찮을 정도로 극진히 환자를 맞아들였다. 그리고 공작을 위해 특별히 별장으로의 출발 예정을 앞당겼기 때문에 이틀 후에는 모두들 파블로프스크로 옮겨 갔다.

6

레베제프의 별장은 크지는 않았지만 그래도 상당히 아늑하고 아름다 웠다. 세를 놓기로 되어 있는 부분은 세심한 손질이 되어 있었다. 한길에서 집 안으로 들어가는 어귀에 자리잡은 널찍한 테라스에는 오렌지·레몬·말리(茉莉) 등의 관상목들이 푸르게 칠을 한 커다란 나무통에 심어져 보기 좋게 열지어 있었는데 레베제프의 속셈에 의하면, 이것은 세들 사람을 낚기 위한 가장 좋은 미끼라는 것이었다. 이들 관상목 중 어떤 것은 별장과 함께 손에 넣은 것인데, 그는 이 나무들이 테라스에 주는 효과에 매혹되었고 그 것을 더욱 완전한 것으로 하기 위해 기회를 보아 경매장(競賣場)에서 비슷한 관상목 몇 그루를 더 사들였던 것이다. 새로 사들인 나무들이 별장에 운반되어 보기 좋게 배열되었을 때 레베제프는 그 날 하루 동안에도 몇 번이나 테라스에서 뛰어내려 한길로 나가곤 했다. 그는 거기서 자기 별장을 바라보며 앞으로 세들 사람에게 임대료를 얼마나 받을 것인지를 궁리하였다. 어쨌든 정신적 고민으로 심신이 쇠약해진데다가 몸에 외상(外傷)까지 입은 공작에겐 이 집이야말로 안성맞춤의 요양소였다. 그러나 파블로프스크에 도착한 날, 즉 발작이 일어나서 사흘째 되는 날 공작은, 비록 기분은 완전히 회복되지 못했으나 어쨌든 겉으로 보기엔 건강한 사람과 다름없었다. 그는 최근 3일간에 접촉을 가진 모든 사람을 반갑게 대했다. 거의 한시도 곁을 떠나지 않는 콜랴도, 레베제프네 식구들도——조카만은 어디론지 사라지고 없었지만——집 주인인 레베제프까지도 그는 마음에 들었던 것이다.

심지어는 페체르부르그에 있을 때 문병을 와준 이볼긴 장군까지도 기꺼이
맞아들였다.

파블로프스크에 도착한 것은 저녁 무렵이었는데도 도착하기가 무섭게 꽤
많은 방문객들이 테라스에 모였다. 제일 먼저 온 사람은 가냐였는데 그 사
이 얼마나 얼굴이 여위고 변하였는지 공작은 얼른 그를 알아보지 못할 지경
이었다. 가냐의 뒤를 이어 역시 파블로프스크에 휴양차 와 있는 바랴와 프
치스인이 찾아왔다. 이볼긴 장군도 나타났지만 그는 레베제프네 집에서 거
의 살다시피하는 형편이어서, 함께 별장으로 옮겨 왔다고 함이 옳을 지경이
었다. 레베제프는 이볼긴 장군을 늘 자기 곁에 붙잡아 두고 되도록이면 공
작에게 접근하지 못하게 하려고 애를 썼다. 그들 두 사람은 서로 허물없는
친구처럼 대하고 있었으며, 그로 미뤄 보아 꽤 오래 전부터 사귀어 온 사이
인 것 같았다. 공작은 지난 사흘 동안에 그들이 가끔 무엇인지 굉장히 고상
한 문제를 가지고 몇 시간씩이나 토론을 계속한다는 걸 알아챘다. 그렇게
유식한 토론을 한다는 것이 레베제프에게는 적지 않은 만족을 주는 모양이
었다. 뿐만 아니라 장군은 그에게 있어 없어서는 안 될 존재가 아닌가 하는
생각까지 들 정도였다. 그러나 별장으로 옮겨 온 그 날부터 레베제프는 공
작에게 쏟는 것과 똑같은 주의와 경계를 자기 가족에게까지 기울이는 것이
었다. 공작에게 방해가 된다는 구실 아래 그는 아무도 공작과 접촉을 못 하
게 했다. 딸들이, 갓난애를 맡아 기르고 있는 맏딸 베라까지 포함해서 조금
이라도 공작의 방 앞 테라스 쪽으로 가려는 기색만 보여도, 당장 잡아먹기
라도 할 듯이 발을 구르며 야단을 치는 것이었다. 공작이 제발 그러지 말아
달라고 부탁했지만 아예 들은 체도 하지 않았다.

공작이 이유를 물으면 「첫째, 저것들을 마음대로 드나들게 했다가는 존경
이라는 걸 전혀 모르게 됩니다. 그리고 둘째로는, 도대체가 분수에 어긋나
는 일이기 때문이죠……」라고 답변하는 것이었다.

「그럴 필요가 어디 있어요?」 공작은 그를 나무랐다. 「물론 당신이 그렇
게 나를 위해 주는 건 고마운 일이지만 그것은 오히려 나를 괴롭히는 일이
오. 혼자 앉아 있기가 죽기보다 싫다고 내가 벌써 몇 번이나 당신한테 말하
지 않았소? 당신이야말로 발꿈치를 들고 걸어다니는가 하면 내 앞에서 공
연히 손을 휘휘 내저어 사람의 기분을 상하게 하지 않느냐 말이오.」

공작이 이렇게 핀잔을 준 데는 그럴 만한 이유가 있다. 레베제프는 병자

에게 안정이 필요하다는 핑계를 대면서 집안 식구들을 쫓아 버리지만 자기
만은 지난 사흘 동안 공작의 방을 뻔질나게 드나드는 것이었다. 그럴 때
마다 그는 우선 방문을 빠끔히 열고 얼굴만을 들이밀고는, 공작이 그대로
가만히 앉아 있나, 혹시 어디로 도망치지는 않았는가를 살피려는 듯이, 방
안을 한 바퀴 휘 둘러본 다음 발꿈치를 들고 살금살금 의자로 다가오곤 하
기 때문에, 이따금 공작은 자지러지게 놀랄 때가 있었다. 그러고는 무엇이
든 필요한 것이 없느냐고 몇 번씩이나 귀찮게 물어 대는 것이었다. 공작은
참다 못해 제발 좀 조용히 있게 해달라고 쏘아붙이면 그제야 아무 말 않고
돌아서서 또다시 발꿈치를 들고 방문 쪽으로 걸어 나가면서 연방 손을 내젓
는 것이었다. 그 태도는 『이젠 한 마디도 하지 않겠습니다. 자, 이렇게 밖
으로 나가지 않습니까? 다시는 오지 않을 테니 안심하십시오.』라는 뜻을
나타내려 하는 것 같았다. 그러나 고작해야 15분 아니 10분도 못 되어 그는
또다시 나타나곤 하는 것이었다. 콜랴는 공작의 방에 마음대로 드나들곤 하
였는데, 그것이 레베제프에게는 몹시 못마땅했을 뿐 아니라 커다란 모욕처
럼 느끼기까지 하는 모양이었다. 콜랴는 레베제프가 30분 이상씩이나 문 밖
에 서서 자기와 공작과의 대화를 엿듣고 있는 것을 눈치 채고 그것을 공작
에게 알린 적이 있었다.

「당신은 나를 집 안에 가두어 놓다시피하고 전적으로 내 자유를 구속하고
있지 않소?」하고 공작은 레베제프에게 항의했다. 「적어도 별장에 온 이
상 이제는 그러지 말아 주었으면 좋겠소. 나는 누구든지 만나고 싶은 사람
은 다 만날 것이고, 또 가고 싶은 곳은 어디나 갈 테니 그리 아시오.」

「네, 그야 물론이죠.」레베제프는 두 손을 싹싹 비볐다.

공작은 그를 머리끝에서부터 발끝까지 찬찬히 훑어 보았다.

「이봐요. 루키얀 치모페예비치, 그 조그만 찬장 말이오. 당신의 침대 머리
맡에 걸려 있던…… 그거 여기 가져오지 않았소?」

「아니, 못 가져왔습니다.」

「그럼 그 집에 놔두고 왔군요?」

「가져올 수가 있어야죠. 벽을 허물지 않고선…… 도저히 어떻게…….」

「그럼 , 여기도 그와 같은 찬장이 있겠죠?」

「그야 더 좋은 게 있죠. 이 집을 살 때 끼워 산 것인데 그것보다 훨씬 좋
습니다.」

「아아, 그래요! 그런데 한 시간 전에 온, 나한테 들여보내지 않은 그 사람은 누구지요?」

「그건…… 그 분은 이볼긴 장군이었습니다. 사실 제가 들여보내지 않았던 것은 사실이지요. 그 분은 공작께 올 필요가 없는 사람입니다. 물론 저도 그 분을 깊이 존경하고 있습니다. 그 분은 정말 훌륭한 분입니다. 왜 곧 이들리지 않으십니까? 이제 곧 아시게 되겠죠. 그렇지만 공작님, 역시 그 사람은 만나지 않는 게 좋을 겁니다.」

「왜 그럽니까? 이유가 뭡니까? 그건 그렇고, 레베제프, 무엇 때문에 당신은 그렇게 발꿈치를 들고 서 있는 거죠? 그리고 언제나 큰 비밀이라도 있는 듯한 얼굴을 하고 내 방에 들어오는 건 도대체 무슨 이유에서죠?」

「비열한 성격 때문이죠. 사실 비열합니다. 저도 그걸 느끼고 있지요.」하고 레베제프는 별안간 자기 가슴을 두드리며 대답했다. 「그렇지만 장군은 당신에게 지나치게 친절힐는지 몰라서…….」

「친절하다뇨?」

「네, 원래가 손님 접대를 좋아하는 분이 돼서요. 첫째, 그 사람은 우리 집에 주저앉을 속셈이죠. 그런 것쯤은 괜찮다 하더라도 언제나 흰소리하기를 좋아하는 분이어서, 아무나 닥치는 대로 친척이라는 데는 딱 질색입니다. 전 벌써 몇 번이나 그 분의 친척이 되었는지 모른답니다. 뭐 제 마누라가 자기 부인의 동생뻘이 된다나요. 이것뿐인 줄 아세요? 당신도 역시 자기 외가 쪽으로 조카뻘이 된다고 어제 내게 말하더군요. 당신께서 정말로 그 분의 조카뻘이 된다면 저하고도 친척이 되는 셈이 아니겠어요? 그러나 그런 건 아무것도 아닙니다. 사소한 결점에 지나지 않지요. 그 사람은 자기의 일생 동안에, 즉 견습 사관(見習士官) 시절부터 작년 6월 11일까지, 자기 집에 와서 식사를 한 사람이 매일 2백 명도 넘었다는 겁니다. 그렇게 많은 사람들이 식탁에서 일어날 사이도 없이 점심이다, 저녁이다, 차다, 뭐다 해서 하루에 15시간씩이나 손님 접대가 계속되었기 때문에 식탁보를 바꿀 사이도 없었다지 뭡니까? 이러한 손님 접대를 30년 동안 하루도 쉬지 않고 계속했대요. 한 사람이 돌아가면 또 한 사람이 찾아오고 해서, 휴일이나 명절 같은 날에는 손님의 수가 3백 명이나 되었다는군요. 그뿐입니까? 러시아 건국 천년제(建国千年祭) 때에는 손님이 자그마치 7백 명이 넘었다는 거예요. 어디 그게 말이 됩니까? 아무래도 좋지 않은 징조인 것 같습니다.

이렇게 손님을 좋아하는 사람을 저희 집에 맞아들인다는 것은 오히려 겁이
날 지경입니다. 그런 사람은, 그토록 친절한 사람은 당신한테나 나한테나
어쩐지 좀…….」

「하지만 당신은 그 분과 무척 다정한 사이인 것 같던데요?」

「네, 형제처럼 자별하게 지내고는 있죠. 그래서 저는 그 분이 허풍을 떨
어도 모두 농담으로 받아들이고 있습니다. 그 분이 저와 동서지간이 된다면
그것도 좋습니다. 제가 손해 볼 건 없으니까요. 오히려 영광스런 일이죠.
사실 2백 명의 손님이니, 러시아 건국 천년제니 하는 얘기는 그 분이 얼마
나 훌륭하신 분인가를 증명하고도 남음이 있습니다. 그런데 공작님, 지금
비밀이란 말을 입에 올리신 것 같은데…… 즉, 제가 무슨 큰 비밀이라도
알리려는 듯한 얼굴을 하고 이 방에 들어오곤 한다고 하셨는데 사실은 공교
롭게도 그 비밀이라는 게 실제로 있단 말씀이에요. 실은 바로 그 여자분이
공작님과 비밀히 만나고 싶다는 뜻을 전해 왔거든요.」

「아니, 뭣 때문에 비밀히 만나자는 거요? 전혀 그럴 필요는 없어요. 오
늘이라도 내가 직접 그 여자를 찾아가면 되지 않소!」

「그렇구말구요, 전혀 비밀일 필요는 없습니다.」 레베제프는 두 손을 내저
으면서 맞장구를 쳤다. 「더욱이 『그 분』은 당신이 생각하고 계시는 것처럼
어느 누구도 두려워하고 있지는 않으니까요. 기왕에 말이 났으니 말이지만
그 악당놈은 매일같이 당신의 건강 상태를 물으러 온답니다. 아시고 계십니
까?」

「걸핏하면 당신은 그 사람을 악당이라 부르곤 하는데, 나는 아무래도 그
까닭을 알 수 없소.」

「뭐, 조금도 이상하게 생각하실 건 없습니다. 특별한 이유가 있는 건 아
니니까요.」 하고 레베제프는 황급히 변명했다. 「다만 내가 말씀드리고 싶
었던 것은 그 분이 두려워하는 건 그 사내가 아니라 전혀 다른 사람이라는
사실입니다.」

「그건 또 무슨 소리요? 어서 얘기해 보시오.」

레베제프가 의미심장하게 거드름을 피우는 것을 보고 공작은 초조한 어
조로 추궁했다.

「바로 그것이 비밀이란 말씀입니다.」 하고 레베제프는 피식 웃었다.

「비밀이라니 누구의 비밀이란 말이오?」

「당신의 비밀이죠. 공작님, 당신이 직접 나한테…… 당신 앞에서 그런 말을 하면 안 된다고…….」레베제프는 중얼거렸다. 그리고는 상대방을 거의 병적이라 할 만큼 초조한 상태로 몰아 넣은 것에 만족해서 불쑥 이렇게 말을 맺었다. 「그 분이 두려워하고 있는 사람은 아글라야 이바노브나랍니다.」

공작은 미간을 찌푸린 채 잠시 침묵을 지키고 있다가「레베제프, 나는 이 별장에서 아주 떠나 버리겠소.」하고 느닷없이 소리쳤다. 「가브릴라 아르달리오노비치와 프치스인은 어디 있소? 당신네 집에 있소? 당신은 그 사람들까지 나한테서 가로채 갔군요.」

「아닙니다, 곧 올 겁니다. 방문을 전부 열어 놓고 내 딸들도 모두 데려오도록 하죠.」레베제프는 연방 두 손을 비비면서 이쪽 문에서 저쪽 문으로 황급히 왔다갔다하며 당황한 어조로 소곤거렸다.

이때 콜랴가 한길 쪽에서 테라스로 올라와 손님들——리자베타와 그 딸들——이 온다고 전했다.

「그럼, 프치스인 부처와 가브릴라 아르달리오노비치를 이리로 들여보낼까요? 들여보내지 말까요? 그리고 장군님은?」레베제프는 콜랴가 전하는 말을 듣고 깜짝 놀라 이렇게 물었다.

「들여보내서 안 될 이유라도 있나요? 들어오겠다는 사람은 모두 들여보내시오! 무엇 때문인지 레베제프 당신은 처음부터 내가 남들과 교제하는 것을 꺼리고 있는 모양인데, 그건 터무니없는 생각이오. 나는 사람들을 피해서 숨어 있어야 할 필요가 조금도 없는 몸이니까.」공작은 껄껄 웃었다.

그것을 본 레베제프는, 이제는 자기도 따라 웃어야 할 의무가 있다고 생각했다. 레베제프는 가슴이 두근거렸음에도 불구하고 겉으로는 지극히 만족한 표정을 지어 보였다.

콜랴의 전달은 정말이었다. 그는 공작에게 미리 알려 주려고 예판친 댁 사람들보다 한 걸음 앞서 온 것이었다. 손님들은 갑자기 양쪽에서 나타났다. 테라스 쪽에서는 예판친 댁 사람들이, 옆의 방에서는 프치스인 부처와 가냐, 그리고 이볼긴 장군이 들어온 것이다.

예판친 댁 사람들은 공작이 병에 걸려서 파블로프스크에 와 있다는 소식을 콜랴로부터 방금 전해 들었던 것이다. 이 소식을 듣기 전까지만 해도 장군 부인은 무거운 의혹 속에 있었다. 사흘 전에 예판친 장군은 자기 식구들

에게 공작의 명함을 보내 주었었다. 그래서 그녀는 이 명함을 보고 공작이
자기들을 만나러 곧 파블로프스크로 찾아올 것이라고 굳게 믿고 있었다. 그
러나 딸들은 반 년 동안이나 편지 한 장 없던 사람이 이제 와서 갑자기 나
타날 리 없다, 게다가 그 사람은 페체르부르그에서 볼일이 많을는지도 모
른다, 그 사람이 무슨 일로 왔는지 어떻게 알겠느냐고 타이르다시피 말했지
만 부인은 들은 체도 안 했다. 그녀는 딸들의 이러한 말에 버럭 화까지 내
며, 공작은 늦어도 내일 중으로 반드시 찾아올 테니 두고 봐, 내기를 해
도 좋다고 하면서 끝까지 우겨 댔던 것이다. 이튿날 리자베타 프로코피예브
나는 식사도 하지 않고 점심때까지 기다려 보았으나 허탕을 쳤다. 그러자
이번에는 다시 저녁때까지 기다려 보기로 했다. 그러다가 그냥 날이 저물어
버리자 그녀는 공연히 화를 내며 집안 식구들과 말다툼까지 했다. 물론
말다툼을 할 때는, 공작에 관해서 한 마디도 입밖에 내지 않았다. 그 다음
날 역시 공작에 대한 얘기는 한 번도 화제에 오르지 않았다. 점심때 아글라
야가 경솔하게도, 어머니가 화를 내는 건 공작이 나타나지 않았기 때문이라
고 한 데 대해, 장군이 얼른 말을 받아「그렇다고 그 친구에게 잘못이 있는
건 아니지.」라고 대꾸하자 리자베타 프로코피예브나는 또다시 발끈 화를 내
며 식탁에서 일어나 버렸다. 그 날 저녁 무렵에 콜랴가 찾아와서 자기가 알
고 있는 대로 공작의 소식을 전했다. 그래서 결국은 리자베타 프로코피예브
나가 큰소리를 치게 된 셈이지만, 어쨌든 콜랴는 부인한테 호되게 꾸중을
들어야만 했다. 「날이면 날마다 이 근처를 빙빙 돌며 쇠파리처럼 귀찮게
드나들던 놈이 이런 때는 며칠씩 얼굴도 들이밀지 않는구먼. 자기가 오기
싫으면 누구 다른 사람이라도 시켜서 알려 줘야 할 게 아냐!」콜랴는 이
『쇠파리처럼 귀찮게』라는 말에 몹시 기분이 상해서 뭐라고 한 마디 쏘아붙
이려다가 이번만은 그냥 꾹 참고 넘기기로 했다. 사실 그처럼 모욕적인 한
마디만 아니었으면 전혀 기분이 상하지 않았으리라 생각될 만큼, 공작의 건
강이 좋지 않다는 소식에 안절부절못하고 걱정하는 리자베타 프로코피예브
나의 심정이 콜랴는 말할 수 없이 고마웠던 것이다. 부인은 곧 페체르부르
그로 사람을 보내서 내일 아침 첫차로 의학계 일류급 대가(大家)를 모셔 와
야겠다고 처음엔 고집했으나 결국은 딸들이 말리는 바람에 단념하고 말
았다. 얼마 후 부인이 문병을 가야겠다고 채비를 하고 나서자 딸들도 함께
따라 나서지 않을 수 없었다.

「글쎄 그 사람이 지금 임종의 자리에 누워 있다는구나!」리자베타 프로 코피예브나는 허둥거리며 말했다. 「이런 판국에 너희들은 격식이니 체면 이니 하는 것만 따질 셈이냐! 그 사람은 우리 집 사람들과 친구지간이야. 내 말이 틀려?」

「여울목을 보기 전에 강에 들어가지 말라는 말이 있잖아요.」하고 아글라 야가 한 마디 했다.

「흥, 그럼 넌 그만두려무나. 하긴 가지 않는 게 좋을지도 몰라. 예브게니 파블로비치가 곧 오실 텐데, 다 가버리면 아무도 그를 맞이할 사람이 없으 니까…….」

이렇게 나오는 데는 아글라야도 어쩔 수 없이 따라 나설 수밖에 없었다. 실은 그렇지 않아도 함께 가려고 마음먹고 있었던 참이었다.

마침 이 자리에 와 있던 S공작도 아젤라이다의 청을 받아들여 부인들과 동행하기로 했다. 그는 꽤 오래 전부터 즉, 예판친 장군 댁 가족들과 교제 를 시작했을 때부터 공작의 얘기를 듣고 항상 만나 보고 싶다고 생각했 었다. 더욱이 그는 공작과는 잘 아는 사이였다. 얼마 전 어느 작은 도시에 서 두 주일 가량 묵은 적이 있었는데, 거기서 서로 사귈 기회를 가졌다는 것이었다. 그것은 불과 석 달 전의 일이었다. 공작은 여러 가지로 공작의 얘기를 했고, 또 공작에게 동정적인 태도를 취하고 있었기 때문에 이 기회 에 그를 방문할 수 있게 된 것을 진심으로 기뻐했다. 예판친 장군은 이 날 부재중이었고 예브게니 파블로비치는 아직 도착하지 않았다.

예판친 댁 별장에서 레베제프네 별장까지는 약 3백 보 가량밖에 되지 않 았다. 리자베타 프로코피예브나는 공작한테 많은 손님이 와 있는 것을 보고 우선 불쾌하였다. 더욱이 그 손님들 중에는 부인이 원수처럼 미워하는 얼굴 도 두셋 끼어 있었던 것이다. 둘째로 부인을 놀라게 한 것은, 자기들을 맞 으러 나온 공작의 건강하게 보이는 웃는 얼굴과 유행에 따른 멋진 옷차림이 었다. 자기가 예측했던, 임종의 자리에 누워 있는 환자의 모습은 어디서도 찾아 볼 수 없지 않은가. 그녀는 너무나 뜻밖이어서 주춤하고 걸음을 멈추 기까지 했다. 콜랴는 그것이 더없이 재미있었다. 그는 부인이 별장을 나설 때 죽어 가는 사람은 아무도 없으며, 따라서 임종의 자리니 뭐니 하는 말은 당치도 않다고 분명히 밝혔어야 했음에도 불구하고 일부러 그런 말은 입밖 에도 내지 않았던 것이다. 그것은, 부인이 자기 친구인 공작의 모습을 보면 필시 화를 낼 것이다, 그리고 그 우스꽝스러운 꼴은 정말 볼 만할 것이다라고 예상했기 때문이었다. 콜랴와 부인은 일종의 우정으로 묶여진 사이인데도 곧잘 신랄하기 짝이 없는 말투로 상대방의 약점을 찌르곤 하는 것이었다. 이번에도 콜랴는 리자베타 프로코피예브나의 약을 올리기 위해 무례한 어조로 자기의 예측이 들어맞았노라고 커다랗게 소리쳤던 것이다.

「공연히 우쭐대지 말고 가만 있어. 나중에 내가 그 콧대를 꺾어 놓고 말테다.」 리자베타 프로코피예브나는 이렇게 대꾸하고 공작이 권하는 안락의자에 앉았다.

레베제프와 프치스인과 이볼긴 장군이 재빨리 달려 나와 아가씨들에게 의자를 권했다. 레베제프는 공작에게도 의자를 권했는데, 이때 허리를 꺾는 깍듯한 인사로 깊은 존경을 나타내는 것을 잊지 않았다. 바랴는 여느 때와 같이 반갑게 아가씨들을 맞아 그녀들과 소곤소곤 인사를 주고받았다.

「공작, 그것은 사실이에요. 난 당신이 병석에 누워 있는 줄만 알았거든요. 그래서 덜컥 겁을 집어먹고 얼마나 걱정을 했는지 몰라요. 나는 거짓말을 못 하는 성미니까 솔직히 말하겠는데, 지금 당신의 건강한 얼굴을 보았을 때 나는 오히려 분한 생각까지 들더군요. 하지만 그것은 순간적인 일이에요. 나는 곧 마음을 가다듬었지요. 이건 정말 맹세할 수 있어요. 나는 언제나 마음을 가다듬기만 하면 말이나 행동이 의젓해지거든요. 아마 당신도 나와 같을 거예요. 정말이지 나한테 아들이 있어서 그 아들의 병이 나았다 해도 이렇게까지 기쁘지는 않을 것 같군요. 만일 당신이 이 말을 곧이듣지 않는다면, 내가 수치스러운 게 아니고 당신 자신에게 수치스러운 일이지요. 그런데도 이 선머슴애 같은 녀석이 짓궂게 나를 놀리지 않겠어요? 당신은 저 애 편인 모양이지만, 미리 말해 두겠어요. 저 애하고는 앞으로 기회를 보아 아주 절교해 버리겠다고. 정말이에요, 이건.」

「왜 내가 나쁘다는 거죠?」 콜랴는 소리쳤다. 「공작님은 거의 건강을 회복하셨다고 내가 몇 번이나 말했는데도, 당신은 공작님이 임종의 자리에 있다고 상상하는 편이 훨씬 재미있기 때문에 내 말을 믿으려 하지 않았지 뭐예요.」

「여기에 오래 머물러 있을 예정인가요?」 리자베타 프로코피예브나가 공작에게 물었다.

「여름 동안만…… 아니, 어쩌면 더 오래 있게 될는지도 모릅니다.」

「아직 혼자신가요?」

「네, 아직 안 했습니다.」 공작은 부인의 말이 독설치고는 너무나 순진 하다는 생각을 하며 빙그레 웃었다.

「그토록 빙글거릴 건 없잖아요? 물어서는 안 될 말을 물은 것도 아닌데. 다름 아니라, 우리 별장의 바깥채도 그냥 비어 있으니 그리로 오시는 게 어 떠냐고 묻고 싶었던 거예요. 그러나 오시고 안 오시는 건 물론 당신의 자유 죠. 이 집은 저 분의 별장인가요?」 하고 부인은 레베제프를 턱으로 가리키 며 나직한 소리로 물었다. 「그런데 어째서 저 사람은 저렇게 쩔쩔매고 있 지요?」

이때 안채 쪽에서 테라스로, 여느 때처럼 아기를 안은 베라가 나왔다. 레 베제프는 몸둘 곳을 몰라 쩔쩔매면서도 이 자리를 떠나기는 싫다는 듯 의자 사이를 서성거리고 있다가, 갑자기 베라가 나타난 것을 보자 그쪽으로 달려 가서, 썩 꺼지지 못하겠느냐는 듯이 두 손을 마구 휘두르고 그것도 모자라 발까지 구르는 것이었다.

「저 사람 머리가 돌아 버린 게 아닌가요!」 부인은 불쑥 물었다.

「아닙니다, 저 사람은……」

「그럼 술에 취한 건가요? 대체로 당신의 친구들은 그다지 점잖지 못하군 요.」 그녀는 다른 손님들에게까지 눈살을 찌푸리면서 퉁명스레 말했다. 「그런데 저 애는 어쩌면 저렇게도 귀여울까요! 누구 딸이죠?」

「베라 루키야노브나인데 이 집 주인 레베제프의 딸입니다.」

「아아! 정말 귀엽게 생겼네요. 저 애하고 사귀었으면 좋겠구먼……」

그러자 리자베타 프로코피예브나의 칭찬을 재빨리 알아들은 레베제프가 벌써 자기 딸을 데리고 나오고 있었다.

「에미 없는 가엾은 아이올시다.」 그는 앞으로 다가서며 이렇게 소개했다. 「여기 이 갓난애 역시 에미 없는 자식입니다. 이 애의 동생이지요. 죽은 제 처 엘레나와의 정당한 법률상 혼인에 의해서 생긴 딸이올시다. 제 처는 한 달 반 전에 산후가 좋지 않아서 하느님의 부름을 받아 세상을 떠났지요. 그 래서 이 애가 에미 대신에…… 언니라고는 해도 아직 어린애에 지나지 않 습니다만……」

「그런데 미안하지만 당신은 흡사 바보 같군요……. 아니 그만둡시다. 그 점은 당신 자신이 더 잘 알고 있을 테니까.」 리자베타 프로코피예브나는 매우 못마땅하다는 듯이 말끝을 흐려 버렸다.

「지당한 말씀이십니다!」 레베제프는 공손히 허리를 굽혔다.

「당신은 《계시록》 풀이를 하신다면서요, 레베제프 씨?」 하고 아글라야가
물었다.

「그렇습니다, 벌써 15년 동안이나…….」

「나도 당신 얘길 들은 적이 있어요. 언젠가 신문에도 당신 기사가 났던
것 같은데?」

「아니 그건 다른 사람 얘깁니다. 그 사람은 이미 세상을 떠났지요. 그래
서 지금은 내가 그 사람을 대신하고 있는 셈입니다.」 레베제프는 기뻐서 어
쩔 줄을 모르며 이렇게 말했다.

「그렇다면 이삼 일 내로 기회를 보아 내게도 풀이를 해주세요. 이웃에 사
는 정의로 말이에요. 나는 《계시록》에 씌어 있는 말을 하나도 이해하지 못
하겠더군요.」

「아글라야 이바노브나, 실례지만 미리 말씀드려 두겠는데요. 이 사람의
풀이라는 건 그야말로 순엉터립니다.」 하고 이볼긴 장군이 갑자기 끼여 들
었다. 그는 어떻게 해서든지 바로 곁에 앉아 있는 아글라야 이바노브나와
말을 해보려고 안절부절못하면서 열심히 기회를 엿보고 있던 참이었다.
「물론 별장지에선 별장지로서의 흥미가 있는 법입니다. 따라서 이런 엉터리
에게 《계시록》 풀이를 들으려고 그를 불러들인다는 것은 흔히 있을 수 있는
착상이긴 합니다. 하긴, 그 기발한 점으로 본다면 멋진 생각이라 할 수도
있습니다. 그러나 내 생각으로는……. 당신은 지금 의아스런 눈으로 나를
보고 있는 것 같군요. 나는 이볼긴 장군입니다. 인사드릴 수 있는 기회를
얻어 영광으로 생각하는 바입니다. 아글라야 이바노브나, 나는 옛날에 당신
을 안아 준 일이 있습니다.」

「이렇게 만나 뵈올 수 있게 된 걸 기쁘게 생각합니다. 바르바라 아르달리
오노브나와 니나 알렉산드로브나와는 구면입니다만…….」

터져 나오려는 웃음을 간신히 참으며 아글라야 이바노브나는 빠른 소리
로 이렇게 말했다.

리자베타 프로코피예브나는 성을 발끈 냈다. 뭔가 오랫동안 쌓이고 쌓였
던 것이 일시에 분출구를 찾은 것만 같았다. 옛날에는 한때 이볼긴 장군과
도 교분이 있던 사이였지만, 그렇더라도 그녀는 장군의 그 말을 듣고 도저

히 참을 수가 없었던 것이다.

「또 그런 거짓말을 하는군요. 당신이 저 애를 안아 준 일이라곤 단 한 번도 없어요.」그녀가 톡 쏘아붙였다.

「어머니, 이 분은 정말 나를 안아 주셨던 적이 있어요. 트베리에서 살 때예요. 아마 어머니가 잊으셨는가 보군요.」아글라야 이바노브나는 얼른 장군 편을 들었다. 「우리가 트베리에 살 때 나는 여섯 살이었거든요. 지금도 기억하고 있어요. 장군님이 활과 화살을 만들어 주고 쏘는 법도 가르쳐 주신 일을. 그래서 내가 비둘기를 한 마리 쏘아 떨어뜨렸지요. 생각나세요, 장군님? 내가 당신과 함께 비둘기를 쏘았던 일 말예요.」

「나는 그때 종이로 만든 투구와 나무로 만든 칼을 받은 기억이 있어요!」하고 아젤라이다가 소리쳤다.

「나도 그건 기억하고 있어.」하고 이번엔 알렉산드라가 확인했다. 「너희들이 화살을 맞고 떨어진 비둘기 때문에 싸우고는 벌을 섰었는데 그때 아마 아젤라이다는 투구를 쓰고 목검을 찬 채로 서 있었을 거야.」

이볼긴 장군이 아글라야를 안아 준 일이 있었다고 말한 것은 단지 얘기를 시작하기 위한 허두에 지나지 않았다. 그는 젊은 사람들과 사귈 필요가 있다고 생각했을 때는 언제나 이런 수법을 쓰는 버릇이 있었다. 그런데 공교롭게도 그는 그것이 실제로 있었던 일이라는 것을 까맣게 잊고 있었다. 그러나 지금 아글라야가, 자기와 함께 비둘기를 쏘았다는 말을 하자 그의 기억은 일시에 되살아났다. 그리고 노인들이 어쩌다 아주 오래된 일을 상기할 때 흔히 볼 수 있는 일이지만, 그도 이러한 모든 일들을 세세한 부분에 이르기까지 상기한 것이다. 언제나 술에 취한 듯 흐리멍덩한 기운이 가시지 않는 불행한 장군에게 이 추억의 어느 부분이 작용했는지 쉽사리 말할 수 없지만 어쨌든 장군이 갑자기 전에 없이 감동한 것만은 사실이었다.

「암, 생각나구말구, 생각나구말구!」하고 그는 외쳤다. 「나는 그때 이등 대위(二等大尉)였죠. 당신은 아직도 조그맣고 귀여운 아가씨였지요. 나의 아내 니나 알렉산드로브나도…… 가냐도…… 그리고 나도 당신네 집에 무상 출입하던 시절이었으니까. 예판친 이반 표도로비치 장군으로 말하면…….」

「그보다도 우선 지금 당신의 신세가 어찌 되었는지 그것부터 말해 보세요!」하고 부인이 재빨리 그의 말을 가로챘다. 「옛날을 회상하며 그처럼 감격하는 것을 보니 아직도 그때의 그 고상한 감정을 술값으로 죄다 털어 버리지는 않은 모양이군요. 그렇지만 자기 부인에게 말못할 고생을 시킨 죄는 어떻게 할 셈이죠? 채무 감옥에 드나드는 주제에 그래도 자기 자식들을 이끌어 줄 수 있다고 생각하나요? 조금이라도 양심이 있다면 당장 이 자리에서 나가세요. 그리고 어디 문 뒤의 구석진 곳에라도 숨어서 울면서, 죄 없던 옛날을 회상하세요. 그렇게 하면 하느님께서도 용서해 주실는지 모르죠. 자 어서 나가세요. 이건 절대로 농담이 아니에요. 지난날을 회상하면서 뉘우치는 것보다 더 좋은 속죄의 방법은 없으니까요.」

그러나 농담이 아니라고 새삼스레 강조할 필요는 없었다. 언제나 술 기운이 가시지 않는 사람들이 으레 그렇듯이 장군도 유난히 감수성이 강한 편이었고, 또 극도로 타락한 모든 술꾼이 다 그렇듯 행복했던 과거의 추억을 태연하게 견디어 낼 수 없었다. 그가 순순히 자리에서 일어나 방문 쪽으로 걸어가는 것을 보자 리자베타 프로코피예브나는 갑자기 측은한 생각이 들었다.

「잠깐만! 아르달리온 알렉산드로비치!」하고 부인은 그의 등 뒤를 향해 소리쳤다. 「우리는 하느님 앞에 모두가 다 죄인이에요. 그러니까 당신이 충분히 양심의 가책을 받았다고 생각될 때는 서슴지 말고 나를 찾아오세요. 함께 앉아서 옛날 얘기라도 합시다. 이렇게 말하는 나도 따지고 보면 당신보다 몇 배나 더 죄 많은 인간일지 모르잖아요? 아니, 지금은 그냥 나가세요. 당신은 여기 앉아 있을 필요가 없으니까. 그럼 안녕……」리자베타 프로코피예브나는 장군이 되돌아오려는 것을 보고 깜짝 놀라 이렇게 덧붙였다.

「자넨 지금 따라가지 않는 게 좋을 거야.」공작은 아버지의 뒤를 따라 밖으로 나가려는 콜랴를 붙잡았다. 「지금 가면 또 화가 나서 모처럼의 뉘우침을 잡치고 말 테니까.」

「옳은 말이야, 콜랴. 그냥 내버려 뒀다가 반 시간쯤 지난 다음에 가보렴.」하고 리자베타 프로코피예브나는 제멋대로 결정을 내려 버렸다.

「일생 동안 한 번밖에 들을 수 없는 훌륭한 말이란 정녕 이를 두고 이르는 것이 아닌가 합니다. 저 양반은 눈물을 흘릴 듯이 감동했어요!」레베제프가 쓸데없이 입을 열었다.

「흥, 내가 들은 이야기가 사실이라면 당신도 저 사람처럼 틀림없이 좋은 사람이겠구먼……」하고 리자베타 프로코피예브나는 대뜸 윽박질렀다.

　공작한테 모여든 손님들의 상호 관계는 점차로 명확해졌다. 물론 공작은 자기를 향한 부인과 그 딸들의 동정을 고맙게 생각하고 있었으므로, 병이 완쾌하지는 않았지만 오늘 중으로라도 당신들이 찾아 주기 전에 좀 늦은 감은 있지만 무리를 해서라도 자기 쪽에서 먼저 그들을 방문할 생각이었다고 말했다. 장군 부인은 다른 손님들을 힐끗 훑어 보면서 그것은 지금 당장에라도 실천에 옮길 수 있는 문제라고 대답했다. 프치스인은 매우 점잖고 인사성이 바른 사람였으므로, 즉시 좌석에서 물러나 레베제프가 살고 있는 안채로 들어갔다. 이때 그는 주인인 레베제프도 함께 데리고 들어가려 했으나, 레베제프는 곧 뒤따라 들어가겠노라고 말할 뿐 자리를 뜨려고 하지 않았다. 바랴는 예판친의 딸들과 한참 이야기를 하고 있는 중이었기 때문에 그냥 그 자리에 남아 있었다. 그녀도 가냐도 아버지인 이볼긴 장군이 없어신 것을 천만다행으로 여기는 눈치였다. 그렇지만 얼마 후에는 가냐도 프치스인을 따라서 좌석을 떠났다. 그는 예판친 집안 사람들과 테라스에서 자리를 함께 했던 몇 분 동안 줄곧 조심스럽고도 의젓한 태도를 지켰고, 두 번씩이나 자기를 머리끝에서부터 발끝까지 훑어 보는 리자베타 프로코피예브나의 날카로운 눈초리에 조금도 당황하는 빛을 보이지 않았다. 사실 전부터 그를 알고 있던 사람들은 그가 여러 모로 많이 달라졌다는 것을 느끼지 않을 수 없었다. 그것이 특히 아글라야의 마음에 들었던 모양이었다.

　「지금 안으로 들어간 사람은 가브릴라 아르달리오노비치가 아네요?」아글라야는 누구에게 묻는 말인지도 확실치 않게 이런 호들갑을 떨며 사람들의 대화를 가로채고는──이것은 그녀에게서 가끔 볼 수 있는 버릇이었다──커다란 소리로 외쳤다.

　「그렇습니다.」하고 공작이 대답했다.

　「난 하마터면 알아보지 못할 뻔했어요. 그 사람도 많이 변해군요……. 그것도 훨씬 좋은 방향으로 말예요.」

　「나도 그 사람을 위해 매우 기쁘게 생각합니다.」공작이 말했다.

　「오빠는 한동안 몹시 앓았어요.」바랴가 기쁨과 동정을 표시하며 이렇게 덧붙였다.

　「무엇이 어떻게 좋은 방향으로 변했다는 거야!」분노와 불만에 가득 찬 어조로 리자베타 프로코피예브나는 펄쩍 뛰기라도 할 듯 이렇게 물었다.

「무엇 때문에 그런 결론이 나왔지? 내가 보기엔 조금도 좋아진 데가 없던데. 그래 좋아진 점이 대체 무언지 말이나 좀 해보렴!」

「《가난한 기사(러시아 시인 푸시킨의 시)》보다 더 좋은 건 없으니까요!」 처음부터 리자베타 프로코피예브나 옆에 서 있던 콜랴가 불쑥 한 마디 거들었다.

「그 점은 나도 동감이오.」 이번에는 S공작이 이렇게 말하고는 소리를 내어 웃었다.

「나도 전적으로 동감이에요.」 하고 이번에는 아젤라이다가 신이 나서 소리쳤다.

「《가난한 기사》라는 건 또 뭐냐?」 장군 부인은 낭패스럽고 분하다는 듯이 반짝이는 눈길로 좌중을 둘러보다가 아글라야가 얼굴을 붉히는 것을 보고는 다시 성을 발칵 내며 이렇게 덧붙였다. 「필경 무슨 부질없는 소리겠지! 대체 《가난한 기사》라는 건 무슨 뜻이냐?」

「어머니가 애지중지하는 이 코흘리개가 얼토당토 않게 남의 말을 인용하는 건 이번이 처음이 아니잖아요?」 아글라야도 발끈하며 화가 난 듯이 거만한 어조로 말을 받았다.

아글라야가 화를 내면서 하는 언어와 동작 속에는——사실 그녀는 걸핏하면 성을 내곤 했다——얼굴 표정이 심각함에도 불구하고 어딘지 국민학교 학생처럼 앳된, 참을성 없는, 억지로 감추려고 애쓰는 것 같은 그런 것이 엿보였다. 때문에 그것을 보는 사람들은 이따금 웃음을 터뜨리지 않을 수 없을 지경이었다. 이것이 또한 아글라야에게는 분통이 터질 노릇이었다. 무엇이 그렇게 우습단 말인가? 어째서 그토록 함부로 웃어 대는 것일까? 그녀는 도저히 이해할 수가 없었다. 이번에도 두 언니와 S공작이 웃음을 터뜨렸던 것이다. 레프 니콜라예비치 공작까지도 무엇 때문인지 얼굴을 붉히며 빙긋 웃었다. 콜랴는 의기양양해서 깔깔거리며 웃어 댔다. 아글라야는 더욱 화를 냈지만 그것이 또한 평소보다 몇 배나 귀엽게 보였던 것이다. 그것은 이런 하찮은 일로 당황한 자기 자신에 대한 분노를 이기지 못해 펄펄 뛰는 꼴이 더없이 그녀에게 어울렸기 때문이다.

「저 애는 어머니가 한 말을 이상한 데다가 끌어 대곤 한다는 걸 모르세요?」 하고 그녀는 덧붙였다.

「나는 당신 자신께서 하신 말을 인용한 것뿐이에요…….」 하고 콜랴가 맞섰다. 「한 달 전에 당신은 《돈 키호테》를 뒤적이며 《가난한 기사》보다 더

좋은 건 없다고 큰 소리로 말하지 않았느냐는 말예요. 그때 당신이 누구를
두고 그런 말을 했는지는 모르겠어요. 《돈 키호테》인지, 예브게니 파블로
비치인지 그건 알 수 없지만, 아무튼 누군가를 지적해서 한 말임에는 틀림
없잖아요. 그밖에도 나한테 한 말은 많이 있었지만…….」

「남이 한 말을 가지고 제멋대로 억측을 하는 건 좋지 않아.」부인이 못마
땅하다는 듯이 그의 말을 막아 버렸다.

「뭐 나만 그런가요!」하고 콜랴도 잠자코 있으려 하지 않았다. 「그때
모두들 그런 말을 했어요. 그리고 지금도 그렇게 말하고 있지요. 방금 S공
작도, 아젤라이다 이바노브나도 다 《가난한 기사》의 편을 들지 않았느냐
말예요. 그렇다면《가난한 기사》라는 건 실제로 존재하고 있는 것이 아닙니
까? 내 생각으로는, 그때 아젤라이다 이바노브나도 그 말을 귀담아 들으려
고만 했다면 우리가 뜻하는 《가난한 기사》가 누구라는 걸 알게 되었을 거예
요.」

「내가 뭘 잘못했다는 거지?」라고 말하며 아젤라이다 이바노브나가 웃
었다.

「초상화를 그리지 않겠다고 했죠? 그것이 나쁘다는 거예요! 아글라야
이바노브나가 그때 《가난한 기사》의 초상을 그려 달라면서 자기가 생각해
낸 화제(畫題)를 설명했었거든요. 기억하고 계시죠? 그 화제를. 한데 당신
은 거절하지 않았느냔 말예요.」

「하지만 어떻게 그려야 할지 누구를 그려야 할지, 알 수가 없었잖아요!
그 화제에 의하면 가난한 기사는 〈머리에 쓴 강철의 투구를 누구 앞에서도
벗지 않았도다〉라고 되어 있는데 도대체 어떻게 생긴 얼굴인지 알 수 없잖
아요! 투구를 쓴 얼굴을 그리란 말예요?」

「내 원, 무슨 소린지 하나도 모르겠구나. 대체 투구라는 건 또 뭐냐?」
장군 부인은 이 《가난한 기사》라는 칭호가 누구를 암시하는 것인지 차차 짐
작이 갔기 때문에 한층 더 화를 내기 시작했다.

더욱이 레프 니콜라예비치 공작이 몹시 당황하여 나중에는 여남은 살밖
에 안 된 어린애처럼 얼굴도 제대로 쳐들지 못하고 있는 꼬락서니를 보고
부인은 드디어 울화통을 터뜨려 버리고 말았다.

「그 돼먹지 못한 소리 당장 집어치우지 못하겠니? 그래 《가난한 기사》가
어쨌다는 거냐? 어디 설명을 좀 들어 보자! 내가 알아서는 안 될 무슨 대

단한 비밀이라도 있단 말이냐?」

그러나 일동은 여전히 웃음을 그치지 않았다.

「뭐, 아무것도 아닙니다. 어떤 러시아 사람이 쓴 시 중에서,」하고 S공작은 재빨리 말을 꺼냈다. 분명히 그는 이 얘기를 얼버무려 화제를 다른 데로 돌려 버리려는 속셈이었다. 「그 《가난한 기사》를 노래한 것이 있는데 밑도 끝도없는 조그만 단편입니다. 약 한 달 전에, 식사가 끝난 후 다 함께 모여 앉아서 흥겨운 기분으로 아젤라이다 이바노브나를 위해 그럴 듯한 화제(畫題)를 찾고 있었거든요. 아시다시피 댁에서는 이미 오래 전부터 아젤라이다 이바노브나가 화제를 찾는 데 온 가족이 협조하고 있었으니까요. 그때 이 《가난한 기사》의 이야기가 튀어나왔는데 이 말을 누가 맨 처음에 꺼냈는지는 지금 기억에 없습니다만.……」

「아글라야 이바노브나예요!」하고 콜랴가 소리쳤다.

「그럴지도 모릅니다. 난 분명하게 기억하지는 못하지만…….」하고 S공작은 말을 이었다. 「우리들 중의 몇몇은 이 화제를 일소에 붙여 버렸습니다만 다른 몇몇은 이보다 더 좋은 화제는 없다고 주장했지요. 그러나 좋고 나쁜 건 고사하고라도 《가난한 기사》를 그리려면 우선 모델이 될 얼굴이 필요합니다. 그래서 아는 사람 중에서 적당한 얼굴을 물색해 보았지만 쉽게 찾아 낼 수 없었습니다. 결국 이 얘기는 그렇게 끝나고 말았던 거예요. 그런데 어째서 콜랴가 지금 그 기억을 되살려 말했는지 그건 아무리 생각해도 알 수가 없군요. 당시에는 더없이 재미있었던 일이라도 지금에 와서는 아무런 흥미를 느낄 수 없게 되는 경우도 있으니까요.」

「그것은 그 어떤 새롭고도 엉뚱한 모욕적인 뜻이 내포되어 있기 때문이겠죠.」하고 리자베타 프로코피예브나가 말을 받았다.

「아녜요, 깊은 존경 이외에는 아무런 모욕적인 뜻도 없어요.」

아주 뜻밖에도 아글라야가 자못 엄숙한 어조로 말했다. 그녀는 어느새 완전히 이성을 회복했다. 조금 전에 나타났던 당황한 표정은 조금도 찾아 볼 수 없었다. 뿐만 아니라 몇 가지 점으로 미루어 보아 지금 그녀는 이 농담이 점점 깊은 곳으로 빠져들어가는 것을 은근히 기뻐하고 있는 눈치였다. 그녀의 심중에 이러한 변화가 일어난 것은 공작의 당황하는 태도가 극도로 달했다는 것을 그 얼굴에서 똑똑히 읽을 수 있게 된 바로 그 순간부터였다.

「금방 숨이 넘어갈 듯이 깔깔거리고 웃어 대기만 하더니 이번에는 또 무슨 번덕이 들어 느닷없이 깊은 존경이니 뭐니 하고 떠들어 대는 거니? 저 애들은 정말 미쳐 버린 거나 아닌지 몰라. 어째서 존경의 뜻밖엔 없다는 거냐? 어서 대답해 봐. 무엇 때문에 깊은 존경이니 뭐니 하는 말이 갑자기 튀어나왔느냔 말이다!」

「깊은 존경의 뜻밖에 없다고 한 것은 첫째로,」 아글라야는 어머니의 노여움이 섞인 물음에 대하여 어디까지나 의젓한 어조로 응수했다. 「그 시 속에는 이상을 간직할 줄 아는 인간형이 묘사되어 있기 때문이에요. 둘째로는 일단 자기의 이상을 정하면 그것을 믿고, 일단 그것을 믿으면 그 이상을 위해서 일생을 바칠 만한 용기를 그 사람은 가지고 있거든요. 참으로 이 세상에선 드물게 보는 성격이에요. 그《가난한 기사》의 이상이 무엇인지 그것은 시에 씌어 있지 않았지만 아마도 그것은 어떤 빛나는 형상 즉 티 없이 아름다운 형상일 거예요. 사랑에 온 마음을 바친 기사는 목걸이 대신 묵주(默珠)를 목에 걸고 다녔지요. 그리고 또 무엇인지 알 수 없는 문장(紋章) 같은 게 있었어요. 에이·엔·비(A·N·B)라는. 그걸 자기의 방패에다 새겨 넣어 가지고 다녔지요.」

「에이·엔·비가 아니고 에이·엔·디(A·N·D)예요! (푸시킨의 원작에는 A·M·D로 되어 있는데 작자는 이것을 착각 했던 것 같다. N 나스타샤, B는 바라시코 바의 문장이 될 수 있다)」 콜랴가 정정했다.

「그렇지만 나는 에이·엔·비라고 부르겠어요. 어쩐지 그렇게 부르고 싶군요.」 하고 아글라야는 못마땅하다는 투로 그의 말을 가로챘다. 「어쨌든 한 가지 명백한 것은 그 가난한 기사는, 자기의 여왕이 어떠한 사람이건, 또 그녀가 무슨 짓을 하건 그런 것은 조금도 문제삼지 않는다는 사실이에요. 자기가 그 여자를 선택했고 그 티 없는 아름다움을 믿는다는 것만으로, 그리고 그 여자 앞에 영원히 무릎을 꿇는다는 그것만으로 만족하였다는 거예요. 설사 나중에 가서 그 여자가 도둑년이라는 것을 알게 된대도 그는 여전히 그 여자를 믿고 그 티 없는 아름다움을 위해서 창(槍)이 꺾일 때까지 싸우는 것을 그의 사명으로 하고 있었을 겁니다. 아마도 시인은 이 경탄할 만한 인물을 통하여 순결하고도 고상한 어느 기사가 품고 있던 중세적인 플라토닉 러브의 위대한 의미를 구상하려 했을 거예요. 물론 이것은 하나의 이상이지요. 《가난한 기사》에서는 이 감정이 극도의 금욕주의에까지 도달했거든요. 그러나 솔직히 말해서 이러한 감정을 품을 수 있다는 것은 상당히 깊은 뜻을 내포하고 있을 뿐만 아니라 한편으로는 찬양할 만한 점이 있다고 생각해요. 이런 점을 설명하기 위해서 새삼스레 《돈 키호테》를 끌어 댈 필요까지는 없다고 생각합니다. 《가난한 기사》는 돈 키호테와 동일한 종류의 인물이긴 하지만 희극적인 면은 조금도 없고 숭고하기만 한 것이 다른 점이지요. 나는 처음에 그 뜻을 이해하지 못하고 웃기만 했으나, 지금은 이 《가난한 기사》를 사랑하고 있어요. 그리고 그의 공적을 존경하고 있지요.」

이렇게 아글라야는 말을 맺었다. 과연 그녀가 진심에서 하는 말인지, 아니면 반 농담조로 하는 말인지 그 표정만 보아서는 얼른 알아차릴 수가 없었다.

「흥, 그건 일종의 바보야. 그 기사라는 사람도 그렇고 그 공적이라는 것도 그렇고.」장군 부인은 이렇게 잘라 말했다. 「그렇지만 이제 보니 너도 곧잘 허풍을 떠는구나, 무슨 강연이라도 하듯 말이야! 그러나 내 생각으론 너한테는 어울리지 않는 것 같다. 어쨌든 좋지 않다. 그래 그 시라는 건 도대체 어떤 거냐? 틀림없이 그걸 외어 가지고 있을 테니 한 번 내 앞에서 낭독해 보렴! 어떻게 되어먹은 시인지 꼭 듣고 싶다. 나는 한평생 시라면 질색이었는데 지금 생각해 보니 그렇게만 생각할 것도 아니구나. 공작님, 미안하지만 참고 들어 주세요. 당신과 나는 아무래도 함께 참아야 할 입장에 놓인 것 같군요.」하며 그녀는 레프 니콜라예비치 공작에게로 얼굴을 돌렸다.

그녀는 몹시 화가 나 있었다.

레프 니콜라예비치 공작은 무엇인가를 말하려 했으나 아까부터 계속되는 심적 동요 때문에 한 마디도 입밖에 낼 수가 없었다. 그러나 자기의 강연에서 상당히 대담한 의견을 표시한 아글라야만은 태연할 뿐 아니라 일이 이렇게 벌어진 것을 오히려 기뻐하는 기색조차 엿보였다. 그녀는 여전히 새침한 표정을 띤 채 벌떡 일어나더니 미리부터 준비되어 있었으며, 누가 청하기만을 기다리고 있었다는 듯이 공작의 정면으로 다가섰다.

좌중은 놀란 눈으로 그녀를 바라보았다. 그리고 거의 모든 사람이, 공작도, 두 언니도, 부인도 적이 불쾌한 기분으로 미리 준비된 듯싶은 그녀의 새로운 장난을 지켜 보고 있었다. 아무리 관대하게 보아 준대도 그녀의 행동은 약간 지나친 것 같았기 때문이다. 그러나 아글라야는 「자, 이제부터 시 낭독이 있겠습니다.」라는 투로 행동했다. 자기의 과장된 자세가 마음에 흡족했던 모양이다. 리자베타 프로코피예브나는 당장 자기 딸을 제자리로 불러들이려는 기색이었으나 그것을 행동으로 옮기지는 못하고 말았다. 아글라야가 시 낭독을 시작하기 위해 입을 여는 바로 그 순간, 새로운 손님 두 사람이 높은 소리로 말을 주고받으면서 한길 쪽으로부터 테라스 위로 올라왔다. 이반 표도로비치 예판친 장군이 어떤 청년 하나를 데리고 공작을 찾아온 것이다. 좌중에는 잠시 약간의 동요가 일어났다.

7

장군과 함께 온 청년은 키가 훤칠하게 크고 잘생긴 얼굴에 재치가 있어 보이는 27,8세쯤 되어 보이는 사람이었는데, 크고 검은 두 눈의 표정엔 기지와 냉소가 가득 차 있었다. 아글라야는 그쪽을 쳐다볼 생각도 하지 않고 여전히 과장된 표정으로 공작만을 바라보며, 공작 한 사람만을 상대로 시 낭독을 하기 시작했다. 이 모든 것이 그 어떤 속셈에서 기인하는 행동이라는 것을 그제야 공작은 분명히 알 수 있었다. 그러나 새로 온 손님들은 어느 정도 공작을 어색한 위치에서 구출해 주었다. 그는 그들을 보자 얼른 자리에서 일어나 은근하게 고개를 숙여 보이고 낭독을 방해하지 말라고 눈짓을 했다. 그러고서 자기는 안락의자 뒤로 돌아가서 왼손을 등받이에 얹은 채 계속해서 낭독에 귀를 기울였다. 그것은 의자에 앉아 있는 것보다 훨씬 편했으며 또한 어색하게 보이지도 않았다. 리자베타 프로코피예브나는 거의 명령적인 투로 두 번이나 새로 온 손님들에게 손을 흔들어 가만히 서 있으라는 시늉을 했다. 그러는 동안 공작은 장군과 함께 나타난 낯선 손님에게 비상한 관심을 가지며 바라보고 있었다. 그리고 그 사람이 틀림없이 예브게니 파블로비치 라돔스키일 것이라고 생각했다. 그는 이 사람에 대하여 여러 가지로 들은 바가 있어 혼자서 상상해 본 일이 한두 번이 아니었다. 다만 그 손님이 문관복을 입고 있는 것이 그에게는 이상하게 여겨졌다. 그것은 예브게니 파블로비치가 무관이란 말을 들었기 때문이다. 시가 낭독되는 동안 새로 온 손님의 입가에는 끊임없이 냉소 어린 미소가 감돌고 있었다. 그 표정은 자기도 《가난한 기사》의 얘기는 언젠가 들은 적이 있어 이미 알고 있다는 표정 같았다.

『어쩌면 저 사람 자신이 이런 것을 생각해 냈는지도 모른다.』하고 공작은 혼자서 생각했다.

　그러나 아글라야는 전혀 달랐다. 처음 테라스 한가운데로 걸어 나왔을 때의 그 과장된 태도는 차차 사라졌고, 이제는 시혼(詩魂) 속에 몰두해서 삼매경에 빠진 듯한 성실함을 나타내고 있었다. 그녀는 한마디 한마디에 힘을 주며 진지한 어조로 낭독해 내려갔기 때문에 나중엔 좌중이 숙연해졌을 뿐만 아니라, 그 발라드가 지닌 지극히 고귀한 정신이 유감 없이 전달되었다. 이것으로 인하여, 그녀가 처음에 그 부자연스럽고 과장된 태도로 사람들에게 주었던 불쾌한 감정은 어느 정도 지워진 것 같았다. 지금 그녀에게서 볼 수 있는 것은 그녀가 스스로 타인에게 전달하려 한 것에 대한 한없는, 아니 순진하다고 할 수도 있는 존경심뿐이었다. 두 눈은 반짝였고, 환희와 영감에 의한 가벼운 경련이 두서너 번 보일 듯 말 듯하게 그 아름다운 얼굴을 스치고 지나갔다. 그녀가 낭독한 시는 다음과 같은 것이다.

　　언제 어느 곳엔가 조용하고 순박한, 가난한
　　기사가 살고 있었네.
　　보기엔 우울하고 창백했지만
　　정신만은 용감하고 훌륭했었네.

　　인간의 두뇌로는 따를 수 없는
　　하나의 영상을 간직했었네.
　　그 영상은 기사의 가슴속에
　　너무나 깊숙이 아로새겨졌었네.

　　그 영상에 온 정열을 불태우면서
　　다른 여인에겐 한눈 한 번 팔지 않고
　　생을 끝마치는 그 날까지도
　　끝내 말 한 마디 아니했도다.

　　목에는 화려한 목걸이가 아니라
　　검은 염주를 걸고 다녔고
　　얼굴에 쓴 강철의 투구는

누구 앞에서도 벗지 않았었네.

마음은 순수한 사랑에 넘쳤고
감미로운 꿈속에 몸을 바쳤네.
방패엔 자신의 피로
N·F·B라 새겨 넣었네(원작에는 A·M·D라 했으며,
라틴 어 Ave, Mater Dei의 약자)

그리하여 팔레스타인의 무적의 용사들이
외치며 싸움터로 달려 나갈 때
기사는 소리 높여 님의 이름만
되풀이 외치고 또 외쳤다네.

Lumen coeli, Sancta Rosa! (하늘의 빛이여,
성스러운 장미여!)
우뢰 같은 우렁찬 고함 소리에
이교도의 무리는 앞을 다투어
성지를 버리고 도망쳤도다.

이리하여 자기의 옛 성으로
개선한 기사는 문을 잠근 채
외로움에 잠겨 말을 잃은 채
광인처럼 님 부르며 죽어 갔다네.

　　후에 공작은 그때의 일을 회상하며　자기로서는 도저히 이해할 수 없는
어떤 의혹에 사로잡히곤 했다. 그가 품은 의혹이란 그녀가　그처럼　아름
답고 진지한 감정과 그처럼 분명한 조소를 어떻게 동시에 나타낼　수 있
었을까 하는 것이었다. 거기에 조소가 섞인 것은 의심할 여지도　없었다.
공작은 그것을 잘 알고 있을 뿐 아니라 그렇게 생각할 만한 이유를 가지고
있었다.
　　즉 아글라야는 이 시를 낭독할 때 대담하게도 A·M·D를 N·F·B
(나스타사 필립포브나 바
라시코바의 머리 글자)로 바꿔 읽은 것이다. 이것은 절대로 잘못 들은 것이 아니었

다──그것이 사실이라는 것은 나중에도 증명되었다. 어쨌든 아글라야의 그런 행위는, 물론 장난삼아 한 것이었겠지만, 장난 치고는 너무나 심하고 경솔한 장난이었다. 계획적이었음이 분명했다. 《가난한 기사》는 이미 한 달 전부터 그들의 입에 오르내렸다지 않는가!

그리고 그들의 웃음거리가 되었다지 않는가! 그러나 후에 공작이 돌이켜 생각해 본 바에 의하면 아글라야는 그 머리 글자를 조금도 장난스럽게 표현하지도 않았을 뿐더러, 남을 경멸하는 기색도 없었고, 그리고 거기 숨은 뜻을 두드러지게 나타내려고 그 글자의 발음에 힘을 주어 말하지도 않았을 뿐 아니라, 다른 말과 조금도 다름없이 진지하고 단순한 어조로 읽어 내려갔던 것이다. 그래서 그런 글자가 정말로 시 속에 있지 않았나, 정말로 책에 그렇게 인쇄되어 있지 않았나 하고 의심이 될 지경이었다. 무겁고 불쾌한 그 무엇이 공작의 가슴을 콱 찌른 것 같았다. 리자베타 프로코피예브나는 물론 글자가 바뀌어진 것도 거기에 숨겨진 어떤 암시도 눈치 채지 못했다. 이반 표도로비치 장군은 시를 낭독했다는 것 외에는 아무것도 알지 못했다. 그러나 나머지 사람들의 대부분은 일의 진상을 눈치 채고 있었다. 그들은 아글라야의 그토록 대담한 행동과 암시에 깜짝 놀랐으나 모두들 입을 다물고 그런 내색을 나타내지 않으려고 애썼다. 다만 예브게니 파블로비치만은 모든 것을 눈치 챘을 뿐 아니라 자기가 눈치 챘다는 것을 겉으로 드러내 보이려고 애쓰는 것 같았다. 그의 입가에 감돌던 매우 조소적인 미소만 보아도 충분히 알 수 있다고 공작은 생각했다.

「거 참 멋진 시로구나!」 낭독이 끝나기가 무섭게 장군 부인은 진심으로 감탄했다는 듯이 이렇게 외쳤다. 「누구의 시지?」

「푸시킨의 시예요. 어머니, 남들이 흉보겠어요. 우릴 창피주지 마세요. 정말 부끄러워요!」 하고 아젤라이다가 큰 소리로 말했다.

「저 애들과 함께 있으면 나는 아주 바보가 되어 버린다니까!」 리자베타 프로코피예브나는 입맛을 다시며 이렇게 뇌까렸다. 「암, 수치구말구! 집에 돌아가는 길로 푸시킨의 시집을 나한테 좀 보여 주려무나.」

「하지만 우리 집엔 푸시킨의 시집이 한 권도 없을걸요.」

「언젠가 그 전에 다 떨어진 책이 두어 권 굴러다니는 걸 본 것 같아요.」 하고 알렉산드라가 그 말을 도왔다.

「그럼 당장 표도르나 알렉세이를 다음 차편으로 시내에 보내야겠구나. 알

렉세이가 낫겠다. 아글라야 이리 온! 자, 나한테 키스를 해주럼. 너의 시
낭송은 정말 훌륭했어. 그러나 만일 네가 그것을 참 마음으로 낭독했다면,」
하고 그녀는 거의 속삭이듯 이야기했다. 「나는 너를 가엾게 여길 것이고,
만일 네가 저 사람을 놀려 줄 속셈이었다면 난 너의 생각에 찬성할 수는 없
어. 그러니까 결국은 처음부터 낭독하지 않았어야 했단 말이다. 내 말 알아
듣겠니? 그럼 가봐라, 나중에 또 얘기하기로 하고. 그런데 우리가 여기 너
무 오래 앉아 있었던 것 같구나.」

  그 동안 공작은 장군에게 인사를 했다. 장군은 그에게 예브게니 파블로비
치 라돔스키를 소개했다.

  「오다가 만나서 내가 데리고 왔지. 방금 기차로 이곳에 도착했다는군. 마
침 나도 이리로 오는 길이었고, 또 우리 집 식구들도 모두 여기 와 있다기
에……」

  「나는 당신이 여기 와 계시다는 말을 들었기 때문에 따라오기로 했지요.」
하고 예브게니 파블로비치가 끼여 들었다. 「나는 벌써 오래 전부터 당신과
인사할 수 있는 기회를, 아니 그보다도 친해질 수 있는 기회를 찾고 있었던
참이라 마침 잘 되었다고 생각했습니다. 당신은 몸이 불편하시다는 말을 들
었는데 지금은 좀 어떠신지요?」

  「네, 이제는 다 나았습니다. 만나 뵙게 되어 매우 반갑습니다. 말씀은 많
이 들어 왔고, 또 S공작과 당신의 얘기를 한 적도 있었지요.」하고 뮈시킨
공작은 손을 내밀며 이야기했다. 인사가 끝나자 두 사람은 악수를 나누고
서로 상대방의 얼굴을 찬찬히 바라보았다. 대화는 곧 좌중에 퍼졌다. 예브
게니가 차려 입은 문관복은 일동을 몹시 놀라게 하여 다른 인상은 잠시 동
안 미처 생각하지 못할 정도였다. 공작은 순간적으로 그것을 느꼈다. 『그
는 지금 모든 것을 탐욕스럽다고 할 정도로 재빨리 눈치 채고 있다. 어쩌면
전혀 근거 없는 것까지도 지레짐작을 했는지도 모른다. 예브게니의 복장의
변화 속에는 무엇인가 심상치 않은 중대한 사건이 내포되어 있지나 않을
까?』그는 이렇게까지 생각하였다. 아젤라이다와 알렉산드라는 의혹에 찬
얼굴로 예브게니 파블로비치에게 꼬치꼬치 캐물었다. 그와 친척간인 S공작
도 매우 불안한 표정을 짓고 있었다. 장군의 음성은 흥분에 젖어 있는 것
같았다. 그러나 아글라야만은 문관복이 무관복보다 잘 어울리는지 한 번 보
자는 듯이 잠깐 동안 예브게니를 호기심에 가득 찬, 그러나 지극히 냉정한

눈초리로 바라보고 있었다.

그러나 이내 딴데로 시선을 돌려 버리고 다시는 그를 거들떠 보지도 않았다. 리자베타 프로코피예브나도 약간 궁금한 표정이기는 했으나 역시 한마디도 말을 걸어 보려 하지 않았다. 공작이 보기에는 예브게니 파블로비치는 부인의 호감을 그다지 얻지 못하고 있는 성싶었다.

「나도 깜짝 놀랐다니까!」이반 표도로비치 장군은 모든 사람들의 질문에 답하기라도 하듯이 말했다. 「나는 아까 페체르부르그에서 이 사람을 만났을 때 내 눈을 의심했다니까. 그래서 도대체 이게 어찌된 노릇이냐고 했더니 첫마디가 이젠 관청의 의자나 망가뜨리는 짓은 더 이상 할 수 없지 않느냐고 하더군그래.」

이 자리에서 오고간 대화를 종합해 볼 때, 예브게니 파블로비치는 오래 전부터 관직에서 물러나겠다는 말을 하기는 했지만 그 말투가 늘 농담 비슷하게 들렸기 때문에 아무도 곧이들으려 하지 않았던 모양이다. 더욱이 그는 진담을 할 때에도 언제나 장난기를 섞어 말하는 버릇이 있으므로 그가 하는 말의 진부를 가리는 것은 힘든 때가 있었다. 특히 그 자신이 상대방에게 분명히 알릴 생각이 없을 때는 더욱 그러했다.

「뭐 그저 몇 달 동안, 길게 잡아서 1년 정도 공직을 떠나 쉬어 보려는 것뿐이지요.」하고 라돔스키는 껄껄 웃었다.

「그러나 내가 알기에, 적어도 당신의 지금 형편으로는 절대로 그럴 필요가 없다고 보네!」하고 장군은 한층 더 열띤 어조로 말했다.

「그렇지만 영지(領地)를 한 번 돌아보고 오는 것도 좋지 않겠어요? 장군이 나한테 그런 충고를 한 일이 있지요? 그리고 이 기회에 외국 여행도 한 번 하고 싶고……」

화제는 곧 바뀌었으나 방관자인 공작이 느낀 바에 의하면, 여전히 심상치 않은 이 분위기 속에는 그 어떤 특별한 의미가 내포되어 있는 듯싶었다.

「그러니까 《가난한 기사》가 또다시 등장했단 말이군요?」예브게니 파블로비치는 아글라야에게 다가가며 말을 걸었다.

그러나 그녀는 무슨 말인지 모르겠다는 듯이 의아스런 얼굴로 그를 바라보았다. 우리가 언제 《가난한 기사》를 화제에 올린 일이 있었느냐고 반문이라도 하는 듯한 표정이었다. 이것은 공작에게는 놀라운 일이었다.

「하지만 너무 늦은걸요. 지금 푸시킨 시집을 사러 보낸다는 건 쓸데없는

일이에요. 너무 늦었어요.」하고 콜랴는 리자베타 프로코피예브나를 상대로
대들 듯이 말하고 있었다. 「몇 번 말해야 아시겠어요, 벌써 시간이 늦었다
니까요?」

「그렇습니다, 지금 시내에 사람을 보내 봐야 소용 없어요.」예브게니 파
블로비치는 재빨리 아글라야를 남겨 두고 그쪽으로 끼여 들었다. 「페체르
부르그에서는 벌써 상점들이 문을 닫았을 시간입니다. 8시가 지났으니까
요.」그는 시계를 꺼내 보며 자신 있게 덧붙였다.

「지금까지 푸시킨을 읽지 않아도 별일 없이 지낼 수 있었으니까 내일까진
넉넉히 참으실 수 있을 거예요.」하고 아젤라이다도 한 마디 거들었다.

「그리고 상류사회의 사람들이 문학 따위에 열중한다는 건 도대체 격에 맞
지 않는 일일 거예요.」하고 콜랴가 다시 말했다. 「예브게니 파블로비치한
테 물어 보세요, 내 말이 틀렸는가 틀리지 않았는가를 말예요. 그보다는 빨
간 바퀴 달린 노랑빛 경마차가 훨씬 어울리시요.」

「콜랴, 또 무슨 책에 있는 문구를 끌어 대는 모양이구나!」하고 아젤라
이다가 꼬집었다.

「이 도련님은 책에 씌어 있는 문구를 인용하지 않고는 말을 못 하는 성미
입니다.」하고 예브게니 파블로비치가 말을 받았다. 「평론집 같은 데 있는
굉장히 긴 구절도 그대로 인용하곤 하니까요. 나는 전부터 이 도련님이 하
는 말을 많이 들어 왔지만 적어도 지금 한 말은 책에 있는 문구가 아닌 것
같습니다. 니콜라이 아르달리오노비치는 분명히 나의 빨간 바퀴가 달린 노
랑빛 마차를 두고 빈정댄 것입니다. 그러나 내가 벌써 그것을 다른 마차와
바꿔 버렸다는 사실은 미처 몰랐던 모양입니다.」

공작은 라돔스키의 말에 귀를 기울이면서 그가 시종 태연하고도 밝은 얼
굴을 하고 있다는 것을 깨달았다. 더욱이 자기에게 대들다시피하는 콜랴에
게 점잖고 허물없는 어조로 대하는 그의 관대성에 호감이 갔다.

「그게 뭐지?」리자베타 프로코피예브나는 레베제프의 딸 베라에게 물
었다. 처녀는 예쁘게 장정(裝幀)된 큼직한 새 책 몇 권을 두 손에 받쳐들고
부인 앞에 서 있었다.

「푸시킨……, 저희 집에 있는 푸시킨 시집이에요.」하고 베라는 대답
했다. 「아버지가 갖다 드리라고 해서…….」

「뭐라구? 무엇 때문에 나한테?」하고 리자베타 프로코피예브나는 펄쩍

뛰었다.

「거저 드리려는 건 아닙니다. 어떻게 감히 그런 실례를 범하겠습니까!」 딸의 어깨 너머로 레베제프가 얼굴을 내밀었다. 「물론 책값을 받기로 하고 드리는 겁니다. 이것은 저희들의 가정에 비치했던 안넨코프 판 푸시킨 시집 인데 지금 당장에는 어디에 가서도 구하기 힘든 책이올시다. 그저 적당히 값을 치러 주신다면 기꺼이 드리겠습니다. 이것으로 부인의 고상한 문학적 감정의 갈증을 풀어 드릴 수만 있다면 저로서는 더없는 영광입니다.」

「오, 나한테 팔겠단 말이군요. 그렇다면 고마워요. 절대로 손해 보지 않 게 해드릴 테니까. 그렇지만 제발 내 앞에선 그렇게 괴상한 몸짓을 하지 말 아 주었으면 좋겠어요. 당신이 굉장히 유식하단 말은 나도 들은 적이 있어 요. 언제든지 한 번 나와 얘기해 봅시다. 그리고 이 책은 당신이 우리 집에 까지 갖다 줄 수 있겠죠?」

「그럼은요……, 갖다 드리구말구요!」 딸의 손에서 책을 빼앗아 든 레베 제프는 자못 흡족한 표정을 지었다.

「좋아요. 그리고 한 권이라도 빠뜨리면 안 되니까 조심해서 가져오도록 해요. 그렇다고 공연히 그처럼 굽실거릴 필요는 없고……. 그리고 한 가지 미리 이야기해 두겠는데.」 하고 부인은 그를 빤히 쳐다보며 덧붙였다. 「우 리 집에 오더라도 문턱 안에 발을 들여 놓을 생각은 마세요. 오늘은 당신을 집 안에 맞아들이고 싶지 않으니까. 하지만 당신 딸 베라는 지금이라도 곧 보내 줘요, 난 그 애가 아주 마음에 들었어!」

「아버지! 왜 저 사람들이 왔단 말을 하시지 않죠?」 하고 참다 못한 베 라는 이렇게 말했다. 「가만 놔두면 자기네들이 직접 이리로 들어올 거예요. 저것 보세요, 떠들썩한 소리가 들려 오잖아요, 공작님.」 어느새 모자를 손 에 들고 있는 공작에게 그녀는 이렇게 말했다. 「저기 어떤 사람들이 네댓 명 가량 당신을 찾아와서 기다리며 마구 욕지거리를 늘어 놓고 있어요. 아 버지는 그 사람들을 이리 들여보내면 안 된다고 하시지만…….」

「어떤 손님들이죠?」 하고 공작이 물었다.

「용건이 있어 왔다고 하는데요, 지금 만나 주시지 않으면 길목에 기다리 고 있다가라도 당신을 만나고 갈 거래요. 그러니까 공작님, 일단 그 사람들 을 만나 보신 다음 적당히 쫓아 버리도록 하는 편이 좋겠어요. 저기서 지금 가브릴라 아르달리오노비치와 프치스인 씨가 좋게 타이르고 있긴 하지만,

소용 없을 것 같아요.」

「파블리시체프의 아들이랍니다! 파블리시체프의 아들! 그런 놈은 상대하실 필요가 없습니다. 상대하실 필요가 없어요!」하며 레베제프는 두 손을 내저었다. 「그런 놈의 말은 들을 필요도 없어요. 공작님, 그까짓 놈들한테 신경을 쓰신다는 건 그야말로 위신에 관한 문젭니다. 그냥 내버려 두세요.」

「파블리시체프의 아들이라구요? 맙소사!」공작은 몹시 낭패한 듯 소리쳤다. 「알겠어요……. 하지만…… 나는…… 그 사건을 가브릴라 아르달리오노비치에게 일임했었는데……. 조금 전에도 가브릴라 아르달리오노비치가 나에게 말하기를…….」

그러나 이때 가브릴라 아르달리오노비치는 이미 테라스에 나와 있었다. 프치스인도 뒤따라 나왔다. 집 안에서는 마치 다른 사람들의 말을 억눌러 버리려는 듯 이볼긴 장군의 커다란 목소리가 왁자지껄한 소음과 함께 들려왔다. 콜랴는 얼른 집 안으로 달려갔다.

「일이 점점 재미있게 되는군!」하고 예브게니 파블로비치가 노골적으로 빈정댔다.

『그러구보니 저 사람도 일의 내용을 알고 있는 모양이구나!』공작은 생각했다.

「파블리시체프의 아들이 여기 있을 리가 없지 않소?」이반 표도로비치 장군은 호기심에 찬 눈으로 일동의 얼굴을 둘러보고는 이 새로운 사건을 모르고 있는 사람은 자기뿐이라는 것을 깨닫자 아주 궁금해 하는 표정을 지으며 이렇게 물었다.

사실 테라스에 모여 있는 사람들은 야릇한 기대와 흥분을 느끼며 일이 어떻게 될 것인가를 지켜 보고 있었다. 공작은 순전히 자기 한 개인에 관한 문제가 그처럼 그들의 흥미를 끄는 것을 보고 대단히 놀랐다.

「당신이 이 자리에서 자신의 힘으로 이 문제를 아주 결말지어 버릴 수 있으면 참 좋을 것 같아요.」아글라야는 자못 심각한 표정으로 공작에게 다가서며 이렇게 말했다.

「그리고 우리는 여기서 이렇게 당신의 증인이 되게 해주세요. 공작님, 저 사람들은 지금 당신의 얼굴에 흠칠을 하려는 거예요. 그러니까 당신은 정정당당히 자기에게 결점이 없음을 증명해야 해요. 아시겠죠? 나는 당신이 우리의 기대에 어긋나지 않게 행동해 주시리라 믿고 싶어요.」

「나 역시 그 지긋지긋한 청구 사건을 빨리 결말지을 수 있다면 속이 시원하겠어요!」하고 장군 부인도 언성을 높였다. 「그 따위 녀석들은 얼굴도 쳐들지 못하게 단단히 혼을 내줘야 해요. 아시겠어요, 공작님? 조금도 사정을 둘 필요가 없어요! 이 사건에 대한 말은 하도 많이 들어서 나는 당신 때문에 얼마나 애를 태웠는지 모른답니다. 어쨌든 어떤 녀석들인지 한번 보는 것도 재미있는 일일 테니까, 이리들 나오라고 하세요. 우린 가만히 앉아서 구경이나 하지요. 정말 아글라야는 좋은 생각을 해냈군요. 공작, 이 사건에 대해 들으신 일이 있나요?」하고 그녀는 S공작을 돌아보며 물었다.

「네, 물론이죠, 댁에서 들었습니다. 나도 그 친구들의 얼굴을 꼭 한 번 보고 싶군요.」하고 S공작은 대답했다.

「그녀석들이 니힐리스트라는 게 사실인가요?」

「아니, 그녀석들은 니힐리스트와는 다릅니다.」극도로 흥분한 레베제프가 몸을 후들거리며 앞으로 한 걸음 나섰다. 「그런 부류들과는 아주 다른 특별한 종류의 인간들이죠. 제 조카놈의 말을 들어 보면 그녀석들은 니힐리스트보다도 더욱더 심한 놈들이랍니다. 당신은, 당신이 이 자리에 있으면 그녀석들이 당황할 것이라 생각하시는 모양입니다만 천만의 말씀이올시다. 녀석들은 그만한 일로 당황하는 족속들이 아닙니다. 하기는 니힐리스트 중에도 간혹 사리를 아는, 학자라는 말을 들을 만큼 유식한 인간도 있기는 합니다만 저놈들로 말하면 전혀 그런 면이 없는 과격한 놈들일 뿐입니다. 첫째로 놈들은 굉장히 실리적인 인간들이니까요. 결국 이것도 니힐리즘의 결과에 지나지 않겠습니다만 정식 코스를 밟은 게 아니고 얻어들은 풍월이거나 아니면 니힐리즘의 냄새나 맡은 정도에 불과합니다. 더욱이 잡지에다 논문 같은 걸 실어서 자기의 의견을 발표하는 그런 일은 생각도 할 수 없는 놈들이고 그저 무조건 무슨 일이든지 실제로 행동에 옮기는 주의지요. 예를 들면 푸시킨은 무의미하기 짝이 없다느니, 러시아는 몇 개로 분할되어야 한다느니 아주 터무니없는 소리들을 한단 말입니다. 만일 자기들에게 어떤 것이 필요하다고 생각되면 비록 그것 때문에 사람을 8명이나 죽여야 할 경우가 생기더라도 눈 하나 깜짝 않고 해치울 수 있는 권리가 있다고 생각하는 놈들이니까요. 그러니까 공작님, 아무래도 나는 당신이 그놈들을 만나신다는 데 찬성할 수가 없습니다.」

그러나 공작은 문을 열어 주려고 이미 그쪽으로 가고 있었다.

「레베제프, 그건 너무 지나치구먼.」 하고 그는 웃음을 띤 채 말했다. 「당신의 조카라는 사람이 아마 당신에게 겁을 주려고 일부러 그런 소리를 한 모양이군요. 부인, 저 사람의 말을 곧이듣지 마십시오. 고르스키나 다닐로프——이 무렵 신문에 떠들썩하게 화제가 됐던 살인범들——같은 건 그야말로 우연히 일어난 사건의 주인공이에요. 저 사람들은 분명히 무엇인가를 오해하고 있는 모양입니다…… 그렇지만 여기서, 여러분 앞에서 저 사람들과 얘기하고 싶지는 않습니다. 리자베타 프로코피예브나, 죄송하지만 저 사람들이 오면 잠깐 얼굴만 보여 드리고 나서 저쪽으로 데리고 가겠습니다. 자, 어서들 오시오!」

그러나 그보다는 오히려 다른 종류의 생각이 그때 공작을 괴롭히고 있었다. 혹시 누군가가 자기의 실패를 예견하고, 손님이 많은 바로 이때 이 사건이 벌어지도록 미리 계획적으로 꾸민 것이 아닐까 하는 생각이 문득 그의 머릿속에 떠올랐던 것이다. 그러나 동시에 그는 자신의 괴상하리만큼 짓궂고 소심한 성격을 자탄하며 서글픈 심정이 되는 것이었다. 자기의 마음속에 이런 상념이 숨겨져 있다는 사실을 누구든 알게 된다면 그는 도저히 살아 있을 수가 없을 것이다. 그래서 새로운 손님들이 테라스로 몰려오고 있는 순간에도 그는 자신이 여기 있는 사람들 중에서 도덕적으로 가장 뒤떨어진 인간일 것이라고 생각했다.

테라스에는 다섯 사람이 나왔는데 그 중 네 명은 새로 온 손님들이었고 마지막 한 사람은 이볼긴 장군이었다. 그는 무섭게 흥분하여 마치 발작을 일으키기라도 한 듯이 고래고래 소리지르고 있었다.

『저 사람은 내 편이 틀림없군!』 하고 공작은 미소를 띠며 생각했다. 콜랴도 그 사람들과 함께 테라스로 나왔다. 그는 새로운 방문객 속에 끼어 있는 이폴리트에게 무엇인지 열심히 소곤거리고 있었다. 이폴리트는 그 말에 싱글벙글 웃으며 귀를 기울이고 있었다.

공작은 손님들에게 의자를 권했다. 그들은 한결같이 새파란 청년들로서, 이런 애송이들을 위해서 이처럼 예의를 차려 맞아들인 게 오히려 이상할 정도였다. 이 새로운 사실에 대하여 아무것도 알지 못하는 이반 표도로비치 예판친 장군은 이러한 애송이들을 보고 갑자기 툴툴거리기 시작했다. 만일 부인이 공작에게 그처럼 열성적인 태도가 아니었더라면 아마도 그는 한바탕 호통을 쳤을 것이다. 그는 반은 호기심에서, 반은 호인다운 성격 때문에 그 자리에 그냥 눌러 있었다. 어쨌든 자신이 이 자리에서 권위자로서 어떤 도움을 줄 수 있으리라 믿었던 모양이다. 그러나 뒤따라 들어온 이볼긴 장군이 고개를 끄덕여 아는 체를 하였을 때, 그는 또다시 불쾌감을 참지 못해 얼굴을 찡그리며, 이제는 무슨 일이 일어나더라도 절대로 입을 열지 않으리라고 마음먹었다.

네 사람의 젊은 방문객 중에는 단 한 사람, 서른 안팎의 사내가 끼어 있었는데 그는 전에 로고진 일파에 가담하고 있었던 중위로서 희망자가 있을 때면 15루블에 권투 코치 노릇을 하던 사내였다. 그가 청년들을 따라온 것은 다만 성실한 친구로서 동료들의 용기를 북돋아 주며, 필요에 따라서는 그들을 비호해 주려는 목적인 모양이었다. 나머지 세 명 중에서 두목격인 사내가 파블리시체프의 아들이었다. 그러나 그 자신의 입으로는 안치프 부르도프스키라고 자기 소개를 했다. 그는 옷차림이 남루했으며 얼핏 보기에도 지저분한 느낌을 주는 청년이었다. 팔꿈치에 때기름이 번들거리는 프록코트를 입고, 맨 위 단추까지 모조리 채운 조끼, 어디로 갔는지 찾아 보기도 힘든 와이셔츠, 형편없이 더러워진 검은 비단 머플러를 감고 있었다. 손은 언제 씻었는지 알 수도 없을 지경이었고 얼굴에는 여드름이 더덕더덕 붙어 있었으며 머리털은 아마(亞麻)처럼 희끄무레했다. 게다가 그 눈은 표현이 적당한지 모르지만 순진하고도 뻔뻔스러운 표정을 띠고 있었다. 나이는 22세나 되었을까. 몸은 여위었지만 키는 보통이었다. 그의 얼굴에는 털끝만한 냉소나 자기 반성도 나타나 있지 않았다. 오히려 그와는 반대로 자기의 당연한 권리에 대한 도취감과 또 한편으로는, 항상 자기를 학대받는 사람으로 자처하고 싶어하는 이상스러운 욕망에 사로잡혀 있는 듯한 표정을 하고 있었다. 그는 무턱대고 흥분하여 말을 더듬거렸다. 그 때문에 한마디 한마디를 끝까지 분명하게 발음하지 못하는 것이 아닌가 생각될 지경이었다. 말을 하는 것을 보면 말더듬이나 외국인 같았지만 실은 순수한 러시아 인이었다.

그를 따라온 친구들은 맨 먼저 독자에게 이미 소개된 바 있는 레베제프의 조카이고, 그 다음은 이폴리트였다. 이폴리트는 17,8세밖에 안 된 아주 앳된 청년으로, 영리하게 보이기는 하였지만 신경질적인 얼굴에 병색이 완연했다. 몸은 마른 명태처럼 빼빼하고 살갗은 누렇게 떠 있었으며, 두 눈은 이상한 광채를 발하고 양쪽 볼에는 빨간 반점이 나타나 있었다. 그는 끊임없이 기침을 했고, 한 마디 말을 할 때마다 아니 호흡을 할 때마다 가래 끓는 소리가 섞여 나왔다. 첫눈에 보아도 결핵의 말기라는 것을 알 수 있었다. 그의 수명은 길게 잡아도 2,3주일밖에 남지 않은 것같이 보였다. 그는 몹시 피곤한 듯, 누구보다도 먼저 의자에 몸을 던졌다. 다른 친구들은 테라스에 들어오자 약간 기가 죽은 듯 허둥거리면서도 겉으로는 점잔을 빼고 주위를 한 번 둘러보는 것이었다. 그러한 그들의 얼굴에는 어쩌다 자기의 위신을 추락시키지나 않을까 몹시 겁내는 듯한 기색이 역력했다. 대체적으로 쓸데없이 번거로운 사교장의 격식이나 편견, 거기에다 자기의 이익 이외에는 이 세상의 모든 것을 부정한다는 그들에 대한 일반적인 평판과는 아무래도 어울리지 않는 것이었다.

「안치프 부르도프스키입니다.」성급히 말을 더듬으며『파블리시체프의 아들』이란 자가 제일 먼저 자기 소개를 했다.

「블라지미르 독토렌코입니다.」레베제프의 조카는 자기가 독토렌코라는 것이 자랑스러운 듯이 큰 소리로 똑똑히 외쳤다.

「켈레르요!」하고 퇴역 중위가 빠른 소리로 말했다.

「이폴리트 체렌치예프!」하고 마지막으로 찢어지는 듯이 날카로운 음성이 울려 나왔다.

이렇게 그들은 일렬로 나란히 자리를 잡고 공작과 마주앉으며 자기 소개를 끝내고는 스스로 용기를 북돋우려는 듯이 이손에서 저손으로 모자를 옮겨 쥐며 얼굴을 잔뜩 찡그리고 무슨 결판이라도 낼 듯한 태도였다. 그러나 그들은 웬일인지 모두들 입을 봉한 채『야아, 거짓말은 하지 마! 이 이상 너한테 넘어갈 줄 아느냐!』하는 듯이 도전적인 얼굴을 하고 무엇인가를 기다리고 있었다. 누구든지 한 사람이라도 입을 열기만 하면 그들은 일시에 앞을 다투어 자기의 주장을 내세우며 소리소리 지르고 나올 그런 표정들을 하고 있었다.

8

「여러분, 나는 당신들이 찾아오리라고는 전혀 생각지 못했습니다.」하고 공작은 먼저 입을 열었다. 「나는 오늘까지도 건강이 좋지 않기 때문에 당신의 문제는 ——하고 그는 부르도프스키에게 얼굴을 돌렸다—— 이미 한 달 전에 가브릴라 아르달리오노비치 씨에게 일임했습니다. 이것은 그때 당신에게도 통지하였습니다. 그렇다고 내가 당신을 만나서 애기하는 것을 꺼렸던 건 아닙니다. 하여간 보시다시피 때가 때인 만큼…… 나와 함께 저쪽 방으로 자리를 옮겨 주었으면 좋겠습니다. 그럼 잠깐만 저쪽으로……. 여기는 내 친구 되시는 분들이 계시기 때문에…….」

「친구분들이라구요? 네, 좋습니다. 당신의 친구가 몇백 명이 있대도 상관없어요. 그러나 실례지만,」하고 레베제프의 조카가 아직 언성을 높이지는 않았지만 그래도 굉장히 강경한 태도로 나왔다. 「실례지만 우리한테도 해야 할 말이 있습니다. 당신은 우리들에게 좀더 인간적인 대접을 할 수도 있었다는 애기입니다. 찾아온 사람을 하인의 방에서 두 시간씩이나 기다리게 하다니 도대체 그런 법이 어디…….」

「그리고 물론, 나도…… 그리고 뭡니까, 공작이니 후작이니 하는 사람은 다 이렇습니까? 그리고…… 당신은 장군 행세를 하려는 겁니까? 나는 당신의 하인이 아니란 말입니다! 나는, 나로 말하면…….」하고 별안간 안치프 부르도프스키가 대단히 흥분한 듯 말을 이었다. 굴욕을 참지 못하여 떨려 나오는 목소리, 경련을 일으킨 것같이 파르르 떠는 입술, 그리고 입에서 마구 튀어나오는 게거품 등은 금방이라도 온몸을 파열해 버릴 것 같았다. 그리고 산산조각이 날 것 같은 그러한 지나친 흥분 때문에 그 다음 말부터는 무슨 소리를 하는지 알아들을 수가 없었다.

「아니, 공작 정도 되면 다 이래요!」째지는 듯한 소리로 이폴리트가 호통을 쳤다.

「만일 이것이 내 일이라면,」권투 코치도 짖어 대기 시작했다. 「다시 말해서 내게 직접 관련된 일이라면, 내가 만일 부르도프스키의 입장에 있다면 난 한 사람의 신사로서…….」

「여러분, 나는 당신들이 왔다는 걸 조금 전에야 비로소 알았답니다. 거짓말이 아니에요.」하고 공작은 거듭 해명했다.

「공작, 우리는 말입니다. 당신의 친구가 어떤 사람이든 간에 조금도 개의치 않는단 말입니다. 우리는 당연한 권리를 가지고 있으니까요.」레베제프의 조카가 또다시 나섰다.

「그건 그렇고, 한 가지 묻겠는데 당신이 무슨 권리를 가지고,」이번에는 이폴리트가 버럭 화를 내면서 소리쳤다. 「부르도프스키에 관한 일을 당신 친구들의 판단에 맡기려는 거요? 당신 친구들의 판단이 도대체 얼마만한 가치가 있느냐 말이오!」

「이거 보시오, 부르도프스키 씨. 만일 당신이 이 자리에서 얘기하기를 원하지 않는다면,」 상대방의 고자세에 적잖이 놀란 공작은 겨우 기회를 얻어 이렇게 말했다. 「아까도 말했지만 저 방으로 자리를 옮깁시다. 정말 난 당신들이 왔다는 말을 조금 전에야 들었어요…….」

「아무튼 그럴 권리는 없어요, 그럴 권리가 없단 말이오, 그럴 권리가 없어요! 당신의 친구라고…… 체!」 험상궂게, 그러나 무엇인가를 경계하는 듯한 눈으로 사방을 살피면서 부르도프스키는 더듬거렸다. 그는 상대방을 불신하고 기피하는 마음이 더해질수록 미친 듯이 더욱 흥분하는 것이었다. 「어쨌든 당신한테 그럴 권리는 없어요.」 이렇게 말하고는 갑자기 입을 다물어 버리더니 붉은 핏발이 서고 툭 불거져 나온 근시안을 휘둥그렇게 뜨고 몸 전체를 앞으로 내밀면서 대답을 기다리듯 공작을 뚫어져라 보았다. 이 뜻하지 않은 공격에 공작은 몹시 놀라고 당황하여 할말을 잊은 채 눈을 크게 뜨고 멍청히 상대방을 마주 바라보고 있었다.

「레프 니콜라예비치!」 하고 갑자기 리자베타 프로코피예브나가 공작에게 말했다. 「자, 이걸 좀 읽어 보세요. 지금 당장. 이건 당신의 사건과 직접 관련된 글이니까요.」

그녀는 유머 주간지 한 장을 공작 앞으로 불쑥 내밀어 손가락으로 기사의 제목을 가리켰다. 좀전에 방문객들이 테라스로 들어올 때 장군 부인에게 아첨할 기회를 노리고 있던 레베제프가 살그머니 그녀의 옆으로 다가가서 아무 말도 없이 자기 주머니에 들어 있던 신문을 꺼내 밑줄이 그어진 곳을 가리키며 그녀의 눈앞에 내밀었던 것이었다. 그것을 재빨리 읽어 본 리자베타 프로코피예브나는 놀람과 흥분을 금할 길이 없었다.

「그렇지만 구태여 소리를 내어 읽을 필요는 없겠지요.」 공작은 몹시 낭패한 얼굴로 더듬더듬 이렇게 말했다. 「조금 후에 혼자서 읽어 보는 게 좋을 것 같군요…….」

「그럼 네가 좀 읽어라, 지금 곧 큰 소리로 읽어!」 리자베타 프로코피예브나는 공작의 손에서 신문을 낚아채듯 빼앗아 콜랴에게 주며 다시 말했다. 「자, 모두들 다 알아들을 수 있게 커다란 소리로 읽어!」

344

리자베타 프로코피예브나는 원래가 곧잘 흥분하는 성질의 여자였기 때문에 이따금 앞뒤를 생각지 않고, 마치 날씨를 살피지 않고 무턱대고 넓은 바다로 조각배를 몰고 나가는 것과 같은 짓을 곧잘 하는 것이었다. 이반 표도로비치 장군은 불안한 표정으로 의자 위에서 몸을 들썩들썩했다. 그러나 일동은 숨을 죽이고 궁금한 듯이 기다리고 있었다. 콜랴는 신문을 펼쳐 들고 레베제프가 얼른 달려와서 가리켜 준 곳을 읽기 시작했다.

〈프롤레타리아와 벼락부자〉
매일 일어나는 백주의 강도 사건
진보! 개혁! 공정(公正)!

〈괴상한 사건들이 이른바 신성한 우리 조국 러시아에서, 더욱이 오늘날과 같이 개혁이 단행되고 각종 기업이 번창하며 국민적 자각이 절실한 이때에, 해마다 수억의 금화가 국외로 유출되는 이때에, 공업이 장려되고 있는 이때에, 노동자들의 일손이 놀고 있는 이때에…… 매일같이 일어나고 있다. 현대가 어떠한 시대냐 하는 것을 일일이 열거하자면 한이 없겠지만 독자의 양해를 구하며 본론으로 들어간다. 최근 또 하나의 괴상한 사건이 일어났는데 그것은 다름 아니라, 우리 나라에서는 이미 시대적 유물로 되어 버린 지주, 귀족 계급의 후예에 속하는 일개인에 관한 것이다. 하기야 일률적으로 지주, 귀족 계급의 후예라고는 하지만 특별한 경우도 있는 것이다. 즉, 할아버지는 저 유명한 몬테카를로의 도박장에서 전 재산을 몽땅 털어 버리고, 아버지는 하는 수 없이 군대에 들어가서 견습 사관이 아니면 중위로 있다가 공금 결손 따위의 죄목으로 재판에 회부되어 끝내는 영창 속에서 죽었다. 한편 자식들은 이 이야기의 주인공처럼 백치든가, 아니면 형법에 저촉될 만한 불미스러운 짓을 저지르든가——배심원들이 잘 타일러 개심시키면 된다고 변호하는 사람도 있지만——심지어는 엉뚱한 짓을 하여 세상 사람을 깜짝 놀라게 할 뿐더러 한심할 정도로 더럽혀진 현 사회에 수치를 더해 주곤 하는 것이다.
이 사건의 주인공은 약 반 년 전 다리에는 외국식 각반을 매고 얇은 망토를 몸에 걸치고 추위에 부들부들 떨면서 백치 치료 때문에 머무르고 있었던 스위스에서 러시아로 돌아왔다. 솔직히 말해서 그는 보기드문 행운아인 모

양이다. 왜냐하면, 스위스에서 치료했다는 재미있는 그 병——그러나 과
연 백치를 어떠한 방법으로 고칠 수 있겠는가 한 번 생각해 보라!——은
차치하더라도 그는『바보에게는 행운이!』라는 러시아의 속담이 옳다는 것
을 스스로 증명한 인간이기 때문이다. 생각해 보라. 중위로 있던 아버지가
중대의 공금을 몽땅 도박으로 날려 버렸거나 아니면 부하를 지나치게 때
려——아시다시피 옛날에는 이런 일들이 흔하지 않았는가!——재판에
회부되었다가 죽어 버렸는데, 그 아들인 남작(男爵)은 갓난아이 때 아버지
를 잃었지만 어느 인정 많은 부유한 러시아 지주가 그의 양육을 책임지게
되었으니 말이다. 이 러시아 지주는——편의상 P씨라고 부르기로 하
자——전에 한창일 때는 4천 명의 농노(農奴)까지 소유하였다고 한다. 농
노! 이 말이 무슨 뜻인지 아는가? 나는 모른다. 대사전이라도 들춰 봐야
겠다. 〈신화 시대의 얘기는 아니지만 역시 곧이들리지 않으니(グ리모예도프 《지혜의\n슬픔》에 나오는 구절)
말이다. 아마도 여름에는 온천에서, 겨울에는 파리의 샤토 드 플뢰르(꽃의\n성)에
서 엄청나게 많은 돈을 뿌리며 방탕의 나날을 보내는 러시아식 무위도식배
의 한 사람이었던 것 같다. 적어도 지주의 전 수입 중 3분의 1은 샤토 드
플뢰르의 경영자 호주머니 속으로 들어갔다는 것만은 틀림없는 사실이라고
장담할 수 있다——그러니 샤토 드 플뢰르의 경영자만큼 수지맞는 장사꾼
도 없을 것이다! 각설하고, 유복한 지주인 P씨는 고아를 왕자 부럽지 않
게 양육했다. 그는 남자 가정교사와 여자 가정교사를——물론 멋지게 생
겼을 것이다——파리에 다녀오는 길에 자기가 직접 데리고 왔다.

　그러나 그 집 가문에서 마지막으로 살아남은 이 귀족의 후예는 타고난 백
치였다. 그래서 샤토 드 플뢰르식 가정교사들은 그의 교육에 실패하였다.
그래서 이 남작은 20세가 되도록 러시아 어는커녕 어느 나라 말로 제대로
쓰지 못했다. 하기는 러시아 어를 잘 못한다는 것이 그리 흉이 될 건 없
었다. 마침내 P씨는 하나의 망상이 머릿속에 떠올랐다. 즉 스위스에만
간다면 백치에게도 지혜를 지니게 할 수 있으리라는 생각이었다. 그러나 망
상이라고는 할지라도 이것은 논리적으로 충분한 근거를 가지고 있었다. 무
위도식하는 지주 족속들은 돈만 있으면 무엇이나, 지혜조차도 시장 바닥에
서 살 수 있다고 생각하고 있으니 말이다. 그래서 스위스의 어느 박사에게
그를 맡겨 수천 루블의 돈을 들여 5년 동안이나 치료했다. 그러나 백치가
하루 아침에 현명해질 리 만무했다. 일설에 의하면 그래도 이제는 제법 사

람 구실을 하게 되었다고 하지만 여전히 병신 노릇을 하는 것은 의심할 여지가 없다. 그런데 P씨가 갑자기 세상을 떠나 버렸다. 그러자 언제든 어느 집에서나 으레 그런 것처럼 상속인이라고 자처하는 자들이 떼지어 몰려와서는 난장판을 이루었다. 그리고 그들의 입장에서 볼 때 고인의 호의로 스위스에 가서 치료받고 있다는 백치 같은 것은 일고의 가치도 없는 불필요한 존재였다. 비록 백치라고는 하지만 이 후손은 자기 은인의 사망을 숨기고 박사를 속여 그 후 2년 동안 거저 치료를 받았다고 한다.

그러나 이 박사라는 자 역시 기막힌 능구렁이로, 마침내는 돈은 내지 않아서라기보다는 25세인 환자의 왕성한 식욕에 겁을 집어먹은 나머지 자기의 각반 달린 낡은 구두를 주고 다 떨어진 망토를 입힌 다음 3등 기차 삯까지 주어 스위스에서 러시아로 쫓아 버렸다. 아무리 보아도 운명의 여신은 우리 주인공을 지나쳐 버린 것같이 보였으나 천만에, 기근(饑饉)으로 몇 개 현(縣)의 백성을 빈사 상태에 몰아 넣었던 운명의 여신은 자기의 선물을 이 남작의 머리 위에 한꺼번에 퍼부어 버렸다. 그것은 마치 크르일로프의 우화시(寓話詩)에 나오는 그 비구름이, 바싹 말라붙은 들판 위를 그냥 지나 넓은 대해 위에서 소나기를 쫙 퍼붓는 것과 비슷하다고나 할까. 그가 페체르부르그에 도착한 것과 거의 동시에 모스크바에 있는 그의 어머니 쪽 친척한 사람이 죽었다. 이 사람은 자식이 없는 상인으로——어머니도 물론 상인 출신이었지만——텁석부리인 분리파 교도였는데 현금만 해도 무려 수백만 루블이라는 막대한 유산을 선물로 남겨 놓고 갔다. 이 돈이 가문의 마지막 후예한테, 즉 스위스에서 백치병을 치료하다 돌아온 우리의 남작한테 고스란히 넘어간 것이다! 그러자 주위 사람들의 태도가 일변하였다. 처음에 각반 달린 구두를 끌며 남의 첩살이를 하는 어느 유명한 미인의 뒤를 쫓아다니던 남작의 주위에는 눈 깜짝할 사이에 수많은 친구들이 모여들었고 심지어는 친척이라 자칭하는 자들까지 나타났다. 게다가 무엇보다도 놀라운 것은 그 남작과 결혼하겠다고 명문의 영애들이 앞을 다투어 몰려들고 있다는 사실이다. 그도 그럴 것이 귀족에다 백만장자에다 백치라는 조건을 한몸에 구비한 신랑감은 등불을 밝혀 들고 찾아 봐도, 아니 일부러 주문을 한대도 도저히 구할 수 없을 것이기 때문이다.〉

「이게…… 도대체, 이게 무슨 짓인지 난 도저히 이해가 안 가는구먼!」
이반 표도로비치는 극도로 분개하여 외쳤다.

「그만 읽어, 콜랴!」하고 공작은 애원하는 어조로 소리쳤다. 사방에서 고함 소리가 일어났다.

「읽어요! 무슨 일이 있어도 끝까지 읽어야 해요!」스스로 애써 억제하고 있던 리자베타 프로코피예브나가 가로막듯이 나섰다. 「공작! 당신이 만일 읽지 못하게 하겠다면 난 당신과 싸우는 한이 있더라도 끝까지 읽게 하고야 말겠어요.」

하는 수 없었다. 콜랴는 빨갛게 상기되어 흥분된 목소리로 계속 읽어 갔다.

〈……그리하여 우리의 친구인 이 벼락부자가 하늘에라도 오르는 듯이 들떠 있을 때 한 가지 불행한 사건이 벌어졌다. 어느 날 낯모르는 신사가 그를 방문한 것이다. 이 신사는 침착하고 풍채 좋은 외모를 가졌으며, 최신 유행이라고는 할 수 없는 옷을 입고 있었다. 그러나 제법 의젓했다. 점잖으면서도 위엄 있고 조리 있는 말에, 분명히 진취적 사상이 깃들어 있었다. 신사는 단도직입적으로 방문한 목적을 간단명료하게 이야기했다. 즉, 이 신사는 어느 유명한 변호사인데, 한 청년으로부터 모종의 사건을 위촉받고 그를 대신해서 왔다는 것이었다. 이 청년은 현재 다른 성(姓)을 사용하고 있기는 하지만 실은 작고한 P씨의 진짜 아들인 것이다.

원래가 호색적이었던 P씨는 젊었을 시절에 순진하고 가난한, 그러나 유럽식 교육을 받은 일이 있는 한 처녀 하인을 유혹한 일이 있었다. 물론 이때는 농노제 시대여서 지주의 권력이 많이 작용했겠지만 이 관계는 곧 돌이킬 수 없는 결과를 가져왔으므로 P씨는 급히 서둘러 이 처녀를 어느 정직한 하급 관리에게 출가시켰다. 마침 그 관리는 전부터 처녀를 사모하고 있었던 것이다. 처음 얼마 동안은 P씨가 이들 신혼부부에게 경제적인 보조를 아끼지 않았으나 고지식한 남편은 곧 그의 도움을 거절해 버렸다. 세월은 흘러 P씨는 그 여인도, 그 여인한테서 태어난 자기 핏줄에 대해서도 까맣게 잊어버렸고, 그 후 아무런 대책도 세워 주지 않고 세상을 떠나 버렸던 것이다. 그 사이에 그 아이는 정당한 부부 사이에서 출생한 친아들로 수속을 끝내고 의붓아버지의 성을 따라서 성인으로 성장했다. 의붓아버지가 세상을 떠나자 그는 변변치 않은 재산에다 다리를 못 쓰는 불구자 어머니와 함께 먼 시골 구석에 남게 되어 버렸다. 그러다가 그는 분연히 일어나 서울로 올라와서 어느 상인의 가정교사 노릇을 하여 그날 그날의 생활비를 벌었다. 그리고 처음에는 중학교에, 그 다음에는 어느 유명한 강의의 청강생이 되었으며, 위대한 목적을 위한 준비를 게을리하지 않았다. 그렇지만 러시아 상인의 가정교사 노릇으로 1회 10코페이카의 보수를 받는다 하더라도, 과연 그것으로는 호구지책도 어렵지 않았겠는가! 게다가 시골에는 다리 못 쓰는 어머니가 죽지도 않고 살아 있었다. 하기는 그 후 시골에서 죽고 말았지만, 그렇다고 아들이 고생을 안 해도 되었던 것은 아니었다. 그런데 여기에 하나의 문제가 생겼다. 즉, 우리의 주인공인 남작은 이것에 대하여 도의상 어떠한 생각을 하고 있었을까? 독자 여러분은 남작이 자기 자신에게 다음과 같이 중얼거렸을 것이라고 생각하리라. 「나는 일생 동안 P씨로부터 모든 것을 다 받아 왔다. 교육, 가정교사의 초빙, 스위스에서의 치료 등 수만 루블의 돈이 나를 위해 쓰여졌다. 그런데도 나는 지금 수백만의 재산을 가지게 되었다. 그러나 고결한 정신을 가진 P씨의 아들은 경박하고 무책임한 아버지의 소행 때문에 남의 집 가정교사를 하며 굶주림에 시달리고 있다. 그러니 P씨가 나를 위해 소비한 돈만큼은 도의상 그 전액을 아들에게 반환해야 한다. 나를 위해 쓴 그 막대한 금액은 실제에 있어선 내가 지고 있는 빚이다. 즉, 그 아들을 위해 소비되었어야만 할 성질의 돈이다. 그것이 나를 위해 소비된 것은 요컨대 경박하고 무책임한 P씨의 공상적 욕망의 결과에 지나지 않는다. 만일 내가 진실하며 정직하고 인정 있는 사람이라면 당연히 내 재산의 절반을 나누어 그 아들에게 주어야 한다. 그러나 나 자신은 이기적인 인간일 뿐 아니라, 이 사건이 법률적 근거가 없다는 것을 잘 알고 있으므로 나의 재산을 반분할 필요는 없다. 그렇지만 P씨가 나의 백치병 치료 때문에 소비한 거액만이라도 그 아들에게 갚아 주지 않는다는 건 아무래도 비열하고 뻔뻔스럽다——그는 『비타산적이다』라고 덧붙일 것을 잊었다——고 할 수밖에 없다. 사실 이것은 순전히 양심과 도의적인 문제인 것이다. 만일 P씨가 나의 양육을 맡아 주는 대신에 자기 아들의 장래만을 염려했었더라면 도대체 나는 지금 어떻게 되었을까?」라고.

그러나 독자 여러분! 이것은 천만의 말씀이다. 우리의 남작은 문제를 그런 방향으로 생각하지는 않았다. 그 청년의 변호사가——이 변호사는 다만 의리 때문에 망설이는 청년을 억지로 설득시켜 자신 있게 사건을 맡고 나선 것이지만——명예니 고결한 성품이니 도의적이니, 드디어는 단순한 이해 관계까지 끌어 대며 아무리 납득시키려고 애써 봐도 스위스에서 돌아온 이 벼락부자는 좀처럼 귀를 기울이려 하지 않았다. 그러나 이 정도는 할 수 없다고 하더라도 여기에 한 가지 사실만은 용서할 수 없는, 또 어떠한 병으로 핑계댄다고 해도 용서할 수 없는 사실이 있다. 불과 며칠 전까지만 해도 의사의 각반 달린 구두를 끌고 다니던 이 백만장자는, 가정교사 노릇을 하며 자기의 뼈를 깎아 먹으면서 살고 있다고 할 그 청년이 원조를 바라거나 구걸을 하려는 것이 아니고, 법적인 권리는 아니라 하더라도 자기의 당연한 권리를 청구하고 있다는, 아니 자기보다는 친구들이 그를 대신하여 나서고 있다는 사실을 이해하지 못하고 있는 것이다. 자기 앞에 굴러 떨어진 수백만의 유산 덕분으로 사람들을 마음대로 돈으로써 굴복시키고, 또 마구 짓밟을 수 있게 된 것이 그지없이 기쁘다는 듯이 자못 거드름을 피우며, 50루블짜리 지폐 한 장을 꺼내 가지고는 뻔뻔스럽게도 기부한다는 형식으로 고결한 성품의 청년에게 건넸던 것이다. 독자 여러분, 당신들은 아마도 이 말을 믿지 않을 것이다. 여러분은 아마도 비분강개하여 분노의 고함을 지르지 않을 수 없을 것이다.

그런데 뻔뻔스럽게도 이 벼락부자는 그런 짓을 감행했던 것이다. 물론 그 돈은 즉석에서 거절되었다. 아니 그의 상판대기에 동댕이쳐진 것이다. 아아, 앞으로 이 사건은 어떻게 해결될 것인가? 물론 이것은 법률상의 문제가 아니므로 남은 길은 다만 한 가지, 여론의 비판을 기다릴 수밖에 없다. 우리는 이 에피소드를 독자 여러분에게 전달함에 있어 그 정확성을 보증하는 바이다. 들려 오는 말에 의하면 러시아의 유명한 유머 작가 한 사람이 이 사건을 주제로 놀랄 만한 풍자시 한 편을 발표했는데, 이 시는 지방 신문뿐만 아니라 도하(都下) 각 신문의 문예란에도 게재될 만한 가치가 있다고 한다. 다음에 소개하는 것이 그 시이다.

　　레프는 시네이제르의
　　외투를 입고
　　5년을 하루같이
　　할 일 없이 빈둥빈둥
　　공밥 먹고 세월만 보내다가
　　각반 달린 구두 끌고 돌아오니까
　　백만금의 유산이 굴러 떨어져

러시아 말 기도는 드렸지마는
가난뱅이 학생을 등쳐먹었다.

신문을 다 읽은 콜랴는 그것을 얼른 공작에게 넘겨 주었다. 그러고는 말한 마디 없이 한쪽 구석으로 달려가 벽에 바싹 붙어 서며 두 손으로 얼굴을 가렸다. 그는 참을 수 없는 수치심과 분노로 몸을 떨었다. 아직도 세상을 알지 못하는 어린애 같은 그의 순진한 마음은 격렬한 분노를 느꼈던 것이다. 웬일인지 모든 것을 한꺼번에 뒤엎어 버린 것처럼 끔찍한 사건이 터진 것만 같았다. 그리고 지금 자기 입으로 이 기사를 낭독했다는 그 사실만으로도 자신이 이 사건의 원인이 된 것처럼 느껴졌던 것이다.

그뿐만 아니라, 좌중의 모든 사람들도 모두 그와 비슷한 기분을 느끼고 있는 모양이었다.

예판친 씨 딸들은 얼굴도 쳐들지 못하고 있었고, 리자베타 프로코피예브나는 격심한 분노를 애써 억누르면서 이 사건에 개입한 것을 몹시 후회하는 눈치였다. 그녀는 다시 입을 열려 하지 않았다. 그런데 장본인인 공작은 어떤가 하면 지나치게 겸손한 사람들이 경험하는 것과 같은 그러한 기분을 맛보고 있었다. 그는 젊은 방문객들의 행동이 자기 일처럼 부끄러웠다. 그래서 처음 얼마 동안은 손님들의 얼굴을 쳐다볼 용기조차 나지 않을 지경이었다. 프치스인·바랴·가냐, 심지어는 레베제프까지도 낭패한 듯이 흠칫흠칫 두려워하는 듯했다. 무엇보다도 이상한 것은 이폴리트와 『파블리시체프의 아들』 등 두 사람은 몹시 놀란 표정이었다. 그리고 또 레베제프의 조카 역시 무엇 때문인지 몰라도 불만스러운 얼굴을 하고 있었다. 오직 한 사람 권투 코치만은 점잔을 빼고 앉아서 태연한 표정으로 콧수염을 매만지고 있었다. 하기는 약간 눈을 내리깔고 있기는 했지만, 그것은 결코 그 어떤 어색함 때문이 아니고 자기 편의 승리가 너무나 쉽게 명백해진 데서 오는 겸손 때문인 것 같았다. 모든 점으로 보아 이 기사가 그에게 커다란 만족을 준 것만은 사실이었다.

「도대체가 이건 당치도 않은 수작이야.」 하고 이반 표도로비치가 낮은 소리로 투덜거렸다. 「마치 무식한 머슴녀석들이 한 50명 모여 앉아서 어거지로 조작한 글 같군그래.」

「각하, 실례지만 그러한 상상으로 우리를 모욕할 셈이십니까?」 이폴리트는 전신을 후들후들 떨면서 이렇게 따지고 들었다.

「그 말씀은 품위 있는 신사로서…… 품위 있는 신사의 언사로서는 좀 지나친 것 같습니다. 그렇지 않습니까? 장군.」권투 코치 역시 무엇 때문인지 부르르 몸을 떨더니 손가락으로 콧수염을 비틀고 어깨를 흠칫거리면서 마치 신음이라도 하듯 중얼거렸다.

「첫째로 나는 당신들한테 장군이라는 칭호로 불릴 이유가 없소. 또 둘째로는 나는 당신들에게 뭐라고 변명을 할 생각도 전혀 없소.」화가 머리끝까지 치민 그는 붉쾌한 어조로 이렇게 쏘아붙이고는 자리에서 벌떡 일어나 테라스의 입구로 가더니 일동에게 등을 돌린 채 층계 위에서 멈춰 섰다. 그는 자리를 뜰 생각도 하지 않고 앉아 있는 리자베타 프로코피예브나가 얄미웠다.

「여러분, 여러분. 이젠 그만해 두시고 나에게도 이야기할 기회를 주십시오!」하고 공작은 깊은 우수와 흥분에 휩싸여 소리쳤다. 「이럴 것이 아니라 상대방을 서로 이해할 수 있도록 차분히 얘기를 나눕시다. 여러분, 나는 이런 기사 같은 건 아무렇지도 않게 생각하고 있습니다. 그런 건 문제가 안 되니까요. 그렇지만 여기 씌어 있는 것은 전부가 거짓말입니다. 여러분들도 이것이 거짓말이라는 것을 잘 알고 있으리라 믿기 때문에 나는 이렇게 말할 수가 있는 것입니다. 사실 창피하기 짝이 없는 일입니다. 만일 이 글을 여러분들 중의 누군가가 썼다면 나로선 그야말로 경악을 금치 못할 일입니다.」

「나는 지금 이 순간까지 그 기사에 대해서는 전혀 아무것도 모르고 있었습니다.」하고 이폴리트는 분명히 잘라 말했다. 「나도 그 기사는 찬동할 수 없는걸요.」

「나는 그 기사가 작성되어 있다는 건 알았지만, 그러나…… 신문에 발표하도록 권하지는 않았어요. 아직 그럴 만한 시기가 아니었으니까요.」하고 레베제프의 조카가 덧붙여 말했다.

「나는 알고 있었습니다. 왜냐하면 나는 권리를 가지고 있으니까요……. 나로 말하면…….」이번엔 파블리시체프의 아들이 중얼거리기 시작했다.

「뭐라구요! 그럼 이 기사를 당신이 작성했단 말이오?」공작은 호기심에 가득 찬 눈으로 부르도프스키를 바라보면서 물었다. 「설마 그럴 리가!」

「그렇지만 당신에겐 그런 걸 물을 권리가 없을걸요.」레베제프의 조카가 끼여 들었다.

「하지만 부르도프스키 씨가 직접 그런 기사를 썼다면 정말 놀라운 일인데요. 아니…… 그보다도 내가 묻고 싶은 건, 당신들 자신은 이 문제를 이렇게 여론에 호소하면서, 어째서 아까는 내가 친구분들 앞에서 얘기를 꺼낸다고 화를 냈느냐 말입니다.」

「바로 그거예요!」하고 리자베타 프로코피예브나 부인은 분노를 참을 수 없다는 듯이 소리쳤다.

「이것 보세요, 공작님, 잊으시면 안 됩니다.」 더 이상 참고 있을 수가 없다는 듯이 갑자기 레베제프가 열띤 목소리로 이렇게 소리치면서 의자 사이를 헤치고 앞으로 나왔다. 「잊으시면 안 돼요, 이놈들을 직접 만나셔서 하고 싶은 말을 하게 한 것만으로도 이놈들에겐 분에 넘치는 호의를 베푸신 것입니다. 놈들에겐 공작님께 무엇을 요구할 아무런 권리도 없어요. 더욱이 이 사건은 전적으로 가브릴라 아르달리오노비치에게 위임했다고 하셨으니, 그것만으로도 공작님께서는 대단한 온정을 베풀어 주신 것입니다. 그러니 감사드려야 마땅할 게 아니겠습니까? 그러니까 공작님, 귀하신 손님들께서 모처럼 와 계신데 이런 패거리들 때문에 시간을 허비할 필요는 없습니다. 이런 패거리들은 당장에 길거리로 내쫓아야 합니다. 명령만 내리신다면 나는 이 집 주인의 자격으로서 즉시…….」

「암, 그렇구말구!」방안에서 이불긴 장군의 목소리가 울려 나왔다.

「그만둬요, 레베제프! 제발 그만두라니까…….」하고 공작이 입을 열었으나 이와 때를 같이하여 분노에 찬 고함 소리들이 일시에 폭발하듯 일어나 그의 말을 삼켜 버리고 말았다.

「아니오, 공작. 미안하지만 이제는 절대로 우물거리고만 있을 때가 아니에요.」 다른 모든 사람의 목소리를 압도하듯 레베제프의 조카가 버럭 소리쳤다. 「분명히 이 자리에서 사건을 명백하고도 확실하게 결정지어야 한다고 생각합니다. 그 이유는, 당신네들은 이 문제를 아직도 옳게 이해하지 못하고 있기 때문입니다. 사실 우리의 행동에 불법적인 것이 전혀 없는 것은 아닙니다. 그렇다고 그 약점을 노려서 우리를 길거리로 쫓아 내겠다는 말씀입니까? 안 될 말이에요, 공작! 물론 이 사건이 법률적인 성질의 것이 아니기 때문에 만일 법적으로 따지고 들게 된다면 단돈 1루블도 당신한테 청구할 권리가 우리에게 없다는 것을 모르는 바보들은 아니에요. 미안하지만

그 정도는 우리도 알고 있어요. 하지만 비록 법적인 권리가 없다고 하더라
도 반면에 인도적이며 자연적인 권리가 있단 말입니다. 그게 양심의 소리
요, 상식의 권리입니다. 우리가 가지고 있는 이 권리는 인간들이 만든 그
더러운 법전(法典) 같은 데서는 찾아 볼 수 없는 것입니다. 그러나 청렴
결백한 인간, 다시 말해 상식적인 인간이라면 법전을 논하기에 앞서 항상
순수해야 할 의무가 있는 것입니다. 물론 우리는 문 밖으로 쫓겨날 것도 각
오했습니다. 더욱이 이렇게 늦은 시간에 방문한다는 게 실례라는 것도 잘
알고 있습니다. 하긴 당신이 우리를 하인 방에서 기다리게 했기 때문에 이
렇게 늦어 버린 것입니다만 우린 결코 무엇을 『구걸』하러 일부러 여기까지
찾아온 것이 아니라 『요구』하기 위해서입니다. 다시 말해서 우리가 거리낌
없이 이렇게 찾아온 것도 당신이 교양 있는 사람, 즉 양심과 염치가 있는
사람이라 생각했기 때문입니다. 사실 우리는 아까 당신한테 구걸하러 온 사
람처럼 겁을 먹고 눈치를 살피면서 이리로 들어오지는 않았습니다. 아니 그
반대로 자유로운 인간으로서 떳떳이 고개를 들고 들어왔지요! 절대로 구
걸하러 온 게 아닙니다. 명예스럽고도 당당한 요구를 하려고 온 겁니다. 아
시지요, 구걸이 아니라 요구란 말입니다. 이 점을 특히 명심하시기 바랍
니다. 우리도 정정당당한 자신들의 위신을 지키기 위해 단도직입적인 질문
을 하겠습니다. 이 부르도프스키 건(件)에 관하여 당신은 옳다고 생각합니
까? 아니면 그르다고 생각합니까? 당신은 자기가 파블리시체프 씨에게
은혜를 입었다는 것을, 아니 자기를 죽음에서부터 구해 주었다는 사실을 인
정합니까, 안 합니까? 인정하지 않을 도리도 없겠지만 하여튼 인정한다면
당신이 수백만의 거부가 된 지금 가난에 시달리고 있는 파블리시체프의 아
들 부르도프스키에게 고인의 은혜를 갚을 생각은 있습니까, 없습니까? 아
니, 양심에 비추어 그렇게 하는 것이 옳다고 생각합니까? 만일 옳다고 생
각한다면, 소위 당신들이 말하는 명예니 양심이니 하고 떠드는 것, 우리들
이 보다 정확하게 상식이라는 단어로 표현하는 것이 만일 당신에게 있다면
즉시 우리의 요구에 응해 주십시오. 그것으로 문제는 간단하게 결말이 나는
겁니다. 그러나 우리의 요구에 응한다고 해서 우리에게서 눈물 어린 감사
를 기대하지는 마십시오. 당신이 우리의 요구에 응한다는 것은 결코 우리를
위해서가 아니라 당신 자신, 즉 당신의 공정한 처신을 위해서 하는 것이니
까요. 만일 당신이 우리의 요구를 거절한다면 당장 돌아가겠습니다. 이 사

건은 그것으로 결말이 나는 겁니다. 그러나 우리는 당신의 친구들이 보는 앞에서 당신을 원숙하지 못한 두뇌, 정신 작용이 불완전한 인간이라 규정지어 버릴 겁니다. 그렇게 되면 당신은 앞으로 염치와 양심이 있는 인간으로 행세할 수는 없게 될 겁니다. 그럴 권리가 없단 말이에요. 이 권리를 당신은 값싸게 사려고 하지만 그건 안 될 말입니다. 내가 하고 싶은 말은 이것뿐입니다. 내가 당신에게 제기하려는 질문도 이것뿐이에요. 용기만 있다면 우리를 문 밖으로 내쫓아 보십시오. 당신이 원하기만 한다면 능히 그렇게 할 수 있을 겁니다. 당신에겐 정정당당한 권리가 있거든요. 그러나 한 가지 우리는 구걸을 하는 게 아니라 정당한 것을 요구하고 있단 말입니다. 구걸이 아니에요.」

레베제프의 조카는 극도로 흥분된 어조로 이렇게 말을 맺었다.

「요구하고 있습니다, 요구하고 있어요, 요구하고 있단 말입니다. 구걸이 아니란 말이에요.」 이번에는 부르도프스키가 얼굴이 새빨개져 잘 돌아가지 않는 혀로 이렇게 소리쳤다.

레베제프의 조카가 한바탕 기염을 토하고 났을 때 좌우에는 약간 동요의 빛이 엿보였고, 개중에는 못마땅하다는 듯이 투덜거리는 사람도 있었다. 그러나 누구나 이 사건에 개입하기를 꺼리는 눈치였다. 이상하게도 레베제프는 분명히 공작의 편을 들고 있음에도 불구하고 지금 조카의 연설을 듣고는, 이러한 경우 같은 집안 사람이 흔히 느끼는 일종의 자랑스런 만족을 느끼는 모양이었다. 어쩌면 그렇지 않을는지 모르지만 적어도 흡족한 얼굴로 좌중을 둘러본 것만은 사실이었다.

「나의 견해를 말한다면.」 하고 공작은 뜻밖에도 나직한 어조로 입을 열고 말을 계속했다. 「내 의견을 말한다면, 독토렌코 씨, 지금 당신이 한 말의 반 이상은 완전한 사실입니다. 아니 그 이상이 사실이라고 말할 수도 있습니다. 따라서 당신이 한 말 속에 무엇인가 빠진 점이 없었더라면 나는 전적으로 당신의 의견에 찬동했을 겁니다. 도대체 무엇이 빠졌느냐고 묻는다면 나도 그것을 꼭 집어 내어 말할 수는 없습니다. 그렇다고 전부가 진실이라고 하기에는 당신의 말 속엔 무엇인가 충분치 못한 점이 있습니다. 그러나 보다 본질적인 문제에 들어가기로 합시다. 우선 당신들에게 묻겠는데 어째서 당신들은 이 따위 기사를 신문에 실었습니까? 이 기사 속에는 한 마디도 중상과 비방이 아닌 것이 없지 않습니까? 나는 당신들의 이러한 행위는 비열하기 짝이 없는 짓이라고 생각합니다.」

「잠깐만!」

「이거 보시오, 공작!」

「그건…… 그건…… 그건…….」이러한 소리가 흥분한 젊은 방문객들의 입에서 일제히 터져 나왔다.

「그 기사로 말하면,」하고 이폴리트의 날카로운 음성이 다른 사람들의 말을 가로막았다. 「그 기사로 말하면, 나도 또 다른 친구들도 결코 찬성하지 않았다고 말하지 않았습니까? 그걸 쓴 건 바로 이 친굽니다.」하고 그는 곁에 앉아 있는 권투 코치를 가리켰다. 그러더니 다시 입을 열고 계속해서 말했다. 「솔직히 말해서 문장은 더없이 조잡한 것입니다. 이 친구와 같은 퇴역 장교들이 곧잘 쓰는 문구들로 가득 찬, 그야말로 무식하기 짝이 없는 문장이지요. 이 친구가 원래 우둔한데다가 소시민 근성이 농후하다는 데는 나도 동감입니다. 이건 내가 이 친구에게 날마다 맞대놓고 하는 말이지만 역시 이 친구에게도 약간의 권리는 있습니다. 사실을 사실대로 공개하고 폭로한다는 것은 법적으로 어느 누구에게나 허용되고 있습니다. 따라서 그것은 부르도프스키에게도 허용된 권리입니다. 만일 그 기사가 허위 날조된 것이라면, 물론 그것은 이 친구가 책임을 져야죠. 그리고 아까 내가 일동을 대표하여 당신의 친구 되는 분들의 동석을 거부한 데 대해서는 부득이 여기서 해명하지 않으면 안 되겠습니다. 내가 아까 그것을 항의한 건 다만 우리의 권리를 주장하기 위한 것뿐이었습니다. 사실대로 말하면 우리는 오히려 이 자리에 증인들이 입회하기를 원합니다. 그건 우리가 여기 들어오기 전에 우리 넷이서 이미 결정한 것입니다. 당신의 증인이 누구든, 설사 친구 되는 분이 증인이 된다고 하더라도 필연코 부르도프스키의 주장을 인정하지 않을 수 없을 테니까요. 어쨌든 이것은 수학적으로 명백한 일이니까요. 그렇기 때문에 그 증인이 당신의 친구들이라면 더욱 좋다는 말입니다. 왜냐하면 사건의 진상이 한층 더 명백해질 테니까요.」

「정말이에요. 우리들은 모두 사전에 의견의 일치를 보았습니다.」레베제프의 조카가 다짐하듯 반복했다.

「그렇다면 어째서 아까는 입을 떼기가 무섭게 그처럼 고함을 지르며 야단했습니까?」공작은 어이없다는 듯이 말했다.

「공작, 그 기사로 말할 것 같으면,」아까부터 권투 코치는 한 마디 하려

고 잔뜩 벼르고 있다가 자못 활기를 띤 유쾌한 어조로 끼여 들었다. 아마도
이 자리에 여자들이 동석하고 있다는 사실이 그를 몹시 흐뭇하게 한 모양이
었다. 「그 기사로 말할 것 같으면 내가 바로 그 작성자입니다. 이폴리트는
지금 그 기사를 형편없이 깎아 내렸지만 나는 저 친구가 병약한 몸이라는
걸 고려하여 뭐라고 지껄여도 눈감아 주기로 했어요. 하여튼 나는 그 글을
내 손으로 직접 써서 친한 친구가 경영하는 잡지에 투고의 형식으로 발표했
던 겁니다. 다만 끝에 있는 시만은 내가 쓴 것이 아니라 어느 유명한 유머
작가의 작품입니다. 부르도프스키에게는 한 번 읽어 주었지만 끝까지 전부
읽어 주지는 않았습니다. 그에게는 즉석에서 신문에 발표하는 데 동의를
얻었습니다. 하기는 동의를 얻지 못해도 나는 발표를 단행하려고 마음먹었
습니다. 사실을 공개한다는 것은 누구에게나 인정된 훌륭하고도 고귀한 권
리니까요. 나는 당신 역시 이 권리를 부정하지 않을 만큼 진보적 사상을 가
진 분이기를 바라는 바입니다.」

「나는 그것을 부인할 생각은 추호도 없소. 그러나 생각해 보십시오, 당신
의 문장은…….」

「너무나 신랄하다는 겁니까? 하지만 그 문장으로 말할 것 같으면 이른바
사회 정의를 바로 세운다는 목적을 가지고 있기 때문에 적나라하게 쓰여진
것입니다. 그야 물론 장본인으로선 입장이 거북하겠습니다만 무엇보다 중
요한 건 사회 정의니까요. 그 기사 속에 약간의 오류가 있다고 하지만 그것
은 일종의 과장에 불과한 것으로서 무엇보다도 중요한 건 기사의 주제입
니다. 따라서 그 기사를 쓰게 된 동기와 목적, 그리고 공명정대한 태도가
중요한 것이니까, 사소한 지엽적인 문제 같은 건 나중에 조사해 보면 될 것
입니다. 그리고 또 한 가지 문맥이라는 것이 있고, 또 유머라는 다른 하나
의 목적이 있기 때문에……. 그리고…… 나뿐만 아니라 다른 사람들도 다
그런 형식을 빌려 쓰고 있지 않습니까, 그렇죠? 하, 하!」

「그렇지만 그 방법이 틀려 먹었단 말이오. 나는 명백히 단언합니다.」 공
작은 소리쳤다. 「당신네들은 내가 절대로 부르도프스키의 요구를 받아들
이지 않을 것이라는 전제 아래 그 기사를 신문에 발표한 겁니다. 말하자면
그것은 나를 위협함으로써 내게 대한 일종의 복수를 하려 했던 거예요. 그
러나 무슨 근거로 당신들은 그렇게 결정했지요? 내가 부르도프스키 씨의
요구에 응하기로 결심했는지의 여부도 당신들은 모르지 않습니까? 아니,

말이 나온 김에 솔직히 언명하겠습니다……. 사실 나는 당신들 요구에 응할 생각입니다…….」

「오오, 그야말로 현명하신 생각입니다. 현명하고 고상한 말입니다!」하고 권투 코치가 환성을 올렸다.

「뭐, 뭐라구?」리자베타 프로코피예브나는 자신도 모르게 소리쳤다.

「듣자니까 이젠 별소리를 다 듣겠군!」예판친 장군은 중얼거렸다.

「조용하시기 바랍니다. 여러분, 조용히 해주세요. 내가 이 사건의 자초지종을 애기해 드리겠습니다.」하고 공작은 애원하듯 말했다. 「5주일쯤 전에 내가 제어에 있을 때 체바로프라는 부르도프스키 씨의 대리인이 찾아왔습니다. 켈레르 씨, 당신이 쓴 글에는 그 사람이 상당히 그럴 듯하게 묘사되어 있지만,」공작은 권투 코치를 바라보며 이렇게 입을 열고는 갑자기 웃음을 터뜨렸다. 「그런데 나는 그 사람이 도대체 마음에 들지 않았거든요. 바로 이 체바로프라는 친구야말로 사건의 장본인이라는 것, 그리고 노골적으로 애기한다면 바로 이 사내가 부르도프스키 씨의 순진한 성격을 악용하여 이런 사건을 조작했을지도 모른다는 생각이 단번에 들었단 말입니다.」

「당신에겐 그렇게 말할 권리가 없단 말이오……. 나는…… 나는 순진한 인간이 아니란 말요…….」부르도프스키는 또다시 흥분하여 잘 돌아가지도 않는 혀로 이렇게 뇌까리기 시작했다.

「당신에겐 그런 억측을 할 하등의 권리가 없습니다.」하고 레베제프의 조카가 나무라는 말투로 같은 말을 되풀이했다.

「그런 무례한 소리가 어디 있어요!」이번에는 이폴리트가 고함을 꽥 질렀다. 「참으로 무례하기 짝이 없는 얼토당토 않은 수작이오!」

「미안합니다. 여러분들, 미안합니다.」공작은 황급히 사과했다. 「용서하십시오. 나는 다만 우리들이 서로 흉금을 털어놓고 애기하는 편이 좋을 것 같아서요. 그러나 내 말을 어떻게 받아들이든 그것은 물론 당신네들의 자유입니다. 그때 나는 체바로프에게『보시다시피 나는 지금 페체르부르그를 떠나 있으니까 즉시 나의 친구한테 의뢰하여 이 사건을 처리하도록 하겠습니다. 그리고 부르도프스키 씨에게도 그 결과를 알려 드리겠습니다.』하고 말했던 것입니다. 솔직히 말해서 나는 이 사건이 어딘지 모르게 사기성이 농후하다고 생각했었습니다. 왜냐하면 그때 체바로프가…… 아니, 그렇게 화를 내면 곤란합니다. 여러분 제발 진정해 주십시오.」하고 공작은 몹시

358

당황해서 소리쳤다. 부르도프스키가 또다시 분노의 빛을 나타냈고 또 다른 친구들도 흥분하여 항의를 제기하려고 했기 때문이다. 「이 사건이 어딘지 모르게 사기성이 농후하다고 생각했다는 것이 반드시 당신들과 직접적인 관계가 있다고는 할 수 없지 않습니까? 그때만 해도 나는 당신들 중의 어느 누구와도 아는 사람이 없었을 뿐 아니라, 이름조차 모르고 있었단 말입니다. 나는 다만 체바로프 한 사람만을 보고 판단한 것입니다. 나는 지금 일반적인 견해를 표명하고 있습니다만, 나는 그 유산을 상속받은 후 헤아릴 수 없을 만큼 많은 사기를 당해 왔거든요.」

「공작, 당신은 참 형편없이 순진하구먼요.」 레베제프의 조카가 놀리는 듯한 어조로 한 마디 했다.

「당신은 공작이란 작위(爵位)까지 가진 백만장자라는 걸 알아야죠! 이것 보세요, 공작. 당신이 정말로 선량하고 정직한 마음씨를 가진 사람인지는 모르겠지만 역시 만인공유의 법칙에서 벗어날 수는 없다는 걸 알아야 해요.」 이폴리트가 이렇게 딱 잘라 말했다.

「그럴는지도 모릅니다. 그 말에도 일리가 있어요.」 하고 공작은 빠른 소리로 말을 받았다. 「하지만 당신이 이야기하는 만인공유의 법칙이라는 게 어떤 것인지 나로서는 이해할 수가 없군요. 어쨌든 나는 얘기를 계속해야 하겠습니다. 그러나 대수롭지 않은 말에 일일이 화를 내지는 마십시오. 당신들을 모독하려는 생각은 털끝만큼도 없으니까요. 당신들은 내가 한 마디라도 진실을 말하기만 하면 곧 화를 내곤 하니, 정말 곤란하군요. 그건 그렇고, 내가 무엇보다 놀란 것은 파블리시체프 씨에게 아들이 있다는 것, 더욱이 체바로프의 말에 의하면 그 아들이 비참하기 짝이 없는 지경에 빠져 있다는 것이었습니다. 켈레르 씨, 당신은 그 기사에 정말 허황한 얘길 썼더군요. 나의 아버지에 대해서 말이오! 중대의 공금을 횡령했다느니 무자비하게 부하를 구타했다느니 하고…… 그런 일은 절대로 없었습니다. 이것만은 내가 보증할 수 있어요. 그런데도 당신은 무슨 생각에서 함부로 그 따위 중상을 했는지 알 수가 없군요. 그러나 그 정도는 눈감아 줄 수도 있습니다. 하지만 파블리시체프 씨에 관한 당신의 기사 내용은 그야말로 언어도단입니다. 당신은 이 세상에서 가장 고결한 분을 음탕하고 경박한 인간으로 만들었습니다. 뿐만 아니라 당신은 마치 가장 정확한 진실을 말하는 것 같은 대담하고도 독단적인 논조로 그러한 글을 썼습니다. 그 분으로 말하면 세상에서 보기드문 순결한 분이었고 동시에 훌륭한 학자였습니다. 그 분은 과학계에서 존경을 받고 있는 많은 인사들과 서신 왕래로 친교를 맺었을 뿐더러 과학의 장려를 위해 막대한 금액을 희사했습니다. 그 분의 깊은 인정이라든가 자선적인 행위에 대해서만은 당신도 공정하게 썼더군요. 그 당시 나는 거의 백치와 같은 상태였기 때문에 전혀 이해력이 없었습니다. 그렇지만 러시아 어는 나 자신이 얘기할 수도 있었고, 또 남의 말을 알아들을 수도 있었지요. 그러니 지금 나의 기억에 남아 있는 것들은 모두 정당하게 평가할 수 있다고 생각합니다……」

「잠깐만!」하고 이플리트가 카랑카랑한 목소리로 끼여 들었다. 「실례시만 당신이 하는 말은 너무나 감상적인데요. 우리가 어린앤 줄 아십니까? 어서 요점만 말해 주십시오. 벌써 9시가 되었다는 걸 기억하시기 바랍니다.」

「아, 미안하게 됐습니다.」하고 공작은 즉시 동의했다. 「처음엔 나도 의심을 품어 보기도 했습니다만, 아니 어쩌면 내가 착각을 했는지도 모른다 하고 이내 생각을 고쳤지요. 그러나 아무리 생각해 봐도 이상한 것은, 그 아들이라는 사람이 과연 그처럼 경솔하게 자기 탄생에 관한 비밀을 세상에 폭로함으로써 자기 어머니의 얼굴에 흙칠을 할 수 있을까 하는 것이었습니다. 이런 의문이 생긴 것은 처음부터 체바로프가 사건을 세상에 공개하겠다는 말로 나를 협박했기 때문입니다.」

「그건 되지도 않은 말입니다!」하고 레베제프의 조카가 고함을 쳤다.

「당신에게는 그럴 권리가 없습니다……. 그럴 권리가 없어요!」하고 부르도프스키가 소리질렀다.

「아들이 아버지의 음탕한 행위까지 책임질 이유가 어디 있단 말이오? 또한 그 어머니에게도 죄는 없단 말입니다.」이번에는 이플리트가 흥분된 목소리로 항의했다.

「그렇다면 더욱더 그런 짓을 삼가야 됐을 텐데……」하고 공작은 조심스레 입을 열었다.

「공작, 이제 보니 당신은 순진한 정도가 아니라 그 이상의 무엇을 가진 사람인 것 같군요.」하고 레베제프의 조카는 악의에 가득 찬 조소를 입가에 흘렸다.

「도대체 무슨 권리가 있어서 당신이 그 따위……」이폴리트가 어울리지 않는 목소리로 고함을 질렀다.

「물론 내게는 그럴 권리가 없습니다!」하고 공작은 얼른 그의 말을 가로 챘다. 「당신의 말이 옳습니다. 그러나 그것은 아무런 생각 없이 머리에 떠 오른 것이었습니다. 그래서 나는 그때 즉석에서 자기 자신에게 이렇게 타일 렀습니다. 나는 개인적인 감정으로 이 사건에 영향을 주어서는 안 된다. 만 일 내가 파블리시체프 씨를 추모하는 마음에서, 부르도프스키 씨의 요구에 응하는 것을 자신의 의무로 인정한다면 어떠한 일이 있더라도, 즉 내가 부 르도프스키 씨를 존경하건 존경하지 않건 그 의무를 수행함이 당연하다, 이 렇게 생각했단 말입니다. 어째서 내가 이러한 생각을 하게 되었느냐 하면 아들 된 자가 자기 어머니의 비밀을 세상에 폭로한다는 것은 아무래도 부자 연스런 일인 것 같았기 때문입니다. 그래서 나는 체바로프가 사건의 장본인 이며, 그가 부르도프스키 씨를 속여 이와 같은 사기 행위를 하도록 충동하 였음이 틀림없다는 확신을 얻었던 것입니다.」

「이젠 더 이상 참을 수 없다!」라는 소리가 젊은 방문객들의 입에서 터져 나왔고, 개중에는 자리를 박차고 일어나는 자도 있었다.

「그러나 여러분! 내가 다음과 같이 결심한 것은 부르도프스키 씨가 의지 할 곳 없이 불행하며, 게다가 사기꾼에게 쉽사리 넘어갈 만큼 순진한 사람 이라는 것, 그리고 이 사람이 파블리시체프 씨의 아들일지도 모르니까 도와 줄 의무가 있다는 걸 깨달았기 때문입니다. 그렇게 함으로써 첫째 체바로프 에게 반격을 가하는 결과가 될 것이고, 둘째로는 부르도프스키 씨를 이끌어 주려는 나의 동정과 우정을 어느 정도나마 표시할 수 있다, 이렇게 생각하 고 나는 1만 루블이라는 금액을 부르도프스키 씨에게 주기로 결심했던 것입 니다. 나의 계산에 의하면 이것이 파블리시체프 씨가 나를 위해 소비한 금 액의 전부라고 생각합니다.」

「뭐라구! 겨우 1만 루블!」하고 이폴리트가 소리쳤다.

「여보시오, 공작. 당신은 계산을 잘하지 못하든가, 아니면 지나치게 잘하 는가 보군요. 얼핏 보기엔 상당히 어수룩한 것 같은데!」레베제프의 조카 도 핏대를 올렸다.

「나는 1만 루블 정도로는 동의할 수 없소.」하고 부르도프스키가 말했다.

「이봐, 부르도프스키. 동의하게!」이폴리트의 등 뒤에다 상반신을 굽히 면서 권투 코치가 큰 소리로 부추겼다. 「동의하라구, 나중에 또 보면 되잖아!」

「이것 보세요, 뮈시킨 씨!」이폴리트가 쨍쨍 울리는 소리로 다시 입을 열었다. 「우리는 바보가 아니란 말예요. 여기 계신 당신의 친구들도 모두 그렇게 생각하고 있겠지만 우리는 결코 그처럼 어리석지가 않단 말입니다. 저기 보세요, 저기 계신 부인들도 우리를 보고 코웃음을 치지 않습니까! 여기 계신 이 신사분은 더욱 그렇군요.」하고 그는 예브게니를 가리키며 얘기를 계속했다. 「이 분하고는 물론 가까이 사귈 수 있는 기회를 가지지 못했지만 소문만은 들은 것 같습니다……」

「가만 계십시오, 여러분. 당신들은 내 말을 오해한 것 같습니다.」하고 공작은 흥분된 어조로 말했다. 「켈레르 씨, 첫째로 당신은 그 기사 속에서 나의 재산에 대해 터무니없이 과장해서 말하고 있었소. 나는 수백만 루블을 결코 받은 일이 없습니다. 따지고 보면 내 재산은 당신들이 추산하고 있는 8분의 1밖에는 안 될는지도 모릅니다. 둘째로 파블리시체프 씨가 나를 위해 스위스에서 수만 루블을 소비했다는 건 터무니도 없는 이야깁니다. 시네이제르 선생은 해마다 6백 루블씩 받게 되어 있었는데 그것도 최초의 3년뿐이었으니까요. 그리고 파블리시체프 씨가 예쁘게 생긴 여자 가정교사들을 초빙하려고 파리에 다녀왔단 말도 터무니없는 거짓입니다. 이것 역시 중상에 지나지 않는 허튼 소리입니다. 나의 계산으로는, 그 분이 나를 위해 소비한 돈은 1만 루블보다 훨씬 적은 금액입니다만, 어쨌든 나는 1만 루블로 결정했습니다. 여기서 한 가지 말해 둘 것은, 설사 내가 부르도프스키 씨를 아무리 사랑하고 있다고 해도 그보다 더 많은 돈을 제공할 수는 없다는 것입니다. 그 이유는 단순히 예의를 존중하려는 나의 진정 때문이지요. 나는 부르도프스키 씨에게 부채를 상환하는 것이지 결코 희사하는 게 아니니까요. 어째서 당신들이 그 점을 이해하지 못하는지 나는 오히려 이상할 지경입니다. 그보다 나는 불행한 부르도프스키 씨의 운명에 직접 참여하여 깊은 우정으로 은혜를 갚을 생각이었습니다. 분명히 부르도프스키 씨는 나쁜 사람의 꾐에 빠진 것입니다. 만일 그렇지 않다면 자기 어머니의 비밀을 신문에다 공표하는 데에 동의할 까닭이 없지 않으냐 말입니다. 아아, 왜들 그렇게 흥분하지요. 그래 가지고는 서로간에 이야기가 이루어질 수가 없지 않습니까? 아아, 역시 그렇군요. 나는 이제야 나의 추측이 들어맞았다는 것을 비로소 이 눈으로 확인했습니다.」공작은 상대방을 진정시키려고 열심히 설

명했으나 그것이 도리어 그들의 흥분을 더하게 할 뿐이라는 것을 눈치 채지
못했다.

「뭐라고? 무엇을 확인했단 말이오?」 그들은 금방 물어뜯을 듯이 공작에
게로 다가섰다.

「좀더 내 이야기를 들어 보시오. 첫째로, 나는 부르도프스키 씨를 충분히
관찰할 수 있었다는 것입니다. 부르도프스키 씨가 어떤 사람이라는 것을.
이 사람은 순진한 성격의 소유자로 언제나 남한테 속기만 하고 있습니다.
더욱이 부르도프스키 씨는 아무데도 의지할 곳 없는 몸, 그러기에 나는 이
사람을 용서하여야 될 것입니다. 둘째로, 나는 이 사건을 전적으로 가브릴
라 아르달리오노비치에게 위임한 후 줄곧 여행중에 있었고, 페체르부르그
에 돌아와서는 사흘 가량 병석에 있었기 때문에 꽤 오랫동안 아무런 보고도
듣지 못했던 것입니다. 그런데 바로 한 시간 전에 가브릴라 아르달리오노비
치가 나를 보자마자 자기는 체바로프의 간계를 간파했다, 여기에는 뚜렷한
증거가 있다, 이렇게 알려 주었단 말입니다. 얘길 들어 보니 체바로프라는
자는 내가 상상했던 것과 조금도 다름없는 인간이었습니다. 나는 많은 사람
들이 나를 가리켜 백치라고 부르고 있는 것을 잘 알고 있습니다. 이 소문을
어디선가 얻어들은 체바로프는 나를 속여 돈을 빼앗아 내는 건 문제없다,
더욱이 파블리시체프 씨에 대한 나의 감사의 정을 이용하면 일은 훨씬 더
수월할 것이다, 이렇게 생각했던 모양입니다. 그러나 이것은 중요한 문제가
아닙니다. 여러분, 끝까지 들어 보십시오. 끝까지……! 실은 부르도프스
키 씨가 절대로 파블리시체프의 아들이 아니라는 사실을 방금 가브릴라 아
르달리오노비치가 나한테 알려 주며 확실한 증거가 있다고 단언했단 말입
니다. 당신들은 이걸 어떻게 생각합니까? 지금까지의 여러 가지 언동으로
미루어 볼 때 모두 거짓이었다고 할 수도 없지 않습니까? 그러나 확실한
증거가 있다는 거예요. 나도 아직은 믿을 수가 없습니다. 정말예요. 가브릴
라 아르달리오노비치에게서 자세한 얘기를 듣지 못했기 때문에 나도 아직
은 믿을 수가 없단 말입니다. 하지만 체바로프가 사기꾼이란 것만은 더 이
상 의심할 여지가 없습니다. 그 자는 불쌍한 부르도프스키 씨를, 그리고
친구의 일을 도와 주려는 순수한 동기에서 나를 찾아온 여러분들을 완전히
속여서 이런 사기 행위에 끌어들인 것입니다. 사실 부르도프스키 씨가 지금
누군가의 도움을 필요로 하는 몸이라는 것은 나도 잘 알고 있습니다. 그러

나 어느 모로 보나 이것은 분명한 간계입니다. 사기란 말이에요!」

「뭐 사기라고……. 파블리시체프의 아들이 아니라고? 도대체 무슨 근거로 그 따위 말을 하는 거요!」하고 일제히 고함을 지르기 시작했다. 부르도프스키 일행은 수습할 수 없는 혼란 상태에 빠졌다.

「네, 사기임에 틀림없죠! 이제 부르도프스키 씨가 파블리시체프 씨의 아들이 아니라는 것이 판명된 이상 부르도프스키 씨의 요구는 분명한 사기 행위입니다. 물론 그가 사건의 진상을 알고 있다고 가정할 경우입니다! 그렇지만 무엇보다 중요한 것은 부르도프스키 씨가 속아 넘어갔다는 사실입니다. 그렇기 때문에 나는 이렇게 저 사람을 변호하려고 애쓰는 겁니다. 저 사람의 순진한 성격은 마땅히 동정을 받아야 하니까요. 저 사람에게 도움이 필요하다는 건 바로 이 점을 두고 한 말입니다. 만일 이렇게 결론을 내리지 않는다면 부르도프스키 씨는 이 사건으로 인해 사기꾼이 되어 버립니다. 그래서 나는 당초부터 저 사람은 아무것도 모르고 있다는 확신을 가지고 있었습니다. 나도 역시 스위스에 가기 전까지는 저 사람과 똑같은 상태였으니까요. 저렇게 두서없이 말을 더듬는가 하면 어떤 때는 하고 싶은 말을 전혀 입밖에 내지도 못했거든요. 따라서 저 사람의 심정은 나도 충분히 이해할 수가 있습니다. 나는 저 사람과 똑같은 처지에 놓여 있었으니까, 내겐 동정할 권리가 있습니다. 그러나 나는 역시 파블리시체프 씨의 아들이란 있지도 않을 뿐더러 이 사건 자체가 전혀 허위라는 것이 판명되었음에도 불구하고, 최초의 결심을 바꾸지 않고 파블리시체프 씨에 대한 기념으로서 1만 루블을 내놓을 생각입니다. 이 사건이 일어나기 전까지만 해도 나는 파블리시체프 씨를 기념하기 위해서 1만 루블을 교육 사업에 희사할 예정이었습니다만 이제는 그 돈을 교육 사업에 희사하건 부르도프스키 씨에게 제공하건 본질적으로는 매일반이라고 바꿔서 생각했습니다. 부르도프스키 씨가 비록 파블리시체프 씨의 아들이 아니라 하더라도, 그는 아들과 거의 다를 바가 없는 사람입니다. 왜냐하면 저 사람 자신도 무참하게 사기를 당한 사람이니까요. 저 사람은 진심으로 자기가 파블리시체프 씨의 아들이라 생각하고 있었던 것입니다. 여러분, 이제부터 가브릴라 아르달리오노비치의 설명을 들어 주십시오. 그리고 이 사건을 결말지어 버리기로 합시다. 화를 내진 마십시오. 그렇게 흥분할 필요도 없습니다. 자, 앉아 주십시오. 가브릴라 아르달리오노비치가 곧 자세한 것을 설명할 겁니다. 실은 나도 한시바삐 그 얘기를 들

364

고 싶군요. 가브릴라 아르달리오노비치는 부르도프스키 씨의 모친을 만나러 프스코프까지 일부러 갔다 왔답니다. 그런데 그 분은 당신들의 기사 속에 씌어 있는 것처럼 그렇게까지 위독한 병환은 아닌 모양이더군요…….자, 앉으십시오. 여러분, 앉으세요.」

이렇게 말하고 공작도 자리에 앉았다. 그리고는 또다시 의자를 박차고 일어서려는 부르도프스키 일행을 간신히 제자리에 앉혔다. 마지막 10분이나 20분 동안 그는 완전히 이성을 잃고 다른 사람들을 압도하려는 듯이 고래고래 소리질렀으나 물론 이제 와서는 자기가 경솔하게 입밖에 내어 버린 몇마디 말들과 억측을 깊이 후회하지 않을 수 없었다. 만일 그가 이성을 잃을만큼 흥분하지만 않았더라면 그렇게까지 성급하게 자기의 추측이나 노골적인 언사를 입밖에 내지는 않았을 것이다. 그는 자리에 앉아 타는 듯이 뜨거운 회오의 감정에 가슴이 찔리는 것 같은 아픔을 느꼈다. 자기가 스위스에서 치료받은 것과 똑같은 병증이 부르도프스키에게도 있는 것처럼 덮어씌워 그를 모욕한 것은 고사하고라도, 교육 사업에 희사할 예정이던 1만 루블을 그에게 제공하겠다는 자기의 제의는 마치 누구에게 자비를 베푸는 것 같은 오만하고도 경솔한 언동이 아니었던가. 더욱이 많은 사람 앞에서 그것을 커다란 소리로 지껄였으니 더욱 그랬다. 『내일까지 기다렸다가 단둘이 만난 자리에서 그 말을 끄집어 냈어야만 했던 것인데.』하고 공작은 후회했다. 『그렇지만 이젠 하는 수 없지! 어째서 나는 늘 이렇게 바보짓을 하는 것일까! 그야말로 진짜 백치가 아닌가!』형언할 수 없는 수치심과 비탄 속에서 그는 이렇게 탄식하는 것이었다. 여태까지 멀찌감치 물러나서 굳게 침묵을 지키고 있던 가브릴라 아르달리오노비치가 공작의 부름에 응하여 앞으로 걸어 나왔다.

그는 공작의 옆에 서서 나직하고도 명확한 어조로 공작한테서 위임받은 사건에 관해 보고하기 시작했다. 떠들썩하던 좌중은 갑자기 조용해졌다. 일동은, 특히 부르도프스키 일행은 비상한 호기심을 가지고 귀를 기울였다.

9

「물론 당신은 다음과 같은 사실을 부정하진 않을 겁니다.」하고 가냐는 부르도프스키를 똑바로 바라보며 입을 열기 시작했다. 부르도프스키는 눈을 동그랗게 뜨고 그를 바라보면서 귀를 바싹 기울이고 있었다. 그 얼굴에는 낭패의 빛이 역력히 나타나 있었다. 「아니, 부정하기를 원치 않을 줄로 압니다. 다름 아니고 당신의 어머니께서 팔등관(八等官) 부르도프스키 씨, 즉 당신의 아버지와 정식으로 결혼한 후 만 2년 만에 당신이 출생했다는 사실을 말입니다. 당신의 생년월일을 실제로 증명하기란 지극히 쉬운 일입니다. 따라서 당신 자신에게나 어머니에게 너무나도 모욕적인 그 기사는 순전히 켈레르 씨 한 개인의 공상이 지나친 익살로 표현된 것에 불과하다고밖에 달리 어떻게 설명할 도리가 없습니다. 켈레르 씨는 그렇게 함으로써 당신의 권리를 한층 더 명백하게 하여 당신의 이익에 도움을 줄 수 있다고 생각했을 겁니다. 켈레르 씨의 말에 의하면 사전에 그 기사를 당신에게 읽어 주기는 했지만 전부를 다 읽은 건 아니라고 했습니다. 그렇다면 켈레르 씨는 문제되는 부분을 빼놓고 읽은 것이 분명합니다.」

「부분적으로 읽어 준 건 사실입니다.」 하고 권투 코치가 말을 가로채며 계속했다. 「그러나 거기 쓴 기사들은 모두 정확한 소식통에서 입수한 것뿐입니다. 그래서 나는…….」

「켈레르 씨, 미안하지만 내 말부터 좀 들어 보십시오.」 하고 가브릴라 아르달리오노비치는 그의 말을 가로챘다. 「당신이 쓴 기사에 대해서는 나중에 언급할 테니 그때 설명해 주시기 바랍니다. 지금은 처음부터 차례대로 보고를 계속하는 편이 좋을 것 같습니다. 아주 우연한 기회에, 나의 여동생인 바르바라 아르달리오노브나 프치스인이 나의 도움을 얻어 고인이 된 파블리시체프 씨의 편지를 입수할 수 있었습니다. 그 편지는 지금으로부터 24년 전에, 고인이 된 니콜라이 안드레예비치 파블리시체프가 외국으로부터 베라 알렉세예브나 쥬브코바라는 여지주에게 보냈던 겁니다. 이 쥬브코바라는 미망인은 나의 여동생과 아주 절친한 사이지요. 그래서 나는 쥬브코바와 사귈 수 있는 기회를 얻었고, 그 후 아르달리오노브나의 소개를 받아 고인의 먼 친척이며 한때는 고인과 절친한 친구였던 퇴역 대령 치모페이 표도로비치 뱌좁킨이라는 사람을 찾아갔습니다. 이 사람한테서도 그 당시 파블리시체프 씨가 외국에서 보낸 두 통의 편지를 입수할 수 있었습니다. 이 세 통 편지의 발송 연월일과, 그리고 그 내용으로 보아 파블리시체프 씨는 부르도프스키 씨의 출생 1년 반 전에 외국으로 떠났고, 그 후 2년간을 계속해서 외국에서 체류하고 있었다는 것이 명백하게 증명됩니다. 이것은 의심할 여지가 없는 확고한 사실입니다. 그런데 부르도프스키 씨, 당신도 아시다시 피 당신의 어머니는 일생 동안 한 번도 러시아 밖으로 나가신 일이 없습니다. ……이 자리에서 나는 그 편지를 읽지는 않겠습니다. 시간도 꽤 늦었기 때문에 우선 사실만을 설명하겠습니다. 만일 원하신다면 내일 아침에라도 그 편지를 보여 드릴 테니 증인이건 필적 감정가이건 얼마든지 불러 확인하십시오. 다만 내가 지금 보고한 것이 엄연한 사실이라는 것은 의심할 여지가 없습니다. 그리고 그렇게 된다면 물론 이 사건은 이것으로 와해되고 완전히 소멸되어 버리고 마는 것이지요.」

다시금 좌중이 떠들썩해지더니 뒤이어 심상치 않은 동요가 일어났다. 장본인인 부르도프스키는 벌떡 자리에서 일어났다.

「만일 그것이 사실이라면 나는 속은 것입니다. 완전히 속아 온 것입니다. 그러나 체바로프가 나를 속인 것이 아니라 그 전부터 다른 사람들이 나를 속여 온 것입니다. 이제는 필적 감정가도 증인도 필요 없습니다. 나는 당신의 말만 믿고 깨끗이 모든 것을 단념하겠습니다……. 안녕히 계십시오.」 그리고 그는 모자를 집어들더니 의자를 옆으로 밀어 내며 밖으로 나가려 했다.

「부르도프스키 씨, 잠깐만.」 하고 가브릴라 아르달리오노비치는 나직하고 부드럽게 불러 세웠다. 「한 5분만 기다려 주시길 바랍니다. 이 사건에 관련되어 매우 중요한, 특별히 당신에게는 지극히 흥미있는 몇 가지 사실이 판명되었기 때문에 내 생각으로는 당신이 이것을 알아두시는 게 좋으리라고 생각합니다. 그것으로 사건의 전모가 완전히 밝혀진다면 당신도 매우 유쾌해지리라 믿습니다…….」

부르도프스키는 깊은 생각에 잠긴 표정으로 약간 고개를 숙인 채 아무 말 없이 다시 자리에 앉았다. 그와 함께 자리를 박차고 일어섰던 레베제프의 조카도 다시 제자리에 앉았다. 그에게선 아직도 당황한 빛이 보이지 않았지만 그래도 약간 풀이 죽어 있었다. 이폴리트는 잔뜩 눈살을 찌푸린 채 시무룩한 얼굴을 하고 있었다. 그는 내심으로 크게 놀란 모양이었다. 그리고 바로 그 순간 갑작스레 심한 기침을 터뜨리며 토해 낸 피로 자기 손수건을 아주 빨갛게 물들여 버리고 말았다. 권투 코치는 천만 뜻밖이라는 표정으로 눈만 꿈벅이고 있었다.

「이것 봐, 부르도프스키!」 그는 입맛이 쓴 듯이 소리질렀다. 「그래 내

가 그때…… 너에게 뭐라고 했어, 어쩌면 자네는 파블리시체프의 아들이
아닐지도 모른다고 하지 않더냐 말이야!」

이때 참다 못해 킬킬거리는 웃음소리가 일어났다. 그 중에는 사뭇 커다란
소리로 웃어 대는 사람도 두서넛 있었다.

「켈레르 씨, 방금 당신이 말한 내용은,」하고 가브릴라 아르달리오노비치
는 재빨리 권투 코치의 말꼬리를 잡았다. 「전적으로 가치가 있는 말입니다.
그렇지만 나는 가장 정확한 자료를 근거로 하여 다음과 같이 단언할 수 있
는 권리를 가지고 있습니다. 즉, 부르도프스키 씨는 자기의 생년월일을 잘
알고 있었지만 그 당시 파블리시체프 씨가 외국에 가 있었다는 사실은 몰랐
던 것입니다. 파블리시체프 씨는 그 생애의 대부분을 외국에서 보냈으며,
러시아에는 이따금씩 돌아왔습니다. 더욱이 그 당시의 외국 여행은 20여
년 이상 경과한 오늘에 이르기까지 특히 기억해 둘 만큼 희귀하고 특수한
사실이 아니었기 때문에 파블리시체프 씨와 아주 가까웠던 사람들조차도
희미하게밖에는 기억하고 있지 않았습니다. 따라서 그 당시는 부르도프스
키 씨가 아직 세상에 태어나기도 전이기 때문에 그 사실을 모르고 있었다는
것은 지극히 당연한 일입니다. 물론 당시의 사정을 조사하여 증거를 입수
한다는 것은 불가능한 일이 아닐 것입니다. 그러나 솔직히 말해서 내가 입
수한 증거는 실로 우연한 기회에 발견된 것이고, 만일 그렇지 않았더라면
십중 팔구는 아무런 증거도 찾지 못했을는지도 모릅니다. 그런 형편이었으
니까 설사 부르도프스키 씨나 체바로프가 증거를 찾아 보려 했다손 치더라
도 그건 거의 불가능했을 것입니다. 하기야 그런 생각조차 하지 않았을지도
모르겠습니다만……. 」

「실례지만 이볼긴 씨!」하고 갑자기 이폴리트가 신경질적으로 말을 가로
챘다. 「도대체 무엇 때문에 그런 잠꼬대 같은 소리를 늘어 놓는 겁니까?
제 말이 지나쳤으면 용서하십시오. 그러나 사건은 이미 명백해졌고, 또 우
리들은 이제 당신의 주장을 시인하고 있는데 무엇 때문에 그런 따분하고도
모욕적인 장광설을 늘어 놓을 필요가 있느냐는 말입니다. 하기야 당신은 자
기의 탐정 솜씨를 자랑하고 싶겠죠. 우리 일행과 공작 앞에서 자기가 얼마
나 훌륭한 검사인가, 또는 얼마나 민첩한 형사인가를 과시하고 싶을 것입
니다. 만약에 그것이 아니면, 부르도프스키가 이 사건에 관련된 것은 다만
그 당시의 사정을 몰랐기 때문이었다고 그를 위해 변호와 사죄를 대신 맡고

나서겠다는 겁니까? 만약에 그렇다면 부르도프스키는 당신의 변호나 사죄를 필요로 하지 않고 있다는 것을 당신 자신도 잘 아실 게 아닙니까! 부르도프스키는 억울합니다. 그렇지 않아도 괴롭고 거북한 입장에 있습니다. 당신이 그것을 이해해 줘야 하지 않겠느냐 말입니다…….」

「알았어요, 체렌치예프(이후의 님) 씨, 그만하시오.」하고 가브릴라 아르달리오노비치는 간신히 그의 말을 막았다. 「잠깐 진정하시오, 그렇게 흥분하시면 좋지 않습니다. 당신은 건강이 매우 좋지 않은 것 같군요. 진심으로 동정합니다. 정 그러시다면 당신들이 충분히 알아두어서 결코 해롭지 않을 거라고 생각되는 몇 가지 사실만을 말씀드리고 내 얘기를 끝맺겠습니다.」좌중이 약간 지루하다는 듯이 웅성거리는 기색을 눈치 챈 그는 이렇게 덧붙였다. 「나는 이 사건에 흥미를 가지고 계신 분들에게 다음의 몇 가지 증거만을 제시하겠습니다. 그럼 부르도프스키 씨, 잘 들어 주십시오. 파블리시체프 씨가 당신의 어머니를 여러 가지로 보살펴 준 것은, 다만 당신 어머니의 언니 되는 분이 파블리시체프 씨가 젊었을 적에 사랑했던 하녀였다는 한 가지 이유 때문입니다. 파블리시체프 씨는 어떤 일이 있더라도 그 하녀와 결혼할 결심이었으나 그 여자는 갑자기 병이 들어 죽어 버리고 말았던 것입니다. 여기에 관해서 나는 정확한 증거를 가지고 있습니다. 이 정확하고도 엄연한 사실을 알고 있는 사람은 불과 몇 사람밖에 없기 때문에 이제는 완전히 잊혀지고 있는 형편입니다. 그 후 파블리시체프 씨는 그때 열 살도 안 된 당신 어머니를 자기 집에 데려다가 친부모 못지않게 양육하고 막대한 지참금까지 미리 떼어 주었는데 이것이 친척들 사이에서 적지 않은 물의를 일으켰던 모양입니다. 개중에는 파블리시체프 씨가 자기의 옛 애인의 동생과 결혼할는지도 모른다고 생각한 사람도 있었으니까요. 그러나 결국에 가서 당신의 어머니는 자기 자신의 희망에 따라 스무 살 때 등기소(登記所) 관리인 부르도프스키 씨에게 출가했던 것입니다. 이것 역시 가장 정확한 방법으로 증명할 수 있습니다. 나는 당신의 아버지 되는 분의 사람됨을 설명하기 위해서 약간의 믿을 만한 사실을 수집한 바 있습니다만 당신의 아버지는 지극히 비사무적인 분이어서 어머니의 지참금인 1만 5천 루블을 받게 되자, 즉시 관직을 버리고 상업 방면에 손을 댔습니다. 그러나 남에게 사기를 당하여 자본금을 몽땅 잃어버리고는 그 괴로움을 이기지 못해서 술을 마시기 시작했는데, 결국은 그 술 때문에 결혼 후 8년 만에 세상을 떠나고 말았습니다. 그 후, 이것은 당신 어머님으로부터 직접 들은 얘기지만, 어머니는 말할 수 없는 가난 속에 빠져들어 파블리시체프 씨의 관대한 배려가 없었던들 이미 옛날에 죽어 버렸을지도 모른다는 것입니다. 파블리시체프 씨는 해마다 6백 루블씩 꼬박꼬박 보내 주었다고 합니다. 그리고 그밖의 수많은 사람들이 증명하는 바에 의하면, 파블리시체프 씨는 그 당시 아직도 어린애였던 당신을 몹시 귀여워했다는 사실입니다. 이와 같은 사실들과 당신의 어머니가 하신 말들을 종합해 보면, 파블리시체프 씨가 당신을 사랑해 준 것은 주로 당신이 유년 시절에 말더듬이였다든가, 아니면 불구였다든가 어쨌든 그런 종류의 가엾고도 불행한 아이였기 때문이라는 게 틀림이 없습니다. 말이 나왔으니 말입니다만 그 분은 운명의 신에게 학대를 받고 버림을 받은 모든 사람들, 그 중에서도 특히 어린이들에게 한평생 깊은 동정심을 품고 있었다는 것이 여러 가지 정확한 증거에 의해 밝혀졌습니다. 이것은 이번 사건을 규명하는 데 가장 중요한 열쇠가 되리라 믿습니다. 그리고 마지막으로 또 하나의 중요한 사건을 정확하고도 상세하게 밝혀 낼 수 있었음을 나는 스스로 자랑스럽게 생각합니다. 당신은 그 분의 힘으로 중학교에 입학하여 특별한 보호를 받으며 공부할 수 있었던 것입니다. 파블리시체프 씨가 당신에게 베푼 그러한 깊은 배려는 마침내 친척들과 하인들 사이에 일종의 의혹을 불러일으키게 되었습니다. 즉 당신은 파블리시체프 씨의 아들일지 모른다, 당신의 아버지는 아내에게 속아서 결혼한 남편이 아닐까? 이렇게들 의심하기 시작했단 말입니다. 이 의혹이 그들 사이에 확고한 신념으로 굳어져 버린 것은 파블리시체프 씨가 이미 노령에 이르러 그 유언장에 대해서 모두들 궁금해 하고 있던 무렵이었습니다. 그때는 벌써 옛날에 있었던 일들을 까맣게 잊어버린데다가 새삼스레 그것을 조사해 볼 수도 없었던 것입니다. 이런 소문이 아마 당신의 귀에까지 들어가서 당신의 생각을 완전히 사로잡은 것은 아닌가 하는 생각이 드는군요. 나는 당신의 어머니를 만나 뵈었습니다만, 어머니도 그런 소문은 들어서 알고 있었으나 당신이 이런 소문에 현혹되어 있는 줄은 아직도 모르고 있더군요. 나도 역시 그러한 말을 하지는 않았습니다. 부르도프스키 씨, 내가 프스코프에서 당신의 어머니를 만나 뵈었을 때 당신의 어머니는 병고와 극도의 가난 속에 시달리고 있었습니다. 파블리시체프 씨가 돌아가신 후부터 그렇게 되었다고 합니다. 그러나 어머니는 감사의 눈물을 흘리면서 지금은 오직 당신 덕택에, 당신이 도와 주는 덕택에 그날 그날을 보내고 있다, 그리고 당신의 장래에 많은 기대를 걸고 있다고 하시더군요. 어머니는 당신이 크게 성공하리라는 것을 굳게 믿고 있었습니다…….」

「이제는 더 이상 참을 수 없소!」 레베제프의 조카가 버럭 고함을 질렀다. 「도대체 무엇 때문에 그 따위 소설 같은 얘기를 늘어 놓는 거요?」

「그런 추잡하고 무례한 소리가 어디 있단 말이오!」 하고 이폴리트가 부르르 몸을 떨었다. 그러나 부르도프스키는 아무 말도 없이 꼼짝하지 않고 앉아 있었다.

「무엇 때문이냐구요? 어째서냐구요?」 마음속으로 자기의 결론을 준비하여 가며 가브릴라 아르달리오노비치는 일부러 능청을 떨고 놀란 표정을 지어 보였다. 「첫째로, 부르도프스키 씨도 지금에 와서는 자기에 대한 파블리시체프 씨의 사랑이 결코 친자식에 대한 사랑이라기보다는 단순한 자비심이었다는 것을 아시리라 믿습니다. 그렇다면 부르도프스키 씨는 켈레르 씨가 그 신문 기사를 미리 읽어 주었을 때 그것을 보증하고 찬성하기 전에 우선 이런 사실을 알았어야 했을 거란 말입니다. 부르도프스키 씨, 내가 이렇게 얘기하는 것도 실은 당신이 순결한 사람이라 믿고 있기 때문입니다. 둘째로, 이 사건에 관해서는 체바로프조차도 전혀 사기적인 속셈이 없다는 것을 알 수 있습니다. 나로서는 이것이 매우 중요한 점입니다. 왜냐하면 아까 공작이 극도로 흥분한 나머지, 나까지도 이 불행한 사건에 대해서 사기성이 농후하다고 생각하는 것처럼 말씀하셨기 때문입니다. 그러나 그와 반대로 이 사건은 어느 모로 보나 확고한 신념에 근거를 두고 행해졌던 것입니다. 그야 물론 체바로프는 어쩌면 굉장한 사기꾼인지도 모르겠습니다만 적어도 이 사건에 관해서만은 잔재주를 부릴 줄 아는 대서(代書)장이 이상의 아무것도 아니었습니다. 그는 변호인으로서 한몫 단단히 보려고 했을 뿐이며, 그의 계산은 치밀하고도 정확한 것이었습니다. 그는 공작이 쉽사리 사람들에게 돈을 내주곤 한다는 사실, 파블리시체프 씨에 대한 공작의 감사와 존경의 정, 그리고 이미 세상에 널리 알려진 명예 및 의무에 대한 공작의 옛 기사도적인 견해 등 이런 점을 노렸던 것입니다. 그러면 부르도프스키 씨 자신은 어떤가? 여기에 대해서는 다음과 같이 말할 수도 있겠지요. 즉, 부르도프스키 씨는 오래 전부터 그 어떤 신념을, 다시 말해서 자기가 틀림없이 파블리시체프 씨의 아들일 것이라는 신념을 가지고 있었던 차에, 체바로프라든가 주위 사람들의 충동을 받자 이해를 따지기에 앞서 정의와 진보, 나아가서는 인류에 대한 의무감에서 이 사건을 생각하기 시작했을 것입니다. 이 정도 말씀드리면 외모야 어떻든 부르도프스키 씨가 어디까지나 결백하다는 것은 명백해졌으리라 믿습니다. 그리고 공작도 이제는 전보다 더욱 기꺼이, 친구로서의 조력은 말할 것도 없고, 아까 교육 사업이니 파블리시체프 씨에 대한 기념이니 하는 말끝에 제의한 실제적인 원조까지도 어김없이 지키리라 확신하는 바입니다.」

「그만, 가브릴라 아르달리오노비치. 그만둬요!」 공작은 소스라치게 놀라면서 이렇게 소리쳤으나 이미 때는 늦었다.

「아까부터 벌써 세 번씩이나 했잖소?」 하고 부르도프스키가 신경질적으로 소리질렀다. 「난 돈 같은 건 필요 없어요. 절대로 받지 않겠소! 어째서…… 내가…… 싫습니다. 그까짓 돈!」

이렇게 말하고 그는 홱 몸을 돌려 테라스로부터 뛰어내려가려 했으나 레베제프의 조카가 그의 손을 붙잡고 뭐라고 소곤거렸다. 그러자 그는 갑자기 되돌아오더니 호주머니에서 봉함이 되어 있지 않은 커다란 봉투를 꺼내 공작 옆에 있는 탁자 위에 내던졌다.

「자, 돈이오! 당신은 감히 나한테…… 감히 나한테! 이 따위 돈을!」

「2백50루블이에요. 당신이 무례하게도 증여라는 명목으로 체바로프를 통해서 보내 준 바로 그 돈입니다.」 독토렌코가 이렇게 설명했다.

「신문에는 50루블이었어요.」 콜랴가 소리쳤다.

「내가 잘못했습니다!」 하고 공작은 부르도프스키에게 다가갔다. 「부르도프스키 씨, 정말로 미안하게 되었습니다. 그렇지만 절대로 그 돈을 증여의 형식으로 드린 것은 아닙니다. 나는 오늘도…… 지금도 당신한테 미안하다고 말씀드렸습니다만……. 또 아까도 모욕적인 말을 해서 미안합니다.」 공작은 극도로 정신이 혼란되어 겉으로 보기에도 몹시 피로한 것 같았고, 하는 말은 도무지 두서가 없었다. 「아까 내가 사기 행위라고 말한 건 당신을 두고 한 말이 아닙니다. 그건 착각을 일으킨 것입니다. 그리고 나는 당신이…… 나와 같은 환자라는 말을 했습니다. 그러나 당신은 나와 같은, 이 따위 인간이 아닙니다. 당신은 가정교사를 해가며 어머니를 부양하고 있으니까요. 나는 당신이 자기 어머니 얼굴에다 흙칠을 했다고 했습니다만 당신은 누구 못지않게 어머니를 사랑하고 있습니다. 어머니께서 직접 그렇게 말씀하셨습니다……. 나는 아무것도 모르고 그런 소리를 한 것입니다……. 아까는, 가브릴라 아르달리오노비치가 끝까지 얘기해 주지 않았기 때문에…… 정말 죄송하게 됐습니다. 그리고…… 나는 당신에게 1만 루블을 제공하겠다고 했는데 그건 그런 식으로 말을 꺼내서는 안 되는 것이었습니다. 그러나 이제 와서 후회한들 무슨 소용이 있겠습니까……. 당신은 이제 나를 더없이 경멸하고 있을 테지요…….」

「여기는 정신 병원이로구먼!」리자베타 프로코피예브나가 외쳤다.

「그래요, 정말 정신 병원이에요!」참다 못한 아글라야도 소리를 질렀다.

그러나 그녀의 목소리는 떠들썩한 소음 때문에 다른 사람의 귀에는 들리지도 않았다. 모두들 큰 소리로 말을 주고받기도 하고, 자기 의견을 토로하기도 했다. 개중에는 논쟁을 하는 사람, 웃고 있는 사람도 있었다. 머리끝까지 화가 치민 예판친 장군은 몹시도 위신이 손상된 얼굴로 리자베타 프로코피예브나가 나오기를 기다리고 있었다.

「공작, 정말 당신은 대단히 훌륭한 사람이군요.」레베제프의 조카가 마지막으로 이렇게 중얼거렸다. 「당신은 자기의 병을…… 점잖게 표현하기 위해 병이라고 해둡시다, 최대한도로 이용할 줄 안단 말입니다. 상대방에게 우정을 표시하는 거라든가 돈을 제공하는 방법이 당신만큼 능란하고 교활하다면 누구나 그것을 거절할 수는 없을 테지요. 요컨대 지나치게 순진하다든가, 아니면 지나치게 교활하든가 어느 한쪽이겠지요……. 그 중 어느 쪽인가는 당신 자신이 누구보다도 잘 알고 있을 겁니다.」

「여러분, 잠깐만!」그 사이에 돈이 든 봉투를 열어 본 가브릴라 아르달리오노비치가 갑자기 소리질렀다. 「이 속에는 2백50루블이 아니라 백 루블밖에 없습니다. 공작, 나는 혹시나 해서 열어 보았는데…….」

「그냥 두어요, 그냥 두라니까!」공작은 가브릴라 아르달리오노비치에게 손을 저어 보였다.

「아니죠, 내버려 둘 문제가 아니에요!」하고 레베제프의 조카가 재빨리 물고 늘어졌다. 「우리는 당신의 내버려 두라는 그 말이 싫단 말이에요. 우리는 절대로 도망치든가 행방을 감추지는 않겠습니다. 그래서 정정당당하게 말하겠습니다. 그 봉투 속에는 2백50루블이 아니고 백 루블밖에 없어요. 하지만 어쨌든 마찬가지가 아니겠습니까?」

「아니지요, 마찬가지랄 수는 없지요.」무슨 소린지 알 수 없다는 듯이 가브릴라 아르달리오노비치가 재빨리 한 마디 했다.

「제발 남의 말을 좀 가로막지 마십시오. 우리는 당신이 생각하는 것처럼 그렇게 바보가 아니란 말이오! 아시겠소? 변호사 양반.」하고 레베제프의 조카는 독기 어린 어조로 고래고래 소리질렀다. 「물론 백 루블과 2백50루블은 같지 않습니다. 그러나 여기서 중요한 것은 원리예요. 원리가 중요한 것이라면, 백50루블이 부족하다는 것 정도는 사소한 문제입니다. 즉 무엇보다 중요한 것은 부르도프스키가 공작의 증여금을 받지 않고 그것을 공작의 얼굴에 동댕이쳤다는 사실입니다. 그것만으로도 백 루블이건 2백50루블이건 매한가지란 말입니다. 부르도프스키가 1만 루블을 거절한 것을 당신도 보지 않았습니까. 만일 치사한 사내였다면 저 백 루블도 가져왔을 리 없지요. 1백50루블은 체바로프가 공작을 만나러 갔다 오는 데 사용한 비용이란 말입니다. 당신네들이 사무적으로, 비능률적인 우리들의 어설픈 행동을 보고 비웃는 것은 좋습니다. 그렇잖아도 당신네들은 우리를 웃음거리로 만들려고 온갖 구실을 다 찾고 있으니까요. 그렇지만 우리들더러 정직하지 못한 인간들이라고는 감히 말할 수 없을 겁니다. 그 백50루블은 우리가 공동으로 공작에게 갚겠어요. 1루블씩 갚는 한이 있더라도 꼭 갚아 드리겠습니다. 이자를 붙여서 갚아 드리죠. 부르도프스키는 가난합니다. 그는 몇백만 루블을 가진 그런 부자가 아닙니다. 그런데 체바로프는 여행에서 돌아오자마자 계산서를 내놓고 돈을 달라는 것이었어요. 우리는 승소(勝訴)하리라 믿고 있었기 때문에…… 아무튼 누구나 부르도프스키의 처지에 선다면 별수가 없었을 겁니다.」

「누구나라뇨?」하고 S공작이 소리쳤다.

「이러다간 정말 나까지 머리가 돌겠구면!」리자베타 프로코피예브나가 갑자기 이렇게 외쳤다.

「그건 마치,」하고 여태까지 꼼짝 않고 선 채 듣기만 하고 있던 예브게니 파블로비치가 껄껄 웃으면서 말했다. 「요즘 굉장히 인기가 좋은 어느 변호사의 변론 같은데요. 그 변호사는 강도를 목적으로 한꺼번에 여섯 명을 살해한 피고인을 변호하기 위해 그의 빈곤 상태를 진술하다가 느닷없이 이런 식으로 결론을 내렸다더군요. 『이 피고인이 빈곤에 시달리다 못해 여섯 명의 살해를 결심한 것은 오히려 당연한 일입니다. 누구나 입장이 피고인과 같다면 이런 결심을 하지 않을 사람이 없을 것입니다.』라고 말이죠. 아무튼 매우 재미있는 얘기입니다.」

「듣기 싫어요!」치밀어오르는 분노 때문에 온몸을 부들부들 떨며 리자베
타 프로코피예브나가 버럭 고함을 질렀다. 「이젠 제발 그 따위 말 같지 않
은 소리는 집어치워요…….」

그녀는 극도의 흥분 속에 빠져 있었다. 고개를 뒤로 젖히고 오만하고도
성급한 도전적인 자세를 취한 채 이글이글 타오르는 시선으로 좌중을 둘러
보고 있었다. 그러나 그 좌중의 사람들을, 누가 제 편이고 누가 적인지도
분간하지 못하는 것 같았다. 그것은 체면 불고하고 누구에게든지 마구 덤벼
들어 아귀다툼을 하지 않고는 배겨 내지 못할 정도로 감정이 격해 있는 그
런 모습이었다. 오랫동안 갇혀 있던 분노의 물결이 마침내 둑을 무너뜨리고
소용돌이치는, 바로 그러한 정신 상태였다. 리자베타 프로코피예브나를 아
는 사람들은 그녀의 심중에 무엇인가 심상치 않은 것이 일어났음을 즉각적
으로 느낄 수 있었다.

그 일에 대해 이반 표도로비치 장군은 이튿날 S공작에게 「우리 안사람은
가끔 그렇게 흥분하는 수가 있긴 하지만 어제처럼 심한 적은 별로 없었소.
3년에 한 번쯤 있을까 말까 했죠. 암, 절대로 그보다 더 많지는 않았어
요!」하고 변명 비슷한 말까지 했다.

「염려 마세요, 이반 표도로비치!」리자베타 프로코피예브나는 장군을 보
고 소리쳤다. 「왜 자꾸 나한테 손짓을 하세요? 왜, 진작 나를 여기서 끌
어 내시지 않았어요? 당신은 내 남편이고 우리 집의 가장이 아니냔 말예
요. 내가 만일 당신 말을 듣지 않고, 당신을 따라 나서지 않았다면, 내 귀
를 잡고서라도 끌어 냈어야 했잖아요. 그렇게까지 하기가 뭣했다면, 딸들만
이라도 이런 자리에 더 이상 머물러 있지 않게 손을 썼어야 옳았단 말이에
요. 그러나 좋아요! 이제는 내 힘으로 방법을 강구하겠어요. 이런 수치스
러운 일을 당했으니, 앞으로 1년 동안은 한시도 잊어버릴 수가 없을 거예
요. 아 참, 공작한테도 감사의 말을 해야겠군요. 공작, 고마워요. 여러 가
지로 대접을 많이 받았습니다! 젊은 사람들의 얘기를 듣느라고 너무 오래
앉아 있었던 것 같군요……. 그런데 지금 이건 도대체 뭐죠? 그 따위 비
열한 수작들이 어디 있어요? 이런 몰상식한 난장판은 생전 처음 보았어
요! 아마 이런 구경은 꿈에서도 볼 수가 없을 거예요! 그리고 저런 날건
달패는 온 세상을 다 찾아 돌아다녀 봐도 절대로 없을 거예요! 가만 있어,

아글라야! 너도 가만 있어, 알렉산드라! 너희들이 나설 때가 아니야.
예브게니 파블로비치, 당신은 또 왜 내 옆에서 어정거리고 있는 거죠?
나는 이젠 당신 같은 사람에겐 관심이 없어요……. 그래서 공작, 당신은
결국 저녀석들에게 사과를 한단 말이지요!」 그녀는 또다시 공작에게 화살
을 돌렸다. 「듣고 있자니 나중에는 못 하는 소리가 없군요. 도대체가『미
안하오. 당신에게 돈을 드리기로 작정했습니다.』라니……. 아니, 저 사람
은 왜 히죽히죽 웃기만 하는 거지? 내참 어이가 없어서.」별안간 그녀는
레베제프의 조카에게 덤벼들었다. 「뭐,『우리는 그 따위 돈은 거절합니다.
우리는 구걸하는 것이 아니라 요구하는 것입니다.』라구? 이 백치 양반이
내일이라도 저녀석들을 찾아가서 또다시 우정을 표시하며 돈을 내놓으리라
는 걸 뻔히 알고 하는 수작들이지요. 어때요? 공작. 찾아가겠죠? 찾아가
겠어요? 안 가겠어요?」

「찾아가겠습니다.」공작이 나직하고도 조용한 목소리로 대답했다.

「들었지! 너는 그걸 계산에 넣고 있는 거야.」하고 부인은 또다시 독토
렌코를 보고 말했다. 「돈은 이미 호주머니 속에 들어온 거나 매일반이라
생각하고 우리를 우롱하려고 수작을 부리지만……. 이것 봐, 너한테 속을
바보를 찾고 싶거든 다른 데로 가봐. 난 너의 그 검은 속셈을 빤히 알고 있
으니까!」

「리자베타 프로코피예브나!」하고 공작이 소리쳤다.

「이젠 돌아가시죠, 리자베타 프로코피예브나! 시간도 꽤 늦었어요. 그리
고 공작도 함께 모시고 갑시다.」S공작이 미소를 지어 보이며 되도록 침착
한 어조로 이렇게 말했다.

장군의 딸들은 어리둥절한 표정으로 한쪽 옆에 서 있었고, 장군은 완전히
얼이 빠진 사람처럼 우두커니 서 있었다. 다른 사람들 역시 놀란 얼굴이
었다. 좀 멀리 떨어진 곳에 서 있던 몇 사람은 저희들끼리 낄낄대며, 무엇
인지 자기네끼리 귀엣말을 주고받고 있었다. 레베제프는 감동이 극단에 도
달한 것 같은 표정이었다.

「몰상식한 난장판은 말이죠, 어디서나 찾아 볼 수 있는 거예요.」레베제
프의 조카는 의미심장한 어조로 이렇게 말했으나 역시 한풀 꺾인 음성이
었다.

「그렇지만 그것도 정도 문제야! 지금 너희들이 한 짓은, 정말 이 세상에

어디서도 찾아 볼 수 없단 말야!」하고 마치 히스테리를 일으킨 듯 표독스
런 웃음을 띠며 리자베타 프로코피예브나는 쏘아붙였다. 「내버려 두라는
데 왜들 이래요!」하고 그녀는 자기를 말리려는 사람에게 버럭 소리를
쳤다. 「예브게니 파블로비치, 당신도 방금 그런 말을 하셨지요. 어느 이름
난 변호사가, 가난 때문에 사람들을 여섯 명쯤 죽인대도 그것은 지극히 당
연한 일이라고 변론했다고. 이제는 세상도 말세가 되었군요. 나는 아직 그
런 소릴 들어 보지도 못했거든요. 그렇지만 나도 이젠 모든 것을 깨달았어
요! 여기 이 말더듬이가 말이에요.」하고 그녀는 어리둥절한 눈으로 자기
를 쳐다보고 있는 부르도프스키를 가리키며 말을 계속했다. 「이 사람이 사
람을 죽이지 않는다고 누가 보장할 수 있겠어요? 아마 이 사람은 당신의
돈을 받지 않을 거예요. 양심의 명령에 따른다는 거겠죠. 하지만 누가 알아
요! 밤중에 기어들어와서 당신을 죽이고 금고에서 그 돈을 꺼내 갈는지.
그것도 양심의 명령에 따라서 말이에요! 이 사람에게는 그것이 조금도
부당한 일이 아니라고 생각될 테니까요. 『고상한 절망의 발작』이니, 무엇
에 대한 『부정』이니 하고, 돼먹지 않은 소리를 지껄일 테니까요. 정말 어이
없는 일이에요. 이젠 모든 것이 뒤죽박죽이 돼서 거꾸로 바뀌어 버렸어요.
집 안에서 고이 자라던 처녀가 느닷없이 한길 복판에서 여행용 마차에 뛰어
오르며 『어머니, 나 며칠 전에 이러저러한 사람하고 결혼했어요. 그럼 안
녕!』하는 세상이니……. 당신들의 생각으로는 이것도 훌륭한 행동이라고
여겨지겠지요. 자연스럽고도 존경할 만한 행동이라는 거겠죠? 그런 것이
소위 『여성 문제』라는 건가요? 심지어는 여기 있는 이 코흘리개까지도.
하면서 그녀는 콜랴를 가리켰다. 그리고는 계속해서 「요전에 나한테
핏대를 올리며 바로 그런 것이 『여성 문제』라고 하면서 마구 대들더라니
까! 아무리 바보 같은 에미라도 역시 사람 대접을 해줘야 할 게 아니냔 말
야……. 그리고 아까 네녀석들이 테라스에 들어올 때의 그 태도는 뭐냐 말
이야? 오만하게 머리를 뒤로 젖히고! 마치 『우리가 들어오는데 감히 어느
놈이 길을 막을쏘냐, 우리에게 모든 권리를 다오, 우리 앞에선 함부로 입을
놀리지 못할지어다, 우리에게 경의를 표해라, 이 세상에서는 볼 수 없는 최
고의 경의를 표해야 한다, 그대신 너희들은 노예만도 못한 최하의 취급을
감수해야 한다!』라는 듯이 말야. 입으로는 진리를 찾느니, 권리를 주장하
느니 하는 말을 떠벌리면서 한편으로는 이교도보다 더 지독한 비방과 중상

을 신문에 써내고도 뻔뻔스럽게, 『구걸하는 게 아니라 요구하는 거』라구?
『우리는 당신한테 고맙단 말은 입밖에도 내지 않겠습니다. 왜냐하면 그것은
당신 자신의 양심을 만족시키기 위해서 하는 일이니까요!』도대체 그 따위
수작들이 어디 있단 말야! 흥, 너희들이 공작한테 고맙단 말을 못 하겠다
면 공작은 너희들한테 이렇게 대답할 걸 알아야 해. 『나는 파블리시체프
씨를 조금도 고맙게 생각하지 않습니다. 왜냐하면 그 분이 나한테 은혜를
베풀어 준 것은 자기 자신의 양심을 만족시키기 위해서 한 일일 테니까요.』
리고 말이야. 그런데도 너희들은 공작이 파블리시체프 씨에게 품고 있는 감
사의 정만을 유일한 약점으로 삼고 있어. 공작은 너희들한테 빚을 지고 있
는 게 아니야. 한 푼도 갚아 줄 의무가 없어. 그러나 너희들은 결국 공작
의 그 정만을 기대하고 있는 게 아니냔 말이야. 그런데도 뭐라구? 고맙단
말은 한 마디도 하지 않겠다구? 도대체 정신들이 빠졌어? 사내의 유혹에
넘어간 처녀를 사회가 손가락질하며 욕할 때, 사람들은 으레 그 사회를 무
정하고 야만스럽다고 생각하는 법이야. 사회를 무정한 것이라 생각한다면,
그 사회에서 살아나가야 하는 처녀는 얼마나 괴롭고 쓰라릴 것인가 하고 동
정하는 것이 마땅한 행동이지. 그런데도 너희들은 그것을 일부러 신문에까
지 써내서, 괴롭고 쓰라리다는 말을 해서는 안 된다고 무리한 요구를 하고
있으니, 이런 요구를 하는 너희들이야말로 철면피들이 아니고 뭐냔 말이
야! 되지 못하게 자만심만 가득 찬 못난 놈들, 하느님을 믿지 않는 인간
들, 그리스도를 믿지 않는 인간들이야! 너희들처럼 허영과 자만심만 발달
한 놈들은 결국에 가서 저희들끼리 서로 물어뜯고 싸우게 될 거야. 두고봐
라. 내 말이 틀리나! 이래도 너희들이 하는 짓이 추잡하고 몰상식하고 속다
르고 겉다른 행동이 아니라고 우길 테냐? 그런데도 이 쓸개 빠진 양반은
이런 놈한테 용서를 빌러 가겠다니 내 참, 기가 막혀서! 그래, 너희들 같
은 인간이 이 세상에 또 어디 있단 말이야? 아니, 뭐가 우스워 히죽거리고
있는 거야? 내가 너희들 같은 걸 상대해서 나 자신의 얼굴에 똥칠을 했기
때문에? 하지만 벌써 똥칠은 할 대로 다했으니 이젠 어쩔 수 없는 일이지
……. 이것 봐! 그렇게 히죽거리지 말라니까! 버르장머리없는 녀석 같으
니라구!」하고 부인은 별안간 이폴리트에게 대들었다. 「겨우 목숨이 붙
어 있는 주제에 친구들한테는 못된 짓만 가르쳐 주고……. 너는 내가 귀여
워하는 이 애를 아주 훌륭하게 교육했더구나.」하며 그녀는 콜랴를 가리

컸다. 그리곤 또다시 열을 올리기 시작했다. 「이 애는 꿈속에서도 네 얘기를 하고 있더라. 너는 이 애한테 무신론을 가르쳤지? 너는 하느님을 믿고 있지 않지? 너 같은 놈은 단단히 혼을 내줘야 해! 늘씬하게 두들겨 패야 한단 말이다……. 뮈시킨 공작, 그래도 당신은 가겠단 말이죠?」 그녀는 숨을 헐떡거리면서 다시 공작에게 이렇게 물었다.

「가겠습니다.」

「그렇다면 난 이젠 당신 같은 사람은 상대하고 싶지도 않아요!」 이렇게 말하며 부인은 홱 몸을 돌려 밖으로 나가려다가 갑자기 되돌아서더니 「그럼 이 무신론자한테도 찾아가겠군요?」 하며 이폴리트를 가리켰다. 「아니, 왜 너는 나를 보고 연방 히죽거리는 거냐, 응!」 하고 그녀는 꽥 소리를 지르더니 이폴리트에게 와락 달려들었다. 그의 가시 돋친 냉소를 끝내 참아 낼 수 없었던 것이다.

「부인, 리자베타 부인! 리자베타 프로코피예브나!」 라고 외치는 소리가 일시에 사방에서 일어났다.

「어머니, 창피하지도 않아요!」 아글라야도 큰 소리로 외쳤다.

「염려 마십시오, 아글라야 이바노브나.」 하고 이폴리트는 침착하게 말했다. 리자베타 부인은 그에게 덤벼들기는 했지만, 왜 그러는지 그의 손을 움켜잡은 채 그 앞에 버티고 서서 분노에 떠는 눈길로 뚫어지게 그의 얼굴을 응시하고 있었다. 「염려 마십시오, 어머님께서도 이렇게 다 죽어 가는 놈을 차마 때리시진 못할 테니까요……. 내가 왜 웃었는지 그 이유는 얼마든지 설명할 용의가 있습니다……. 그것을 들어 주신다면 다행이겠습니다만…….」

그때 그는 별안간 기침이 나서 한 1분 동안 계속해서 기침을 했는데 그것은 숨이 넘어갈 것 같은 심한 기침이었다.

「죽어 가면서도 여전히 큰 소리로구나!」 리자베타 프로코피예브나는 그의 손을 놓아 주고 입술에서 피를 닦아 내는 꼴을 공포에 가까운 눈으로 바라보며 이렇게 외쳤다. 「그래 가지고야 어디 말이나 제대로 할 수 있겠니. 어서 돌아가서 조용히 누워 있어야 할 게다.」

「네, 그러죠.」 하고 이폴리트는 쉰 목소리로 속삭이듯 조용히 대답했다. 「집에 돌아가면 곧 눕도록 하겠어요……. 두 주일만 지나면 나는 죽습니다. 나도 알고 있어요……. 지난 주일에 B가 그렇게 말하더군요…….

그래서 만일 허락해 주신다면 마지막으로 몇 마디 하고 싶은 말이 있습니다
……」

「정말 정신이 나갔니? 쓸데없는 소린 집어치워! 조용히 누워 있어야 할
사람이 무슨 이야기야? 자, 빨리 가서 누우래도…….」 리자베타 프로코피
예브나는 깜짝 놀란 표정으로 소리쳤다.

「이젠 눕기만 하면 죽을 때까지 못 일어날 거예요.」 하며 이폴리트는 힘
없이 웃어 보였다. 「어제도 나는 죽을 때까지 다시는 일어나지 않을 각오
로 아주 누워 버릴까 했습니다만 아직도 다리가 말을 들어 주는 것 같아
서 이틀만 더 연기하기로 했습니다……. 이 친구들과 함께 오늘 여기에 오
려고……. 그러나 이젠 아주 맥이 빠져 버렸나 봐요…….」

「그럼 진작 앉을 일이지! 자, 어서 앉아요! 여기 의자가 있으니까.」 리
자베타 프로코피예브나는 벌떡 일어나서 손수 의자를 권했다.

「고맙습니다.」 이폴리트는 나직히 말을 이었다. 「그럼 부인은 이쪽을 향
해 나와 마주앉아 주세요. 나와 얘기를 좀 하십시다. 부인께 꼭 할말이 있
으니까…….」 그는 또 한 번 부인에게 웃어 보였다. 「생각해 보세요, 내
가 이렇게 맑은 공기를 마시고 사람들과 얘기를 하는 것도 오늘이 마지막이
란 말입니다. 두 주일 후에는 틀림없이 땅 속에 들어가게 될 테니까요. 그
러니까 이것이 자연과 인간들에 대한 고별이라고 할 수 있겠죠. 나는 그리
대단한 감상파는 아닙니다만, 그러나 이 사건이 여기 파블로프스크에서 일
어난 것을 매우 기쁘게 생각하고 있어요. 역시 푸른 잎이 무성한 나무를 바
라본다는 건 좋은 일이니까요.」

「갑자기 그건 또 무슨 소리야!」 리자베타 프로코피예브나는 어이없다는
듯이 입을 쩍 벌렸다. 「꼭 열병에 걸린 사람 같군. 아까는 고래고래 소리
지르더니 이젠 겨우 숨을 헐떡이며 죽어 가는 소릴 하고 있으니!」

「곧 돌아가서 눕겠습니다. 하지만 왜 부인께선 나의 마지막 소원을 들어
주지 않으시려는 겁니까? ……실은 말입니다, 리자베타 프로코피예브나
부인, 나는 아까부터 어떻게 하면 당신과 친해질 수 있을까 하고 생각하고
있었어요. 부인에 관한 얘기는 콜랴한테서 여러 가지로 많이 들었어요.
사실 나를 저버리지 않은 사람은 콜랴 한 사람이외에는 없다고 해도 과
언이 아니지요……. 부인께선 정말 기발한 데가 있는 색다른 분이에요. 지
금 직접 부인을 만나 보니 그것을 알 수 있을 것 같습니다……. 나는 부인

이 약간 좋아졌어요.」

「오오, 그런 줄도 모르고 나는 너한테 손찌검까지 할 뻔했구나.」

「아글라야 이바노브나가 소리를 지르는 바람에 무사할 수 있었어요. 내 추측이 틀리지 않죠? 이 분이 당신의 따님 아글라야 이바노브나죠? 정말 아름다운 분이군요. 아직 한 번도 만나 본 일이 없었지만 첫눈에 이 분이 아글라야 이바노브나라는 걸 알 수 있었지요. 마지막으로 죽기 전에나마 미녀의 얼굴을 마음껏 바라보게 해주십시오.」이폴리트는 어색한 듯이 일그러진 미소를 띠었다. 「지금 이 자리에는 공작이며 장군을 비롯한 여러분들이 계십니다. 그런데 부인께선 왜 저의 마지막 소원을 들어 주시지 않으려고 하십니까?」

「의자를!」하고 리자베타 프로코피예브나는 외치더니 자기 손으로 의자를 끌어다가 이폴리트와 마주앉았다. 「콜랴, 너는 곧 이 사람을 데리고 페체르부르그로 돌아가거라. 내일은 틀림없이 내가 직접……」

「미안하지만 공작한테 차를 한 잔 청하고 싶은데……. 몹시 피로해서! 어떻습니까? 리자베타 프로코피예브나. 당신은 공작을 댁으로 모시고 가서 차를 대접하실 생각이었던 모양인데, 그보다도 그냥 여기 남아서 함께 시간을 보내 주시는 것이……. 그렇게 되면 공작은 우리들한테 차를 대접할 겁니다. 무리한 요구를 하는 것 같아 죄송합니다……. 그러나 나는 당신이 어떤 분인지 잘 알고 있습니다. 당신은 참으로 착한 분입니다. 공작도 역시 착한 분입니다……. 우리들은 모두가 다 어리석을 만큼 착하디 착한 인간들이죠…….」

갑자기 당황한 공작은 좌우를 두리번두리번 살폈다. 레베제프가 곧 눈치를 채고 차를 준비하려고 황급히 안채로 들어가자, 그의 딸 베라도 뒤따라 들어갔다.

「그건 옳은 말이야.」하고 장군 부인은 솔직히 시인했다. 「그럼 얘기를 시작해 봐. 그렇지만 너무 흥분해서는 안 돼요. 되도록 안정해야 돼요. 드디어 넌 내 마음을 움직이는 데 성공했구나……. 공작, 나는 당신한테 차를 얻어먹을 생각은 없었지만 사정이 이렇게 되었으니 여기 그냥 남아 있겠어요. 그렇다고 나는 누구에게 용서를 빌지는 않겠어요! 사실 내가 용서를 빌어야 할 사람이라곤 없으니까요. 혹시 내가 당신한테 욕을 했다면 물론 그건 용서를 빌어야죠. 그렇지만 나는 누구에게도 여기 남아 있어 달라고 부탁하지는 않겠어요.」하고 부인은 갑자기 심상치 않은 분노의 표정으로 자기 남편과 딸들을 돌아보았다. 마치 그들이 자신에게 무슨 잘못한 일이라도 있는 것 같은 태도였다. 「나는 혼자서라도 집에 돌아갈 수 있으니까요 ……. 」

그러자 그녀의 말이 채 끝나기도 전에 일동은 그녀의 주위에 몰려들어 비위를 맞추려고 애썼다. 공작은 곧 일동에게 돌아가지 말고 함께 차를 마시자고 권하고, 또한 거기까지 생각이 미치지 못한 점을 사과했다.

예판친 장군까지도 마음이 누그러져서 「그렇지만 테라스는 공기가 너무 차지 않을까?」하고 친절하게 말을 걸면서 부인의 마음을 진정시키려고 애썼다. 게다가 그는 이폴리트에게까지 「대학에는 언제부터 나가고 있나?」하고 말을 걸려다가 그냥 입을 다물어 버렸다. 예브게니와 S공작도 갑자기 명랑해졌다. 아쩰라이다와 알렉산드라의 얼굴에도, 아직 완전히 사라지지 않은 경악의 표정 속에서 만족의 빛이 떠오르기 시작하고 있었다. 한마디로 말해서 리자베타 프로코피예브나의 위기가 무사히 지나가 버린 것을 모두들 기뻐하고 있었다. 오직 한 사람 아글라야만은 미간을 찌푸린 채 멀찍이 떨어진 자리에 말없이 앉아 있었다. 그밖의 사람들도 모두 그대로 남아 있었다. 누구 한 사람, 심지어는 이볼긴 장군까지도 자리를 뜨려 하지 않았다. 그러나 레베제프가 옆을 지나가며 뭐라고 소곤거리자 이볼긴 장군은 슬그머니 나가서 어디론가 자취를 감춰 버렸다. 부르도프스키의 일행에게도 모두 차를 마시고 가도록 권했다. 그들은 어색한 표정을 지으며 이폴리트의 얘기가 끝날 때까지 기다리겠노라면서 테라스의 저쪽 구석으로 물러나더니, 거기서도 역시 한 줄로 나란히 앉았다. 곧 레베제프가 자기 집에서 마시려고 미리 준비해 두었던 차를 가져왔다. 그래서 일동은 오래 기다리지 않고 찻잔을 받아들 수 있었다. 시계가 11시를 알렸다.

10

이폴리트는 레베제프의 딸 베라가 따라 주는 차로 입술을 축이고 나서 찻잔을 탁자 위에 놓더니 갑자기 겸연쩍은 얼굴로 주위를 둘러보았다.

「이 찻잔을 좀 보세요, 리자베타 부인.」웬일인지 그는 몹시 서두르는 표정이었다. 「이 훌륭한 찻잔은 언제나 유리 찬장 속에 간직된 채 여태껏 한 번도 쓰여진 적이 없었던 것 같습니다. ……이것은 레베제프의 아내가 시집 올 때 가져온 세간 중의 하나거든요……. 그런데 지금 이 그릇을 여기 내놓은 것은 다름 아니라 부인에게 경의를 표하기 위해서예요. 그만큼 저 사람은 당신을 뵙게 된 걸 기뻐하고 있는 거죠…….」

그는 거기에다 무어라고 덧붙이고 싶었으나 다음 말이 이내 생각나지 않는 모양이었다.

「역시 횡설수설하는군요. 하긴 내 그럴 줄 알았지요.」 뜻밖에도 예브게니가 공작의 귀에다 이렇게 소곤거렸다. 「하지만 저게 위험하단 말입니다. 참으로 좋지 않은 징조예요. 두고 보십시오, 틀림없이 홧김에 무슨 엉뚱한 짓을, 리자베타 부인도 놀라 자빠질 만한 짓을 저지르고야 말 테니까요.」

공작은 무슨 뜻인지 모르겠다는 듯이 그를 바라보았다.

「당신은 뜻밖의 일을 당해도 겁내지 않겠죠?」 하고 예브게니 파블로비치는 계속했다. 「나 역시 그렇습니다. 오히려 그런 것을 갈망하는 편이죠. 왜냐하면 우리의 친애하는 리자베타 프로코피예브나가 지금 당장 혼이 나는 꼴을 보고 싶으니까요. 그걸 내 눈으로 보기 전에 돌아가지 않을 생각입니다. 아니, 당신은 지금 신열이 있는 게 아닙니까?」

「나중에 얘기하도록 합시다, 저 사람의 얘기에 방해가 되면 곤란하니까. 사실은 나도 지금 몸이 좋지 않습니다.」 공작의 어조는 침착하지 못하다기보다 오히려 짜증이 섞여 있었다. 문득 그는 자기의 이름을 들었다. 정신을 차려 보니 이폴리트가 자기 얘기를 하고 있는 것이었다.

「내 말이 믿어지지 않습니까?」 하고 이폴리트는 신경질적으로 웃었다. 「하긴 그럴 거예요. 그렇지만 공작은 조금도 이상하게 생각하지 않고 그냥 믿어 버릴 겁니다.」

「지금 얘기 들으셨어요?」 리자베타 프로코피예브나는 공작에게 얼굴을 돌렸다. 「들으셨어요, 못 들으셨어요?」

주위에서 웃음소리가 일어났다. 레베제프는 얼른 앞으로 나와서 리자베타 프로코피예브나의 앞을 오락가락하기 시작했다.

「이 애 말을 들어 보니, 그 신문 기사는 바로 저 아첨꾸러기인 당신의 집 주인이 고쳐 주었다는군요.」

공작은 어이가 없어 레베제프를 바라보았다.

「잠자코만 계시겠어요?」 리자베타 프로코피예브나는 사뭇 발을 동동 구르기까지 하였다.

「할 수 없죠.」 여전히 레베제프의 얼굴을 지켜 보며 공작은 중얼거리듯 대답했다. 「저 사람이 기사를 고쳐 주었다는 건 이미 알고 있었습니다.」

「그럼 정말이란 말이지?」 리자베타 프로코피예브나가 얼른 레베제프에게 얼굴을 돌렸다.

「틀림없는 사실입니다, 부인!」 레베제프는 확고하고도 분명한 어조로 이렇게 대답하고 한 손을 가슴 위에 얹었다.

「마치 장한 일이라도 한 것 같군!」 하고 부인은 펄펄 뛸 듯이 소리쳤다.

「내가 비열한 놈이지요! 암, 비열하구말구요!」 레베제프는 이렇게 중얼거리더니 가슴을 치며 점점 머리를 깊이 수그리는 것이었다.

「당신이 비열한 인간이건 아니건 그건 내가 상관할 바 아녜요! 그러나 『비열한 놈입니다.』라는 한 마디면 그것으로 끝날 줄 알았던가요! 공작님, 그래도 당신은 저런 인간들과 같이 지내는 것이 창피하지도 않은가요? 이젠 당신 같은 사람하곤 말도 하기 싫어요!」

「공작께서는 저를 용서해 주실 겁니다!」 하고 레베제프는 떨리는 목소리로 자신 있게 말했다.

「나는 오직 담담한 심정에서,」 이때 갑자기 소리치면서 켈레르가 앞으로 튀어나와 리자베타 프로코피예브나를 향해 말하기 시작했다. 「궁지에 빠진 친구를 배반하지 않으려는 의리심에서, 저 사람이 우리를 길거리로 쫓아내야 한다고 뇌까렸음에도 불구하고……, 그건 부인께서도 들으셨을 겁니다, 저 사람이 신문 기사를 정정한 데 관해서는 한 마디도 언급하지 않았던 것입니다. 사실을 분명히 가리기 위해서 털어놓고 이야기하자면, 나는 저 사람에게 6루블을 주면서 그것을 의뢰했었습니다. 내가 쓴 문장에 대한 손질이 아니라 내가 모르는 사실을 저 사람한테서 캐내려는 것이 목적이었지요. 다시 말해서 나는 저 사람을 믿을 만하다고 생각하였기에 부탁했던 겁니다. 각반 달린 구두라든가, 스위스의 의사집에서의 왕성한 식욕이라든가, 2백50루블을 50루블로 고친 것이라든가, 이런 것은 모두 저 친구의 솜씨에서 나온 것입니다. 바로 저 사람이 6루블을 받고 한 짓이란 말입니다. 절대로 문장 자체를 뜯어 고친 것은 아닙니다.」

「한 가지 지적해야 할 일은,」 하고 더욱더 높아 가는 웃음의 물결 속에서 레베제프는 열병에 걸린 사람처럼 성급하게, 그러나 확실히 풀죽은 목소리로 말을 가로챘다. 「내가 그 기사를 손질한 것은 앞부분뿐입니다. 절반까지 읽어 내려갔을 때 저 사람과 의견이 맞지 않는 데가 한 군데 있어서 논쟁을 하고는, 뒷부분에는 전혀 손을 대지 않았으니까요. 그러니까 그 기사 중에서 엉망인 부분은, 사실 말이지 그 기사는 엉망진창입니다, 전혀 내 책임이 아닙니다.……」

「기껏 한다는 소리가 그 따위야!」하고 리자베타 프로코피예브나는 빽 소리를 질렀다.

「한 가지 물어 보겠는데요.」하고 예브게니는 켈레르에게 말을 걸었다. 「그 기사를 고친 건 언제쯤이지요?」

「어제 아침입니다.」하고 켈레르는 대답했다. 「여기에 대해서 우리는 서로 비밀을 지키기로 약속했거든요!」

「그렇다면 바로 저 사람이 당신 앞에서 굽실굽실하며 충성을 서약하던 때잖아! 그래 저것도 사람이야? 이젠 너의 푸시킨 시집 같은 건 필요 없어! 딸애를 나한테 보낼 필요도 없구!」

이렇게 말하고 리자베타 프로코피예브나는 자리에서 일어나려다가 이폴리트가 웃고 있는 것을 보자 또다시 발칵 역정을 냈다.

「넌 또 뭐야, 나를 웃음거리로 만들고 싶어 이렇게 붙들어 놓은 거냐?」

「천만의 말씀이올시다.」이폴리트는 괴로운 듯 미소지었다. 「그러나 당신의 그 괴팍한 성격엔 놀랄 수밖에 없군요. 실은 레베제프가 한 짓이 부인에게 얼마만큼이나 충격을 줄 것인가를 알고 싶어 일부러 그 얘기를 끄집어 냈던 것입니다. 물론 목표는 당신 한 사람이었지요. 공작이 저 사람을 용서하리라는 것은 틀림없는 사실일 테니까요. 아니, 벌써 용서하셨을 겁니다……. 어쩌면 공작은 저 사람을 용서할 구실을 이미 마음속에서 찾아 냈을지도 모르겠습니다. 그렇지 않아요, 공작님?」

그는 숨을 몰아쉬고 있었다. 그의 야릇한 흥분은 그 입술을 통하여 나오는 한마디 한마디의 말과 함께 점점 고조되어 갔다.

「흥!」리자베타 프로코피예브나는 그러한 어조에 속으로는 놀라면서도 퉁명스럽게 말했다. 「그래서?」

「당신에 대해서는 전부터 많이 들어 왔지요……. 그것은 참으로 유쾌한 일이었지요.」하고 이폴리트는 계속했다.

입으로는 그렇게 말하면서도 그는 전혀 다른 뜻을 나타내려 하는 것 같았다. 그의 어조에는 냉소의 그림자가 깃들어 있었다. 동시에 그는 이상한 흥분 속에서 뭔가를 경계하는 눈빛으로 주위를 둘러 보았다. 그리고 그는 눈에 띌 정도로 허둥거리며 자꾸만 말을 더듬곤 했다. 이러한 그의 태도는 폐병 환자다운 그 용모와 무섭게 번쩍이는 시선과 더불어 언제까지나 주의를 끄는 것이었다.

「나는 세상 일에 대해서는 잘 모릅니다. 이 점은 솔직히 인정합니다. 그러나 나도 놀라지 않을 수 없었습니다. 왜냐하면 당신은 자기의 신분을 망각하고 우리 일행과 자리를 함께 했을 뿐 아니라, 저 아가씨들까지 여기 그대로 남아 이런 추잡한 얘기를 듣게 하셨으니 말입니다……. 하기야 아가씨들도 소설 같은 데서 이런 얘기는 얼마든지 읽으셨겠지만. 지금 머릿속이 복잡하여 잘 알 수 없지만 나 같은 코흘리개의, 사실 나는 아직 코흘리갭니다. 이 점도 솔직히 인정하죠. 그러한 나의 청을 받아들여 집에 돌아가지도 않고 일부러 남아서 함께 차를 미시며 이렇게 여러 가지로 보살펴 줄 수 있는 분은 아마 당신밖에 없을 겁니다. 물론 나의 표현이 적절한 것이 못된다는 것은 자신도 인정합니다만, 어쨌든 이러한 모든 것에 대해 찬양과 존경을 표하는 바입니다. 그러나 당신의 부군이신 각하께서는 반드시 이런 것을 불쾌하게 여기실 겁니다. 그건 각하의 표정만 봐도 이내 알 수 있으니까요……. 히, 히!」그는 두서없는 말을 하고 웃음으로 얼버무리려 했으나 갑자기 기침이 터져 나오는 바람에 이삼 분 동안 말을 계속할 수가 없었다.

「저런, 당장 숨이 넘어가는군!」호기심에서 바라보고 있던 리자베타 프로코피예브나는 차가운 어조로 말했다. 「자아, 이젠 그만둬, 너무 늦었어!」

「실례지만 나도 한 마디 하게 해주게나.」끝내 참다 못한 이반 표도로비치가 갑자기 다급한 목소리로 입을 열었다. 「내 아내가 여기 이렇게 앉아 있는 것은 뮈시킨 공작이 우리들의 다정한 친구이며 이웃이기 때문이야. 어쨌든 자네처럼 어린 사람이 리자베타의 언행을 비평한다든가 내 얼굴에 나타난 표정을 큰 소리로 맞대놓고 이야기한다는 것은 약간 주제넘은 짓이라고 생각하네. 게다가 내 아내가 여기 남은 것은……」하고 장군은 한층 더 격한 어조로 말을 계속했다. 「다만 괴상한 젊은이들을 좀더 보고 싶다는, 누구나에게 있을 수 있는 그런 호기심 때문이야. 내가 돌아가지 않고 여기 남아 있는 것도 역시 같은 동기에서지. 다시 말하면 한길을 지나다가 잠깐 걸음을 멈춘 것과 같은 거란 말야. 한 번 보아 둘 만한 가치가 있는 그런 어떤…… 뭐랄까, 그 저어…….」

「희한한 것이란 말씀이죠?」하고 예브게니 파블로비치가 얼른 말을 받았다.

「흐음 그래, 맞았어.」적당한 말이 생각나지 않아 끙끙대던 장군은 예브게니의 말이 몹시 반가웠던 모양이다. 「말하자면 그 어떤 진기한 것을 본다는 심정이었던 거야. 만일 자네가 며칠 안 남은 목숨이라면 말일세, 리자베타가 자네를 상대해 주고 있는 건 단지 자네가 환자라는 것, 그리고 자네의 그 비감한 언동에 아내가 동정심이 일어났던 때문이란 말야. 자네같이 젊은 사람이 아직도 그걸 알아채지 못했다는 건 나로서는 심히 놀랍고도 유감스러운 일이라 아니 할 수 없네. 하긴 수사학적으로 이런 표현이 적절할는지는 모르겠네만 아무튼 내 아내의 명예나 성품이나 지위 같은 걸 더럽힌다면 그건 절대로 안 될 말이지…….」장군은 얼굴을 붉히면서 이렇게 결론을 내렸다. 「자아, 그만 리자베타! 이젠 그만 가볼까……. 공작한테 작별 인사를…….」

「좋은 교훈을 주셔서 감사합니다, 각하.」뜻밖에도 이폴리트가 정색해서 그를 바라보며 감동한 어조로 말했다.

「돌아가요, 어머니. 아직도 멀었어요?」아글라야는 더 이상 참을 수 없다는 듯이 자리에서 벌떡 일어났다.

「여보, 2분만 더 기다려 주세요.」리자베타 프로코피예브나는 정중한 자세로 남편에게 몸을 돌렸다. 「어쩐지 이 애가 지금 신열 때문에 헛소리를 하고 있는 것만 같아요. 저 눈을 보면 알 수 있잖아요! 이대로 두고 갈 수는 없어요. 레프 니콜라예비치, 이 애를 오늘 저녁 이곳에 머무르게 했으면 좋겠어요. 지금 페체르부르그로 돌아간다는 것은 무리가 아니겠어요? 공작, 왜 멍하니 앉아 있는 거죠? 하긴 따분하기도 하겠지만…….」부인은 무슨 생각에선지 갑자기 S공작에게 말을 건넸다. 「알렉산드라, 이리 온. 머릴 좀 고쳐야겠구나!」

그녀는 조금도 손질할 필요가 없는 딸의 머리를 매만져 주고 나서 키스를 했다. 그것 이외의 다른 목적이라곤 없었던 성싶었다.

「부인, 부인께서는 아직도 성장할 수 있는 자질을 풍부히 가지고 있다고 생각합니다.」이폴리트는 깊은 생각에서 깨어난 듯 또다시 입을 열었다. 「아아 그렇지! 이런 말을 하고 싶었어요.」그는 문득 머리에 떠오르는 것이 있는 것처럼 희색이 만면하여 소리쳤다. 「보세요. 부르도프스키는 진심으로 자기 어머니를 보호하려고 했던 거예요. 안 그래요? 그런데 오히려 그것이 어머니에게 욕을 보인 결과가 되어 버렸단 말예요. 그리고 공작만 하더라도 부르도프스키에게 격의 없는 우정과 거액의 돈을 제공하려 했고, 또 우리들 중에는 아무도 공작에게 혐오를 느꼈던 사람은 없습니다. 그런데도 이 사람은 마치 불구대천의 원수처럼 되어 버리지 않았느냐 말입니다. 하, 하, 하, 하! 아마 여러분께서는 부르도프스키가 자기 어머니에게 바람직하지 못한 짓을 했다고 해서 그를 미워하고 계실는지도 모릅니다. 어떻습니까? 그렇죠? 당신네들은 무조건 외형적인 아름다움만을 좋아하고 그것만을 최고로 치는 사람들이니까요. 내 말이 틀렸어요? 사실 당신네들이 그것만을 중요시한다는 걸 나는 벌써부터 알고 있었거든요! 말이야 바른 말이지만 당신들 가운데는 어느 누구도 부르도프스키만큼 자기 어머니를 사랑하는 사람이 없을 것입니다. 공작님, 당신은 가냐를 통해서 부르도프스키의 어머니에게 몰래 돈을 보내 주었지요. 나는 알고 있습니다. 그렇지만 나는 단언할 수가 있어요.」여기까지 말한 그는 갑자기 신경질적인 웃음을 터뜨렸다. 「이번에는 도리어 부르도프스키 쪽이 형식상의 우아함이라든가, 자기 어머니에 대한 존경이 결여되었다는 이유로 당신한테 덤벼들 겁니다. 두고 보십시오. 내 말이 틀리나. 핫, 핫, 하!」

그는 또다시 숨이 넘어갈 듯이 한바탕 기침을 해댔다.

「이제 다 되었나? 하고 싶은 말 다했어? 그럼 이젠 가서 자도록 해요. 열이 대단한 것 같은데.」여전히 상대방의 얼굴을 불안한 시선으로 바라보면서 리자베타 프로코피예브나는 짜증 섞인 어조로 말을 가로막았다. 「원 저런, 또다시 지껄이기 시작하는군.」

「당신은 아직도 웃는군요? 왜 나를 보고 자꾸만 웃죠? 알겠어요. 당신은 나를 비웃고 있는 거죠.」하고 이폴리트는 불안과 초조감이 뒤섞인 얼굴을 갑자기 예브게니에게 돌렸다.

예브게니는 정말 웃고 있었던 것이다.

「나는 다만 한 가지 당신에게 묻고 싶었을 뿐입니다, 이폴리트······. 미안합니다. 당신의 성을 잊어서······.」

「체렌치예프예요.」하고 공작은 일러 주었다.

「참, 체렌치예프였지요. 미안합니다, 공작. 아까도 가르쳐 주신 걸 금방 잊어버려서…… 체렌치예프 씨, 한 가지 당신에게 묻고 싶은 게 있어요. 당신은 창문 너머에서 사람들과 10분이나 15분만 얘기해도 모두가 당신의 말에 찬성하고, 즉시 당신의 뒤를 따라 나설 것이라고 장담한 일이 있다는데 그게 정말입니까?」

「그런 말을 했을는지도 모르죠…….」이폴리트는 뭔가 짐작이 가는 게 있다는 표정으로 대답했다. 「아니, 틀림없이 그런 말을 했을 겁니다!」그는 다시금 활기를 띠며 예브게니 파블로비치의 얼굴을 응시한 채 불쑥 이렇게 덧붙였다. 「그런데 그게 어쨌다는 겁니까?」

「아무것도 아닙니다. 그저 참고삼아 분명히 알아 두려는 뜻에서…….」예브게니는 하던 말을 끊고 입을 다물어 버렸으나 이폴리트는 불안한 기대 속에 그의 얼굴을 언제까지나 지켜 보고 있었다.

「그래 이젠 다 끝났나요? 물을 말이 있거든 물어 보세요. 저 애는 지금 누워야 하니까요. 왜 말이 막혀서 안 나오나요?」하고 리자베타 프로코피예브나는 예브게니에게 물었다. 그녀는 심히 못마땅한 표정이었다.

「나는 이렇게 말할 수 있어요.」하고 예브게니는 미소를 띠며 계속했다. 「즉, 당신 친구들이 한 말들과 지금 당신의 유창한 화술로 주장한 의견들을 종합해 본다면, 그것은 요컨대 하나의 권리 찬양의 이론에 귀착되는 것 같군요. 모든 것을 뒤로 제쳐놓고, 모든 것을 포기하고, 모든 것을 제외하고, 더욱이 권리 그 자체가 무엇에 기인하는 것인가조차도 연구하지 않고 말입니다. 그렇잖아요? 내 말이 틀립니까?」

「물론 틀리지요. 도대체 무슨 이야기인지 이해할 수조차 없을 지경입니다……. 그래서 어쨌다는 거죠?」

테라스 저쪽 구석에서도 역시 투덜거리는 소리가 일어났다. 레베제프의 조카는 뭐라고 낮은 소리로 중얼거리기 시작했다.

「이제 하고 싶던 말은 거의 다 했습니다.」하고 예브게니는 말을 이었다. 「그러나 한 마디만 덧붙인다면 이런 이론들은 곧 힘의 권리, 다시 말해서 유일무이한 힘의 권리, 개인적 욕구의 권리로 비약하고 싶어한다는 사실이지요. 하기는 세상에서 웬만한 일은 그것으로 결말이 나곤 합니다만. 플라톤 역시 힘의 권리를 역설했으니까. 미국 전쟁 때만 해도 가장 진보적인 자유주의라는 사람들이 이주민의 이익을 보호하기 위해 다음과 같은 것을 선언했었지요. 흑인은 어디까지나 흑인, 즉 백인종보다 하급의 인종이다. 따라서 힘의 권리는 백인 쪽에 있어야 한다고 말입니다…….」

「그래서요?」

「그러니까 당신도 힘의 권리를 부정하지는 않겠지요?」

「그렇다면?」

「꽤 따지길 좋아하는군요. 내가 말하고자 하는 것은, 힘의 권리라는 것은 범이나 악어의 권리, 즉, 다닐로프나 고르스키의 권리와 그다지 거리가 멀지 않다는 겁니다.」

「잘 모르겠는걸요. 그래서요?」

이폴리트는 예브게니의 말을 거의 듣고 있지 않았다.

따라서 상대방의 말이 중단될 때마다 한 마디씩 하는 『그래서?』라는 말도 실은 대화에 대한 관심이나 호기심 때문에 하는 소리가 아니라 이야기 중에 하는 하나의 습관에서 오는 것이었다.

「내가 하려던 말은 이것이 전붑니다.」

「하지만 나는 결코 당신한테 화를 내고 있는 건 아닙니다.」 이폴리트는 뜻밖에 이런 말을 하며 얼굴에 미소까지 띠었다. 그리고 거의 무의식적으로 한쪽 손을 내밀었다.

예브게니는 흠칫 놀라더니 곧 엄숙한 표정이 되어 마치 용서를 비는 것 같은 태도로 그의 손을 잡았다.

「한 마디만 덧붙여야겠습니다.」 그는 어쩐지 애매한 듯한, 그러나 공손한 어조로 입을 열었다. 「나는 당신이 내 얘기를 끝까지 주의 깊게 들어 준 데 대해 진심으로 감사드립니다. 왜냐하면 우리 나라의 자유주의자라는 친구들은 다른 사람이 무슨 색다른 신념을 피력하면 그것을 들어 줄 만한 아량이 없기 때문에 당장 그에게 비난을 퍼붓는가 하면 그보다 더 악랄한 수단으로 보복을 꾀하기 일쑤거든요…….」

「그건 정말 옳은 말이야.」 하고 예판친 장군이 한 마디 던졌다. 그리고는 더 이상은 지루해서 못 견디겠다는 듯이 뒷짐을 진 채 테라스 계단 위로 물러 가더니 입을 크게 벌리고 하품을 했다.

「자, 이젠 그만해요! 당신의 얘긴 더 이상 듣고 싶지 않으니까!」 하고 리자베타 부인은 예브게니에게 말했다.

「시간이 꽤 늦었군요.」이폴리트는 겸연쩍은 듯이 주위를 둘러보더니 미안하다는 표정을 지으며 자리에서 일어났다. 「공연히 여러분들을 붙잡아 놓은 것 같습니다. 실은 여러분에게 몽땅 털어놓고 얘기하고 싶어서……. 나는 당신네들이 모두…… 나는 마지막으로…… 하지만 그것은 하나의 망상에 지나지 않습니다…….」

그는 마치 발작처럼 간헐적으로 원기를 회복했다. 그러고는 정신적 혼미 상태로부터 몇 초 정도는 완전한 의식이 되돌아와 퍼뜩퍼뜩 머리에 떠오르는 것을 입밖에 내서 말하고 있는 듯싶었다. 물론 그가 하는 말의 대부분은 지극히 단편적인 것이었다. 아마도 그것은 고독한 병상에서 잠 못 이루는 기나긴 밤마다 혼자 씹고 되씹어 왔던 생각의 일부분인 모양이었다.

「그럼 안녕히!」그는 갑자기 뜻밖의 말을 하기 시작했다. 「그런데 당신네들은 내가 아무런 괴로움 없이『안녕히』라는 말을 할 수 있다고 생각하십니까? 핫핫!」그는 스스로의 어설픈 질문을 조소했다. 그러나 하고 싶은 말이 혀끝에서 맴돌며 제대로 흘러 나오지 않는 것이 몹시 안타까운 듯 그는 신경질적인 커다란 소리로 다시 입을 열었다. 「각하, 매우 염치 없는 부탁입니다만 나의 장례식에 꼭 참석해 주시기 바랍니다. 물론 참석할 만한 가치가 있다고 인정하신다면 말입니다……. 그리고 여러분들도 모두 장군과 함께 꼭…….」이렇게 말하고 그는 또다시 소리를 내어 웃었다. 그러나 그 웃음은 이미 미친 사람의 웃음에 지나지 않았다. 그러자 리자베타 부인은 깜짝 놀라며 그에게 다가가 손을 잡았다. 이폴리트는 여전히 웃음을 머금은 채 그녀의 얼굴을 뚫어지게 바라보고 있었다. 그러나 그 웃음은 마치 그 얼굴에서 얼어붙은 것처럼 굳어 있었다.

「나는 오늘 나무를 보러 여기 온 거예요. 저기 저 나무를…….」하며 그는 공원의 숲을 가리켰다. 「내 이야기가 우습지요?」그는 다시 정색을 하고 리자베타 부인에게 이렇게 묻고는 곧 무슨 생각에 잠겨 버렸다. 얼마 후에 그는 다시 얼굴을 쳐들고 주위를 두리번거렸다. 그는 예브게니를 찾고 있었던 것이다. 예브게니는 그리 멀리 떨어지지 않은 오른쪽에 아까부터 그대로 서 있었는데도 이폴리트는 그것을 까맣게 잊고 딴데서 그를 찾고 있었다. 「아아, 당신은 아직 돌아가지 않았군요!」마침내 그는 예브게니를 발견하고 이렇게 말했다. 「당신은 내가 아까 창문 너머로 15분쯤만 군중을 상대로 얘기하면 모두들 내 말을 따른다면서 어쩌니 저쩌니 하고 사뭇 웃고 있었지만…… 솔직히 말해서 나는 이미 18세의 소년이 아니란 말입니다.
나는 오랫동안 병상에 누워서 그 창문을 바라보며 생각하고 또 생각했어요
……. 모든 것을……, 모든 문제에 대해서……. 죽음을 눈앞에 둔 사람에
게는 연령이 없다는 걸 아십니까? 나는 바로 지난 주일 밤중에 문득 눈을
떴을 때 이런 생각을 했습니다……. 당신 같은 사람들이 두려워하는 것은
무엇일까 하고 말입니다. 당신네들은 우리의 성실성을 가장 두려워하고 있
는 거예요. 비록 우리를 경멸하고 있다고는 하지만 말입니다. 이것도 역시
그날 밤에 생각한 거지요. 그건 그렇고 부인, 부인께서는 아까 내가 부인을
웃음거리로 만들려고 했다고 생각하십니까? 천만의 말씀입니다. 나는 다
만 부인을 찬양하려 했던 것뿐입니다. 콜랴한테 들었지만, 공작이 부인을
어린애 같다고 하셨다는데 그것은 정말 옳은 말입니다. 아니, 내가 또 무슨
말을 하려 했더라?」

　그는 두 손으로 얼굴을 가리고 생각에 잠겼다.

　「아, 그렇군요. 아까 부인께서 작별 인사를 하실 때 나는 갑자기 이런 생
각이 났어요. 여기 이렇게 사람들이 있지만 이 사람들도 머지않아 모두 사
라질 것이다. 영원히! 그리고 저 나무도 역시 없어져 버리고, 남는 것은
다만 내 창문 맞은편에 있는 마이에르네 집 붉은 벽뿐이겠지. 어때! 저 사
람들한테 그걸 한 번 말해 봐라, 시험삼아 한 번 말해 봐. 오오, 여기 미녀
가 있구나. 하지만 나는 망자(亡者)가 아냐. 『나는 망자요.』하고 말해
라. 『망자는 무슨 말을 해도 상관없다.』이렇게 말해 보란 말이다……. 공
작 부인 마리야 알렉세예브나도 결코 나무라지는 않을 거라고 말이야. 하
하! 아니 당신네들은 웃고 계시는군요.」하고 그는 의혹에 가득 찬 눈길로
둘러보았다. 그리고는 「그러나 자리에 꼼짝 않고 누워 있노라면 여러 가지
생각이 머리에 떠오르지요. 자연이란 참으로 조소적인 것이라는 확신을 나
는 얻었습니다. 부인께선 아까 나를 보고 무신론자라고 말씀하셨습니다만
자연이란 것은 ……. 어째서 당신들은 또 웃으십니까? 정말로 잔인한 사
람들이군!」그는 갑자기 서글픔과 분노가 뒤섞인 목소리로 이렇게 말하고
좌중을 둘러보았다. 「하지만 나는 결코 콜랴를 타락의 길로 이끌지는 않았
습니다.」하고 그는 갑자기 생각난 듯 지금까지와는 전혀 달리 심각한 어조
로 말을 맺었다.

　「쓸데없이 언짢게 생각할 건 없어! 너를 보고 웃는 사람은 아무도 없으

니까.」리자베타 프로코피예브나는 가슴이 답답한 듯이 말했다. 「내일이라도 곧 다른 의사를 불러 오도록 하자. 전에 진찰한 의사는 진단을 잘못했을 거야. 자, 어서 앉아요. 그렇게 비틀거리면서 서 있으면 어쩌겠다는 거야. 잠꼬대 같은 소리만 늘어 놓으면서……. 아아, 정말 이 애를 어쩐담!」리자베타 프로코피예브나는 어쩔 줄을 몰라 허둥대다가 그를 안락의자에 앉혔다.

그녀의 볼에 맺힌 눈물방울이 반짝 빛났다. 이폴리트는 깜짝 놀라며 조심스럽게 한 손으로 그 눈물방울을 손가락 끝으로 건드려 보았다. 그러고는 어린애처럼 싱긋 웃어 보였다.

「나는…… 부인을…….」하고 기쁜 듯이 입을 열었다. 「부인께선 모를 거예요. 내가 얼마나 부인을……. 저 애는 언제나 나를 만나기만 하면 신이 나서 부인 얘기를 했답니다. 저기 저 애, 콜랴는 말이에요……. 나는 저 애가 부인 얘기에 열을 올리는 것을 보면 기분이 좋아지곤 했지요. 나는 절대로 콜랴를 나쁜 길로 인도하지는 않았어요! 내가 이 세상에 소중히 남겨 두고 가는 건 콜랴뿐입니다……. 처음엔 여러 사람을 남겨 두고 싶었지만, 이제는 아무도 없습니다. 아무도 없어요. 나는 활동적인 인간이 되기를 원했습니다. 그럴 권리를 가지고 있었으니까요. 아아, 나는 얼마나 많은 것을 원했는지 몰라요……. 그러나 지금은 아무것도 원치 않습니다. 아무것도 원하고 싶지 않습니다. 이젠 아무것도 원치 않기로 했어요. 내가 없어지더라도 다른 사람이 진리를 탐구하겠지요! 자연이란 정말 아이러니컬한 거로군요. 어째서 자연은,」그는 갑자기 고조된 음성으로 성급히 말을 이었다. 「어째서 자연은 다만 그것을 조소하려는 목적만으로 가장 훌륭한 존재를 창조하는 것일까요? 자연이라는 것은 이 지상에서 가장 완벽하리만큼 전형적인 인간을 세상 사람들에게 전시하면서 한편으로는 소름끼치는 이야기를 하지 않을 수 없는 운명을 그에게 부여한 것입니다. 아니, 그 피, 그 피가 만일 한꺼번에 모두 쏟아져 나왔다면 인류는 필시 그 피 속에 빠져 죽어 버렸을 것입니다. 아아, 내가 죽는다는 건 얼마나 다행한 일인지! 나도 살아 있으면 역시 어떤 무서운 거짓말을 할 게 틀림없으니까요. 자연은 나로 하여금 그렇게 하도록 가만 두지 않으니 말입니다. 나는 그 누구도 못된 길로 이끌지는 않았습니다. 나는 인류의 행복을 위해 진리의 발전과 그 전파를 위해 살고 싶었습니다. 나는 창문 너머로 마이에르네 집 벽을 바라다보면서『만일 15분 동안만 모든 사람이 내 말을 경청하여 준다면 틀림없이 그들을 모두 설득할 수 있으련만.』이렇게 생각한 적이 있었습니다. 그러나 그럴 기회는 없었습니다. 일생을 통해 오직 한 번……. 부인 한 사람만을 상대해서 지껄였을 뿐입니다. 그러나 그걸로 대체 무엇을 얻을 수 있었을까요? 아무것도 없습니다! 있다면 그것은 모멸뿐이었지요! 요컨대 나는 바보예요! 무용지물이에요. 죽어야 할 때가 온 놈이지요! 게다가 무엇 하나 추억이 될 만한 것도 남기지 못하고 소리도 없이 발자취도 없이 아무런 업적도 남기지 못한 채, 이렇다 할 신념을 전파하지도 못한 채 그냥 사라져 가는 거예요! 나에 대한 모든 것을 깡그리 잊어버려 주세요! 그리고 제발 가혹한 취급일랑 말아 주십시오! 솔직히 말해서 설사 내가 이렇게 폐병에 걸리지 않았더라도 어차피 나는 자살이라도 했을 그런 인간이거든요.」

그는 이직도 많은 얘기를 하고 싶은 눈치였다. 그러나 갑자기 말을 그치고 의자에 몸을 던지더니 두 팔에 얼굴을 파묻고 어린애처럼 엉엉 울기 시작했다.

「어머나, 이 일을 어쩐담!」이렇게 외치며 리자베타 프로코피예브나는 그에게로 달려가서 그의 머리를 힘껏 자기 가슴에 끌어안았다. 그러자 이폴리트는 경련을 일으키기라도 하는 것처럼 마구 몸부림을 치며 우는 것이었다. 「이제 울음을 그쳐! 그만 울라니까! 너같이 착한 애는 하느님께서 꼭 용서해 주실 거야. 자, 어서 사내답게……. 이게 무슨 꼴이람, 부끄럽지도 않아!」

「나한테는 집에…….」이폴리트는 고개를 쳐들려고 애쓰며 다시 입을 열었다. 「집에 남동생 하나와 여동생 둘이 있습니다. 아직도 나이 어린, 가엾고도 순진한 아이들입니다. 우리 어머니는 그 애들을 망치고 말 거예요! 그러니까 부인께서는, 부인 자신이 어린애와 같은 분이니까……, 그 애들을 구해 주세요! 그 애들을 우리 어머니의 손에서 빼내 주세요. 그 사람은, 아아, 말하기조차 부끄럽습니다. 오오, 주여, 그 애들을 보살펴 주세요, 도와 주세요……. 그 은혜는 하느님께서 몇백 배로 갚아 주실 것입니다. 제발 그 애들을 잊지 마시기를…….」

「여보 뭐라고 말 좀 해보세요, 어떡하면 좋겠어요, 네?」하고 리자베타 프로코피예브나는 안타까움을 못 이겨 자기 남편에게 소리쳤다. 「그렇게 우두커니 서 있지만 말고 무슨 결정을 내리시란 말예요. 그렇지 않으면 나는 여기 남아서 밤을 새울 테니 그리 아세요. 여태까지 당신은 나를 자기의 전제적인 권력 밑에 주고 괴롭힐 대로 괴롭혀 왔으니까요!」

리자베타 프로코피예브나는 미친 사람처럼 남편에게 대들며 즉각적인 답변을 요구했다. 그러나 이러한 경우 옆에 있는 사람들은——비록 그 수가 많다 하더라도——다만 무사주의만을 고수했다. 그러면서도 대체로 소극적인 호기심과 침묵으로 일관할 뿐이었다. 그들은 시간이 오래 경과한 후에야 비로소 자기네의 의견을 말할 것이다. 오늘 이 자리에 참석한 사람들 중에는 끝까지 한 마디도 하지 않고, 밤이 새건 아침이 되건 아랑곳도 하지 않고, 태연히 앉아 있을 인물들도 섞여 있었다. 예를 들어 바르바라와 같은 여자는 줄곧 멀찍한 곳에 말없이 앉아서 비상한 호기심을 가지고 끝까지 귀를 기울이고만 있었다. 그러나 거기에는 물론 그럴 만한 이유가 있었을 것이다.

「내 의견을 말할 것 같으면,」하고 마침내 장군이 입을 열었다. 「지금 이러한 경우에 필요한 것은 간호원이지 결코 우리들이 아니란 말이야. 그러니까 착실하고 믿음직한 사람이 하룻밤 그의 곁에 앉아서 돌봐 주도록 해야 할 거야. 어쨌든 공작과 의논해서…… 환자가 즉시 안정하도록 해줘야지. 그리고 내일 달리 좋은 방법을 취하도록 하면 좋을 것 같군.」

「벌써 12시로군요. 그럼 우리는 돌아가겠습니다. 이폴리트는 어떡하죠? 여기 붙잡아 두실 작정입니까?」독토렌코가 퉁명스러운 어조로 공작에게 물었다.

「방은 있으니까 웬만하면 당신들도 같이 여기서 주무시도록 하십시오.」하고 공작은 대답했다.

「각하,」갑자기 켈레르가 몹시 감격한 얼굴로 장군 옆으로 불쑥 나섰다. 「오늘 밤, 저 사람의 간호를 위해 믿을 만한 사람이 필요하시다면 내가 친구를 위해 희생할 용의가 있습니다. 저 친구는 정말 착한 마음씨를 가진 사람이에요! 나는 오래 전부터 저 친구를 훌륭한 놈이라고 존경하고 있었습니다. 나 같은 놈은 원래가 수양이 부족한 인간입니다만 저 친구는 나와 다릅니다. 저 친구가 어떤 문제에 대해 열변을 토하는 걸 들으면 그야말로 그 한마디 한마디가 모두 주옥 같았습니다……」

장군은 하도 어이가 없어 고개를 돌려 버리고 말았다.

「물론 저 사람이 우리 집에서 묵고 간다면 나도 기쁩니다. 저 사람은 아무래도 기차를 타기 어려울 것 같군요.」공작은 리자베타 프로코피예브나의 신경질적인 물음에 대하여 이렇게 설명했다.

「그런데 너 졸고 있는 거냐? 네가 이 집에서 자고 가지 않겠다면 난 공작을 우리 집에 모시고 가겠다. 공작, 당신도 금방 쓰러질 것 같은 얼굴을 하고 있군요! 몸이 불편하신가요?」

리자베타 프로코피예브나는 초저녁에 공작이 병석에 누워 있지 않은 것을 보았을 때 공작의 외관만으로 그의 건강 상태를 지나치게 좋게 판단했던 것이다. 그러나 바로 엊그제까지 그를 괴롭힌 병과 그에 따르는 가슴 아픈 회상, 어수선했던 오늘 저녁의 피로, 파블리시체프의 아들에 관한 사건, 그리고 지금의 이폴리트 사건――이러한 모든 것이 얽히고 설켜서 가뜩이나 병적으로 예민한 공작의 감수성을 거의 열병적 상태에 이르도록 자극했던 것이다. 그러나 그밖에도 지금 그의 눈 속에는 무엇인가 별개의 심려, 심려라기보다는 오히려 의구심이라고도 할 만한 것이 서려 있었다. 공작은 이폴리트가 또 무슨 짓을 저지르지나 않을까 염려되는 듯 조심스런 눈으로 그를 지켜 보고 있었다.

별안간 이폴리트는 무서울 만큼 창백한 얼굴로 자리에서 벌떡 일어났다. 그 일그러진 얼굴에는 절망에 가까운 수치의 기색이 떠올랐다. 이러한 표정은 겁먹은 듯한 증오의 눈초리였는데, 그는 좌중을 둘러보고는 다시 파르르 떠는 입술 위에 무기력하고 비뚤어진 미소를 나타내는 것이었다. 그러나 그는 곧 눈을 내리깔고 여전히 미소를 띤 채 테라스 층계 옆에 서 있는 부르도프스키와 독토렌코 쪽으로 비틀거리면서 걸어갔다. 그들과 함께 돌아갈 작정인 모양이었다.

「이게 바로 내가 염려했던 겁니다!」하고 공작은 소리쳤다. 「반드시 이럴 줄 알았어요!」

이폴리트는 미칠 듯한 증오와 함께 그 쪽으로 몸을 홱 돌렸다. 그 안면의 근육은 툭툭 불거져 씰룩거리면서 말을 하고 있는 것같이 보였다.

「당신이 무엇을 염려했다구요? 반드시 그럴 줄 알았다구요? 솔직히 말해서,」그는 입에다 거품을 물며 목구멍을 죄는 것 같은 소리로 외쳤다. 「여기 있는 사람들 중에 내가 증오하는 사람이 있다면 말입니다. 하긴 당신네들 모두를 증오하고 있지만 그 중에서도 특히 당신을, 가면을 뒤집어쓰고

입에 침 바른 소리를 잘하는, 백치에 백만장자에 자선가인 당신을 미워해
왔습니다. 당신의 소문을 듣기 시작한 그때부터 난 죽어라고 당신을 미워해
왔단 말입니다. 오늘 저녁의 모든 불상사는 전적으로 당신에게 그 책임이
있습니다. 나를 거의 발작에 가까운 상태로 이끈 것도 당신이구요! 당신은
죽어 가는 병자를 모욕했습니다. 내가 만일 죽지 않고 산다면 반드시 당신
을 죽이고야 말 것입니다. 당신의 자비 같은 건 필요 없어요. 그런 건 아무
에게도 받지 않겠어요. 누구한테서나 아무것도 받지 않겠단 말입니다. 아까
는 내가 정신없이 헛소리를 했던 거예요. 그러니까 당신네들은 조금도 우쭐
댈 이유가 없단 말입니다……. 나는 당신네들 모두를 영원히 저주하겠습
니다!」

그는 숨이 가빠서 더 이상 계속하지를 못했다.

「아까 소리를 내어 운 것이 부끄러워진 거예요!」하고 레베제프는 리자
베타 부인에게 속삭였다. 「반드시 그럴 줄 알았다고 말하는 걸 보면 공작
도 제법 사람의 마음속을 들여다볼 줄 아는 모양이죠.」

그러나 리자베타 프로코피예브나는 그를 거들떠보지도 않았다. 그녀는
거만하게 허리를 펴고 고개를 뒤로 번쩍 젖히고 선 채, 경멸과 호기심이 뒤
섞인 눈으로 그들을 지켜 보고 있었다. 이폴리트가 말을 끝냈을 때 장군이
두 어깨를 으쓱해 보이자 부인은 도대체 그게 무슨 뜻이냐는 듯이 남편을
머리끝에서 발끝까지 훑어 보았으나 이내 공작에게로 얼굴을 돌렸다. 「공
작, 고마워요. 우리들에게 유쾌한 하루 저녁을 보내게 해주셔서. 우리들을
이런 난장판에 끌어들일 수 있었던 걸 당신은 속으로 좋아하고 있을 거예
요. 아무튼 고마워요. 당신을 똑똑히 관찰할 기회를 준 것만으로도 감사를
드려야겠어요.」

이렇게 말하고 부인은 화가 잔뜩 나서 입고 있는 망토를 바로 고쳐 입으
며, 놈팡이들이 밖으로 나가기를 기다리고 있었다. 그들 앞으로 곧 전세 마
차가 왔다. 15분쯤 전에 독토렌코가 레베제프의 아들인 중학생을 보내서 불
러 오도록 한 마차였다. 예판친 장군은 자기 아내의 말이 끝나기를 기다
렸다가 이내 한 마디 거들었다.

「공작, 사실 나는 꿈에도 생각지 못했소……. 더구나 그처럼 화기애애하
던 자리가 갑자기……. 그리고 리자베타만 하더라도…….」

「어쩌다 일이 이렇게 되었담!」하고 아젤라이다가 호들갑스럽게 떠들면

서 공작에게 다가서서 악수를 청했다. 공작은 얼빠진 사람처럼 멍청한 얼굴
로 그녀에게 미소를 지어 보였다. 순간 빠르고도 매서운 속삭임이 그의 귓
가에 울렸다.

「만일 당신이 저 무례한 건달패들을 당장 내쫓지 않는다면 나는 평생을
두고 당신을 원망할 거예요.」하고 아글라야가 속삭였던 것이다. 그녀는 몹
시 격분해 있는 모양이었다. 그러고는 공작이 미처 그 얼굴을 보기도 전에
재빨리 몸을 돌려 버렸다. 그러나 공작의 주위에는 이미 내쫓아 버릴 아무
도 없었다. 환자인 이폴리트를 태운 전세 마차는 벌써 떠나고 없었던 것
이다.

「이제는 어떡하죠, 여보? 이런 불쾌한 일이 언제까지나 계속된다면 나는
저런 짓궂은 애송이들한테 언제까지나 놀림을 받아야만 하나요?」리자베
타 부인은 남편에게 말했다.

「걱정할 것은 없어. 거기에 대해서는 나도 생각이 있고, 공작도⋯⋯.」
이반 표도로비치 장군도 역시 공작에게 손을 내밀었다. 그러나 그는 악수도
제대로 안 하고 리자베타 프로코피예브나의 뒤를 쫓아 달려 나갔다. 부인은
여전히 화난 얼굴로 야단스럽게 테라스의 층계를 내려가고 있었다. 아젤라
이다와 그 약혼자 그리고 알렉산드라와 예브게니는 진정에서 우러나오는
상냥한 태도로 공작에게 작별 인사를 했다. 그 중에서도 특히 예브게니만은
지극히 명랑한 태도였다.

「내가 생각했던 대로예요! 다만 당신까지 공연히 애를 먹은 것이 유감스
럽군요.」그는 말할 수 없이 상냥한 미소를 지어 보이며 이렇게 속삭였다.
아글라야는 인사도 없이 돌아가 버렸다.

그러나 이 날 저녁의 사건은 이것으로 끝나지 않았다. 리자베타 프로코피
예브나는 또 다시금 고배를 맛보지 않을 수 없었던 것이다.

부인이 계단을 따라서 공원을 둘러싸고 있는 한길까지 미처 내려오기도
전에 두 필의 백마가 끄는 멋진 마차 한 대가 공작의 별장 옆으로 지나
갔다. 마차 위에는 화려한 옷차림을 한 귀부인 두 사람이 앉아 있었다. 그
러나 마차는 열 걸음도 채 지나치지 않아서 갑작스레 멈춰 섰다. 그러고는
귀부인 중의 어느 하나가 반가운 친구라도 발견한 듯 갑자기 뒤를 돌아보
았다.

「어머나, 당신이었군요. 예브게니 파블로비치!」순간 맑고도 아름다운

여인의 목소리가 울려왔다. 그 소리에 번쩍 귀가 뜨인 것은 공작 한 사람만이 아닌 것 같았다. 「여기서 당신을 발견하다니, 얼마나 기쁜지 모르겠어요! 당신한테 연락을 취하려고 두 번이나 시내에 일부러 사람을 보냈었는데. 온종일 당신을 찾아다녔답니다!」

예브게니 파블로비치는 장승처럼 계단에 멈춰 서 버렸다. 리자베타 프로코피예브나도 그 자리에 못박힌 듯 서버렸으나, 그렇다고 예브게니처럼 공포에 휩싸인 것은 아니었다. 그녀는 조금 전에 그 『놈팡이들』을 노려 보았을 때처럼 거만하고도 냉정한 경멸의 눈초리로 이 불손하리만큼 대담한 여인을 응시했다. 그러고는 곧 그 눈을 예브게니에게로 돌렸다.

「전할 소식이 있어요!」하고 여인의 맑은 음성이 계속해서 울려 왔다. 「쿠프페로프의 어음 건은 걱정할 필요가 없게 됐어요. 내가 로고진을 설복해서 3만 루블에 사들이도록 했으니까. 앞으로 석 달 가량은 안심해도 좋아요. 그리고 비스쿠프니 뭐니 하는 패거리는 전부터 잘 아는 사이니까 원만히 타협될 수 있을 거에요. 어쨌든 모든 일이 순조롭게 되어 가고 있으니 그리 아세요. 그럼 내일 또 만나요.」

마차는 움직이기 시작하기가 무섭게 저 멀리로 사라져 버렸다.

「저거 미친 여자 아냐?」 예브게니는 분에 못 이겨서인지 얼굴을 붉히고, 영문을 모르겠다는 듯이 주위를 둘러보며 이렇게 소리쳤다. 「무슨 소릴 하는 건지 하나도 못 알아듣겠어! 난데없이 어음은 무슨 어음이야? 도대체 저 여잔 뭐야?」

리자베타 프로코피예브나는 한동안 계속해서 그의 얼굴을 노려 보고 있다가 갑자기 발길을 돌리더니 자기 집을 향해 걷기 시작했다. 다른 사람들도 그 뒤를 따랐다. 1분이 지난 후 예브게니는 공작이 서 있는 테라스로 허둥지둥 되돌아왔다.

「공작, 당신은 지금 그 여자가 한 말이 무슨 뜻인지 모르시오?」

「전혀 모르겠는데요.」하고 공작은 대답했다. 그 자신도 지금 극도의 병적인 긴장 상태에 빠져 있었던 것이다.

「정말, 모르겠단 말이죠?」

「모르겠습니다.」

「나도 전혀 모르겠어요.」하며 예브게니는 갑자기 소리를 내어 웃었다. 「정말 나는 그 어음이니 뭐니 하는 것과는 아무런 관계도 없습니다. 내 말

을 믿어 주십시오. 아니 왜 그러시죠? 금방 졸도라도 할 것 같은 안색인데
요?」

「아, 아닙니다. 괜찮습니다……. 아무렇지도 않아요…….」

11

이틀이 지나고 사흘째 접어들어서야 예판친 댁 가족들은 겨우 기분이 좋
아졌다. 공작은 언제나 그렇듯이 이번에도 여러 가지 면에서 자기 자신을
꾸짖으며 진심으로 응분의 깅벌을 각오하고 있었다. 그러면서도 처음에는,
리자베타 프로코피예브나가 정말로 자기에게 화를 낼 리는 만무하다, 부인
은 오히려 자기 자신에게 화를 내고 있는 것이라고 내심으로 그렇게 굳게
믿고 있었다. 그러나 그녀의 저기압이 의외로 오래 계속되었으므로, 공작도
사흘째부터는 어쩔 수 없이 우울한 감정에 빠져들지 않을 수기 없었다. 여
기에는 여러 가지 사정이 개재되어 있었지만, 그러나 그 어떤 사정 하나가
결정적인 작용을 했던 것이다. 그것은 지난 이틀 동안 점차로 공작의 의혹
속에 깊이 뿌리를 박아 버린 것이었다. 얼마 전부터 공작은 두 개의 상반되
는 성벽(性癖), 너무나 지나친 『우스꽝스러우리만큼 끈덕진 신뢰심』과 그와
는 반대로 『음침하리만큼 비열한 의혹심』 때문에 자기 자신을 꾸짖고 있었
던 것이다. 간단히 말하면 그 날의 그 괴상한 귀부인, 즉 마차 위에서 예브
게니에게 말을 걸어 왔던 그 귀부인에 관한 일이 사흘째 되는 날부터는 수
수께끼처럼 불안하게 그의 마음에서 점점 확대되어 갔다. 이 사건의 다른
측면은 잠시 덮어 두더라도 그 수수께끼의 본질은──이 새로운 괴이한
사건이 과연 나에게 잘못이 있는 것인지, 아니면 다른 누구에게 잘못이 있
는 것인지 그는 끝까지 말하지 않았다── 무엇일까? 엔·에프·비 (N·
F·B)라는 머리 글자에 관해서는 공작도 그것을 다만 악의 없는 어린애 같
은 장난으로 돌려 버렸고, 따라서 그런 것을 가지고 심각하게 생각하는 것
은 부끄러운 일일 뿐더러 어느 면에서 보면 거의 파렴치한 일이라고까지 생
각되었다.

하지만 공작 자신이 주된 원인이 되어 발생한 그 사건이 있은 다음날 아
침, 그는 S공작과 아젤라이다의 방문을 받았다. 두 사람은 산책을 나온 길
에 공작의 건강 상태를 알아보기 위해서 들렀던 것이다. 아젤라이다는 공작

의 집에 오기 바로 전에 멋있는 한 그루의 나무를 발견했는데 그것은 구불
구불하고 기다란 가지에 푸른 나뭇잎이 아주 무성한 것이었다. 그 줄기에는
커다란 구멍이 뚫려 있는, 매우 보기드문 고목이었다. 그녀는 이 나무를 꼭
그려 보겠노라는 말을 공작을 만나서도 거의 반 시간 동안이나 해댔다. S
공작은 언제나처럼 상냥한 태도로 지난 일들을 묻기도 하고 그들이 처음 만
났을 때의 일을 늘어 놓기도 했다. 화제가 이런 데로만 흘렀기 때문에 엊저
녁 일은 전혀 화제에 오르지 않았다. 그러나 아젤라이다가 끝까지 참지를
못하고 생긋 웃으면서, 실은 이쪽의 낌새를 살피러 왔노라고 실토해 버
렸다. 그녀의 실토는 그것뿐이었으나 그것만으로도 그녀의 부모가, 특히 리
자베타 프로코피예브나가 몹시 기분이 좋지 않다는 것을 짐작할 수 있었다.
부인이나 아글라야에 대해서도, 그리고 예판친 장군에 대해서도, 아젤라
이다와 공작은 한 마디도 입밖에 내지 않았다. 그리고 다시 산책을 하러 가
면서도 공작에게는 같이 가자는 말 한 마디 없었다. 더욱이 자기 집에 초대
하는 말은 비치지도 않았다. 하기는 여기에 관해서 아젤라이다가 한 마디
의미 있는 말을 했다. 그것은 자기가 그린 수채화 얘기가 나왔을 때 그녀는
그것을 공작에게 보여 주고 싶다고 한 것이다. 「한시바삐 그것을 보여 드
리고 싶은데……. 그렇군요. 오늘 콜랴가 오면 그 그림을 보내 드리죠.
안 그러면 내일 제가 S공작과 산책을 나올 때 직접 가져오든지.」하고 그녀
는 결론을 내렸는데, 이렇게 모든 사람에게 폐가 안 가도록 좋게 이야기한
것에 대해 그녀는 스스로 흡족해 하는 듯했다.

　마지막 작별 인사까지 거의 끝났을 때 S공작은 갑작스레 생각난 듯한 표
정으로 이렇게 물었다.

　「아, 참! 뮈시킨 공작, 그 부인이 누군지 아십니까? 엊저녁에 마차 위
에서 예브게니한테 말을 걸어 온…….」

　「그건 나스타샤 필립포브나입니다.」하고 공작은 대답했다. 「그럼 당신
은 지금까지 그 여자가 누군지 모르고 있었단 말입니까? 하기는 함께 타고
있던 부인은 나도 모릅니다만.」

　「아니, 소문이야 들었죠!」하고 S공작은 말을 받았다. 「그렇지만 그 여
자가 한 말은 도대체 무슨 뜻일까요? 솔직히 말해서 그것은 나에게나 다른
사람들에게나 커다란 의문이 되어 있어요.」S공작은 아주 의아스러운 표정
으로 이렇게 되물었다.

「그 여자가 한 말은 아마 예브게니 파블로비치가 발행한 어음 얘기겠지요.」하고 공작은 대단치 않다는 투로 대답했다. 「그 어음은 그 여자의 부탁으로, 어느 고리대금업자의 손으로부터 로고진이 인수한 것인가 봐요. 그래서 로고진은 예브게니 파블로비치를 위해 지불 요구를 얼마 동안 참아 준다는 이야기가 아닙니까?」

「글쎄요. 그 얘기라면 나도 들었습니다. 그렇지만 공작, 그럴 리가 없지요! 예브게니가 어음 같은 걸 발행할 리는 없습니다! 그만한 재산을 가지고도 무엇이 부족해서……. 하긴 그 전에 바람을 한 번 피우다가 그런 일이 있었는데. 그래서 내가 뒤처리를 해준 적이 있기는 합니다만……. 그러나 그만한 재산을 가진 사람이 고리대금업자에게 어음을 발행하여 골치를 앓는다는 건 아무리 생각해도 납득이 가지 않는 일입니다. 더구나 예브게니가 그녀와 그처럼 허물없이 이야기할 만큼 가까운 사이라는 건 상상조차 할 수 없는 일이잖아요. 수수께끼라는 건 바로 그 점입니다. 예브게니는 도무지 무슨 영문인지 모르겠다는군요. 나는 그의 말을 믿고 싶어요. 그건 그렇고, 공작, 한 가지 당신에게 묻고 싶은 것은 그 일에 관해서 혹시 무슨 소문이라도 들은 것이 없느냐는 겁니다. 그 어떤 우연한 기회에 그 일과 관련된 소문을 들은 적은 없습니까?」

「아뇨, 아무 말도 못 들었습니다. 그 일에 난 전혀 관계가 없는걸요.」

「오오, 당신은 오늘 좀 이상하군요! 아주 사람이 달라진 것 같아요! 누가 감히 당신을 그런 사건의 관련자라고 상상인들 하겠습니까? 아무래도 몸이 좀 불편하신 모양이군요.」이렇게 말하며 그는 공작에게 키스를 했다.

「도대체 그런 사건의 관련자라니 무슨 사건을 두고 말하는 거죠? 내가 보기엔 그런 사건이란 전혀 존재하지도 않는다고 생각하는데.」

「그 여자는 틀림없이 여러 사람들이 모인 데서 예브게니에게, 아무런 관계없는, 아니 있을 수도 없는 약점을 일부러 뒤집어씌워, 예브게니를 헐뜯으려 한 것이 분명합니다.」S공작은 아무렇지도 않은 듯이 이렇게 말했다.

레프 니콜라예비치 공작은 약간 어리둥절한 표정이었으나 여전히 설명을 기다리는 듯한 눈으로 상대방의 얼굴을 응시하고 있었다. 그러나 S공작은 아무 말도 없었다.

「그렇지만 단순한 어음 문제에 불과한 것 같은데요? 아무래도 엊저녁 일은 액면 그대로 받아들이는 게 옳지 않을까요?」공작은 기다리다 못해 이렇게 중얼거렸다.

「그렇지만 생각해 보세요. 예브게니 파블로비치와 그……. 거기에 그 여자와 로고진과 사이의 관계가 무엇인가. 아까도 이야기했지만 예브게니의 재산은 실로 막대한 것입니다. 그건 내가 누구보다도 잘 알고 있지요. 거기에다 또 하나의 별개의 재산을 큰아버지로부터 상속받게 되어 있단 말입니다. 그러니까 엊저녁의 그 일은 다만 나스타샤 필립포브나가……. 」

이렇게 말하다가 S공작은 갑자기 입을 다물어 버렸다. 그는 공작에게 나스타샤 필립포브나의 말을 꺼내기가 거북스러웠던 모양이다.

「어쨌든 그 여자가 예브게니와 알고 지내는 사이인 것만은 틀림없겠지요?」 한동안 침묵을 지키고 있다가 공작은 불쑥 이렇게 물었다.

「그건 사실일 겁니다. 원래가 바람기가 있는 사내니까요. 그렇지만 그게 사실이라 하더라도 꽤 오래 전의 일인 것 같더군요. 그러니까…… 이삼 년쯤 전의 일일 겁니다. 전부터 그 사람은 토스키와 잘 아는 사이거든요. 그렇지만 지금은 아무런 관계도 없습니다. 더욱이 그처럼 허물없이 말할 수 있는 사이는 절대로 아니거든요. 아시다시피 그 여자는 그 동안 이곳에 한 번도 온 일이 없으니까요. 그 여자가 이곳에 다시 나타났다는 건 아직 많은 사람들이 모르고 있는 형편입니다. 내가 그 마차를 처음 본 것도 겨우 사흘밖에 안 되니까요. 」

「그렇지요, 그만한 마차는 정말 드물 겁니다. 」

이 정도의 대화가 오고갔을 뿐이었지만 그들 두 사람은 뮈시킨 공작에게 더없는 호감을 표시하고 돌아갔다.

그들의 방문은 우리의 주인공에게 있어서 의미심장한 뜻을 내포하고 있었다. 설사 공작이 엊저녁부터——아니 더 오래 전부터라도 좋다——여러 가지 의혹을 품어 왔다 하더라도, 그들의 방문이 있기 전까지는 자기의 위구심(危懼心)을 완전히 긍정하지 못하고 있었다. 그러나 이젠 모든 것이 명백해졌다. 물론 S공작은 이 사건을 올바르게 판단하고 있지는 못했지만 사건의 핵심을 어렴풋이 알고 있었다. 어쨌든 S공작은 여기에 어떤 간계가 숨어 있음을 눈치 챘는지도 모른다. 어쩌면 그는 정확하게 알고 있으면서도 그걸 표현하고 싶지 않아서 일부러 틀린 판단을 내렸는지도 모른다고 공작은 생각했다. 그러나 무엇보다도 뚜렷한 것은 사람들이——다시 말해서 S공작과 아젤라이다——그에게 사건에 대해서 질문했다는 사실이다. 『그렇다면 나는 그 간계의 연루자로 의심받고 있음이 틀림없다. 그뿐 아니라, 정말 이것이 그처럼 중대한 성격을 띤 것이라면 그 여자에게는 분명히 어떤 무서운 흉계가 있을 것이다. 대체 무슨 목적일까? 가공스러운 일이다. 어떤 방법으로 그 여자를 제지해야 옳단 말인가? 그녀는 일단 마음만 먹으면 무슨 일이든 반드시 해내고야 마는 여자가 아닌가!』 공작은 자기가 당한 경험을 통해 잘 알고 있었다. 『미치광이야! 정말 미치광이와 다를 것이 없는 여자야!』

그러나 그 날 아침에는 그밖에도 시급히 해결해야 할 복잡한 일들이 너무 많이 쏟아져서 그는 점점 깊은 우울 속에 빠져들었다. 이렇게 우울한 그의 신경에 다소나마 위안을 준 것은 레베제프의 딸 베라였다. 막내동생인 류보치카를 안고 공작을 찾아온 그녀는 웃음을 섞어 가며 한참 동안 얘기하고 돌아갔다. 뒤이어 베라의 여동생이 입을 뻐끔히 벌린 채 놀러 왔고 마지막으로 레베제프의 아들인 중학생도 찾아왔다. 이 소년은 이런 말도 했다. 즉, 《묵시록》에서 지상의 강과 샘물에 떨어졌다는 『쑥』이라는 이름의 별은 자기 아버지의 풀이에 의하면, 유럽 일대에 뻗쳐 있는 『철도망』을 뜻한다는 것이었다. 공작은 레베제프가 그런 식으로 《묵시록》 풀이를 하리라고는 생각하지 않았기 때문에 기회를 보아 본인에게 직접 물어 보리라 생각했다. 공작은 베라로부터 어제 이 집에 굴러 들어온 켈레르가 여러 가지 점으로 미뤄 보아 당분간 그냥 눌러 있을 것 같다는 말을 들었다. 켈레르는 이 집에서 자기의 동지를 발견했을 뿐만 아니라 특히 이볼긴 장군과는 완전히 의기가 상통했기 때문이라는 것이었다. 그러나 켈레르 자신은, 자기가 이 집에 머무르고 있는 것은 다만 자신의 교육을 완전히 마치기 위해서라는 것이었다. 아무튼 레베제프의 아이들에게 공작은 점점 호감을 가지게 되었다. 콜랴는 온종일 집에 없었다. 아침 일찍이 페체르부르그에 가곤 했던 것이다. 레베제프도 역시 무슨 볼일이 있어 새벽녘에 시내로 들어갔다. 한편 공작은 오늘 중으로 자기를 찾아오기로 되어 있는 가냐의 내방을 초조하게 기다리고 있었다.

가냐는 오후 6시가 지나고 식사가 끝난 다음에야 찾아왔다. 공작은 그를 보자 첫눈에, 적어도 이 사람은 사건의 진상을 정확히 알고 있을 것이다, 바르바라 아르달리오노브나와 그녀의 남편 같은 유능한 정보원이 있지 않은가, 이렇게 생각했다. 그렇지만 공작과 가냐 사이에는 일종의 야릇한 관계가 만들어져 있었다. 물론 공작은 가냐에게 부르도프스키 사건 처리를 간곡히 부탁할 정도로 그를 신임하고 있었지만 그러함에도 불구하고 서로 약속이라도 한 듯, 입밖에는 내지 않기로 한 듯한 그 무엇이 언제나 그들 두 사람을 가로막고 있는 듯싶었다. 이따금 공작은, 어쩌면 가냐는 자기가 자진해서 진심에서 우러나오는 우정을 원하고 있는지도 모른다고 생각할 때도 있었다. 예를 들자면 지금 같은 경우도 가냐의 표정에서, 바로 이 순간이야말로 모든 면에서 우리 두 사람의 얼어붙은 두꺼운 장벽을 깨뜨려 버려야 할 때라고 하는 확신을 읽을 수 있었기 때문이다——실은 누이동생 바랴가 레베제프네 집에서 자기를 기다리고 있었기 때문에 가냐는 몹시 서두르고 있었다. 그들 남매는 급한 볼일이 있어서 함께 어디로 가기로 약속이 되어 있었던 것이다. 그러나 가냐가 만일 공작으로부터 뜻밖의 질문이나 또는 무심코 하는 보고라든가 격의 없는 우정의 토로 같은 것을 기대했다면 그것은 물론 그의 잘못이었다. 가냐가 공작을 방문하고 있었던 20분 동안 공작은 줄곧 깊은 생각에 잠겨 거의 얼빠진 사람처럼 앉아 있기만 했다. 가냐가 기대했던 질문들, 아니 질문이라기보다는 그 어떤 중대한 사건에 관한 얘기는 좀처럼 나올 것 같지 않았다. 그래서 가냐는 시간을 끌기로 마음먹고 20분 동안이나 계속 가볍고 무난한 화제만을 골라 가며 지껄였을 뿐 중요한 문제는 한 마디도 언급하지 않았다.

이야기 끝에 가냐는, 나스타샤 필립포브나가 파블로프스크에 온 지 겨우 나흘밖엔 안 되었는데 벌써 이 고장 사람들의 주목의 대상이 되고 있다고 말하며 다음과 같이 덧붙였다. 그녀는 마트로스카야 거리에 있는 다리야 알렉세예브나의 초라한 별장에서 지내고 있지만 그 마차는 파블로프스크에서 첫손 꼽힐 만큼 훌륭한 것이다, 그녀의 주위에는 벌써부터 늙은이 젊은이 할 것 없이 많은 측근자들이 떼지어 몰려들고, 어떤 때는 말을 탄 신사가 그녀의 마차를 호위하듯 따라다니기도 했다, 나스타샤 필립포브나가 여전히 사람을 까다롭게 가려서 사귀고 있음에도 불구하고 벌써 일 개 소대 정도의 사람들이 항상 그녀를 에워싸고 있는 형편이다, 그래서 그녀에게 적극적인 도움이 필요할 경우 나설 수 있는 사람들은 얼마든지 있다, 별장 생활을 하고 있는 사람 가운데는 이미 정식 약혼까지 한 어떤 사내가 그녀 때문에 벌써 그 약혼녀와 한바탕 싸우기까지 했다느니, 어느 노(老) 장군은 그녀 때문에 자기 아들들에게 거의 저주에 가까운 욕설을 퍼부었다느니 하는

별별 소문이 떠 돈다, 그녀는 무척 귀엽게 생긴 16세 가량 된 소녀 하나와
함께 마차를 타고 돌아다니는 일이 자주 있었는데 그 소녀는 다리야의 먼
친척뻘이 되는 아이로 노래를 썩 잘 불렀기 때문에 그 초라한 별장은 밤
마다 지나가는 사람들의 관심을 끌고 있다, 그러나 나스타샤 필립포브나는
어디까지나 귀부인으로서의 몸가짐을 지켰고 옷차림도 지나치게 화려하지
않았다, 게다가 그녀의 일거일동에는 아주 고상한 취미가 나타나 있었기 때
문에 이 고장 귀부인들은 그녀의 미모와 취미, 그리고 그 멋진 마차를 모두
부러워하고들 있다고 했다.

「엊저녁의 그 괴상한 행동은,」하고 가냐는 계속했다. 「물론 처음부터
계획적이었으니까 그것을 가지고 어떤 결론을 내릴 수는 없을 것입니다. 그
여자와 가까이 지내려면 아예 아첨을 하든가 아니면 욕설을 퍼부어야 합
니다. 그러나 그것도 재빨리 해야지 어물어물해서는 안 됩니다.」가냐는 이
렇게 말을 맺었으나 내심으로는 공작이 『어째서 어제의 그 행동이 계획적이
냐, 또 어째서 어물어물해서는 안 된다는 거냐?』하고 반드시 반문할 것이
라 예기하고 있었다. 그러나 공작은 한 마디도 묻지 않았다.

예브게니 파블로비치에 관해서는 묻기도 전에 가냐가 먼저 말을 꺼냈다.
더욱이 전혀 관계도 없는 이야기를 하다가 갑자기 그의 얘기를 꺼냈기 때문
에 약간 이상하게 여겨질 지경이었다. 가냐 아르달리오노비치의 견해로는,
예브게니 파블로비치가 지금까지 나스타샤 필립포브나에 대해서 그다지 아
는 것이 없을 뿐 아니라 지금도 전혀 친한 사이가 아니라는 것이었다. 왜냐
하면 그는 불과 사나흘 전에 산책을 나갔을 때 누구에겐가 그녀를 소개받
고, 그 후 다른 사람과 함께 그 집에 한 번 들렀던 일이 있을 뿐이라는 것
이었다. 따라서 어음이니 뭐니 하는 것은 도저히 있을 수도 없는 얘기라며,
가냐는 이 점을 다짐까지 했다. 예브게니 파블로비치가 막대한 재산을 가지
고 있다는 것은 새삼스럽게 거론할 필요도 없다고 했다. 「하기는 영지(領
地)의 재정 형편이 별로 신통치 않다는 말은 있지만…….」여기서 가냐는
이 흥미있는 사실의 보고를 갑자기 중단해 버렸다. 엊저녁에 있었던 나스타
샤 필립포브나의 괴상한 행동에 대해서 그는 앞에서 이야기한 것 이외에는
한 마디도 하지 않았다. 가냐가 돌아갈 때쯤 해서 바르바라 아르달리오노브
나가 오빠를 찾아 들어왔는데 그녀는 1분 가량 앉아 있는 동안에, 역시 이
쪽에서 묻지도 않은 다음과 같은 말을 했다. 즉 예브게니 파블로비치는 금

명간 페체르부르그에 갈 예정이며, 자기 남편 이반 페트로비치 프치스인 역시 예브게니 파블로비치의 일 때문에 페체르부르그로 출발할 예정이라는 것이었다. 무슨 일이 일어난 모양이라고 했다. 밖으로 나가면서 그녀가 한 마디 덧붙였다. 오늘 리자베타 프로코피예브나는 기분이 몹시 언짢은 눈치였고 무엇보다도 이상한 것은 아글라야가 집안 식구들과, 그것도 아버지나 어머니뿐만 아니라 두 언니들과도 말다툼을 했다는 것이었다.

「이건 아주 좋지 않은 징조예요.」하고 그녀는 말을 맺었다. 다른 얘기 끝에 무심코 말하는 것같이 이 마지막 사실——공작에게는 극히 뜻깊은 사실이었다——을 보고하고 나서 그들 남매는 인사를 한 뒤 밖으로 나가 버렸다. 『파블리시체프의 아들』건에 대해서도 가냐는 아무런 말을 하지 않았다. 일부러 겸양을 보이기 위해서였는지, 아니면 공작의 심정을 동정했기 때문이었는지 몰랐다. 어쨌든 공작은 그의 노력으로 사건이 일단락된 데 대해 다시 한 번 고맙다는 인사를 했다.

이제야 겨우 혼자 남게 된 것을 기뻐하며 공작은 테라스에서 내려와 한길을 걸어 공원으로 들어갔다. 어떻게 무슨 방법으로 첫걸음을 내디딜 것인가를 심사숙고하고 싶었던 것이다. 그러나 이 『첫걸음』은 심사숙고할 성질의 것이 아니고 우선 결단이 필요한 성격의 것이었다. 그는 이러한 모든 것을 내동댕이쳐 버리고 어디론가 머나먼 시골로 홀홀 떠나가 버리고 싶은 심한 충동을 느꼈다. 지금이라도 당장 아무에게도 이별을 고하지 않고 떠나 버리고 싶었다. 여기서 앞으로 이삼 일만 더 어물거리고 있다가는 영원히 이 세계에 끌려 들어가 평생을 두고도 헤어나지 못할 것만 같다는 것을 그는 통감했던 것이다. 그러나 10분도 채 지나지 않아서 생각은 달라졌다. 이제 와서 도망을 친다는 건 있을 수 없는 일이다, 그것은 내가 소심한 인간이라는 것을 증명하는 결과밖엔 안 된다, 지금 와서 내가 눈앞에 펼쳐지고 있는 문제들을 해결하지 않는 것은 아니 그 해결에 전력을 기울이지 않고 있는 것은, 도저히 허용될 수 없는 일이다라고 생각되었다. 이러한 생각을 품고 그는 집으로 돌아왔는데 그러한 그의 산책은 불과 15분도 안 되는 것이었다. 이 순간 그는 참으로 불행한 인간이었다.

레베제프가 아직 집에 돌아오지 않았기 때문에 켈레르는 저녁 무렵이 되자 무난히 공작의 방에 기어들 수 있었다. 술에 취한 것 같지는 않았으나 자못 감회가 깊다는 투의 얼굴을 하고 자기의 설명을 토로하기 시작했다.

그는 단도직입적으로 공작에게 자기의 전 생애를 이야기하고 싶어서 왔으며, 자기가 파블로프스크에 그냥 주저앉은 것도 실은 그 때문이라고 말했다. 이 사내를 내쫓아 버린다는 것은 거의 불가능한 일인 것 같았다. 그는 어떠한 일이 있어도 나가지 않겠다는 배짱이었다. 켈레르는 장황하게 이야기를 늘어 놓으려는 눈치였으나 몇 마디 하기도 전에 느닷없이 결론으로 비약되었다. 자기는 온갖 도덕적 의무를 상실하고, 그것은 신에 대한 불신에 기인하는 자연의 결과이지만, 마침내는 도둑질을 하기에까지 이르렀다고 고백하고 나서 「아마도 당신은 이런 일을 상상도 못하실 겁니다!」라고 했다.

「들어 봐요, 켈레르. 특별한 이유도 없으면서 구태여 그런 고백을 할 것까진 없지 않소? 나 같으면 절대로 그러지는 않을 거요.」하고 공작은 말했다. 「하기야 당신은 당신 자신을 헐뜯기 위해서 일부러 그럴는지도 모르지만……」

「아니, 이건 당신한테만 하는 얘깁니다. 나의 정신적 발전에 도움이 될까 해서 당신 한 사람에게만 이런 말을 하는 거예요! 다른 사람에겐 어림도 없지요. 이 비밀은 죽을 때 고스란히 관 속에 싸 가지고 갈 겁니다. 그러나 당신은 요즘 같은 세상에 돈을 얻는다는 것이 얼마나 힘든 일인지 아마 상상도 못 할 겁니다! 도대체 어떡하면 돈이 손에 들어옵니까? 한 번 묻고 싶군요. 이런 경우에 대답은 단 하나밖엔 없지요. 『금이나 다이아몬드를 가지고 오시오, 그것을 담보로 하여 돈을 줄 테니.』라는 대답입니다. 다시 말해서 내가 가지고 있지 않은 것만을 요구한단 말입니다. 아시겠어요? 나는 화가 나서 마구 못살게 굴었지요. 『에메랄드를 담보로 하면 안 되겠소?』하고 물으니까 『에메랄드라면 돈을 꿔줄 수 있죠.』하더군요. 『오, 그렇다면 다행입니다.』하고 나는 모자를 쓰고 밖으로 나왔습니다. 체, 악당 같은 놈들 같으니라구! 정말 그놈들은 입에 올릴 수 없는 악당입니다!」

「그럼 당신은 에메랄드를 가지고 있었나요?」

「에메랄드가 다 뭡니까? 공작, 당신은 아직도 인생이란 걸 명랑하고 순진하게, 이를테면 목가적(牧歌的)으로 보고 있구먼요!」

공작은 연민의 정이라기보다는 오히려 부끄러운 마음이 들었다. 그의 가슴속에 문득 이런 생각이 떠올랐다. 『누구든지 이 사람을, 좋은 영향을 주

는 쓸모 있는 인간으로 만들 수는 없을까?』 그러나 자기 자신이 그를 감화
시킨다는 것은 몇 가지 이유 때문에 매우 힘들 것이라 생각하고 단념하고
말았다. 이것은 자기비하(自己卑下)에서 온 것이 아니라 그의 독특한 사고
방식에서 기인하는 것이었다. 그들은 시간이 흐를수록 이야기에 열중했다.
나중에는 서로 헤어지고 싶지 않을 만큼 되었다. 켈레르는 조금도 거리낌없
는 태연한 목소리로, 어떻게 감히 그런 말을 할 수 있는지 상상조차 할 수
없는 일들을 고백하는 것이었다. 그는 이야기가 새로운 것으로 바뀔 때마다
자기의 마음속에는 참회의 눈물이 넘치고 있다고 맹세하였지만, 그러나 그
의 말투는 흡사 자기가 저지른 일들을 자랑하고 있는 것 같았다. 그러고는
이따금 미친 사람처럼 두 사람이 함께 커다란 소리로 웃어 댔다.

「그러나 당신에겐 사람을 잘 믿는 어린애 같은 성질과 유별나게 정직한
데가 있어요. 그것이 무엇보다 중요하단 말입니다.」 마침내 공작은 이렇게
말했다. 「아니, 그것만으로도 상당한 속죄가 된다는 걸 알아야 하잖겠어
요?」

「고결하죠, 고결해요! 옛날 기사처럼 말입니다.」 하고 켈레르는 감격한
목소리로 되풀이했다. 「그러나 공작, 마음속으로는 그렇게 다짐하면서도
실제로 나타나는 행동은 고결과 전혀 비슷한 데도 없단 말입니다! 어째서
그럴까요? 아무리 생각해도 모를 일입니다.」

「너무 그렇게 실망할 건 없습니다. 지금 나한테 당신의 비밀을 죄다 털어
놓았지요? 적어도 당신이 지금 이야기한 것에다가 그 이상 아무것도 덧붙
일 말은 없다고 해도 과언이 아니겠지요?」

「덧붙일 말이 더 이상 없을 거라구요?」 하고 켈레르는 슬픔 어린 목소리
로 외쳤다. 「여보시오, 공작. 당신은 아직도 그런 식으로……, 다시 말하
면 인간을 스위스식으로 해석하고 있군요.」

「그럼, 아직도 더 할 얘기가 있다는 겁니까?」 공작은 뜻밖이라는 표정으
로 이렇게 물었다. 「그럼 당신은 나한테 무엇을 기대하는 거죠? 솔직히
말해 보세요. 무엇 때문에 나를 찾아와서 참회담을 늘어 놓았는지?」

「당신에게 무엇을 기대하냐구요? 그건 첫째로 당신의 순박성을 본다는
것만으로도 충분히 유쾌할 수 있으니까요. 이렇게 당신과 마주앉아서 이야
기한다는 것은 참으로 유쾌한 일입니다. 적어도 지금 내 눈앞에 있는 사람
이 가장 선량한 인간이라는 걸 나는 믿고 있으니까요. 그리고, 둘째로는…

… 둘째로는…….」하고 그는 말을 더듬었다.

「돈을 좀 꾸고 싶어서 그러는 거지요?」공작은 정색을 하고 단도직입적으로, 그러나 약간 조심스러운 어조로 그의 말을 받았다.

켈레르는 흠칫했다. 그는 놀라운 일이라는 듯 공작의 눈을 똑바로 바라보다가 주먹을 들어 쾅하고 탁자를 내리쳤다.

「그거예요, 당신은 그것으로 곧잘 사람의 간담을 서늘하게 한단 말입니다. 평소에는 어린애에게서도 찾아 볼 수 없을 만큼 소박하고 순진한 태도를 취하는가 하면 갑자기 그처럼 심각한 관찰의 날카로운 화살로 사람의 마음속을 꿰뚫곤 하니까요. 하지만 공작, 그 점에 대해서는 설명이 필요합니다. 왜냐하면 나는…… 아니 당신의 그 말엔 나도 손을 들었습니다! 그야 물론 궁극적인 목적은 당신한테 돈을 빌리려는 데에 있었지요. 그러나 지금 그 말을 할 때의 당신의 어조는, 마치 그런 것은 조금도 나무랄 필요가 없을 뿐더러 오히려 그것이 당연하다는 것처럼 들렸단 말입니다.」

「맞았습니다. 당신으로서는 그게 당연한 것이니까요.」

「그럼, 내가 당신에게 미안한 생각도 없을 거란 말인가요?」

「그럼요……, 무엇 때문에 그런 생각이 들겠어요!」

「이것 보시오, 공작. 내가 엊저녁부터 이 집에 그냥 눌러붙어 있는 것은 첫째로 프랑스의 부르달루 대주교(_{여기서는 프랑스산 포})에게 경의를 표하기 위해서고——레베제프네 집에서 어제 새벽 3시까지 술을 마셨거든요——둘째로는, 내 말이 어디까지나 틀림없는 사실이라는 것을 나는 이 세상의 모든 십자가 앞에서 맹세할 수 있어요, 당신 앞에서 나의 모든 과거를 진심으로 참회함으로써 내 마음속의 평화를 얻으리라 생각했던 것입니다. 이렇게 생각하면서 나는 눈물에 젖어서 새벽 3시경에 잠자리에 들어갔습니다. 그 순간의 내가 비길 데 없이 고결한 인간이었다는 것을 당신도 믿어 주시겠죠? 그런데 내가 이렇게 진심으로부터 내면적으로나 외면적으로나 뜨거운 눈물에 젖으면서——나는 그때 사뭇 소리를 내어 흐느껴 울고 있었으니까요! ——막 잠이 들려는 순간『어떨까? 그 친구한테 돈을 좀 우려먹을 수는 없을까? 모든 것을 참회한 다음에.』이런 치사한 생각이 문득 떠올랐단 말입니다. 그래서 나는 그야말로 눈물겨운 참회담의 대본을 준비했던 겁니다. 즉, 그 눈물로 당신에게 측은한 마음이 일어났을 때 백50루블쯤 우려내자는 심산이었지요. 어떻습니까? 당신은 이것을 비열한 마음이라 생각지 않으십니까?」

「아니, 그게 아니고, 그것은 그 두 가지 사실이 우연히 마주친 데 불과합니다. 두 가지 생각이 한꺼번에 떠오른 거예요. 흔히 있을 수 있는 일이죠. 나도 언제나 그런 걸 경험하고 있어요. 그러나 칭찬할 만한 일은 못 됩니다. 나는 무엇보다 그 점에 대해서 당신을 책망하고 싶어요. 하지만 내게는, 당신이 어쩐지 나한테 나 자신의 얘기를 들려 준 것 같은 기분이 듭니다. 때때로 나는 이런 생각을 할 때가 있어요.」 공작은 이 대화에 깊은 흥미를 느낀 듯 무척 심각하고도 적절한 어조로 말을 이었다. 「즉 인간이란 누구나 다 그렇지 않느냐는 것을 구실로 하여 자기의 행위를 합리화시키려 한단 말입니다. 그도 그럴 것이 이중적인 생각이 맞붙어 싸우기란 여간 어려운 일이 아니니까요. 이것이 내가 직접 경험한 일이죠. 도대체 어디서 그런 생각이 일어나는 것인지, 왜 생기는 것인지 아무리 생각해도 모를 일입니다. 그러나 당신은 한마디로 그걸 비열한 마음이라 했습니다. 그런 말을 듣고 보니 역시 그 이중적 생각이 무서워지는 것 같군요. 아무튼 나는 당신한테 흑백을 가려 주자는 게 아닙니다. 그러나 내 생각으로는, 그것을 비열한 마음이라고만 단정지을 수는 없다고 봅니다. 당신은 눈물로 돈을 우려 내려고 간책을 쓰기는 했지만, 당신의 그 참회 속에는 금전 이외의 고상한 목적이 있었다고 지금 당신 자신의 입으로 맹세하지 않았느냐 말입니다. 그건 그렇고…… 그 돈은 결국 유흥을 위해 필요한 것이겠죠? 그렇다면 방금 그렇게 참회를 하고 나서 또 그 따위 생각을 한다는 건 의지가 박약하다고 말할 수밖엔 없습니다. 당분간 유흥을 멀리하는 게 어떨까요? 역시 불가능한 일이겠죠! 그럼 어떻하면 좋을까요? 결국은 당신 자신의 양심에 맡길 수밖엔 없겠군요. 당신의 생각은 어떻습니까?」

공작은 호기심에 찬 눈으로 켈레르를 바라보았다. 아무래도 이 이중적인 생각에 대한 문제는 꽤 오래 전부터 공작의 마음을 사로잡고 있었던 성싶었다.

「아아, 당신 같은 사람을 가지고 왜들 백치라고 하는지 도무지 이해할 수 없습니다!」 하고 켈레르는 소리쳤다.

이 말에 공작은 약간 얼굴을 붉혔다.

「부르달루 대주교 같은 사람도 아마 나 같은 놈은 용서하지 않았을 겁니다. 그런데 당신은 나를 용서했을 뿐 아니라 인도적인 판결을 내려 주셨

습니다. 그래서 나는 스스로를 벌하는 뜻에서, 또 몹시 감동했다는 것을 표
시하기 위해서 백50루블을 철회할 테니 대신 25루블만 주시기 바랍니다. 그
것으로 충분하니까요! 적어도 두 주일은 살 수 있을 겁니다. 두 주일이 경
과하기 전엔 절대로 돈을 얻으러 오지 않을 테니 안심하십시오. 실은 아가
시카의 비위를 좀 맞춰 볼까 했습니다만 그까짓 년은 그럴만한 가치도 없습
니다. 오오! 친애하는 공작이여, 당신에게 하느님의 축복이 있으시기를!」
   이때였다. 조금 전에 집으로 돌아온 레베제프가 공작의 방으로 들어왔다.
그는 켈레르의 손에 쥐어져 있는 25루블짜리 지폐를 발견하곤 약간 미간을
찌푸렸다. 그러나 돈을 받아 든 켈레르는 황급히 자리에서 일어나 눈 깜짝
할 사이에 자취를 감추어 버리고 말았다. 그러자 레베제프는 즉시 이것 저
것 그의 욕을 해대기 시작했다.
   「당신의 말은 공정하지 못해요. 그 사람은 진심으로 뉘우치고 있었으니
까.」한참 동안 그에 대한 욕설을 듣고 있다가 공작은 이렇게 말했다.
   「백 번 아니라 천 번을 뉘우치면 뭘 합니까! 엊저녁에 내가 가슴팍을 치
며 뉘우친 것과 똑같습니다. 『비열합니다, 비열합니다.』하고 스스로 저주
하지만 그건 어디까지나 말뿐이라는 걸 아셔야 해요.」
   「그럼 당신의 경우도 역시 말뿐이었단 말인가요? 그런 걸 나는…….」
   「이왕 말이 나왔으니 사실대로 말씀드리죠. 당신은 상대의 마음속을 훤히
들여다보는 분이니까요. 나의 경우에는 말과 행동이, 그리고 거짓과 진실이
언제나 병행하고 있단 말입니다. 행동과 진실은 진심으로 뉘우칠 때 나타나
는 것입니다. 믿든 안 믿든 그건 당신의 자유입니다만 어쨌든 나는 지금 사
실을, 있는 그대로 말씀드리고 있습니다. 한편 말과 거짓은 어떻게 해서라
도 저 사람을 낚아 보자, 참회의 눈물로 속여 넘기자는 악마 같은——실은
누구에게나 흔히 있을 수 있는——마음이 생겼을 때만 일어나는 것입
니다. 다른 사람에겐 이런 말을 할 수 없지요. 그랬다가는 웃음거리가 되든
가, 아니면 침을 뱉게 하기가 십상일 테니까요. 그렇지만 당신은 모든 것을
인도적으로 판단하시기 때문에…….」
   「아, 그래 방금 그 사람도 그와 똑같는 말을 하더군!」하고 공작은 소리
쳤다. 「뿐만 아니라 당신들 두 사람은 모두 무슨 자랑이라도 하는 것 같은
말투란 말이오! 정말 당신들 같은 사람은 처음 보았소. 하지만 아까 그 사
람이 당신보다는 훨씬 진실한 편입니다. 당신은 이것을 하나의 직업으로 삼

고 있는 듯하니까 말이오. 제발 그렇게 얼굴을 찌푸리는 버릇은 삼가해 주시오. 그리고 손을 가슴 위에 얹는 그 버릇도. 그런데 당신은 나한테 용건이 있어서 온 게 아니오? 볼일도 없는데 그냥 찾아왔을 리는 만무하니까 ……. 이봐요, 레베제프. 나는 당신한테 한 가지 물어 볼 게 있어서 온종일 당신이 돌아오기만 기다렸소. 일생에 한 번만이라도 좋으니 바른 대로 대답해 주시오. 당신은 엊저녁의 그 『마차 사건』과 어떠한 관계가 있소?」

레베제프는 또다시 표정을 일그러뜨리고 히, 히, 하고 웃으면서 손을 비비더니 나중에는 재채기까지 하면서 입을 좀처럼 열려 하지 않았다.

「아무래도 내가 보기엔 무슨 관계가 있는 것 같은데요.」

「간접적인, 그야말로 간접적인 관계밖엔 없습니다! 이건 거짓말이 아닙니다! 구태여 관계가 있다고 한다면, 지금 우리 집에 손님들이 모였는데 그 중에는 이러이러한 분들이 와 계십니다, 하는 것을 그녀에게 알려 준 것밖엔 없습니다.」

「나는 당신이 아들을 그 집에 보냈다는 걸 알고 있어요. 아까 그 애가 나한테 말하더군요. 그렇지만 도대체 무엇 때문에 그 따위 간계를 쓰느냔 말이오!」 공작은 끝내 참지를 못하고 이렇게 고함을 쳤다.

「그건 내가 꾸민 게 아닙니다. 절대로 아녜요.」하고 레베제프는 두 손을 내저었다. 「다른 사람들이 한 것입니다. 다른 사람들이……. 그리고 이것은 간계라기보다 오히려 뭐랄까, 공상이라 하는 편이 옳을 겁니다.」

「도대체 어찌된 영문이오? 제발 분명히 얘기해 주시오! 이것이 나와 직접적인 관계가 있다는 건 당신도 잘 알 게 아니오! 그뿐 아니라 이건 예브게니 파블로비치의 명예와도 관계가 있는 문제란 말이오.」

「공작님, 공작님!」레베제프는 또다시 몸을 움츠렸다. 「제가 바른 대로 말할 기회를 주셔야죠! 전 몇 번이나 사실대로 말씀드리려 했는데 자꾸만 말을 가로채는 바람에…….」

공작은 잠시 입을 다물고 무엇인가를 생각했다.

「좋아요. 그럼 사실대로 이야기해 보시오.」하고 심각한 어조로 말했다. 그러나 이 말을 하기까지에는 마음에 격렬한 갈등이 있었던 모양이었다.

「아글라야 이바노브나가…….」하고 레베제프는 입을 열었다.

「그만두시오, 그만둬요!」분노 때문에——어쩌면 수치심 때문인지도 모르지만——귓불까지 새빨갛게 달아오른 공작은 미친 듯이 소리쳤다.

「그런 엉터리 같은 말이 어디 있어요! 그건 당신 자신이 아니면 당신 같은 미치광이들이 만들어 낸 소리요! 이젠 그 따위 허튼 소리는 더 이상 듣지 않을 테니 그리 아시오!」

그 날 저녁 밤 11시쯤 되어서 콜랴는 새로운 보고를 잔뜩 가지고 돌아왔다. 그의 보고는 페체르부르그에 관한 것과 파블로프스크에 관한 것의 두 가지 종류가 있었다. 페체르부르그에 관한 것은 나중에 다시금 자세하게 이야기한다고 하면서 우선 몇 가지만 간추려 보고한 다음——그것은 주로 엊저녁의 일과 이폴리트에 관한 것이었다——그는 곧 파블로프스크에 관한 것을 이야기하기 시작했다. 그는 세 시간 전에 페체르부르그에서 돌아왔으면서도 공작에게는 들르지도 않고 곧장 예판친 댁 별장으로 갔던 것이다.

「거기는 정말 형편없더군요.」 하는 것이 콜랴의 첫마디였다. 물론 그 주요 원인은 엊저녁의 그 멋진 마차였지만 그밖에도 콜랴나 공작이 모르는 무슨 일이 반드시 있었던 모양이라고 했다. 「나는 스파이 노릇은 하고 싶지 않아서 누구에게도 꼬치꼬치 캐묻지는 않았습니다. 그러나 내가 가니까 모두들 반가이 맞아 주더군요. 그렇게 나를 환대해 주리라고는 생각도 못 했어요. 그런데 당신에 관한 얘기는 한 마디도 없었어요.」

콜랴는 이렇게 보고했다.

그런데 무엇보다도 중요하고 흥미있는 것은 아글라야가 가냐 편을 들어 집안 식구들과 다투었다는 사실이었다. 자세한 내용은 알 길이 없지만 어쨌든 그녀가 가냐를 적극적으로 옹호하고 나선 것만은 틀림없다는 것이었다. 「도대체 무슨 바람이 불었을까요?」 하고 콜랴는 말했다. 더욱이 그 말다툼이 상당히 격렬했다는 걸 보면 무언가 중대한 일이 있긴 있었던 모양이었다.

예판친 장군은 예브게니 파블로비치와 함께 늦게서야 집으로 돌아왔는데 불쾌한 일이라도 있는지 잔뜩 얼굴을 찌푸리고 있었다. 그러나 공작 부인과 세 딸들은 예브게니 파블로비치를 반갑게 맞아들였고 예브게니 파블로비치 자신도 유달리 쾌활하고 명랑했다. 가장 실속 있는 보고는 리자베타 프로코피예브나가 바르바라를 내쫓은 사건이었다. 그녀는 딸들과 어울려서 이야기를 하고 있는 바르바라를 자기 방에 불러들여 지극히 침착하고도 정중하게, 이 집에 다시는 발을 들여 놓지 말아 달라고 잘라 말했다는 것이었다.

바랴가 부인의 방에서 나와 딸들과 작별 인사를 했을 때에도 딸들은 그녀가 방문을 거절당했다는 것도, 그것이 마지막 이별이라는 것도 모르고 있었다.

「바르바라 아르달리오노브나는 7시경에 여기에 와 있었는데?」하고 공작은 놀란 얼굴로 물었다.

「하지만 그 집에서 쫓겨난 것은 7시 반이나 8시경이었으니까요. 난 바랴나 가냐가 불쌍해서 못 견디겠어요. 그들은 무언지는 몰라도 좋지 못한 흉계를 꾸미고 있는 게 틀림없더군요. 그런 짓이라도 하지 않고는 배겨 낼 수 없는가 보죠? 그렇지만 무슨 계책을 꾸미고 있는 건지 그건 도무지 알 수가 없어요. 또 알고 싶지도 않구요. 그렇지만 공작님, 나는 맹세할 수 있어요, 가냐에게도 양심은 있습니다. 우리 형은 여러 가지 점으로 보아 타락한 인간이라고 하지만, 또한 여러 가지 면에서 인정해 줄 만한 가치도 있거든요. 저는 전에 가냐를 이해하지 못했던 것을 지금은 몹시 후회하고 있어요. 그리고 지금 바랴의 이야기를 하긴 했지만 계속해서 당신한테 그 다음을 말씀드려야 할지 어쩔지 알 수가 없군요. 물론 나로서는 처음부터 완전히 중립적인 입장에 서 있었습니다만, 그래도 역시 잘 생각해 봐야 할 문제인 것 같아요.」

「자네가 형님을 불쌍히 여긴대도 아무 소용이 없을 거야.」하고 공작은 말했다. 「만일 일이 그렇게까지 진행되었다고 한다면 가브릴라 아르달리오노비치는 리자베타 프로코피예브나의 눈에 분명 위험한 존재로 보였을 테니까. 다시 말해서 가브릴라 아르달리오노비치가 품고 있었던 기대는 입증이 되었다고 할 수 있겠군그래.」

「아니, 뭐라구요? 어떤 기대를 말입니까?」하고 콜랴는 깜짝 놀라서 소리쳤다. 「당신은 설마 이렇게 생각하고 계신 건 아니겠죠? 즉, 아글라야 이바노브나가 우리 형을……, 하지만 그럴 리는 만무합니다!」

공작은 잠자코 있었다.

「공작님, 당신은 무서운 회의파(懷疑派)로군요.」이삼 분 가량 지나서 콜랴는 이렇게 덧붙였다. 「아무래도 당신은 요즘 굉장한 회의파가 된 것 같아요. 아무것도 믿으려 하지 않고 노상 억측만 하고 계시니……. 그러나 이런 경우에 『회의파』란 말을 사용하는 것이 과연 옳을는지 모르겠군요.」

「옳을 거야. 하긴 나 자신도 옳다고 단정할 수는 없지만.」

「그렇다면『회의파』라는 말은 취소하겠습니다. 그대신 적절한 표현을 하나 발견했어요!」하고 갑자기 콜랴는 외쳤다. 「당신은 회의파가 아니라 질투쟁이예요! 당신은 그 거만한 아가씨 때문에 가냐에게 질투를 느끼고 있는 거예요!」

이렇게 말한 콜랴는 자리에서 벌떡 일어나더니 이처럼 재미있는 일은 생전 처음이라는 듯이 깔깔거리며 웃었다. 공작의 얼굴이 점점 붉어지는 것을 보고 콜랴는 한층 더 큰 소리로 한바탕 웃어 댔다. 공작이 아글라야 이바노브나 때문에 질투를 느끼고 있다는 생각은 콜랴를 더없이 만족시켰던 것이다. 그러나 공작이 정말로 고민하고 있음을 눈치 채자 그는 웃음을 딱 그쳤다. 그리고 나서 그들 두 사람은 보다 심각한 태도로 한 시간 반 가량이나 이야기를 주고받았다.

이튿날 공작은 어떤 급한 용무 때문에 한나절을 페체르부르그에서 보냈다. 오후 4시쯤에야 파블로프스크로 돌아가려고 정거장에 나왔다. 거기서 우연히 이반 표도로비치와 마주쳤다. 장군은 공작을 보자마자 그의 손을 붙잡고 무엇 때문인지 겁먹은 눈으로 주위를 두리번거렸다. 그는 같이 가자면서 1등칸 쪽으로 그를 끌고 갔다. 이렇게 서두르는 품이 무엇인가 중대한 얘기가 있는 모양이었다.

「여보게, 공작, 내가 혹시 뜻에 거슬리는 말을 자네에게 하더라도 화를 내지 말게. 실은 어제 자네한테 갈까 생각했었는데 리자베타 프로코피예브나가 어떻게 생각하는지 몰라서…… 지금 우리 집은…… 지옥이야. 마치 수수께끼의 스핑크스가 들어앉은 기분이야. 나는 그저 손도 쓰지 못하고, 무엇이 어떻게 된 건지 하나도 알 수가 없단 말일세. 자네로 말할 것 같으면 우리들 중에서 죄가 제일 가벼운 사람이네. 비록 자네 때문에 여러 가지 시끄러운 문제가 일어나긴 했지만. 그런데 공작, 박애주의자가 된다는 게 유쾌한 일임에 틀림없지만 그 유쾌함이란 그리 대단한 건 아니야. 그러나 어쩌면 나 자신도 금단의 열매를 맛본 축일는지도 모르지. 그야 물론 나도 선(善)이란 걸 좋아하니까. 따라서 리자베타 프로코피예브나를 존경하고 있기는 하지만.」

장군은 한참 동안 이렇게 늘어 놓았으나 그의 말은 도무지 종잡을 수가 없었다. 자기의 생각으로는 도저히 이해할 수 없는 그 어떤 문제 때문에 그는 극도의 혼란 상태에 빠져 있는 듯싶었다.

「자네가 이 사건과 전혀 관련이 없다는 건 나도 잘 알고 있다네.」마침내 그는 약간 또렷또렷하게 말하기 시작했다. 「그러나 앞으로 정세가 호전될 때까지는 당분간 우리 집 방문을 삼가해 주게. 이건 친구로서 하는 말이야. 그건 그렇고, 예브게니 파블로비치에 관한 건데,」하고 그는 몹시 열띤 표정으로 말했다. 「그건 공연한 중상 모략이야. 중상 모략 중에서도 가장 악질적이지! 여기에는 모든 것을 와해시켜 버리고 우리들 사이에 싸움을 붙이려는 간계가 있음에 틀림없어. 이건 자네한테만 하는 얘기지만, 실은 우리들과 예브게니 파블로비치와의 사이에는 아직 혼담 비슷한 말은 한 마디도 오간 적이 없다네. 알겠나? 따라서 우리들은 아직 아무런 구속도 받지는 않아. 그러나 조만간 그 이야기가 나올 걸세. 어쩌면 아주 가까운 시일 내에 얘기가 끝날지도 모를 일이지. 그러니까 이 혼담에 훼방을 놓자는 수작임이 틀림없어! 그런데 무엇 때문에, 어째서 그러는지 그건 나도 알 수 없어. 어쨌든 무서운 여자야. 무슨 일을 할지 상상조차 할 수 없는 여자지. 그 여자가 무서워서 우리는 잠도 제대로 잘 수 없을 정도야. 그리고 그 멋진 마차, 그 날씬한 백마는 그야말로『시크』하거든. 바로 그럴 때『시크』란 프랑스 말을 인용하는 거야. 도대체 그 여자가 뭐냔 말이야? 좀 미안한 얘기지만 솔직히 말해서, 나는 며칠 전만 해도 예브게니 파블로비치를 의심했어. 도저히 그럴 수는 없다는 걸 알기는 했지만 말야. 그렇다면 무엇 때문에 그 여자가 훼방을 놓으려 할까? 바로 이것이 의문이란 말일세! 예브게니 파블로비치를 자기 곁에 붙잡아 두고 싶어서? 그러나 예브게니 파블로비치는 그 여자와 안면조차 없다지 않은가? 이건 내가 맹세할 수 있네. 그래, 그 어음이니 뭐니 하는 건 전혀 터무니없는 소리지. 순전히 간계야! 고려해 볼 한 푼의 가치도 없는 모략이지. 아니 반대로 예브게니 파블로비치에 대한 존경심을 더하게 하는 어리석은 수작들이란 말야. 길 복판에서 커다란 소리로 마치 뭐나 되는 사이인 것처럼 말을 걸어 오는 그 뻔뻔스러움, 정말 기가 막힐 지경이라니까! 나는 리자베타 프로코피예브나한테도 그렇게 말해 주었네. 그건 그렇고, 이건 자네에게만 하는 말인데, 아무래도 이건 그 여자가, 옛날 내가 저지른 일에 대한 개인적인 복수심에서 한 일인 것 같단 말일세. 그렇다고 내가 뭐 그 여자한테 나쁜 짓거리를 한 적이 있다는 건 아니고, 다만 한 가지 지금 생각만 해도 얼굴이 뜨거워지는 일이 있어서…… 그런데 난 그 여자가 영영 사라져 버린 줄만 알고 있었네. 그

런데 이제 나타나서 이렇게 말썽을 부릴 줄이야! 그 로고진인가 하는 친구
는 지금 어디 있나? 나는 그 여자가 이미 로고진의 부인으로 들어앉은 것
으로 알았는데.」

한마디로 말해서 장군은 갈피를 못 잡고 어쩔 줄을 몰라 했다. 기차가 파
블로프스크에 닿기까지의 한 시간 동안 그는 쉴새없이 공작의 손을 잡았다
놓았다 하며 거의 혼자서만 떠들었고, 여러 가지의 의문을 제기하기도 하고
또 곧 자기가 해명하기도 하는 것이었다. 그러고는 어떠한 점에서도 자기는
공작을 절대로 의심하지 않는다고 몇 번이나 다짐했다. 공작에게는 이것이
매우 중요한 의미를 지니는 것같이 생각되었다. 나중에 가서는 페체르부르
그의 관청에 장관으로 있는 예브게니 파블로비치의 백부에 관해서까지 이
야기했다.

「상당한 영향력을 가지고 있는데, 나이는 일흔에 가깝지만 굉장한 호색꾼
인데다가 미식가로도 유명하지. 대체로 부지런한 노인이라고나 할까…….
하, 하, 그 사람이 나스타샤 필립포브나의 소문을 듣고 어떻게 해서라도 만
나려고 무척 애를 쓴 것은 나도 잘 알고 있네. 아까 잠깐 들렀더니 몸이 불
편하다고 면회를 사절하더군. 아무튼 이만저만한 부자가 아니야. 게다가 지
위도 높고……. 오래오래 살아야 할 노인인데. 그러나 결국은 예브게니 파
블로비치의 손에 굴러 떨어질 재산이지……. 음, 그렇구말구……. 그런데
역시 무서운 일이야! 무엇 때문인지는 모르겠지만 무슨 박쥐같이 불길한
것이 머리 위를 날아다니는 것 같아 정말 무서워 못 견디겠어…….」

부르도프스키 일행과의 사건이 있었던 그 날 저녁 이후 사흘째 되는 날에
야, 예판친 장군 댁 사람들과 레프 니콜라예비치 공작 사이에는 정식으로
화해가 성립되었다.

12

저녁 7시경이었다. 공작이 공원에 나갈 채비를 하고 있는데 갑자기 리자
베타 프로코피예브나가 혼자서 그의 테라스로 올라왔다.

「먼저 한 가지 말해 두겠는데,」 하고 그녀는 입을 열었다. 「나는 결코
당신한테 사과를 하러 온 건 아니니까 그 점은 오해하지 마세요. 암, 그렇
구말구요! 잘못은 전적으로 당신한테 있으니까요.」

공작은 잠자코 있었다.

「그래, 잘못했어요? 안 했어요?」

「당신이 잘못한 것만큼은 나도 잘못했겠지요. 그렇지만 나나 당신이나 의식적으로 잘못한 일은 하나도 없습니다. 그저께 저녁엔 나 자신이 잘못했다고 생각했었습니다만 지금은 생각이 달라졌어요.」

「그건 또 무슨 소리예요! 그렇담 좋아요, 여기 앉아서 내 얘기나 들어 봐요. 나도 여기 이렇게 서 있고 싶지는 않으니까.」

두 사람은 의자에 앉았다.

「그리고 또 하나, 앞으로는 내 앞에서 그 버릇없는 코흘리개들의 얘기는 절대로 입밖에 내지도 말아요. 난 여기에서 당신과 10분 동안만 얘기하고 가겠어요. 당신한테 물어 볼 게 있어서 온 거니까. 당신이 만일 내 앞에서 그 교만한 코흘리개들의 얘기를 한 마디라도 꺼내면 나는 당장에 돌아가고 말 테니 그리 아세요. 그렇게 되면 당신하고는 완전히 절교예요.」

「알겠어요.」 공작은 대답했다.

「그럼 한 가지 묻겠는데 당신은 두 달인가 두 달 반 전, 부활절 무렵에 아글라야한테 편지를 보낸 일이 있었죠?」

「보, 보냈습니다.」

「무슨 목적으로? 편지엔 무슨 말을 썼죠? 그 편지를 보여 주세요!」 리자베타 프로코피예브나는 두 눈에 불을 켠 채 안달을 하며 대들었다.

「그 편지는 내게 없어요.」 공작은 소스라치게 놀라며 말했다. 「아직 없애 버리지 않았다면 편지는 아글라야 이바노브나가 가지고 있을 겁니다.」

「엉터리 수작 마세요! 뭐라고 썼죠?」

「결코 얼버무리려는 건 아닙니다. 양심에 가책될 건 하나도 없으니까요. 그런데 그녀에게 편지를 써서는 안 될 특별한 이유라도…….」

「닥쳐요! 할말이 있거든 나중에 하세요. 도대체 편지에 뭐라고 썼죠? 왜 얼굴이 붉어지는 거죠?」

공작은 좀 생각을 하고 나서「리자베타 프로코피예브나 부인, 그런 걸 물으시는 이유를 모르겠습니다. 그 편지가 몹시 못마땅했던가 보군요. 나는 당신의 그 같은 질문에 답변을 거절할 수도 있습니다만…… 다만 나는 그 편지를 부끄럽게 여기거나 후회하지는 않습니다. 그리고 그것 때문에 얼굴을 붉힐 이유가 없다는 것을 보여 주기 위해서——이렇게 말하는 공작의 얼굴은 한층 더 붉어졌다——부인에게도 그 편지의 내용을 읽어 드리죠. 지금이라도 그대로 암송할 수 있을 것 같으니까요.」

이렇게 말하고 나서 공작은 거의 한 마디도 틀리지 않게 문제의 편지 내용을 암송했다.

「그 무슨 잠꼬대 같은 소리예요? 그 따위 부질없는 헛소리에 무슨 의미가 포함되어 있다고 생각하나요?」 바싹 귀를 기울이고 듣고 난 리자베타 프로코피예브나가 날카로운 어조로 이렇게 물었다.

「나 자신도 잘 모르겠습니다. 하지만 적어도 나의 감정만은 순수한 것이었다고 생각합니다. 그 당시만 해도 나는 생의 희망에 충만한 순간을 자주 경험하고 있었으니까요.」

「희망? 어떠한 희망이죠?」

「어떻게 설명해야 할지 모르겠군요. 다만 부인이 지금 생각하고 있는 것과는 다릅니다. 희망이라면…… 즉 미래의 희망, 다시 말해서, 어쩌면 나도 이곳에 머무르며, 낯선 타인으로만 있지는 않을 거라는 환희의 희망이지요. 나는 갑자기 이 러시아가 좋아졌어요. 그래서 햇빛이 찬란한 어느 날 아침에 펜을 들고 그녀에게 편지를 썼던 것입니다. 왜 하필이면 그녀에게 썼느냐고 물으신다면, 그건 나도 잘 모르겠습니다. 사람이란 때로는, 자기 곁에 친구라도 있어 주었으면 할 때가 있지요. 내게도 역시 친구가 필요했던가 봅니다…….」 잠시 입을 다물었다가 공작은 이렇게 말을 마쳤다.

「혹시 연정을 품고 있는 건 아닌가요?」

「아, 아닙니다. 나는…… 나는 여동생에게 쓰는 심정으로 썼으니까요. 그래서 편지 끝에도 『당신의 오빠』라고 써넣었던 겁니다.」

「흥, 일부러 그렇게 썼겠죠? 다 알고 있어요.」

「그런 물음에 대답한다는 건 나로서는 참으로 괴로운 일입니다.」

「괴로울 거라고 나도 생각하고 있어요. 하지만 당신이 괴롭건 말건 내게는 아무런 상관이 없는 일이에요. 자, 그러지 말고 하느님 앞에서 대답하는 심정으로 나한테 바른 대로 이야기해 보세요. 당신이 지금 한 말은 거짓말입니까, 거짓말이 아닙니까?」

「거짓말이 아닙니다.」

「연정을 품고 있지 않다는 것도 말이죠?」

「아마 정말일 겁니다.」

「그것 봐요, 『아마』는 또 뭐예요! 편지는 그 코흘리개를 시켜서 전했죠?」

「네, 니콜라이 아르달리오노비치한테 부탁을 해서…….」

「코흘리개라면 코흘리갠 줄 아세요!」하고 리자베타 프로코피예브나는 버럭 화를 내며 소리쳤다. 「나는 니콜라이 아르달리오노비치라는 것이 도대체 어떤 사람인지도 모르니까요! 그 애는 코흘리개란 말이에요!」

「니콜라이 아르달리오노비치입니다!」

「내 말을 들어요. 그 앤 어린애란 말이에요!」

「아니, 어린애가 아니라 니콜라이 아르달리오노비치입니다.」 나직하면서도 분명한 어조로 공작은 이렇게 대답했다.

「그럼 좋아요, 끝내 고집하는군요. 이것도 잊지 않고 기억해 둘 테니 그리 아세요.」

그녀는 간신히 흥분을 가라앉히며 길게 숨을 몰아쉬었다.

「그럼 『가난한 기사』라는 건 또 뭐죠?」

「그건 전혀 모르는 일인데요. 나와는 아무런 관계도 없습니다. 아마 무슨 농담 끝에 나온 말이겠지요.」

「내 참 어처구니가 없어서! 그러면 과연 그 아이가 당신한테 흥미를 느끼고 있는 걸까요? 그 애는 자기 입으로 당신을 가리켜 병신이니 백치니 하는 말까지 했는데요.」

「나한테 그런 말까지 옮길 필요는 없을 것 같은데요.」 상대방을 나무라는 것 같은, 그렇지만 거의 중얼거리는 어조로 공작은 말했다.

「그렇다고 화는 내지 마세요. 그 아이는 응석받이로 자랐기 때문에 자존심과 고집이 보통이 아니랍니다. 누구든지 자기 마음에 드는 남자가 있으면 커다란 소리로 욕을 하기도 하고 어떤 때는 맞대놓고 조롱하기도 하니까요. 나도 옛날엔 그 애와 똑같았지요. 그렇다고 좋아하지는 마세요! 당신한테까지는 차례가 안 갈 테니까요. 나는 다만 당신이 좋은 방도를 미리 강구할 수 있도록 이런 말을 하는 거예요. 그래 당신은 『그 여자』와 부부가 되지 않았다고 맹세를 할 수 있나요?」

「아니, 리자베타 프로코피예브나! 그게 무슨 말입니까!」 부인의 말에 공작은 펄쩍 뛰었다.

「당장에 결혼이라도 할 것같이 서둔 사람은 누군데요?」

「사실은 그 여자와 결혼할 생각이었습니다.」 공작은 이렇게 중얼거리며 고개를 수그렸다.

「그렇다면 뭐죠? 그 여자한테 반한 것은 사실이겠군요. 이번에도 여기 온 것은 그 여자 때문이죠?」

「결혼을 하기 위해서 온 것은 아닙니다.」 하고 공작은 대답했다.

「당신에게 신성한 것이 이 세상에 있나요?」

「있습니다.」

「그럼 그 여자와 결혼하지 않겠다는 것을 맹세하세요.」

「원하신다면 목숨을 걸고라도 맹세하겠습니다.」

「그럼 당신의 말을 믿겠어요. 자, 나한테 키스해 주세요. 아아, 이제야 겨우 마음놓고 숨을 쉬겠군요. 하지만 아글라야는 당신을 사랑하고 있지 않다는 걸 알아야 해요. 그러니까 적절한 방도를 강구하라는 거예요. 내가 살아 있는 한, 아글라야를 절대로 당신한테 주지는 않을 테니까요. 내 말 알아들었죠?」

「알아들었습니다.」

공작은 부인의 얼굴을 바로 볼 수 없으리만큼 빨개졌다.

「내 말을 잘 들어 두세요. 나는 하느님을 기다리듯 당신을 기다렸어요. 그러나 당신은 그럴 만한 가치가 없는 사람이었어요! 눈물로 베개를 적시면서……, 아니 당신을 생각해서 눈물을 흘린 건 아니니까 그 점은 안심하도록. 내게는 그런 것과는 전혀 다른 영원히 잊을 수 없는 어떤 슬픔이 있기 때문입니다. 내가 초조한 마음으로 당신을 기다린 것은, 하느님께서 당신을 친구로, 아니 친동생으로 나한테 보내 주셨다는 것을 믿기 때문에요. 내가 가까이 하고 있는 사람이라곤 벨로콘스카야 할머니 이외엔 아무도 없는데, 그 할머니마저 내 곁에서 떠나 버리고, 게다가 이제는 늙어빠져서 양처럼 우둔한 존재가 되어 버렸어요. 그럼 한 가지만 더, 『네』나 『아니오』로 간단히 대답해 주세요. 그저께 저녁에 무엇 때문에 그 여자가 마차 위에서 그런 소리를 했는지 아세요?」

「나는 그 일과는 전혀 관계가 없을 뿐더러 아무것도 모릅니다.」

「좋아요, 그 말을 믿겠어요. 이제는 나도 그 사건을 다른 각도에서 보게 되었어요. 어제 아침까지만 해도 나는 모든 원인이 예브게니 파블로비치한테만 있다고 생각했거든요. 이제는 물론 그 사람의 주장을 시인하지 않을 수 없게 됐어요. 그 여자는 당신을 만만하게 보고 그 따위 수작으로 조롱한 게 분명해요. 그렇지만 어째서, 무엇 때문에, 무슨 목적으로, 그런 짓을 했는지 도무지 짐작이 가지 않는군요. 이 한 가지 사실만으로도 불쾌하고 수상하기 짝이 없어요. 어쨌든 예브게니한테는 아글라야를 주지 않겠다는 걸 당신한테 분명히 말해 두겠어요. 그 사람이 훌륭한 사람이라 하더라도 내 결심은 변하지 않을 거예요. 나도 전에는 여러 가지로 망설였지만, 이번에는 굳게 결심했으니까요. 그래서 나는 오늘『그 사람한테 딸을 주려거든 우선 나를 관에 넣어 땅 속에 묻고 나서 주세요.』라고 주인한테 딱 잘라 말했어요. 자, 이만 하면 내가 얼마나 당신을 신용하고 있는지 아시겠죠?」

「네, 잘 알겠습니다.」

리자베타 프로코피예브나는 공작의 얼굴을 뚫어지게 쳐다보았다. 아마도 부인은 예브게니 파블로비치에 관한 자기의 결단이 공작에게 어떠한 감명을 주었는가를 확인하고 싶었던 모양이었다.

「가브릴라 이볼긴에 관해서는 아무 말도 못 들었나요?」

「아니……, 많이 들었습니다.」

「그럼 그 사람이 아글라야와 연락이 있었다는 걸 알고 있었나요?」

「금시초문입니다.」공작은 전혀 뜻밖이라는 듯 흠칫 몸을 떨기까지 했다. 「가브릴라 아르달리오노비치가 아글라야 이바노브나와 연락이 있단 말씀이죠? 설마 그럴 리가!」

「최근의 일이에요. 그의 누이가 겨우내 쥐 새끼처럼 우리 집에 드나들더니 길을 닦아 놓은 거예요.」

「믿을 수가 없는데요.」공작은 흥분을 억누르며 잠시 동안 무엇인가를 생각하는 것 같더니 이윽고 확고한 어조로 이렇게 말했다. 「정말 그런 일이 있었다면 내가 그걸 몰랐을 리가 없습니다.」

「아니, 그렇다면 그 사람이 당신한테 와서 당신의 가슴에 얼굴을 묻고 눈물을 흘리면서 고백했을 거란 말이지요? 당신도 참 어지간히 순진하군요. 모두들 당신을 속이고 있는 줄도 모르고. 그런데도 당신은 그 사람을 신용하다니 창피하지도 않으세요? 그래, 그 사람이 언제나 당신을 속이고 있다는 걸 모른단 말인가요?」

「가브릴라가 이따금 나를 속인다는 건 나도 알고 있습니다.」공작은 기가 죽은 소리로 더듬더듬 말했다. 「뿐만 아니라 내가 그렇게 알고 있다는 것은 그 사람도 짐작하고…….」 이렇게 그는 덧붙이다가 이내 말끝을 흐려 버렸다.

「그걸 알면서도 그 사람을 신용한단 말인가요? 내 참 어이가 없어서! 하지만 새삼스레 놀랄 건 없어요. 당신은 언제든지 그런 사람이니까! 그러면 그 가니카인지 바리카(^{바라의} ^{비칭})인지가 그 애를 나스타샤 필립포브나한테 소개했다는 것은 아세요?」

「누굴 소개했다구요?」

「아글라야를 말예요.」

「믿을 수 없습니다. 그럴 리가 없어요, 도대체 무슨 목적으로?」 공작은 벌떡 의자에서 일어났다.

「나 역시 믿을 수가 없어요, 확실한 증거는 있지만. 정말 그 애는 머리가 좀 돌았어! 어른들의 얘기를 귓등으로도 들으려 하지 않고, 게다가 공상적이고. 아무튼 그렇게 짓궂은 아이는 처음 봤어요! 우리 집 아이들 셋 다 그렇게 되어 버렸어요. 그 뜨물을 뒤집어쓴 암탉 같은 알렉산드라까지도 그렇게 되어 버렸다니까요! 그런데 특히 아글라야만은 부모의 손으로도 처치 곤란이에요. 어쨌든…… 그건 나도 믿을 수가 없어요. 어쩌면 믿고 싶지 않으니까 믿을 수가 없는지도 모르겠지만…….」 하고 그녀는 혼잣말처럼 중얼거렸다.

「당신은 왜 우리 집에 오시지 않았죠?」 부인은 갑자기 공작에게 얼굴을 돌렸다. 「어째서 사흘 동안 한 번도 찾아오지 않았느냔 말예요?」 하고 그녀는 성급하게 소리쳤다.

공작은 그 이유를 설명하려 했으나 다시 그녀가 말을 가로챘다.

「모두들 당신을 백치로 알고 어떻게 해서든지 속이려 들어요! 당신은 어제 시내로 들어가서 그 악당 앞에 무릎을 꿇고 제발 그 1만 루블을 받아 달라고 애걸했겠군요!」

「아닙니다. 그런 생각은 털끝만큼도 없었어요. 나는 그 사람을 만나지도 않았습니다. 그 사람은 악당이 아니에요. 나는 그로부터 편지를 받았습니다.」

「그걸 보여 주세요.」

공작은 가방에서 편지를 꺼내 리자베타 프로코피예브나에게 내주었다. 편지에는 다음과 같이 씌어 있었다.

〈뮈시킨 공작 귀하

세상 사람들의 눈으로 볼 때 나는 자존심이라는 것을 가질 하등의 권리도 없는 자입니다. 그들의 말에 따른다면, 나는 그러한 권리를 보유하기에는 너무나 하잘것없는 인간이라는 것입니다. 그러나 이것은 단지 그들의 의견일 뿐 당신의 의견은 아니라고 생각합니다. 나는 당신이 다른 누구보다도 훌륭한 분이라는 것을 굳게 믿는 바입니다. 이 확신 때문에 독토렌코와 의견이 대립되어 마침내는 그와 절교하기에까지 이르렀습니다. 나는 당신으로부터 단돈 1코페이카도 받지 않을 작정입니다. 그러나 당신이 이미 우리 어머니에게 도움을 주신 데 대해서는 진심으로 사의를 표해야 할 의무가 있다고 생각합니다. 물론 어머니에게 주신 원조마저 거절하지 못하는 것은 나의 약한 성격 때문이겠습니다만 아무튼 지금 나는 전과는 다른 눈으로 당신을 바라보게 되었고, 또한 이것을 당신에게 알려 드릴 필요가 있다고 인정하는 바입니다. 마지막으로 나와 당신 사이에는 이 이상 하등의 관계도 있을 수 없다는 것을 말씀드려 둡니다.

안치프 부르도프스키〉

추신, 전번의 그 2백50루블에서 부족되는 금액은 가까운 시일 내에 반드시 갚아 드릴 것을 약속드립니다.

「무슨 잠꼬대 같은 소리야!」리자베타 프로코피예브나는 공작 앞에 편지를 내동댕이치고는 퉁명스럽게 말했다. 「읽을 가치도 없는 편지로군……. 그런데 왜 그렇게 자꾸 히죽히죽 웃고 있죠?」

「그러나 당신도 그걸 읽으시고 기분이 나쁘지는 않으실 텐데요?」

「뭐라구요? 이 따위 위선적인 헛소리에 내가 넘어갈 줄 알아요? 아, 그래, 그녀석들이 허영과 자만 때문에 머리가 돌아 버린 인간들이란 걸 당신은 모르나요?」

「그건 그렇다 하더라도 이 사람은 자기의 잘못을 깨닫고 독토렌코와 절교까지 했습니다. 이 사람의 허영심이 강하면 강할수록 이러한 그의 결심은 그만큼 고귀한 것입니다. 리자베타 프로코피예브나, 당신은 정말 어린애 같군요.」

「아니 나한테 빰이라도 한 대 얻어맞고 싶은가요?」

「천만에요, 그럴 생각은 조금도 없죠. 다만 당신이 그 편지를 읽고 내심으로는 기뻐하시면서도 굳이 그것을 감추려고 하시니까 하는 말입니다. 무엇 때문에 당신은 자기의 감정을 드러내기를 꺼리시죠? 매사에 당신은 언제나 그렇거든요.」

「한 발짝이라도 내 옆으로 오기만 해봐요. 가만 놔두지 않을 테니까.」리자베타 프로코피예브나는 분노 때문에 얼굴이 새파랗게 되어 자리에서 벌떡 일어났다. 「앞으로는 당신의 그림자도 내 옆에 얼씬하지 못하게 할 테니 그리 아세요.」

「아마 사흘도 지나기 전에, 당신은 직접 나를 찾아와서 댁에 놀러 오라고 초청하실걸요…… 자신의 그 훌륭한 감정을 어째서 당신은 자꾸만 감추려 들죠? 부끄럽지도 않습니까? 그렇게 함으로써 쓸데없이 자기를 괴롭힐 필요가 어디 있느냔 말입니다.」

「내가 죽으면 죽었지 당신을 초청할 줄 아세요? 당신의 이름도 아주 잊어버리고 말 거예요. 아니, 벌써 잊어버렸어요.」

「당신이 그렇게 말씀하시지 않아도 나는 이미 댁에 출입이 금지된 몸입니다!」공작은 그녀의 등 뒤에 대고 이렇게 소리쳤다.

「뭐라고요? 누가 출입을 금지했죠?」

그녀는 바늘에 찔리기라도 한 것처럼 공작에게로 홱 몸을 돌렸다. 공작은 대답을 망설이지 않을 수 없었다.

무심코 한 말이었지만 큰 실수를 했다고 생각했다.

「누가 출입을 금지했느냐 말예요?」하고 리자베타 프로코피예브나는 무섭게 다그쳐 물었다.

「아글라야 이바노브나가.」

「언제요? 빨리 말해 봐요.」

「오늘 아침에, 절대로 댁에 찾아오지 말라는 전갈이 왔더군요.」

리자베타 프로코피예브나는 기둥처럼 버티고 서 있었으나 속으로는 무엇인가를 골똘히 생각하고 있는 눈치였다.

「무엇을 보냈지요? 누구를 보냈지요? 그 코흘리개를 시켜서 그런 말을 전해 왔던가요?」하고 그녀는 갑자기 소리쳤다.

「편지를 보냈더군요.」

「그랬군요. 어디 있어요, 그 편지는? 어서 이리 내놔요.」

공작은 잠깐 생각에 잠겼으나 하는 수 없다는 듯이 조끼 호주머니에서 아무렇게나 접은 종이 조각을 꺼냈다.

거기에는 다음과 같이 씌어 있었다.

〈레프 니콜라예비치! 그러한 일들이 있었음에도 불구하고 만일 앞으로 당신이 우리들의 별장을 방문하여 나를 놀라게 할 생각이시라면, 나는 당신을 기껍게 환영하는 축에는 절대로 끼지 않을 테니 그리 아세요.

아글라야 예판치나〉

리자베타 프로코피예브나는 잠시 무엇인가를 생각하더니 갑자기 공작에게 달려들어 그 손을 움켜쥐고 다짜고짜 공작을 잡아 끌었다.

「자, 갑시다! 지금 당장! 빨리 우리 집으로 가요!」그녀는 발작적인 흥분에 휩싸여 성급히 소리쳤다.

「그렇지만 당신은 나를……」

「무슨 소리예요! 정말 어수룩한 양반이로군요. 당신은 그러면서도 남자라 할 수 있어요? 자, 오늘은 내가 모든 걸 이 두 눈으로 밝혀 내고야 말 테니 어서 갑시다!」

「그러시다면 모자라도 쓰고 가야죠.」

「자, 여기 있어요! 그런데 무슨 모자가 이꼴이람! 모자 하나 번듯한 걸로 골라 잡지 못한다니까. 이 편지는 그 애가…… 그 애가, 아까 그러한 일이 일어난 다음에 흥분해서……」잠시도 공작의 손을 놓지 않고 문 밖으로 잡아 끌며 리자베타 프로코피예브나는 혼자 중얼거리는 것이었다. 「아까 내가 공작을 두둔하려고『우리 집에 찾아오지 않는 걸 보니 그 사람은 바보다.』라고 했더니 그 애가 흥분해서……. 그렇지 않다면 이 따위 엉터리 같은 편지를 쓸 리가 없어요! 이 따위 점잖지 못한 편지를! 상류 집안의 교양 있는 현숙한 처녀로서!」하고 부인은 두서없이 중얼거렸다. 「아니, 어쩌면 공작이 찾아오지 않으니까 그게 화가 나서 이런 짓을 했는지도 모르지. 이런 백치한테 이런 글을 써보내면 문면을 그대로 받아들인다는 걸 미처 생각지도 못하고 말야……. 아니, 당신은 뭘 그렇게 엿듣고 있죠?」

공연한 소리를 무심코 지껄였다고 생각했는지 리자베타 프로코피예브나는 버럭 소리를 질렀다. 「그 애한텐 당신과 같은 어릿광대가 필요한 거예요.
얼마 동안 만나지 못했으니까 심심해서 이런 짓을 했겠죠. 그 애가 당신을
꼼짝 못하게 몰아세워 웃음거리로 만드는 광경을 보면 참 재미있을 거예
요! 당신 같은 사람은 그런 취급을 받는 게 오히려 당연하죠. 그 애는 또
그렇게 할 만한 능력이 있단 말예요. 암, 있구말구요……」

〈Ⅱ권으로 계속〉

당신을 영원한 감동의 세계로 안내할

完訳版 世界 名作100選

일신서적출판사 121-110 서울·마포구 신수동 177-3호
공급처 : ☎ 703-3001~6, FAX. 703-3009

당신을 영원한 감동의 세계로 안내할

完訳版　世界　名作100選

일신서적출판사

121-110 서울 · 마포구 신수동 177-3호
공급처 : ☎ 703-3001~6, FAX. 703-3009

백 치 I

■ 저　자 / 도스토예프스키
■ 역　자 / 맹　은　빈
■ 발행자 / 남　　용
■ 발행소 / 一信書籍出版社

주소 : 1 2 1 - 1 1 0 서울 마포구 신수동 177 - 3
등록 : 1969. 9. 12. NO. 10 - 70
전화 : 영업부 703 - 3001~6
　　　 편집부 703 - 3007~8
　　　 FAX 703 - 3009
대체구좌 / 012245 - 31 - 2133577